文化中国

天地日新

中国文学巅峰之境

蔡英俊 主编

总 序

林载爵

这一套“文化中国”丛书原来是以“中国文化新论”之名，于1982年10月在台湾由联经出版公司出版，总共12册，将近4000页，约400万字。这套丛书讨论了10个主题，包括：文明的根源、思想、文学、科技、制度、经济、学术、社会、艺术、宗教礼俗。以118个题目全面性的讨论了中国历史与文化的各个层面，组合成一幅比较完整而丰富的中国文化图像。撰写者一共96位，网罗了当时年龄约30到40岁的青年学者，反映了1970年代以来台湾年轻一代对中国文化的反省与思考，构成了中国文化再诠释的新篇章。这些学者在三十年后的今天，几乎都位居台湾学术界与文化界的重要位置，当年所发表的论点今天仍然具有新意，可以提供读者了解中国文化的另一种视角。

我们当时的想法是，在受到西方文化长期的冲击以及连带对传统文化进行无情的批判之后，好不容易终于体认到传统与现代是连续性的整体，不可分割断绝。因此，一部超越传统的论述，适合于当时处境与需要，又有系统的中国文化史论著，显得十分迫切。其次，中国文化在1970年代的华人世界需要重新被检视，而台湾则是一个恰当的地方。台湾的学生从小接受中国文化的教育，在大学又接受了西方式的学术训练，西方汉学家或台湾出身在美国获得博士学位并在美国任教的文史学者，不断在台湾传播新的观念与思维，他们给台湾学生带来了深刻的影响。到1970年代，这样一批受到西方式现代教育熏陶，对传统中国文化又有新见解的年轻学者已经在台湾出现，成为台湾学术界的一股新兴力量，他们对中国传统历史与文化，自然有着不同的视野与不同的解释。我们感觉到有必要将他们集合起来，总体呈现一个全然有别于过去的中国文化的新观点与新解释。

于是，《联合报》的创办人王惕吾先生以他所设立的"文化基金会"资助了这个庞大的出版计划，目的就是要"提供一部丰富新颖、流畅可读的中国文化史丛书"。撰述者之所以以年轻一代的学者为主，最重要的原因是，想借着这次机会呈现二次世界大战以来三十年台湾文史教育的成果，并且深信年轻一代学者以其所吸收的西方知识、所接受的近代治学方法训练，必能对传统文化提出新的解释观点。

从历史背景来看，1975年是台湾思想发展很重要的一年。这一年，林毓生教授首度返台任教，开启了一批想要获得更精密的思想方式的青年学生的视野。他在这一年的5月发表了一篇长文:《五四时代的激烈反传统思想与中国自由主义的前途》，点燃了沉闷气氛下青年学生重探狂飙年代的兴趣，与领会思想问题的不同讨论方式。同年年底，余英时教授发表了《清代思想史的一个新解释》，文章中深入而前所未见的观点，让青年学生发现思想的新世界，这个世界辽阔无边，只要运用理智的思考与分析，加上一些想象力，便可展翅飞翔，一股思想史研究的热潮开始出现。

隔年，1976年，余英时在《联合报》副刊上陆续发表《君尊臣卑下的君权与相权》、《反智论与中国政治传统》、《唐、宋、明三帝老子注中之治术发微》等文，为当时争论不休的"专制"问题提出了中肯而又有说服力的解释。9月，余英时将上述文章及其他论著结集为《历史与思想》，由联经出版，这是余英时在台湾出版的第一本著作，产生极为广泛的影响。

不论林毓生或余英时，在讨论问题时都不时引用当代西方学者的观点，对台湾青年学生带来极大的刺激。此后，翻译现代思想名著成为几家出版社的共同职志，知识青年在这方面所表现的求智渴望，是1970年代末期台湾文化界极为突出的现象，这是一个思想燃烧的年代。在这个年代中，知识青年一方面向西方看，一方面又回望中国传统文化，企图让中国传统文化在长期受到批判之后赋予新的解释，这是一个奇妙的组合，“中国文化新论”就是这个组合的产物。

这套丛书的编撰过程也有其新颖之处。一般丛书的编撰，惯例上都是汇集单篇论文而成，这一次突破了旧有的方法，从开始就采取了以研究讨论为基础的共同参与方式。自丛书的主题、篇目，各篇间的相互关联，以至各篇文章的论旨，都经过每册作者讨论后才决定。初稿完成时，也经过切磋、问难，然后，再次修改定稿。所以，这套丛书并非过去旧有形式的论文集，而是具有主题、结构的集体创作。

有关文化史的研究，不论通史式的概述或断代式的专论，都不可避免的有其缺失。概述易省略其深奥与意涵，专论易疏忽其源流与发展。这套丛书则采取以问题为主的研究，完全根据问题的性质，或通贯而观，或断代而论。这种研究方式，保留了方法上的极大弹性，同时，也更容易彰显问题本身的性质，提出更周全的解释。以关于文学的两册为例，一册从人与自然、人与社会、人与历史、人间情爱的关注、幻想与神话，到智与美的融合，一共设计了六项我们认为能够充分表征中国文学传统的主题，给予系统性的解说，并讨论了文学的形式与意义、抒情精神与抒情传统。另一册则分别就诗经、楚辞、汉赋、唐诗、宋词、宋诗、咏怀、咏物、小说、戏剧等重要的文学类别加以论述。两者配合，相信不但突破了旧有的文学史形式，而且更能深入了解中国文学史的内容。有关学术的一册，问题的选定则侧重每个时期的不同成就，从学术的萌芽到经学、注疏、理学、考据学，一一论列，以见学术的发展。关于制度与艺术的卷册则又注重各个不同的部分或类别。制度的一册里讨论了皇帝、宰相、监察、选举、考试、史官、地方行政、君主教育等官僚体系中的重要制度，并申述中国政治制度的特色与历代政治改革的理想。关于艺术一册的内容包括了美学思想、青铜、玉器、陶瓷、雕塑、书法、绘画、文人生活工艺品、建筑等重要部分。

这套丛书既然是以问题为主的研究，自然而然，提出了不少新的问题。这些问题的提出，一则反映了年轻一代学者的主要关心所在，一则想透过新问题表达新的解释观点。以关于思想的两册为例，讨论了忠、孝、仁、礼、公、私、仕、隐、常、变等传统思想中的重要观念，并作了新的阐释；同时也提出了理想人格、政治权威的合法性、德治与法治、儒家政治理想、法理依据、个体自由与社会秩序、均富理想、管制与放任、道德自主与社会约束、道德与政治、自然秩序与人文秩序、自然观念等新问题，赋予传统思想新的意义。借着尝试提出新解释，中国文化的重要特质更能显现出来。

然而，新的解释观点并非凭空杜撰而来，在这一点上，这套丛书特别强调广泛利用前辈学者的杰出研究成果，以此为根基，再作进一步的发挥。因此，钱穆、萧公权、李济、徐复观、牟宗三、杨联陞、屈万里、全汉昇、刘若愚、陈世骧、李剑农、赵冈、劳榦、张光直、余英时等等许多前辈学者的优异著作，都随时被年轻一代的学者所征引。这种现象除了说明前辈学者的研究成果受到年轻一代学者的绝对肯定与尊敬外，更表示了处于变动之中的中国近代学术生命，在台湾的一脉相传，其意义自是无限深远。

尽管当时两岸隔绝，但各篇文章中，凡是论及根源，都运用了最新的地下考古材料来印证解说，根据最新的地下出土文物，分别从居址、器物、食粮、国家等方面，完整而清晰地描绘了八千年前开始的新石器时代文化的发展。我们对先民活动起居的情形、食米（小米、稻米）吃肉（以猪为主的家畜饲养）的文明、上古社会形态的变迁、国家组织的出现，也就有了比较清楚的了解。特别是提出“满天星斗”的上古文明的多元发展史观，更是开启了对中国传统文化多样性的了解。其他诸如讨论到地理环境、原始艺术、原始宗教、人文思想、天下观念等问题的文章，也都能参证地下材料。

这套丛书自始即希望能涵盖较为广阔的文化活动层面。不可否认，近代历史教育过于偏重政治史，这使得历史教育的文化内涵，显得极其贫乏。这套丛书除了具备广为熟知的学术、思想、文学、艺术、制度之外，更包含了以往较受忽视的社会、经济、科技、宗教、礼俗等层面。过去，对于中国科技史的了解，总是借助于英国李约瑟或日本薮内清的著作，现在终于有了第一本与科技有关的专著，这也代表着年轻一代的科技史研究者踏出了一大步。在台湾，经济史是当时的一门新兴学问，年轻一代投入这项研究工作的，愈来愈多，相关经济的这本便是这些研究者所展现的成绩，分别从农业的自然环境、农业水利、新耕地的开发、土地分配、生产技术、商业、城市、货币信用、交通、海外贸易、财政税务等十一个方面，建构一部经济发展史。关于传统宗教，也选择了几个重要的问题来讨论。特别要一提的是风尚礼俗。近代以来，在对传统进行批判时，礼俗必定首当其冲，自命新派者，即清末所谓的“文明人”，弃之如敝履。然而，这套丛书中关于礼俗的则本着学术研究的客观立场，探讨了祭祀之仪、婚丧之礼、长幼之伦、以及民间节庆、娱乐的文化意义，赋予这些传统礼俗一个新的文化生命，纳入中国文化的主流之中。

在简述这套丛书的编撰过程与内容特色后，作为当年的执行编辑，我非常高兴这套丛书在李安小姐的主持之下，以新的面目重新出版，期待书中的观点能够对读者了解中国历史文化有所助益。

2011年11月

目 录

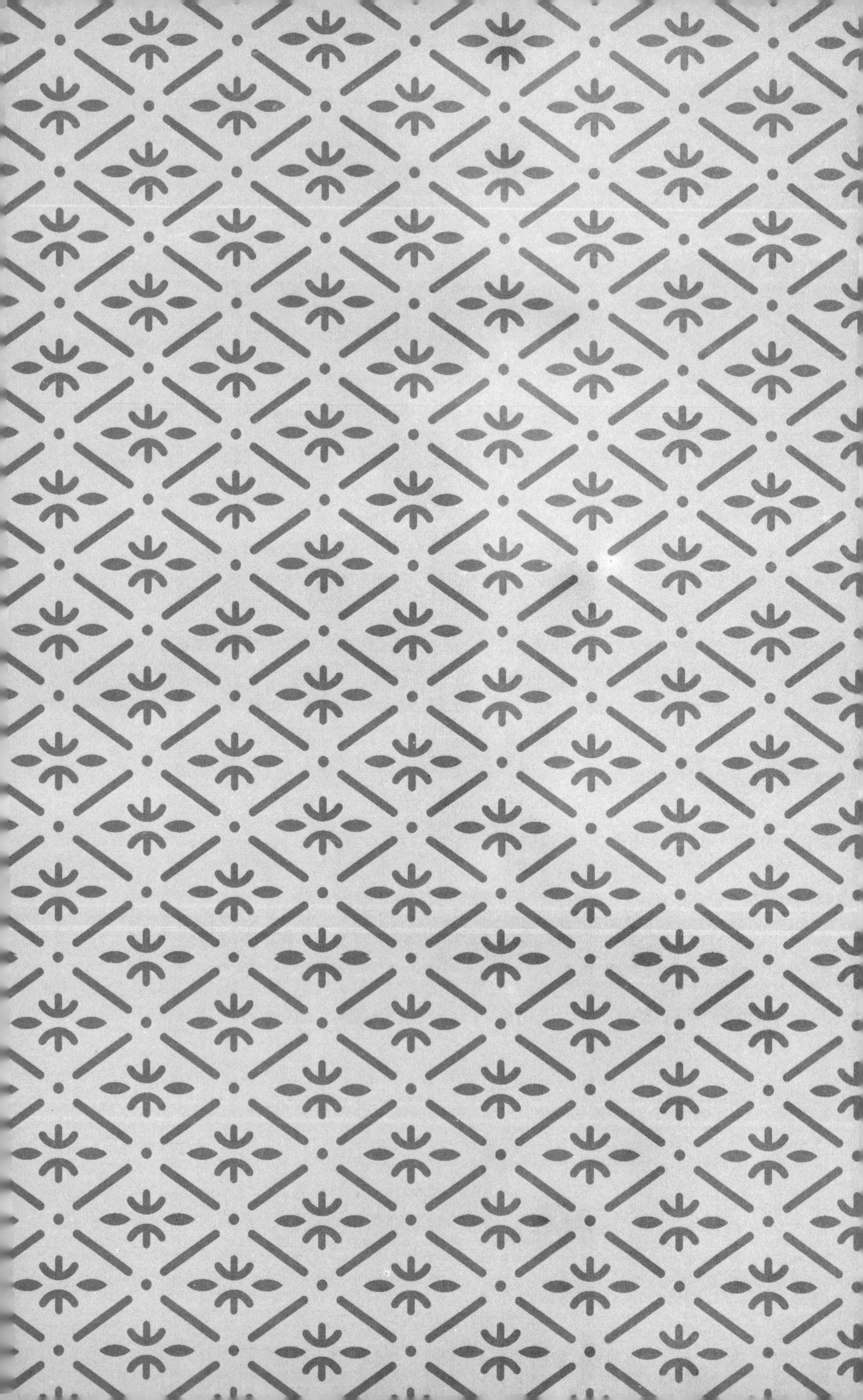

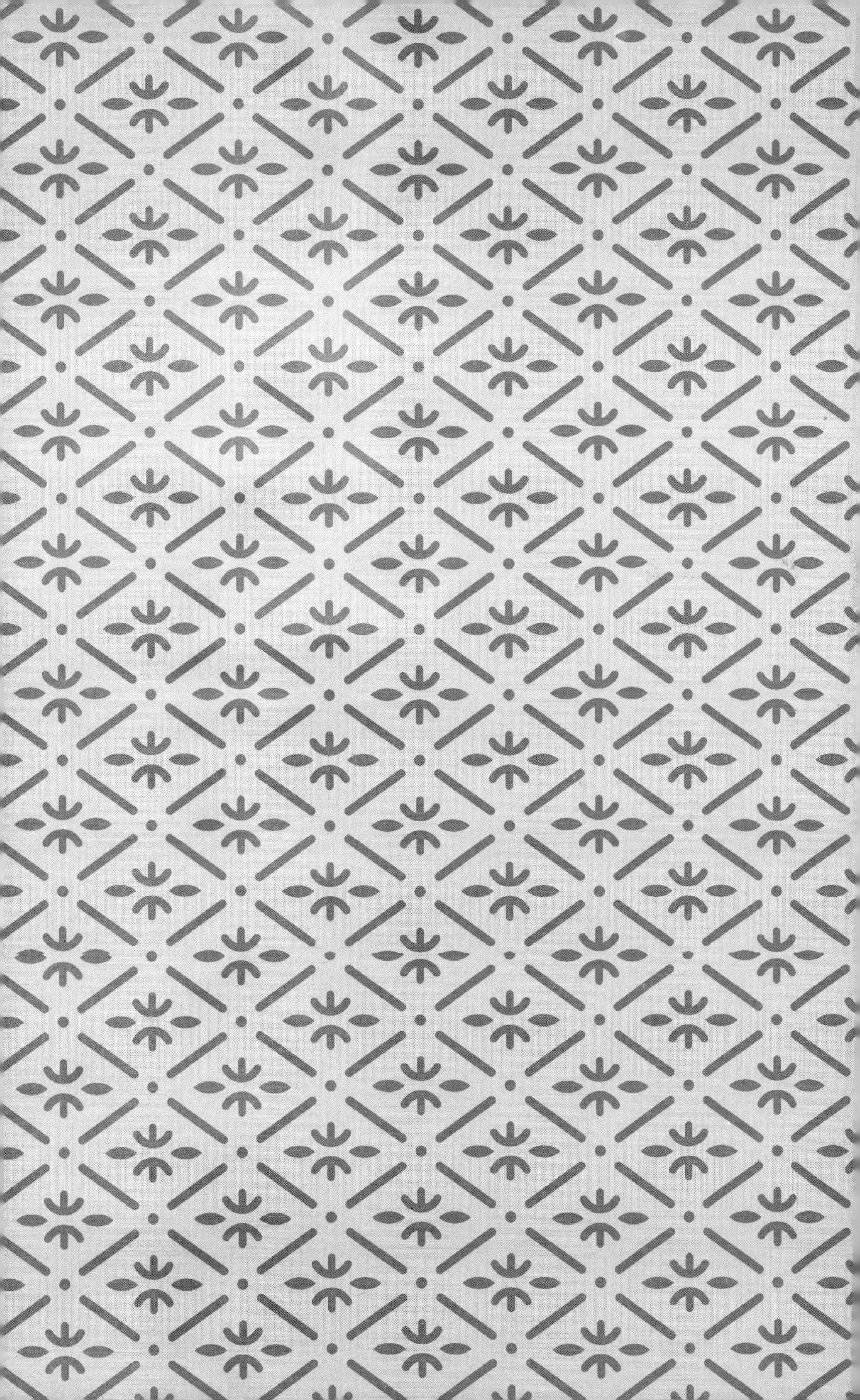

导　言

蔡英俊

近代学术研究对于语言文学或其他文化现象的研究讨论，都具有一项方法论上的特点，那就是透过定点上的横断（synchronic）与历史发展上的纵贯（diachronic）的交互运用，而清楚说明某一问题的全貌。因此，在《中国文学的情感世界》一书里，我们首先尝试使用定点横断的方法，选择若干主题来勾勒中国文学所呈示的某些精神面相；而在本册，我们则希望透过时间的纵贯来列述中国文学的历史发展——毕竟，中国文学所以具有丰富多彩的姿貌，历史的绵延是一项主要的因素：从先秦的抒情歌谣与说理散文而至明清的章回小说与舞台戏剧，在每一个不同的历史阶段，人们都有不同的观物方式与情感、思想的特质，而这些不同的视观与情思就具体呈现在不同的艺术形式里。譬如说，商周时期居住在黄河流域的先民，是真正的大地儿女，他们的生活几乎都按着大地自然脉搏的跃动而作息。也就在这种广大和平的世界中，他们感染了大地博厚笃实的性情，一旦有所咏歌，也必然是以最坦白、最单纯的方式描绘生活的真实形貌；即使是生活的苦难，也只发为低抑平缓的倾诉语调，将苦难归之于上天或消融于天地自然之间——《诗》三百篇这部中国最早的诗歌总集，就如是刻露出先民淳朴单纯的心声。又譬如说战国时代投身于纷扰的政治舞台的知识分子，当他们面对礼教制度的崩坏、天道人伦的不存、道术德业的分裂时，他们如何能安于详和、素朴的玫瑰园？一旦个我生命投入政治洪流的历练与挣扎，理想的坚持与自我的突显正是这个时代的最大表征。因此，词汇或语法的铺陈夸饰与富于变化的表达方式就取代了主题反复回增的抒情歌调；而能够“装入更多的内容及适应随时代激动而来的丰富而奔放的情感”（徐复观先生语）的具有论辩性格的散文与悲凉慷慨的楚调，便成为知识分子表情达意的媒介——先秦诸子的散文与以屈原为主的骚赋，便成为狂飚动荡时代中刻画人性的见证。就此而论，如何透过种种不同的艺术形式以掌握不同的历史阶段里民族心灵的形貌，对我们或许更具有文化理解上的意义。

基于上述的共识，我们厘定了《中国文学巅峰之境》一书的11

个单元：

素朴的与激情的——诗经与楚辞

帝国与自我的交光叠影——汉赋

咏怀的本质与形似之言

奔腾与内敛——盛唐诗歌

多彩多姿的中晚唐诗风

知性的反省——宋诗的基本风貌

市井歌谣及其转型——宋词

观物思想的具现——咏物词

从民俗趣味到文人意识的参与——小说（一）

从自我的抒解到人间的关怀——小说（二）

市井文化与抒情传统的新结合——古典戏剧

希望透过这样的安排，能够清楚地把中国文学发展的大脉络描画出来。同时，我们撰写的原则依然秉持着“语言形态学对应终极的宇宙态度”（linguistic morphology vs. ultimate attitudes towards the universe）这种文学类型的理论观点，因为这种理论观点的确能让我们清楚意识到艺术的形式与表达的内容间所具有的不可分割的整体性。然而，我们撰写的方式既不同于一般文学史著作的叙述方式，自不免遗漏了一些文学史上的重要作品类型与艺术心灵；同时也无法把一种文学形貌所以过渡到另一种文学形貌的细节、始末交代得详尽、周密。譬如说，我们以“赋”这种美文形式作为汉代文学的代表类型，进而尝试从“赋”这种推类、敷布的艺术形式探索整个汉代知识分子的心灵取向：关怀大一统帝国的性格问题以及缘是而来的自我的定位问题。然而，如果我们撇开五四以来对于传统文学所怀抱的拟似西方浪漫主义者的见解，而以一种更具历史意义的观点（即某一时代的文学原是某一时代的文士作家最常使用的语言文字的表现模式）来考察汉代文学的发展，那么，最能够表达上述汉代知识分子之心灵取向的文学形式应该是贾谊、晁错、董仲舒，以及刘向、匡衡等人向汉代帝王所陈的奏疏；而司马迁的《史记》更是汉代最伟大的一部文学作品（虽然《史记》同时也因为它对历史所具有的识见与批判力，而成为一部最伟大的史学著作）。这种叙述性质的散文体，原是中国文学传统中的一项重要遗产；只是当我们一谈到中国文学的代表著作时，我们总会因为想到的是“诗”、“小说”、“戏剧”等纯粹的文学类型，而多少忽略或遗忘了这些作品在中国文学传统里所曾绽放的光彩。透过这种观点的引导，《左传》就不会只是历史的著作或思想史的材料，而《论语》或《庄子》等书的某些篇章也不会只是哲学的著作。循此，我们自然可以进一步确立中国叙述传统的起源及其发展的脉络。

其次，在中国文学发展的过程里，有一个重要因素也是不能忽略的，那就是民间传统与个人创作才具之间结合的问题。这个问题代表的是发自基本人性的、天生的艺术创造冲动与文士作家匠心经营的心智创作活动之间所呈示的互动关系。不论文士作家如何加工润饰、不论某一时代某种文体多么个人化，其作品的意象与主题两方面都不缺乏自然的土地和人生今世的气息。例如《红楼梦》是中国文学史里登峰造极的小说，其中充满着个人在自我追寻之过程里的冲突与超升（或换一个角度说，幻灭），但它仍保留着民间说书的色彩与表达形式。只是，当我们试图在民间找寻文学发展的线索时，并不表示我们要把已经高度发展的艺术作品驱回民间俚曲俗文的领域——20世纪30年代高唱“俗文学”，便表露出这种倒反的心态；相反地，一如已故的陈世骧先生所指出的：“我们所要探讨的，是经过长时期加工润饰以后所呈现的高度艺术性成就。”本书讨论词、小说与戏剧发展的三篇论文里，撰写者都对这个问题有详尽的叙述。唯独诗歌这个文学类型我们很难处理，因为中国诗歌的发展有着一段非常久长的历史，而在这个发展的过程里，汉代的乐府、民歌以及六朝的吴歌、西曲等种种民间的艺术形式及其表露情思的方式都是其中重要的助力。唐诗所以汇为中国诗歌国度中的巅峰，并且成为中国文学传统的荣耀，它的源流自是多方面的。对于这些源流，我们原应专列一个单元来讨论，并且借此说明中国民间传统与文学史研究间的关系。

一如我们在《中国文学的情感世界》的导言中说明的：对于传统文化的解释是一种积累的、渐进的工作，并且随着透视观点（perspective）的变换、开展而有不同的结果。因此，如何重新对传统的文学史作一次不偏不倚的认识与阐释，并且把这种研究的成果传达给一般读者，正是我们真正期待并努力以赴的目标。

素朴的与激情的

诗经与楚辞

杨宿珍

先秦，在中华民族的历史文化流程中，确实扮演着举足轻重而又多彩多姿的角色，人文思想蔚然蓬勃，各种器物发明创制，都展现一个活泼而富生气的艺术风貌；在文学领域内则有源于群体生活而具素朴意味的《诗经》与来自抒发自我情志、充满激情抗辩的《楚辞》。这二大著作，风格殊异，却为中国文学树立了两种生命形态的基型——素朴的与激情的，在往后的中国文学长河里，可发现多属此二基型的再度呈显。因此，作为文学源流的《诗经》与《楚辞》，有其不能撼动的地位。同处先秦的氛围下，为何展现如此不同风姿的作品，《诗经》、《楚辞》各具的特色如何，以及此二种风格在文化史上的特殊地位又如何，这些均是本文将要探讨的主旨。

素朴的群体世界——诗三百篇

黄河是中华文化的动脉，从太古之初即在中国北方奔流不息，沿途夹泥带沙，淤积成一片绵亘数千里的沃壤，从唐尧、虞舜、夏禹以来，都以此沃野为上田，先民就从此在这土地上耕耘撒籽，播下了文化的根苗。他们的生命与大地结缘，成了真正的“大地人物”，生活在大地上，劳动于大地间，所有生活几乎全按着大地自然的脉搏跃动而作息。春夏秋冬四时的递嬗、风霜雨露的变化、日月山川的焕发以及田野瓜棚的收成，这一切均如是自然地与人的性情相交融。先民陶融在这广大和平的世界中，也感染了大地博厚笃实的性情，真情实意也毫无掩饰地流露，一切景象均如此静定而美好。他们以性情感通了宇宙自然的和谐，也由草木万物的生长，体会到宇宙的流转生机，酝酿了中华民族深彻渊涵的智慧，创发天人合一的哲学，而自然——象征天地永恒与和谐，乃成为文学、哲学的最高境界。

中国人原是如此自如地顶立于天地间，由实际的劳动，体会出“天行健，君子以自强不息”的真义，而对于万物的接近与关爱，正表现厚德载物的一面——“地势坤，君子以厚德载物”，人与天地万物均如是温馨亲切地处于大自然中。人从自然中取得生活物资，亦将生命情操寄托自然，形之于语言文字时，亦流露出先民的灵心慧意。这美好的自然诗篇，原是孕育于宇宙自然的蕴藉中，他们以最坦白而单纯的方式，透过歌舞、语言文字，绘出了农业群体生活的真实面貌——劳动的艰辛与愉悦、收成的欢愉与闲情，对山河大地的礼赞、对天地祖先的感恩祈福……。《诗经》——中国最早的诗歌总集，就如是发抒着先民淳朴的心声。

• 群体生活的欣悦活泼

《诗》三百篇产生的时代约在周初到春秋中叶的五百年间，周人的兴起和他们在农稼方面的杰出成就最有关系，《诗经·大雅·生民》，就是记载教民稼穑五谷的创世祖先——后稷履迹而生的诞生神话，后稷长大成人，教民播种耕种之法，收成后，又以之祭祀上帝，说明了周民族创业的艰辛。其文化根苗如此深植于大地之中，而农业生产是所有文化的基础，凡倾向农业的民族性，亦均归向平实，此为其产业的特性。因此，先民最先立足于大地，就充分表现了素朴文化的气息。

先民开始耘田撒籽的工作，身心赖此得到依归，日日课田，无荒无嬉，《豳风·七月》具体描述田家生活的劳苦与情趣：

> 七月流火，九月授衣，一之日觱发，二之日栗烈。……三之日于耜，四之日举趾。同我妇子，馌彼南亩，田畯至喜。……六月食郁及薁，七月亨葵及菽，八月剥枣，十月获稻。为此春酒，仰介眉寿。
>
> 七月食瓜，八月断壶；九月食苴，采荼、薪樗，食我农夫。九月筑场圃，十月纳禾稼。黍、稷、重、穋、禾、麻、菽、麦。嗟我农夫，我稼既同，上入执宫功，昼尔于茅，宵尔索绹，亟其乘屋，其始播百谷。

人们经由五谷蔬果的播种与收成，含蕴着对天地万物温情的观照。劳生虽苦，而收获之后的愉悦与感恩，又增进人与天地之间温厚和谐的情意，因此，“朋酒斯飨，曰杀羔羊。跻彼公堂，称彼兕觥，万寿无疆”的完满收场，洋溢着劳动者自歌其事的美好祝福心意。

温情厚意的流布，反映了群体生活的欣悦情怀，《小雅·甫田》更为此中代表：

> 以我齐明，与我牺羊，以社以方。我用既臧，农夫之庆。琴瑟击鼓，以御田祖。以祈甘雨，以介我稷黍，以谷我士女。
>
> 曾孙来止，以其妇子，馌彼南亩。田畯至喜，攘其左右，尝其旨否。禾易长亩，终善且有。曾孙不怒，农夫克敏。曾孙之稼，如茨如梁；曾孙之庾，如坻如京。乃求千斯仓，乃求万斯箱，黍稷稻粱。农夫之庆。报以介福，万寿无疆。

政府首长与民众无间无隙，充满和谐欢乐的喜悦与虔敬的心思——“以我齐明，与我牺羊，以社以方”，而“我田既臧，农夫之庆，琴瑟击鼓，以御田祖，以祈甘雨，以介我稷黍，以谷我士女”又是互相关爱的温暖心境，王者与农民均诚厚地祈求天地的赐福——“禾易长亩，终善且有，曾孙不怒，农夫克敏”，因此有了“千斯仓，万斯箱”的丰盛收获，显现和乐融融的皆大欢喜，而“报以介福，万寿无疆”，又将此欢喜推恩于方社及田祖，亦见人世的谦和美意。

- 物皆有情的胸怀

人生于大自然中，则天地亦与我有情，与物和谐相处，则物亦有情，先民群体生活的欣喜，亦及于自然万物，《诗》三百篇中，时可见对草木、生物之细腻描述，虽有时并非经意为之，但形之于诗篇，则见人与生物之和谐深情，如《王风·君子于役》：

> 君子于役，不知其期，曷至哉？鸡栖于埘；日之夕矣，羊、牛下

来。君子于役，如之何勿思！君子于役，不日不月，曷其有佸？鸡栖于桀，日之夕矣，羊、牛下括，君子于役，苟无饥渴。

天色已晚，鸡群都已栖息于埘、桀之上，牛羊也都从山上下来了，这时，思妇自然想起出征在外的丈夫，归期迢遥，不禁惦念着他的饥渴。这首诗，原为思妇念征夫之作，而其中对牛、羊、鸡等家禽、家畜的描写是如此的自然而生动，这些牛、羊、鸡，原是农业家庭中的良伴呀！信手拈来入诗，已含蕴人类爱物的深情。

《豳风·东山》诗亦属此类作品，写东征士兵，既归之后，见家中"果赢之实，亦施于宇"又有伊威虫、蟏蛸虫在室内户中，"伊威在室，蟏蛸在户"，庭院内"有敦瓜苦，烝在栗薪"，触目所及，在出征归来的心中，满含家的温暖。"自我不见，于今三年"，除了对妻子的怀念外，亦可谓对家园的一份深情扩及于对小虫及瓜果存在的关注。《豳风·七月》诗中，"五月斯螽动股，六月莎鸡振羽；七月在野；八月在宇，九月在户，十月蟋蟀入我床下"，描写时序渐寒，却以生物之动见时移之速：五月时，斯螽已动股，六月莎鸡已振羽，七月犹在野地，八月则已依人之宇下，九月依人之户内，十月蟋蟀且入我床下了。五、六、七、八、九、十月六句，一气直下，奇横之笔，文义自明。此章对于周遭生物之观察细腻，皆因平日视万物为一体而自然流露的关注情怀所致。

《小雅·无羊》诗，可算是此类的佳作：

谁谓尔无羊？三百维群。谁谓尔无牛？九十其犉。尔羊来思，其角濈濈。尔牛来思，其耳湿湿。或降于阿，或饮于池，或寝或讹。尔牧来思，何蓑何笠，或负其糇。三十维物，尔牲则具。尔牧来思，以薪以蒸，以雌以雄。尔羊来思，矜矜兢兢，不骞不崩。麾之以肱，毕来既升。牧人乃梦，众维鱼矣，旐维旟矣，室家溱溱。

朱熹言“此诗言牧事有成而牛羊众多也”(《诗集传》),不止此也,此诗之可贵在于写出牛、羊及牧人悠游自得之态:草原上有羊群、牛群同处,“尔羊来思”、“尔牛来思”,它们的角聚集在一起,“其角濈濈”,而牛的耳朵却动个不停,“其耳湿湿”,牛羊或在山脚栖息,或在池边饮水,有的休息,有的仍动静不止,“或降于阿,或饮于池,或寝或讹”,又有牧人戴着蓑笠,背着食粮往来其间,“尔牧来思,何蓑何笠,或负或糇”,真是一幅和乐安详的群牧图,“或写物态,或写人情,深得人、物两忘之妙”(姚际恒语,见《诗经通论》)。牧人又以其余暇去采薪、弋鸟,“尔牧来思,以薪以蒸,以雌以雄”,任牛羊或饮于池,或降于阿,更见人与动物及自然之相得相忘。对于羊的行动描述,更属生动贴切——“尔羊来思,矜矜兢兢,不骞不崩”,羊性温谨,故其步履欲争先而实缓慢不散乱,善于攀爬崎岖险仄之处又不倾跌。诗人描摹深刻细腻,亦因其平日与羊相和无间所致。牧人见牛羊各自适意地游息于原野上,他也自在地在场边睡着了,并做着牛羊蕃盛、子孙众多的美梦。

先民对万有生命的欣喜及对大自然全盘融入的愉悦安足,显现了岁月安稳、人物嘉祥的太平景象。

- 称颂报恩的德性

《诗经》中,称颂之篇居多,也是来自淳朴温厚的情怀,如《小雅·蓼莪》篇,写人子对父母的孝思之情;《召南·甘棠》则间接表达人民对君王的孺慕敬重之诚;直接颂赞祖德之诗,在“颂”诗颇多,此类诗可以《周颂》中之《维天之命》及《思文》二诗为例:

> 维天之命,于穆不已。于乎丕显,文王之德之纯。假以溢我,我其收之,骏惠我文王。曾孙笃之。(《维天之命》)
>
> 思文后稷,克配于天。立我烝民,万匪尔极。贻我来牟,帝命率育,无此疆尔界。陈常于时夏。(《思文》)

此二诗原为祭祀时的颂赞之词，先民面对宇宙、山河大地变化无穷，觉得似乎确实有一股深邃力量（于穆，深远之貌），永远起着推动变化的作用，此即《易经》所谓“生生不息”之意。生生不息的天德（天道或天命），下贯人世，则文王纯亦不已的德性，可与之相通，而文王需以敬的作用保住天德、天命，文王的个体才可永远呈现光明[1]。因此，先民由赞美天德转而称颂文王，开启了性命天道相通之路。“思文”之“思文后稷，克配于天”，也以后稷之德比配天德。另外《大雅·文王》及《大明》诗皆如此类：

1. 参考牟宗三，《中国哲学的特质》（台北，兰台，1973年），第四讲，《天命下贯而为“性”》一文。

2. 傅斯年，《诗经讲义稿》，《傅斯年全集》（台北，联经，1980年），册一，页323。

> 文王在上，於昭于天，周虽旧邦，其命惟新。有周丕显，帝命不时。文王陟降，在帝左右。（《文王》）
>
> 维此文王，小心翼翼。昭事上帝，聿怀多福。厥态不回，以受方国。天监在下，有命既集。文王初载，天作之合。在洽之阳，在渭之涘。文王嘉上，大邦有子。（《大明》）

此类称颂诗篇的风格多简朴无华，直抒人民对贤君之崇敬情怀，更显出先民笃厚的心性，这里没有虚饰的歌功颂德之词，多属“振而不荡，庄而不敛”[2]的流露。

- 向群体呼求慰解的心态

《诗》三百篇，展现了群体生活的面貌，人处其中，与整个群体生活息息相关，诗中多见活泼美意的人伦精神与天人合一的和谐境界。然而，在此情况下，若有特殊的感遇，一旦不能获得共同的认同，其向群体呼求体谅之心则更为迫切，毕竟在素朴的社会形态中，特异的个我是不易存立的。《邶风·柏舟》写仁而不遇的感慨：

泛彼柏舟，亦泛其流。耿耿不寐，如有隐忧。微我无酒，以敖以游。我心匪鉴，不可以茹。亦有兄弟，不可以据。薄言往愬，逢彼之怒。……

仁者心有所忧，却不为人知，往见兄弟以诉告其苦，却逢其怒，故连手足之情，亦不能依靠，渴求慰藉之心因而落空。《鄘风·柏舟》：“泛彼柏舟，在彼中河。髧彼两髦，实维我仪。之死矢靡它！母也天只，不谅人只！……”写贞妇有夫早死，其母欲逼其改嫁，而誓死不愿之情，向母亲、上天呼求谅解，然而母也天只，依然“不谅人只”。向兄弟、母亲、上天呼求慰解，既不可能，则另可由古人处得其认同，《邶风·绿衣》：

绿兮衣兮，绿衣黄里。心之忧矣，曷维其已？……绿兮丝兮，女所治兮。我思古人，俾无訧兮。絺兮绤兮，凄其以风。我思古人，实获我心。

心之忧虑，无法向群体求得谅解相知，却由追思古人之善处其中而得到慰藉。《王风·黍离》与《魏风·园有桃》皆为有识者感时伤事之诗，而一般世人却未必能完全了解其心：

彼黍离离，彼稷之苗。行迈靡靡，中心摇摇。知我者，谓我心忧；不知我者，谓我何求。悠悠苍天，此何人哉！（《黍离》）

能知我心者，确能知我为何而忧；不知我心者，却又以何所求相诘，则“我心”不得谅解，只能将此情托付上天，“悠悠苍天，此何人哉”，其语气是凄怆无奈的。《园有桃》诗：

园有桃，其实之殽。心之忧矣，我歌且谣。不知我者，谓我士也骄。“彼人是哉！子曰何其”？心之忧矣，其谁知之？其谁知之？盖亦勿思！

心有忧者，愤人之不己知，亦时时思“知音”之来以告慰自己。求知音，是人人内在的渴望，在群体生活中，急欲求取他人的慰解与认同以得心安，成为《诗》三百篇中一特殊的回响！

• 爱情诗篇的繁复

爱情——这人间最古老的课题，点亮人世昏暗的苍穹，亦使人们有勇气抗拒外面的风雨，使人间世界更温暖。透过爱的表现，人的生命向外投射、升华，因而与外在世界建立和谐的关系，人间因而有了秩序，也有了社会的制度与文化的创发。

爱有各种繁复样态，自古以来，人们或以歌以舞、以诗以文来表达心中这一份最真挚的情怀，充实了各种艺术的内容。《诗经》是中国最古老的文学诗歌总集，翻阅全书，表达“爱”的篇什极多，可借此看出在初民的天地里，如何表现人间最珍贵的挚情。

《诗经·郑风·野有蔓草》一诗，表达男女相悦自然而适意之情怀：

野有蔓草，零露漙兮。有美一人，清扬婉兮。邂逅相遇，适我愿兮。野有蔓草，零露瀼瀼。有美一人，婉如清扬。邂逅相遇，与子偕藏。

一对生活在大自然中的金童玉女，在田野草露之间相遇，女子的眉目清扬，娉婷身姿，映在男子眼中，彼此衷心欢喜，“适我愿兮”而愿“与子偕藏”，有情人终成眷属，达到男女相悦的最终理想。《郑风·将仲子》：

将仲子兮，无逾我里，无折我树杞，岂敢爱之，畏我父母，仲可怀也，父母之言，亦可畏也。……

此诗，虽被视为淫诗，但也表现男女相知相悦时，家中的礼教仍要谨守，不可逾越，故婉转以谢男子之意。《狡童》诗，写女子相思之情：

彼狡童兮，不与我言兮，维子之故，使我不能餐兮。

彼狡童兮，不与我食兮，维子之故，使我不能息兮。

因外在因素的阻挠而不能相见，没有怨恨，只平静地诉说“不能餐”、“不能息”等基本生活变化的消息，也许女子心中汹涌着挣扎与思念之苦，但形之于语言时，却又是最素朴的文字表达。在《褰裳》诗中又有着女子对情感的刚烈与自负：

子惠思我，褰裳涉溱。子不我思，岂无他人？狡童之狂也且。

子惠思我，褰裳涉洧。子不我思，岂无他士？狂童之狂也且！

也表现了人世的健康，女子也有绝对的情感自主权。此外，当也有描写情爱、婚姻的不谐，对内心复杂的情绪较能有深刻的把握，如怀人而久不见曰“一日不见，如三日兮”，“一日不见，如三月兮”甚至“一日不见，如三秋兮”（《王风·采葛》）的炽烈情绪；或因思念而寝食不安，却要强颜欢笑以对人世。实则“中心是悼”是“忧心如醉”，这种深情委婉，千古以下读之，亦同声叹惋。《卫风·伯兮》最能深刻表现征妇的思念痴情：

伯兮朅兮，邦之桀兮。伯也执殳，为王前驱。自伯之东，首如飞蓬。岂无膏沐？谁适为容。

其雨其雨？杲杲出日。愿言思伯，甘心首疾。焉得谖草？言树之背。愿言思伯，使我心痗。

女子之伯，为一捍卫国家的勇士，随君王出征在外，这是令女子引以为荣的，然而“自伯之东，首如飞蓬”，伯不在身旁，一切的妆扮都失了意义——“岂无膏沐，谁适为容”，最后直接道出“愿言思伯”而“甘心首疾”“使我心痗”，即令因思念而致头痛、心苦——这人间挚情的苦汁，在那女子都甘心饮下，而英勇的“伯”之雄姿，仍如是长居于她孤寂的心中。

爱情的诸多面貌，原是千古共通的，爱情的本质，复杂而引人遐思，即存在于若即若离的渴盼中，这种情思在《秦风·蒹葭》诗中可找到优美而完足的表达：

蒹葭苍苍，白露为霜。所谓伊人，在水一方。溯洄从之，道阻且长；溯游从之，宛在水中央。

蒹葭凄凄，白露未晞。所谓伊人，在水之湄。溯洄从之，道阻且跻；溯游从之，宛在水中坻。

蒹葭采采，白露未已。所谓伊人，在水之涘。溯洄从之，道阻且右；溯游从之，宛在水中沚。

这首优美的怀人之诗，产生于三千多年前的秦地，描绘人们对情爱的追寻，形成完足的企慕象征；同时情景的互相交融，秦地的苍莽，衬托追寻的艰辛困阻，使得情思更温婉、更深浓，而人的企慕依然。《蒹葭》诗表现了爱情的另一种风貌——凄清而委婉的甘美。

• 对不完美社会的反应

诗歌既是人类情感最自然的流露，除了欣喜、颂赞外，另有悲伤、苦痛情怀的呈现，其中大部分来自对现实社会桎梏身心的申诉。

西周至夷王、厉王之后，政治腐败，外患日炽，诗篇中随处可见对此不完美社会的批判，如《大雅》中表儆戒的《板》、《荡》、《民劳》等诗，表丧乱的《召旻》、《桑柔》、《云汉》等诗。《桑柔》中有“天降丧乱，灭我立王”之语，足见此诗乃伤时之诗，“乱生不夷、靡国不泯。民靡有黎，具祸以烬。于乎有哀，国步斯频”写出当时动乱中之人民，历经死丧离乱之幸存者，有如余烬，并哀叹国步维艰，已近穷途。《召旻》中“旻天疾威，天笃既丧。瘨我饥馑，民卒流亡，我居圉卒荒”更道出人民因饥馑流亡，四面交敌、边疆尽陷于荒乱的情形。《抑》篇则对于执政者的倒行逆施、荒怠政事，做了最深切的指控——“其在于今，兴迷乱于政。颠覆厥德，荒湛于酒，女虽湛乐从。弗念厥绍，罔敷求先王，克共明刑”，百事俱废，君王不知振起奋发，唯整日饮酒作乐，不念继承先人志业，也不求先王之道，所以不能恭谨从事于贤明的法度。

《小雅》中亦多怨诗，如感伤时政之《节南山》、《沔水》、《巧言》、《何人斯》、《巷伯》、《青蝇》等刺谗佞诗，《正月》、《十月之交》、《小旻》、《小弁》、《小宛》等悲伤亡之诗，皆可充分表露民生之疾苦。而先民面对这些祸患，除以诗歌表出内心之苦痛外，在现实生活中无力抵抗，大都采取逆来顺受的态度，如《小雅·巧言》：

> 悠悠昊天，曰父母且。无罪无辜，乱如此怃。昊天已威，予慎无罪，昊天泰怃，予慎无辜。

苦痛、冤屈已俱存，也只能向上天申述，透过人与自然（天）的交通，将这份愁苦在天地间消融而得到超脱，大自然此时又成了先民受伤心灵最佳、最直接的愈合剂。这种人与自然相融的消解之道亦成了先民的天命观；同时也认定人间的苦难，是“天实为之”，故一切皆可忍受，毫无怨怼。此类诗所反映的民生困苦，亦属深刻，却非激烈的呐喊，而是低抑平缓的申诉。

对苦难，除了逆来顺受或作低抑的控诉外，先民鲜作正面反抗，但他们也有消极逃离的态度，如《魏风·硕鼠》：

> 硕鼠硕鼠，无食我黍，三岁贯女，莫我肯顾。逝将去女，适彼乐土。乐土乐土，爰得我所。……

《诗序》云："硕鼠，刺重敛也"，以硕鼠之食黍，形容当政官僚之苛政重敛，先民无力抗拒，唯想逃离此地，另觅人间乐土，求有道以寄托其身。总之，《诗》三百篇中，先民应付苦难的方式，在诗中均为低抑而平缓的倾诉语调，将苦难归之于上天或消融于天地自然间，这种单纯而素朴的心态，更造就了《诗经》中另一种静态的悲剧情调。

• 《诗》三百篇表现方法的特质

"兴"法

综合《诗》三百篇的诗歌来看，诗中多以原野草场、溪涧山陵、日月天地为背景，这是因为先民生活于大自然中，浸润在自然的氛围里，大地的草虫鸟木、山川景物，信手拈来，均入歌诗，外在自然景物引发了创作的因子，表现先民对纯粹自然美的普遍而深厚的感受！歌诗也由自然起兴，形成《诗》三百篇创作方式的一个重要特色。

"兴"的定义，自毛公提出"赋比兴"三义后，历来学者多所困惑。赋与比的问题较为单纯[3]，"兴"则较为复杂，毛传从《诗》305首中举出116首指明"兴也"（有时指句，有时指章）；汉郑玄的笺，以美刺托意解诗，更增加了不少"兴"的材料。至唐孔颖达分辨诗之六义，以风雅颂为诗之内容，赋比兴为诗之技巧。此看法一直流传至后代，但他只言"兴"为"理隐"，并未对"兴"义多作探讨。至宋朱熹《诗

3. 所谓赋，乃"敷陈其事，而直言者也"（朱熹《诗集传》），如《豳风·七月》诗中草木五谷随季候的推移而出现，其在诗中并无喻托之意，乃因事实上如此。而"比"则满足诗艺上的需要，可扩展意象的喻意，如"有女同车，颜如舜华……有女同行，颜如舜英"，以舜（芙蓉）比女子；或如《卫风·氓》诗："……桑之未落，其叶沃若。于嗟鸠兮，无食桑葚。……桑之落矣，其黄而陨。自我徂尔，三岁食贫……"，三次以"桑"喻女子皆是"比"法。

集传》出，则对毛传所谓“兴”重加判定，或删或增，最后在其书中所见“兴”例，又比毛传多。朱熹在《诗集传》中也多所发明，但其认为兴只是“托物兴词，初不起义”，使后世学者以为兴与诗集无关；而在另一方面又据“兴”以托言讽喻，则又造成另一极端。对于“兴”义，一直未有恰当的诠释。近人陈世骧在《原兴：兼论中国文学的特质》一文中[4]，重新予以“兴”一个适切的看法，他以为《诗经》的作品结构与“兴”最有关系，从追溯兴的原始因素——歌舞乐合一的精神：群众合力向上举物所发出的声音，以及举物盘游以表欢乐的情绪而随之起舞——指出诗作中由初民歌谣的初型而构成后世诗篇中的完美形式，由诗人“回溯歌曲的题旨，流露出有节奏感有表情的章句，这些章句构成主题，如此以发起一首歌诗，同时决定此一歌诗音乐方面乃至情调方面的特殊形态”，这就是《诗经》中所谓的“兴”。因此，透过对“兴”义的把握，后人可领悟《诗经》中初民的原始艺术形态。“兴”在诗中的作用，常有“巩固诗型的任务、奠定韵律的基础、决定诗的韵味，甚至关系到全诗气氛的完成”，而这些多以“复沓”、“叠覆”及“反复回增”（incremental repetition）来表现“兴”的特殊功能，其中尤以“反复回增”最能见出诗中高度技巧的运用。如《陈风·泽陂》一诗：

4.《陈世骧文存》（台北，志文，1972年），页219。

彼泽之陂，有蒲与荷。有美一人，伤如之何，寤寐无为，涕泗滂沱。

彼泽之陂，有蒲与蕑。有美一人，硕大且卷，寤寐无为，中心悁悁。

彼泽之陂，有蒲菡萏。有美一人，硕大且俨。寤寐无为，辗转伏枕。

此诗乃男女相悦而相念之诗，香蒲、荷（菡萏，荷花也）、兰（蕑，兰也），皆是生于水边堤岸的植物，诗中用以象征爱情，诗人见此引发思念美女之情而写下这首相思之诗。“彼泽之陂，有蒲与荷”的句型，决定全诗三章的反复回增式的出现，使整首诗显得完整而意象统一。可知反复不是意象的堆砌，而是像音乐的主题不断在乐章中出现，其中变换的字词，如蕳、菡萏或卷、俨，除了追求音韵的和谐与统一外，更可视为曲中的变奏。因此，反复回增方法的使用，不断加强诗人的主题意识，产生一种和谐的节奏，相对的，也造成思念情怀的逐渐深刻化，加强诗之感人力量。《周南·芣苢》也是明显的“兴”的运用：

采采芣苢，薄言采之；采采芣苢，薄言有之。
采采芣苢，薄言掇之；采采芣苢，薄言捋之。
采采芣苢，薄言袺之；采采芣苢，薄言襭之。

此诗无论依朱熹《诗集传》分三章、章四句，或姚际恒《诗经通论》分六章、章二句的不同分法，皆可说都是依一定的节奏而作整齐的变换，描绘采、掇、袺、捋等连续采撷的动作，可说是最纯朴、最原始的“兴”的表现方式。此外《将仲子》及《隰有苌楚》诗，亦皆由诗人运用反复回增法而使主题不断地呈现，加强其意识的流露、情感的强度以及节奏的变换，而透过“兴”法，表现作者心境和景物融合，而构成动人的诗歌。

所以自然中的草木鸟兽、日月山川及人为器物，都是先人以之入诗的素材，造成自然鲜活、初生混沌的意象，更见“兴”的功能，也可知先人对现世万物敏捷灵动的观察力，再借着圆熟思想的融铸，而使当前事物以一套和谐的韵律和节奏表出的艺术成就。

“套语”的运用

除了“兴”的特征外，当我们阅读《诗经》时，常见许多定型的格律，以及一再使用的同一词语，在不同的诗篇中出现。为何在最早的诗歌总集中，有如此雷同的表现，这是一个值得探讨的问题。近人王靖献于其《钟鼓集》(*The Bell and the Drum*)一书中，以“套语系统”(formulaic system)详细分析《诗经》中此种形式结构的运用。

“套语说”(formulaic theory)，是研究荷马古诗的学者帕里(Milman Parry)和洛德(Albert Lord)首先提出的，他们以为文学区分成口述的和书写的二种类型，其原因不是文化上的不同，而是形式上的相异，我们如想以一首诗去了解另一首诗，便非得从形式着手不可。因此，“套语说”可称为一形式学，他们想从诗的形式去探讨口述文学的本质。口述诗的特色是“套语化与传统性”，早期诗人利用套语与传统的格式重新组合诗句，增加诗的活力。帕里对“套语”所下的定义是：“运用同样的韵律节奏，以表达一定概念的一组文字”；又指出除了“套语”外，“套语系统”对口述文学亦很重要。所谓“套语系统”就是以不同的文字，套用相同的形式，亦即形式不变，只变化其中部分文字。但在帕里的理论中，更重要的是他所谓的主题(theme)。洛德所下的定义是：“主题乃指诗歌中反复出现的情节和描写的文字而言。”其实，主题乃指歌者在吟唱时恰如其时而且不可抗拒的闪现在他心灵上的意念，使其不自觉地发展成诗歌中的神话——所谓的神话是对主题刻意安排的一种顺序。

《钟鼓集》对《诗经》的研究即依以上套语、套语系统及主题加以详细的探述，借此厘清《诗经》中的抒情诗的形式结构，并指出早期诗歌的创作是袭用既有的情节或描写片段语言完成，当然也表现了群体生活下，先民联想的全体性(totality of association)。王靖献认为凡合乎以下六种情况的诗句都可称之为套语：

(1)在数首诗里重复出现的诗句，如在第三十首《终风》里出现的“悠悠我思”，也在第三十三首《雄雉》及九十一首和一三四首里出现。

(2)在同一首诗里重复出现的诗句，如第九十五首《溱洧》里的“赠之以芍药”就出现了两次。

(3)在语意学的范围下，一行诗重复出现，不论其长短如何而重复出现，例如“我心伤悲兮”与“我心伤悲”在语意上是一样的，只是后者少了一感叹字“兮”。

（4）只有感叹字不同的句子，如第二十九首《日月》里“乃如之人兮”与五十一首《蝃蝀》里“乃如之人也”有关。

（5）诗句里有些字写法尽管不同而基本意义并未变更，例如第四十首《北门》里“忧心殷殷”与一九二首和二五七首里“忧心慇慇”就是。

（6）诗句有些字不同，但意义却毫无差别，例如第一一六首《扬之水》有“云何其忧”，而一九九首“何人斯”有“云何其盱”，“忧”“盱”都作“忧愁”、“忧患”等解。

王先生根据帕里的定义，为《诗经》中的套语重下界定：“套语者，即由不少于三个字的一组文字所形成的一个条理分明的语意单元，此一单元在相同的韵律节奏下，或在一首诗里或好几首诗里重复出现，以表达一定的概念。”依其统计，《诗经》中套语占全书21%，合乎套语创作方式20%的标准，其中国风占26.6%，更能合乎其原则。

《钟鼓集》中又将“套语系统”重新界说为：“一组在韵律上和语意上关系相当疏的诗句，其形式上之关系居于两个元素相关排在一起，一元素是一组不变的字，而另一元素是一常变的字或词，以完成叶韵的句型。”以《诗经》为例，如：

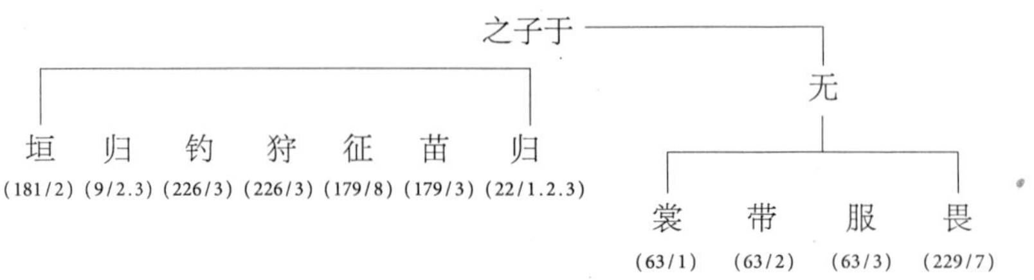

注：其中第一种“之子于归”又见以下各篇中（12/1.2.3）、（6/1.2.3）、（28/1，2，3）、（156/4）
（阿拉伯数字前者代表第几首，后者表示第几章）

在此图中，“之子于”是一常数，加上变数“×”为《诗经》中主要系统；“之子无”之常数加上“×”则为次要系统，这就是《诗经》中一项套语系统的运用形式。又如“载×载×”也是常见的“套语系统”，总共有19种，出现在14首诗中：

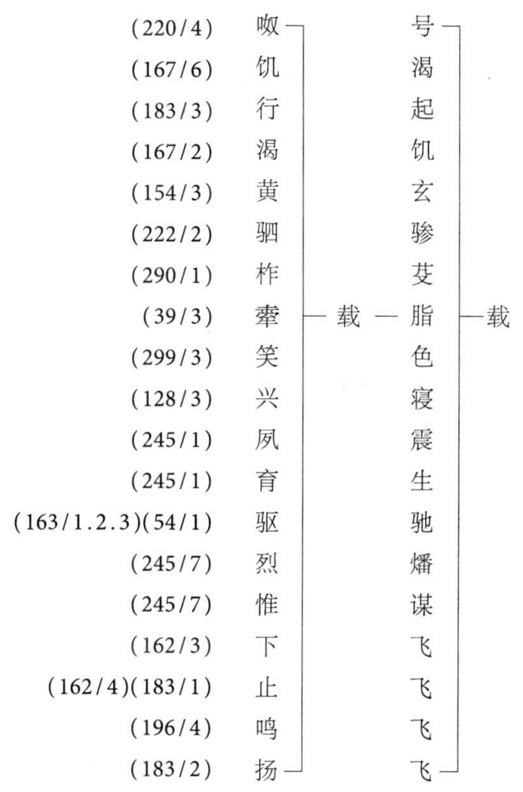

其变数“×”则常为完成句子的叶韵而存在的字词。

以上是在形式结构上，对套语的使用及其所产生的音韵节奏的探讨，而《诗经》中套语的使用也同时意味着主题的雷同，如以“习习谷风”为套语以起兴的第三十五首《谷风》和二〇一首的《谷风》，皆是表弃妇之怨的主题。另外，上山采蘼芜或采其他植物，如《鄘风·载驰》、《小雅·我行其野》、《卫风·氓》、《小雅·白华》等，皆表现妇女受挫的生命，因此也成为怨妇诗的另一主题。另外泛舟与鸟的描写，也显示一定的意义：如以“泛彼柏舟”表忧伤、“泛泛杨舟”表欢乐；“仓庚”鸟的出现，代表欢愉，“黄鸟”用以表现哀伤。又如“山有……隰有……”的套语应用和变化，与地理因素有关，也和草木的特殊生态、经济价值、药用性能有关[5]。

诸如此类，由套语形式的运用以及套语起兴所形成的各种主题的类别，显示出先民思想的整体性，也可证明《诗》三百篇非成于一时一人之手的创作，而是先民自然歌咏的口述文学，而经采诗之官采集编辑而成的作品[6]。

激情的个我世界 ——屈骚

当我们从《诗》三百篇中的素朴世界踏进《楚辞》的领域时，不免会讶异这二部作品风格的悬殊。《楚辞》诸篇，类型繁复，但皆充塞着个人激烈的情绪表达，如以代表作《离骚》而言，全诗近四百行，却是屈原自我影像的反映，是来自个体生命受到抑屈的呐喊。《九章》、《天问》或其他的祭歌、颂词、悲诗、悼亡诗等，也都是“发泄焦虑、惨戚、哀求或愤懑……的激昂慷慨的自我倾诉”[7]，和《诗经》中祥和、素朴的世界是截然不同的。这种激情的倾诉，表现了一个自我生命存在的历炼与挣扎。因此，自我性的突显，可以说是《楚辞》文学的特征。

当人处于蒙昧混沌的世代，对于自我尚无丝毫意识，一切均以群体生活为主。这样与天地融合为一的世代固然令人向往，只是人一旦凿破混沌，就难以回返那纯朴的世界了。《楚辞》自我意识的突显，亦即人类告别素朴社会后的必然结果，自我遂不能不与外物相刃相靡。此时，意志薄弱，未能持守理想，随众浮沉者所在多有；而坚守理想者，却常需付出无比的心血去护持。然而若落在一个真理正义昏昧无明的时代，则生命的伤痛，悲剧的形成，似乎成了无所逃避的劫数；而人性的光辉，却常由此呈现，幸与不幸之际，可见出人世的吊诡。

---

5. 见叶珊，《传统的与现代的》（台北，志文，1974年）中《诗经国风草木》一文。

6. 本节论点均以C. H. Wang（王靖献），*The Bell and the Drum: Shih Ching as Formulaic Poetry in an Oral Tradition* (University of California Press, 1974）一书为主；并参考陈慧桦，《套语诗理论与“钟鼓集”》，《中外文学》第4卷，第3期（1975年8月）。

7.《陈世骧文存》，页32。

以下即就此讨论屈原和以其为代表的《楚辞》作品在文学史、文化史的特殊意义。

• 屈子的人格世界：主观的认识和道德的坚持

背着生命悲剧的深重负荷，披发行吟于潇湘泽畔的枯槁影像，两千多年来，一直活生生地镌刻在中国文化史上，深印在每个中华儿女的心坎。潇湘，带着缱绻悲怅的凄怨，就如是流入了中国文学的长河里，使千载之下的中华儿女常感凄恻哀惋。然而，只要潇湘一日常流，屈子憔悴忧国的身影，将永远傲然屹立，即使流浪，纵遭放逐，那颗忠贞爱国之心将永不被现世的风雨浇冷。是屈子，使得潇湘更加得氤氲迷濛；是屈子，使我们在展读他生命的坎坷历程之后，仍有余温的热忱来涤荡人世的积秽，而我们如何了解屈子的悲剧，如何探触他的灵魂生命？以下将先借《渔父》篇为进阶，逐步踏入屈子的人格世界，而由《离骚》、《九章》的自述，配合《史记》的介绍，将可了解这位悲剧诗人，在憔悴枯槁前一番曲曲折折的生命历程。

《渔父》篇借屈子和渔父的对答，显示了屈子的人生抉择，也引出了传统中儒、道入世、出世的价值争辩。身处战国的狂飙时代，仁义不张，纵横之术大行其道，是非善恶混淆，好利，成了众所归趋之的。对此现象，屈子有深刻的自觉：“举世皆浊我独清，众人皆醉我独醒”，自己的清醒竟成了浊世排斥的对象，而渔父见到现世的无明加予屈子的伤害则以“不凝滞于物，而能与世推移”相劝。屈子并非不知“与世推移”的处世之道，可使自己避俗远祸，只是他的入世精神，使他无法放弃对整个社会体系的关怀，无法首肯渔父鼓枻而去所给予的信息：“沧浪之水清兮，可以濯吾缨；沧浪之水浊兮，可以濯吾足。”因此，虽遭窜斥不堪之时，屈子宁选择憔悴身死而不愿“蒙世俗之尘埃”；不忍舍离人世，是屈子入世精神“痴”的生命形态。

人之有不安、不忍之心，乃来自良心的召唤，那是与生俱来的情操。《孟子·梁惠王上》载梁惠王对于“无罪而就死地”之牛有“不忍其觳觫”之心，这是对基本生命的重视，孟子以为梁惠王应将此不忍之心扩而大之，“以不忍人之心，行不忍人之政”(《公孙丑上》)。除了落实的生命和政治措施外，所谓的不忍之心，应来自人类对宇宙万物及生命价值的直接责任的承担，此即《易传》所谓“作易者，其有忧患乎？”之“忧患意识”之流露。《易传》中的忧患意识是对于人文世界各种责任的担负。屈子的不忍之心亦属此，虽其深广也许不及《易传》。屈子作品中提及“忍”与“不忍”之处甚多：

宁溘死以流亡兮，余不忍为此态也。

余固知謇謇之为患兮，忍而不能舍也。(《离骚》)

欲横奔而失路兮，坚志而不忍。(《惜诵》)

临沅湘之玄渊兮，遂自忍而沈流。(《惜往日》)

宁逝死而流亡兮，不忍为此之常愁。(《悲回风》)

屈子之“忍”乃是对国事、对忧患的承担，那是“隐忍”，将一切苦难全副担当起来；而他的“不忍”，也是对国运陨坠与真理消沉无法释怀。国家成治与真理美善的坚持，一直是屈子死生以赴之事，除了这些，已无可以全身投注之事。在《离骚》一文中，屈子述其行程，所以屡去屡回之因，主要在于不忍舍离家国而远举。

屈子的不忍情怀，表现于人世就是廉(即太史公所谓“其行廉”)与贞的质性，王国维亦云：“屈子之自赞曰廉贞，余谓屈子之性格，此二字尽之矣。其廉，固南方学者之所优为，其贞，则其所不屑为亦不能为者也。”[8]在不屑为、不能为方面，只因不忍，他不能隐居以求其志；在欲有为而不能方面，他又无法独善其身。人世的烦忧，造成其孤寂的心态。屈子不似后世的陶潜，可将生命转向大自然，而发现宇宙的本体，契合宇宙的永恒，他有的只是缠绵之执——执着于现世的人伦，执着于社会家国的成治。

8. 王国维，《屈子文学之精神》，《王观堂先生全集》(台北，大通，1976年)，册五，页1925。

只因不忍之情，所以在命运的动荡急流中，呈露一颗悲苦的心灵以及外在形象的枯槁，伴随着辗转流离的行径。

屈子所处的时代，列强纷争，战祸不绝，正是晦盲否塞之时，《离骚》云："众皆竞进以贪婪兮，凭不厌乎求索，羌内恕己以量人兮，各兴心而嫉妒""唯乎党人之偷乐兮，路幽昧以险隘"，是一般世情的写照；礼教崩坏，天道、人道不存，道术、德业分裂，如何在现世中保有人文道德的精神，向为国君所忽视。国君以德业淑世的精神既失，只余权力交征，群小竞逐，所以"谗人高张，贤士无名"（《卜居》）。屈子在怀王、襄王的无明，上官大夫、令尹子兰及秦国张仪等恶势力的包围下，其正道直行的豪杰作为，虽无以力挽狂澜，但其能不以成败动其心，正是因其有"虽千万人，吾往矣"的独行风姿，有"知其不可而为之"的积极作为，与"虽九死其犹未悔"的坚忍情操，永不回首地执守正道而行。

由前面的讨论，可知屈子的全副生命是放在谋国图治上，极力以己之长才，辅助国家，即令现世是"蹇蹇之为患"，他亦"忍而不能舍"。他最关心的仍是民生的苦境："长太息以掩涕兮，哀民生之多艰。"因此，从他活跃于王室的情形："博闻强志，明于治乱，娴于辞令，入则与王图议国事，以出号令；出则接遇宾客，应对诸侯。"（《史记·屈贾列传》）而得怀王宠信的积极作为，以至后来见疏仍好修不已的善自修持看来，屈子以热烈的感情，追求高远的理想，虽处困境，犹能忍尤而攘诟，由此可知屈子非轻生者，而是对其正直质性的纯粹的有力肯定，屈子知这纯粹正直易遭污染，故不惜以死亡来护持。

屈子的人格世界，展现自我的肯定与道德的坚持，正有涤尽人世污秽之功。其死虽不能拓开人生更高的境界，但在中国文化史上，其人格悲剧给予后世的震撼是前所未有的。屈子表现了自觉心灵的追寻、激荡、绝望、忧苦的情境，显现了悲剧情操的伟大，其人格典范、精神光辉，与汨罗江水同流不朽。

• 屈骚的艺术技巧：隐喻、象征、神话的运用

激情的流露，原是突兀的个性在天地的无明下所作的强烈控诉，那是对道德理念的狂热固执。在这方面，屈子自成一个伟大的人格世界。不过，屈子所以至今依然屹立于文学史上，乃因其透过诗歌、文字在作品里表达了崇高的自我，这必得赖个人的才具表现出来才行。只有能借着语言文字建构出独特的境界，带领读者探触更高的思想、更深的情感，开展更广的视野的作品才可称之为好作品。以下即就屈子作品中特出的隐喻、象征、神话的运用加以探讨。

屈子感情激烈，志行高洁，而理想遭受挫折，忧思烦乱，不能自解，对外界之蔽美称恶、倒上为下的现象，产生强烈的哀叹与愤怒。以此心观外物，则外物已非就其本来之物性而如实存在。因此，屈子主观选取之物成为他个人内在情感的向外投射。譬喻方式的运用，将其激情婉转化为温雅的风格表出，这是屈子作品的特色之一。东汉王逸早已指出：

> 《离骚》之文，依诗取兴，引类譬喻，故善鸟香草以配忠贞，恶禽臭物以比谗佞；灵修美人以媲于君，宓妃佚女以譬贤臣；虬龙鸾凤以托君子，飘风云霓以为小人。（《楚辞章句》序）

朱熹及刘勰也都注意到这特色，虽然观点略有相异[9]。但我们均可以隐喻代之，而由隐喻扩大至神话、历史故事的运用，已进象征的范围。文学作品中，隐喻、象征技巧的使用，原在迂回道情，屈子之遭遇、感受，有不能、不便言者，故以隐喻、象征手法出之。因此，欲了解屈子其人其文，探索他在这方面的经营，以便更深入了解其内在的自我影像是必要的。

9. 朱熹云：“诗之兴多而比赋少，骚则兴少而比赋多”（《楚辞集注·离骚》序）；王逸、朱熹，均以为是简单的“以物喻物”而已，而证之屈作中譬喻之用，则非仅如此。刘勰云：“虬龙以喻君子，云蜺以譬谗邪，比兴之义也”（《文心雕龙·辨骚》篇）及“楚襄信谗，而三闾忠烈，依诗制骚，讽兼比兴”（《比兴》篇），其以“比兴”综合王逸兴、喻之说，则较能掌握屈作深刻之原旨。详见彭毅，《屈子作品中隐喻和象征的探讨》，《文学评论（一）》（台北：巨流，1980年），页293—325。

我们可以如此说：在意念的表达上，除了直述外，隐喻是最普遍的现象，若要了解诗的内涵，唯有凭借隐喻的思考方式，才能获致较完整与成熟的认知。G.Stern 言：“利用隐喻使原来含蕴的感情更为突出、深刻，诗歌的比喻手法在求强化情感，隐喻则利用较为间接的指涉方式，可以激起更强烈的情绪状态。”[10] 隐喻是意念表达的基本方式，而象征则为最高层的表达方式，科尔里奇（Coleridge）云“观念的最高意义唯有借象征才能表达”［见《文学传记》（*Biographia Citeraria*）］，而象征的意义依康德（Immanuel Kant）的说法，“象征是一种想象力的表征，它能引发无数的思想，然而却没有确定的思想（意指概念）足以表达这个象征。因此，语言既无法与象征完全相等，也无法使之完全可解”[11]，亦即说象征所蕴含的意念不易获得，即使得到也不易确定，故有时表现高度的暧昧性（ambiguity）和多义性，就成为它的特性了。

神话也是一种象征，是人类创造的高度象征的意念，卡西勒（E.Cassirer）在《论人》（*An Essay on Man*）一书中曾谓人运用符号创造了六个文化形式：语言、神话、宗教、科学、艺术和历史等，神话是其中重要的一项。神话世界的产生并不是人类纯粹发明出来的东西，或任意造出来的世界，其自有某种必然性、真实性和客观性。人们通过这个世界表现他们对宇宙、对生命或自然现象的种种信念和感情，或者作为生命和信念的寄托，透过神话以寄托己身或全民族的情感信念，就如同人们将感情托付给艺术一样。因此，“神话世界不只是一个理性的世界，更是一个感性的世界，更恰当地说是艺术的世界”。[12] 神话世界是先存的艺术，艺术家取以为素材，在作品中显现出来已是艺术的再创造。所以从作品中看神话的运用，可知作者的意图，也可见出作者如何在象征世界中再造象征意义。

任何经由隐喻、象征或神话等方式表现深厚内涵的作品，读者只

10. 黄宣范，《隐喻的认知基础》，《中外文学》第2卷，第5期（1973年10月），页12引。

11. 引自 R. L. Brett 著、陈梅英译，《幻想力与想像力》（台北，黎明，1973年），页50。

12. 引自姚一苇，《论象征》，《艺术的奥秘》（台北，开明，1978年），页133。

有细细品味，才能发掘其中的丰富生命。屈子的作品如何在这几方面呈现艺术成就，是下文所拟探讨的主题。

隐喻、象征都靠意象呈现。诗人选用意象，通常有其固定而常用的范围，这就造成个人语意范畴的不同。语意范畴将自然界的物体作一概念的归类，此一归类反映了语言使用者的宇宙观及其对宇宙万象的了解[13]。在这方面，屈子作品中语意范畴的使用可谓极为宽广，所引用的隐喻素材大致可分类如下：（一）植物（兰菊等），（二）动物（鸾鸟、凤凰、燕雀、蛟龙等），（三）自然现象（回风、霜降等），（四）人物（众女、矇瞍等），（五）器用（规矩、绳墨等），（六）历史神话（申生、鮌、丰隆等），（七）其他（腥、臊等）[14]。取材广博，是造成作品文采繁富的原因之一，但更重要的是作为诗人的屈子，以其敏锐的心灵，摄取这些大自然之事物、现象，作为发抒情志的工具或寄托，并赋予这些实物新的生命，如以兰菊喻忠贞不移之情（“朝搴阰之木兰兮”），凸显人格之高洁与孤介（“夕餐秋菊之落英”）。屈子运用这些素材乃是借善恶对立、小人当道等现象，反映心中感愤，如“变白以为黑兮，倒上以为下”、“阴阳易位，时不当兮”的隐喻说明是非不明、天地错乱的情形。屈子能阐发材料本身内在的个性而产生新的意念，使本不相接的二物与意念能融合为一，如“怀瑾握瑜兮，穷不知所示”，以瑾、瑜之美玉为媒介传达内在美德之主旨，而以握、怀表示谨慎护持的行为。“怀瑾握瑜”之句便显现了屈子洁身耿介之忠贞情操。

理查兹（I. A. Richards）云：“极大的距离可以譬喻合一，凭着本意与媒介物，直接两物之类似，而这些本意与媒介物则凭着共同的情态，使我们把它合在一起。”[15] 屈子在这方面，表现了他丰富的想象力，更见出其善于经营的艺术技巧。

隐喻和象征，同属于“意在言外”，但通常隐喻可找出隐射之旨；

---

13. 见梅祖麟、高友工，《唐诗的语意研究》一文，黄宣范译，收于《翻译与语意之间》（台北，联经，1976年），页148。

14. 以上分类见彭毅，《屈原作品中隐喻与象征的探讨》。

15. I. A. Richards 在 *Philosophy of Rhetoric* 一书所说，引自王梦鸥，《文学概论》（台北，帕米尔，1973年）十四章，《譬喻的基本型》，注12。

象征则较隐喻复杂，且不易指出其指涉之意，因象征表现的是精神经验或某种抽象意念，无法确切指明，往往造成多义的效果。如：

> 余既滋兰之九畹兮，又树蕙之百亩，畦留夷与揭车兮，杂杜衡与芳芷，冀枝叶之峻茂兮，愿俟时乎吾将刈，虽萎绝其亦何伤兮，哀众芳之芜秽。(《离骚》)

王逸、朱熹、陈本礼(《屈辞精义》)对此段解释各异，但均可通，正透露出其暧昧性和多义性。这二种性质是构成象征的必要条件，所以此段具有深刻的象征意义。不论以修行仁义或为君王培植人材而言，都说明屈子辛勤努力而毫无所获的结果；因此这一段也充分显露了他对现实情况的悲悯，以及不容自已的伤痛之情。

《离骚》呈现一个复杂而完整的象征世界，诗中表现了屈子遭楚王放逐的悲哀和激愤、他对理想的追求、他孤寂和忧国的心态以及最后的绝望和自杀的心志。凡此种种，在诗中皆以象征方式表出，可称为局部象征。局部象征与整体象征之间，必得透过一完整的动作(complete action)来衔接完成[16]。《离骚》中整体的行动即是屈子“追寻”的历程，而历史的象征与神话的象征是屈子用来串联整体追寻行动的局部象征。

通常史事的运用，或为申述怀抱理想，或为寄托感慨不平。屈子在《离骚》、《九章》中的用法亦不出此，前者表现屈子之政治理想和抱负，后者反映他对现实世界的伤感。《离骚》云：

> 说操筑于傅严兮，武丁用而不疑。吕望之鼓刀兮，遭周文而得举。宁戚之讴歌兮，齐桓闻以该辅。

16. 所谓“完整的动作”即是一连串有组织相关联的活动(act)构成一个不可分的“完整的动作”——自一系列的相关性上组合而成一整体。见姚一苇，《艺术的奥秘》，第6章，《论象征》，页151。

借历史上贤臣得逢明主之史事以申述己身之渴望，其中有着对理想的坚持与对自我的期许，但对佞幸当道，致使贤善之才无法参与辅国，屈子则表现了强烈的批评意味。如《离骚》云：

> 启九辩与九歌兮，夏康娱以自纵。不顾难以图后兮，五子用失乎家巷。羿淫游以佚畋兮，又好射乎封狐。……夏桀之常违兮，乃遂焉而逢殃，后辛之菹醢兮，殷宗用而不长。

史事可与人教训、警惕，也可引发人对自我的期许，但作为一个在朝的能臣，要想缔造开物成务的勋绩，也必须有成治的因缘相凑泊才行。在此，屈子无疑是欠缺的，以是《离骚》、《九章》中借史事以抒情，便成为屈子理想的追寻与幻灭的象征之一了。

《离骚》中的神话绝少单独出现，常常伴着一组事件而形成局部象征，明显地可分三组而言：

> ①跪敷衽以陈辞兮，耿吾既得此中正。……世混浊而不分兮，好蔽美而嫉妒。

在这一段中，朱熹、蒋骥认为是求明主贤伯，王夫之、林云铭则以为求贤君，各家解释各自可通，但皆犯拘执狭隘之病。吾人或可视之为屈子追寻理想的过程中，借超现实的神话世界以喻其欲脱离尘世的愿望。但在神话世界中，他仍汲汲追求理想，诗中之“望舒”、“飞廉”、“凤鸟”，除了有其意义上的比附之外，也可以其行动的急速，象征屈子的急切之情。但神话世界中亦有小人谗佞与困阻——“世混浊而不分兮，好蔽美而嫉妒”，理想受挫，屈子只好舍此而另觅他途。于是有了另一组神话的追寻：

> ②朝吾将济于白水兮，登阆风而绁马。……世混浊而嫉贤兮，好

蔽美而称恶。

这一段以“求女”为主题，各家注解亦均以求贤君贤臣来比附。但追求过程中，或因不见——“哀高邱之无女”、或因其无礼——“虽信美而无礼”、或因“恶其佻巧”、或因“理弱而媒拙”，无论是主观的好恶或外在因素的不利，屈子仍是落空了。求女的过程即是屈子追求理想的历程，除了显示屈子锲而不舍的精神外，也反映了世人嫉贤蔽美又称扬恶性的现象。屈子当是失望了，因此有了第三组的神话：

③灵氛既告余以吉占兮，历吉日乎吾将行，……陟升皇之赫戏兮，忽临睨夫故乡。仆失悲余马怀兮，蜷局顾而不行。

“求女”既不可得，而世之贤愚异心，不可苟合，惟有远逝，离开人寰之喧扰，前往昆仑乐园逍遥一番。但通往昆仑之途，比前二次的求索过程更为艰困，有赤水流沙的阻隔，而又有各种任其役使的珍奇动物——“飞龙”、“蛟龙”、“八龙”及通人性的马匹，这些有驰骋能力的动物，在屈子的指麾下，实质上也是诗人的天赋与想象力的象征。

文学作品中神话的运用，除了幻设另一奇异世界，以供人们作尘世的遁逃之地外，它也使作者的思想，作更迂回深入的展现，《离骚》中三组神话的运用即有此效果。

象征包含多义与暧昧的复杂性特质，即意味着复杂性本身便是一种价值，尤其在有机结构中，一个复杂而整体的象征是由各个局部象征互相密切地关联，能使全诗呈现多层次的丰富意义，它必也能适当地运用文学素材而作最高的艺术表现，屈子作品即臻此境。司马迁在《屈贾列传》说：“其文约，其辞微，……其称文小而其旨极大，举类迩而见义远”，就是针对屈作中象征运用的赞语。象征的运用，无论它是一组事件、历史故事或一组神话，都能间接传达作者深婉的情意而使作品达到温雅的风格。王逸称“屈原之词，优游婉顺”，曹丕云：“优游案衍，屈原之尚也”[17]，也都是从文字语言表现所造成的效果而言。

- 屈骚的境界

（1）自我情志的抒发

当我们览读《离骚》这一长诗以及《九章》、《天问》等同系列的作品时，可发现诗中之哀感忧苦几乎遍布各处，这种伤感源自对人生最深沉的关切。在诗里出现的都是恐、伤、哀、忍、悔、惧等含带强烈情感的字眼，我们似乎看到一个悲苦的心灵，在沉沉苦痛中的呻吟或高亢的詈责声，那也是赤裸的心灵在人世的炼狱中激情的呐喊。

屈子的自我世界可划分为两种情感趋向：一为情，一为志，而情之展现是直接表达其志的。此“志”一是国家成治之“美政”，另一则是个人“好修”之志[18]。

《离骚》、《九章》，表“情”之词特别多，而以恐、伤、哀、忍、怨、悔、恨之情最为激切，司马迁甚至以一“怨”字概括之[19]。兒岛献吉郎亦云：“一篇中多数的伤、哀、恐、怀、悔及长太息，皆不过怨字底化身。”[20]以下由作品中见屈子之情所展现的心境：表“恐”的心情，如恐年岁之不吾与、恐美人之迟暮、恐皇舆之败绩、恐修名之不立、恐嫉妒而折之……屈子之“恐”，一是来自个人理想之不能实现、修名之不立以及岁月蹉跎伤逝之感，一是对君国之系念及小人当道阻挠，自己效命无由的惶恐。而“恐众患而离尤”、“恐情质之不信兮”（《惜诵》）亦是对时间之无法掌握及邪道横行而己身之情质不为人知、对祸殃及身的深刻体认。另外伤灵修之数化、伤余心之忧忧（《抽丝》）、哀民生之多艰、哀众芳之芜秽（《离骚》）、哀见君而不再得（《哀郢》）、哀吾生之无乐（《涉江》）等，仍是对君王的系念，以及己志不伸的哀痛；“伤怀永哀兮”（《怀沙》）可视为一片哀伤之境过后的

17.《北堂书钞》，卷一百：“或问屈原相如之赋孰愈？曰：优游案衍，屈原之尚也；穷侈极妙，相如之长也。然原据托譬喻，其意周旋，绰有余味矣；长卿、子云意未能及已。”

18. 李直方，《骚经“哀志”九歌“伤情”说》，《汉魏六朝诗论稿》（香港，龙门，1967年）。

19.《史记·屈贾列传》：“屈原之作离骚，盖自怨生也。”

20. 孙俍工译，《中国文学通论》（台北，商务，1972年），页88。

绝痛之语。凡此等哀伤悲叹之字皆切直深谧，乃因屈子感受之深故言之不觉其切也。

屈子另一情感趋向是表现在求国之治之“美政”以及个人“好修”之上。上文所谓的恐伤哀忍之情皆源自志意之不展。“志”代表内心的自我期许，是理智思考过后的抉择，常指远大目标的实现，对中国知识分子而言，则是国家之成治。“美政”是一传统的政治理想，尤其屈子以身为人臣，所系者唯国家能成治及人君能行“美政”之一念。一方面，他希望国君能踵武前王，效法尧、舜、禹、汤等贤君：“彼尧舜之耿介兮，既遵道而得路；汤禹俨而祗敬兮，周论道而莫名”；另一方面则缕陈历史上既往的人臣得君王重用而能共辅国政之事例：“说操筑于傅俨兮，武丁用而不疑。……宁戚之讴歌兮，齐桓闻以该辅”，也希望己身得受明君举用。

自我情志弥漫全章，后人莫不悲悯其怀而高尚其志，司马迁云：“其志洁，故其称物芳”（《屈贾列传》），淮南王刘安曰：“推此志，与日月争光可也”（《离骚传》）；但司马迁又云：“余读《离骚》、《天问》、《哀郢》，悲其志”，既推此志，又悲其志，何也？此即王逸所云：“凡百君子……莫不哀其不遇而悯其志焉。”（《楚辞章句》）所以情、志并非可截然划分，只是志较情为深切，情不能包志，而志可以统情，故既称其志之高洁，又悲其志之不获伸。在此，我们看到屈子最深切的心灵表白，以强烈主观的调子，发抒自我的情志，这是屈骚的第一个境界。

（2）神话世界的缔造与幻灭

由于时势的困蹇、志意的不遂，淑世情怀遭挫，屈子不能不改循历史世界及神话世界，继续他对理想的追寻。其中神话的使用，开展了创作上另一广袤而神秘的想象视野。此境界的开拓，在中国文学思想上是一重要的突破。《诗经》中先民质朴的生命情调所显示的是现世生活的写照，对于虚幻世界是不太予以注意的，虽其中偶有神话出现，但其角色多平实而少神奇诡媚的气息。这主要是因地理环境的影响。

《诗经》中表现北地人民重实际乏幻想的性格，而楚地则山林俊秀、云烟缥缈，多宗教、巫风，故神话亦多。王夫之对此有很好的解说：“楚，泽国也，其南沅湘之交，抑山国也。叠波旷宇，以荡遥情，而迫之以崟嵚戌削之幽菀，故推宕无涯，而天采矗发，江山光怪之气，莫能掩抑。”（《楚辞通释》序例）屈子处于其中，感染其风，故亦以神话表现其理想的追求。《离骚》中的神话运用分三组（前已述及），各组中以神话角色，展现自己求索的历程，希望在神话世界里完成自己追求的理想，寻到生命的乐园。但在追寻途中，仍存在着无数的困难险阻无法突破，在“忽临睨夫故乡，仆夫悲余马怀兮，蜷局顾而不行”之下，乐园就成了海市蜃楼，虽七彩炫丽，终告幻灭，回首瞻顾，不过是杳远的幻影罢了。

诗人以神话来寄托己志，进入神话探索生命、实现理想，使其观照更加深刻。因神话的象征意味浓，它包含许多生命的原始类型，且神话世界中的时间是永恒的，因此对时间、生命较敏感者，往往沉缅于神话世界，以之作为观照、冥想的对象。神话中的乐园，是屈子创造迥异于尘世的世界，作为自己因现实的压抑、痛苦、绝望之后的安顿之处。而就后来的归返人世言，乐园的幻灭，表现了屈子以及中国人普遍的心态——乐园不是超凡于天的。天上的乐园，纵有极欢，却属虚幻，唯有返回人世方得安顿。然而人世的“乐园”，就屈子而言，也终究是心灵的炼狱。这是屈子神话世界所创造出的极深刻的意境——对人世的肯定与担负。

屈原对美善理想的追寻，得到的是完全落空的无奈。但整个追寻历程的落空，在神话世界之后才提出，却有着另一层的意义。罗洛·梅（Rollo May）说：“人类之从神话的体验来认识自己的命运，它可以说是在无意义的宿命论中，开始发现意义。”[21] 以此论屈子，则“从彭咸之所居”也是他为护持理想的纯粹，所选择的较有意义的道路了。

（3）时空情境的感伤

21. 罗洛·梅，《爱与意志》（台北，志文，1976年），第4章。

除了追寻落空的感伤之外，在《离骚》、《九歌》或《天问》等作品中，又可发现一巨大而深闳的声音响彻全章，那就是对时间无法把握的惶恐与空间隔离的伤痛。

卡西勒云："语言最初是凭借空间的考虑来陈述时间的界定和关系。"[22]就时间含有时运和命定的质素而言，时间似乎是一个无形的力量，可化入任何人、事、物中，而使人、事、物在时间中消融。所以自古以来，时间、空间和命运几乎都是相连的，作品中常见以时间的更迭、空间的转换来暗示生命的无常，或以时间之流的不可抗拒、空间的变化来象征命运力量的可怕。这种命运形象的表现，在西方，常以神话出现，在中国则以天道或天命来显现，而在屈子作品中却以时间、空间的意象来象征。根据陈世骧在《论时：屈赋发微》[23]一文的看法，《天问》首先就提出对时间的问句："明明暗暗，维时何为"；问着创造、存在、迁化的全义，"阴阳三合，何本何化？"等一连串宇宙论的问题，诗中充满激烈的语气，因此《天问》中的时间，带有浓烈的主观意识，诗中发现了时间，同时自己也投入时间之流而融合其中。

22. 卡西勒，《符号形式哲学》，引自陈世骧著、古添洪译，《论时：屈赋发微》，《幼狮月刊》，第45卷，2期(1973年2月)，页59。

23. 陈世骧著、古添洪译，《论时：屈赋发微》。

《离骚》中更广泛运用"时"字及其相关观念，屈子因群小当道，忧心忡忡，一意想在时空中觅得一安身立命之所。对"时间"，屈子有极敏锐的感觉，他以此观照人世、自然界和神话世界，洞见一切莫不变动不居、倏然而逝，此为《离骚》具有深沉雄长的悲感之根由。《离骚》在上下求索人生真谛的过程中，以其激越而沉郁的想象力，将那永无休止、奔流不待的"时间"，付与个人的主观寄托，且因时间流贯全篇，使其结构完整而气魄雄郁，这也使这长诗展现了生命的更高境界。

《九歌》中的二个主题：时间的无常及空间的隔离，也造成十一篇深沉伤痛的情调。神话世界中的时间常是静止不动的永恒状态，但《九歌》十一篇的气氛，除《东皇太一》及《礼魂》有迎神、送神礼的庄严肃穆外，其他各篇都弥漫着人世的伤怀。人类基本的思虑：生命、死亡、爱情和命运等，同时存在于诸神的世界中，呈现这种种思虑的是由时间的消逝及其带来的摧残所造成的感伤；另一是空间的隔离，使诸神不能会聚的失望或思念怅惘的情怀。

神化世界的人间化是《九歌》祭祀歌舞的主要目的。借着意象化的时间和空间的蛊惑以及曼妙的歌词及音乐的催化作用，人世的情感被移入神圣化的神界，人与神因而契合，达到歌舞以祀神的目的[24]，但是属于人世时空的伤怀也因此成了神化世界的伤怀了。所以《九歌》中诸神浪漫欢乐的背景，不是神化的乐园，却是人间的世界，而时空情境的伤感却成了这舞台背景上反复出现的主调了。

由时空的无常，屈子深知人生的虚幻；由当下的作为，屈子体会了人生的实在。屈子具备对人世的深情，既慨叹无常，复更增益深情，于是在作品中，人生之虚幻与真实交融成苍凉悲壮之感。“唯天地之无穷兮，哀人生之长勤，往者吾弗及，来者吾不闻。”(《远游》)是表现时空的伤怀最深彻的言语。

时间、空间的无形之网，笼罩着人世，屈子以自己的生命应对之，而有深刻的观照和体悟——人如何在无常的时空中安顿己身？屈子所选择的不是求得解脱，而是不停地自修，不停地为理想投注心力，以个人生命的有限和时空的无限相抗衡，更显出悲剧的深刻意境。

(4)靡丽凄婉的氛围

《文心雕龙·辨骚》篇云：“骚经九章，朗丽以哀志，九歌九辩，绮靡以伤情”。“绮靡”二字亦见于《文赋》：“诗缘情而绮靡”，李善注：“绮靡，精妙之言”。《辨骚》篇又云：“所谓金相玉质，百世无匹”、“文辞丽雅为词赋之宗”。胡应麟《诗薮内篇》卷一：“宏肆典丽、骚之词也”，而金相玉质、丽雅、典丽等皆与朗丽、绮靡同指文辞之美。

---

24. 参见 Shih-Hsiang Chen(陈世骧), “On Structural Analysis of the Ch’u Tz’u Nine Songs”, Tamkang Review, Vol. Ⅱ, No.1(Apr.1971), pp.3-14。

屈子作品语言的朗丽绮靡，可称得上秾丽华艳，即《文心雕龙》所谓的“惊采绝艳”（《辨骚》），诗中充满绮丽的色彩和藻饰的文词，又使用大量的传说与神话，更增加作品中语言质地的浓密性与多义性，这也是历来批评家以“深”字说之的原因。刘熙载所谓“楚辞按之而逾深”[25]及胡应麟所说“深远优柔”[26]，皆由此而来。在《九歌》中，促成伤感的靡丽凄惋氛围的是其中美妙诸神及仪式剧的离别情节[27]。《离骚》、《九章》中则以强调人之高贵美质及怀质抱德而不获用来表现。

《九歌》诸神都带有浓厚的伤情凄艳的色彩，如描写山鬼的诡异华颜装饰：“若有人兮山之阿，被薜荔兮带女萝，既含睇兮又宜笑，子慕余兮善窈窕”；湘君与湘夫人之相思：“横流涕兮潺湲，隐思君兮悱恻”；河伯的怅惘：“登昆仑兮四望，心飞扬兮浩荡，日将暮兮怅忘归，惟极浦兮寤怀”及云中君的思忧：“览冀州兮有余，横四海兮焉穷，思夫君兮太息，极劳心兮忡忡”；这种对生命无法掌握的乏力感与人世的哀痛——乍聚乍离的悲怅情调，和人世是无所别的。

《离骚》中朗丽哀婉的氛围来自志愿之不得遂、理想之落空，而以丰富的想象、神话等象征来表现，又加上秾辞艳藻，更显出深刻的哀伤。《九章》中的哀感则更以直切的文词表之，比起《离骚》之句则更为“疾痛惨怛”，尤其是《怀沙》、《惜往日》、《悲回风》三篇被认为是绝笔之词，更是“恻怆悲鸣，参差繁复”（《诗薮》）。篇中屡现死意，其悲苦心境，更是倾泄无遗：

> 知死不可让，愿勿爱兮，
> 明告君子，君将以为类兮。（《怀沙》）
> 愁郁郁之无快兮，居戚戚而不可解，
> 心鞿羁而不形兮，气缭转而自缔。

25.《艺概》，卷三，《赋概》：“问楚辞汉赋之别，曰：‘楚辞按之而逾深，汉赋恢之而弥广’。”

26.《诗薮》，内篇，卷一。

27. 施叔女，《九歌天问二招的成立背景与楚辞文学精神的探讨》（台北，台湾大学文史丛刊，1969年），页91。

穆眇眇之无垠兮，莽芒芒之无仪。

…………

愁悄悄之常悲兮，翩冥冥之不可娱，

凌大波而流风兮，托彭咸之所居。(《悲回风》)

《抽思》中表现虽不如是愤懑，却更具哀感与多愁：

心郁郁之忧思兮，独永叹乎增伤。

思蹇产之动容兮，何回极之浮浮。

数惟荪之多怒兮，伤余心之忧忧。

承此而来的宋玉《九辩》中的悲秋之情，亦是深刻显露凄惋哀感的氛围：

悲哉秋之为气，萧瑟兮草木摇落而变衰。

憭栗兮若在远行，登山临水送将归。

燕翩翩其辞归兮，蝉寂寞而无声。

雁痈痈而南游兮，鹍鸡啁哳而悲鸣。

综合以上所述，靡丽凄惋的氛围，是《楚辞》文学的主要意境，但是了解屈原的哀志伤情之后，所谓朗丽、绮靡的文词，也只是屈子“取融经义，自铸伟辞”(《文心雕龙·辨骚》)所得的肌肤，其骨鲠更在激情抑郁之后的高志，此即《辨骚》篇赞：“惊才风逸，壮志烟高”之意。范文澜曰：“奇华者其表仪，其实者其骨干”[28]，可谓深知屈子者。

结 语

《诗》三百篇反映人单纯而坦白地面对自然

28.《文心雕龙·辨骚》注。

的生命，在创作上，是以客观的态度运用自然界事物的本来质性作为叙述的对象，故以“灼灼状桃花之鲜，依依尽杨柳之貌，杲杲为出日之容，瀌瀌拟雨雪之状，喈喈逐黄鸟之声，喓喓学草虫之韵。”(《文心雕龙·物色》)这种单纯的状物创作方法，一到屈原手中，困阻的激情向外宣泄，外在客观事物已非就其本质而如实存在，主观的价值判断自然加诸选取的素材上，因此便转为复杂的譬喻方式——用隐喻、象征、神话的技巧来抒发情志。所以，生命形态的差异，也造成了《诗》三百篇和屈骚写作方式的差异；而这两种不同的生命形态——素朴的与激情的划分，成为贯穿中国文学传统的两大基型，也是历来文士挹取情思的本原。

《诗经》中的纯朴世代，先民与大自然的完全契合，他们是“自然地感觉”，而后人在自我意识觉醒之后，心思渐趋复杂，原有的那份素朴已飘然远去，在尘世的夹缝中，人只能“去感觉什么是自然的”[29]。因此后来的山水诗、田园诗，虽也是求与大自然相互的冥合，但已是将大自然作为心灵在现实生活受困后的回归目标。《诗经》中的浑朴自然，成了后人心目中一片杳不可及的乐土。从此，“乐土的追寻”就是人类最芬芳的美梦了。

屈骚是“追寻乐土”的代表作。人一旦步出自然，就得走入群体社会，尽人伦之责，而现世的困蹇并不能阻扰屈子对理想的追寻与握持，在自投江浦后，犹欲为人间树立完美的典范。此种高度的人文精神下开创后代文士理想的归趋；而化激情为语言文字的作品，又能开创更高的境界，这也是“追寻乐土”心灵受挫之后的永恒寄托。屈子其人其文就如是屹立于中国的文学史上，永使后人兴激浊扬清之志。

29.“自然地感觉”与“去感觉什么是自然的”，皆席勒语。See Friedrich von Schiller, “On Simple and Sentimental Poetry,” in Walter Jackson Bate ed., *Criticism: The Major Texts*(台北，双叶翻印本，1972年)，p.411。

帝国与自我的交光叠影

汉 赋

吴炎塗

研究汉赋最令人为难的莫过于作品的大量亡佚，《汉书·艺文志·诗赋略》列赋1,004篇，保存下来的，包括完整与片段的仅余230篇左右，这个数字尚不包括类似的文体如“七”、“九”在内。作品的大量匮缺残佚限制了汉赋的外在研究[1]，史料的茫昧自然对于赋如何兴起，如何转化，终至蔚为大观难以明了。为了明确勾勒汉代辞赋的外貌与内涵，必需采用另一套方法来勾稽清理这一特殊的文类。雅斯培《智慧之路》第二章论《哲学的根源》：

> “起源”与“根源”是大不相同的一件事。起源是历史性的，它对追寻者提供日益增多的“识见积累”，至于哲学研究的“冲动”（Impulsion）却生自“根源”之中，根源的本身可以说明现代哲学的意义，而惟有透过它，才能了解过去的哲学。[2]

这一段话所说的虽是哲学探索的本质，但若我们确认哲学不仅是思辨，还是安身立命之学，起于人类根源的要求，希望为己为人为物寻得一永恒的存在基础，则“根源性的说明”正可转手运用于文学研究，因为它所重视的已非外在因缘的枝节，或历史事件的识见累积，而是根于人心要求统摄个别活动的冲动——它所关注的是那根源的意向。

自此推论，“吐纳英华，莫非情性”（《文心雕龙·才性》）的文学，吾人也可由其活动中觅得普遍的意向。换言之，在每一文类后都有其根源的意向，在这根源上各自发展出某一形式来表达对此根源的感思与领悟，如果我们寻得这根源的意向，就可以透视历史性的存在，反溯其本质和表现上的意义。由根源性的反溯与说明，我们才能适切体会到文学根本生命开展的过程，也只有这份心灵的洞视，才能厘清外在条件不足，历史因缘茫昧的文学类型。由此看来，这方法已非外在与内在研究的范畴所能归类；因为，它根源于人性发展的轨迹！

---

1. 内在研究与外在研究的区分，参见 Rene Wellek & Austin Warren, *Theory of Literature*,（台北，双叶翻印本，1971年）。

2. 雅斯培著，周行之译,《智慧之路》（台北，志文，1979年），页12。

雅氏又说：

> 这个根源包括许多种类：1. 惊奇（Wonderment）引起“问题”与“识见”；2. 人们对其已获知识的怀疑，便引起批判性的“检讨”与明晰的确实性；3. 由“被遗弃感”（Forsakenness）所引起的畏惧与感触，使人去探求它的内心。[3]

这三种根源的意向，正好掌握文学发展的阶段，较诸一般文学史呆板的并列呈示缘由，更合乎赋的纵进发展。“惊奇引起问题与识见”，足以说明赋传承上的第一步；而怀疑、批判可说是对赋之价值的说明与肯定；最后则是这种文学活动所展露的挫折感，以及反归内心的察照。

沿波讨源：赋的原始风貌

- 诵的传衍

对赋的原始风貌叙述较早也较显豁的是《汉书·艺文志·诗赋略》[4]：

> 传[5]曰：“不歌而诵谓之赋，登高[6]能赋可以为大夫”，言感物造专，材知深美，可与图事，故可以为列大夫也。古者诸侯卿大夫交接邻国，以微言相感，当揖让之时，必称诗以谕其志，盖以别贤不肖而观盛衰焉。

这段引文指陈了汉代以前赋的几项特征：其一，赋属于诵的系统，与乐歌的形式迥然不同；其二，赋和士大夫的政治活动有密切的关联，为士大夫的基本修养，也是列国外交上必备的才能，斯项才能的优窳

3. 同上。“critical examination”一词原译“批判性的‘考虑’”，今改为“检讨”，较合文义；另标点分目乃笔者自行添上，以醒眉目。

4.《汉书》，卷三十。

5.“传”指《毛诗传》，原文见《鄘风·定之方中》传，竹添光鸿，《毛诗会笺》（台北，大通，1970 年），页 335。

6. 登高的观念至东汉后才和山岳有关，此处的登高指登坛登台，或是登上朝廷的阶墀而言。参见 David R. Knechtges, *The Han Rhapsody*（台北，文鹤翻印本，1979 年），p. 13。

足以表征各国的政治实力。《汉书》所述赋的几项特征在春秋以降的典籍中都可以取得印证。如《周礼·大同乐》:"以乐语教国子,兴道讽诵言语",郑玄解释道"以声节之曰诵",明白表示诵在形式上不同于声合琴瑟的歌谣,只是有节奏的言语而已。《周礼》视诵为国家基本教育的内容,在传承上可推溯到《国语·周语》所载的"瞍赋蒙诵"的口传系统[7],为代代相传之政治智慧、政治经验的结晶,这结晶正是古文化中保持政治活力的箴谏之语。

至于三百篇中更是彰彰著明,三个诵字都出于大、小雅,其施用对象在推究王政致凶的缘由,变化师尹的心志,以蓄养万邦("家父作诵,以究王讻,式讹尔心,以畜万邦"),而其区分声调(风)、文词(诗)("其诗孔硕、其风肆为")更显示诵和乐舞弦歌迥然相异。

诵的系统不重弦歌重言辞,和春秋列国外交上引诗赋诗的风气相关联,唯因不在本文文类研究的体例内,无法详说。不过诵特重文辞,政治活动的着重确实决定了赋的素型。赋在沿承诵的系统上不出政治文化圈内秀异拔粹之士,其功能不是正面的揄扬赞美,便是负面的规约箴谏,都是很明显的特性,在"骚"产生后这一特性更为显著。

- 骚的感召

屈原的《离骚》全篇共分为三大段;自"帝高阳之苗裔"至"岂余心之可惩"为第一大段;自"女媭之婵媛"至"余焉能忍与此终古"为第二大段;自"索藑茅以筳篿"至"蜷局顾而不行"为第三大段,全篇最典型的特征为理想性的抒发和政治性托寓的技巧。香草美人的比兴手法历代文论论述已多,篇中"灵修"、"美人"、"荃"通过政治性的托寓表现理想的色彩[8]。如下述六行:

7. 刘永济,《屈赋通笺》收入《楚辞新义五种》(台北,鼎文,1974年)页214;戴君仁,《梅园论学续集》(台北,艺文,1974年),页202。

8. 彭毅,《屈原作品中隐喻和象征的探讨》,收入《文学评论》第1集(台北,书评书目,1975年),页293—325。

惟党人之偷乐兮
路幽昧以险隘
岂余身之惮殃兮
恐皇舆之败绩
忽奔走以先后兮
及前王之踵武

“党人”、“皇舆”、“踵武”莫不投注个人身世的理想，表现无情的政治现实。在韵律上，骚以相对的联句为基本句式：

×××□××兮
×××□××（□为虚词）

兮字的作用在于朗诵，中间虚字代表弱音节，其功能在于朗读时有强弱音节的效果，和乐歌显然大有不同。这种“骚体”诗影响后来极大，汉代刘向所编的《楚辞》一书收入不少汉人的作品，其体式和骚完全相同。

骚另外还影响了赋的内涵，如《九章·怀沙》：

变白以为黑兮
倒上以为下
凤凰在笯兮
鸡鹜翔舞
同糅玉石兮
一概而相量

这种是非颠倒，上下易位的控诉就成为日后汉代学者“士不遇赋”基本的思维方式[9]。理想的执持、现实的挫折、托寓的手法就是骚对于赋最大的影响。

9.Helmut Wilhelm 原著，刘纫尼译，《学者的挫折感：论“赋”的一种形式》，收入《中国思想与制度论集》（台北，联经，1976年），页403－420。

另外骚里神秘旅游的铺述，上下求索所引发的异域色彩如“远游”、“招魂”所表现的[10]，对于赋的想象也有不少的影响。

10. 参见《中国文学欣赏全集·诗篇（二）》（台北，庄严，1981年），页839－840、1080－1093。

11.《增补荀子集解》（台北，兰台，1972年），卷十八。

• 荀子赋篇的投影

赋的另一支系来自《荀子·成相》、《赋》两篇，其中《赋》篇包括《礼》、《知》、《云》、《蚕》、《箴》五篇，比起《艺文志·诗赋略》记载的孙卿赋十篇、成相杂辞十一篇显然亡佚不少。然而由此残存的作品也可看出不少荀赋的特色。

《成相》的相本是乐器，配合舂米送杵的声响，衍为乐曲，本是民间素朴的活动。《礼记·曲礼》说乡里邻舍有了殡丧，舂米送杵宜停止和乐歌唱，可为印证。《成相》则是进一步的转化，依清代学者卢文弨的见解，《成相》乃是利用固有乐曲，寄寓讽谏，说明贤能政治的可能门径，近于瞽矇讽诵的传统，亦古诗之流也[11]。“三字二句、七字一句、四字一句、又七字一句以变韵，间有不如例者”这种参差的结构主要在引发听者的注意，导向规箴的效用，其特性也是政治活动。《成相》的篇首：“观往事，以自戒，治乱得失亦可识，托于成相以寓意”，开宗明义点明《成相》的关怀在于政治得失，篇中列举为君之道有五：一为臣属称职，二为君主法令明，三为刑罚妥切，四为言语节制，五为利益国人而己身不放肆，都是箴谏系统。

值得留神的是《成相》篇和骚在文辞表达上有许多相通之处：其一，大量征引古事，敷陈往例，希冀君王憬悟，幡然归于正道。尧、舜、桀、纣、禹、汤、武、飞廉、恶来、箕子、比干、秦穆公、吕尚、春申君、孔子、展禽、契、益、夔、皋陶、横革、直成、厉王、伍子胥等人物自笔下源源而出，日后赋托于历史典型就此而来。其二，篇中以第一人称自述，充斥着忧患意识，既悲道之不行，又恐言不见从而罹祸，在自疑自惧中又自宽自解，这种忧患，骚已反复再三，日后赋的内容也随之成为固定模式。

至于《赋篇》性质更为隐晦，晚近学者以为它是“士不遇”的类型[12]，然而平实地察考这五段作品，无论依个人色彩，或形而上的隐喻来论，都不属于政治挫折的类型。吾人以为将之归类为“隐”[13]的系统是较可靠的。《艺文志·杂赋》列有《隐书》十八篇，紧随十一篇《成相》杂辞之后，这十八篇虽全数散佚，但颜师古注引刘向《别录》以为：“隐书者疑其言以相问，对者以虑思之，可以无不谕”，可看出它基本的特色。全篇的基本结构前半是四言诗，近于三百篇的模式，后半则句子较长，每一部分以“此夫”二字开首，紧跟系列的问题，其句型则是，

×××□×××△（□表虚字，△表疑问词）

《赋篇》五段反复就是这种句型，强弱抑扬的音步，显然是为讽诵而设计的。

在《赋篇》之后还有《佹诗》和《反辞》，《佹诗》的长度约为《反辞》的两倍，后者犹《楚辞》的乱辞，在篇末总结全文；《佹诗》则为激切之词，以四言为主较近于《诗》，然间杂二句五言、一句八言、两句十言，又近于战国文体。吾人最注意的是《佹诗》起首有作者自叙写作的缘由，在《天下不治》：

天地易位
四时易乡
列星殒坠
旦暮晦盲
幽暗登昭
日月下藏

这种类似骚体的控诉，将外在现实的颠倒，转为内在价值的肯定，正

12.Helmut Wilhelm,《学者的挫折感：论“赋”的一种形式》。

13.“隐”的传统见《文心雕龙·谐隐》。粗略的研讨见 David R. Knechtges, *The Han Rhapsody*, p.19,《论屈原文学的比兴作风》,《中国文学欣赏全集·诗篇(二)》,页1119－1135。

是此后赋家表现的基本模式之一。《佹诗》全篇蕴涵三大观念，更为重要：

①由史实来观察，天下一片幽暗凶险，圣贤往往遭谗见疾，己身理想不易施行。

②由经验界变化来看，时运有通变，飘风骤雨，无终朝终夕者，遇不遇只是“时”的问题。

③积学以储宝（这正是《荀子·劝学》篇的投影）[14]，志士必将见用，俟时贞定而待，施展理想的“几”是不远的。

以后汉赋对于现实与理想间的反省莫不以此为出发点，和士大夫的出仕去留就有极大的关系。

• 辞的血胤

从字源学上来看，“辞”和创作的次序有关，字体的左片“𤔔”源于整理丝绪的动作，与右片“辛”组合，象征古人观念中仪礼或论辩的言论[15]，这和亚里士多德《修辞学》书中以论辩与炼饰的文字为内容主体若合符节。这种注重语言修饰和说服两种功能的理论，弗莱（Northrop Frye）发挥得更透彻，他说：

> 修辞学自始即有两种涵义，一是修饰，一是说服。从心理学的观点来看，这两者似乎彼此对立，因为修饰要求超乎利害关系，而说服则无此要求；修饰的作用是静态的，引导听众去品赏美感和隽语；说服则是动态的，它试着使听众产生实际行动。总之，修饰呈示感性，说服则控引感性[16]。

辞既重美感的表现，也重传达的功能，衡以孔门文论，彼此也若合符节。儒门所谓“不学诗，无以言”[17]、“言之不文，行之不远”[18]、“辞

---

14. 荀子“劝学”的学说梗概见牟宗三，《荀学大略》，收入氏著《名家与荀子》（台北，学生，1979年），页195－277。

15. David R. Knechtges, *The Han Rhapsody*, pp. 21-25；陈世骧，《论时：屈赋发微》，古添洪译，《幼狮月刊》第45卷，第2、3期，1977年2、3月。

16. Northop Frye, *Anatomy of Criticism*,（台北，巨浪翻印本，1976年），p. 245。

17.《论语·季氏》。

18.《左传》襄公二十五年。

达而已矣”[19]、“修辞立其诚”[20]，无不要求在辞的本身和应用上有一平衡，“立诚”、“达”、“文”的标准，都是此后对辞反省的理论根据[21]。

这种在文辞上求丹采、重美感又不失传达功能的理论，在战国游士的游说活动下，普及各地，即使“秦地无文”，一个落后的西陲国家，在《国策·秦策》里辩论的文采也十分可观。借着文辞的游说，穷困[22]的游士改善了自己的社会地位；也由于游说成为普遍的风尚，文辞和游士间关系更为密切，“辞”在这些游士的手中发展得更加精密，更加重要。从前“辞”的修养是士大夫从事政治的必备条件，现在则进一步成为其社会地位的保障。在多方竞争之下，辞的讲究钻研成为当时各地游士揣摩的主要对象[23]。传说中鬼谷子的设帐收徒，其教育内容和理论虽无法详知，但其主要关怀在“辞”的研炼则是确然不疑的[24]。归纳《国策》里各家的游说记录，可以看出这些游士——史书所谓的纵横家——游说时如何设辞，其设辞的态度如何，其设辞的特性又是什么。

《秦策·苏秦始将连横》云：

> 昔者神农伐补遂，黄帝伐涿鹿而禽蚩尤，尧伐驩兜，舜伐三苗，禹伐共工，汤伐有夏，文王伐崇，武王伐纣，齐桓任战而伯天下。由此观之，恶有不战者乎？
>
> 古者使车毂击驰，言语相结，天下为一，约从连横，兵革不藏；文士并饬，诸侯乱惑；万端俱起，不可胜理；科条既备，民多伪态；书策稠浊，百姓不足；上下相愁，民无所聊；明言章理，兵甲愈起；

19.《论语·卫灵公》。

20.《周易·乾文言》。

21. 郭绍虞，《中国文学批评史》（台北，明伦，1971年），页11－20。

22. 战国游士普遍贫穷不堪，张仪因此被疑为盗璧（《史记》本传），虞卿“蹑蹻”说赵成王；冯驩贫乏不能自存，寄食于孟尝君门下（《齐策》四），都是有名的事例。对这现象的诠释参见余英时，《中国知识阶层史论：上古篇》（台北，联经，1980年），页81－87。

23.“揣摩”最典型的事例是苏秦说秦王书十上而说不行，于是得《太公阴符》之谋，简练以为揣摩，期年揣摩成，曰：“此真可以说当世之君矣！”见《国策·秦策一》。

24. 鬼谷子和纵横家的关联，见张爾尔田，《史微》（台北，华世，1975年），卷三，《原纵横》：“因其疑以变之，因其见以然之，因其说以要之，因其势以成之，因其恶以权之，因其患以斥之，摩而恐之，高而动之，微而正之，符而应之，拥而塞之，乱而惑之”，这些技巧都是“辞”的运用，“纵横家书备于此矣。”

辩言伟服，战攻不息；繁称文辞，天下不治；舌弊耳聋，不见成功；行义约信，天下不亲。

于是乃废文任武，厚养死士，缀甲厉兵，效胜于战场。

苏秦对秦惠王的这席话，结果是失败了，惠王并没有采行他的见解。失败的原因不是设辞不佳，而是惠王对情势的疑虑。这一段话明显地不是原初言辞的真实记录，而是经过高度修饰的言辞，依文辞之体例而记下的。口语的转折如语气词、发语词都不见，重要的论断多以整齐的四言记下，这种以四言表现的文辞正是中国古代文学的设辞主流，其用途不在歌颂而在解说或提出建议。值得注意的是苏秦针对惠王关于连横的疑惑，所提出的辩解，并非出以逻辑推理的方式，而是以具体的历史事例为解说的基础，这种征实证例的态度，此后汉代辞赋或奏章多有取法[25]，也是中国文学表现的主要取向。在上引的这一段中，举引了八个任武废文的上古帝王，动词“伐”字也重复了八次，这种反复陈述的技巧既不属于三百篇“反复回增法”[26]，又异于“诵”系统的歌功赞美，完全是揣摩游说情状所施设的文辞。此外第二小节每一陈述之后，紧随该事件情状的断语，如“明言章理”下承“兵甲愈起”，这种在叙事中夹入断语，反复陈述，正喻相发，指点有态，乃是以后汉赋铺比的基本技巧之一。由精练的四言式诠叙中，君王品赏贯珠而下的美文，心理上往往已移神转向了。

战国策士另一普遍的设辞法为“双重游说”[27]（doubled persuasion），这种设辞态度多半是间接的引导。其引导方式为如果这计划或行动付诸实行，就有甲结果，如果失败了，就有乙结果；或是如果抉择甲，结果是好的，反之，则是不好的。如《楚策二》：

25. 汉代奏章和辞赋大有关系，参见《文心雕龙·论说》、《章表》、《奏启》等篇；钱钟书，《管锥篇》，第3册，页888—891。

26. 参见本册另篇，杨宿珍，《素朴的与激情的》；陈世骧，《原兴：兼论中国文学特质》，《陈世骧文存》（台北，志文，1978年），页219—266。

27. 见 David R. Knechtges, *The Han Rhapsody*, p. 25。

> 四国伐楚，楚令昭雎将以距秦，楚王欲击秦，昭侯不欲，桓臧为昭雎谓楚王曰："雎战胜，三国恶楚之强也，恐秦之变而听楚也，必深攻楚以劲秦。秦王怒于战不胜，必悉起而击楚，是王与秦相罢，而以利三国也。战不胜秦，秦进兵而攻。不如益昭雎之兵，令之示秦必战，秦王恶与楚相弊而令天下，秦可以少割而收害也，秦楚之合，而燕赵魏不敢不听，三国可定也。

这种成败两两相形、利害层层对照的游说，在君王之前，所有的抉择和利害关系似乎已朗然在目。《国策》的游说或是公开辩论大都是依此方式进行，"范雎说秦昭王"、"张仪司马错议伐楚"都是典型的范例。这种两两对照的公开辩论，在设辞时一往一复，古文家莫不称道[28]，因为文辞的虚设假拟，事态的揣摩推测，虚实相生，摇曳有致。也由于此种文辞的陈设都由揣摩而成，虚拟大于实指，想象多于事实，有些君王很容易入其彀中，如楚怀王即为此丧邦辱国。汉赋作者虽沿袭了这种两两相形、测深揣情的设辞方式，却摒弃其政治形势的揣摩，单就两两相形的设辞来发挥，《七发》里想象性的反复就是显著的典型[29]。

以上我们由诵看出赋在根源上的发展，是士大夫政治活动的延续；由骚看出赋中理想世界的铺陈和追寻，理想界和现实界的对比；由荀子看出琢磨文辞归于讽谏的"隐"风；由纵横家的活动看出在游说和文辞之间彼此转益的轨迹。底下我们再看看如何由"辞"而衍化为"赋"的形式。

推类的艺术——赋的结构模式

- 文学心理的省察

---

28. 参见王文濡，《古文辞类纂评注》(台北，中华，1969年)，卷十一、二十四。

29. 见何沛雄，《司马相如〈子虚〉〈上林〉与枚乘〈七发〉的关系》，《人生杂志》第32卷，第12期，1968年。

《史记·屈贾列传》云：

> 屈原既死之后，楚有宋玉、唐勒、景差之徒者，皆好辞而以赋见称。然皆祖屈原之从容辞令，终莫敢直谏。

这一段在赋的形成史上十分重要，不仅指出骚产生后辞的发展，也指出赋和辞在根本上因袭的转化。原来在屈原死后，骚的理想性——《史记·太史公自叙》所说：作辞以讽谏，连类以争义——在传承者的手上已逐步剥蚀，如《艺文志·诗赋略》所说“竞为侈丽闳衍之赋，没其风谕之义”，恻隐古诗之风的文学理想既消歇低沉，遂流为文学史上所谓“丽以淫”的辞人之赋[30]。而这种理想性的逐步剥蚀与其说是唐勒、宋玉诸人不能把握骚的上下求索的意旨，毋宁是因为政治环境的改变，《史记》所谓“莫敢直谏”指的正是政治压力的日益强大。吾人感兴趣的是何以在政治压力下，赋的内容和辞呈现不少的差异，而赋的形式则成为汉代文学主要的模式。个人以为这种心理的勾陈才是赋之结构模式存在的根源因素，其他外在政治、文化的转型只是助缘因素。

依上引《史记》之文，可见自骚产生后，文士对“辞”的态度除了重视辞的功能和表达技巧的研炼外，更充满了惊异探索的活动——此即所谓的“好辞”。太史公记载的这项活动，不仅为历史事实的描述，也是心理意义的证实。因为它本身所重的是对“辞”的爱好心理所引发的戏耍活动，而游戏原本是人类生命基本爱好之一，是最素朴、最不具利害关系的美学活动[31]。汉代辞赋，或更推而广之，文学创作的摹仿阶段有不少是在游戏的心理意义下兴起的。其他文类非所欲论，但看战国诸雄，侈逾王室，楚之兰台、齐之稷下的游士早已充分发挥这种本能，邹衍之属有名的“谈天雕龙”与其说是对事物根本原理的探

30. 何沛雄，《诗人之赋丽以则说》，《人生杂志》第32卷，第7、8期，1968年。

31.《艺术与游戏的讨论》，参见刘文潭，《现代美学》第1章（台北，商务，1973年）；朱光潜《文艺心理学》第12章（台北，开明，1970年）。

索，不如说是表现己身才学的戏耍活动。这活动若能投王公之好，每有作品传于世，如宋玉之对楚襄王，邹衍在稷下集团的倾动一时；若不得其门而入，往往另投他主。《史记·司马相如列传》云：“会景帝不好辞赋，是时梁孝王来朝，从游说之士……相如见而乐之，而病免（自行弃官），客游梁”，是典型的例子。

此外史书的几段记载也可以证实这理论，《汉书》记枚皋之事：

> 皋不通经术，诙笑类俳倡。为赋颂，好嫚戏，以故得媟渎贵幸，比东方朔、郭舍人等；而不得比严助等得尊官。

赋颂和俳优并列，文学和嫚戏齐论，可见王公所重者，不过文字的游戏而已，作者的地位是很低下的。司马迁《报任安书》哀愤迫切的指责：

> 文史星历，近乎卜祝之间，固主上所戏弄，而流俗之所轻也！

文辞的表现只是王公游戏心理的陈设，说来令人气短。所以士大夫不免发些牢骚；“童子雕虫篆刻，壮夫不为”，扬雄在写下不少传世的作品之后，竟然一口否定它存在的价值，比之为童子雕虫小技的戏耍[32]。《后汉书》里蔡邕向灵帝奏上七事，说“听政余日，观省篇章，聊以游艺，当代博弈”，文辞的讲究不过是博弈之事，令人丧气。

文辞的表现沦为戏耍，如何能得到尊重？——这正是赋家努力的方向，汉代赋家对于这信念危机全面反省而留下记录的是扬雄。扬雄将赋的价值纳入儒家的义理内，“如孔门用赋，则贾谊登堂，相如入室矣，如其不用何！”，“如其不用何”五字是很颓丧的，但是“如”字的条件词，至少显示对“好辞”的活动有一根本

32. 扬雄的详细讨论，参见 David R. Knechtges, *The Han Rhapsody*, pp. 89-112；徐复观，《扬雄论究》，《两汉思想史·卷二》（台北，学生，1976年），页439—562。

的自觉，代表了对赋之价值判断的心理取向。扬雄的批判理论是文学批评史的范围，此处不拟详论。吾人从内在理路来看，值得注意的是：辞的表现活动确然是一种游戏，则辞的创作过程中即含着争奇斗妍的戏耍心理。这种如何使辞的表现达到戏耍效果的过程，无意中在本身衍生了另一项活动——赋家不再重视辞的实用功能，而专注于作品中假象[33]的呈现与技巧的琢磨。这种假象创造的心理活动，正是赋创作上赋象班形的来由。据美学家所论，游戏的基本活动即是“佯信”（make-believe）把假象创造渲染，在现实世界中另造一个意想世界，使自己甚或他人沉酣于此意想世界。如此一来，作品中如何造成生动、眩人心神的快感，如何运用辞语造就一意想世界，来达到假象戏耍的效果，即成赋文辞表现上用力之处。中国文学上由“为情而造文”转向“为文而造情”的活动就是如此开端的[34]。然而假象世界的创造，不只是个人主观技巧的问题，还涉及读者是否可以赏玩领会的问题，徒供人赏玩是不周全的，如何运用文辞以传达作者内心之意想，这种客观效力的问题于是产生。由是言之，好辞的活动才超越了佯信的假象活动，不只是及于自身的戏耍，更进而上觑艺术上共感客观化的要求。如此自觉的与人共乐的审美观以及对文学技巧的高度要求，符应了美学上表现主义的特征——如何“表现”，当然表现一词已纳入美学体系，成为特指的术语了。

如此，我们检讨赋的共有特性：押韵节奏上的严格形式[35]，大量引用古典作品，极力显示博闻多识，以及隐喻、明喻的广泛应用，均有一较深的认识[36]。因为它的根源正是人类心灵里无所关心，不具利害的游戏审美活动的外观。这现象在西方文学也有同样的发展，郎介纳斯（Longinus）《论雄辩文体》，注重修辞的劝说与动力之功能，引导我们趋向它所设的目标。“这种对不可界说文学成分的追求，无疑的，

33.“假象”一词取自挚虞《文章流别论》，又挚虞对赋的评论可作本文的注脚；参见钱钟书，《管锥篇》，第3册，页1155－1156。

34. 王梦鸥，《从士大夫文学到贵游文学》，《文季》第1期，1973年8月15日。

35. 王力，《古代汉语》，页1290－1294。

36. 同上书，页1285－1295。

时而引起对修辞分析较精微的探讨”[37]，郎氏的思潮于是发展为重视作者的感情与思想的表现主义。至于由“修辞艺术”进为“诗的艺术”，由文字指涉对象的功能进为对文字表现本身的注意，要求诗是自存的，其价值是自本自根，则是表现主义的进一步发展，涉及“纯粹诗”的理论，钟嵘《诗品》所说“多由补假，皆由直寻”，皆自此衍生[38]，今不复赘。

总之，由“好辞”的习尚，我们可以指出赋是在修辞的基础上发展出来的文类，而发展的根源即在游戏与快感客观化的要求。

37. 布鲁克斯原著，颜元叔译，《西洋文学批评史》（台北，志文，1973年），页95，修辞的问题可参考此书第6章。

38. 此处所论的观念衍生自M. H. Abrams, *The Mirror and The Lamp*,（台北，巨浪翻印本，1976年）；“纯粹诗”的探讨参见王梦鸥，《古代诗评家所讲求的纯诗》，《中外文学》第2卷，第9期，1974年2月。

39. 班固，《两都赋序》，《文选》，卷一。

40. 汉以前如宋玉“对楚王问”，《国策》所载“楚人以弋说顷襄王”、“庄辛说襄王”也是这形式的作品。

• 赋的结构模式

为了戏耍、寻求快感的需要，赋家表现了汉赋的第一特色——以修饰、假象的呈现引起新奇的趣味，而为各自生命的落实又发展了另一特色——形上的追索。前者是“体物骋词”，即班固所谓“宣上德而尽忠孝”，后者是“述志摅情”，即“抒下情而通讽谕”[39]，这两系统各自有不同的表现方法，也造成不同的表现模式。

明显的，第一系来自政治的要求，赞美执政，表现才学，而第二系则来自个人生命的困顿不通，要求“致命遂志”，所以“述往事而思来者”，这是《楚辞》的传承。第一系的奠立者是枚乘、邹阳，各自有新的体制，新的辞汇。大略而分，其模式有下列数项：

（1）问答体裁：

文学对话体裁最早见于三百篇中的《式微》、《溱洧》、《斯干》等篇，《离骚》借女媭、重华、灵氛、巫咸四大段对话来反复陈词，赋家充分利用这一模式来开展全篇。枚乘《七发》是目前所见最早使用这一方式的汉赋作品[40]，《七发》借楚太子与吴客的答问而铺衍；司马相如《子虚》、《上林》则假子虚、乌有先生、无是公三人的问答，来描述苑囿畋猎游观之盛；扬雄的《长扬》则托寓子墨客卿与主人的问答，班固《两都》假西都宾与东都主人之答问而“极众人之所眩曜，折以今之法度”，张衡《西京》则设凭虚公子、安处先生之言而驰骋全篇。这种体式一则利于开展——对话形式本是古往今来文学作品较亲切的表达方式，况且体物图貌的作品过于繁复，问答正是调剂疏通的最佳方法；再则问答之际，设为客主，彼此辩难，更易于博取君王赏识，一往一复又可表现己身的博学多识。

（2）篇首小引：

篇首小引和历代聚讼纷纷的“赋序”不同，赋序多为后世所假造[41]，小引则是赋内勾陈赋作之缘起。如《七发》托始于吴客问疾于楚太子，以为“久执不废，大命乃倾”，久耽安乐，遂致婴疾。如此暗示太子的疾病不是生理的恶恙，乃是精神之疢疾，遂陈以要言妙道，以解其疾。《子虚》、《上林》的序幕则是楚国派遣子虚出使齐国，齐王悉发车骑，与之畋猎，猎罢子虚过姹，乃有乌有、亡是一席话。至于班固《西都》、扬雄《甘泉》、《羽猎》、《长扬》，崔骃《大将军临洛观赋》，都有小引，推致写作旨趣。这当然是有意的自欺活动，在意想世界寻得满足。

41. 许世瑛，《司马相如与长门赋》，见罗联添编《中国文学史论文选集（一）》（台湾，学生，1978年），页247－266。

（3）假设人物

问答所设的人物都是假托的，用意在承起下文，在赋的具形活动中，并无决定性的力量，不似第二系的赋假托的人物往往决定全篇的意旨。第一系的人物作用只是明喻，“乌有”、“亡是”顾名思义可识其虚，这种假托人物源于《楚辞》的《卜居》、《渔父》，只是已剥蚀了理想性。

（4）排比列举的修辞方法

这是赋里最显著的修辞活动，它倾向于以空间的辐射方式来展现恢宏的视野，在汪洋恣肆的文辞中，以叠沓炜烨的意象展示出外在丰饶的世界。读者往往沉酣在广袤的假象世界中，心神恢广撇入窅冥，至有以“空间的透视”[42]来称谓汉赋的。然而空间的透视只是“赋迹”[43]之一。事实上，空间的投射才是赋排比的主要迹象，这种投射方式大都先超拔于一平面之上作广度的鸟瞰，在此鸟瞰中，赋的空间皆由此中心——赋家立足远眺之处，四散投出，读者在这种辐射式的广袤世界里，但觉帝国的声威亦自此中心向外投散而出，优游不迫，没有狭隘的空间压迫感。这种修辞法决定了作者必须博学多识草木鸟兽之名，了然异域殊方的风土人情，才能在广度的舒散、铺展中反映帝国的灿烂、尊贵。这种修辞法可称为“推类的艺术”[44]。它包括（1）方位或时节的排列：如《七发》：“龙门之桐，高百尺而无枝；中郁结之轮菌，根扶疏以分离。上有千仞之峰，下临百丈之溪……冬则烈风飘霰飞雪之所激，夏则雷霆霹雳之所感”；《子虚》：“其东有蕙圃……其南则有平原广泽……其西则有涌泉清池……其北则有阴林……”；《上林》：“左苍梧，右西极，丹水更其南，紫渊径其北”；班固《西都》：“其阳……其阴……东郊……西郊……”，都是胎息于“招魂”上下四方的描述。（2）列举方式：如相如《上林》：“置酒于显天之台，张乐乎胶葛之寓，撞千石之钟，立万石之虡，建翠华之旗，树灵鼍之鼓，奏陶唐氏之舞，听葛天氏之歌”；《羽猎》：“蚩尤并毂，蒙公先驱，立历天之旗，曳梢星之旃”；《上林》：“于是乎卢橘夏熟，黄甘橙榛，枇杷橪柿，亭奈厚朴，梬枣杨梅，樱桃蒲陶，隐夫薁棣，答遝离支”，这种方式使假象世

---

42. 中国古代的空间观念发展不如时间观念明晰，记录时间观念的“年”、“时”、“日”、“月”在字源学中依稀可以找到孳乳演化的痕迹，可是“东”、“西”这些观念则十分模糊，字源上这些字的原始意义和空间观念截然无涉（参见王力，《汉语史稿》，页494），是故讨论汉赋的空间观念十分不易，易涉及比附。要之，以汉赋的空间观念和卜辞的天下观来比较，不如以《楚辞》或是文学类型来比较。以笔者肤浅的看法，汉赋的空间不同于后世诗词这些文类的“想象性空间”具有创造联想的抒情作用，毋宁说赋的空间观念主要的产生原因是“幻设性的设辞”，既非实指抑非心理的作用，正如钱钟书所言，“词赋中写（方位）四至，则意在作风景画耳”，《管锥篇》，第3册，页905－906），不过是文辞推类方法之一罢了。

43.“赋迹”一词取自司马相如《答盛览问赋书》，和“赋心”相比而观，参见刘熙载，《艺概》（台北，广文，1974年），卷三，《赋概》。

44.“推类”一词取自《汉书·扬雄传》：“雄以为赋者，将以风之，必推类而言，极靡丽之辞，闳侈巨衍，竞于使人不能加也。既乃归之于正，然览者已过矣。”刘熙载《艺概》亦云：“赋欲纵横自在，系乎知类，太史公《屈原传》曰‘举类迩而见义远’；叙传又曰‘连类以争义’；司马相如《封禅书》曰‘依类托寓’；枚乘《七发》‘离辞连类’；皇甫士安叙《三都赋》曰‘触类而长之’。”都可以看出类比作用在赋的功能，方位、时节、草木虫鱼，乃至历史人物或事例，都是类比下的推设。

界具有广度的美，赋的进行速度因而十分迟缓，种种事物的并列在帝王心目里当有四海之内，莫非王土的感觉。(3)段落的联系以继词、连词来承接，如“于是”、“今夫”、“且夫”、“若乃”、“若夫”、“乃”等，不但疏通文气，也可提领全篇，相如的《子虚》是典型的例子，适切地运用使假象世界在广度上具有组合提絜的间架。(4)散行文句的加入，如《七发》:“观其所驾轶者，所擢拔者，所扬汩者，所温汾者，所涤汔者”紧接着断语“虽有心略辞绘，固未能缕形其所由然也”；张衡《东京》:“声与风翔，泽从云游”的对偶后，紧承“万物我赖，亦又何求”的反诘，散行文句的插入使假象世界不致过于板滞郁闷。(5)性质形容词的运用；本来连绵词的加重，大量使用形容词来摹绘事物的形态，三百篇、《楚辞》早已有之，但整段堆砌许多状辞而又单写一物的，《七发》首开其端，以后《子虚》、《上林》、《甘泉》、《校猎》莫不因袭之，如司马相如形容进退游移的动作就有推移、徘徊、翱翔、容与、彷徨、宛弹、安翔、徐回、摇荡、消摇、襄羊、逡巡等辞[45]。汉赋自铸伟辞，相如居功第一，即使是同声字，他也避免用同形字，如“隆崇”，有时也用“巃嵸”，“崔巍”有时也用“摧崣”，这种状词的创造翻新把假象世界描绘得新奇有致。

45. 万曼，《司马相如赋论》，罗联添编《中国文学史论文选集(一)》，页229—246。

• 推类的艺术之反省

这一系列的赋过于讲求形式，但重同类事物的推求，同类文字的变换，给我们的感觉是对于庞大形式的赞叹，而不能感觉其生命内部的跃动；广袤铺张，却不见沁人心脾的兴发力量。明显的这种形式的创作是在“假象佯信”的方式下写成的。如《上林》的葛天氏之乐、陶唐氏之舞，《羽猎》飞廉雨师，《七发》的伯乐、王良、造父、秦缺、楼季都是传说性、历史性人物的削平化、现实化。这种削平化、现实化缺乏理想的寄托，也没有道德讽谏的旨趣，只是文辞的游戏驱遣罢了，假象过大，语过其义，作品自然“繁华损枝、膏腴害骨”[46]了。

值得注意的是这一系列作品往往在经过眩人心目的铺陈后，以主人公的自我醒觉自结。《七发》的楚太子耳聆圣人辩士之言，就“涩然汗出，霍然病已”;《上林》的天子酒酣极乐时，“芒然而思，曰：嗟乎！此太奢侈……非所以为继嗣创业垂统也”。张衡的《东京》结以“鄙哉予乎！习非而遂迷也，幸见指南于君子，若仆所闻，华而不实，先生之言，幸而有征”。这些话在极力铺陈后，翻腾而出，近似骚的“乱”或“讯”，都代表生命的自我醒觉，从移人心神的假象中再建立内在真实的自我。太史公推赏司马相如的赋，“其指讽谏，归于无为”[47]，正是重视赋在假象过壮、丹采涂绘后，归之于平实自然的讽谏意义。

汉代赋家对赋的讽谏意义是十分重视的，离开了这点道德功能，推类艺术仅是供奉性的文辞而已。问题是篇终奏雅的讽谏，由于推类过甚，假象过壮，往往掩去原初的道德意旨。张衡《东京》早有这般的反省:“相如壮《上林》之观，扬雄聘《羽猎》之辞，虽系以隤墙填堑，乱以收置解罘，卒无补于风规，只以昭其愆尤”，后来左思《三都赋》序更有严厉的批判:“相如赋《上林》，而引卢橘夏熟；扬雄赋《甘泉》，而陈玉树青葱；班固赋《西都》，而叹以出比目；张衡赋《西京》，而述以出海若。于辞则易为藻饰，于义则虚而无征”[48]，卢橘、玉树、比目、海若这些闳侈巨丽的假象用意在铺叙帝国的声威无所不及，无所不包；却因假象的诞妄、事物的虚构而受到批判——这也是第一系赋在后世眼中只是文辞的作手，不得好评的原因。然而推类艺术所表达的侈丽恢宏世界，在文化史上却凸显了汉代大帝国的恢宏性格，推类的模式正反映了汉代向四方扩展追寻的轨迹[49]。

46.《文心雕龙·诠赋》。

47.《史记》，卷一百三十，《太史公自序》。

48. 钱钟书曾举班固《东都赋》称宫室:“奢不可逾，俭不能移”为赋中铺比对仗之不成义理者，论断有力，洞见第一系赋的隐疾。见《管锥篇》，第3册，页959－960。

49.《史记》、《汉书》不惮其烦，收录司马相如、东方朔、扬雄等“京都大赋”，就是这精神的浮影，然而浮影毕竟是浮影，不同于一一事实上“符应”，在赋中落实寻求汉代向四方扩展的轨迹，恐怕是影中取影。本文大题取“交光叠影”意即在此，吾人但论赋与帝国发展之“意向性”即可。

激情与感伤的递变：赋的内容

- 帝国的性格

要探索赋的内容，必得先明白汉代知识分子的心灵取向。整个说来，汉代知识分子的主要关怀就在大一统制度确立下帝国的性格问题，我们了解帝国的性格，就可以明了其间知识分子的心灵取向[50]。

汉帝国的建立自始即和汉以前的政治实体不同，它乃是平民野心家的组合所创建的帝国[51]。亡秦的两大集团，一是平民的野心家，如陈胜、吴广、张耳、陈余、刘邦等；一是六国的残余贵族，如田齐、项羽等。刘邦最初在这两大集团中摇摆不定，等到采行韩信、张良的策略满足平民野心家集团的愿望，就顺利地取得天下。平民野心家和残余贵族理想上最大的不同，就在平民野心家所重的只是个人的利益，组成分子大都为“顽钝嗜利无耻者”[52]，这种不重文治的原始色彩使汉帝国自始即和知识分子理想政府有段距离——刘邦对知识分子的无礼[53]正反映了这层疏离关系。

再者制度上多承秦弊[54]，如萧何定律法，秦陋法如夷三族，妖言令、挟书律都还普存；叔孙通的制朝仪亦不免曲学阿世，遭到鲁诸生的杯葛[55]，整个帝国在构造上自始即缺乏合理的基础。等到汉初“封建三变”[56]奠定帝国一人专制崇高的身份地位后，汉帝国的隐忧即凸显而出。在经济上武帝为打击商贾地主的膨胀施行算缗，

50. 对汉代政制探索见钱穆，《中国历代政治得失》（台北，三民，1972年），第一讲；汉代知识分子心灵取向和政制关系见施淑女，《汉代社会与汉代诗学》，《中外文学》第10卷，第10期，1982年3月。

51. 徐复观，《周秦汉政治社会结构之研究》（台北，学生，1974年），页164－168，徐复观总结其精神为“家天下的法制化”。

52. 参考《史记》，卷五十六，《陈丞相世家》：“今有尾生、孝己之行而无益处于胜负之数，陛下何暇用之乎？”“然大王能饶人以爵邑，士之顽钝嗜利无耻者亦多归汉。”

53.《史记》，卷九十七，《郦生陆贾列传》：“沛公不好儒，诸客冠儒冠来者，沛公辄解其冠，溲溺其中。与人言，常大骂。未可以儒生说也。”

54. 徐复观，《周秦汉政治社会结构之研究》，《汉代一人专制政治下的官制演变》。

55.《史记》，卷九十九，《叔孙通列传》；王船山对此事件另有评议，惟船山先生综一代之得失而断鲁二生之不出，本文则但就叔孙通和鲁二生双方之轇轕而言，参见王夫之，《读通鉴论》（台北，广文，1974年），卷二。

56.“封建三变”，指高祖同姓诸侯王之封，是为一变；文景诸子之封，是为二变；武帝封子为王，是为三变。太史公在《汉兴以来诸侯王年表》三复“形势”一词，对此三变颇有微言大义在焉。见徐复观，《周秦汉政治社会结构之研究》，《汉代专制政治下的封建问题》，页168－174。

政治上为挽救财政危机采行纳赀鬻官，破坏官制。一面是最高地主即汉天子的权力之无限扩充，一面是地主豪族、商贾、封建官吏三者间尖锐的对抗[57]。《汉书》记贡禹批评武帝：

> 自见功大威行，遂从嗜欲，用度不足，乃行一切之变，使犯法者赎罪，入谷者补吏，是以天下奢侈，官乱民贫，盗贼并起，亡命者众。郡国恐伏其诛，则择便巧史书习于计簿能欺上府者，以为右职；奸轨不胜，则择勇猛能操切百姓者，以苛暴威服下者，使居大位。故亡义而有财者显于世，欺谩而善书者尊于朝，悖逆而勇猛者贵于官。故俗皆曰："何以孝弟为？财多而光荣。何以礼义为？史书而仕宦。何以谨慎为？勇猛而临官。……俗之坏败，乃至于是！"[58]

宣帝时，王吉上书以为"其务在于期会簿书，断狱听讼而已，此非太平之基也"，盖宽饶则以为汉室"以刑余而周召，以法律为诗书"[59]，要求汉室让位，因而伏诛。整个帝国权力结构的驳杂，对知识分子而言，毫无思想自由与个性发展可言。所谓"王道"，早已失去人文主义的理想成分，成了汉统治者个人意志的化身。《汉书·地理志》解释"风俗"的"俗"为："好恶取舍，动静亡常，随君上之情欲"[60]，完全以统治者的情欲延伸为论，知识分子焉得不痛心流涕？！

这种种土崩鱼烂的前兆，甚且连王室本身也提出警告，然而宣帝对太子的诤言，反应则是"汉家自有制度，本以霸王道杂之，奈何纯任德教，用周政？"[61]一扫人文理想，纯以权力控引为主，此时上距汉大一统之确立已六七十年，汉朝的性格依然在帝王个人的手上拨弄控引着。

知识分子对此现象的反应[62]，一是改造先秦文化遗产，反抗大一统专制，由此高举人文理想，揭发社会的不合理；一是改编旧材料，

57. 施淑女，《汉代社会与汉代诗学》。

58.《汉书》，卷七十二。

59.《汉书》，卷七十七。

60.《汉书》，卷二十八下。

61.《汉书》，卷九。

62. 参见钱穆，《国史大纲》（台北，商务，1975年），《统一政府文治之演进》，第七节，"汉儒之政治思想"，页110—130。

增补内容，为汉立法，为汉制仪，从政治架构上移梁换柱。后者有灾异、变法、让贤等说法；前者则沿袭到东汉，成为黑暗现实里唯一的清流。然而后者的复古更新和灾异说，到头来却在人主播弄下成为大一统权力的根源，以灾异来迫害大臣巩固帝位[63]；前者则不绝如缕，以政论章奏[64]出现，成为汉代知识分子坚持清明的表征。

汉赋的内容就是在此世衰道微的背景下产生的。汉代以后由于大一统专制已成固定的“典范”，文学家对这种政制合理性与否的触觉就没那么深刻了，其表达的内容自然也趋向自我的抒情[65]，对“马上得天下，宁能马上治天下”[66]的问题，自此就“存而不论”了。

- 压力的控诉[67]

勾索汉赋的内容，最显著的特色是赋家在心灵上没有不重“骚”的。“骚”所以能发生决定性的影响，自然是汉初功臣集团，大都出于丰沛，丰沛为楚地，所以乐尚“楚声”而不断提倡。但最大的原因是当时的知识分子以屈原“信而见疑，忠而被谤，能无怨乎”的“怨”，象征己身的“怨”[68]；以屈原自沉江浦，坚持一份清明的理想代表自身的命运。上下争趋，“骚”乃在汉代文学内涵上产生决定性的影响[69]。骚理想性的执持，因此成为汉赋压力感的权衡柱石，而激情的“怨”则转为汉赋落实的感伤。我们探索第二系赋的“述志摅情”，也就是以这一内涵为基础。

整个说来，汉初知识分子对大一统政制的反省，就是压力感的加深。对照战国时代，群雄并立的道重于势[70]，汉代的势重于道、一人

63. 参见钱钟书，《管锥篇》，第3册，《官箴变为箴官》，页964。翟方进被逼自杀，是为大臣代天子因灾异而死之例，从此灾异对天子也无约束力可言。

64. 两汉政论奏章其设辞多重推类，是值得研讨的课题，参见《文心雕龙·奏启》。

65. 在文学史、文化史来看这都是很重要的关键，汉赋的独特性就在此。

66.《史记》，卷九十七，《陆贾列传》：“陆生曰：‘居马上得之，宁可以马上治之乎？且汤武逆取而顺守之，文武并用，长久之术也’。”

67. 本节参考徐复观，《两汉知识分子对专制政治的压力感》，收入《周秦汉政治社会结构之研究》。

68.《史记》，卷八十四，《屈原贾生列传》：“屈平之作‘离骚’，盖自怨生也。”

69. 刘熙载，《艺概》，卷三，《赋概》：“《楚辞》尚神理，汉赋尚事实，然汉赋之最上者机括必从《楚辞》得来。”

70. 余英时，《道统与政统之间——中国知识分子的原始型态》、《中国知识分子的古代传统》二文，收入《史学与传统》（台北，时报，1982年）。

专制极易引起强烈的压力感，早先在政治活动上游士流动性的选择自由，和大一统完成后活动层面的固结，是很强烈的对比。由是汉代知识分子普遍的反法家，即是反汉代政制的中心骨干；普遍的反秦，实即反汉的一人专制。贾山是第一个正面提出这种压力感的，他在《至言》中说：

> 雷霆之所击，无不摧折。万钧之所压，无不糜灭者。今人主之威，非特雷霆也；势重，非特万钧也。[71]

直接抨击专制的根源在于人主的作威作福。这种指斥，邹阳在仕吴王濞时，《狱中上书自明》也有明言："今欲使天下寥廓之士，笼于威重之权，胁于位势之尊，回面污行，以事谄谀之人，而求亲近于左右，则士有伏死崛穴岩薮之中耳！"[72] 至于司马迁的《报任少卿书》[73] 更是典型的控诉，书中尽情宣泄对压力的悲愤，依他的看法，一切圣贤著作，都是"意有所郁结，不得通其道"，处在压力下的感愤性产物。

这种压力感的控诉，赋家将之纳入文学类型中，成为第二系赋表现上独特的体类。东方朔的《答客难》首发其端，扬雄的《解嘲》、班固的《答宾戏》、张衡的《应闲》、崔实的《答讥》、崔骃的《达旨》、蔡邕的《释晦》[74] 相继而起，成为赋文类上很独特的体裁。以下我们引《答客难》来探索这独特的体裁：

> 客难东方朔曰："苏秦、张仪，一当万乘之主，而都卿相之位，泽及后世。今子大夫脩先王之术，慕圣人之义，讽诵诗书百家之言……以事圣帝，旷日持久，官不过侍郎，位不过执戟，意者尚有所遗行邪？……"东方先生喟然长息，仰而应之曰："是固非子之所能备也。彼一时也，此一时也，岂有同哉？夫苏秦、张仪之时，周

71.《汉书》，卷五十一。

72. 同上。

73.《汉书》，卷六十二。

74. 东方朔、扬雄作品见《汉书》本传，崔实则见《全后汉文》（京都，中文出版社，1975 年），页 721 上，余篇皆见《后汉书》本传。

室大坏，诸侯不朝；力争政权，相禽以兵。并为十二国，未有雌雄，得士者强，失士者亡，故谈说行焉。……今则不然！圣帝流德，天下震慑，诸侯宾服……合为一家，动发举事，犹运之掌，贤不肖何以异哉？……故绥之则安、动之则苦、尊之则为将、卑之则为虏；抗之则在青云之上，抑之则在深泉之下；用之则为虎，不用则为鼠。虽欲尽节效情，安知前后？……使苏秦张仪与仆并生于今日之世，曾不得掌故，安敢望常侍郎乎！故曰：时异事异。”

本来缅怀往昔，追索过往的黄金时代是各民族皆有的心态，史家所谓的“崇古倾向”“乐土追寻”[75]是也。然而东方朔“此一时，彼一时”的对照并不是心理的怀古取向而已，乃是历史事实的写照。“彼一时”指的是具有政治抉择自由的战国时代，没有压力感的黄金时代，而“此一时”指的则是政治实体趋于融合坚凝的汉代。东方朔在深沉的悲哀里指出大一统政制里，士的用或不用，主动并不在士的本身，而在专制政体的拨弄，青云深泉、一虎一鼠的隐喻，成为压力控诉下最耐人寻味的对比。杨雄对压力的感受也是相同的，他的性格较东方朔更倾向于学者型，时时覃思于自己理念的天地[76]，可是他对政治压力根源的把握，却无二致。《解嘲》中说：

75. 杨牧，《文学知识》（台北，洪范，1979年），《失去的乐土》，页229—244。

76. 徐复观，《两汉思想史卷二》，《扬雄论究》（台北，学生，1976年），页439—562。

往者周纲解结，群鹿争逸……士无常君，国无定臣，得士者富，失士则贫，矫翼厉翮，恣意所存……是故邹衍以颉亢而抗世资，孟轲虽连蹇犹为万乘师。今大汉左东海、右渠搜；前番禺，后陶涂；东南一尉，西北一侯。徽以纠墨，制以锧铁：散以礼乐，风以诗书，当涂者入青云，失路者委沟渠。……夫上世之士，或解缚而相，或释褐而傅，或倚夷门而笑，或横江潭而渔，或七十说而不遇，或立谈间而封侯……是以颇得信其舌而奋其笔，室隙蹈瑕而无所诎也。

> 当今县令不请士，郡守不迎师，群卿不揖客，将相不俯首。言奇者见疑，行殊者得辟。是以欲谈者宛（卷）舌而固声，欲行者拟足而投迹。乡使上世之士处乎今，策非甲科，行非孝廉，举非方正，独可抗疏，时道是非，高得待诏，下触闻罢，又安得青紫……有建娄敬之策于成周之世，则缪矣。有谈范蔡之说于金张许史之间，则狂矣……唯其人之赡知哉，亦会其时之可为也！

这种将汉代政治压力和周秦之际士风的流动自如两两相照，以秦汉对比，以士大夫的出处荣枯，王者郡守的尊礼与否互照，来揭示政制根源上不合理性的罪恶，即成第二系赋深沉控诉的来源。汉代以降的赋很少呈现这一深层取向，主要就在对时代压力感的疲累，消歇了正面理想性的控诉。

• 落实的哀伤

除了对压力感的控诉外，第二系赋还表现了汉代知识分子落实的伤感，这种伤感可名之为“合理化的落实活动所带来的伤感”。从理上来说，人在成事的实践过程中，必有这份伤感，因为成事的实践乃是特殊形态的道德实践，理想的外散落实，须历重重的媒介。由此而论，人所思虑的已不是清纯的理法界，而是繁嚣的事法界。形上之道的高悬，降而为形下之器的质实，独立无待的绝对境界，更且转为相互相待的相对境界。这时人纯一理想的自我不得不坎陷以求落实，与有限、偶然、特殊的现实诸事物相靡相刃，以决定纯一理想曲成的命运。这种“曲成”的无奈就是落实的感伤[77]。汉赋第二系通过压力来“曲成”理想，无不包孕落实的伤感。而第二系所展现的“落实的伤感”之观照与舒解，就和第一系游辞从容大相径庭，个人情感的抒发多于物象图貌的雕琢。

这种“幽思深远，以遂一己之中情者”的写怀之赋[78]，既以表达自身生命的意向为鹄的，则

77. 唐君毅，《道德自我之建立》（香港，人生，1963 年），《自序》。

辞赋的文字不再是第一层面的事，他们所注重的是，自己内心的挣扎和外在种种拂逆的根本理由，以及这些疏通化解拂逆的途径，这就是所谓的“士不遇赋”[79]。这系作品往往不避设辞的雷同[80]，但求表现理想和现实之间无尽的乖讹，他们不仅重视诗人之赋丽以则的传统[81]，还兼具哲人的洞视。自宽自解，“韪其是而矫其非”[82]成为修辞的主要目的。赋里描述的种种事类都归于内心的孤明，这种由广度的铺叙进而为深度的追求，最明显的是赋的篇幅不再那么长篇曼衍，设辞的外在客物或历史事类不复削平化、标签化，而是意象化、伦理化。这种写法不仅使设辞的事类人物染上赋家个人即身即世的存在感受，也使每一个孤立的隐喻，由于赋家理想意向的投射[83]，而交光叠影，构成一个感伤的世界。这种将挫折感收敛凝聚于语象之中，使得第二系赋的风格不同于骚的激情世界。

当然在第一系赋中偶尔也有对帝王乖讹的活动作冷隽的嘲讽[84]，如下述二段：

(1)低回阴山翔以纡曲兮，吾乃今日睹西王母皬然白首。戴胜而穴处兮，亦幸有三足乌为之使。必长生若此而不死兮，虽济万世不足以喜(司马相如《大人赋》)

(2)若历世而长存，何遽营乎陵墓(张衡《西京赋》)

(1)段主要在讽谏武帝求长生久视之术的虚妄，既然期颐仙寿是如此的渺茫，皬然白首只不过证实，在时光的摧折下西王母也同样会归于虚无，则武帝的封泰山、禅梁文只不过是一场戏而已。(2)段则在假借人

78. 刘师培，《论文偶记》(台北，广文，1976年)，刘氏以班固《艺文志·诗赋略》为准，析汉赋为四大类：①总集类，客主赋以下十二家；②写怀之赋，屈原以下二十五家属之，即所谓言深思远以达一己之中情者也；③骋辞之赋，陆贾以下二十一家，所谓纵笔所讨，以才采擅长者也；④阐理之赋，荀卿以下二十五家，所谓分析事物以形容其精微者也，颇可参照。

79. Helmut Wilhelm，《学者的挫折感：论“赋”的一种形式》。

80. 如贾谊，《吊屈原赋》：“使麒麟可系而羁兮，岂云异夫犬羊”，在《惜誓》中又重复了这两句。

81. 何沛雄，《诗人之赋丽以则说》。

82. 蔡邕，《释晦》，《后汉书》，卷六十下。

83. 刘熙载，《赋概》：“或谓古人赋之言志者，汉如崔篆之《慰志》，冯衍之《显志》；魏如刘桢之《遂志》、丁仪之《励志》；晋如枣据之《表志》、曹摅之《述志》；然则赋以径言其志为尚乎？余谓赋无往而非言志也。必题是志而后其赋为言志，则志或几乎息矣。”

84. 参看刘熙载，《赋概》论赋之讽谏。

求长生的贪欲反诘先营陵墓的愚而自用，若果可以长生则陵墓又有何意义？若果陵墓就是人生的归宿，则长生久视也不过是诞妄的追索而已！这种将幻想和真实对比，铺张得愈富丽堂皇，愈见得人生虚妄追求的空幻可笑，是第一系赋中很有价值的“余响”。然而由于第一系赋文辞的宏侈敷衍，人主很少注意到这些冷隽的诤言，自然“缥缥然”失去篇终奏雅的反讽目的。

第二系的冷隽反讽主要不在君主的虚妄，而在现实界的乖讹、价值的颠倒和理想的委曲。这些知识分子发现“贤者受难”[85]的原型。他们经由神话世界的求索，历史事实的披寻，将这原型纳入赋的内涵中，成为中国文学层面相当耐人寻味的表现。“贤者受难”的典型首先是“举世浮沉，不得与庄语”，其次是举世滔滔，少有行于杳冥不求施报的，少有履道坦坦不疑的，最后则是所有的贤者在理想的证成过程中，必定担承人生的苦难，包括众庶群氓的无知和己身理想的煎熬。赋的表现也是这样，以贾谊《吊屈原赋》为例，首先是：

85. 朱炎，《期待集》，（台北，联经，1976年），《隐士与受难者》，页43－61，朱先生原文对中国文化史上“受难者”原型略而不述，极是可惜，对此原型具体而微的解释见李正治，《说屈原·话渔父》一文，《鹅湖》月刊，第1卷，第6期，1975年12月，详细的诠解可以参考柯庆明，《论“悲剧英雄”》，《文学评论》第4集（台北，书评书目，1977年）。

> 呜乎哀哉，逢时不祥！鸾凤伏窜兮，鸱枭翱翔。阘茸尊显兮，谗谀得志；贤圣逆曳兮，方正倒置。

其次是

> 世谓伯夷贪兮，谓盗跖廉；莫邪为顿兮，铅刀为铦。

最后则是

> 凤漂漂其高逝（逝）兮，夫固自缩而远去。

使骐骥可得系羁兮，岂云异夫犬羊！

这种“贤者受难”原型在表现上多以两两相形，二元补衬为设辞方式，凤鸟的高洁、鸱枭的丑恶、骐骥的珍贵、犬羊的污秽，就成为固定的模式。如此交替出现主要在加强赋家所提示的意念方向，不仅这些上承“骚”的动物原型，即历史人物也可以归入受难原型，表达自己的心灵意向，如冯衍的《显志赋》：

流苏秦于洹水兮，幽张仪于鬼谷，澄德化之陵迟兮，烈刑罚之峭峻；燔商鞅之法术兮，烧韩非之说论；诮始皇之跋扈兮，投李斯于四裔。[86]

这些人物由于赋象主观的色彩十足浓烈，大大减低了并列表现的呆滞[87]，赋家借此意向的表达把自我提升到一个超于现实的世界，指画理想，斥责非理。然而在自我理想的表达中，赋家对“贤者受难”不免发出哀泣的弦音，凤鸟的高洁不如恶禽的贵显，璋圭的宝玉和瓦石同处，贤德的淑女和泼悍的丑妇一室（“璋圭杂于甑室兮，陇廉与孟娵同宫”[88]），价值世界如此颠倒，则森罗万象中那支持品物庶生定位的纲纪何在？于是“诗的正义”（poetic justice）跃然而出。

- 定位的智慧

为了对价值倒置的现象从根源上作一合理的说明，进而肯定自己的受难，维系这残缺破灭的理想，赋家乃发展出一套“定位的智慧”[89]，对生命作一“根源性的解释”，以疏解困惑，安顿自身。这种解释就是“时”与“命”的具形。

本来“时”的观念在中国最早先是具体人世的范畴，孟子、庄子

86.《后汉书》，卷二十八下。赋中云，“悲时俗之险阸兮，哀好恶之无常，纷纶流于权利兮，亲雷同而妒异；独耿介而慕古兮，岂时人之所熹？”主观色彩浓烈。

87.《显志赋》中铺叙草木也有这种效果，李贤注：“自此（揵六枳而为篱兮）以下，说篱宇廷除，皆树芬芳卉木，喻己立身行道，依仁履义，犹屈原‘扈江蓠与辟芷，纫秋兰以为佩’之类也。”可以参看。

88. 严忌《哀时命》，《楚辞补注》（台北，中华，《四部备要》本）。

89.“定位”一词取自《易经》“艮”：“君子以思不出其位”，代表理想性的贞定。

的时间观念都是将时间和事、物、人联起来讨论。他们对时间所采行的情绪姿态各不相同，孟子是实证主义的泰然，庄子则是超越的安详，时间对之而言是安全、稳定的。在“骚”产生后则转化为强烈观感的，无论诗中语调或内容来看，都是焦虑不安的对抗时间的蹂躏[90]。赋家将此激情观感的“时”创造性地转化为哀伤的课题——以“时”来慰解自身的遭遇，以“时”来证成[91]受难原型之不可避免。于是第二系赋就由感伤式的质问诘疑、自怨自艾转为自身德性的肯定，首先是“惟天地之无穷兮，鲜生民之晦在”[92]，继则为“君子履信无不居兮，虽蛮貊何忧惧兮”[93]。这种肯定就是“命”的具形。将“命”视为人类活动实然面和当然面挫折的根由，一方面既是理所必然——“命定”的；一面也是事所必有——“命运”的[94]。

“时命”这种观念既在赋中具形，就产生了东方朔的《哀命》，严忌的《哀时命》，刘向的《愍命》、王逸的《伤时》[95]一系列的作品。尽管这些作品都编入《楚辞》书内，不过《楚辞》的结集迟至汉代，而这些作品正是汉代文学观念下的创作。下段的引文，莫不含藏落实的伤感在内，一面哀感不已，一面则自解自宽[96]：

(1)命不可说兮，孰知其极。……迟速有时兮……焉识其时。(贾谊《鹏鸟赋》)

(2)时来曷迟……去之速矣。……正身俟时，将就木矣。悠悠偕时，岂能觉兮。(董仲舒《士不遇赋》)

(3)信美恶之难分兮，时悠悠而荡荡。(司马迁《悲士不遇赋》)

(4)虽其人之胆智哉，亦会其时之可为也，故为可为于可为之时

90. 陈世骧，《论时：屈赋发微》及“On Structural Analysis of the Ch'u Tz'u Nine Songs”, *Tamkang Review*, Vol Ⅱ No.1, 1971。

91. “证成”一词译自英文“to justify”，至于受难原型是否不可逭逃，无所规避，是另一层面的问题，此处不赘。

92. 班固《幽通赋》，见《文选》，卷十四。

93. 班彪《北征赋》，见《文选》，卷九。此处只借用其字面意义，和全赋的肌理结构无干。

94. 对“命”最完备深刻的诠释，见唐君毅，《原命》，收入《中国哲学原论·原论篇》，(香港，人生，1966年)。唐先生诠释“义命合一”云：“由是而人在求行道时，即当同时准备承担道之行或不行之二种后果。由是而‘用之则行’，固是义之所当然；而当道不得行时，承担此结果，而‘舍之则藏’，亦是义之所当然。”精当不疑，可作本节之佐证。

95. 这些作品和屈原的艺术水准差异如何不是此处所论之重点，今但论其共同之意向。

96. 刘熙载，《赋概》：“虽谓失志之赋，即励志之赋可矣。”

则从，为不可为于不可为之时则凶。（扬雄《解嘲》）

（5）彼何生之优渥，我独罹此百殃；故时命之变化兮，非天命之靡常。……谅时运之所为兮，永伊郁其谁愬。（班彪《北征赋》）

（1）表示对时的迫切怀疑；（2）委曲传出“时”的倏然难觅，惟有与之偕一，才能贞定自己；（3）表达时的迷惘难定；（4）只有安时而委命，才有可为；（5）时运之不利，只是大化流衍之一，不是天地之常态。这种对时命的探索，往往将时命与自身的郁结相接连，己身的不遇或挫折颠踬，使他们对人类存有的问题作更深入的冥思默想，成事因缘既是外在于己，则自己除了任时随时之外，又如何来安顿自己？如何使这些不合理性的流转凡尘透过自己的德性修养而贞定呢？——“道”的观念，于是被提出来了。守道履道的圣哲典型，在赋家笔下重新塑造为落实感伤的慰藉者，“受难原型”的重新肯定使这些承担人世风雨的知识分子，在踽踽凉凉的道途中，仍有一盏明灯导引：

至人遗物兮，独与道俱……真人澹漠兮，独与道息。（贾谊《鹏鸟赋》）

若胤彭而偕老兮，诉来哲而通情。（班固《幽通》）

聊优游以永日兮，守性命以尽齿。（崔篆《慰志赋》）

然而他们所把握的“道”仍是不周全的，所重的只是“落实的智慧”（practical wisdom），而不是“创造的智慧”[97]（creative wisdom）；“随命”、“委命”、“遭命”而不见“正命”、“立命”[98]，由是赋中充斥祸福相倚，吉凶同域的话头，如：

97.“落实的智慧”和“创造的智慧”取自方东美，《原始儒家思想之因袭与创造》一文，收入《方东美先生演讲集》（台北，黎明，1978年），页113－151。方先生以“实用的智慧”訾议《论语》，笔者不敢苟同，然而区分“创造的智慧”和“实用的智慧”则确是天娇卓识，船山《周易外传》于“谦”、“益”二卦径判为“忧患之卦”，盖同于此理。因吾人于道德发用创造之先，惟计于利害得失而预留退步，先存一“谦益”的观念，在道德之机上实已不诚，也因而丧失法天健行的大旨了。

98. 这些词语的深义，均见唐君毅《原命》一文。

祸兮福所倚，福兮祸所伏……纵躯委命兮，不私与己。（贾谊《鹏鸟赋》）

逆顺还周，乍没乍起；理不可据，智不可恃，无造福先，无触祸始，委之自然，终归一矣。（司马迁《悲士不遇赋》）

观大易之损益兮，览老氏之倚伏；省忧喜之共门兮，察吉凶之同域，……自夫物有盛衰兮，况人事之所极……岂若师由聘兮，执玄静于中谷。（扬雄《太玄赋》）

修短之运，愚智同兮；靖恭委命，唯吉凶兮。（曹大家《东征赋》）

《易》道的周流六虚、刚健不已，他们所重的只是损益消息吉凶盈虚的实用智慧；老庄的超然游化，他们所重的则是委蛇，跳出灾眚之变而已。因此司马迁的《悲士不遇赋》虽云："天道微哉，吁嗟阔兮；人理显然，相倾夺兮"，也只有委命随流，"不为福先，不为祸始"[99]的安顿自己了。而贾谊援引道家哲理入《鹏鸟赋》，更以大化流衍为火炭洪炉；视万物振荡相转只是炉中之铜而已，"何足控抟"？董仲舒则更凄怆哀伤，《士不遇赋》[100]既叹时代的压力——"生不丁三代之盛隆，而丁三代之末俗"，又不愿如道家的主张洁身而去——"亦不能同彼数子兮，将远游而终古"，又无法矫己从人，随俗俯仰，只有寄望于"肝胆"、"同人"志同道合者的出现[101]。这个寄望在大一统政制下是如此的微弱，竟不敢断定其实现的可能。这种哀伤就成了第二系赋永恒的播弄，一直回响在历代有理想的赋家身上[102]。

余论——调适与扭曲

汉赋到了东汉以后，又有些变化。这种变化

99.《全汉文》，页270上。

100.《全汉文》，页250上。

101. 这里牵涉到士的群体自觉这一件思想史、社会史的重要课题。春秋以降，士之群体自觉的内容都是"以推尊其教主（师）的方式来表示道尊于势的观念"，士的群体自觉正在于向士阶层唤起团结合作的精神。问题是战国中晚期后政治的力量逐步加大，对道的压迫也愈强，这种自觉的呼唤一直饱受压力，到了董仲舒时代更是如此。见余英时，《中国知识阶层史论——上古篇》，页66注以及《道统与政统之间》一文；徐复观，《两汉思想史·卷二》，《先秦儒家思想发展中的转折及天的哲学大系统的建立》。

主要来自大一统的建立已是确然的事实，一统之制既牢不可破，知识分子即转而对这大一统政制和个人的遭遇，作一合理化的说明。这种由全面性根源性的理想之坚持遭递为局部性的妥协，实在是中国文人的最大悲剧。汉初扩张、进取的气象至此代之而起的是收敛的、让步的性格。汉赋反映这种递变，最显著的就是不似第二系重理想的抒发，因而渴求自我实现的意味就没那么浓厚，但重批判性的斥责。

原来历经新莽改制这一儒家理想最大规模的尝试，与最不光荣的失败后[103]，符命谶讳[104]普遍流行。其始为篡臣作借口，新室既败又成为维系正统之利器，知识分子亟亟以保障合理化之政权为务，于是对压力感的沉痛愈趋默然。班彪以“《王命论》以救时难”[105]托始于火德神话，远绍陶唐，作夸大的附会，正式认定帝国权力的来源，是天与人受。所以“神器有命，不可以智力求也”，一般匹夫匹妇不明白这神圣的托付，“悲夫！此世所以多乱臣贼子者也”。班彪进一步说，贫穷卑贱皆是命定，帝王的崛起也是命定的事实，知识分子只有皈依这政治实体，认同这神圣的事实，若“外不量力，内不知命”，则必丧家失年，折足伏诛。

这种“唯器与名不可以假人”的心态实是两汉之间最大的转折，前此犹有论及帝国性格之理性根源者，至此则转为消沉。我们可以从赋来看这种精神的大转折，在东方朔的谏章里，说：

故务苑囿之大，不恤农时，非所以强国富人也。

扬雄的《长扬赋》：

---

102. 参见朱熹编校，《楚辞后语》（台北，河洛，《楚辞集注》，1980年）所收韩愈《复志赋》、《闵己赋》、《别知赋》；柳宗元《惩咎赋》、《闵生赋》、《梦归赋》、《吊屈原文》、《吊苌弘文》；李翱《幽怀赋》等，皆所谓“赋必有关著自己痛痒处。”（刘熙载，《赋概》）。

103. 语出萧公权，《中国政治思想史》（台北，联经，1982年），册上，页326。

104. 这里附带说一点，两汉的赋几乎找不到符命讥讳的存在（除了班彪《王命论》带有些许色彩外），或许正表示汉代赋家的人文理性主义，这是很珍贵的特色。

105. 语见《汉书》，卷一〇〇上。

后世迷于一时之事，常以此（畋猎）取国家之大务。

还幽了一默，以为帝王“延光于将来，比荣乎往号，岂徒欲淫览浮观，驰骋粳稻之地，周流梨栗之林，蹂践刍荛，夸诩众庶，盛狖玃之收，多麋鹿之获哉!”这种反讽——涅克己（Knechtges）氏以为这一段是汉代文学最精彩的反讽[106]——不正是暗示帝国的活动犹有一理想层面可言吗？若无人文理想，则反讽亦可不设了。

然而下及班固则不同于西汉的心态，《汉书》之不及《史记》能把握时代的动脉，早有定论[107]，他在《汉书·叙传》中说“又感东方朔、扬雄，自喻以不遭苏张范蔡之时，曾不折以正道，明君子之所守，故聊复应焉”，这里的“正道”是指帝国已镕铸为一体的事实，君子此后所守的就是帝国的拥护者这一角色。他在《答宾戏》里反对东方朔的《答客难》云：

方今大汉洒扫群秽，夷险芟荒……其君天下也，炎之如日，威之如神，涵之如海，养之如春……譬犹草木之植山林，鸟鱼之毓川泽，得气则蕃滋，失时者苓落，参天地而施化，岂云人事之厚薄哉？今子处皇世而论战国，耀所闻而疑所觌，……亦未至也。

班固所说的并不单是贵近贱远的反古论，而是落实活动中的感伤渐趋淡漠的征兆。草木繁茂于山林，鸟鱼托身于川泽，虽是各得其所，各适所宜，没有人事厚薄可言，然而人非草木，焉能如同草木无压力感，无理想色彩，身与草木同等，无选择自由不正是人最大的悲剧？班固并不看重这点，又说：

且吾闻之，一阴一阳，天地之方；乃文乃武，王道之纲；有

---

106. David R. Knechtges, *The Han Rhapsody*, p. 88.

107. 徐复观，《两汉思想史卷三》（台北，学生，1979年），《史汉比较研究之一例》。

同有异，圣哲之常，故曰：慎修所志，守尔天符，委命共己，味道之腴，神之听之，名其舍诸！……时暗而久章者，君子之真也。

认为政体不合理的现象恰如天道循环、制度变移一般，都有正反两面的存在，此刻名声不显，不得处世行道，也无可厚非；只要委命，则明神听之，佑以福禄，自然有名。今日政体不合理的迫扼或腐败，反而是他日德性玉成的泉源。班固这段文辞是残酷的，尽管我们认定今日理想之受难者都会走入不朽的历史里，我们也不能说因此今日不合理之现象都是可以容忍、可以默许的。这种将实用的智慧由处身立世，转为对大一统政制的压迫作合理的辩护，可以说是汉代政制的渐趋坚凝（或硬化）的证明。

对汉末“征亡备兆，小雅尽缺”[108]的腐败现象作总结的是赵壹的《穷鸟赋》和《刺世疾邪赋》[109]。前者假“穷鸟”抒发己身的忧惧，所谓的“内独怖急，乍冰乍火”；后者则对不合理情状作更严厉的斥责，首先指出汉政较诸春秋的祸败，战国的荼毒更为怨酷——

108.《后汉书》，卷八，《灵帝纪》赞。

109.《后汉书》，卷八十下。刘熙载评这两篇赋为“读之知为抗脏之士，惟径直露骨，未能如屈、贾之味余文外耳”，尚差一间。不知时衰道微，赋家只有如“北山”大夫“惨惨劬劳”，不能再“栖迟俯仰”了。

宁计生民之命，为利己而自足。于兹迄今，情伪万方。佞谄日炽，刚正消亡。舐痔结驷，正色徒行。妪媀名势，抚拍豪强。偃蹇反俗，立致咎殃。……邪夫显进，直士幽藏。原斯瘼之攸兴，实执政之匪贤。……所好则钻皮出其毛羽，所恶则洗垢求其瘢痕。虽欲竭诚而效忠，路绝崄而靡缘。安危亡于旦夕，肆嗜欲于目前。奚异涉海之失柂，坐积薪而待燃。……故法禁屈挠于势族，恩泽不逮于单门。宁饥寒于尧舜之荒岁兮，不饱暖于当今之丰年。

篇末更系以五言歌诗一首——正和司马相如的《哀二世赋》相

同[110]——以为“河清不可俟，人命不可延”，“哀哉复哀哉，此是命矣夫！”即使在最沉痛的指斥中，仍然回响着赋里落实的感伤。不同的是全篇着眼于社会丑陋的众生相，谴责多于嘲讽，不再如第二系赋追溯历史的典型，直接推进式地增强现实黑暗面的描写，其中“单门”、“势族”[111]的对峙尤具社会意义。

赋内涵所表现的历史典型既已退位于现实的忧怖和指斥，这对于赋而言是调适呢？或是扭曲呢[112]？衡诸后汉末季的思想转变，桓谭、王符、崔实、荀悦诸人对天下事渐露悲观之意，至仲长统不仅慨叹世乱之愈酷，复疑救乱之有道，直认专制之破产[113]，此中消息，似隐实显了。

---

110. 这是否有意的摹仿呢？还是讽谏精神的共通呢？在此不敢断言，不过若联想及东汉末与秦帝国灭亡之前的土崩瓦解，似可添增这篇作品的兴发力量。

111. 钱大昕，《诸史拾遗》云：“案《魏略》列传以徐福、严幹、李义等十人共卷，幹、义皆冯翊东县人，冯翊东县，旧无冠族，故二人并单家（见《裴济传》注）。又《魏略·儒宗传》，薛夏天水人也，天水旧有姜阎任赵四姓，常推于郡中，而夏为单家。魏禧京兆人也，世单家（见《王肃传》注）。《魏略·吴质传》，始质为单家，少游遨贵戚间（见《王粲传》注）。《张既传》，既世单家（见既传注）。凡云单家者，犹云寒门，非郡之著姓耳。”通过钱氏对“单家”“寒门”的解释，把“寒门”和“势族”两相对照，可见汉末帝国“以族为德，以位为贤”（《后汉书·左周黄列传论》）的社会危机，赵壹赋首发其覆，于帝国之溃败鱼烂若班烛燃犀，罔不现形。

112. 通过《文选》对赋的割裂分体来把握汉赋的风貌是不周全的，也是危险的，《文选》对赋的观点是“事出于沈思，义归于翰藻”，对于赋的内在意向自然不甚在意，考文论史者于此当三致意焉。

113. 萧公权，《中国政治思想史》，页337。

咏怀的本质与形似之言

六朝诗歌

王文进

在中国诗史上，“六朝”一直是一段易于遭受误解争论的时期[1]。陈子昂说“汉魏风骨，晋宋莫传”，李白说“自从建安来，绮丽不足珍”，都是站在“汉魏风骨”“六朝轻绮”相互对扬的偏见下立论，似乎一笔就要抹拭这三百多年来六朝诗人印刻在中国诗作上的痕迹。但是像明朝陆时雍的“齐梁人欲嫩而得老，唐人欲老而得嫩”“齐梁老而实秀，唐人嫩而不华”这种强烈的赞词，又似乎是矫枉过正，褒扬过实[2]。事实上文学的发展有其传承演变的法则，中国的诗作当然要以唐诗为巅峰圆融时期，但是文学的成就本来就是由时间累积而来的，唐诗的醇美深奥也是在文学史上五日一石，十日一水的成果。既然六朝在中国诗史里是上继诗骚，下开唐宋的重镇，那么尽量避免绝对性的评价用语，并且设法择取一个比较辽阔的视野以及比较深邃的角度，用以条理其传承的契机，也许反而比较容易浮现六朝在整个诗史上的价值和地位。因此本文以“形似之言”为主，以“咏怀精神”为辅，循着这两条脉络来掌握六朝诗歌的艺术结构和基本情怀，希望借此找寻出六朝诗歌最属切自己的位置。

“形似之言”的出现，是六朝诗歌确立自己风貌的关键。在这之前，中国的诗歌始终是在“诗言志”传统的笼罩下，作品大都以抒写诗人怀抱为主，对于客观山水景物的描写尚未真正用过心，即使诗作中出现了些许自然景物，也只是像早期国画中的山水一样，仅是作为人物画的陪衬背景而已。所以黄子云《野鸿诗的》说“三百篇下迄汉、魏、晋，言情之作居多，虽有鸟兽草木，借以兴比，非仅描摹物象而已”[3]。这种情形对于诗歌艺术领域的开展，毕竟是一个限制，虽然《诗经》、《楚辞》，古诗，乐府迭有佳作，但是中国的诗歌若要走向艺术的巅峰，山水景物在作品中的地位必须提高，相对地以文学精确描

1. 原按：六朝时限大致有二说：（1）指汉、魏之后的晋、宋、齐、梁、陈、隋。观宋胡仔编《苕溪渔隐丛话》卷一卷二为《国风汉魏六朝》，严羽《沧浪诗话》诗评第二十四条谓：“少陵诗宪章汉魏，而取材六朝”。明张溥编《汉魏六朝百三家集》、清严可均编《全上古秦汉三国六朝文》，以及近人萧涤非《汉魏六朝乐府文学史》，均沿用之。（2）指两汉之后的魏、晋、宋、齐、梁、陈。章太炎《太炎文录》卷一《五朝学》中所称的“六朝”，今人廖蔚卿著《六朝文论研究》均属此义。本文采前说。

2. 陆时雍，《诗镜总论》（台北，艺文，《续历代诗话》），页1689。

3. 黄子云，《野鸿诗的》（台北，明伦，《清诗话》），页852。

绘客观景物的技巧必须被重视，才能均衡“诗言志”传统下，主观情志偏重的色彩。“形似之言”就是在这种意义上，成为六朝诗歌极为重要的成分。

六朝诗歌留给文学史上最鲜明的形象，当然是以“形似之言”为主脉的“太康体”“永明体”。但是在这绚烂华丽的光芒下，另有一道深沉的声音，却此起彼落地在六朝诗坛上回荡着自己寂寞的旋律。那就是以“咏怀”为主调的诸般作品。

“咏怀”的诗论是建立在周汉传统讽喻比兴的“诗言志”观上。由于这种传统的熏染，诗歌必须对人世表示关怀的情操，早已根植在中国文人的心灵深处，所以面对六朝这样一个弥漫着“俪采百字之偶，争价一句之奇”的潮流，诗人们仍然无法完全挥拭这种根深蒂固的使命感。所不同的是：有些诗人长于直抒怀抱，而有些诗人则基于一些理由，或是政治的，或是文学的，于是改为借题发挥。直抒怀抱的，我们可以阮藉82首咏怀组诗为例。但是其他以“杂诗”“游仙诗”“山水诗”“田园诗”“咏史诗”“咏物诗”——透过“叙景言怀”“咏物喻怀”“咏史写怀”“咏仙托怀”的种种方式，更是无所不在。所以“咏怀”的精神事实上并没有在六朝诗史的递嬗中完全中断。“六朝轻绮”的立论，并不能对应完全的事实。

但是在一个“咏怀”传统悠久的文学历史里，六朝诗人维系着这份若断若续的使命，并无法使六朝的价值突显在整个诗史上，真正奠定六朝诗歌历史性价值的，还是要由“形似之言”这种路子来探索[4]。

最早注意到“形似之言”，而给予界说的是刘勰的《文心雕龙》：

> 自近代以来，文贵形似，窥情风景之上，钻貌草木之中，吟咏所发，志惟深远，体物为妙，功在密附。[5]

4. 本节意见，参照李正治，《六朝咏怀组诗研究》《师范大学国文研究所集刊》二十五号，1981年6月。

5. 刘勰，《文心雕龙·物色》篇。

然后是钟嵘《诗品》其品评四家诗风云：

> 晋黄门郎张协诗：其源出于王粲，文体华净少病累。又巧构形似之言。
>
> 宋临川太守谢灵运诗：杂有景阳之体，故尚巧似，而逸荡过之。
>
> 宋光禄大夫颜延之诗：其源出于陆机，尚巧似……。
>
> 宋参军鲍照诗，其源出于二张。善制形状写物之词……贵状巧似，不避危仄。[6]

可见“形似之言”在当时已蔚为相当普遍的文学现象，不论是宋代的山水诗或是齐梁的咏物诗、宫体诗都深深刻下形似的痕迹。但是严格说来，“形似之言”如果和当代“声律”“俪辞”诸问题并列时，可以看出并没有成为当时批评家所特别重视的焦点，也没有在往后中国诗学体系中理论化为通用的批评术语。这是一个中国诗学史中极为矛盾而又错综复杂的纠结。因为就实质而言，六朝“形似之言”的出现，无论对中国后来诗歌的创作或理论都有着源远流长的影响，按常理说，不应遭受这种冷淡的待遇，但是考察实际史料得知，不但在六朝当代的批评家们着墨不多，甚至到了后代批评家手中，“形似之言”的原义，也完全远离了原义。即使连唐代成书的《文镜秘府论》和《文心雕龙》有相当密切的传承关系[7]，当其论到“形似体”的时候，也缩小了形似的功能，把他列为十体之一[8]，说“形似体者，谓貌其形而得其似，可以妙求，难以粗测者是”，完全忽略了刘勰将形似视为文学艺术基本结构的用意。更等而下之的是完全不加思索就妄下断语，像郎廷槐的《师友诗传录》所说“诗自三百篇后，汉魏递降，拘限声病，喜尚形似，以流易为辞”用一种非常粗

---

6. 钟嵘，《诗品》。

7. 详见黄锦鋐，《空海的文镜秘府论与文心雕龙之关系》，《文心雕龙研究论文集》（台北，淡江丛书，1950 年）页 71。

8.《文镜秘府论·地卷》分诗歌为十体：“一形似体，二质气体，三情理体，四直置体，五雕藻体，六映带体，七飞动体，八婉转体，九清切体，十菁花体。”

糙的习见，将形似和声病并提[9]。到了罗根泽写《魏晋六朝文学批评史》时就更积非成是地说“他（刘勰）为矫正当时的‘文贵形似’的风气，提倡创造的文学”。[10]居然将“形似”和“创造”对立起来讨论，形似的地位至此可说是一落千丈，并且和初起时的原义完全相违。正因为这样一个重要的批评观念在诗学史上逐步流失，使得六朝走向唐宋风貌一条原本极明晰的路标，也随之而淹没不见。

本来在一个“形”“神”习惯上易于对立的传统中，“形似之言”无法在批评系统中盘结生根，原也是件不难理解的事，更何况重“神”轻“形”是中国艺术理论一贯的态度。但是六朝诗歌巧构“形似之言”的问题，事实上并不是如此单纯，这其中有好几层理论上的转折，使得问题的探讨方向必然变成非常复杂。因此本文虽然旨在描述六朝“形似”风貌对唐宋诗体的影响，也必然会牵涉到下面几个问题：

（一）就艺术的质性而言，完全的“形似”是否可能？

（二）当六朝诗人正在“文贵形似”的同时，晋朝顾恺之、南齐谢赫却以画家的立场重“传神”“气韵”而轻“形似”，这种背道而驰的现象，是否已造成艺术理论的矛盾？

（三）六朝诗歌的“形似之言”既然没有形成一项诗学理论，那么它是以何种方式造成对后代诗学的影响？

形似风格的出现如果以整个文学史为背景来考察的话，前面所言，中国诗歌历经长期“言志”观的笼罩，到了六朝由于艺术精神的自觉，逐渐挣脱传统的束缚，是始由“缘情”而“感物”，由“感物”而进一步“写物图貌”，乃属远因。正如《文心雕龙·物色》篇所说：

> 春秋代序，阴阳惨舒，物色之动，心亦摇焉。盖阳气萌而玄驹步，阴律凝而丹鸟羞，微虫犹或入感。四时之动物深矣！

9. 郎廷槐，《师友诗传录》（台北，明伦，《清诗话》），页140。

10. 罗根泽，《魏晋六朝文学批评史》（台北，商务，1969年），页88－89。

11.《梁书·萧子显传》。
12.《文心雕龙·明诗》篇。
13. 同上。

其他如萧子显所说："若乃登高目极，临水送归，风动春朝，月明秋夜，早雁初莺，开花落叶，有来斯应……"[11]，钟嵘所说："气之动物，物之感人，故摇荡性情，形诸舞咏"都证明了当时文学重心的移动。但是若从六朝本身诗风的递换来考察的话，那么形似风格的完成和"山水诗"的发展就有着不可分割的关系。

六朝初期，诗歌曾经陷在一片"玄风"之中[12]。"玄言诗"在本质上可以视之为另一种极端的"言志"之诗，是魏晋名士清谈下的产物，即是《文心雕龙·时序》篇所谓："自中朝贵玄，江左称盛，因谈余气，流成文体。"所谈论的内容不外是"易""老""庄"，而所用的文字都是抽象的概念语言。试举《孙绰赠温峤一首》以窥其端！

> 大朴无像，钻之者鲜。玄风虽存，微言靡演。邈矣哲人，测深钩缅。谁谓道辽，得之无远。其一既综幽纪，亦理俗罗。神濯无浪，形浑俗波。颎非我朗，贵在光和。振翰梧标，翻飞丹霞。其二爰在冲龀，质嶷韵令。长崇简易，业大德盛。体与荣辞，迹与化竞，经纬天维，翼亮皇政。其三……其四……其五。

此诗真如钟嵘所说的"理过其辞，淡乎寡味"。这种玄言诗始自正始年间（240年）历经两晋、刘宋（420年）计有180年之久，中间也碰到好几次的反对力量[13]。而这些反对的方式，大都是根据《文心雕龙》所说的"神道难摹，精言不能追其极，形器易写，壮辞可得喻其真"的原则，将描写对象作一线之转，由泛言说道移为壮辞写物，于是"窥情风景之上，钻貌草木之中"必然成为诗人用心之处，形似技巧亦必然应时而生。尤其在魏晋玄学弥漫下，诗人的基本心态当然无法遽尔跳越时代的主流。因此在溺于玄学之风又倦于玄言之诗的夹缝间，择取灵山秀水，附托遥渺胸怀也是时势使然。"山水诗"就是以这种姿态步入六朝诗坛。

“山水诗”的出现，对于中国诗歌的发展，有着莫大的影响。前面很早已经提过：山水景物的出现虽然可以远溯到《诗经》、《楚辞》时期，但是早期中国山水景物在诗中的运用，只是诗人借以“言志”的比兴之物而已，未曾有人处心积虑地用艺术的手法去“巧言切状”。自从“山水诗”成为诗坛主流之后，“形似之言”的艺术手法相对地找到她最好的演练场所。江南的崇山峻岭，云乡水桥糅合在诗人方墨寸笔之间，使得中国的诗歌永远缭绕着霞影泉声，字字如画，句句如歌。

但是关于“山水诗”的起源，诗史叙述颇为紊乱。清朝王渔洋云：

> 诗三百篇，于兴观群怨之旨，下逮鸟兽草木之名，无弗备矣。独无刻划山水者。……
>
> 迨元嘉间，谢康乐书，始创刻划山水之词……。[14]

将“山水诗”的起源遽然断自谢灵运。其他主张这种说法的，更是不胜枚举。这种论调已经引起今日许多学者的异议[15]。《文心雕龙》虽然说了“宋初文咏，体有因革，庄老告退，而山水方滋”。但是刘彦和是同时注意到“因”“革”二义，也就是同时注意到“山水诗”完成的传统基础。这个传统基础追根究底就是张协的“巧构形似之言”。但是历来学者大都只注意到“革”字义，所以会认为谢灵运一出，就取代了玄言诗的地位，不但过分简化了“山水诗”的性质[16]，也使得早于谢灵运八十年的张协于“巧构形似”之际无从取景。

张协的时期正是“晋世群才，稍入轻绮，张潘左陆，比肩诗衢”的太康时期。太康时期在文学史上有一项特定的任务，就是专门要给“淡乎寡味”的“玄言诗”一些浓丽的色彩。色彩的原料怎么来呢？“神道难摹，精言不能追其极，形器易写，壮辞可得喻其真”，对具体景物的

---

14. 王士祯，《带经堂诗话》。

15. 葛立方，《韵语阳秋》；施补华，《岘佣说诗》，均持此说。详见王文进《庄老告退而山水方滋——兼评 J. D. Frodsham〈中国山水诗的起源〉》一文。《中外文学》第7卷，第2期（1978年7月）。

16. 见林文月《蓬莱文章建安骨》中述及山水诗一段。《中外文学》第11卷，第1期，1982年6月。

描绘是太康诗风能够“采缛于正始”的原因。张协是第一位被钟嵘评为“巧构形似之言”的诗人，我们且用一首他的杂诗，来看看“形似之言”的风貌：

朝登鲁阳关，狭路峭且深。
流涧万余丈，围木数千寻。
咆虎响穷山，鸣鹤聒空林。
凄风为我啸，百籁坐自吟。
感物多思情，在险星常心。
扬来戒不虞，挺辔越飞岑。
王阳驱九折，周文走岑崟。
经阻贵勿迟，此理著来今。（《杂诗之四》）

全诗由一“登”字入笔，“峭”“深”二字墨色加浓，伏写后面险景之势，随后流涧、围木步步逼来，仿佛置身苍色翠声之中。咆虎、鸣鹤如顾恺之点睛之笔，使全景由静态变为动态，又再益以凄风、百籁迎面而来，无怪王闿运要评为“纸上有风”了[17]。这样的写法，和“玄言诗”形成强烈对照固不用说，即使和诗、骚摆在一起也很快就可以分辨出来个中山水写作方式的不同。我们不妨再看一首和张协共列“太康八杰”之一的潘岳《河汤县作二首之二》：

日夕阴云起，登城望洪河。
川气冒山岭，惊湍激岩阿。
归雁映兰时，游鱼动圆波。
鸣蝉厉寒音，时兰耀秋华。
引领望京室，南路在伐柯。
大厦缅无觌，崇芒郁嵯峨。

17. 引见骆鸿凯《文选学》（台北，中华，1968 年），页 268。

总总都邑人，扰扰俗化讹。
依水类浮萍，寄松似悬萝。
朱博纠舒慢，楚风被琅琊。
曲蓬何以直，托身依丛麻。
黔黎竟何常，政成在民和。
位同单父邑，愧无子贱歌。
岂敢陋微官，但恐忝所荷。

18. 许学夷《文论讲疏》引见。
19.《昭明文选》，卷三十三。

这首诗许学夷《诗源辨体》称许说："诚所谓烂若舒锦者也。"[18] 全诗写景之处如果移置在谢灵运诗集中，实在是无法分辨究竟是谁家山水。而潘安仁殁后八十余年，谢灵运才出世，足见山水诗的源远流长。

太康时期之后，沉寂了一阵子的"玄言诗"又再度卷土而来，正如《晋书·卫玠传》所云："永嘉之末，复闻正始之音。"这一时期必须注意的是：除了前面所引的孙绰那一派"江左篇制，溺乎玄风，嗤笑徇务之志，崇盛亡机之谈"的"玄言诗"之外，"景纯仙篇，挺拔而为俊矣"的"游仙诗"对于"山水诗"演成的意义。"游仙诗"在本质上和"玄言诗"一样，是对于人间浊世的倦拒，只是前者乃"寄言上德，托意玄珠"，后者却是加上道教流行后，对"神山仙境"的向往，所以李善《文选注》云："凡游仙之篇，皆所以滓秽尘网、锱铢缨绂，沧霞倒景，饵玉玄都。"[19] 这种对缥缈神山仙境的描写，正是"玄言诗"过渡到"山水诗"中极不落凿痕的桥梁。试引二首郭璞的《游仙诗》，以观其貌。

翡翠戏兰苕，容色更相鲜。
绿萝结高林，蒙笼盖一山。
中有冥寂士，静啸抚清弦。
放情凌霄外，嚼蕊挹飞泉。
赤松临上游，驾鸿乘紫烟。

左挹浮丘袖，右拍洪崖肩。
借问蜉蝣辈，宁知龟鹤年。

旸谷吐灵曜，扶桑森千丈。
朱霞升东山，朝日何晃朗。
回风流曲棂，幽室发逸响。
悠然心永怀，眇尔自遐想。
仰思举云翼，延首矫玉掌。
啸傲遗世罗，纵情在独往。
明道虽若昧，其中有妙象。
希贤宜励德，羡鱼当结网。

在这两首诗中，可以看出“游仙诗”和“玄言诗”的差别，更重要的是可以看出太康诗人所开创的写景手法，如何被郭璞运用在仙境的描写上。由于太康诗人的启示，使得郭璞的“游仙诗”能够改变“永嘉平淡之体”，跳出一味追摹神道的语言陷阱中，改用仙境的刻画来烘托仙道幽渺之旨。这种将太康山水化身为仙宫云殿的手法，主要是承袭了张协、潘岳这些诗人在刻画山水时，所开拓出来的“形似”手法。而后谢灵运的“山水诗”之所以能真正笔圆墨润，任意挥洒，也全是因为有这一段艺术历程的长期演练。因此，若要正确掌握“山水诗”的形成历史、循着“形似”手法如何与山水景物结合的线索，倒是比较具体的方法。这是本文一直试图用“形似”的角度来贯串六朝诗歌演变的理由。

对于谢灵运诗的评价自来就有褒贬两派。汤惠休云其“如出水芙蓉”[20]，萧子显云其“酷不入情”[21]，可见早在当时，就有着壁垒分明的看法。无怪乎宋代严羽《沧浪诗话》一向力持诗中兴趣惟在“羚羊挂角，无迹可寻”。居然亦云：“谢灵运诗，无一篇不佳”，“谢灵运至盛唐诸

20. 黄徹，《巩溪诗话》，卷五曰“如初发芙蓉”，用字略有不同。
21.《南齐书·文学传论》。

公，透彻之悟也”[22]；而清朝汪师韩《诗学纂闻》却一路贬斥到底：“余尝取其全集，不但首尾不辨也。其中不成句法者，殆亦不胜指摘。……无不拙劣强凑。”[23] 读诗品文，各有偏嗜，本来也是人之常情，喜欢自然清新者大都排斥艰深典奥的作品，亦是理有可循。可是面对同一家作品，有人叹其芙蓉芬芳，有人薄其拙劣酷情，那就是缺少一个欣赏作品该有的角度标准了。事实上，读谢灵运诗最能由高处鸟瞰，一览无遗地分析其得失的，还是钟嵘的《诗品》，既能知其“颇以繁芜为累”在先，又终持“繁富宜哉”在后。云：

> 嵘谓若人兴多才高，寓目辄书，内无乏思，外无遗物，其繁富宜哉。

钟嵘并不是不知道时人以“芙蓉出水”之境说谢诗，但是其卓识独具，态度谨严，并未率尔引在谢诗条中入评，只在颜延之条中对论。因为谢诗“繁芜”是一客观事实，身为一批评家不得视而不论。但是《诗品》并不停留在这一焦点上，钟嵘对文学的本质的确能“振叶以寻根”，不只在表层上打转。“繁芜”对才乏气弱的作家可能是绊脚的蔓藤，然而对“兴多才高”的谢灵运，却反而能增加他写作的题材，拓深他刻物的视野，既然能够“内无乏思，外无遗物”，当然是可以“其繁富宜哉”了。钟嵘的说法如果和《文心雕龙》的“窥情风景之上，钻貌草木之中。吟咏所发，志惟深远，体物为妙，功在密附”对照来看，可能就是谢诗风貌最贴切的写照：由内外经典涵濡而来的性情灵思，激荡溅感于乱世隐痛之中，于是选择山水风景为寄兴之物、利用密附形似的手法寄情于景，不正是“内无乏思，外无遗物”八字所指？因此，与其缠绕在清新、酷情上谈谢，倒不如沿据钟嵘由“形似”、“寓目辄书”开衍下来的“内无乏思，外无遗物”来掌握谢诗的本质。以下先以其名作《游赤石进帆海》为例作一描述：

22. 严羽，《沧浪诗话》。

23. 汪师韩，《诗学纂闻》（台北，明伦，《清诗话》），页454。

首夏犹清和，芳草亦未歇。
水宿淹晨暮，阴霞屡兴没。
周览倦瀛壖，况乃陵穷发。
川后时安流，天吴静不发。
扬帆采石华，挂席拾海月。
溟涨无端倪，虚舟有超越。
仲连轻齐组，子牟眷魏阙。
矜名道不足，适己物可忽。
请附任公言，终然天天伏。

全诗以“适己物可忽”为“思”，借“扬帆采石华，挂席拾海月”自道其“忽物”之举，在色泽鲜丽的诗句中，轻轻点出淡泊之志，诚是大家手笔。王闿运盛赞此诗云：

> 此诗以溟涨无端倪，虚舟有超越为警策。为其诗足状，非为海赋诗也。一丘一壑，则有画工写景之法。……而所以有力者乃在海月二句，以景运情，即所谓点景也。

“画工写景之法”、“状”、“以景运情”、“点景”这些字眼都是指涉此诗“追形模态”的性质。前二句嵌上“犹”“亦”二字，春晚夏早尚是佳辰，人却已漂泊水宿，周览以下怀伤可感。扬帆二字确是托景写情，前章愁绪尽在辽阔景象中退去，正是所谓“寄情”“钻貌”之法。

诗歌追求形似必须要有丰富的描摹对象，以诱发更繁复的技巧，山水诗的成熟也必须依赖形似技巧的精工细描，方能跳出三百篇、离骚但取香草美人，鸟兽虫鱼兴发的格局。由太康时期张协所开创的形似手法，一落到谢灵运手中，顿使山水增辉，风云卷色。最重要的是谢灵运所描摹的对象，几乎是如白居易《谢灵运诗》所云：“大必笼天海，细不遗草树”，能充分地演练“形似”的艺术手法，今试观其模山范水，描花绘鸟的诗句如下：

写山岩峻伟者：

岩峭岭稠叠，洲萦渚连绵。（《过始宁墅》）

连峰竞千仞，背流各百里。（《会吟行》）

日没涧生波，云生岭逾叠。（《登上戍石鼓山》）

写江水万变者：

濯流激浮湍，息阴倚密竹。（《道路忆山中》）

石浅水潺湲，日落山照曜。（《七里濑》）

金膏灭明光，水碧缀流温。（《入彭蠡湖口》）

写云霞姿媚者：

白云抱幽石，绿筱媚清涟。（《过始宁墅》）

檐上云结阴，涧下风吹清。（《悲哉行》）

春晚绿野秀，岩高白云屯。（《入彭蠡湖口》）

写泉石激韵者：

憩石挹飞泉，攀林搴落英。（《初去郡》）

石室冠林陬，飞泉发山椒。（《石室山诗》）

积石竦雨溪，飞泉倒三山。（《发归濑三瀑布望两溪》）

写草卉夺彩者：

白花皓阳林，紫虈晔春流。（《郡东山望溟海诗》）

山桃发红萼，野蕨渐紫苞。(《酬从弟惠连》)

晓霜枫叶丹，夕曛岚气阴。(《晚出西射堂》)

写鸟兽作态者：

潜虬媚幽姿，飞鸿响远音。(《登池上楼》)

海鸥戏春岸，天鸡弄和风。(《于南山往北山经湖中瞻眺》)

写日月流光者：

夕虑晓月流，朝忌曛日驰。(《酬从弟惠连》)

野旷沙岸净，天高秋月明。(《初去郡》)

白日丽江皋，原隰荑绿柳。(《从游京口北部应诏》)

天地万物，日月光华无所不括，无论是写山水泉石、云霞花鸟均跃然纸上。形似手法在这些景物中得到施展艺术技巧繁复性的机会，山水景物的面貌亦因为文字之极力逼取形似，造成了许多和诗、骚时期不同的语言现象。峰而能“竞”，云而能“抱”，日而能“驰”，泉而欲“飞”，月而欲“流”，凡此总总均使六朝诗歌在语言的运用上有超乎传统的表现。谢灵运“山水诗”在中国诗史的地位若是循着这个方向来掌握，必然比较清晰具体，而不用泥陷在“清新”“酷情”这些得不到客观推证的价值判断的争执中。

“形似之言”到了谢灵运手中是一个重要的里程碑，诗人开拓了语言中奥秘的潜力，使得山水景物以从未出现过的姿态舒展在世人眼中。但是谢灵运的笔致虽然繁富细腻，取景的角度终究还是由大处着墨，眼界开阔，若说要真正的“婉转附物”，曲尽其幽，可能还是要等“咏物”诗的出现。就这方面的演变来说，鲍照，这位《诗品》称为“善制形状写物之词”的诗人，就扮演了一个承先启后的角色。

六朝诗歌“形似之言”的传统，如果以张协作前后推算，应在公元三百年左右[24]，历经谢灵运而后三十年至鲍照[25]，亦有一百六十年之长，形似技巧的运用已由谢灵运长篇巨制的山水诗逐渐发展为齐梁的咏物和宫体。形似技巧因为历经这种广泛时空的试验，终于使往后唐宋诗词几乎无物不可写，无情不可寄。而其间转折关键在于鲍照。鲍照状物写词之诗，在描绘对象上除了继承谢灵运山水之外，更旁及珠帘妆奁，丝竹管乐以及人物神态；在描绘的实际技巧上，亦有进一步的拓新。以下先句摘鲍照形构山水之作：

写山岩峻伟者：

高岑隔半天，长崖断千里。(《登庐山望石门》)

千岩启阻积，万壑势回萦。(《登庐山》)

写江水万变者：

湍回急沫上，苕苕岭岸高。(《望水》)

乱流丛大壑，长雾市高林。(《日落望江赠荀丞》)

写云霞姿媚者：

薄暮塞云起，飞沙被远松。(《代陈思王白马篇》)

风餐委松宿，云卧恣天行。(《代升天行》)

写泉石激韵者：

陂石类星悬，屿木似烟浮。(《蒜山被始兴王命作》)

24. 张景阳本传云：“永嘉初，征为黄门郎，托疾不就，终于家。”永嘉六年为307年。

25. 郑骞《永嘉堂札记》，鲍照“约少于陶渊明五十岁，少于颜延之、谢康乐近三十岁，长于谢玄晖五十岁左右。”

万壑共一广，流驶巨石转。(《望水》)

写草卉夺彩者：

软兰叶可采，柔桑条易捋。(《绍古辞七首之七》)

梅花一时艳，竹叶千年色。(《中兴歌十首之十》)

写鸟兽作态者：

乳燕逐草虫，巢蜂拾花萼。(《采桑》)

鸡鸣清涧中，猨啸白云里。(《登庐山望石门》)

写日月流光者：

碧楼含夜月，紫殿争朝光。(《中兴歌十首之三》)

广岸屯宿阴，悬崖栖归月。(《岐阳守风》)

这些作品和谢灵运的山水之作可以看出传承关系。可是鲍集中有些东西却是谢诗所无。先看其《学古》一诗：

北风十二月，雪下如乱巾，实是愁苦节，惆怅忆情亲。会得两少妾，同是洛阳人。嬛绵好眉目，闲丽美腰身，凝肤皎若雪，明净色如神。骄爱生盼瞩，声媚起朱唇。衿服杂缇缋，首饰乱琼珍。调弦俱起舞，为我唱梁尘……

作中写女子神态衣饰，可谓宫体诗之先声。刘师培《中古文学史》云：

宫体之名，虽始于梁，然侧艳之词，起源自晋。晋宋乐府如桃叶歌，碧玉歌，白纻歌，白铜鞮歌，均以淫艳哀音被于江左，迄于萧齐，流风益盛。其以此体施于五言诗者，亦始晋宋之间，后有饱照，前则惠休。

此中所言，大概就是指鲍照这类作品。宫体诗的道德争论，本文不拟卷涉，本文所重视的是宫体诗的写实技巧对中国诗歌发展的影响。尤其形似技巧在涉历山水、云石、花卉、鸟兽之后，再移目于此，就可以算是天地间无所不写了。再看《可爱》一诗：

风帷闪珠带，月幌垂雾罗。
魏粲缝秋裳，赵艳习春歌。

色泽绮艳，或即胡应麟“丽而靡”之所指也。其写丝竹管乐，亦力拟其声，曰：“春吹回白日，霜歌落塞鸣”（《代陈思王京洛篇》），曰：“天明坐当散，琴雨驶弦酌”（《夜听妓二首之二》）。谢诗亦写丝竹之乐，可是并不专意描写，大都在诗末景后作感。如《从游京口北固应诏》诗末云：“曾是萦旧想，览物奏长谣”，《晚出西射堂》诗末云：“安排徒空言，幽独赖鸣琴”，《入彭蠡湖口》诗末云：“徒作千里曲，弦绝念弥敦”。鲍照这些新增之物，即是往后王融、谢朓诸人《咏琵琶》、《咏幔》、《咏梧桐》、《咏帘》之源起。

描绘对象的扩充固然是鲍照在诗歌形似发展上重要的建树，但是其对“形状写物之词”影响最深远的却是描绘景物的方式。谢灵运山水诗作取景角度纯就大处落墨，尺幅之中千岩竞秀，万壑争流，花卉云石无一遗漏。鲍照之诗则在山水诸景中，择取一物用力刻描，如《山行见孤桐》一诗：

桐生丛石里，根孤地寒阴。上倚崩岸势，下带洞阿深。奔泉冬激射，雾雨夏霖霪。未霜叶已肃，不风条自吟。昏明积苦思，昼夜叫哀禽。弃妾望掩泪，逐臣对抚心。虽以慰单危，悲凉不可任。幸愿见雕斫，为君堂上琴。

通篇只写山行途中之孤桐。先从石岩泉雨峻洁的布幕上衬出主物性格。“不风条自吟”，人桐双写，既写孤桐之态，又托己身之情，以下再就孤桐与人生境遇之对应作感。尔后齐梁咏物格法，泰半出此。所必须注意的是鲍集中、通篇咏一物者仍以山水诗中的景物为主，如集中“咏白雪”、“咏双燕一、“咏秋”、“春咏”、“白云”诸作。一旦到了王融、谢朓诸人的咏物诗，才把视野由大片江山移至帘前灯下，而有“咏镜台，咏灯，咏烛……”诸作。黄子云说：“明远沈雄笃挚，节亮句遒，又善能写难写之景，较之康乐，互有专长。”[26]所谓“互有专长”应是指谢灵运善于写山水全景，而鲍照善于截取景中一角、一物细加雕画。由于形似技巧这般均衡地发展下来，由远景而近景，由大片江山而片云半石，都能在文字中逐步浮现，正如国画之兼有山水、花鸟，无物不写，无情不寄，一门艺术的体系才算完成。从这个角度来看，鲍照在六朝诗中的地位是不容忽视的[27]。

六朝诗歌经过了鲍照“善制形状写物之词”的阶段，“咏物诗”和“宫体诗”就取代了以谢灵运为首的“山水诗”，而成为当时诗坛的主流。这两种诗体在文学史上的评价一向都是贬多于褒。隋朝李谔《请革文弊书》指责为“连篇累牍，不出月露之形，积案盈箱，唯是风云之状”，《北史·文苑传》指责为“梁自大同之后，雅道沦缺，渐乖典则，争骋新巧。简文，湘东启其淫放……”都可以代表传统的看法。但是我们如果由整个文学史的视野来观察的话，中国诗歌语言如果不经过这一个写实技巧的瓶颈，恐怕无法在唐宋诗词中这么率意地驱使语言“托景言情”，甚至达到“情景交融”的最高境界。文学史上任何艺术的成就都是时间的累积，我们不能因为一些道德的争论，而斩断这条

26. 黄子云，《野鸿诗的》（台北，明伦，《清诗话》），页862。

27. 见林文月《谢灵运与鲍照的山水诗》一文，《文学评论》第2集（台北，书评书目，1975年）。

艺术语言发展的脉络。

“咏物”一词，最早见于《诗品》下品评“许瑶之”条下：“许长于短句咏物”。“宫体”一词则是梁人为简文帝、徐摛等人的诗所冠的名称[28]。事实上“咏物诗”与“宫体诗”的发生，几乎在同时，两者的风格也非常相像。鲍照有《咏双燕》也有《可爱》；汤惠休有《秋风》也有《楚明妃曲》，谢朓有《咏蔷薇》也有《夜听妓》，丘臣源有《咏七宝扇》也有《听邻妓》。这种情形在入梁以后，萧氏父子的文士集团也依旧存在着，下面试以梁简文帝萧纲的咏物诗与宫体诗各一首，来观察其异同：

28. 洪顺隆，《六朝诗论》（台北，文津，1978年）。

浮空覆杂影，含露密花藤。乍如洛霞发，颇似巫云登。映光飞白仞，从风散九层。欲持翡翠色，时吐鲸鱼灯。（《咏烟》）

合欢蠲忿叶，萱草忘忧条。何如明月夜，流风拂舞腰。朱唇随吹尽，玉钏逐弦摇。留宾惜残弄，负态动余娇。（《夜听妓》）

这两首诗一写歌女之动姿，一写烟雾之摇态，除了所写的对象为“人”与“物”之外，两首在许多地方都很相像。就是这种细腻纤柔的笔致，使得唐宋诗歌在语言技巧上有如此圆熟的风调。

“咏物”、“宫体”和“山水”有一最大不同的地方是，“山水诗”仍然维持着“记游→写景→兴情→悟理”的结构，而到了“咏物”、“宫体”时，一方面是这种玄学上的影子早已扫除一空，一方面也是技巧的演变，逐渐要走到字字写景，却句句叙景，情景交融，物我合一的境界。这是我们讨论“咏物”、“宫体”必须注意的问题。

顺着太康诗人中，谢灵运山水诗——鲍照善制形状写物之词——齐梁咏物诗宫体诗这样一条“形似之言”的脉络，来观察六朝诗歌的主流，本来是相当清晰可见的，可是为什么后人往往废置此路不走，甚至根本上误解“形似之言”的原义。前面所说，中国传统上就有重

"神"轻"形"的趋向。庄子的"堕肢体，黜聪明，离形去知，同于大道""臣以神遇，而不以目视"，早以习惯将"神""形"作了评价式的分立。因此"形"在学者心目中早已落入劣等义。六朝流行人物品评，论者总是要"瞻形得神"。《世说新语·容止》第十四："骠骑王武子，是卫玠之舅，隽爽有风姿；见玠，辄叹曰：'珠玉在侧，觉我形秽'。"可见对"形"的贬拒，可以说是当时的通论。尤其在六朝当代的画论中，顾恺之《魏晋胜流赞》评小列女即云：

面如恨，刻削为容仪，不尽生气。

"刻削为容仪"即文心所云："驱辞逐貌"。只是前者用线条，用墨色；后者用语言，用文字。而顾氏判为"不尽生气"，意指"形似"的过度讲求，将会遮盖画中人物之神韵。《世说新语》中载有顾氏自己作画的情形：

顾长康画人，或数年不点目睛。人问其故，顾曰：四体妍媸，本无关妙处。传神写照，正在阿堵中。

所谓"传神写照"就是要尽其"生气"、"四体妍媸"只是"刻削容仪"之事，"无关于妙处"。绘画中"形""神"自此开始被对立而论。南齐谢赫《古画品录》标举作画六法，首提"气韵生动"，将"应物象形"属于写实性的技巧地位摆在第三，也是重气韵轻形似之论。宗炳《画山水序》中详述写景之法，将大自然景物写于尺幅之内，却能够"不以制小而累其似"。若就形似技巧而言，可谓运用自如。可是他却力主"山水以形媚道""畅神而已"。所以俞剑华氏言其"已开后世文人画'写胸中逸气'之端"。王徽《叙画》则认为作画"非以案城域，辨方州，标镇阜，划浸流，本乎形者融，灵而变动者心也。"绘画与地图不同，应能令人"望秋云，神飞扬，临春风，思浩荡"。指的也都是"畅神而已”的意思。六朝画论这种重神轻形的态度，几乎成了唐宋以下画论的主调。

就是因为中国传统思想上有这种根深蒂固的成见，连带地文学上的“形似之言”自从刘勰《文心雕龙》钟嵘《诗品》提起过后，在往后批评理论的系统中，就几乎乏人问津，无法成为一个有力的批评术语。追根究底除了上述所论之外，最重要的是历来批评家对于以语言为媒介的诗歌艺术，并没有深刻的认识。也就是中国本身的批评理论还没有发展到可以烛照出“形似之言”复杂结构的阶段。柯林伍德（R. G. Collingwood）曾云：

> 材料不是被动的承受艺术家的活动，任艺术家处理。由于它本身具有自然美，因此只适于特定的处理方式；这个顽强性，虽是劣等艺术家的障碍，却是杰出艺术家的灵感泉源。[29]

事实上就是由于媒介的“顽强性”，“形似”在诗歌中的意义比起在绘画中别具特性。陆士衡尝云：“宣物莫大于言，存形莫善于画。”[30]划分了绘画与文学的职司。六朝诗歌所追求的“形似”，就艺术的类性而言，应该是绘画的属性，适巧六朝是一个艺术精神觉醒的时代，非但有艺术理论的萌芽，即或艺术创造亦累积了相当丰硕的成品与经验，于是艺术家们开始对其艺术媒介之“顽强性”试作挑战。诗歌走向“形似”之路，就是企求“写物图貌，蔚似雕画”，突破媒介特性所造成之局限。由于六朝诗人对语言作这种超越性之尝试，遂使中国诗歌于承袭诗语系统之音乐性外，更又附以绘画性。“诗如画”之说，若欲振叶寻根，沿波讨源，不得不问径于“巧构形似之言”。韦勒克在《文学论》一书中亦言：

29. 柯林伍德著，周浩中译，《艺术哲学大纲》（台北，水牛），页84。

30. 陆士衡语，《历代名画记》引。

> 语言作为文学的素材，正如同石或铜之于雕刻，油彩之于绘画，

> 或者音调之于音乐。然而我们必须了解语言并不是像石头一样的没有生命，它自己本身便是人所创造的。

既然语言有本身的生命，质性必然更为坚硬，诗人欲使其舍“宣物”之长就“存形”之短，个中艰困一若逆水推舟，这种考验对劣等船夫当然是障碍，对杰出舵手却是激发充沛潜力的试炼，除了仍然要驶定方向外，更在航程中，溅起令人叹美的雄涛巨浪。六朝诗的巧构形似即因媒介特性的折衷，使得“形似”的追求不会真正泥滞在“形似”上，更由于诗歌一面极力钻貌取物，一面又必须婉转“附物”“寄情”，乃激溅出中国诗歌语言最富变化的浪花。所以“形似之言”对中国诗歌语言的贡献，除了前面所说的，使得中国诗歌加入写实色彩外，真正更具深远意义的是：中国诗歌语言为了“形似”而造成的种种现象。

中国诗歌语言走向“诗中有画”的绘画性，是“形似之言”的贡献之一。谈及语言的绘画性，必须先涉及兰格女士（S. K. Langer）语言“透明性”的说法：

> ……它们除了把它们的意义给予我们之外，再也没有给我们别的东西。这便是语言！透明性的由来。……由于单字本身了无价值，以致使我们根本不再意识到它们物理上的存在。我们所意识到的，乃是它们所指示的物体、性质，以及别的意义。我们概念的活动似乎是从它们上面流过而不只是伴随它们。[31]

所谓“物理性”在此即指可视可触之具体存在。语言是一种指意符号，本身不具形相，难以显示绘画性。但是艺术语言异于普通语言。艺术语言中，诗之语言又异于散文、小说语言。诗是琢磨之句，是精粹语言，其透明性并不至于严重得令概念活动从上面流过。尤其对于六朝诗，语言透明性的性质，更无法限制其浮现出绘画性。原因如下：

31.Susanne R. Langer, *Philosophy in a New Key*（台北影印本，1979 年）, p.75.

（一）中国文字自身即具形象性：中国文字以形为主，线画之间即能排列成图。刘彦和也很早就注意到这点，所以特别强调；炼字非仅要炼意，更须炼形。《练字》篇即云："字形单复，妍媸异体。心既托声于言，言亦寄形于字，讽诵则绩在宫商、临文则能归字形矣。"欧内斯特·菲诺罗沙（Ernest Frenollosa）亦于《做为诗之媒介的汉字》一文中盛赞汉字的图画性[32]。

（二）中国诗句对衬排列方式最富空间感：自诗骚而后，五言诗整齐句式适于俪对、直摹造化形象。《文心雕龙》云："造化赋形，支体必双，神理为用，事不孤立。夫心生文辞，运裁自虑、高下相须，自然成对"。诗歌俪对除使诗歌易于浮声切响外，其源起之基调，乃在于极力模仿自然景物之造型，使诗歌在字质未产生力量之前，就已先一步形构出绘画性。所以中国诗歌既有字形之图画性，又益以句式之空间感，正符合刘氏所云"始宋画吴治，刻形镂法，丽句与深采并流，偶意共逸韵俱发"。[33]

（三）中国语法之活泼性使诗歌易于呈现绘画效果：中文除不受"格""性格""时态"诸条则之限制外，主词之省略可使景物客观性加浓，动词在句中之变化可容纳名词排列之完整性，造成"罗列句式"[34]，如：

> 庭皋木叶下，陇首秋云飞。
> 芙蓉露下落，杨柳月中疏。

基于以上三项依据：文字之形象性、偶句之空间性，语法之罗列性，中国诗歌突破语言透明性的限制，呈现绘画效果，应是质性使然。而这些语言上的潜力，在六朝"形似"的潮流中，被充分地激发出来。所以往后中国"诗中有画"之论，若要追根溯源，可能要由"形似"的路

32. 刘若愚曾修正此观点。见刘若愚著，杜国清译，《中国诗学》（台北，幼狮，1977年）。

33.《文心雕龙·练字》篇。

34. 语见叶维廉，《中国古典语与英美现代诗——语言、美学的汇通》一文。

子来下手。

"形似之言"对中国诗歌语言另外一个最大的贡献是"隐喻"技巧的开拓。在于以语言为媒介追摹形似，在本质上是逆物之性的奋斗。为了克服这种障碍，终于逼使诗人将语言作夸张性的使用，通过"喻"以"婉转附物"。刘彦和即云：

> 曹刘以下，图状山川，影写云物，莫不纤综比义，以敷其华。至如气貌山海，体势宫殿，嵯峨揭业，熠耀焜煌之状，光采炜炜而欲然，声貌岌岌其将动矣。莫不因夸以成状，沿饰而得奇也。[35]

"比"之传统由诗经毛传郑笺标明之后，就成为中国诗法的圭臬，但是其政治义一直胜于文学义。到了六朝时期，《文心雕龙》才把"比"的用法扩充出来：

> 夫比之为义，取类不常，或喻于声，或方于貌，或拟于心，或譬于事。

纯粹就文学上的需求落眼。王梦鸥对"譬喻"的出现，亦有极深刻的见解：

> "譬喻"，从语源上看，可说作"状难写之景如在目前"，而且这涵义，古今中外都很接近。[36]

都是应和着"图状山川，影写云物，莫不纤综比义"的认知。至此我们可以作一系统的整理：六朝诗歌热衷于追求"形似"，可是其媒介是并不适于"存形"的语言，但六朝诗人凭其杰出的才华将语言图像化，力求形构一与内心所触完全相对应的世界，可是由于媒介特性的限制，

35.《文心雕龙·夸饰》篇。

36. 王梦鸥，《文学概论》第14章（台北，艺文，1976年）。

逼使其必须又另以“譬喻”的方式，以求间接完成其艺术目标。

但是，中国是一个拥有悠久比喻传统的文学国度，六朝诗歌的比喻技巧若无法跳出往日习套，一方面无法达成其“形似”的文学使命，一方面亦无法在文学史上留下痕迹。六朝诗歌最引人注目的应该是“隐喻”技巧的出现。亚里士多德《诗学》一书定义隐喻为：

隐喻指所给予事物之称谓系属于其他事物者。

举例如下：

“杯”（B）与酒神（A）相关，而盾（D）与战神（C）相关，则“杯”可以隐喻为“酒神之盾”（A+C），“盾”（D）可以被隐喻为“战神之杯”（C+B）。[37]

37. 亚里士多德著，姚一苇译，《诗学笺注》，（台北，中华，1978年）。

这是物与物间微妙关系的移转与强化。刘彦和说得好：

诗人比兴，触物圆览，物虽胡越，合则肝胆。

胡越之物，南北乖隔，可是诗人以其敏锐的触觉，汲取其相合之处，使两者在发生新的联系时，同时互相勾勒映衬对方的形相。今以钟记室盛称其“巧构形似之言”的张协诗为例：

云根临八极，雨足洒四溟。

“根”本为与“树”相关之物，今移至“云”下，而为“云根”，“足”本为人或动物所有，今又移至“雨”下，而为“雨足”，乍看似有突兀之感，可是如果再深一层体会，卷云悬天，若不移用老树盘错之根，何足以状其奔飘之态。细雨落地，跫音四起，若行人拖曳，不用“足”焉能拟其境。这是六朝诗为了逼求形似，在克服语言障碍所激溅出来的浪花，缤纷千彩地掀起了中国诗歌语言的变化，以追摹此诗人眼中瞬息万变的大千世界。今试摘求这类诗句，以观其梗概：

白云抱幽石，绿筱媚清涟。（谢灵运《过始宁墅》）
海鸥戏春岸，天鸡弄和风。（谢灵运《于南山往北山经湖中瞻眺》）
林壑敛暝色，云霞收夕霏。（谢灵运《石壁精舍还湖中作》）
朝霞迎白日，丹气临旸谷。（张景阳《杂诗之四》）
瓴甋夸玙璠，鱼目笑明月。（张景阳《杂诗之五》）
乳燕逐草虫，巢蜂拾花萼。（鲍照《采桑》）
梅歇春欲罢，期渡往不还。（鲍照《幽兰五首之一》）
风观要春景，月树迎秋光。（颜延之《发景阳楼》）

以谢诗“白云抱幽石，绿筱媚清涟”而言，其拟人化的过程应是“白云舒展的姿态像人的手一样，缓缓地围抱住幽静的山石”，但是此句以动词“抱”字，将“白云”和“幽石”的关系重新定义规划，造成隐喻效果。这种利用动词和名词在语意上微妙的冲突而制造语言特殊效果的方法，是造成唐诗风貌的要素之一。所以费锡璜说：

诗至宋齐，渐以句求，唐贤乃明下字之法。[38]

观乎后人批评，断为诗眼者，大都落在动词下得奇特的字上，可以看出六朝诗追求形似，利用动词取态的影响。杜甫“江碧鸟欲白，山青花欲然”，源自沈休文“野棠开未落，山樱发欲燃”。杜甫“晨钟云外湿”、李长吉“露脚斜飞湿寒兔”、李义山“月浪冲天天宇湿”源自庾肩吾的“渡河光不湿”。张若虚的“江水流春”就是谢朓“大江流日夜”的用法。中国诗歌语言的美感，至此真可谓“触

38. 费锡璜，《汉诗总说》（台北，明伦，《清诗话》），页945。

物阅览”，物物相融相照，何形可逸，何影可隐；今若溯流思源，六朝巧构形似之言对语言潜力的拓垦，绝不因“连篇累牍，不出月露之形，积案盈箱，唯是风云之状”，而一笔勾消。

因此，“形似之言”对六朝诗的影响，是相当复杂的，就表面而言，改变了诗人对待大自然的态度，就语言结构而言，由于媒介的特性使得形似的追求绝无凝滞刻板之虞，尤其当其欲追肖自然之时，更能将语言的潜质充分逼诱出来，语言与形似之间乃形成一相互诱发的关系，语言愈是要追肖自然，愈是需以本身的多变性来修饰自然，就是在这种情形下，逐渐形成唐诗的风貌。

叶燮《原诗》曾有一句话，颇耐人寻味：

> 不读三百篇，不知汉、魏之工也，不读汉、魏诗，不知六朝诗之工也，不读六朝，不知唐诗之工也。[39]

可以说是相当开明的“文学进化观”。我们也相信，文学中的情志，古今以来的变化幅度实在不大，变化最大的是表达情志的技巧。六朝，这三百多年的一段文学岁月中，五日一石、十日一水地经由“形似”的技巧，引发了中国诗歌技巧、语言如此大幅度的变化。虽然有些技巧的获得，会有部分是道德主义者所不愿意嘉许的，但是一旦成为文学史既定的事实，我们就不能轻易抹拭它。可惜的是这样一个重要的批评概念，一直没有用来贯串六朝文学的发展，使得六朝通往唐诗一条清晰的道路被遮盖住。本文目的就是要努力清理出这条道路出来。当然，由六朝通往唐诗的道路很多，我们必须强调的是，这是很重要的一条，但并不是唯一的一条。

39. 叶燮，《原诗》（台北，明伦，《清诗话》），页588。

奔腾与内敛

盛唐诗歌

吕兴昌

隋唐以前，中国文化之发展，历经数阶段之演化。春秋以降，百家争鸣，殊途同归，固皆传统文化精神之偏至。汉大一统，虽罢黜百家，独尊儒术，然黄老之道实已潜化其中；其他思想如阴阳家言亦深入人心，因此汉代文化实具兼容并蓄之宽容气度。从而表现于文学艺术如书画辞赋者，率皆质朴宏阔，气魄雄放；至于人之存在意识，倾向肯定自我在社会之价值，可谓偏于“社会我”取向之自觉，而重人与人之相亲。到了魏晋六朝，经学浸衰，玄学独盛，其生命意识倾向肯定自我在一己智慧圆照下之价值，可谓偏向“个体我”之自觉，故重人与人之相忘。其人文精神遂离浑厚而趋空灵。

有唐继隋奄有天下，其文化精神一方面接受江左之清新优雅，另方面则承袭北朝而远祧两汉之质朴雄壮。两者相互映衬影响，汇成新流。此外，就军事经济而言，大唐乃当时世界性之大帝国，生于其间，无形间似有一份莫名的信心活跃胸中。就学术言，南北朝以来，儒家思想中原本对立的南学（玄学气重）、北学（训诂为主），渐有趋于融和之势。各种宗教亦各自发展推动，回教、景教、祆教相继传入流布；道教被尊为国教，佛教亦宗派大兴，彼此互争雄长，却亦渐呈折衷综合之势。且各大宗教之间，也在彼此问难中互为影响，渐成汇纳涵摄之局。就艺术言，金碧彩绘与淡彩水墨同属妙构，欧虞与颜柳并称上品，雅乐与胡曲互不排拒。至于文学，上层传奇与市井俗讲交相辉映。凡此均充分显示唐代文化最主要的精神特色——充实丰盈与并行不悖。

盛唐诗歌便在这种文化精神中，完成它辉映千古的惊采绝艳。如李白、杜甫、岑参、高适、李颀、王维、孟浩然、储光羲等大家，彼此之间虽有相似之处，却只是创作方向的认同，实质上则各思自见，自具胜境。诚如严羽《沧浪诗话》所云，大体而言，盛唐之诗固可称为“盛唐体”而见其统摄融汇之势；但细视之，则又人各有别，故再特别标出少陵体、太白体、高达夫体、孟浩然体、岑嘉州体、王右丞体等。不仅如此，同一诗人，为方便计，固然可简括为某一大略特色，如少陵之沉郁，太白之飘洒，但细审之，少陵、太白仍各自有其极丰饶复杂之含蕴，实难以一二观念涵盖其整体。

因此，本文有关盛唐诗歌之讨论，便不以单独诗人为主，而以全面作品所呈现的几种重要精神，作为探讨的线索。准此，同一诗人的作品，自因所触及的现象不同，而列入不同的观念下分别处理。至于文题所标“奔腾”“内敛”之意义，在此亦暂作简单之说明。所谓奔腾，意指性情之率意而行与激越狂烈，内敛则指相对的冷静观照与凝炼内省。底下试从四种角度进行分析。

乱离血泪与桃源仙乡

盛唐诗歌第一项精神特色是：乱离血泪与桃源仙乡的各具风姿，互不相强。这种现象的出现，可以安史之变的大动乱中诗人不同的反应加以说明。

王维卒于唐肃宗上元二年（761 年），为安史乱起之后的第五年。是时唐帝国境内，遍地仍在进行军事冲突，乱离惨剧无时不有，然而这些刻骨铭心的经验殊少在右丞的集中出现。他于安禄山叛军破长安时被俘送洛阳，被迫接受伪职。这段既惨痛又屈辱的遭遇固然使他一生忏悔不安，这从他在洛阳感泣而作的“万户伤心生野烟，百官何日再朝天，秋槐花落空宫里，凝碧池头奏管弦”一诗，以及晚年的笃奉佛法可以想见。既云“万户伤心生野烟”，自是不能无感于社会之动乱，然而摩诘的基本生命情调毕竟偏向一己性灵之修养护持，因此于时代之苦难、生民之涂炭，竟似未曾关注。如果再以他年轻时代对现世种种的狂热肯定而言，其间难免有矛盾挣扎在。然而如从更深刻的心理层面去了解，则摩诘白璧有瑕的自罪意识，显然使他无法正视整个时代的动向，不得不求助佛法以求解脱：“晚年长斋，不衣文采，……斋中无所有，唯茶铛、药臼、经案、绳床而已。……每退朝，焚香独坐，以禅诵为事。”[1] 这种清淡的生活方式，对于仕宦之

1.《旧唐书》（台北，鼎文，1976 年），《王维传》，页5052。

士无疑具有某种程度的自苦。此一心理，在回答朋友问及自处之道的一首诗里，有相当明显的表白：

> 晚年惟好静，万事不关心。自顾无长策，空知返旧林。松风吹解带，山月照弹琴。君问穷通理，渔歌入浦深。(《酬张少府》)

万事之所以不再关心，而只耽溺于松风解带、山月弹琴的自适，理由是“自顾无长策”；这不是怀才不遇之自嘲，亦非泛泛之谦词，而是冷静思考之后的自觉，所谓“顾”也正暗示回头反省的动作。而“空知返旧林”所强调的也正是：只有把向外奔腾的激越向内凝敛为宁静的平淡，才是此生安顿之法；因此当对方问及穷通之理时，便只好以深浦渔歌之别有天地作无言的答复。

这种无视现实问题的创作方向，遵循者甚多，如裴迪、丘为、祖咏、綦毋潜等人皆为其中著者。他们的作品一直要到中唐才受到白居易等的指责，但在盛唐时期则备受尊崇，这说明了盛唐气象可贵的自由与宽容精神。如王维同时人殷璠，编有《河岳英灵集》，选录二十四家，其中岑参、高适、李颀、王昌龄与王维、孟浩然、储光羲等并列，便是明证。又如老杜论孟浩然云：“清诗句句尽堪传。”论王维云：“最传秀句寰区满。”亦足说明道不同亦可互相欣赏的胸襟。后人不了解盛唐这种恢宏的气度，动辄把这些有意强调“个体我”的诗人，目为脱离时代，逃避现实，带有个人的消极倾向，从而贬低其艺术成就，实非公允之论。

这些倾向“个体我”自觉的诗人，既少措意于人事的纷扰，眼光不免转向纯朴的自然世界如山水田园，或超然尘外的神府仙乡，而以悠然自化的主观情怀赋予这些田园山水以理想的精神色彩。于是，他们的作品或从历史之幻变无常中委身自然，或从万汇之森罗杂陈中静观自然，或从生活之机械板滞中返归自然，从而使个人的全副生命进入人天圆融契合的世界，获得无言而又自足、素朴而又逍遥的纯粹之境[2]。

不过，这些桃源仙乡的向往，必须是纯任情性之真，丝毫不能有任何假借勉强，否则即落人以造作之口实。卢藏用对司马承祯盛赞终南山大有佳处，反被讥为仕宦捷径，自是一般人耳熟能详之掌故；而刘长卿《送上人》一诗所谓“孤云将野鹤，岂向人间住？莫买沃洲山，时人已知处。”亦讥刺沃洲山虽在道教七十二福地中排名十二，然而“时人”既“已知处”，则已失去孤云野鹤之本质。这种强调内在精神之纯真的心态，李白《送裴十八图南归嵩山》说得更清楚：“吾思颍水绿，忽复归嵩岑。归时莫洗耳，为我洗其心。洗心得真情，洗耳徒买名。”

2. 参见拙作《人与自然》一文，收于《中国文学的情感世界》（“文化中国”丛书，安徽，黄山书社，2012 年）。

与王维同时而又交好的杜甫，有时面对大自然时，亦会油然兴起一份宁静自足，与宇宙万物悠然冥合的心境，例如“水流心不竞，云在意俱迟。”（《江亭》）“江山如有待，花柳更无私。”（《后游》），但他的生命自觉毕竟是倾向“社会我”的肯定，因此他的作品便充满了对于人世间不能自禁的关爱与奉献。面对苦难的时代，他激越的热情有如长江大河般汹涌起来，把他自己与社会上种种刻骨铭心的乱离血泪融铸成历史的见证。

这种表现纯属一颗无法自已的赤子之心的自然流露，而与中唐新乐府诗人如白居易的理性批评在心态上并不相同。白居易对社会种种乱象的指斥，诚然亦属社会良心之充分实践，令人敬佩，但终缺少一份感同身受的直觉。他只引导吾人针对当时的特殊问题予以沉思，等到时过境迁，问题不再存在时，其作品随即减低动人的震撼力。而杜甫则不然，当他针对社会某些问题加以探讨时，呈现在吾人面前的人格形象，并非高高在上的“批评者”，而是充满体谅与宽容的悲悯者。

在《自京赴奉先县咏怀五百字》里，杜甫曾云：“穷年忧黎元，叹息肠内热。”这真是发自肺腑的至诚之言，然而别人并不能了解，而只以俗见视之为书生常有的空迂，所谓“取笑同学翁”正是这种僵化、无情之心的写照。杜甫自认并非不能万事不关心的过其“潇洒送日月”的自在生活，无奈“生逢尧舜君，不忍便永诀”，他对君国的深情早已是他生命的一部分，无法割裂，所谓“葵藿倾太阳”，真是“物性固莫夺”。

这种情不自禁的悲悯，在此诗收尾处更是流露到了极致。杜甫之所以赴奉先县，乃因任职率府参军时，家人尚在奉先，遂于天宝十四载（755年）安史之变前夕，返家省亲。讵料是时乱象已生，民生凋弊，奉先正处于饥荒之中，当杜甫怀着“老妻寄异县，十口隔风雪，谁能久不顾？庶往共饥渴”的心情返抵家门时，却“入门闻号咷，幼子饿已卒”！面对这种人间惨剧，杜甫深沉的哀恸与自责，自是情理之常；然而，就在个人的沉哀深痛中，他那天生的悲悯之情又油然兴起，写下了传诵千古的至情之句：

> 生常免租税，名不隶征伐。抚迹犹酸辛，平人固骚屑。默思失业徒，因念远戍卒。忧端齐终南，澒洞不可掇。

杜甫从自己的不幸出发，却未完全陷溺在一己的悲愁之中；相反的，他自然地意识到天下比自己更不幸的同胞正不知凡几；自己诚然可悲，至少身在宦籍，尚能免除租税兵役之苦，而一般平民，既已“失业”，又需“远戍”，其生命之凄凉无助，自是远甚于己。于是，一种担负他人罪苦的悲天悯人的仁者之怀，便在不知不觉中，浮现吾人眼前。无怪乎后人常云：“此五百字真恳切至，淋漓沉痛，俱是精神，何处见有语言？”[3]

此外老杜《茅屋为秋风所破歌》亦从一己屋破之苦难出发，转而关注天下寒士共同的悲运：“安得广厦千万间，大庇天下寒士俱欢颜，风雨不动安如山？呜呼！何时眼前突兀见此屋？吾庐独破受冻死亦足！”

至于纯属战乱的具体描述，涉及面尤为广泛；写被迫出征则有

3. 杨伦，《杜诗镜诠》（台北，里仁，1981年），页112注引张上若语。

“弃绝父母恩，吞声行负戈。路逢相识人，附书与六亲。哀哉两决绝，不复同苦辛。”（《前出塞》），写边将之蛮横则有“主将位益崇，气骄凌上都。边人不敢议，议者死路衢。”（《后出塞》），写官军之暴虐如贼寇则有“殿前兵马虽骁雄，纵暴略与羌浑同。闻道杀人汉水上，妇女多在官军中。”（《三绝句》），写朝廷之穷奢极侈，罔顾生民生计则有“彤庭所分帛，本自寒女出，鞭挞其夫家，聚敛供城阙。……朱门酒肉臭，路有冻死骨。”（《赴奉先咏怀五百字》），言战乱中生民之丧亡则有“比闻共罹难，杀戮到鸡狗。”（《述怀》）、“夜深经战场，寒月照白骨。”（《北征》）。此外，对敌人入侵之顾虑、藩镇拥兵叛变之批斥、宦官内宠联合弄权之讽刺、经济萧条之惋叹等等，在在表现出杜甫对于世局国势之普遍关怀，诗中或慷慨激昂，或尖锐严厉，全以奔腾的无限爱心，表其不能自已的批判。

然而，老杜毕竟不是纯任激越之情奔泻无羁的诗人，在这些乱离血泪的作品中，他仍有一份清灵的反省，从而适切地表达他对家国的公平看法，而非仅是片面的指责。这种均衡无偏的态度在他著名的《三吏》、《三别》中，有极清楚的表露。

这一组作品共有六首，作于肃宗乾元二年（759年）。时郭子仪等九镇节度使率兵二十万，围攻困守邺城之安庆绪，因军中不立统帅，又有宦官鱼朝恩之掣肘，遂为叛军击溃，退守河南，朝廷震恐，急向各地征集兵员补充，未成年之中男与垂暮之老人均不能免，举国骚动。杜甫目击惨象，而作此不朽名篇。

六诗之中，《无家别》借战败逃归家乡之小卒为主角，叙述抵家之后，发现“家乡既荡尽”，病母在其出征期间死去，至今已历五年。然而“县吏知我至”，再度“召令习鼓鞞”，临行回顾，竟无家人与之作别，因叹“人生无家别，何以为蒸黎？”而发出生命已无意义的悲鸣。《石壕吏》则以杜甫本身为第一人称客观叙述的观点，描述“有吏夜捉人”“老翁逾墙走”，结果其妻自愿参军，说出“老妪力虽衰，请从吏夜归，急应河阳役，犹得备晨炊”等语，写尽丁男俱尽，役及老妇的惨痛。

《无家别》与《石壕吏》确实反映了战争所造成的惨绝人寰之悲剧，语含责斥，然而细绎诗意，实有一份无可奈何的深悲，盖无家可别、役及老妇实乃时代共同之不幸。诚如张綖所云："凡公此等诗，不专是刺，盖兵者凶器，圣人不得已而用之，故可已不已者，则刺之；不得已而用之，则慰之哀之。若兵车行、前后出塞之类，皆刺也，此可已而不已者也；若夫……石壕吏之类，则哀也，此不得已而用之者也。"[4]这种既能深悯黎元，复能观顾时局的持平心态，在其他四诗，表现得尤为显然。

4. 张綖，《杜工部诗通》（台北，大通，1974年），卷七，页211。

《新安吏》描写小县无壮丁可征，只好征用十八岁中男的惨状云："莫自使眼枯，收汝泪纵横。眼枯即见骨，天地终无情。"然而一念及河阳之役毕竟为御胡之战，因转而温言安慰：就近驻兵，役亦不重，而且"况乃王师顺，抚养甚分明。送行勿泣血，仆射如父兄（指郭子仪）"，无须过分悲伤。

《潼关吏》写筑城士卒之劳苦云："士卒何草草，筑城潼关道。"写昔日之惨败则云："哀哉桃林战，百万化为鱼。"因劝潼关筑城之吏转达主将"慎勿学哥舒"的轻举妄动。

《新婚别》借新婚妇人之口，描述死生契阔之大悲："嫁女与征夫，不如弃路旁……暮婚晨告别，无乃太匆忙？……君今往死地，沈痛迫中肠。"然而室家诚可恋，时局更可悲，因转以勉励口吻云："勿为新婚念，努力事戎行。"并以"人事多错迕，与君永相望"的至情之语，传达乱世儿女生死不渝的希望。

《垂老别》写一老者在"子孙阵亡尽"后，被征从军。其与老妻诀别之情景极为悲惨："老妻卧路啼，岁暮衣裳单。孰知是死别？且复伤其寒。此去必不归，还闻劝加餐。"然而一念及时艰孔殷："万国尽征戍，烽火被冈峦。积尸草木腥，流血川原丹。"便深深了解到"何乡为乐土"，从而"安敢尚盘桓"地踏上征途。

从以上简单的分析可以看出：盛唐时代的诗人，虽然同处相同的时空环境之下，但由于各人的生命取向有别，他们的作品自然各有所偏。而最重要的是，道虽不同，却不相排斥，反能彼此相赏。甚至面对令人义愤填膺的惨象，亦能兼顾激越的控诉与冷静的观照。这种既博大又均衡的气度，自诗骚汉魏以降，可谓空前。

英雄气魄与仁者心怀

盛唐精神的第二项特征是英雄气魄与仁者心怀的相互辉映。此点可在为数颇多的边塞作品中得到印证。

唐代的夷夏交流，学者已有定论，这种疏于夷夏之防的观念，在安史乱前的玄宗时代造成一种有趣的现象：一方面锐意开拓边境，对外来族进行攻击；另一方面拓边主将却又多为夷人，所谓“诸道节度使尽用胡人”。外来文化之传入也于此时达于极盛。这种现象，使边塞诗产生了两种迥然不同的精神面貌。

一方面，唐人在拓边的基本国策下，不管是主动地投入边塞以成就个人功业的“功名只向马上取，真是英雄一丈夫”（岑参《送李副使赴碛西官军》）与报效国家的“报国行赴难，古来皆共然”（崔颢《赠王威古》），或者被动地寄身边区幕府以弥补怀才不遇的“莫愁前路无知己，天下谁人不识君”（高适《别董大》），总能正面地迸放豪迈、粗犷的英雄气魄，歌颂边塞的一切。

然而，战争毕竟是关系生死存亡的残酷事实，对个人而言，尽管可凭无畏的勇气，无视生死地肯定“纵死犹闻侠骨香”（王维《少年行》）的执着，然而“古来征战几人回”背后却隐藏着无数父母妻子永恒的思念与绝望。因此，凡是意识到“一将功成万骨枯”的诗人，他们的心灵便常从无限奔腾的狂热中，内敛而成充满仁者情怀的温馨，从而对有关边塞的种种现象予以冷静的反省。

造成正面肯定边塞经验而迸放无限英气的理由，除了建功立业与为国效劳的理想指引之外，诗人本身强烈的侠者气概，亦不能忽视。他们尽管年青时大多有“隐居”山林的事实，如岑参之隐嵩山，李白之隐岷山，但那只是唐代知识分子借隐居山林涵养学识的暂时手段[5]，他们根本的精神仍偏于任侠使气的一面。如高适性拓落不拘小节，隐居博徒之间；王昌龄不护细节；崔颢亦无士行，好赌博饮酒；李颀则性疏简，厌薄世务；王之涣少有侠气，从游皆五陵少年，击剑悲歌；王翰恃才傲物，豪荡不拘；至于李白，更是自少任侠，手刃数人。这种粗犷的气性，如果从唐代胡汉血统与文化交流的角度去了解，当更形具体；其中，李白生于胡地，更足以说明此种现象。

5. 参见严耕望，《唐代读书山林之风尚——兼论书院制度之起源》，《中央研究院历史语言研究所集刊》，三十本下册（1959 年）。

这种奔放的狂热，以李白的《行行且游猎篇》，最具代表性：

> 边城儿，生年不读一字书，但知游猎夸轻趫。胡马秋肥宜白草，骑来蹑影何矜骄，金鞭拂雪挥鸣鞘，半酣呼鹰出远郊。弓弯满月不虚发，双鸧迸落连飞髇。海边观者皆辟易，猛气英风振沙碛。儒生不及游侠人，白首下帷亦何益！

这种排斥人文修养，纯任原始生命奔窜的气势，确实达到了“笔落惊风雨”的境界。而这只是游猎，其对象只是双鸧，一旦双鸧变成胡夷，游猎变成厮杀，其景观便成为岑参笔下的世界。如《献封大夫破播仙凯歌》云：

> 暮雨旌旗湿未干，胡烟白草日光寒；昨夜将军连晓战，蕃军只见马空鞍。

或高适《同李员外贺哥舒大夫破九曲之作》所云：

遥传副丞相，昨日破西蕃。作气群山动，扬军大旆翻。奇兵邀转战，连弩绝归奔。泉喷诸戎血，风驱死虏魂。头飞攒万戟，面缚聚辕门。鬼哭黄埃暮，天愁白日昏。石城与岩险，铁骑皆云屯，长策一言决，高踪百代存。……

在此，战争的残酷丝毫未被关注，在敌我对峙中只是想尽办法歼灭敌人，使其人亡鞍空，使其血喷如泉，头颅横飞。这种鬼哭天愁的场面并未引起任何悲悯；相反的，一场血腥大战之后，鼓舞人心的是“作气群山动，扬军大旆翻”的昂奋与骄傲，以及统军主帅“高踪百代存”的无边狂喜。

不错，部分边塞诗人的确把游猎与战争视为一物之两面，从而呈现出他们的精神特色：生命原是一场奋战不已的游戏，一方面极惊险，另一方面又极刺激。这层微意，在崔颢《古游侠呈军中诸将》一诗里，透露无遗：

少年负胆气，好勇复知机。仗剑出门去，孤城逢合围。杀人辽水上，走马渔阳归。……还家且行猎，弓矢速如飞。地回鹰犬疾，草深狐兔肥。腰间带两绶，转盼生光辉。顾谓今日战，何如随建威?

杀人辽水之后还家行猎，当其转盼之际，竟已混淆猎场如战场，一句“顾谓今日战”，真是道尽个中天地。

边塞之战既是表现英雄本色的手段，那么，与中原迥不相同的塞垣奇景，自亦成为生命奇采的投射。狂风、火云、热海、严冰等充满强烈色彩的景观，正是他们抑制不住的激烈气概的象征。例如“轮台九月风夜吼，一川碎石大如斗，随风满地石乱走。”（岑参《走马川行》）“蒸沙烁石燃虏云，沸浪炎波煎汉月。”（岑参《热海行》）“暗霭寒氛万里凝，阑干阴崖千丈冰。……将军狐裘卧不暖，都护宝刀冻欲折”（岑参《天山雪歌》）“火云满山凝未开，飞鸟千里不敢来。”（岑参《火山云歌》）皆是此中著例。

塞外风光带给这些满怀信心之诗人的，完全是一种崭新的美感经验，一种劲健、奇崛、充满英雄气魄的美感经验。

然而，即使是为了民族生存而战，战争带给广大民众的，根本上仍是严重的灾祸，更何况安史乱前的战争几乎全是“武皇开边意未已”的侵略。这种师出无名的妄动所带来的死伤狼藉，迫使诗人重新反省整个军事行动真正的意义。李白虽然也曾在强烈的冒险心理驱使下，肯定过战争，但一旦面对非理性的不义之战，狂热的豪情顿时化为仁者的哀悯，寄予那些受苦的士卒无限的同情。

天宝十载（751 年），玄宗无端进攻南诏，鲜于仲通率精兵八万战于泸南，全军覆没。杨国忠不但掩其败状，反叙其战功。同时大募两京及河南、河北兵卒以击南诏，人闻云南多瘴疠，死者十之八九，因此莫肯应募。杨国忠遣御史分道捕人，连枷送诣军所。于是天下震恐，冤曲无告，父母妻子相送，哭声震野。此种不仁道的惨象，看在李白眼里，先是激于义愤，继则归于悲悯：

> 羽檄如流星，虎符合专城。喧呼救边急，群鸟皆夜鸣。……天地皆得一，澹然四海清。借问此何为？答言楚征兵。渡泸及五月，将赴云南征。怯卒非战士，炎方难远行。长号别严亲，日月惨光晶。泣尽继以血，心摧两无声。困兽当猛虎，穷鱼饵奔鲸。千去不一回，投躯岂全生？如何舞干戚，一使有苗平！（《古风》第三十四首）
>
> 云南五月中，频丧渡泸师。毒草杀汉马，张兵夺秦旗。至今西洱河，流血拥僵尸。……（《书怀赠常赞府》）

不必要的征伐所造成的生灵涂炭，令李白再也无法心安于“托身白刃里，杀人红尘中”（《赠从兄襄阳少府皓》）“十步杀一人，千里不留行”（《侠客行》）这种血气的恣肆，或“黄沙百战穿金甲，不破楼兰终不还”（王昌龄《从军行》）那种不暇思索的冲撞。

杜甫也真诚地在《前出塞》九首里表达过类似的悲悯。当时用兵吐蕃，正直的将帅，无不认为是妄兴边衅，残伤人民，而黩武的玄宗仍大举出兵，征调半天下。杜甫因此沉痛地写出从军者“弃绝父母恩，吞声行负戈”的割舍亲情之痛，“生死向前去，不劳吏怒嗔”的饱受驱虐之悲，“径危抱寒石，指落曾（层）冰间”的冻寒之苦，纵能“虏其名王归，系颈授辕门”，也不过是边将冒功邀恩的借口，至于“从军十年余，能无分寸功”的士卒，却只有继续沉沦行伍，未必为封赏所及。这一切的不幸与不公，杜甫认为应由君王负责，因为既然“杀人亦有限，立国自有疆”，那么“君已富土境”，又岂可“开边一何多”，以至造成如此惨重的伤亡？

这种从冒险使气的亢奋一变而成循理内省的沉思，在王昌龄的《塞下曲》第二首中有最精简的表达：

昔日长城战，咸言意气高。黄尘足今古，白骨乱蓬蒿。

另一种从边塞经验中体会出人性之不忍的温情者，便是感人至深的军眷闺怨诗。

王昌龄笔下那位“春日凝妆上翠楼”的“闺中少妇”，她的寂寞诚然亦能令人同情，然而她的闺怨主要还是自己造成的，因为那毕竟是她鼓励夫婿觅封侯的结果。然而，绝大部分的闺怨诗，却来自边庭血战的无情播弄，闺中人根本无能做主。

这一类的闺怨通常以两种形态出现，其一为良人战死异域的绝望之悲，其一为良人生死未卜的永恒思恋。而不管是哪一种形态，均能显露出夫妇之间天长地久的绵绵长爱。

就第一类而言，李白《北风行》最具代表性：

烛龙栖寒门，光曜犹且开。日月照之何不及此？唯有北风号怒天上来。燕山雪花大如席，片片吹落轩辕台。幽州思妇十二月，停歌

> 罢笑双娥摧。倚门望行人，念君长城苦寒良可哀。别时提剑救边去，遗此虎纹金鞞靫。中有一双白羽箭，蜘蛛结网生尘埃。箭空在，人今战死不复回！不忍见此物，焚之已成灰，黄河捧土尚可塞，北风雨雪恨难裁。

天地原应大公，日月理无私照，然而人间仍有温热永不垂顾的无边黑暗之区，那便是征妇永恒的绝望。生命原是可以歌可以笑的一片朗朗乾坤，如今却成停歌罢笑的寂天默地，念君长城苦寒良可哀，哀则哀矣，毕竟仍有倚门盼远的一丝希望，然而一瞥及良人遗下的羽箭，早已结满蜘网复满尘埃，再也无法一厢情愿地幻想良人犹能生还。“人今战死不复回”！打击之深，竟至不忍再睹良人故物，然而“焚之已成灰”岂能焚掉内心的悲哀？黄河捧土可塞，而人生长恨竟如北风雨雪，岂有终结？

就第二类而言，王昌龄《从军行》的“烽火城西百尺楼，黄昏独坐海风秋。更吹横笛关山月，无奈金闺万里愁。”简练地道出闺中人隐忍却又不绝的忧思与情意。至于李白《子夜秋歌》更有出色的表现：

> 长安一片月，万户捣衣声。秋风吹不尽，总是玉关情。何日平胡虏，良人罢远征？

为了替远征良人赶制寒衣，长安城中，一夜之间，所有的征属全在月光下捣捶衣料，那一声声的捶捣似乎都在无言地宣叙她们对亲人浓重的爱意，那真是瑟瑟秋风中，柔弱而又温馨，无助却又充满希望的坚贞深情。所谓“总是”玉关“情”，岂不正暗示着：有玉关边塞的阻碍，就有人类贞定情爱的存在？然而，外来的阻隔终究是不得已的播弄，她们心中最最盼望的仍然是局势既平，良人早归的一刻，这种平实而渺小的期待，何时可以圆满的实现？李白在此故意留下了问号，让吾人对边塞经验除了奔腾的投入之外，尚有冷静沉思的余地。

从边塞经验体会出人性不忍之温情，除了“战士军前半死生”（高适《燕歌行》）的死伤狼藉，与“可怜无定河边骨，犹是深闺梦里人”（陈陶《陇西行》）的深情幽恨之外，尚有一类作品，在血战中，居然超越了敌我的对抗，表现出普遍的人性光辉。那便是透过自己在残酷杀伐中所遭受的惨痛经验，意识到对方的处境亦相仿佛，从而设身处地对彼此的不幸，同表悲悯之恸。

杜甫《前出塞》九首之六云：

> 挽弓当挽强，用箭当用长。射人先射马，擒贼当擒王。杀人亦有限，立国自有疆。苟能制侵陵，岂在多杀伤？

前四句犹强调对敌之道务必武勇机智以便取胜。然而五句以下，却已为敌方之多被杀伤深致哀悼，同时检讨我方黩武之非。

在这种深挚的同情中，胡人的生命形态自亦有足欣赏之处，崔颢《雁门胡人歌》云：

> 高山代郡东接燕，雁门胡人家近边。解放胡鹰逐塞鸟，能将代马猎秋田。山头野火寒多烧，雨里孤峰湿作烟。闻道辽西无斗战，时时醉向酒家眠。

只要双方无事，彼此的生活情调岂不相似？辽西如无斗战，彼我岂非均可醉眠酒家？然而战争毕竟不能避免，彼此的伤亡也同样惨重，正如李颀在《古从军行》所云，在“野营万里无城郭，雨雪纷纷连大漠”的战场中，固然深为“连年战骨埋荒外”的汉人哀悼，也为“胡雁哀鸣夜夜飞，胡儿眼泪双双落”的相同命运悲恸。此外，王昌龄的《箜篌引》更为被俘的敌人所遭受的痛苦深致不平：

> 将军铁骢汗血流，深入匈奴战未休。黄旗一点兵马收，乱杀胡人

积如丘。疮病驱来役边州，仍披漠北羔羊裘。颜色饥枯掩面羞，眼眶泪滴深两眸。思还本乡食牦牛，欲语不得指咽喉。……

这真是字字血泪。充分显露对人类普遍悲悯的仁者心怀，其凝敛内省的精神至为明显。

浑然天成与雕饰锻炼

盛唐诗歌第三项特色为表现方法之双向发展，或倾向浑然天成，或致力雕饰锻炼。两种表现各有胜境，其目的无非求作品之生动感人。王荆公云："诗人各有所得，清水出芙蓉，天然去雕饰，此李白所得也。或看翡翠兰苕上，未掣鲸鱼碧海中，此老杜所得也。"[6]此即就浑然天成与雕饰锻炼两端分别肯定李杜之佳处。

然而，李白不尽是浑成，老杜亦非全属雕饰，其他诗人，情形也莫不相似；同一诗人，或因题材所求，或因体制所需，时而出之以浑成，时而偏向于雕饰，自是情理之常。本节所述，即专就两种表现方式分析相关的现象。

一般认为，从写作的态度看，纯任天才神行者易走向浑成，而凭借后天功力者易趋于锻炼。此即前人所谓："以天分胜者近李，以学力胜者近杜。学者各自审焉可也。"[7]以天分胜，故"语多率然而成者"（高棅《唐诗品汇》），并认为"雕虫丧天真"（李白《古风》三十五）；以学力胜，故"语不惊人死不休"（杜甫《江上值水如海势聊短述》），"新诗改罢自长吟"（杜甫《解闷》之四）。

以天分胜而少作雕琢，其诗多似率然而成，并非表示创作态度之不认真，而是语言经过洗炼后所呈现的自然单纯。古今诗人，陶渊明被公认为最具代表性的典型。盛唐诸公，除王维、孟浩然等自然诗人

---

6. 胡仔，《苕溪渔隐丛话前集》（台北，长安，1978年），卷五，页30引王安石语。

7. 瞿蜕园，《李白集校注》（台北，里仁，1981年），页1874引陶开虞《说杜》语。

继续发展之外，其他诗人，虽非以田园山水为宗，而其语言之自然浑成，成就亦极斐然，细究其因，实与体制有关。

盛唐乐府歌行，沿承汉魏南北朝民间乐府之传统，虽内容已大为扩增，而其语言之自然活泼并无少异。而所谓语言之自然活泼，主要来自口语化之强调、典故之摒弃，以及诗旨之明朗显豁。兹以短制、长篇各一为例说明之。

崔颢《长干行》云：

> 君家何处住，妾住在横塘。停船暂借问，或恐是同乡。
> 家临九江水，来去九江间。同是长干人，生小不相识！

诗中语言单纯，音节流畅，不假雕琢，羌无故实，流露出小儿女毫无造作的性情之真，一片天机流动。至如李白《将进酒》，其内容风格均与崔颢《长干行》迥不相侔，但其语言特色，则与崔作仍甚相近：

> 君不见黄河之水天上来，奔流到海不复回？君不见高堂明镜悲白发，朝如青丝暮成雪。人生得意须尽欢，莫使金樽空对月，天生我材必有用，千金散尽还复来。烹羊宰牛且为乐，会须一饮三百杯。岑夫子，丹丘生，将进酒，杯莫停。与君歌一曲，请君为我倾耳听。钟鼓馔玉不足贵，但愿长醉不愿醒。古来圣贤皆寂寞，惟有饮者留其名。陈王昔时宴平乐，斗酒十千恣欢谑。主人何为言少钱？径须沽取对君酌；五花马，千金裘，呼儿将出换美酒，与尔同销万古愁。

全诗以任达放浪之心对治人生苦短、圣贤寂寞之万古深愁，其奔腾之情致，至为明显；而其语言，正如严羽所谓："一往豪情，使人不能句字赏摘。盖他人作时用笔想，太白但用胸口一喷即是，此其所长。"[8] 此即表示太白诗语不假修饰一气呵成的气势，诗中

8. 瞿蜕园，《李白集校注》，页228引严羽《评点李集》语。

几无典故，诗意极为明朗，语气音节均富口语倾向。

至于绝句，其来源亦自南北朝乐府。唯唐之绝句，格律有古体绝句与近体绝句之分，前者不拘平仄，几等于短篇古风，后者格律则与律诗相同。一般说来，五绝近于乐府中之小诗，七绝则近于歌行[9]。五绝既发源于小诗，故取其天然，二十字如弹丸脱手乃妙[10]。七绝自歌行来，故就一气中骀宕灵通[11]，只眼前景、口头语，而有弦外音、味外味[12]。盛唐人以韵为主，意到辞工，不假雕饰，或命意得句，以韵发端，浑成无迹[13]。

由此可知，盛唐绝句，无论五七，均强调眼前景，口头语之天然、灵动、浑成之美，最忌雕饰。以实例而论，五绝中，右丞之自然、太白之高妙，并入化机[14]；七绝则太白、龙标，绝伦逸群[15]。兹各举一例为证。

9. 刘大勤，《师友诗传续录》（台北，艺文，《清诗话》，1971 年），页2。
10. 李重华，《贞一斋诗说》（《清诗话》），页4。
11. 王夫之，《姜斋诗话》（《清诗话》），卷下，页9。
12. 沈德潜，《说诗晬语》（《清诗话》），卷上，页14。
13. 谢榛，《四溟诗话》（台北，艺文，《续历代诗话》），卷一，页5。
14. 沈德潜，《说诗晬语》，卷上，页14。
15. 宋荦，《漫堂说诗》（《清诗话》），页3。

君自故乡来，应知故乡事。来日绮窗前，寒梅著花未？（王维《杂诗》）

美人卷珠帘，深坐颦蛾眉。但见泪痕湿，不知心恨谁？（李白《怨情》）

杨花落尽子规啼，闻道龙标过五溪。我寄愁心与明月，随风直到夜郎西。（李白《闻王昌龄左迁龙标尉遥有此寄》）

奉帚平明金殿开，且将团扇共徘徊；玉颜不及寒鸦色，犹带昭阳日影来。（王昌龄《长信秋词》）

凡此均能就眼前之景，以浅易口头之语，抒写自然之情，在婉转柔和之音调中，毫无雕饰地表现了明朗而深美的意境。

与浑然天成的表现方式相对的雕琢锻炼，亦与体制有关，此即律诗格式要求下必然的结果。

尽管律诗最主要的特征——对偶工稳与韵律谐整，六朝已见酝酿，然而刻意讲求，蔚为大观仍待有唐一代；其中五律，初唐已臻成熟，至于七律，必待杜甫晚年方集大成。

由于律体诗除了对仗声律外，对于炼字、锻句、谋篇布局以及用典，均极讲究，遂使此一最能代表唐诗的新体，在语言表现上特别显现严整精丽之美。这并非律诗不能有浑成自然的处理，亦非其他体制不能趋向严整精丽，而是律体本身应具的条件，易于造成此种特色。这种现象说明了律体诗很难是一任天才、率然而成的产物。纵使内在的情意奔腾狂烈，一旦采取律体表现，势非立即冷静思索，在用志不纷下细加推敲不可，笔者以律体归属盛唐“内敛”精神之理由亦在此。

为了形式的整炼工稳，对仗的严格要求发展成一套琐细的作业方式。它不只要求一联之中名词与名词相对，状词与状词相对，而且更进一步，同是名词相对，也要求必须是同一范畴中之名词。依传统的分类法，这些范畴共计十一类，每类再分若干门。为了说明方便，兹将各门类表列如下：

第一类——（一）天文门 （二）时令门

第二类——（一）地理门 （二）宫室门

第三类——（一）器物门 （二）衣饰门 （三）饮食门

第四类——（一）文具门 （二）文学门

第五类——（一）草木花果门 （二）鸟兽虫鱼门

第六类——（一）形体门 （二）人事门

第七类——（一）人伦门 （二）代名对

第八类——（一）方位对 （二）数目对 （三）颜色对 （四）干支对

第九类——（一）人名对 （二）地名对

第十类——（一）同义连用字 （二）反义连用字 （三）连绵字 （四）重叠字

第十一类——（一）副词 （二）连介词 （三）助词

据此，凡同类同门相对者，例如第一类天文对天文，称为“工对”；凡同类中相邻两门相对者，如第三类之器物对衣饰，或不同类之相关两门相对者，如第一类之天文对第二类之地理，称为“邻对”；至于名词与名词，动词与动词相对而不拘门类者，称为“宽对”[16]。一般而言，宽对较自由，邻对、工对较严整。诗人有时为了顾全诗意或音律，不得已而用宽对；然而，那毕竟不够精细，因此，在不致流于板滞的情况下，总是刻意谋求工对。尽管历来诗人于律诗常标举自然浑成、了无斧凿之迹为高境，但那只是妙手偶得的片羽吉光，整体而论，律体对仗易于展现雕琢锻炼之美，固为不争之事实。兹举数例以见一斑：

气蒸云梦泽，波撼岳阳城。（孟浩然《临洞庭湖上张丞相》）

红颜弃轩冕，白首卧松云。（李白《赠孟浩然》）

花迎剑佩星初落，柳拂旌旗露未干。（岑参《和贾至舍人早朝大明宫之作》）

香稻啄余鹦鹉粒，碧梧栖老凤凰枝。（杜甫《秋兴》八首之八）

其次，律诗于炼字亦极重视，王世贞《艺苑卮言》引皇甫汸云：“或谓诗不应苦思，苦思则丧其天真；殆不然。方其收视反听，研精殚思，寸心几呕，修髯尽枯，深湛守默，鬼神将通之。”又云：“语欲妥贴，故字必推敲。一字之瑕，足以为玷；片语之类，并丧其余。”[17]此虽就一般诗体而论，如借以了解律诗，更能显示律体用字之不苟：所谓“苦思”“推敲”“收视反听，研精殚思”，正是律体自然趋向“内敛”的证明。

胡仔《苕溪渔隐丛话》云：“诗句以一字为工，自然颖异不凡，如灵丹一粒，点石成金也。浩然云：‘微云澹河汉，疏雨滴梧桐。’上句之

16. 王力，《汉语诗律学》（台北，文津，1970年），页166。

17. 王世贞，《艺苑卮言》（台北，艺文，《续历代诗话》），卷一，页5。

工，在一淡字，下句之工，在一滴字。若非此二字，亦乌得而为佳句哉？”[18] 此即宋人所谓句中必有“诗眼”之意。故《诗法家数》云：“诗要炼字，字者眼也。如老杜诗：‘飞星过水白，落月动沙虚。’炼中间一字。‘地坼江帆稳，天清木叶闻。’炼末后一字。‘红入桃花嫩，青归柳叶新。’炼第二字。”[19] 诗眼之作用，主要在加强意象之生动，以及诗意之深刻复杂，此又律体精严必然产生的结果。

至于锻句，乃炼字之扩大，盖律诗不只要求句无废字，更要求篇无废句，务期字句稳妥，精细严密。

律诗之锻句，常于凝炼浓缩中表现多层次的丰富诗意，使尺幅具万里之势。此即罗大经评杜甫《登高》七律“万里悲秋常作客，百年多病独登台”一联所谓：“万里，地之远也；悲秋，时之凄惨也；作客，羁旅也；常作客，久旅也。百年，齿暮也；多病，衰疾也；台，高迥处也；独登台，无亲朋也。十四字间含八意，而对偶又极精确。”[20]

其次，密集许多实体字，使句中所写之事物增多，极易造成意象之重叠。而这些实字之间，少用连接词转折，意象间的关系，反而增多自由衍伸的天地，显得意义繁富。再则由于实字多，诗句显得凝炼壮健，表现非凡的笔力[21]。例如杜甫《奉和贾至舍人早朝大明宫》云：“旌旗日暖龙蛇动，宫殿风微燕雀高。”除“暖”“动”与“微”“高”外，全属实体字，故生伟丽之美。

再次，谋篇布局，即所谓章法。律体章法，一般按起承转合发展，但更重要的乃是一章之中句句相关，互有照应连属，从而形成一组织绵密，结构严谨之有机体。举例言之，杜甫《江村》云：“清江一曲抱村流，长夏江村事事幽。自去自来堂上燕，相亲相近水中鸥。老妻画纸为棋局，稚子敲针作钓钩。多病所须唯药物，微躯此外更何求？”首句写江与村，二句写江村事幽；三句点村里幽事，四句点江中幽事；

18. 胡仔，《苕溪渔隐丛话后集》，卷九，页64。

19. 杨载，《诗法家数》（台北，艺文，《历代诗话》，1959年），页14。

20. 仇兆鳌，《杜诗详注》（台北，文史哲，1976年），页1018注引。

21. 黄永武，《中国诗学·设计篇》（台北，巨流，1976年），《谈诗的密度》，页86。

五句再写村事，六句再写江事；七八两句绾合江村幽事而抒与世无求之幽情。即此一端，已可见律诗结构血脉相连的凝练之美。

最后再谈律诗中之用典。典故之使用，有用辞与使事二种。用辞指引用前代典籍旧语、诗文成辞，剪裁化入诗中。如李白《古风》之五五云："齐瑟弹东吟，秦弦弄西音。"即沿用曹植"秦筝发西气，齐瑟扬东讴"，与曹丕"齐倡发东舞，秦筝奏西音"诗语。用事则指引用前人行事入诗以资比况象征者，如刘长卿《新年作》云："已似长沙傅，从今又几年？"即以贾谊遭谗出为长沙王太傅，自比贬谪南巴，不得返乡。

一般而论，典故之使用，常能化千言万语于片词只字之内，让某些感情和景况更形具体，以唤起种种联想，而且扩大诗的意义范围；如果不是为了自炫博学，而是作为整首诗的匠意经营中一个有机成分，用典自是一种具有正当理由的作诗技巧[22]。至于用典的原则，除了务期避免冷僻外，最重要的是精切自然。所引典实务必与诗中所表现的人事情境相类似，不可率意妄用，甚至误引。而且用典须自然浑成，不可有饾饤堆砌之迹，所谓使事而不为所使。凡此种种，均赖收视反听、苦心经营之雕琢锻炼，固非率然使气可成，兹举一例说明之。

22. 刘若愚著，杜国清译，《中国诗学》（台北，幼狮，1977年），页222。

杜甫《别房太尉墓》颈联云："对棋陪谢傅，把剑觅徐君。"杜甫与房琯交谊极深厚，琯卒后，甫路经其墓，因作此诗。上句典出《晋书·谢安传》："谢玄等破符坚，有檄书至，安方对客围旗，了无喜色。安薨，赠太傅。"下句典出《说苑》："吴季札聘晋过徐，心知徐君爱其宝剑。及还，徐君已殁，遂解剑系其冢树而去。"二典喻杜房二人情谊极自然精切。"对棋"，叙二人平昔相与之情亲，亦暗示房琯气度之从容博大。"把剑"，喻死后不忘之挚谊。此外，用谢傅围棋事，尚有深意。仇兆鳌引钱牧斋语云："琯为宰相，听董庭兰弹琴，以招物议。李德裕'游房太尉西池诗注'：房公以好琴闻于海内。此诗以谢傅围棋为比，盖为房公解嘲。围棋无损于谢傅，则听琴何损于太尉乎？语出回护，而不失大体，可谓微婉矣！”[23]

23. 仇兆鳌，《杜诗详注》，页671引。

以上就对仗、字句、章法、典实等项目，简要叙述盛唐律诗体制所要求的凝练琢磨，确与绝句歌行之舒放活泼颇异其趣；后者致力奔腾，前者趋向内敛。

认同时尚与另辟蹊径

盛唐精神第四项特色为认同时尚与另辟蹊径。

盛唐主要诗人，在形式上各有其擅长的体制。如王维长于五绝五律，兼及七绝；孟浩然长于五古五律；岑参、高适、李颀均擅七古；王昌龄以七绝名世；李白除七律外，诸体皆佳；杜甫则除五绝稍弱外，各体均胜。就中，七言绝律可谓盛唐最具代表性之新体诗，然而新体中仍有两种颇值探讨的现象。

七绝名家中，王维、李白、王昌龄所代表的作风，与杜甫迥然不同。而七律则杜甫创作独多，其他诗人不过偶一为之，少有卓然不凡之作。

李白与王昌龄之七绝，号称双璧，其主要特色约有数端：（一）声律流畅和谐。盛唐七绝，承南北朝七言小诗而来，在平、仄方面求其和谐流畅而趋于格律化。此外，七绝例可入乐，在乐府诗名存实亡的情况下，七绝几为歌诗主流，为了与音乐相结合，其声调之趋于谐畅，自属事实所需，因此七绝佳作，其音韵之美，常能令人玩诵不止。（二）文字俊逸高华。例如王昌龄《芙蓉楼送辛渐》云：“寒雨连江夜入吴，平明送客楚山孤。洛阳亲友如相问，一片冰心在玉壶。”冰心玉壶，出语玲珑剔透，高洁漂亮，毫无俚野之气。（三）情致悠远委婉，极富风神。王李七绝，或写闺情，或抒宫怨，或言塞垣悲辛，或道亲友挚谊，无不以“情”为主，而语近情遥，委曲含蓄。故李重华《贞一斋诗说》

24. 李重华，《贞一斋诗说》，页4。

25. 宋荦，《漫堂说诗》，页3。

引朱竹坨云："七绝至境，须要诗中有魂；入神二字，未足形容其妙。"[24] 宋荦《漫堂说诗》亦云："唐人七绝，……佳作累累，取而诵之，往往令人情移。回环含咀，不能自已。"[25]（四）结构一气呵成，潇洒灵动，而无滞重之感。七绝结构，不外乎对起散结（所谓截律后半）、散起对结（截律前半）、对起对结（截律中二联）以及散起散结（截律首尾二联）四式。王李诸家七绝，几乎皆用散起散结的体式，如李白《早发白帝城》，王昌龄《闺怨》，王维《九月九日忆山东兄弟》诸诗即是。

以上所述盛唐七绝之一般特征，就内涵言，乃欲抒发令人情移之感性世界；就表现而言，则要谐畅俊逸，一气呵成。时人竞相为此，遂成相互影响之时代风气。诗人运思落笔之际，皆不觉与此时尚呼应，而不暇思索另起堂庑。此一认同，实具感性奔腾之精神。

相反的，杜甫七绝则在此时尚之外，另辟蹊径。这并非表示杜甫绝无此类时尚之作，如《赠花卿》云："锦城丝管日纷纷，半入江风半入云。此曲只应天上有，人间能得几回闻？"《江南逢李龟年》云："岐王宅里寻常见，崔九堂前几度闻。正是江南好风景，落花时节又逢君。"或示讽刺，或悲沦落，均是委婉动人，风神摇曳之作。然而此类作品毕竟是少数。在老杜106首绝句中所表现的精神却是另一种面貌。

首先，从诗的内容看，杜甫七绝不再仅限于抒写感性的世界，而是更进一步地探索理性的题材，此即影响宋诗极深的议论入诗。这类作品最具代表性的例子便是《戏为六绝句》：

庾信文章老更成，凌云健笔意纵横。今人嗤点流传赋，不觉前贤畏后生。（其一）

王杨卢骆当时体，轻薄为文哂未休。尔曹身与名俱灭，不废江河万古流。（其二）

纵使卢王操翰墨，劣于汉魏近风骚。龙文虎脊皆君御，历块过都见尔曹。（其三）

才力应难夸数公，凡今谁是出群雄。或看翡翠兰苕上，未掣鲸鱼碧海中。（其四）

不薄今人爱古人，清词丽句必为邻。窃攀屈宋宜方驾，恐与齐梁作后尘。（其五）

未及前贤更勿疑，递相祖述复先谁？别裁伪体亲风雅，转益多师是汝师。（其六）

以议论入诗，原为诗家所忌，盛唐诗歌在绝句方面更无此体，然而老杜独出机杼，纵横驱使，反使主情的七绝开出新路，令人一新耳目。后人执着七绝务必“深曲委婉”之成见，遂谓杜甫绝句缺乏性情，实不可从。仇兆鳌引钱牧斋语云：“少陵绝句，多纵横跌宕，能以议论摅其胸臆，气格才情，迥异常调，不徒以风韵姿致见长矣。”[26] 今人亦谓：“六首绝句，用笔矫健，议论宏深，有的是谈诗歌的风格和意境，有的是给予过去作家相当的评价，他提出自己对诗的观念，也揭橥了学诗的正确方法，分开来看，各成单元，综合来看，又各具体系。”[27]

26. 仇兆鳌，《杜诗详注》，页564。

27. 张梦机，《思斋说诗》（台北，华正，1977年），《杜甫变体七绝的特色》，页107。

杜甫七绝在内容方面另一特色是：即使所抒发的是感性的世界，其情感也常趋向沉郁涩硬，而非同时诗人的风神悠远。例如《夔州歌十绝句》之一云：“中巴之东巴东山，江水开辟流其间。白帝高为三峡镇，瞿塘险过百牢关。”这是写景之涩硬。之二云：“白帝夔州各异城，蜀江楚峡混殊名。英雄割据非天意，霸王并吞在物情。”为借古讽今之咏怀，其情沉郁。至于《三绝句》云：“前年渝州杀刺史，今年夔州杀刺史。群盗相随剧虎狼，食人更肯留妻子？”（其一）“二十一家同入蜀，惟残一人出骆谷。自说二女啮臂时，回头却向秦云哭。”（其二）“殿前兵马虽骁雄，纵暴略与羌浑同。闻道杀人汉水上，妇女多在官军中。”（其三）第一首写群盗连年屠杀刺史、宰割民命，第二首写罹难子民之惨状，第三首则更进一步揭示官军之凶残淫暴与羌族不相上下。

凡此皆针对时事，忧怀民瘼，写来字字血泪，可谓沉郁涩硬之至。

其次，就诗的表现方式而言，杜甫七绝一反流畅圆熟的声律而趋向拗折之音调，遣词用字不求俊逸高华而强调朴拙俚野，结构不取一气呵成、潇洒灵动而转用偶句对结，并大量使用联章之法。

杜甫七绝，共106首，其中拗体32首，约占三分之一，比例甚大。例如前举《夔州歌十绝句》第一首《中巴之东巴东山》，首句全是平声，次句只二仄声，与一般趋于圆滑的声调，极不相类。这种拗体一方面可能受巴蜀民歌的影响，另方面也是为了配合内容的需要；盖以拗折之声写涩硬沉郁之情，易收声情相映之效。杜甫“晚节渐于诗律细”，诗律之细不仅单为声音本身的目的，而是为了加强诗意的暗示性。

杜甫七绝的遣词用字，常常不避俚俗，且有以丑为美的倾向。例如《书堂饮既夜，复邀李尚书下马，月下赋绝句》云：“湖月林风相与清，残樽下马复同倾。久拚野鹤如双鬓，遮莫邻鸡下五更。”此诗言与李尚书同时参加胡侍御书堂之宴，夜归途中，酒兴仍浓，复邀李尚书下马共饮，深觉不可辜负湖月林风之美景，故双鬓虽如野鹤泛白，但久把衰老置之度外，任凭隔邻曙鸡叫彻五更，也充耳不闻而尽情痛饮了。“拚”为唐人方言，割舍之辞，亦甘愿之辞，犹言置之度外。“遮莫”，亦唐人方言，尽教之意。这类俗语方言，尚有“三绝句”之一“斩新花蕊未应飞”之“斩新”（簇新之意），“三绝句”之三“会须上番看成竹”之“上番”（上班之意；上番看成竹，言看守春笋成竹，务必专注有如上班出勤），其他像“更接飞虫打著人”之“打著”（《绝句漫兴九首》之三），“梅熟许同朱老吃”之“吃”、“两个黄鹂鸣翠柳”之“个”（《绝句四首》之一、之四），凡此诗例，在不避俚俗中自具新奇之野趣，而最重要的乃是：这些“俚句”与其所欲表达的诗意息息相关；一方面杜甫所写之题材乃日常生活中琐碎之事物，另一方面他所要抒发的亦属率性朴拙之情，其用字与意象精密吻合，并非故作俗语、徒示标异而已。

杜甫以偶句为结构的七绝约有五十五首，占总数百分之五十以上，足见老杜之偏好。其对起散结之诗例有“云里不闻双雁过，掌中贪看一珠新。秋风袅袅吹江汉，只在他乡何处人。”(《戏作寄上汉中王二首》之一)，对起对结者有“郑公粉绘随长夜，曹霸丹青已白头。天下何曾有山水？人间不解重骅骝！”(《存殁口号》之二)，散起对结者为数极多，如“肠断春江欲尽头，杖藜徐步立芳洲。颠狂柳絮随风舞，轻薄桃花逐水流。”(《绝句漫兴九首》之五)。从章法的角度看，绝句用偶语，尤其是偶句对结，气属双行，容易阻塞血脉的流畅，使诗中语意显得板滞生涩。但如果娴习对仗，运用得法，依然流利生动，无害其为绝唱[28]。杜甫七绝正有此种妙境。

28. 张梦机，《思斋说诗》(台北，华正，1977年)，《杜甫变体七绝的特色》，页109。

此外，杜甫七绝的结构尚有另一特色，即一题数首，联章组诗的体式。在总数36题106首的作品中，联章组诗计17题85首，可见子美深嗜此种表现方式。此类组诗，有多至12首者，如《解闷十二首》、《复愁十二首》，亦有少至2首者，如《官池春雁二首》、《戏作寄上汉中王二首》等，其组合篇数相当自由，并无限制。至于篇法，有各首相次前后照应者，如《江畔独步寻花七绝句》；也有随兴组合，各自独立，不相连属者，如《复愁十二首》。从渊源看，前者可上溯曹子建《赠白马王彪七首》及陶渊明《归园田居五首》，后者则源出阮籍《咏怀八十二首》。绝句之兴，原在古诗盛行之际，于宏富繁复中转趋简洁浓缩，至盛唐而臻巅峰，试看王李诸作，无不崇尚题材之单一与语言之简净，一时汇为主流。然而习之既久，绝句所能处理的内容渐趋狭隘，杜甫乃适时变化风气，以联章组诗之方式，一方面保持绝句原有之精警，另方面又扩增可能的复杂性，使七绝的发展，生面别开，另辟一番新天地。

以上就七绝的内容与表现形式，分别说明盛唐主要诗人的两种创作态度，其一乃王昌龄、李太白所代表的主流时尚，其精神较富感性之流注。另一则以杜甫为代表，独能超越时尚，另辟蹊径，其精神较重知性之内省。

至于七律，虽然庾信《乌夜啼》、隋炀帝《江都宫乐歌》，其字句对偶已合乎七律的格式，但声调平仄尚未合于格律。初唐律体盛行，五律已达成熟之境，七律却相当贫弱；作者不多（四杰根本无七律之作），作品有限（最多为沈佺期之16首），其意境与技巧均乏善可陈。这是因为七律仍属草创阶段，而且格律森严，内容大多为奉和应制之作，自不易在短时间臻于圆熟之境；但初唐诗人竞为熟悉之古体与新兴之五律，精力全部投注其间，遂未强烈意识到七律之足以蔚成大国，亦非毫无影响。

到了盛唐，尽管其他体制皆已各呈胜境，但七律仍无特殊成就可言。一来作品数量仍极有限，王维存诗四百余篇，七律仅止20首；高适存诗二百余篇，七律7首；岑参存诗近四百篇，七律止11首；李白存诗近千篇，七律不过8首；此外，孟浩然4首，王昌龄2首。二来作者虽偶有佳作如王维之《积雨辋川庄作》与《出塞》，但由于昧于知性之反省，对七律一体未作有意的拓展与建立，故其意境虽较初唐有所扩展，而其章法句法仍不免板滞。岑高之作更是全为格律所拘，内容亦无情致。至于李白，七律佳者如《登金陵凤凰台》、《鹦鹉洲》，纯是一片不羁之才气，全不顾及格律。而为格律所限之作如《题雍丘崔明府丹灶》，则又极为平俗卑下。此外，李颀之七律，如《送魏万之京》、《宿莹公禅房闻梵》，其对偶之工整、声律之清畅、转折之自然，均表现七律一体之使用已臻成熟，然而意境并无特殊之开拓变化。

由此可见，七律一体虽在初唐已经成立，然而在杜甫七律出现以前，一般作品不过是酬应赠答之作，技巧则直写平叙。严守矩矱者，不免陷于卑琐庸俗；而意境略能超越者，又往往破毁格律而不顾。七律新体可说未曾得到尽量发展的机会，也一直未获应得的重视[29]。准此而言，除杜甫外，盛唐诗人根本未意识到七律一体之扩建，而仅认同古诗与新体五律与绝句的文学主流，全力以赴而从事这类体制的创作，其精神较少反省的意味。

29. 叶嘉莹，《论杜甫七律诗之演进及其承先启后之成就》，《迦陵谈诗》（台北，三民，1971年），册一，页70－83。

至于杜甫的七律作品，共计151首，与同时诗人相较，数量遥遥领先，足见杜甫对七律一体的重视。

然而更重要的是：老杜七律无论在内容意境或形式技巧方面，均有远超诸家之上的拓展与建树，从而使此一新体成为晚唐以迄明清诗人创作极多，成就极大的体式。这种贡献，固然一方面由于盛唐文化所表现的集大成的时代精神，但另方面也端赖杜甫本身所具有的集大成的性格。叶嘉莹认为，杜甫生而禀有博大、均衡与正常的才性；感性与知性兼美并长，严肃中自有一份幽默，面对悲苦皆能正视与担负。其诗人之情感与世人之道德融而为一，其忠爱仁厚皆出于自然之流露，满纸血泪，千古常新[30]。正足点出老杜之胸怀博大，气象恢宏。

杜甫在时人不重七律的时代潮流中，独能肯定其价值而作多方面的试验，终臻令人叹为观止的化境，这与他在七绝所表现的另辟蹊径的精神非常类似。底下根据叶嘉莹的研究成果[31]，简述杜甫辟建七律的几项特色。

天宝乱前，杜甫七律之作不过五首，成绩甚差，如《题张氏隐居》、《郑驸马宅宴洞中》等，其内容与一般作者相似，乃以酬应写景为主，技巧亦只是对偶工丽、句法平顺，丝毫未有开创改进之处。此为杜甫七律演进过程的第一阶段。

第二阶段为收京以后重返长安时期之作。此一阶段可分两部分，其一为至德二载（757年）暮冬及乾元元年（758年）春初，任职左拾遗时所作，如《腊日》、《奉和贾至舍人早朝大明宫》等，满怀欣喜之情，多颂美之词，虽间有高华伟丽、博大从容之作，然而此种颂美之诗，自初唐以来，作者已多，并非杜甫之所独擅，故可不论。但另一部分从乾元元年春末，杜甫自伤衮职无补，寸心多违，满怀失意的伤感之作，如《曲江二首》、《曲江对酒》等，对于七律一体的运用，已经达到运转随心，收发自如的地步。另一方面杜甫的乱离经验也扩大、加深

30. 叶嘉莹，《论杜甫七律诗之演进及其承先启后之成就》，《迦陵谈诗》（台北，三民，1971年），册一，页59－61。

31. 叶嘉莹，《论杜甫七律之演进及其承先启后之成就》。

了这些作品的感情意境，这种技巧与意境的同时演进与配合，不只是杜甫七律的一大进步，也是整个七律的一大进步。其成就使七律脱离了早期酬应写景的浮泛内容，与束缚于格律的平板句法，而充分展露了七言律体曲折达意、婉转抒情的新境界与新价值。

肃宗上元元年（760 年）杜甫卜居成都草堂时期的作品，为第三阶段。由于生活与心情较为安定，创作上需要更多安排反省之余裕的七律，数量大增。风格也从纯熟完美转变到老健疏放之境。这种新境，乃是变工丽为脱略，虽然仍旧遵守格律，却解除了格律所形成的束缚与压迫，而表现出一种疏放脱略之致，而又并非拗折之变体。例如《江上值水如海势聊短述》、《宾至》等作即是典型的代表。

第四阶段是杜甫去蜀入夔以后的作品。此期七律又可分为正变两方面来看。像《诸将五首》、《秋兴八首》、《咏怀古迹五首》自是正格名作，而像《白帝城最高楼》、《黄草》、《愁》等诗，则是属于变体的拗律。初看起来，正格与变体，似乎是迥然相异的两种风格，其实却是同一成就之两面表现。

杜甫的拗体七律，早在前述第一二阶段即已出现，但只是自然的尝试，而此期的拗律却由尝试而达到成熟的境地，如《白帝城最高楼》云："城尖径仄旌旆愁，独立缥缈之飞楼。峡坼云霾龙虎卧，江清日抱鼋鼍游。扶桑西枝对断石，弱水东影随长流。杖藜叹世者谁子，泣血迸空回白头。"以拗折艰涩之语，写拂郁艰苦之情，既得声情相合之妙，复能于拗折中把握一份法度：首联以拗句起，以拗句救；颔联把握律诗之重点，却于工整中见奇险之致；颈联复以下句之拗救上句之拗，又于声律之拗折中，把握了对偶之工整；尾联于第七句用一"者"字，以散文之句法入诗，复接以"谁子"二字，作疑问之口气唤起末句，极得顿挫振起之妙。杜甫所把握的，乃是形式与内容相结合的原理，虽不遵守格律的拘板形式，却掌握了格律的精神重点。因此，此种变体之拗律，与另一种谨守格律，而于格律之拘限中作腾掷跳跃的正格七律，实乃同一种成就的两种表现。

至于正格七律,《秋兴》八首之成就最可注意。这些作品就内容言，其所表现的情感已不是拘于一事一物的“现实的感情”，而是将现实中一切事物加以综合酝酿后的一种艺术化的情意。这种情意已不再被现实的一事一物所拘限，而成为“意象化之感情”。就技巧言，有两点可注意之处：其一是句法的突破传统，其二是意象的超越现实。有了这两种运用的技巧，才真正挣脱了格律的压束，使格律完全成为被驱使的工具，而无须以破坏格律的形式(如变体拗律)，来求得变化与解脱。从此，七律才得真正发展臻于极致，此种诗体也才真正在诗坛上奠定其地位与价值。

中国古诗的句法，一向是以承转通顺近于散文的句法为主，律体兴起后，句法趋于浓缩精练。杜甫七律句法不但自然地做到了精练浓缩，而且更进入另一完全突破传统的新境界，即因果与文法之颠倒与破坏。这种颠倒与破坏对杜甫而言，含有一种反省与自觉的意味，并非全出于无意之偶然。例如《秋兴》八首中的“香稻啄余鹦鹉粒，碧梧栖老凤凰枝”，就逻辑与文法而论，二句实有不通之嫌。其实，杜甫之意乃在写回忆中的渼陂风物之美,“香稻”、“碧梧”都只是烘托回忆的影像，更以“啄余鹦鹉粒”与“栖老凤凰枝”作形容短语，以状香稻之丰，有鹦鹉啄余之粒；碧梧之美，乃凤凰栖老之枝；渲染出香稻碧梧一份丰美安适的意象。如此，则不仅有一片怀乡忆旧之情激荡于此二句之中，而昔日时世之安乐治平亦复隐然可见，这是一种极为高妙的表现手法。故读此二句，不当以香稻、碧梧二词与下之啄字及栖字连读，而当稍作一停顿，如此方能将下五字分别为形容短语，不致有文法不通之虞。这种句法，其安排组织全以感受之重点为主，并不以文法之通顺为主，因此其所予人者全属意象之感受，而非理性之说明。准此，杜甫的句法，表面上对传统是一种破坏，其实却是新的创建，这种创建可把握感受之重点，写为精练之对偶，而全然无须承受文法之拘执；一方面既合于律诗之变平散为精练之自然的趋势，一方面又为律诗开拓一种超乎于写实的新境界。七律至此，才完全发挥了长处而避免了缺点。

其次，就意象之超越现实而言，如“织女机丝虚夜月，石鲸鳞甲动秋风”二句，以一些事物渲染出一种意象，借以表现一种感情之境界，而非拘隘之写实。虽然织女与石鲸之石刻，确为长安昆明池实有之物，杜甫此二句，却不仅写其对昆明池畔织女像以及水中石鲸的一份怀念而已；其所要写的，乃是借织女石鲸，所表现出的一种“机丝虚夜月”，与“鳞甲动秋风”的空幻苍茫、飘摇动荡的意象。此种意象，原难作现实之说明与勾划，读者又极易自其中引起触发与联想，从而走向中国传统的比兴喻托之说，以致过于拘狭落实；如能纯自其意象去体会其中所含之怀恋之情、今昔之感、空幻之悲、与夫动乱之慨，便能深切了解杜甫这种超越现实的意象经营，在中国旧诗传统中，乃是极可贵的开拓。

杜甫七律的演进与成就已如上述，由此可以看出，其所禀赋的感性与知性之均衡并美，能对七律一体的特色掌握自如，举凡意境的拓展、句法的突破传统与意象的超越现实，均带有浓重的反省意味，而非纯任性情的无意之偶然，这正是内敛精神的典型现象。

结 语

以上对盛唐诗歌奔腾与内敛的精神所作的分析，计得四项观念：

（一）在相同的时代背景与社会状况下，诗人对题材的选择与内容的强调呈现出并行不悖的双向发展，或倾向乱离血泪的激越控诉，或倾向桃源仙乡的内省观照。

（二）对相同的题材作不同的处理，如边塞之作，或执着英雄气魄之狂烈，或安于仁者心怀之凝聚。

（三）在表现方式方面，由于诗歌体制之自然需要，乐府古体与绝句较具浑然天成之率意而行，律体则较具雕饰锻炼之冷静安排。

（四）对于当代盛行的诗歌主流，或以认同时尚而显示不自觉的率意之如实流露，或以另辟蹊径而突显自觉的内省之经营拓展。

多彩多姿的中晚唐诗风

晚唐诗歌

李丰楙

唐诗的发展，文学史家常依照佛教生、住、异、灭的流转，加以区分，显示唐代社会的政治、经济等因素与文学的成长过程具有密切的关系。一般的分期都以四期为主，而时间前后则略有参差，大抵都能掌握唐诗的起伏脉络，充分表现不同时期的文学成就。中晚唐为诗的后半阶段，大唐国势由鼎盛而趋于衰落，大唐文化也由声华四溢的状态熟极而流，呈现一种逐渐凋残、没落之象。玄宗、肃宗二朝的变乱，正是大唐天下的转捩点，而中晚唐诗大概就从代宗大历（766－779 年）算起，直到唐末帝室瓦解，进入五代十国的纷扰之世。

中晚唐诗承接初唐、盛唐之后，无论在诗的体制、艺术技巧，乃至题材的运用、主题的选择等，都充分表现一种多彩多姿、变化多端的风貌。这一时期的作家想要突破前期大家的笼罩，自标新格，成就一己独特的面貌，势必要求新求变，翻出新姿，这就是中晚唐诗人所以多偏胜之美，而较少堂庑宽广之象的缘故。初唐为启蒙期，承袭六朝华丽诗风，又逐渐完成律诗、绝句等近体诗的体制，具有旭日初升的朝气。黄金时代的盛唐之世，以玄宗在位前后为唐诗的全盛期，李白、杜甫为因应时势的大家：一为承先的天才，一为集大唐风采的兼容并蓄者，为启后的大家；加以风起云涌的名家，宛如群星闪烁，各放异彩。中晚唐诗人处此局面下，势不能不别出心裁，变化出新，所以中晚唐诗风的形成，不尽关乎作家个人的才具，还牵连到整个文学的传统压力，这是时势，一种与外在政治、经济有关，而又强而有力地反映在文学生命的大潮流、大趋势[1]。

从代宗大历元年起到文宗初年，属于蜕变期，诗坛为两大文学集团所中分，作家分属于不同的集团，只有少数能独出一帜。传统文人本就与其政治生命密切相关，文学集团与政治活动有关联的：由元稹、白居易等领导的新乐府运动，正是企图在其本位上，透过文学达到政教

---

1. 唐诗的分期，参考胡云翼，《唐诗研究》（台北，华联，1973 年）；马杨万运，《中晚唐诗研究》（台北，台大中研所博士论文，1974 年）。

功能；当时张籍也是以平易、通俗的风格，开出社会诗派一路。另一文学集团，由韩愈领袖群贤，以其政治声望，配合善于制造运动的性格，形成艰险、奇诡的韩派：孟郊、贾岛、卢仝、马异、刘叉等，被称为险怪派诗人。其实两派的诗风都与李白、杜甫有渊源，各得其一体而踵事增华。而盛唐山水，田园名家的王维、孟浩然，也由韦应物、柳宗元等继承传统，颇有山水的清音。其中的异数应推诗鬼李贺，采用乐府形式却又与韩派手法相近，而能独树一己奇特的风格，其诗思迥出唐代诗人之外，对于晚唐诗风有深刻的影响力。

晚唐诗一向被视为衰落期：约从文宗开成年间（836－840年）开始，绵延六七十年，诗风多变，派别繁杂，正是一种文学形式发展到末流常见的现象。吴经熊曾用《唐诗四季》为题，以季节流转的生命观观照晚唐诗的气象，认为是由秋入冬，表现一种萧条、凄凉、绝望之美[2]。如果唐诗的生命流转确有起伏的周期，那么，晚唐诗风确有这般美得凄然的气象，为唐诗之旅作一凄美的休止对于诗人风格的流派，区分最细的为李曰刚规仿《诗人主客图》所分的七派：豪宕、浅俗、怪涩、幽僻、清雅、律格及典绮等，其中最称主流的为典绮、浅俗二派：所谓典绮派源出杜甫、李贺，以李商隐为领袖，温庭筠为巨子，韦庄、韩偓、唐彦谦、段成式、秦韬玉为名手；其次为浅俗派：宗尚白居易、王建，以罗隐、韦庄、杜荀鹤三人为典礼官；以曹邺、刘驾、聂夷中、于濆、罗邺、罗虬、郑嵎、胡曾、曹唐、李山甫十人为鼓吹手，为表现现实性与大众化风格的诗派。至于怪涩派的作风，远眺韩愈、孟郊；以皮日休、陆龟蒙为盟主，张贲、郑壁、颜萱、李縠、崔璞、魏朴及羊昭业等为同好，相与唱和，所作均见《松陵唱和集》。至于律格派，始于张籍的律格诗，朱庆余亲授其旨，沿流而下有任蕃、陈标、章孝标、司空图及项斯等均为及门之徒；又有幽僻一派，颇多释门中人，所学者也是具有僧人身份的贾岛，共有李洞、姚合、方干、喻凫、周贺及九僧其人。相对的则有杜牧一类诗，近于

2. 吴经熊著，徐诚斌译，《唐诗四季》（台北，洪范，1980年）。

豪宕；许浑、李群玉等人，近于清雅[3]。而最简易的分派法，就是许文雨以一“词华派”概括所有“秾丽之词，宏敞之音”的晚唐诗[4]。

考察晚唐诗风，固是纷然杂陈、无美不备，区分为七大派，实嫌太繁，而只以一派括尽，又嫌过简。如果晚唐诗的发展确与中唐一脉相承，全属盛唐诸大家的流变，则孙克宽所分三派最得其要。第一派即以李义山、温庭筠及韩偓为代表的比兴诗：以美人香草的典丽诗风，表现大时代动乱的深沉感受，偏于艺术技巧的讲究、个人情感的倾诉，昔称风怀诗，今称唯美派。后世批评其逃于色、逃于艺，其实只是表现得较为隐晦，仍是时代末世的产物。第二派就是浅俗诗、讽谕诗，像罗隐、杜荀鹤、韦庄等，叙述哀怜、讽刺时政，偏于人生问题的反映、讲求通俗易解，昔称讽谕诗，今称写实派，为乱世之作。第三派也与时代变局有关，只是采取较为消极的态度，逃于山林、逃于艺文，对于现实社会，自觉文学的无能，不能吟啸风月，隐逸江湖，像皮、陆的松陵唱和，以及司空图的寻求韵外、味外的文学趣味等[5]。至于其他诗人都在三派之间，畸轻畸重，聊备一体。

诗门宽广，门派纷繁，以简御繁，不过得其大要：即诗人与宇宙之关系，或偏于现实社会的批判，或偏于自然世界的反映；至于诗人与作品之关系，对于语言符号的使用，一则讲究通俗、俚俗、浅俗，因此语言以浅显、平易为主、语法近于叙述性、说明性，造成“俗”的风格。另一则讲究典雅、文雅、雅致，因此语言倾向深奥、艰险或晦涩；语法也多变化，而具散漫性，造成“雅”的风格。而不同风格的作品与读者之关系；前者易于大众化、平民化，表现现实性较为强烈，为写实作风；后者较为美学派、技巧派所嗜好，对于现实问题保持距离，而追求诗的艺术性，或审美经验。当然，这种二分法只是相对的。从唐朝的黄金时代开始没落之后，诗人都敏感地发现现实环境的变迁，

---

3. 李曰刚，《晚唐浅俗派诗之现实性与大众化》，《国文学报》，三号（1974年）；《论晚唐典绮派温庭筠诗之特殊风格》，《中华文化复兴月刊》，第57期（1974年）；《晚唐怪涩派诗之盟主及其特色》，《中华文化复兴月刊》，第10卷，第3期（1977年3月）。

4. 许文雨，《唐诗集解》（台北，正中，1970年）。

5. 孙克宽，《韩偓诗及其生平》，《诗与诗人》（台北，学生，1971年）。

也都或多或少表现出对现实的关注，这是中国文人的基本态度。但对于诗艺的体验，因为流派的不同、性格的差异，而产生不同风格的作品。如果从历史发展加以考察，一种文学的产生，无论表现音乐之美的韵律，或表现意境之美的意象，都会在长久的发展过程中产生成住坏灭的现象，这是促成文学变化的内因，也是最具决定性的力量。中晚唐诗正处于唐诗成熟期之后，韵律、意象的开拓，已在盛唐大家的手中完成，继起的诗人不得不求变，从“变”中自立一格，虽然也许不如盛唐大家的气象，自也多彩多姿，别具风味。

元白与韩派的文学主张与活动

中晚唐诗紧接于盛唐的黄金时代之后，他们承袭原有诗体，又作进一步发展的是乐府、古体，在原先的乐府形式续作内容的更新，中唐时期为其巅峰状态：元稹、白居易配合他们复古的讽谕理论，倡导新乐府运动，使乐府风行一时；而韩派则因为韩愈所倡的散文化运动，也让乐府、古体展现了新貌，属于语言革新的运动。这两派文学集团，以鼓吹、倡导的集团活动的方式，各具有某种程度的复古倾向，将乐府、古体的写作推向一个高峰，成为中唐诗的特色之一。至于晚唐，李商隐、温庭筠、杜牧及韩偓等，都专力于近体诗，而较少乐府、古体的作品。

元稹、白居易的新乐府运动，承接杜甫、元结的写实的乐府精神，与夙有“张王乐府”之称的张籍、王建的创作主张，共同鼓动成一股创作风潮。元、白之前的李绅，曾写新题乐府二十首，元稹就写《和李校书新题乐府十二首》；宪宗元和四年（809年），白居易唱和元诗，又扩充为新乐府五十首。元和年间成为元、白提倡新乐府的极盛期，因为白居易在元和三至五年，担任左拾遗，身居谏职；又恰逢宪宗有心求治，因此在谏诤之外，利用乐府大写讽谕诗，希望能达到指陈政教得失的实用功能。他的讽谕诗大部分完成于这段时期，代表作有《秦中吟》及《新乐府》等，元和五年以后转任他职，又退居渭村后，就较少这类作品。元稹则在元和五年到九年，谪居江陵期间，写成其大半讽谕诗，也是特殊环境下的产物[6]。

6. 周天健，《从讽谕诗进窥白居易在中国诗史上的地位》，《南洋大学学报》，第4期（新加坡，南洋大学，1970年）；吕正惠，《元白比较研究》（台北，台大中研所硕士论文，1974年）。

元、白以乐府形式写讽谕诗，自有其渊源，据以奠定理论基础。这就是《诗经》中的风诗，以及附丽其上的实用理论。白居易要屏弃风花雪月、为文而文的艺术论调，而积极强调"文章合为时而著，歌诗合为事而作"的政教功能，理想的诗，要"为君为臣为民为物为事而作，不为文而作"。除了《诗经》外，杜甫的一部分写实作品，以及张籍乐府也颇有古风，其余的大多为吟咏风月之作。元稹也大倡李、杜优劣论，盛推杜甫。类似的主张除了他们的职司有关外，应与当时的时代环境有密切关系。因为唐代自玄宗以后，内忧外患接踵而至，前此优游诗酒、玩赏艺文的文士生活，渐有改变，一些忧国忧民的诗人多能走出象牙塔，而着眼于人间世。他们对于文学具有相当高的期望，希冀借它讽谕时政、批判现实，积极参与裨益社会的工作，这是《诗经》、乐府一贯的写实精神。但所作颇不为当道者所喜，而被讽者亦不引以为诫。讽谕诗中属政治诗类，常因具有时代性，固能反映一时的现象，时过境迁，较易失去其艺术效果；社会诗则较具普遍性，能反映一般性的社会问题，成为宣扬人道主义的写实作品。

元、白一派将《诗经》、乐府的写实精神阐扬，将其主题表现在乐府诗中；像讽谕战争罪恶、甚至有厌战、反战思想的类型，张籍、王建、元稹、白居易都有诗作，而韩派诗人中孟郊也曾以《征妇怨》、《古意》、《杀气不在边》为题，表露征战不休下的百姓心声；其次讽谕妇女命运一类，多因战乱之中，妇女别离的征妇之怨；或代宫娥诉怨，讽刺帝王；像张籍的《离怨》、《别离曲》、《妾薄命》也可列入厌战诗类中；至于《吴宫怨》、《白头吟》等借古讽今，叙述宫女的不平际遇；这类作品以王建的《宫词》百首最为有名，因为他与枢密使王守澄有宗人之谊，故多能闻悉宫闱秘闻，其中具述宫女的心理，幽怨之情颇能表现其心中哀思。元稹的《上阳白发人》也是借古讽刺之作。较特殊的还有张籍的《离妇》、《富家妇》以及《节妇吟》等，表现旧社会中妇女的命运；但讽谕诗的主体还在时政及社会问题：举凡苛征重税、官吏暴政、乃至帝王本身的沉迷女色，或服食求仙，耽误国事，均可一一形诸歌咏，这种写实风格成为文学对社会问题的积极参与的典型。

韩愈为首一派的复古精神表现在语言符号的革新，也大大有助于乐府、古体的写作。他们与元、白一派所使用的浅俗语言，迥然异趣。其目标在法古创作一种洋溢古色、而又经过新铸的词语，与一种以散文方式形成的奔放自如的语法。当时元、白高倡现实主义，扬杜甫而抑李白；韩愈则李杜并尊——“李杜文章在，光焰万丈长。”（《调张籍》），他固然学习杜甫极其高明的诗律，但更继承李白浪漫、奔放的精神，这是他们气质相近之处。韩愈为文的原则是“惟陈言之务去”，对于诗歌的语言而言，就是要去除陈腐的意象，而铸造崭新的语言，甚至不惜为奇险之语。他有段评论友人之诗的意见，等于在夫子自道：

冥观洞古今，象外逐幽好。横空盘硬语，妥帖力排奡。（《荐士》）

险语破鬼胆，高词媲皇坟。至宝不雕琢，神功谢锄耘。（《醉赠张秘书》）

韩愈对于语言运用的心得，最适合较长篇幅的古体：要精确了解文字的训诂，创造雅丽、清奥的新颖词语，配合丰富的想象力，就能创出新鲜的比喻，像“南山”、“苦寒”都有不落俗套的独创意象。而他讲究的气势，与要求“文从字顺”的语法有关，所谓“以文为诗”，正是以雄厚的才力，利用散文式语法，造成曲折变化、驰骋飞动的气势，陈寅恪就认为韩诗“既有诗之优美，复具文之流畅，韵散同体，诗文合一。”[7] 凡此形成的奇诡风格，确与他自述的性

7. 陈寅恪，《论韩愈》，《历史研究》，1954年，第2期。

格相近——“少小尚奇伟，平生足悲咤。”（《县斋有怀》）

韩愈凭其在政界的地位，聚集不少文人学士，相互标榜，制造声势，成为一股极具势力的文学集团。其中较他年长的孟郊，被称扬为“东野动惊俗，天葩吐奇芬”；游于韩门较著名的有“张籍学古淡，轩鹤避鸡群”的张籍，又有“奸穷怪变得，往往造平淡”的贾岛、“君诗多态度，蔼蔼春空云”的张彻；以写怪诗《月蚀》出名的卢仝也与韩愈有过交往，幼即不凡的李贺也都受其提携。元和年间是韩愈文学活动最为活跃的时期，当时的人都承认他是独特风格的开创者：

> 元和之后，文笔则学奇诡于韩愈……大抵天宝之风尚党，大历之风尚浮，贞元之风尚荡，元和之风尚怪也。（李肇《国史补》）

韩愈所领导的诗派对当时及后世都产生重大影响，被评为“郊寒岛瘦”的孟东野体、贾浪仙体，其奇险风格与苦吟作风，到晚唐蔚成风气：方于“才吟五字句，又白几茎须。”（《赠喻凫》）、刘得仁“到晓改诗句，四邻嫌苦吟”（《夏日即事》）、杜荀鹤“吟尽三更未著题，竹风松雨共凄凄”，尤其李商隐以及宋代的黄山谷，都在写作风格中有其一脉相承之处。

乐府、古体的界线，在唐人手中并不易截然二分。唐人乐府约有三类：古题古意为仿古乐府，但其音乐多已丧失；古题新意——只沿用乐府古题而自创新辞，不为原题意、原声调所拘；新题新意——只模仿乐府，徒具其音乐形式，内容纯为新创。凡此具有乐府之名，其实都可视为唐人的古体。中唐诗人颇喜乐府一体，元稹现存73首、白居易233首、张籍90首、刘禹锡35首；而韩愈35首、孟郊84首、李贺更多至108首，占全集之半（共223首）。乐府、古体之受欢迎，也是一时风尚[8]。这种体制自会有一套相与配合的创作手法，元、白风格不说，韩愈为人所称赞的古体，像《南山》、《送灵师》等，都是以气势雄

8. 张修蓉，《中唐乐府诗研究》（台北，政大中研所博士论文，1981年）

壮取胜，配合其以文为诗的观念，具有淋漓痛快之致；而李商隐的《韩碑》模仿韩愈笔法，具有散文化倾向，而长诗《行次西郊一百韵》更是故意以古文文法作诗，与其惯写的近体大为异趣。

乐府、古体的风格与民歌

中晚唐的旧体自有它的格调，与新体异趣，其主因在于原有的乐府传统，及与当时民歌的密切关系。中唐乐府不管是古题古意、古题新意、或新题新意，原有的音乐性既已大为减低，因此能歌唱的就较少。白居易《新乐府》序云："其体顺而律，可以播于乐章歌曲"，但是否实际谱为乐曲？却是大有疑问。而李贺多写乐府，新旧唐书本传都说："乐府数十篇，云韶诸工皆合之管弦，为协律郎。"当时的文士像李益、李贺都因通晓音律，每有新篇，乐人争相播于管弦。但据其《申胡子觱篥歌》序，申胡子就讥他"尔徒能长调，不能作五字歌诗，直强回笔端，与陶谢诗势相达万里"李贺不服才撰歌词。因为"古乐府音节久亡，不可摹拟"（宋荦，《漫堂说诗》），只有新制乐曲才能播于管弦，成为新曲。

依据韵律形成的原理，先是自然韵律，本没有固定形式，接近于音乐，但求满足想象与消遣性情，它的声音形态常随审美目的而随时创造，随事变化，这是民间歌谣的阶段，文人在旧形式僵化之后，常为其清新、自然的声音及表现手法感动，就加以改造、记录，成为固定形式，它的声音形态被固定，不管是文士仿作，或是官式的改造，又使之定型后趋于僵化[9]。这种文学演进规律也见于中晚唐，诗人的改造、仿作情形，尤其见于平易、浅俗一派。像市井之歌以酒令与流行小调为主，为都市歌舞生活的情调；酒令多行于宴饮劝酒，有《木兰花》、《醉花间》、《鹦鹉杯》等小令，配合舞蹈行乐；流行歌曲如《杨柳枝》、《同心结》、《六么》、《水调歌》、《白雪》，以及一

9. 王梦鸥，《文学概论》（台北，艺文，1976年），第3章。

些夷歌胡乐，都流行于街陌之间，像《杨柳枝》这种民间情歌，白居易、刘禹锡、李商隐、温庭筠、张祜诸人都有仿作。白诗且曾流行于洛阳一带：

一树春风万万枝，嫩于金色软于丝。

永丰西角荒园里，尽日无人属阿谁。

歌词浅易，写出艳情。至于乡野之歌，有情歌如《竹枝词》，劳动歌谣如淘金者的《浣溪沙》；打渔的《鱼歌子》、《拨棹子》；举重者的《得蓬子》；农歌则有《采莲子》、《采桑》、《拾麦子》、《麦秀两歧》、《杨下采桑》、《生查子》；牧歌有《河滥堆》，这些歌谣被保存得较完整的，就是晚近闻名的《敦煌曲》[10]。

中唐文士颇有模仿民歌，以求建立一种素朴的民歌情调的，像刘禹锡模仿建平一带的巴歈歌，写成《竹枝词》，属于一种有和声的情歌：

山桃红花（竹枝）满上头（女儿），蜀江春水（竹枝）拍江流（女儿）；

花红易衰（竹枝）似郎意（女儿），水流无限（竹枝）似侬愁（女儿）。

不仅民间俗乐，使用和送声，其他宫廷雅乐、道场佛乐都有此现象，为了配合音乐的节拍，造成活泼、变化的音乐性[11]。新乐府运动的主要意义，表示文人不忘向民歌学习，注入新的生命力，这几乎是文学史的公例。

新乐府不仅继承古乐府的写实传统，在表现技巧也加以模仿学习。首先是民间通俗的语言，采之入诗：杜甫就颇喜适当地采用民间口语，

---

10. 邱燮友，《唐代民间歌谣发生的原因及其社会背景》，《国文学报》，四号（1975年）；《唐代民间歌谣的结构》，《书目季刊》，第9卷，第3期（1975年12月）。

11. 邱燮反，《唐诗中使用和送声的现象》，《国文学报》，二号（1973年）。

张籍、白居易、元稹、刘禹锡，乃至李商隐、张祜也曾尝试。中国文学历史的衍变发展，古文学（雅、文言）与民间文学（俗、口语）的相互关系也与韵律一样，常相挹注：未曾僵化的民间语言常被文人引用到古文学作品中，不但不觉其鄙俗而有清新自然之感；相反的古文学习用的词类也常被民间文学作品吸收、引用，不但不觉其生涩古奥而反觉其生动自然[12]。

中晚唐诗人在新乐府中，具体表现这种语言符号的更新，成为一种特有风格：

12. 台静农，《中国文学由语文分离形成的两大主流》（上、下），《大陆杂志》第2卷，第9、10期合刊（1951年5月）。

去时芍药才堪赠，看却残花已度春。（元稹《忆杨十二》）

夸道自家能走马（王建《宫词》）

"却"为助动词，作肯定语用；"自家"就是自己。另外像唐代民歌："计日却回归，象似南山不动微。"（《菩萨蛮》）"作家在江西，寂寞自家知。"（《长相思》）都给与文人一种语言上的新奇感。另一种情况是活用俗语、俚语，以及一般民众所习的口语，使得以叙述民生疾苦为主要题材的乐府诗，更觉得亲切、动人。元、白诗走上浅俗一路实与乐府的语言传统有深远的渊源。

民间乐府还有一股主流就是情诗，以表现凄艳、香甜的爱情为主，因此所使用的语言也较为艳丽、轻佻，而颇有堆金砌玉，织锦编绣的俗丽之感，六朝时期齐梁诗最能表现这种俗艳格调。晚唐温飞卿本就是流连青楼的落拓文人，作品335首中，约有五分之一是乐府歌行，大多以艳情为主题，正是采用工丽的辞藻，描摹江南春景，写出《莲浦谣》、《兰塘词》、《吴苑行》等恋歌，像"白马金鞭大堤上，西江日夕多风浪"（《莲浦谣》）、"悠悠楚水流如马，恨紫愁红满平野"（《懊恼曲》），各种朱、红、粉、金、白等彩色缤纷的色彩字，炼句、琢字都很精工，正是俗艳的民间情歌的极致。《一瓢诗话》推尊唐人乐府，就以李贺、温庭筠为晚唐之最，堪与盛唐李白相拟，而这两人却是走丰美、艳丽的路子，既不可全视为别体，就得承认乐府中自欠此体不得。

乐府诗本来是可以入乐，诉诸听觉而非完全由视觉接受，因此自然会有它独特的表现方法，与雅言系统的文人作品大为异趣，其特殊的朴、拙、自然等趣味，也为文人仿作的乐府、甚至近体诗所承袭，造成一种民歌风格。这就是在韵律形式加以变化，使其易解。中国语言为单音孤立语，一个音节表达一种概念，为求概念明晰，必然要使用语法结构较为松散的散文语法：像文从字顺的文法关系，较少倒装，跳脱；增加或保持虚字的使用，较少压缩、省略；必要时可以增加一些衬字，也就是在这音节的响点前后加些陪音，以便使响点和响点之间较有稍为宽裕的余地，使听者容易知解。通俗口语的使用，除了亲切感之外，也为听者在瞬间基于习闻之故易于知解。换言之，浅俗派承续乐府传统的，不仅在意象的清新，易于浮现，也在语法的安排，注意词位的合乎日常语言习惯，易于知解，较少散漫式语言，或省略过多的叙述方式。总之，以听者的感官能在瞬间接收、连贯成完整的形象或意义，为首要的考虑：

> 道州民，多侏儒，长者不过三尺余。
>
> 市作矮奴年进奉，号为道州任土贡，……（白居易《道州民》）
>
> 蚕神女圣早成丝，今年丝税抽征早。早征非是官人恶，去岁官家事戎索。（元稹《织妇词》）
>
> 天子好征战，百姓不种桑；天子好年少，无人荐冯唐。天子好美人，夫妇不成双。（曹邺《捕渔谣》）

这些诗的语言未经过复杂的改造，声调容易知解，也成为中晚唐乐府的语言风格。

为了易于知解，意象的传达与语法的运用，也遵循乐府民歌的传统手法；诸如镶嵌、类叠、排比、层递、顶真之类，都是形式设计上造成拙趣，而产生声音反复、回环的韵律效果；或者采用较为直接的感叹、设问、呼告及示现等表意方法，表达激烈、直露的情绪[13]。大概乐府一贯使用的基于音、义与形的拙趣，中晚唐诗人也都加以承袭，而没有因近体诗的习惯遽加改变，有时反倒强调民歌手法增添趣味，像一些模仿民歌之作：

13. 黄庆萱，《修辞学》（台北，三民，1975年）。

宛宛转转胜上纱，红红绿绿苑中花。
纷纷泊泊夜飞鸦，寂寂寞寞离人家。（王建《宛转词》）
杨柳青青江水平，闻郎江上唱歌声。
东边日出西边雨，道是无晴还有晴。（刘禹锡《竹枝词》）

使用类叠、双关，正是听觉效果的一种设计，固然具有意象上细腻刻划的奇巧，但大多出诸声音动听、生动的原则。一些常用的示现手法，“君不见”、“君不闻”之类，就可当作记录和声的痕迹，正是民歌纯朴的表达技巧。

雕饰派的李贺以乐府闻名，像《申胡子觱篥歌》的语言技巧多少依循歌曲的规律，较易知解：

今夕岁华落，令人惜平生。心事如波涛，中坐时时惊。……

但有些意象浓缩、语言密致的乐府，单以听觉接受，实不易引起清晰的印象，像下列的句子：

虫栖雁病芦笋红，回风送客吹阴火。（李贺《长平箭头歌》）
块霭韶容锁澹愁，青筐叶尽蚕应老。（温庭筠《东郊行》）

类似的写法，较近于体诗，而远于民歌。它的审美效果应该是由于音乐本身的节奏感，造成声响的幻境，而不是基于一声声明晰的语言所造成的知解效果。

大抵说来，中晚唐乐府的艺术技巧，与长远的乐府传统一脉相承，作家以个人才具加以突破之处并不多，这是由于传统所形成的囿限。他们在新乐府运动中值得称述的，还在于综合运用乐府的传统技巧，与现实社会结合，发挥其写实主义的精神，让乐府传统得到光荣的结局。至于韩派的语言革新，以新颖的比喻、精练的新语，配合奔放纵恣的语法，造成蓬勃雄壮的气势，虽然具有别格别调的倾向，但也自成一种新的感觉，可说是中晚唐乐府、古体的特有风格。

中晚唐近体诗的用字、意象与语法

唐代发展完成的新诗体，就是律诗、绝句，通称为近体。盛唐的李白、韦应物尚多古体而少近体，杜甫、王维则古、近体并重，但近体的艺术成就已在诸大家手中臻于极高之境：杜甫的律诗、李白的绝句，以及王维精莹剔透的辋川名作，均为文学上瑰宝。从盛唐到中唐，近体为诗人所热爱：刘长卿长于五律，称为五言长城；李益为七绝高手，足可与李白、王昌龄匹敌；大历十才子中的钱起也以五绝著称。元和以后，虽大力提倡乐府，但近体仍极为盛行，尤其表现谨严诗律的律诗，成为中唐以后诗人的一种特殊嗜好，蔚为一时风尚。

白居易晚年谪居，专力写作律诗，几达千首，又喜作长篇排律。而雕饰派如李商隐，拿手之处正在近体，尤擅七言：因其诗才富赡，五言每不能尽意，又因其喜探求神秘离奇之境，不宜以古诗平铺直叙的方式出之，非寓于律诗紧密的结构不可，他的名篇颇多是七律，贡献于诗史的也最为可观。而杜牧则写了百余首七绝，约占作品五分之一强（共四七〇余），无论抒情、咏史或怀古，多有可诵之作。他也擅长七律，曾国藩《十八家诗钞》就独录其七律，直追杜甫，故世称小杜。律诗盛行至极，至于许浑、方干等，全作律诗而无一首古体，可见近体确是唐诗中的新体。

近体诗既是唐诗艺术发展成熟的代表，因此近人析论唐诗常以近体为主，像刘若愚、梅祖麟、高友工都从其语法、用字与意象分析其特色[14]。中晚唐诗在近体的成就固然上承盛唐，但因其发展过程也自具有独特的风格。后世诗论所下褒贬，像“初盛唐之诗，真情多而巧思寡，神足气完而色泽不屑屑也；晚唐意工词纤，气力弥复不振矣”。(《雨航杂录》)拈出晚唐诗人的毛病在于“意工”、“词纤”——意工应指意象的浓缩、曲折的加工，或逞用名理的词锋；词纤指语言用字的华丽纤巧。梅祖麟、高友工也曾以现代观点说：近体诗在发展过程中可以看得出越到后期隐喻用得越频繁，同时语义成分的歧异也越深。例如初唐、中唐的“白云”到晚唐变成“黄云”，“绿叶”变成“凋叶”、“日光”变成“破光”，换言之，晚唐的诗明显地用了更多的夺目的意象与隐喻。这种表现手法的差异，即基于刘勰所谓的语言的“新变”——就是语言使用频率既高，产生许多陈腐的意象，逼使作家不得不变化求新，能求新而不失其语言魅力，谓之新变；如求新而产生太多的歧异，谓之“新讹”。这些现象都出现在中晚唐诗中，显现其与初盛唐诗的不同风格。

14. 梅祖麟、高友工著，黄宣范译，《论唐诗的语法用字与意象》，《中外文学》，第1卷，第10、11、12期(1972年3、4、5月)；《唐诗中的语意研究：隐喻与典故》，《中外文学》，第4卷，第7、8、9期(1975年12月至1976年1、2月)；刘若愚，《中国诗学》(台北，幼狮，1977年)。

唐人近体诗的特色之一，是常使用简单、单纯的意象：利用两个名词并列、或形容词与名词连用的组词方式，造成“单纯意象”(Simple imagery)，能表现物性，具有鲜明的具体性。有些是视觉意象，尤其是配合色彩感的，更具有明显的物性倾向：像“桥峻班骓疾，川长白鸟过。”(李商隐，《春游》)，骓是班色的，鸟是白色的，用色彩修饰名词，具有视觉效果。从杜甫以后，代表色彩的用语即占重要的地位：韩愈喜用，如“怪气或紫赤，敲磨共轮囷。”(《送惠师》)杜牧也喜用，尤其以碧绿为多，像“前溪碧泱泱”(《郡斋独酌》)；而贾岛则善用冷淡色彩，借以表现其澹泊、清幽的情境；其中最出色的为李贺，诗作中每30个字就有一个，比例较韩愈高得多[15]；其中白字达

94次之多；所以马位说“长吉善用白字”（《秋窗随笔》），又喜用幽暗色调的新铸词：将幽暗空冷的副词加于色彩字之上：如堕红、冷红、愁红、暗黄、寒绿之类，是相当有个性的用法。这种务以新感觉取胜，与盛唐诗是大异其趣的。除了视觉意象外，其他听觉意象、触觉意象等刺激感官，充分表现物性的意象也是中晚唐诗人着意的所在。

15. 李一宁，《李贺诗析论》（台北，台大中研所硕士论文，1979年）引荒井健之说。

16. 刘若愚，《英诗中之意象》，《新亚书院学术年刊》，第3期（1961年9月）。

17. 梅祖麟、高友工，《唐诗中的语意研究：隐喻与典故》。

中晚唐诗人最具代表性的为二李：李贺与李商隐。他们的诗具有“雕饰”感，其主要原因就是较少像初盛唐诗人喜用“始原语”——即未带修饰，纯粹表现物性的语言，而喜欢附加一些修饰性语诗。把具有强烈感情作用的字眼附加于名词之上，如愁、泪、啼、魂、冷、寒之类；也喜用刺激感官性的字，如锦、绣、水晶、珠、罗之类，尤其李贺好用硬物，如金、玉、石、骨之类，以繁缛的修饰造成感官性的刺激感。

中晚唐诗所以造成相当夺目的意象与隐喻，是因为他们频繁使用“复合意象”（Compound imagery），对其中四种方法：对照法、比拟法、代替法或转移法，都能运用得变化多端[16]。一般比喻法中的“明喻”，明显表明两种事物之间的关系，使用喻词“如”、“似”等加以联系，李商隐多半将它用于古体诗；而律诗句法谨严，喻词被强有力的动词取代：如“扇裁月魄羞难掩，车走雷声语未通”（《燕台》）而不说：“扇如月魄”，“车似雷声”。这种铸词法，有时甚至不用任何字联系而直接放在一起构成一词，称作“扩大的隐喻”[17]。李贺最善于运用，而李商隐为其嫡传：

义和敲日玻璃声（李贺《秦王饮酒》）

银浦流云学水声（李贺《天上谣》）

把太阳比喻为玻璃，因为二者都是明亮、耀眼的物体；银浦就是银河，流字使云与水对等，产生淙淙流动之感。李商隐诗最多此种新铸语，如云叶(《秋月》)、花钱(《房中曲》)及香心、风车、雨马(《燕台》之三)等皆是。而其佳例如：

月浪冲天天宇湿(《燕台》之二)

把月浪比为浪花，因而联想及弄湿天际，这种借两种以上意象的复合关系，达到繁复的隐喻效果，为中晚唐雕饰派的特有手法，盛唐时期不会这样“意工词纤”的造句遣辞。

中晚唐采此表现法，因为一些较为显豁、直接的词语，已被前此的作家使用得成为陈腐的意象，这种诗中的“陈言”在韩愈提倡散文革新的运动中，也被引入诗语新变的风尚中。李贺响应这种铸词法，还有一种运用简单代替法来造就新鲜的隐喻：例如以寒兔、玉钩、玉弓、寒玉、玉轮等代表“月亮”。“代词”最早使用者具有相当的新鲜性、新奇感，因为“举头望明月”等写法，已被李白等先前的诗人一再使用，逐渐丧失其独创性。因此迂回变化的替代法，就是以一物代一物，而不言所代者为何，造成特殊的感觉。李贺以玉龙代剑、琥珀代酒、圆苍代天空、冷红代秋花、寒绿指春草，大多依据颜色、形状建立联想关系。李商隐也用此法：以罗荐代春草、晓珠代太阳、玉轮代月，都是典型的代词。代词的产生常出现于文学发展的晚期，属于语言新变的现象，它的缺点是“隔”，自然景物与心灵凑泊的状态，经过一番迂回的联想，常有隔阂之感，易流为暧昧、晦涩；好处是耐人咀嚼、寻思，具有追寻的趣味。

中晚唐雕饰派另一专长，为象征与典故的运用，较诸初盛唐诗人，着实运用许多机巧。因为后出的作家面对如许众多的因袭象征，需要加以巧妙变化，运用上下文肌理的衔接，赋予新意，将之转变成私人象征。本来典故与象征、隐喻都同为基于对等关系的艺术手法，以现在的经验与过去的史事作一对比：或类似或对比，都能有效而经济地具体化某些感情或情况，以唤起种种联想，并扩大其意义范围。近体的篇幅既小，既已较易使用；又加以时代较晚，势非大量驱遣不为功：

刘彻茂陵多滞骨，嬴政梓棺费鲍鱼。（李贺《苦昼短》）

贾生年少虚垂涕，王粲春来更远游。（李商隐《安定城楼》）

将自己的身世感怀借用古人之事，以具现同一情境，为其艺术目的。李商隐运用传统象征，像鸳鸯代表情人、洪炉象征宇宙，而荆棘隐喻死亡，都能赋予新意，而不流于陈腐。至于他最具独创的象征：《回中牡丹》的牡丹，《日高》的粉蛾、《锦瑟》诗中络绎而来的锦瑟、蝴蝶、杜鹃……一一烘托成迷人的气氛、情调，但因它的迂回、深奥，早就有“独恨无人作郑笺”之叹，今人也大叹为《玉溪诗谜》[18]。其实，这是中晚唐诗在长期累积的传统之下，一种求变形态之一。

最后尚可一述中晚唐诗的造句，也将近体诗的语法特色发挥至极。绝、律因有格律限制，句法本就不自由，为求变化自需更动语次，此即倒装句；至于句数限制，则要尽量精简语句，如少用虚字、通常不说明句主，使用散漫性语法，务使字与字间的关系趋于丰富。盛唐诗已充分运用，至此期更进一步发展，成为普遍性的技巧：

绿蚁新醅酒，红泥小火炉。（白居易《问刘十九》）

鸡声茅店月，人迹板桥霜。（温庭筠《商山早行》）

结构散漫的诗行，节奏缺乏连贯性，其制造意象的功能也就相对地增强，近体诗常锻炼这类名句，成为名联，如以视觉意象言，确具自然呈现之状态。至于倒装句法，使语顺改变，突显所要强调的意象，杜

18. 刘若愚，《李商隐诗评析》，《清华学报》，新七卷二号（1969年8月）。

牧诗“好树鸣幽鸟”、“笛吹孤戍月”，使鸣字在好树、幽鸟之间，产生鸟鸣树鸣的感觉；而后句强调笛，由听觉意象带出视觉的月，而吹者的孤特也巧妙地移转于所吹之物上。李商隐诗“月薄不嫣花”、“酒竟不知寒”，也多特别显出月光淡薄所以不能使花美丽、及强调酒在浑然不觉中已冷等效果，凡此都是中晚唐诗人有意的设计，增益审美效果。

中晚唐诗的主题之一：战争与内乱

乐府的写实传统在中晚唐诗人手中，获得长足的发展，新乐府运动中因应乐府的体制，在主题的选择、材料的运用，和手法技巧与艺术目的上，达到相当的成就。其中大都为讽谕性的作品，其次为社会性的，都与当时的政治格局、社会习尚有密切关系，因为作家创作本就以其时代环境为背景。

大唐帝国自玄宗朝安史之乱后，乱象已萌，杜甫早就以儒家淑世的精神表现乱世之音，矗立大家关怀现实的伟大风范。中晚唐之世，政治、经济的变革日渐加剧，朝廷之外有环边的外患、藩镇的割据，朝中则有宦官之祸与朋党之争，因为争战连年，边塞告紧，而藩镇坐大，拥兵自重，所以经济严重被破坏，征兵征粮，税收繁重。这些与边塞相关的主题，便成为乐府歌行中一再讽咏的作品。张籍就叙述“胡骑来无时，居人常震惊”的烽火岁月，而发为“所愿除国难，再逢天下平”(《西州》)的太平愿望，像《关山月》的战场情境，《出塞》、《塞上曲》也透露出边塞的景象；又以《征妇怨》、《寄衣曲》、《妾薄命》等征人之妇的观点，控诉战争的罪恶感。元稹的《古筑城曲》、《夫远征》等，也借生离死别的夫妇之情，表现其厌战、反战思想；其《织妇词》、《田家词》，则以饱受苛征重税的农民感受，透露其讽谕之旨；孟郊也反映乱世百姓对于征戍不休的心声，像《征妇怨》、《杀气不在边》之类：

九月匈奴杀边将，汉军全殁辽水上。万里无人收白骨，家家城下招魂葬。妇人依倚子与夫，同居贫贱心亦舒。夫死战场子在腹，妾身虽存如昼烛。（张籍《征妇怨》）

生在丝罗下，不识渔阳道。良人自戍戍，夜夜梦中到。（孟郊《征妇怨》）

张籍将战争的场景假托于汉朝，属于以古讽今手法，而主题则凄厉地批判战争的罪恶；孟郊则不直言战争，而出之以曲笔，透过小女子的梦幻情境，表现潜意识中思慕良人的殷切。

战火频仍，苛税徭役成为贪官污吏借机征敛，而百姓则无语问苍天的惨状。新乐府运动中一些讽谕社会问题的作品，成为极具现实色彩的佳作，白居易曾塑造出新丰折臂翁、卖炭翁等形象，都以老人心声控诉重税苦役；元稹则以织妇、田夫等劳动者的观点加以批判，因为在农业社会中，实际从事劳役的男女，内则织布妇女、外则耕植农夫、工人，透过他们切身的感受，最能反映乱世人民的心声：

卖炭翁，伐薪烧炭南山中。满面尘灰烟火色，两鬓苍苍十指黑。卖炭得钱何所营？身上衣裳口中食。可怜身上衣正单，心忧炭贱愿天寒。夜来城外一尺雪，晓驾炭车辗冰辙。午困人饥日已高，市南门外泥中歇。翩翩两骑来是谁？黄衣使者白衫儿。手把文书口称敕，回车叱牛牵向北。一车炭，千余斤，宫使驱将惜不得。半匹红纱一丈绫，系向牛头充炭直。（白居易《卖炭翁》）

织妇何太忙，蚕经三卧行欲老。蚕神女圣早成丝，今年丝税抽征早。早征非是官人恶，去岁官家事戎索。征人战苦束刀枪，主将勋高换罗幕。缫丝织帛犹努力，变緝撩机苦难织。东家头白双女儿，为解挑纹嫁不得。扫前袅袅游丝上，上有蜘蛛巧来往。羡他虫豸解缘天，能向虚空织罗网。（元稹《织妇词》）

元、白以讽谕社会自我期许，像这类作品对于黄衣使者、高勋主将予以讽刺，对照着灰尘满脸、十指焦黑的卖炭老翁、与白头未嫁的织妇，赋税的繁苛，生活的艰困完全呈露出来，难怪讽谕现实社会的诗不为当政者所喜，而也幸赖它才能形象化地刻画一页活生生的历史真相。

元、白等讽刺战乱，乃基于职司所在的一种言责，有些中唐诗人则出于自己亲身的体验，像王建就曾长期从军塞上，亲验戎马生涯，在藩镇的征伐岁月中，写了《送衣曲》、《渡辽水》，以及借古题而赋予新意的《饮马长城窟行》、《古从军行》。乱世之中，异域与故乡的对照，有如地狱与乐园之比，所谓“年年郡县送征人，将与辽东作丘坂。宁为草木乡中生，有身不向辽东行。”（《辽东行》）表现人犹不如草木的无奈。又如韩愈的《汴州乱》诗、《归彭城》等，写藩镇的征战及坐视不救的冷酷，“诸侯咫尺不能救，孤士何者自兴哀”（《汴州乱》）正是一种强烈的抗议。晚唐时李商隐也以长诗《行次西郊作一百韵》，生动描写藩镇的暴虐，发抒国家丧乱的哀音：其中主体就是假借一位农民之口，记叙近百年间唐王朝，由盛而衰的社会历史，像安史乱后一节控诉国计民生的情况：

> 南资竭吴越，西费失河源。因令右藏库，摧毁惟空垣。
> 如人当一身，有左无右边。筋体半痿痹，肘腋生臊膻。
> 列圣蒙此耻，念怀不能宣。谋臣拱手立，相戒无敢先。
> 万国困杼轴，内库无金钱。健儿立霜雪，腹歉衣裳单。
> 馈饷多过时，高估铜与铅。山东望河北，爨烟犹相联。
> 朝廷不暇给，辛苦无半年。行人榷行资，居者税屋椽。
> 中间遂作梗，狼借用戈铤。临门送节制，以锡通天班。
> 破者以族灭，存者尚迁延。礼数异君父，羁縻如羌零。
> 直求输赤城，所望大体全。巍巍政事堂，宰相厌八珍。
> 敢问下执事，今谁掌其权？疮疽几十载，不敢扶其根。
> 国蹙赋更重，人稀役弥繁。

这段诗句将藩镇的跋扈、朝廷的无能情形无情地予以揭露。尤其对两任凤翔节度使郑注和陈君奕的丑恶行为，痛加抨击，所谓，“凤翔三百里，兵马如黄巾”。而百姓的反应——“乡里骇供亿，老少相板牵。儿孙生未孩，弃之无惨颜。不复议所适，但欲死山间”。将生不如死的情绪直接呈露出来。难怪何焯说这种语言质朴的表达法，“不事雕饰，是乐府旧法。唐人可比唯石壕诸篇，南山恐不及也”。它的散文化倾向，与义山诗集中讲究神秘气氛的近体，完全是另一种格调。因为乐府、古体较能铺述感慨，适合叙述性的体材，故能成为晚唐诗中，反映现实的独一无二的名作。

晚唐社会更是战祸接踵而来，因为天灾连年，民不聊生。而朝廷赋敛更急，搜刮殆尽，所以不满情绪常常一勋即起，酿成兵乱。其中较大的像懿宗咸通年间（860－873 年）的“裘甫之乱”、“庞勋之乱”；僖宗朝，又有王仙芝、王郢为首的起义，大损国力；至于昭宗时，山东人黄巢聚众，前后三年，攻陷大江南北，尤其京城繁华的区域更是洗劫一空，千里烽烟。在黄巢攻入长安的烽火岁月中，韦庄刚好入京应试，目睹毁城的悲剧。这段刻骨铭心的经历使他假借一个秦中妇女之口，写下《秦妇吟》。诗中说：“三年陷贼留秦地，依稀记得秦中事。”可知近于实录，诗中写入城的场面：

> 扶羸携幼竞相呼，上屋缘墙不知次。南邻走入北邻藏，东邻走向西邻避。北邻诸妇咸相凑，户外奔腾如走兽。轰轰崐崐乾坤动，万里雷声从地涌。火迸金星上九天，十二天街烟烘烔。日轮西下寒光白，上帝无言空脉脉。阴云晕气若重围，宦者流星如血色。紫气潜随常座移，妖光暗射台星折。家家流血如泉沸，处处冤声声动地。

又具体透过弱女子惨死的特写，以及秦妇的逃亡历程，将战乱的感受历历表出，难怪韦庄因此被称为“秦妇吟秀才”。另外杜荀鹤《时世行》，写唐末离乱，百姓的苦楚，都能写出大唐帝国覆亡时的烽火岁月。战争的主题，从边塞的当兵之行，中经纷扰的内乱，至于晚唐遍地的烽烟，成为中晚唐诗的基调之一。

中晚唐诗的主题之二：出仕与隐退

仕与隐本来就是中国文人出处进退的两种形态——基于儒、道二家的哲理，因应不同的时代格局，抉择于自然与名教之间，成为文士的立身处世之道。但是唐代文士承袭六朝风尚而极端化，又遭逢儒学衰微、胡风输入，将功利主义的色彩渲染得尤为浓厚，中晚唐诗人几无可避免地投身于此种彷徨、困扰之中，他们多热切地参与功名的追求，而且具体影响其生活历程，也充分反映于文学作品中。其关系重大的为科举制度与朋党之争：前者关联到自己的晋身之阶，而后者则为政治团体的结合，两者与诗人的一生经历及其感情状态深相关联。

科举制度在唐代渐有规模，成为知识分子学而优则仕的一条仕途，据陈寅恪的说法，武后为了要破坏"关中本位政策"所结集团体的后裔，特别重视进士科考试[19]。中晚唐时期，进士成为新兴的特殊阶级，这种主文词，试诗赋的考试风气，使原先以宫廷、士族为主的宫廷文学、清客文学没落，而培养出一股能文赋诗的士大夫文学。进士的文学活动影响较为深远的约有三端：一为投卷、行卷的风气，举人之应进士科的考试，常先将自己所作诗文投献主司，自我推荐，这种"以诗为贽"（赵彦卫，《云麓漫抄》）的习惯，自然刺激作诗风气的普遍，而且夤缘攀附，易成特殊的关系。如牛僧孺未成名时，曾到刘禹锡处投卷，刘禹锡当时正是得意之时，并未特别青睐，后来牛僧孺显贵，而刘禹锡已被流放，担任卢州刺史，而牛僧孺以宰相兼武昌节度使的身份去见他，大有夸耀的意味；而牛僧孺文名已大但科名未显时，投谒韩愈，愈就特别回拜，这种干谒风气极为普遍，影响及文风的盛行，又造成文学集团的结合。

19. 陈寅恪，《唐代政治史述论稿》，《陈寅恪先生论文集》（台北，九思，1977年），上册。

朋党之争为文士参与政治活动的实况，依违于牛、李二党之间，夤缘攀附。德宗贞元（785—804年）末年，王叔文勾结宦官，又密结柳宗元、刘禹锡、吕温等，成为一股新兴势力，想革新朝政，结果失败，致使柳宗元、刘禹锡长期流放在外，其心情的痛苦多寄于诗文之中。像柳宗元的《梅雨》：

梅实迎时雨，苍茫值晚春，愁深楚猿夜，梦断越鸡晨。
海雾连南极，江云暗北津。素衣今尽化，非为帝京尘。

将自己身处异乡的感受，借外在景物反映而出：愁深、梦断，正是心绪的表征，尤其海雾、江云的苍茫、昏暗，更是一种象征笔法。所以末联的直接呈露，也就情理惬然。所以蔡宽夫诗话说："子厚之贬，其忧悲憔悴之叹，发于诗者，特为酸楚，闵己伤忠，固君子所不免，然亦何至是，卒以愤死，未为达理。"唐人热心事功，贬谪异域时满怀思乡情绪，固以愁人之眼观物，而物皆着愁色。他又有一首《与浩初上人同看山寄京华亲故》，更将乡愁化作奇幻之笔，极为奇诡：

海畔尖山似剑铓，秋来处处割愁肠。
若为化得身千亿，散作峰头望故乡。

这种愁绪确是痴绝，难怪自感"同是天涯沦落人"的苏东坡，在岭海间，最喜读陶渊明、柳子厚二集，称为"南迁二友"。

宪宗元和年间的牛李党争更是牵连深远，腐蚀朝廷。两派广结党与，勾结宦官，相互倾轧，绵延四十年之久。李德裕、李绅、元稹为一派系，李逢吉、牛僧孺、李宗闵为一派系，当时文士几乎全部陷身其中，元稹固为李党巨子，而李商隐则原受知于牛党的令狐楚，后来又为李党王茂元的女婿，等令狐绹得势之后，商隐长年困顿于外，终身不遇。当时牛党之中，牛僧孺能诗外，杜牧也属牛党中人。至于不愿卷入党争，周旋于两党之间的，则有白居易。惧而求居闲散之地以身免，所以他晚年多闲适之作，也与这种仕途的亲身体验有关。比白居易所受党祸影响更深的是李商隐，他所作比兴体的风怀诗，虽不必如冯浩、张尔田所注，多为对令狐绹的自陈，但至少其一生不得意的情绪与此大有关联，像《柳》，借咏物而自伤：

曾逐东风拂舞筵，乐游春苑断肠天。
如何肯到清秋日，已带斜阳又带蝉。

张尔田说“通体自伤投老不遇”，透过柳的象喻，将自己早年的知遇，与晚年的失意作一对照，冯浩说是大中九年（855 年）在梓州幕府，借府主柳姓以起兴，继又感慨身世之作。类似的抑郁不得志情绪，常密密包蕴，需细加体会才能回味无穷。他有一首《忆梅》的小诗就可作如是观：

定定住天涯，依依向物华。寒梅最堪恨，长作去年花。

据张尔田的考证，为大中四年（850 年）在徐州幕府事，也有说是大中五年在梓州柳仲郢幕中事，总是一种沉痛的心情，绝非闲适咏梅的作品。

科举考试关系士大夫的前途，得意之时，平步青云，而失意之时，幽愤满怀，因此怀才不遇的士大夫文学成为一种传统；又加以道家隐逸思想与唐朝盛行的佛教哲理巧妙结合，形成一种希企隐遁的思想。中晚唐诗之世，出仕与隐退的冲突，科举中举与否所关的功利观念，乃关系诗人生活的一大因素。像孟郊年轻时屡试不第，就隐居嵩山，曾写《初于洛中选》表现其不能登第的烦忧之情——“尘土日易彼，驱驰力无余，青云不我与，白首方选书，宦途事非远，拙者取自疏，终然恋皇邑，誓以结吾庐。”他直至四十五岁才中进士，但又因思亲情切，立即回乡，所谓“慈亲诫志就，贱子归情急。”（《上座主吕侍郎》）他一再应试，希望用世，但连遭挫折，又渴望幽隐，“到此悔读书，朝朝近浮名。”儒家名教与道家自然的两种冲突困扰其一生，对于孟郊诗风格的形成，大有关联。所谓“郊寒岛瘦”，贾岛也曾屡败于科场。中年中第之后也不甚得意，临终之日，家无一钱，唯病驴古琴而已。这样的境遇也难怪他作诗多以刻琢穷苦之言为工了。贾岛曾因文试不第，作《病蝉》一诗，将蝉拟人化以比说自身的悲愤：

病蝉飞不得，向我掌中行。折翼犹能薄，酸吟尚极清。
露华凝在腹，尘点误侵睛。黄雀并鸢鸟，俱怀害尔情。

假托掌中的一只病蝉，辛酸地苦吟——虽则清新的露珠凝结腹中，无奈尘埃频频误侵眼里；再加以黄雀、鸢鸟的逼害，其处境实堪怜悯。贾岛自觉如同病残之蝉，确是酸苦至极。欧阳修有诗“堪笑区区郊与岛，萤飞露湿吟秋草”，秋虫在草的风格，半由性格，但大多由科举失败所逼成。

李贺喜作幽深诡异的诗，与他衰弱的病体与僻冷的生活有关，但促成此一低调的情绪则为科举：据说因父名“晋肃”使他不得应“进士”科考试，韩愈还因此写《讳辩》辩解，仍不能去除陋习。因此他短暂的一生，虽贵为唐室姻亲之后，却因科举失意，仕途不达，屡遭贫病的苦恼，其诗中常有感时不遇的慨叹，尤其生肖属马，所写二十余首马诗，常用以自况——“贺诸马诗大都感慨不遇以自喻也。”[20]将原本龙马之象塑造成病马、瘦马等形象，正是一种怀才不遇的象征。与他的生活情调不同而遭遇略似的为温庭筠，由于不守细行，狂放纵酒，故累年不第，且被宣宗责备“尔既德行无取，文章何以称焉！”，因此常年漂泊江湖，依人求食，当时农村经济已遭破坏，而赋税又极烦苛，连守拙归田园都不可得。作品中一再缕述对仕与名

20. 叶庆炳，《说李贺马诗二十三首》，《书和人》，第113、114期（1969年8月）。

的执着，又对僧道隐士生涯有所向往，都反映出一个文士在仕途生活中的挫折感[21]。

对于热衷仕进的唐代文士，科举为传统官僚政治体制下的正途，也是解决现实生活的最佳途径，当然更是舒展政治理想的一种抱负。而中晚唐社会科举制度与政治势力结合，成为左右文人一生的决定因素，因此这一时期的诗人势必走上科举之路。但仕途冷暖，际遇各异，所有得意、失意之情全发诸诗中，尤其怀才不遇的幽愤，更造成典型的士大夫文学传统。

21. 方瑜，《温庭筠诗的意象与表现》，《幼狮月刊》，第40卷，第4期（1974年10月）。

22. 夏志清，《爱情、社会、小说》（台北，纯文学，1976年）。

23. 傅乐成，《唐人的生活》，《汉唐史论集》（台北，联经，1977年）。

中晚唐诗的主题之三：爱情与恋歌

爱情的主题或许在中国文学中表现得较为贫乏，但中国诗中实在不缺乏男女之间“漫爱”的记载[22]。中晚唐诗中出现一些不同阶层不同形式的恋爱题材，上自帝王妃子，下至匹夫匹妇，都能按照他们的身份表现，或惊心动魄，或神秘诡秘，或浪漫缠绵，或如清风明月，属于宇宙间的一种天籁。诗人处理这些题材能够得心应手，实在有其社会因素，究竟，唐代是一个解放、自由的社会。中晚唐诗人有关恋爱、或女子命运的作品，约可分作三类：一为宫闱之情，以玄宗、贵妃的江山美人传奇为基调，以及形同禁闭于美丽监狱中宫女的幽怨；其次为青楼之情，以歌楼酒馆为场景，搬演露水姻缘式的青楼情史；最为健康、写实的为乐府中的平民之情，乃大地儿女在劳动操作之余，假山崖水际自然唱出的情歌、恋曲。

唐朝宫廷盛传男女情事，史家常以“淫乱”评之，此种风气的形成，一方面受南北朝宫廷风尚的熏染，另一方面则由于李唐皇室出身于北朝胡化的汉人，不甚讲究伦理，所以帝王与嫔妃的关系较为开放：太宗曾娶弟元吉妻杨氏，玄宗贵妃杨氏，原系玄宗子寿王瑁妃[23]。玄宗因恋爱贵妃，加以晚年朝政不修，终于酿成倾城倾国的悲剧。关于江山美人的传说与遗迹，为当时流传普遍的马嵬故事，白居易在宪宗元和元年（806 年）的冬天担任盩厔县尉，与陈鸿、王贺夫相携游览仙游寺，有感于此一故事，才写出《长恨歌》，陈鸿则配合他写成《长恨歌传》传奇。这篇强调“天长地久有时尽，此恨绵绵无绝期”的帝王妃子之情的叙事诗，虽说具有“欲惩尤物，窒乱阶，垂诫于将来”的训诫作用（《长恨歌传》语），而实际上广受后人喜爱的恐怕还在于缠绵悱恻的爱情故事。

白居易写作玄宗贵妃之事，却故意摆在汉代宫廷的框架上，正是所谓借古事以讽今的手法。全篇分成人间、天上的结构，一为现实世界的情爱，一为死后世界的缺憾，将阳、阴二界所呈露的爱情悲剧反复传达。前半铺述史实部分，将贵妃塑造为“温泉水滑洗凝脂”的女子，属于肉体的、人间的，具有无穷的生命与性的挑逗与激荡，因此“芙蓉帐暖度春宵”、“春从春游夜专夜”、“玉楼宴罢醉和春”的爱情，乃温暖的、湿润的，其季节象征为“春”；后半一转，进入奇幻世界，由神话、传说所组成，其背景则为玄宗朝的道教信仰，所以妃子也被神仙化、圣化，但犹带生前之情。在“山在虚无飘渺间”的奇幻仙境中，“风吹仙袂飘飘举”的太真，已是异界的女子，所以只能“回头下望人寰处”；阴阳阻隔的情爱，已是“秋雨梧桐叶落时”、“西宫南内多秋草”、“鸳鸯瓦冷霜华重”，其季节象征为秋，这出汉宫秋（唐宫之秋），已是冷然的未完成的爱情。所以从爱情的主题上看，《长恨歌》乃一场玄宗、贵妃为主角的爱情悲剧。与元稹的《连昌宫词》、郑嵎的《津阳门诗》不同，后两者运用故事，推进情节的发展，各有其叙事观点之妙。而且多脱离不了贵妃这一角色，这位“永恒的女子”也永远要承担一部分倾城倾国的罪孽。但《连昌宫词》的诗眼着重于“努力庙谋休用兵”之句，而《津阳门诗》则落在“宁劳感旧休吁嘻”之上，三首作品同为中晚唐时期优秀的叙事诗[24]。

---

24. 邱燮友，《中国历代故事诗》（台北，三民，1969 年）。

禁宫中女子没有着落的爱情，则属于独宠的杨贵妃之外的“后宫佳丽三千人”，就是宫怨之类的宫词，充分表露一群帝王时代的弱女子的凄凉命运。而中晚唐诗人常以此为写作题材中，以王建《宫词》最为有名。据说他与枢密使王守澄，因同宗之谊时相往来，闲谈中多涉及宫闱秘事，因此运用这类素材写成《宫词》百篇，叙述宫苑中多彩多姿的生活。禁宫之内，本就神秘，尤其那些外表繁华而中情寂寞的女子，她们的心理状态以及对于男女之情的幽怨，更在诗人笔下传神地表现出来。王建所写的宫人情绪，以曲笔写出宫娥久居宫禁，对阻隔的禁外世界充满好奇与新鲜感，只好登楼远望，聊以满足不平与深切的渴望。至于写宫娥嫔妃希望得到宠幸、而帝王则椒房不专，更是典型的宫怨：

往来旧院不堪修，近敕宣徽别起楼。
闻有美人新进入，六宫未见一时愁。

写宫中之人惟恐失宠的情绪：以旧院、起楼的象征性动作，喻写旧人、新欢的不同遭遇，将其隐藏于内心深处的忧愁、猜忌、嫉妒等情，在两相对照之中尽情表达。但宫人的无奈，常移转于其他事物：管弦或是簸钱之类的象征，借以委曲叙述其内心的幽怨：

未承恩泽一家愁，乍到宫中忆外头。
求守管弦声款逐，侧商调里唱伊州。
窗窗户户院相当，总有珠帘玳瑁床。
虽道君王不来宿，帐中尽是炷牙香。

宫妃未能一承恩泽，只能借声歌寄情、或痴痴等待，末句结得含蓄、温柔，但又有一层深沉的幽怨。

宫词中写这类未有着落的爱情，大多由传述中得到的印象，需赖诗人丰富的想象力用心体会宫中女子的感受，因为宫外的人少有机会接触她们，至于诗话中所传述的宫女与外界男子的秘密的爱情，多是注解家想当然耳的猜想，像李商隐一些比较隐晦的诗，所指涉的对象本即神秘，因此臆度其中可能有些是具有宫人身份；另外韩偓《香奁集》中有些旨意隐秘的作品，徐复观先生据《南唐近事》所载的韩偓遗物中有“烧残龙凤烛，金缕红巾百余条。銮泪尚新，巾香犹郁”。老仆说是他任学士时，与昭宗共商机密，“常视草金銮殿，深夜方还，翰苑当时，皆宫妓秉烛以逆，公悉藏之。”因此大胆推断乃后宫女子与韩偓发生爱情的关系，又指实其背景与对象。这类畸恋在诗中隐隐约约地表现，蛛丝马迹都可寻获：

千金莫惜旱莲生，一笑从教下蔡倾。
仙树有花难问种，御香闻气不知名。
愁来自觉歌喉咽，瘦去谁怜舞掌轻。
小叠红笺书恨字，与奴方便送卿卿。（《偶见》）
袅娜腰肢淡薄妆，六朝宫样窄衣裳。
著词暂见樱桃破，飞醆微闻豆蔻香。
春恼情怀身觉瘦，酒添颜色粉生光。
此时不敢分明道，风月应知暗断肠。（《袅娜》）

徐氏指出仙树、御香，不是人间凡物；而樱桃破、豆蔻香也只有宫中才有如此情景。唐末，王纲解纽，朝廷、宫禁的威严较为沦落，一些宫人担任传达秘旨，而大臣也有机缘接近，也最容易得到感情的沾润。当然，这种畸恋终究不被允许，所以诗中词意只能隐约暗示。韩偓是否真有如许恋情，只有情理上的推论，尤其是宫人宋柔、赵国夫人之类，自有其身份，在执烛送归的情境中，难免会有感情的逸出。而感情之中，这类神秘、不被允许的情况，又是最悸动心弦的部分。尤其宫人宋柔等十一人的悲惨结局，是“送京兆杖杀”（《通鉴》），必给韩偓很大的刺激，所以在晚年凄凉的回忆中，融织成一种哀感顽艳的音调[25]。

文士的青楼恋情也是唐人一大特色，为娼妓文学的典型：中晚唐社会重视进士，而进士以词科出身，举动放佚，出入妓院。初题名时常大宴于曲江亭畔，谓之曲江会，以红笺名纸，游谒长安平安坊，谓此坊为风流薮泽；而其后出使官吏，冶游为乐，时人也多目为风流韵事，像元稹、白居易都有眷恋歌妓的记录，杜牧、温庭筠更以风流出名，因此以娼妓生活为文学主题，成为唐诗中的一大特色，也是当时文士生活中的一种雅事；反过来说，艺妓歌唱的歌词常取名士名作，世所流传的旗亭画壁，以及能诵白乐天诗的名妓传闻，都可反映艺妓的歌唱、音乐大有助于唐诗的普遍流传。而艺妓之中，如薛涛、关盼盼等名妓，能诵诗作诗，这种妇女文学颇能表现欢乐场中女子的命运[26]。

唐代文士固然多由进士出身，喜风流自赏；但其婚姻生活仍多重世家门第，以自高身价。在合乎礼教的婚姻生活中，将感情的自由放纵对象转向艺妓，而艺妓声歌诗艺又颇能投文士之所好，由此产生一种浪漫的爱情：元稹的《会真诗三十韵》——也就是《会真记》中的女主角，两人相会西厢的爱情固然缠绵，而始乱终弃又见谅于当世，今人就怀疑崔氏女的身份就是娼妓；其后元稹又狎好薛涛、刘採春等，常有诗记事，当时人也只当作风流韵事而已，文士将艺妓生活写成叙事诗的，还有白居易的《琵琶行》、刘禹锡的《泰娘歌》、杜牧的《张好好诗》，其中女主角凄凉、幽怨的命运，成为叙事诗中的哀艳之作。又有一种与艺妓相类，但以女道士姿态出现的，宫观成为风流渊薮，由原先宫观女冠，衍变为假宫观之名而行娼妓之实：像鱼玄机、李季兰之流，而文士也喜欢此类神秘的爱情关系。据说李商隐诗中有些就是以女冠为对象，成为一种幽邃、神秘的恋情。

爱情发生于民间的小儿女，发抒为一种自然而美好的恋曲，是最

25. 徐复观，《韩偓诗与香奁集论考》，《中国文学论集》（台中，民主评论社，1966年）。

26. 王书奴，《中国娼妓史》（台北，万年青，1974年）。

健康而写实的，其表达形式多为乐府、民歌。刘梦得的《竹枝词》中，一些可能以朗州为背景的恋歌，有《踏歌词》四首、《堤上行》三首写青年男女的恋情，自然而动人：

> 春江月出大堤平，堤上女郎连袂行。
> 唱尽新词欢不见，红霞映树鹧鸪鸣。(《踏歌词》四首之一)
> 江南江北望烟波，入夜行人相应歌。
> 桃叶传情竹枝怨，水流无限月明多。(《堤上行》三首之二)

“大堤”也是乐府中常见的景象，为歌舞的场景，他的《采菱行》也有“醉踏大堤相应歌”，也是乐府的传统。两首诗的情调，一直露一含蓄，新词唱尽，旧欢不见，强烈表现相思的殷切；而桃叶传情，竹枝空怨，则相思之情如水流、月明，缠绵无尽，都是民歌本色。

乐府民歌又有一种贾客与江边女子的恋歌，属吴歌西曲系统，刘梦得《淮阴行》就是拟长干行，具有素朴的民间情歌的风味：

> 何物令侬羡，羡郎船尾燕。衔泥趁樯平，宿食长相见。(五首之四)

写出侬与郎的深情，而且以燕子为喻，切合实景，且有喻意。温庭筠也有不少描绘江南春景的恋歌，像《莲蒲谣》、《兰塘词》、《晚归曲》等，以齐梁体风韵来写才子佳人之情，所谓“白马金鞭大堤上，两江日夕多风浪。”白马公子、多情佳人成为温飞卿式的风流情歌，也适合江南之春的演唱。

中晚唐诗的主题之四：佛理与仙道

宗教所形成的方外世界，常常是诗人作为逃避现实世界的一种象征，亦即理想化的乐园意象，中唐晚唐社会这种乐园的“原型”（Archetype），共同为佛教、道教所具有。唐代宗教的发展，佛教、道教迭有起伏，但因李唐王朝与道教的特殊因缘，像道士参与创业神话的制造、李唐自尊家世的士族习惯等，对于道教具有特殊好感。尤其唐代炼丹道士所提供的长生之药，投合帝王追求不死的美梦，因此帝王之中信任道教，服食丹药，从玄宗以下，几乎历代君王均与丹药有不解之缘，其中宪宗、穆宗、敬宗、武宗、宣宗都是服食丹药中毒而死；而风从于下的贵族、文士也普遍流行养生风尚[27]。所以中晚唐诗人颇多具有对服药成仙的向往，以及由此而生的对生命的困扰。

中晚唐文士对佛道不计较其高下，而一视同仁地当作一种方外世界。所以中晚唐之时，虽有韩愈以振兴儒家一贯道统自居，但这种过激的表现正显示道、佛二教弥漫社会各阶层的深远影响力。在不同思想的冲突之下，当时文人杂具佛、道与儒的成分而未达一贯综合的系统，所以常有矛盾之处：批评时政、出仕任事则以儒家思想为依据，但追求长生不死为道教想法，而希企隐逸则融合老庄道家与隐士思想，至于希冀寂灭则为佛教哲理，凡此均未能调和，但又同出现于中晚唐诗人身上——较诸盛唐诗人更具矛盾、冲突之处，因此也表现得更为深刻有味。

中晚唐文人热衷功名利禄，但由权势、官禄所形成的名利世界，也会带来诸多尘世的困扰；他们在宦途尝遍冷暖、利禄羁绊、俗事萦心，常成为一张尘俗之网，让他们在清醒之际，对于方外的世界油然而生一种向往之心。将尘俗世界与禅静世界作一对比，成为诗中的特殊情趣，不只王维如此，也几乎是中唐以后诗人的共同体会，这种作品大多出现在题赠僧侣（或道士）、题咏寺庙、或是游览宗教胜地后的感兴之作，因为僧人、寺院已成为一种象征，乃是出世间法的，所以乐于与之往来，借以纾解现世的忧患：

27. 详见李丰楙，《不死的探求》，《中国人的精神生活与礼俗》（“文化中国”丛书，安徽，黄山书社，2012 年）。

应是世间缘未尽，欲抛官去尚迟疑。（白居易《遇自远禅师有感而赠》）

念我为官应易老，羡师依佛学无生。（姚合《送文著上人游越》）

为官属于世缘，合乎儒家入仕法则，乃一贯的传统的“出世间法”，就如刘禹锡所说“何人不愿解珠缨”，却又迟疑、空羡。至于宦途失意客、或偶有觉悟者更有如此向往：

忧患慕禅味，寂寥遗世情。所归心自得，何事倦尘缨。（温庭筠《题僧泰恭院》）

万里高低门外路，百年荣辱梦中身。世间谁似西林客，一卧烟霞四十春。（许浑《题苏州虎丘寺僧院》）

寺院的建筑多在山林，为文人读书、避世与游览之区，因此常与山水、白云、风月、鸟鸣等自然意象连结一起，而所形成的趣味多为幽、静、闲、寂等，恰与纷扰的尘世相对照，因为他们理想的僧院生活尚多与琴、棋、书、画与茗茶结合，更是一种惬意的生活情调：

我心尘外心，爱此尘外物，欲结尘外交，苦无尘外骨。沁泉有冰公，心静见真佛。可结尘外交，占此风与月。（卢仝《将归山招冰僧》）

山僧后檐茶数丛；欲知花乳清冷味，须是眠雪卧石人。（刘禹锡《西山兰若试茶歌》）

池竹闭门教鹤守，琴书开箧任僧传。（韦庄《访含弘山僧不遇留题僧舍》）

将风月、茶香、琴书所衬托出来的僧院生活，与一些能诗学禅的方外至交，符合理想的方外世界，乃是一种诗意的想法。

佛教除了生活情调所具有的吸引力之外，还有更深沉的哲理，深深感应部分具有夙慧的慧业文人，除了将佛典中的辞语隐括于诗中，更借诗表达其禅悟或是对深奥佛理的欣慕：

比寻禅客叩禅机，澄却心如月在池。松下偶然醒一梦，却成无语问我师。（李中《访章禅老》）

长绳不见系虚空，半偈传心亦未疏。推倒我山无一事，莫将文字待真如。（司空图《与伏牛长老偈》）

逃禅学禅的文人，在禅宗盛行的时期，“禅”成为一种禀悟的过程，像中年的司空图既目睹国事即将沦落，将禅作为安身立命的所在，而不只是进用佛教语汇而已。白居易固然有讽谕诗的入世时期，但后来却专心习静学佛，尤其晚年，这是因为禅学确有让文人倾心之处：

花县当君行乐夜，松房是我坐禅时。忽看月满还相忆，始叹春来自不知。不觉定中微念生，明朝更问雁门师。（白居易《东林寺学禅》）

我闻浮图教，中有解脱门。置心为止水，视身如浮云。（白居易《自觉》）

文士的自觉、学禅，虽只是少数，但多数则自觉为“不是解空人”（贾岛），身在禅院，而仍然不能完全解脱，尤其是诗、酒、音乐，这些正是审美经验的活源，也是僧门中人所谓“诗僧”者流恋之处。至于以诗作偈，自证其道，则重在悟道，艺事已是余事了。

道教所塑造的神仙世界，与佛教世界异趣，它固然也与隐士生活、道家思想结合，拓出一片山林幽境；但更重要的是一种虚幻的长生不老的仙境，其实际的方法在唐朝为炼药服食，因为这是一个炼丹的黄金时代，白居易曾思念旧游，提及“退之服硫黄，一病讫不痊；微之炼秋石，未老身溘然；杜子得丹诀，终日断腥膻；崔君夸药力，终冬不衣绵。或疾或暴夭，悉不过中年；唯余不服食，老命反迟延”。(《思旧》)其中所指诸人，可能是韩愈(退之)、元稹(微之)、杜子(牧)、崔君(玄亮)，因为服食药物为当时流行的风气，与道教的养生成仙思想有关。诗中仙道世界予以形象化的表现：炼丹、丹士以及神仙等意象，形成仙道之境：

> 专心在铅汞，余力工琴棋。静弹弦数声，闲饮酒一卮。(白居易《同微之赠虚丹炼师》)
>
> 常言吃药全胜饭，华岳松边采茯神。不遣髭须一茎白，拟为白日上升人。(贾岛《赠丘先生》)

道士利用铅汞炼药、或采茯服食，造成唐代丹士的形象，所以诗中固然也兼及其他雅事，如“春坼酒瓶浮药气，晚携棋局带松阴”(许浑，《题勒尊师历阳山居》)像琴、棋、茶、诗等，增加道士隐逸性格，但重心则不离丹药、仙药以及药酒等物，这才是恰合其丹士服炼性格。

文士向道士乞求药方的例子中，颇多中晚唐名诗人，像张籍“欲就师求断谷方”(《开六观寻时道士》)，或如贾岛希望朋友能真得到仙道——“鹤过君须看，上头应有仙。”(《送田卓入华山》)其实希望透过仙药的服食，借以延长生命、上升仙境，解除现实世界时、空的囿限，乃自古以来追寻乐园的一种神话意境，也是文学中极富想象力的梦幻之境，对于不得意者具有满足其心理需要的功能。但神仙之境飘渺难寻，徒然以庞大的人力物力从事炼丹，所炼丹药又反促人早死，实在是极为讽刺的结局。中唐诗人对求仙活动——尤其是帝室、贵族也隐有讽谕，韩愈曾写《华山女》，对于流俗道教加以批评，而结语讽刺求仙的虚妄：“雪窗雾阁事慌惚，重重翠幔深金屏。仙梯难攀俗缘重，浪凭青鸟通叮咛。”另有一首《谢自然诗》也有强烈的影射：“秦皇虽笃好，汉武洪其源。自从二主来，此祸竟连连。木石生怪变，狐狸骋妖患。其能尽性命，安得更长延？人生处万类，知识最为贤。奈何不自信，反欲从物迁。”代表儒家立场的指控，但韩愈的侄儿韩湘子就是道士，自己又有服食的嫌疑。而韩派中的孟郊却也有“自当出尘网，驱凤登昆仑”(《求仙曲》)的向往，凡此都是一种矛盾。而表现这种情绪最具艺术效果的作品则为李贺。

李贺为中国诗人中对于神秘宇宙具有奇特兴趣者之一，他以极丰富的想象力，采用极为密致的语言，塑造神仙世界，并由之迭发慨叹。乃是游仙的谱系，但在造境上有新的突破，达到神幻幽玄之境。诸如《神仙曲》、《天上谣》之类：

天河夜转漂回星，银浦流云学水声。
玉宫桂树花未落，仙妾采香垂佩缨。
秦妃卷帘北窗晓，窗前植桐青凤小。
王子吹笙鹅管长，呼龙耕烟种瑶草。
粉霞红绶藕丝裙，青洲步拾兰苕春。
东指羲和能走马，海尘新生石山下。(《天上谣》)

先点题说明天上的银河景象；接下叙说天上神仙的动作：或采桂花作佩缨，或卷帘看晓色，又有吹笙仙乐、驱龙耕烟；加以瑶草、兰苕，全是仙界景物，美好而悠闲；而人间岁月，则结二句表现出沧海桑田变幻无常，借此对照两个世界的时空之差异。其中自然蕴含李贺对于时间、历史、生命等的强烈感觉。与之相较，温庭筠写的《晓仙谣》，只是描述幻想的神仙世界，而慨叹人间世的无常：“雾盖狂尘亿兆家，世人犹作牵情梦。”

结 语

中晚唐诗人在盛唐之后，处身于国势渐衰的变局之中，对于现实问题都有相当深刻的感受，只是有些反映得比较直接而有力，有些较为隐晦；有时作积极参与、有时只作小我生命的自我逃避，但基本上都具有某种程度的反映现实。他们将这种亲身体验表现于作品中，产生不同的风格，多彩多姿，造成中晚唐诗风的特色。而这段时期，对于诗的艺术理论也逐渐作有系统的整理，从艺术技巧到表现原理，都能提炼出一些原则，成为尔后中国诗艺的基础，可说是中晚唐时期的一大成就。

一般批评家的论点，都承认这时期的诗风的一项特色是“意工词纤”，如明人陆时雍便说：“专寻好意，不理声格，此中晚唐绝句所以病也。”（《诗镜总论》）中晚唐诗专在“意”的工巧表现，因为韵律形式已发展完成，乐府古体不论，律绝近体也已固定，“声格”不可求，只有专力于意象的传达，所谓雕缛派、雕饰派，就是将语言浓缩、变化，又将语法倒装、拆合，求意象的更新、奇特，产生视觉上的特殊效果。他们喜欢追索神秘、幽玄的意境，或对人生悲喜的深沉感：李贺以诡奇著称，即使对大自然的观察，也是透过自己独特的角度，显现奇幻、怪诞之美；而李商隐则深入人生，遍尝各种滋味，而不在超脱人世、静观宇宙。他较少采用大自然的意象，而多是日常生活、神话或幻境，反映出心灵上的种种矛盾、冲突，形成神秘、奇异之境。这种风格较具有现代感，很受西方学者的喜爱。其优点是新颖、奇诡，缺点则易流于纤巧、晦涩。

中晚唐另一诗风，则为浅俗、平易的语言，而表现名理、词锋的“悟性作业”，也就是重在机智、趣味，乃是概念表达的理趣，而不在产生美的假象。像杜荀鹤的“举世尽从愁里老，谁人肯向死前开”（《秋宿临江驿》），乃袭用韩愈诗，其趣味在于哲理性的领悟；又如罗隐的“西施若解亡人国，越国亡来又是谁”（《西施》），等于是史评。类似的“专寻好意”，易流于格言体：

得即高歌失即休，多愁多恨亦悠悠。今朝有酒今朝醉，明日愁来

明日愁。（罗隐《自遣》）

粝食粗衣随分过，堆金积帛欲如何？百年身后一丘土，贫富高低争几多？（杜荀鹤《自遣》）

将一联之中的对偶句，采用流利的口语表达一种领悟，成为格言体诗。宋人范正敏说："唐人诗句中用俗语者，惟杜荀卿、罗隐为多。今人多引之，往往不知谁作。"（《遯斋闲览》）可说是实录。由白居易的浅俗、韩愈的散文句法，而发展成格言，甚至像"无人开口不言利，只我白头空爱吟"（杜荀鹤，《山居自遣》），近于打油诗。优点为易懂、意巧，缺点则易成为浅薄、乏味。

中晚唐另一对于"自然"诗的写作与理论，也是一大特色。姚合选《极玄集》，不选李杜，而选王维，以至皎然、戴叔伦一派，正是恬淡风格。而在理论上，则皎然《诗式》、司空图《诗品》及发挥戴叔伦之说的论文大有建树。盛唐的王维、孟浩然对于山水、田园的美学意识，至中唐以后开出山林隐逸一格，大多是一些政坛失意者，或深受禅、道熏陶的山林隐客，不以文学集团形式，而独自体悟自然、表现自然，自行发展出纯净、恬淡的风格，纵有现实的感慨也尽量淡化于山水形象中：像韦应物、柳宗元，尤其柳宗元独对"千山鸟飞绝，万径人踪灭"的空阔天地，景象之外所引带出来的谪客情怀，才是"独钓寒江雪"的冷绝、孤绝，但这些尽在言外、景外。晚唐的司空图、王驾就是续加发展的澄淡一路，司空图自许的佳句"官路好禽声，轩车驻晚程"、"南楼山最秀，北路邑偏清"，正是由"目击可图"之景而逸出景外、象外的趣味。因为司空图引述戴叔伦之说赋予深意——"诗家之景，如蓝田日暖，良玉生烟，可望而不可置于眉睫之前也，象外之象，景外之景，岂容易可谈哉！"（《与极浦谈诗书》）这是与前两派不同的品味，司空图批评"元、白力勍而气孱，乃都市豪估耳"（《与王驾评诗书》），又不评韩愈，而独推王维、韦应物为"趣味澄敻"，实因为其美学观念使然，从皎然的"情在言外""文外之旨"（《诗式》），发展到司空图的“韵外之致”“味外之旨”，都是以自然诗为主，强调静观世界中纯然与物凑泊的一种出神状态，乃是纯粹的美感经验。其后严羽、王渔洋、王国维全是顺此而臻于中国诗学中的美学最高原理。

中晚唐时期的诗学发展，选集方面凡有德宗时高仲武编《中兴闲气集》，为转变时期的选集；而晚唐则明显地逃于艺术，文人集中于都市，逃避于艺文，而对国事显示一种无力感。姚合编《极玄集》，韦庄编《又玄集》等，韦谷编《才调集》，如非为“长乐暇日，陋巷穷时”（《又玄集》序），就是为“或闲窗展卷，或月榭行吟。”（《才调集》序），一面显示艺术趣味的转变，一面也说明唐诗至此已可作一总结。晚唐五代为诗格、诗句图兴盛时期，像齐己编《风骚旨格》、虚中编《流类手鉴》，为集大成的作诗指南与实际批评，属于诗格的典型；而诗句图则专选清词丽句，作为典范，据说姚合编过《诗例》一卷；又有李洞编《集贾岛诗句图》，选贾岛或唐诗人的警句；另有依托李商隐的《梁词人丽句》，贾岛、李商隐正是嗜好雕饰的词华派，拿来作为作诗楷模，充分显示中晚唐诗人的文学趣味。但这些都较偏重形式技巧的讲究，乃是修辞学的成就。对于风格、意境的分类，则皎然《诗式》、司空图《二十四诗品》，以十九字或二十四品题法，将美感经验予以范畴化：如高、逸（诗式）、高古、飘逸（诗品）之类；又以形象性的说明法，描绘不同的美感经验，不是以作家为品类对象，而完全以作品为单位，将中国人对于艺术鉴赏的心得作一新的开拓。[28]

总之，中晚唐时期的诗风之所以形成缤纷繁复的盛况，就外围因素言：政治、经济、社会等环境的刺激，促使诗人采取文学集团的方式，推展各种文学活动；而文学内部的发展，无论韵律、意象都已在盛唐笼罩之下，因此需要有所突破、有所转化，在此局面下，经由各流各派诗人万壑争流，终于汇聚成中晚唐诗的浩浩长河。

28. 李丰楙，《唐人编选唐诗及其意义》（台北，《青年战士报》，1975年）；《司空图诗论中之纯粹性》（台北，《青年战士报》，1975年1月25日）；《司空图与诗品》（台北，《青年战士报》，1975年）。

知性的反省

宋 诗

龚鹏程

清代毛奇龄有首《浪淘沙》，借以喻诗，实在贴切无比，他说：“杉木为牌竹作檐，江潮能苦雨能甜；连朝饮得檐头水，翻道江潮错著盐”，喝惯了糖浆的人辄觉海水是错浇了盐，常饮江潮也会觉得清茶寡味。论诗亦然，毛西河本人不喜欢苏东坡诗，指摘“春江水暖鸭先知”可改为鹅先知，就是喝糖水的翻说人家放错了盐的例子[1]。文学史上激烈异常的唐宋之争，则是另一个更值得玩味的好例。前人常说读唐诗如食荔枝、读宋诗如啖橄榄[2]；而口味来自素习，所以浸润唐诗愈久，对宋诗便愈难接受，因为整个对诗的美学观念已随熟悉而逐渐定型、并与自我生命连结为一，成为文学情感上的乡音乡味了。

历史上不乏以唐诗为乡音乡味者，如明代的李梦阳、何景明等，作诗既以盛唐为宗，偶读宋诗，当然要诧为殊方蛮语，非吾乡正声了。但清宋荦《漫堂说诗》尝言：“明自嘉隆以后，称诗家举讳言宋，至举以相訾謷，故宋人诗集庋阁不行。近二十年来，乃专尚宋诗”，久餍盛馔，反嗜螺蛤，所以风气又逐渐转移并慢慢定型，定型以后，人们又视宋诗如乡音乡味，认为所谓诗宗盛唐只是隔靴搔痒、搭空架子而已（清代嘉道以后的诗论即是如此）。这类嗜甘忌辛的口味变迁历程，原是文学史上最饶兴味的现象。而这一现象，无论其嬗衍如何，都指出了一桩事实：唐诗与宋诗正是两种不同的风味表现。

宋诗所独具的表现形态，源自唐诗，却能蜕化神变，展现出与唐诗不尽相同的风貌，以黄庭坚有名的《早行》诗为例：

> 失枕惊先起，人家半梦中。闻鸡凭早晏，占斗辨西东。辔湿知行露，衣单觉晓风。秋阳弄光景，忽吐半林红。

1. 毛奇龄论东坡诗事，钱钟书《谈艺录》，页262考辨最详，可参看。
2. 见缪钺《诗词散论》（台北，开明，1953年），页16《论宋诗》。类似之例，以樊增祥、袁昶二人最为著名，李慈铭尝以山水花木茗果譬喻两人诗风，樊氏答诗云：“袁诗如食榄，我诗如啖蔗，世有知味者，甘乃居苦下。……袁诗好处无人爱，我诗爱好皆惊嗟。”详《学海月刊》，第1卷，第4期，钱萼孙《海日楼诗注》。

此诗所涵具的景物和早行的经验内容，酷似温庭筠《商山早行》诗：

晨起动征铎，客行悲故乡。鸡声茅店月，人迹板桥霜。槲叶落山路，枳花明驿墙。因思杜陵梦，凫雁满回塘。

温庭筠这首诗和大部分唐诗一样，以最纯粹的形态并置物象，尤其是中间四句，真有种“意象并合”“同时叠现”的美感效果。它是物象本身自然而纯粹的展示，而非作者主观的述说或知性的辨识。王渔洋就曾说过，不作判断语是盛唐的特色[3]——黄山谷诗虽然也是早行、也是鸡声秋寒，其表现特征却与温诗恰恰相反，他一定要知、要觉、要辨西东，鸡声是“我”所闻知、旁人尚在梦中也是“我”的观察和判断，至于早行则是“因为”失枕“以致”惊觉“所以才”早行。整首诗充布着人称、时间、位置及说明性分析性的程序。在知性的指引中，它仿佛是个诚恳的叙述者，向我们解释事件（因为——如何）、陈述经验，所以温庭筠自悲寥落、遥思杜陵的感慨，在黄山谷诗中了无痕迹。若黄诗是理智的，温诗就是情感的了。在一片情感酝蓄烘染的世界里，秋晨野行，只用自然景象的霜桥落叶和远浦凫雁，点染出无限秋意，不像黄庭坚必须指明秋字。一个是物象本身的自然律动与呈显，一个则是作者知性思省所赋予的辨识。这种差异，难道还不大吗？

3.《渔洋诗话》卷下：“玉摩结看花满泪眼云云，更不著一判断语，此盛唐所以为高也。”

同样的情形也显现在苏舜钦和韦应物的诗中。苏舜钦《淮中晚泊犊头》诗：

春阴垂野草青青，时有幽花一树明。晚泊孤舟古祠下，满川风雨看潮生。

这首佳作，前人常以之与韦应物《滁州西涧》诗并论，韦诗云：

芳怜幽草涧边生，上有黄鹂深树鸣。春潮带雨晚来急，野渡无人舟自横。

苏舜钦固然还不能代表宋诗真正的风格趋向，但这两首同韵同境的诗互相比较，其差异还是很显著的——韦诗是无人之境，苏诗却显然我执甚挚：全诗都是我目所见，前二句纯然写景，而此景又全由我之“看”而得；第三句把晚泊的时间、地点、空间和人物动作，交代得极为清楚。韦诗就没有如此精确，而只有一片景物，杂然并置，以春草孤舟向我们展露滁州西涧纯粹的姿貌。即使有些版本首句作“独怜幽草涧边生”，作者也已融入了风景之中，不像苏诗是跳出景外，站在犊头渡口古祠之下，以旁观者的身份叙述所见景物。所以韦应物怜春而有情，苏诗静观而无情感之流布。这是两种不同的创作形态，若依胡赛尔（E. Husseral）的讲法，苏诗近乎能思（Noesis）的观物态度，譬如我们可以直看一株树、想象一株树、哲理化一株树，但树之为树本身（Noema）不变。以上各种看树的方式，都是Noetic（知性、理性）的活动，以这种心智活动去刻画、呈露山水景物，便经常会设法说明、澄清物我的关系和意义。反之，若我们以Noema（所思）的态度面对自然现象，则物本如此，无庸注解，更可以不牵涉概念世界而与作者相融为一，这是韦应物诗的态度。但宋人对此态度似乎颇有保留，所以苏舜钦的好友欧阳修就认为韦应物只是贪得佳句，遂不免于杜撰。因为滁州城西乃是丰山，无所谓西涧；城北虽有一涧，却浅逼不能泛舟、江潮也不能到。

欧阳修又曾批评张继“姑苏城外寒山寺，夜半钟声到客船”（《枫桥夜泊》）是：“诗人贪求好句，而理有不通”，因为三更不是打钟时。这种批评，不能视为欧阳修个人的吹求，而应解释作宋人诗学意识的一种征象，当时人如沈括《梦溪笔谈》批评杜甫形容孔明庙前的古柏“霜皮溜雨四十围，黛色参天两千尺”（《古柏行》）太过细长；苏东坡嘲笑王恢竹诗“叶排千口剑，干耸万条枪”是十根竹子一片叶，都与欧阳修评论韦诗、张诗相似。那些为张杜辩护的人们，所使用的方法和观点，也多半和欧阳修相同，就事物客观之理来讨论，譬如黄朝英《缃素杂记》替杜甫辩称古制四十围已有百二十尺，吴曾、叶梦得、范元实、张孝基、陈岩肖等人也各就风俗、制度、经验等层面指出吴中三更确曾敲钟。这都充分显示了知性思考在当时诗学意识中的地位。张耒《柯山集》卷九曾说："文以意为车，意以理为马；理胜意乃胜，气盛文如驾。理惟当即止，妄说即虚假"，似乎也可以用来说明欧阳修等人论诗的态度。它充满了知性理性的思省，希望能更准确深刻地抉发人生的真实，指出人在宇宙社会中的关系和意义，所以叶适写徐道晖墓志铭时，就说宋人对唐诗的不满，是因为唐诗"纤碎而害道，淫肆而乱雅"(《水心集》，卷十七)。可见他们不但具有知性思考的精神，而且更以理性的态度深入探究历史与生命的情境。透过这种精神，宋代学者诗人遂共同抟铸了一个知性反省的时代。

知性反省的精神，充布在这个时代各种文化现象之中，如诗、如文、如书法、如绘画，乃至于理学、史学、经学，无不涵有这一基本特质，与唐代那种喷涌奔腾的生命创造精神全然不同，一如唐陶之绚灿郁丽和宋瓷之青沉淡远，正好显示了两种不同形态的美。

凡不同性质的美，均各具其形式与内容，亦各有其精神法式和文化意义。唐人最喜欢的花卉是海棠牡丹芍药，宋人则喜欢寒梅秋菊[4]，这种审美倾向和当时对诗的看法相当一致，陈善《扪虱新语》："诗有格有韵，渊明'悠然见南山'之句，格高也；康乐'池塘生春草'之句，韵胜也。格高似梅花，韵胜似海棠，欲韵胜者易，欲格高者难"，他们论诗人，推崇陶潜；论风格，则主张古淡；论评诗标准，又崇尚"高格"[5]。这些都跟他们欣赏梅花般的事物和人物相似。唐人就不如此，蔡宽夫说得好："渊明诗，唐人绝无知其奥者"。从唐宋人对历朝诗人的认同

4. 唐重牡丹，详《容斋随笔》卷二及傅乐成《汉唐史论集》(台北，联经，1977年)，页139。宋人较欣赏梅花，则详龚鹏程《梅花——中国的象征》(台北，故乡，1981年)，页76。

5. 论诗重高格，是宋人普遍观念，最成系统的是方回《瀛奎律髓》。后来明人论诗也颇受其影响。

与品评中，我们正可看出各个时代的文化性格和批评者的美感意识。

根据以上的分析，我们以为：(1)唐诗与宋诗，似乎不仅是时代的分划，更有着本质上的差异，展现了不同的风格形态。(2)这两种风格形态，并非孤立的，而是两种文化表现，故其内容也与唐宋间的文化发展息息相关。(3)各时代的文化性格和批评者的美感意识，既显示在对历朝诗人的价值评估中，元明以后的“唐”“宋”优劣之争，也就是两种不同形态美的抉择活动。

以下由宋代的文化性格谈起。

宋文化的发展

- 宋代创作意识之形成

文学，假如真像《文心雕龙》所说：“文变染乎世情”，则文学本身虽有其自主性的发展，却不是孤立的现象，而应是历史文化整体发展中的一部分；诗人意识的活动，其本身既是人文创制的一部分，便也内在于一个思想史或文化史的范畴之内，展现出不同社会文化的心灵流程。宋代诗歌就其发展与内涵来看，显然无法脱离宋代文化的发展和特质以求了解。

由社会结构上说，隋及唐初，世族政治及其社会文化，是历史的主导力量。安史之乱以后，贵族地位逐渐分化，文化上的中坚势力转移到新兴的知识阶层。社会上则都市和市民阶层兴起，构成一大变动。唐初世族华胄所展示的文化性格和生命情调，是一种生命的发散与昂扬，王维《少年行》所谓：“新丰美酒斗十千，咸阳游侠多少年；相逢意气为君饮，系马高楼垂柳边”，五陵游侠，呼鹰斗酒，以无限活肆蹦跳的气力，散射出醉人的神采。这与唐初那种天宇开张的气魄武功，正相符合。大力搏控，在醇酒美人和狂呼歌哭中，迸出生命熊炙的火光。知识分子则不然，他们的生命较为凝练沉潜，常深入思考人生的意义和宇宙社会的秩序，借着反省和高度的自觉，拓展人间关爱的实践。这与安史之乱以后，人们渴望重建社会秩序、并贞定人生意义的需求，也正相契合。诚笃潜虑，在知性的思省中，体现生命的意义。

这种精神，酿就了中唐“哲学的突破”（philosophic break through）。原先在唐初大一统意识下逐渐建构完成的儒道释三教，也在此时重被反省。宇宙之本质、人之处境、历史文化之发展，无一不构成贞元元和年间探索的主题。皮日休诗云：“自开元迄今……百家嚣浮说，诸子率寓篇……各持天地维，率意东西牵，竞抵元化首，争扼真宰咽”，讲的就是这个时代[6]。柳宗元、刘禹锡之论天；韩愈、柳宗元、沈既济、刘知几之论史；柳宗元、韩愈之论儒佛，及元稹、白居易之刻意强调诗人的社会责任等等，都是这一时代的著名产物。他们对整个历史、文化和哲学思想，透过反省和选择（韩愈选择儒学、柳宗元、李翱则兼采释老及诸子），来安顿自我的生命，来引导社会与文化的走向[7]。

不幸这个突破的活动并未完成，知识阶层在宦官、贵族、藩镇三方面夹击撕扯之下，流离殒灭，无法构成政治文化上的中心势力；而会昌法难又摧毁了哲学突破所依凭的三教思想基础。于是，整个晚唐文化精神，遂不得不趋向一种感伤、漂泊的基调，低诉人生美丽的无奈与游离在社会之外的清雅。这种情形延续到宋初，才逐渐产生巨变。

宋初犹如唐初，仍有前代遗风的姿影，它和五代一样，以贾岛、晚唐为典范，对李、杜不甚欣赏[8]。西昆体出现，代表了第一次的反省运动，以李商隐之富缛，取代晚唐之枯淡[9]。欧阳

6.《全唐诗》，卷六〇九，“鲁望昨以五百言见贻，过有褒美，内揣庸陋，弥增愧悚。因成一千言，上述吾唐文物之盛，次叙相得之欢，亦迭和之微旨也”诗。

7. 关于中唐的哲学突破，请另参考龚鹏程，《唐传奇的性情与结构》，《古典文学》，第3集（台北，学生，1981年）。哲学的突破，或译为精神的突破，详见余英时，《中国古代知识阶层史论——古代篇》（台北，联经，1980年），页54；林载爵，《人的自觉——人文思想的兴起》，《中国文化源与流》（“文化中国”丛书，安徽，黄山书社，2012年）。

8. 胡仔，《苕溪渔隐丛话》，前集，卷五十五引《蔡宽夫诗话》。

9. 西昆体是对五代宋初诗风的第一次改革运动，欧阳修以后的宋诗，实即建立在西昆这个基础上的再发展，朱弁《风月堂诗话》甚至说黄山谷是以昆体工夫造老杜浑成境地。江西颇有取于昆体，却颇不满晚唐，似乎也是西昆遗风，《山谷老人刀笔》卷四《与赵伯充》说：“学晚唐诸人诗，所谓作法于凉，其敝犹贪；作法于贪，敝将若何！”可以代表他们对晚唐的态度。《欧阳文忠公文集》卷一二八《诗话》：“盖自杨刘唱和西昆集行，后进学者争效之，风雅一变，谓之昆体，由是唐贤诸诗集几废而不行”，也证明了西昆的革命力量。

10. 均见《杜甫卷》，页83引刘攽《贡父诗话》。

11. 参考李汉，《韩愈文集序》；白居易，《与元九书》。

12. 详龚鹏程，《试论江西诗社宗派之形成》，《古典文学》，第2集（台北，学生，1980年）。

修、梅圣俞等人站在西昆的基础上，更往前跨，推崇韩愈、李白，而不谈杜甫[10]。直到王安石才说韩愈和李商隐各得杜甫之一体，借此推重杜诗，并压抑李白。这个曲折的过程，有几点很值得注意：《苕溪渔隐丛话》前集卷廿二引《蔡宽夫诗话》说："景祐、庆历后，天下知尚古文，于是李太白、韦苏州诸人始杂见于世。杜子美最为晚出"，足证这段风格转变史，乃是一段价值之选择与认同史。李白、韩愈之所以被欣赏，与古文之提倡有关，也显示了这时的诗学意识和唐代中叶的思想文化性质十分接近。同时，李白和杜甫两人地位的升降，更说明了从王安石以后，宋代诗学或文化精神的价值取向。以下分别说明之。

唐中叶的哲学突破，是知识分子对历史文化与人类处境沉思的一种表现，因此他们不但要文以贯道、诗以载义，更以文为诗，用文章的秩序来安排布勒诗语，创造新的意象和义理[11]。这种秩序的追求，表现在元稹的《杜甫墓志铭》中，铭序云："铺陈终始，排比声韵"，正是长庆体及和韵长诗的特征。宋代诗歌的以文为诗倾向、和韵酬唱风气、对律体格外注意，和诗以载道等特征，大抵都承元和体而来。元和时代的古文运动，也获得宋诗健将们的支持与发扬。至于宋代诗人所选取的唐代诗家，除李、杜外，几乎全是元和贞元间人，如欧阳修选韩愈、苏东坡选韦应物、柳宗元、白居易、刘禹锡等（这些人，在被他们提出以前，声名不彰，例如朱弁《风月堂诗话》卷下记苏辙称赞参寥诗酷似储光羲，参寥即回答说："某平生未闻光储名，况其诗乎？"）。尤有甚者，韩愈所提出的道统之说，在宋代获得了极大的回响，史学上辨正统、思想上辨道统、文学上也有文统之说[12]。这些，显示了什么呢？

宋初，承袭了五代旧有的人物与规制，直到景祐、庆历以后，全新的知识分子和进士阶层才完全占得优势，成为政治文化的中坚。新的国家，须要新的开创气象，在统一之后逐渐建立秩序。然而，面对隋唐五代以来胡汉杂居及外来族文化等双重混糅的局面，他们又必须追求社会文化的稳定力量，欧阳修、石介、穆修等人都引传统文化作为这一力量，借周孔之道来稳定社会，并逐渐涵化佛老等文化内容。

知识阶层兴起、建立秩序的希求、传统文化的肯定等特征，都和与北宋相去不远的贞元元和相似，因此反省回眸之际，特有会心。而中唐哲学的突破，也在此重新接笋。唐白居易《与元九书》说："奉而始终之，则为道；言而发明之，则为诗"（《白氏长庆集》，卷廿八），宋强至则说："上天忧道丧，远裔以诗承"（《祠部集》，卷五，《杜谘秘校以诗和答依元韵赠之"》，两人言语几出一辙。

诗文与道既非二物，诗文便非一纯粹艺术创造品，其作者亦非纯粹之诗人，"诗外别有事在"。这也是元和与两宋共同的特征，显示了一种知性反省的沉潜精神，在面对人生社会时冥探幽索的情形。就诗本身来看，他们又思考到诗的本质、功能、结构、作者、作品及读者等问题，"诗学"于焉展开。诗学与诗，是两种不同的精神活动，前者是概念的知识展开，后者是直觉的情感契入，唐人不能发展出诗学（贞元元和后始渐萌芽），而宋人却大有所成，原因即在彼此文化精神不同。唐诗在初唐以迄开元期间所呈现的生命昂扬之美（das Ästhetische der erfreuenden Art），至此，遂全为知性反省的凝练沉潜之美所取代了。

总之，思想发展和社会文化建构、客观局势，使得宋代精神由创造发扬转为知性反省，是宋初知识分子在处理自我文化建构时的大走向。不过此中亦有许多曲折，那就是李杜之争。李杜之争，实为一文化问题，宋初逐渐扭转五代旧制，朝向自我精神之建立时，到底将以何种精神取向作为发展标的，当是彼时知识分子一项最严重的抉择课题。李杜之争，就显示了这个抉择与彷徨。

李白与杜甫，分别表现了唐代精神奔腾与内敛的两面，唐代前者显而后者隐，因此杜诗在唐，被视为别调，并非正宗。叶适《习学记言序目》卷四七就说:“杜甫强作近体……当时为律诗者不服,甚或绝口不道”。元和间元白韩柳虽盛称杜甫,并不能改变这一事实[13]。直到宋初,台馆诸公仍然不喜欢杜诗,开国气象,无法与杜甫之生命契合,因为在他们看来,杜诗所表现的真是“村夫子”气味。欧阳修以后,胜国贵胄相继凋谢,名臣巨宦,泰半起家寒素,惨淡戮力以守成,对杜甫当然较能体会。不过,欧阳修“亦不甚喜杜诗,然于李白而甚爱赏,将由李白超踔飞扬、易为感动也”,显然欧公认为宋代的文化精神也应趋向飞扬超踔一路,后来他的门生苏轼似乎就受了他的感染。王安石恰好与欧公相反,他认为“白之歌诗,豪放飘逸,人固莫及,然其格止于此而已”,不像杜甫“绪密而思深”[14]。这跟元稹、白居易评论杜甫非常相似,都着重他在秩序创构上的贡献和思想上的表现,所以宋人称赞杜甫,不外乎“集法度之大成”和“诗意知止于礼义”两点,前者谓之诗史,后者则拟诸六经[15]。这是王安石在宋代诗史及文化发展上最大的影响,黄山谷和江西诗社宗派,即闻其风而继起者,无怪乎山谷要称他为“一世之伟人”(《跋王荆公禅简》)了。宋代精神与宋代诗风,要到王安石和杜甫真正得到认可后,才算正式确定。江西诗社也才能流衍天下,成为宋诗的代表。吴沆《环溪诗话》说得最清楚:

> 若论诗之妙,则好者固多;若论诗之正,则古今唯有三人,所谓一祖二宗,杜甫、李白、韩愈也。……荆公置杜甫于第一、韩愈第二、永叔第三、太白第四,盖谓永叔能兼韩李之体而近于正,故选焉耳。又谓李白无篇不说酒色,故置格于永叔之下,则此公用意,亦已深矣!

---

13. 赵翼,《题陈东浦敦拙堂诗集》:“呜呼浣花翁,在唐本别调,时当六朝后,举世炫丽藻……唯公起扫除,天门一龙跳”。宋人并不忽视杜甫这种创新的精神,如《苏东坡集》,卷二十三,《书唐氏六家书后》就说:“颜鲁公书雄秀独出,一变古法,如杜子美诗”。

14. 见陈正敏,《遯斋闲览》(《苕溪渔隐丛话》,前集,卷六引)。

15.《苕溪渔隐丛话》卷六引范温《诗眼》及李复,《潏水集》,卷五,《与侯谟秀才第二书》。

自东坡后，学李白的还有晁补之、徐积、郭祥正等人，徐氏《徐节孝先生文集》卷一《李太白杂言》、卷十六《和蹇受之》第一首甚至说杜甫跟李白相比，犹如老骥之追秋鹰霜鹘。但整体看来，杜甫早已成为认同的对象，在唐人中论祖宗，可以兼举李白、韩愈，而通论唐宋，就只好以杜甫与黄山谷、陈后山、陈简斋为一祖三宗了[16]。唐代精神奔腾者显而内敛者隐，正像宋代精神奔腾隐而内敛显[17]。

• 宋人自觉反省的途径

在知性反省的精神中，“诗人”最先反省到的，应该是诗之本质的问题，探究诗到底在人生中占什么地位、扮演何种角色、其价值又如何。其次便是创作的问题，包括作者及作品之语言结构两方面。第三则是诗与读者之间的关系问题。

宋人诗话之所以杂乱庞厖，正显示当时对这些问题人人重视，也各有不同的解答，形成了许多不同的派别。但在纷纭杂袤中，仍有一基本的思考路线可循，那就是“言意之辨”——语言与意义的综合思考。

黄山谷《内集》卷十二《次韵杨明叔序》，曾对诗文的价值和人生意义，做一具体解答：“文章者，道之器也；言者，行之枝叶也”。——把诗文看成体现或传达真理的器具，并非宋代理学家独有的看法，而是宋代诗学意识中对诗歌本质上的认识，所以《宋史·张耒传》说耒“诲人作文，以理为主。尝著论云：自六经以下，至于

---

16. 一祖三宗之说，倡自方回，《桐江集》，卷五，《刘元晖诗评》及《瀛奎律髓》卷十六等均有此说。

17. 唐宋各代表一种文化类型，近代史学界殆已论定，但唐型文化与宋型文化的主要差别，许多人仍以“胡”“汉”为判准，例如傅乐成，《唐型文化与宋型文化》，《汉唐史论集》，页339—382，就认为宋代是中国本位文化的立建期，而思想之滋生则起自安史之乱以后，这也是一般解释儒学发展史的普遍看法。然而，此一解释仍欠周延，因为柳宗元、李翱或宋代的苏轼、黄庭坚、李伯时、陈后山，都跟道释两教颇有渊源，周敦颐、邵雍之旁及佛老，也是不争的事实，杨亿还奏呈过《景德传灯录》。因此，我觉得：由于社会结构、思想发展以及客观局势之需要，才有中唐经由“精神的突破”而带来思想上的反省，透过人存在的自觉，面对历史传统文化，做一反刍与转化，以创发新文化。韩愈、欧阳修的取儒弃佛，不过是此一大趋向中的一支罢了。李觏《答黄著作书》说得好：“汉杰罪我不如李习之不为僧作钟铭。习之之论信美矣，然使唐来文士皆效习之所为，则金园宝刹碑版若林，果谁作也？……圣贤之言，翕张取与，无有定体，其初殊涂，归则一焉……何须开口便学古人”（《李直讲先生文集》，卷二十八）自我文化之建立，当然不欲外溷于夷狄，但其本身即是种传统历史文化的融合与转化之再创造。白居易一面感慨胡俗入华，一面信奉佛教；韩愈一面谏迎佛骨，一面又交接僧人；正与宋人之大谈《春秋》尊王，而不废佛老参证一样。只就“我族意识”来看，这些地方即不免捍阂。我

诸子百氏、骚人辩士，论述大抵皆将以为寓理之具也”，文为寓理之具，正是周濂溪《文以载道》的翻版，黄山谷劝孔毅父说：“文章功用不经世，何异丝窠缀露珠”，也是此意[18]。不过理学家由此再进一层，认为得鱼可以忘荃，文不足贵；而诗人文匠则以为：“文者所以载道，言之不文，行之不远，而世儒或以文为不足学，非也”（程洵，《尊德性斋小集·钟山先生行状》引李缯语）[19]。柳开和欧阳修的意见颇能表出此义：

> 文章为道之荃也，荃可妄作乎？荃之不良，获斯失矣！（《河东集》，卷五，《上王学士第三书》）
>
> 传曰：言之不文，行之不远。君子之所学也，言以载事，而文以饰言；事信言文，乃能表见于后世。（《欧阳文忠公全集》，卷六七，《代人上王枢密求先集序书》）

族意识之真正成为一种主导精神，当在南宋，但因它本身就是整个反省活动的延伸，所以即使在南宋也仍有强烈融合佛教文化的意图，以禅论诗即是其中一端。

18. 见周敦颐，《通书》文辞。他如王安石，《上人书》：“文者，礼教治政云尔。……所谓辞者，犹器之有刻镂绘画也”（《临川集》，卷七十七）之类，在宋代是很普遍的。

19. 理学家也作诗，但自认：“平生意思春风里，信手题诗不用工”（《鹤林玉露》，卷二引游九言诗）。这些诗，不仅刘克庄批评是“语录讲义之押韵者”，他们自己也说：“自知无纪律，安得谓之诗”（《击壤集》，卷十二，《答人吟》）。

20. 认为思想内容先语言而存在，最好的例证是石介，《徂徕集》，卷上，《上赵先生书》：“介近得姚铉《唐文粹》及《昌黎集》，观其述作……必本于教化仁义，根于礼乐刑政，而后为之辞”。

21. Graham Hough 著，何欣译，《文体与文体论》（台北，成文，1979 年）。

无论文是荃或载具，与道究非一体，宋人似乎把语言看成是思想的衣服，文体或修辞结构等等，就是这衣裳的款式和花饰。思想内容，被认为是以某种先语言（Preverbal）的形式存在着[20]，因此衣裳如何跟它搭配，使之修饰可观，便成为极重要的问题。Graham Hough 检讨欧洲传统修辞概念时发现：类似宋人这种观念，通常都会产生文体论和文体即人格表现的看法[21]。宋人自也如此，甚至发展得更为复杂，但综合其一切理论内容，我们可以大略划分成三个层面来检视：一是器（言）的问题、二是道（意）的问题、三是道器（言——意）关系的问题。这三层大抵可以涵摄宋代诗学的概貌。

因为“言之不文，行之不远”，所以筌器本身必须力求精良，这是语言文字上的考虑，如句法、诗法、响字、拗救……之类，宋人论之最勄。因为文学家使用语言是自由选择的(Voluntary)和有意的(Conscious),同时,他在使用时也自有其美学的意向,他努力以文字创造美,就像书法家以线条创造美一样,论书法而讲笔法,正如论诗须辨句法[22]。句法不单是字句的安排组合,更是风格的形成依据,各家句法不同,亦即显示了不同的风格[23]。由这些不同的句法和风格中,宋人又尝试找出一些特殊的美学目的,是如何经由特殊的语言形态(Specific Configuration of Language)而构成的,所以他们研究特殊的意象、特殊的语汇选择、特殊的构句法,甚至特殊的形式(如六言诗、福唐独木桥体等),形成"宁僻勿俗"的特色。像黄山谷"心犹未死杯中物,春不能朱镜里颜"这类句构形式和拗体,之所以被宋人称为"会粹百家句律之长,究极历代体制之变,搜猎奇书,穿穴异闻,作为古律,自成一家",原因当即在此[24]。

除了形式的觉知之外,宋人念念不忘诗只是寓理之具,因此山谷虽说要"安排一字有神",却不忘提醒人们"觅句真成小技"。杜甫被称为诗圣,固然是因他"序事亦若史传,斑斑可见当时",也是因为唐代治乱之义,备见其诗[25]。这种对道意追求的热忱,形成了两项特色:一是认为作品的价值,除了造型美之外,尚须考虑作者人格及作品的意义内容而定[26];二是文字既只是寓理之器,对理的掌握自即成为创作时关切的重心。就后者看,义理的追求,正是宋诗的普遍特色,至于何以须使诗意深邃密致,则可能是基于美学上的要求、也可能是诗歌以外的道德社会功能,随个人立场之异而所至殊趣,但追求意思深刻则是普遍的现象,梅尧臣《诗癖》说:"但将苦意摩层宙,莫计终穷涉暮津"(《宛陵集》,卷廿)正是一篇最动人的宣言!所谓炼意,一直是宋诗最高的要求,重要性在

---

22. 黄庭坚题跋五:"凡学书,欲先学用笔……凡作字须熟观魏晋人书,会之于心,自得古人笔法也"。

23. 参考张健,《宋金四家文学批评研究》(台北,联经,1975年),页137、256。

24. 见吕居仁,《童蒙诗训》及刘克庄,《后村大全集》,卷九十五论江西诗派。

25. 范温,《诗眼》;李复,《与侯谟秀才第二书》;又见谢逸《溪堂集》,卷十,《故朝奉大夫渠州使君李公行状》。

26. 以书法做说明更为清楚:《欧阳文忠公文集》,卷一二九,《笔说》:"古之人皆能书,独其人之贤者传遂远。然后世不推此,但务于书,不知前日工书,随与纸墨泯弃者,不可数胜也";《东坡集》,卷二十三。《书唐氏六家书后》:"古之论书者,兼论其平生,虽工不贵也"。

烹句煅字之上，是知性反省时代里最明显的特征。故《中山诗话》说："诗以意为主，文辞次之。或意深义高，虽文辞平易，自是奇作"[27]。后人常称道宋诗能浅意深一层说、直意曲一层说、正意反一层说，宋人自己也常夸赞某人一句包藏好几层意，正是这种创作意识的具体表现。它和宋人诗法中艳称的夺胎换骨也很有关系。严有翼《艺苑雌黄》对夺胎说曾有讨论，他认为凡仿佛前人诗意，而作品"语意中的，亲切过于本诗，不谓之夺胎可乎？不然，徒用前人语，殊不足贵"，像沈佺期、苏舜钦某些作品，虽翻用前人之意，构句也很精妙，其意却不能深入或胜过原作，即不能称为夺胎（《苕溪渔隐丛话》后集，卷十九引）。换言之，意义的追求，若不能挖掘得更为深刻，艺术价值就相对地削弱了。

27. 同类看法，以下举二说较为著名：范温，《诗眼》："东坡作文，工于命意，必超然独立于众人之上""世俗所谓乐天金针集，殊鄙浅；然其中有可取者，'炼句不如炼意'，非老于文学不能道此"；张表臣，《珊瑚钩诗话》："诗以意为主，又须篇中炼句、句中炼字，乃得工耳"。

总之，"语思其工，意思其深"（孙何《文箴》），是言与意的双重考虑，前者看重形式结构的精练，后者则注意形式结构所传达的内涵。内涵寄存于形式之中，那么，究竟是即形式即内容呢？抑或形式仍只是达意的工具？它的价值和传达的功能又如何？……这些道器（言意）关系的考虑，因对这一问题的解答不同，遂形成了宋代诗学纷纭歧互的大观，例如黄裳曾自编诗文为《言意文集》，后来又编《书意文集》，以为："所书者意耳，不主乎言"，二编代表了他自己观念的改变。一人之身尚有此变，则整个宋代诗史上对言意关系的反省，显然不是此处能予详谈的了。不过像王安石"意态由来画不成"和东坡"音在弦上指上"之间，除了魏晋玄谈时偶曾论及之外，在我国文学批评史上似乎都是罕见的精彩论题，值得注意。

本文研究之态度与方法

从中唐以后，诗歌和文化精神都趋向知性自觉反省及新秩序的创造，则透过反省的选择与认同，宋诗必然会酿塑出不同于唐诗的风格；要认识这种风格，也唯有从它跟唐代诗风的比较中来了解，这就是古人常谈唐宋异同的缘故。但是，正如前文所说，各时代的文化性格和批评者的美感意识，也显示在对历朝诗人的价值选取中，所以唐宋异同，很容易演变成唐宋优劣的论争。

唐宋优劣之争，其是非或许永远无法判定，因为格调本乎性情，价值选取的讨论，必然杂染着评论者个人的性情和诗观。但是，若把唐诗宋诗视为文学史上永恒对峙的两种典型，而分析其特质，则是可能且必要的。张英《聪训斋语》说："唐诗如缎如锦，质重而体重，文丽而丝密，温醇尔雅。宋诗如纱如葛，轻疏纤朗，便娟适体。中年作诗，断当宗唐；若老年阑入于宋，势所必至"，即是以唐宋各为典型，来解决价值选取的问题，认为唐宋这两种典型各适合人生某一阶段的生命表现[28]。在本文中，我们将更进一步，不考虑创作时价值选取的问题，纯就批评史的立场，讨论特质。

- 风格典型之抉择：唐宋之争

所谓典型，意指风格上的一个"类"，凡艺术品由历史累积中，逐渐形成一种被人们所承认的风格，它便成为艺术表现上的一个类，成为各个时代、地域、个人或不同心理形态的风格品样。例如古典与浪漫、写实与反写实、优美与壮美、悲剧与喜剧等等。就风格的概念来看，我们不但可以说某一特征是希腊式的、罗马式的、是唐音、也可以指称某人的诗是宋诗。像钱钟书就说王世贞"少年才气发扬，遂为唐体；晚节思虑深沈，乃染宋调"，在此，唐宋就是风格上一种辨识的类。唐而称为体、宋而名为调，均指风格而言，和刘勰所谓："若总其归涂，则数穷八体（典雅、远奥、精约、显附、繁褥、壮丽、新奇、轻靡）"之体相同。《蠖斋诗话》说："李空同看孟（浩然）诗，

28. 张氏此文与后举黄浚诸人都把唐诗的风格比作人生的少年壮年，宋诗则为老年。这种区分，宋已有之，《苕溪渔隐丛话》引《诗眼》说："世俗喜绮丽，知文者能轻之；后生好风花，老大即厌之"，宋人喜欢繁华落尽的冷彻淡泊之美、喜欢一种世情勘透的知性反省之美，于此可见，喻为人生的老年，非常恰当。

不甚许可，每嫌调杂，似谓选体与唐调杂也”，也是以选（《文选》）、唐为两种风格类型的。

既然“唐”“宋”意指两种风格类型，则它们是否有高下良窳之分呢？自南宋以来，争议唐宋优劣者，就是在处理这一问题。在西方美学或文学批评理论中，也常有从价值判断的角度来探讨风格的例子，如哈珀（Harper）、布芬（Buffon）及歌德等人皆尝由心理、思想、或事物本质来判定风格之大小高低[29]。但宋明以来有关唐宋风格的讨论，却多不由此类途径，而似是“辨体论”里的重要论题；辨体的目的，则又是为了决定创作的方向。

辨体，基本上是讨论各种体裁的格律、作法和内容等特色，以作为创作的准绳[30]。故《黄山谷文集》卷廿六《书王元之竹楼记后》说：“荆公评文章，常先体制而后文之工拙”，若不先厘定艺术品的技术性规范，所谓工拙，便不易有标准。坚持创作须先辨体也是如此，凡合乎某种形态即佳，若不合乎某一形态，虽文采斐然，亦不以为贵。唐宋之辨，就是在讨论何者当效法、何者不当效法，不当效法者，并非不佳，只是不合乎此一体制的风格要求，所以就成了病痏。像严羽，就曾认定诗须以盛唐之风格为标准，故宋人诗虽工，因其不合于唐，即不取之；李梦阳也认为诗须香色流动，以风云月露感发情思，宋人不如此，故“宋无诗”[31]。可见辨体固属创作所必须，但其流弊或至于“必为唐、必为宋，规规焉俯首缩步，至不敢易一辞、出一语”[32]。自南宋以迄清朝中叶，宗唐祖宋者之取径及得失大抵如此，价值之选取与判断，构成了唐宋之争的核心。

晚清的批评家们，为了避免价值选取流于褊狭，主张唐宋两种典型并无优劣之分，只代表了“体制”的不同。而这种不同，恰能表现不同的生命情境，“人之禀性，各有偏至，发为声诗，高明者近唐、沈

29. 详姚一苇，《艺术的奥秘》（台北，开明，1968年），第10章，《论风格》。

30. 参考简锦松，《胡应麟诗薮的辨体论》，《古典文学》，第1集（台北，学生，1979年）。

31. 见《空同集》，卷四十七，《潜虬山人记》，卷五十一，《缶音集序》；何景明，《大复集》，卷三十八，《杂言》十首。另参考钱钟书，《宋诗选注》，页12。

32. 李东阳，《怀麓堂文集前稿》，卷八，《镜川先生诗集序》。

潜者近宋，有不期然而然者”，故尊唐祖宋，实与年岁、气禀、生命情调有关。张英《聪训斋语》、黄浚《花随人圣盦摭忆》页364论唐宋诗、钱钟书《谈艺录》页1、吴宓《艮斋诗草》序，均有此说。此说显然仍是从创作的立场来考虑这个问题，且与晚清宋诗盛行的形势有关；因此它不但代表着唐宋之争的第二阶段，也可看出诗人的诗观，导引了当时的创作走向。

时至今日，我们将不再考虑创作的问题，仅就唐宋这两种永恒对峙的风格典型，察量其特质之所在[33]。

33. 批评而牵涉到创作时的价值选取问题，往往会使批评者陷入困局，例如刘克庄，一面疾呼：“宋诗岂惟不愧于唐，盖过之矣！”（都穆，《南濠诗话》引），一面却又沉痛地说：“本朝则文人多，诗人少。三百年间虽人各有集，集各有诗……要皆文之有韵者”（《对床夜话》）。其他论者也常有这类矛盾的情形。

- 风格典型与个别特征

自来论唐宋诗之不同，以严羽《沧浪诗话》最著名，《诗辩》篇说：

诗者，吟咏情性也。盛唐诗人惟在兴趣，羚羊挂角，无迹可求。故其妙处透彻玲珑，不可凑泊，如空中之音、相中之色、水中之月、镜中之象，言有尽而意无穷。近代诸公乃作奇特会解，遂以文字为诗、以才学为诗、以议论为诗。夫岂不工，终非古人之诗也：盖于一唱三叹之音，有所歉焉。且其作多务使事，不问兴致，用字必有来历，押韵必有出处。读之反复终篇，不知著到何在……，诗而至此，可谓一厄也！

宋金以来连篇累牍的唐宋风格论，基本观点大抵在此，但这就能说明宋诗的真貌了吗？任何不囿于流俗习见的文史研究者，都将发现宋人论诗，实以自然含蓄为极旨，姜夔《诗说》：“语贵含蓄，东坡云：‘言有尽而意无穷’，天下之至言也！山谷尤谨于此，清庙之瑟，一唱三叹，远矣哉！”魏泰《临汉隐居诗话》：“凡为诗当使挹之而源不穷，咀之而味愈长”“诗主优柔感讽，不在逞豪放而致怒张也”，均可具体说明这一事实。东坡山谷等人皆主含蓄，反对苏黄的严羽也说含蓄，他们既然都以含蓄为美，则唐宋复何以为辨[34]？

我们觉得，古来许多唐宋异同论者所关注的，大抵都和严羽一样，仅涉及其表面征象，譬如说唐以韵胜、宋以意胜，唐美在情辞、宋妙于气骨，唐人主情、宋人主理，宋以文为诗、唐多兴象等等，侔色揣称，非不精刻，即总觉得不能扪毛辨骨，观其异而知其所以异，以至于他们所指称的特征，在实际辨识中往往谲暗不明，例如严羽以李杜为盛唐大乘法眼，叶燮《原诗》却指出"议论为诗，杜甫最多，李杜皆以文为诗"；严羽以山谷失唐人一唱三叹之意，姜夔却说山谷最谨此道……这种困局，显示了什么呢？我们可以借本特利（Eric Bentley）分析现代戏剧类型为例，稍做说明。

本特利将戏剧的风格分成两大类。写实与反写实，构成了西方现代戏剧的两大传统。写实的风格类型，含有客观性、宣传性、政治性、社会性、散文性、自然模拟的、人生之片断等特征；反写实的戏剧类型，则具有主观性、审美的、宗教的、个性的、诗的、幻想性、惯例等征象。这七个对立的范畴，并非互相排斥，而是程度的不同，整部现代戏剧史就是由写实与反写实二者相克相生而成的波澜壮阔之局[35]。唐代以后的中国诗史，也可以说是由唐宋两种风格典型相克相生而构成的世界。但从前的批评家们，仅着重在个别特征的分析上，甚至用一两点特征裁断唐宋诗的不同，而未掌握住整个风格的"类"，以致批评不够完整。而且，这些特征在失去了"典型"的制约之下，亦觉模糊难辨。因为即使在最写实的作品里，也多少含容了一些约定俗成的因素，但它的约定俗成或主观性，毕竟会因创作形态之不同而与反写实者各异其趣。同理，唐人诗当然也讲风骨，但像殷璠《河岳英灵集》所展示的风骨实与宋人不同。

34. 一般认为唐诗酝借含蓄，其实正是受了宋人批评意识的影响，因为唐人未尝有诗须含蓄之说，唐诗之含蓄也是宋人指出来的。但明清以来多半认同严羽唐含蓄而宋径直之说，其实古人也有以唐诗径直佻浅、无深长不迫之致者，如陆时雍，《诗镜总论》。

35. 详见埃里克·本特利（Eric Bentley），《戏剧家乃思想家》（*The Playwright as Thinker*，台北，联鸣，1981年，林国源译，改名《现代戏剧批评》），第1章。

许多论者忽略了这种不同，并在谲暗中迷失，他们努力地将宋诗等同于唐诗，“尊宋于唐”：一方面在宋诗中找唐诗（如明万历间李蓘选宋诗，专选其近乎唐调者[36]。严羽本人亦有此意[37]）；一方面又想在唐诗中找宋诗，以杜甫、韩愈等人来涵括宋诗，指称杜韩等人的特征就是宋诗的特征。他们不晓得宋人固然曾学杜韩，但也曾学《诗经》、《楚辞》及其他，是综合的融合创造，而非特定对象的继承；何况，他们虽学唐人，而创作活动与创作精神、意义均已不同于唐人。至于他们为何选择杜韩、着眼何处，更与其创作意识有关。以前举含蓄说为例，若唐人的作品表现为含蓄，宋人则从创作意识上追求含蓄，它背后涵有一种知性反省的精神，透过言与意的综合思考，厘定了含蓄的价值、作用，并探索了如何达成含蓄的方法。这样创造出来的作品，即使风致不殊唐人，也绝不同于“表现”的作品，何况它们的风格根本不可能相同呢？山谷学杜最为有名，宋人却已说他不像杜甫，原因即在于此；宋人学唐与明七子之学唐，所得不同，原因亦复在此[38]。宋诗代表一种知性反省的精神，而唐诗则是创造的表现，这两者无论就哪一方面看，都恰好构成一幅永恒对峙的局面，钱钟书《谈艺录》所称：“少年才气发扬，遂为唐体；晚节思虑深沈，乃染宋调”，正是一幅创造性发越及知性反省沉思的永恒对照。犹如优美和壮美、悲剧和喜剧，唯有在风格品类中，我们才能将某些特征看成足以辨识的指标，“含蓄说”是个很好的例子。

36. 书未见，详吴之振，《宋诗钞》序。

37.《沧浪诗话》：“然则近代之诗无取乎？曰：有之，吾取其合于古人者而已：国初之诗尚沿袭唐人，王黄州学白乐天、杨文公刘中山学李商隐、盛文肃学韦苏州、欧阳公学韩退之古诗、梅圣俞学唐人平澹处”，若使严羽来选宋诗，结果可能真会弄出一册伪唐诗出来。另详潘德舆，《养一斋诗话》，卷五。

38. 批评黄不像杜，以张戒最著名；何景明，《读山谷精华录》也说：“山谷诗自宋以来论者皆谓似杜子美，固余所未喻也”（卷二十六）。

- 基本特质之掌握

另外，一般文学史论者所说的“宋诗”，其实非常含混，往往只是指宋代诗歌中的江西宗派而已。因为宋代诗坛流变极杂，由早期的白体、昆体、晚唐体，经庆历、元祐、江西，而至永嘉四灵、江湖及理学诸家，前后十余变。所以论者会以为宋诗只是一个派别一个派别之间不断地争哄，把严羽等人看成“以唐代诗风对抗江西的反动力量”、把南宋诗坛划分为江西体和晚唐体两派。如此一来，“宋诗”指的就只能是江西，而不是宋代诗歌；他们所说的宋诗特色，也不再是宋代诗歌的特色了。殊不知在面目互异、取径互殊的宋代诗歌流变史中，有一种基本特质，使得它们外不同于唐诗、内则彼此展现出类同的价值倾向。而这种基本特质，是要从上文所说风格品类的观念来掌握的，现在，请容我们借用“人格”来说明“风格”。

在一个群体社会中，一般性的情境反应及心理状态，可称之为社会全体的基本人格型（Basic Personality Type）。此一基本人格之存在，提供了社会成员共同了解和价值的标准，并使社会对于包含共同价值之情境有集体性的反应。但我们也将发现社会内部某些限定的群体，如少年、老者、男人、女士、贵族、庶民、佣隶，在基本人格之外还会有不同的反应综合倾向，这就是位分人格（Status Personality）。任何社会所认知的位分人格，都是在基本人格中再添加若干条件而构成的，位分人格不同，并不代表价值态度之体系不同。即使在极端敌视的团体间，基本人格仍是他们共同的认识基础[39]。例如严羽是反对江西的，但他跟江西诸君子一样认为诗应含蓄；他又曾自诩论诗亲切，是自己体悟而非拾人唾涕，但郭绍虞却明白告诉了我们，沧浪诗话多时人习见之论。可见殊相之中，自有共相，不只严羽而已[40]。

宋代歌诗初期仍袭唐末五代遗风，并未建立自己的风格，由欧阳修到江西诗社宗派出现，风格才算逐渐完成；南宋以后，体制或异，基本风格则未变，互相攻击排斥或推崇赞美中，既可以看到彼此共同的价值体系，也能察觉彼此位分风格的差异。以邵雍和黄庭坚为例，两人诗风平浅奇奥固然差异

39. 详林顿（Ralph Linton）著，蔡勇美译，《文化人类学》（高雄，三信，1975年），第4章，页107。

40. 参看郭著，《沧浪诗话校释》。又，夺胎换骨与点化古人诗句是江西特色，而反对江西的四灵也仍讲究点化，详《诗人玉屑》，卷十九引黄昇论赵师秀点化成句条。

极大，但《伊川击壤集》卷十一论诗吟却说作诗“不只炼其辞，抑亦炼其意；炼辞得奇句，炼意得余味”。炼辞得奇，若用在山谷身上，可以不用再多解释，可是山谷也是强调诗应有韵味的，《苕溪渔隐丛话》前集卷四七更引张耒语：“鲁直作五七言，如金石未作，钟磬声和，浑然有律吕外意。近来作诗者颇有此体，然自吾鲁直始也”，足证邵雍和黄庭坚对诗的基本价值并无不同。

张耒又说：“以声律作诗，其末流也，而唐至今，诗人谨守之；独鲁直一扫古今，出胸臆，破弃声律”，这和那位最喜欢抨击山谷诗的张戒，也有暗通之处（张在《岁寒堂诗话》卷上即主张扫除唐人声律习气）。循是观之，宋诗之所以为宋，应当是在纷纭位分之中，有一基本特质在，而这一特质，才是它不同于唐诗的地方。

反之，同属某一风格的团体，本身亦有极大的内部差异，像杨万里《江西宗派诗序》就说：“高子勉不似二谢、二谢不似三洪、三洪不似徐师川、徐师川不似山谷，而况后山乎？味焉而已！酸咸异和、山海异味，而调胹之妙，出乎一手也”，调胹出乎一手，是说他们具有共同的创作形态，而作品的外貌则不一定相似。这种“味”之相似，必须从风格品类的观念来掌握。

从前的研究，多未注意及此，他们常以为他们只是针对一个“展开的多样”（an extensive manifold）所做的知觉累积过程：他们的注意力集中在诗史上一个个小单位，挑出其中一些主要诗人，并探察他们之间的关系；找出他们是否师法唐诗。借着这些细碎的分解、结合活动，来获得对宋诗概括的认识。殊不知宋诗自成一特殊的形态，具有一定的特性，如果仅被分解成若干元素或部分，而未注意到它的基本风格型，不只全体的形态特质不能彰显，对位分殊异也必无法准确地掌握[41]。

总之，唐宋诗不单是历史的区分，也代表了两种诗歌创作的典型。其所以不同，正是由于本

41. 文学史方面如刘大杰、李曰刚等人，固无论矣；专著方面如钱钟书《宋诗选注》就把宋诗从杨万里起，划分为江西体及晚唐体两派；胡云翼《宋诗研究》、吉川幸次郎《宋诗概说》也是分解与结合的叙述，谬误自然不少。

质上的差异。凡作诗者，不入于此、即入于彼。

宋诗的基本风貌

克罗齐《美学原理》(B. Croce: *Aesthetic, as the Science of Expression & General Linguistic*)开宗明义便说："知识有两种形式：不是直觉的、就是逻辑的；不是由想象来、就是由理智来；……总之，知识所产生的，不是意象就是概念"。直觉——表现——意象——情感合为一组，逻辑——思考——概念——理智又合为一组，唐诗近于前者、宋诗近于后者；知识所产生的，既然不是意象就是概念，当然"唐诗宋诗乃体态性分之殊，天下有两种人，斯分两种诗"，遂成为文学史上永恒对峙的两种典型了。我们固然可以像李梦阳、陈子龙那样，宣称："终宋之世无诗"。但是，文学艺术的分析若不如此截绝，则它们便还有进一步讨论的必要。

• 主意主理的创作形态

就像前举温庭筠《商山早行》那样，唐诗以情感为主线，也较重视意象。唐人所选的诗总集，如芮挺章《国秀集》就说："昔陆平原之论文曰：'诗缘情而绮靡'，是彩色相宣、烟霞交映、风流婉丽之谓也。仲尼定礼乐、正雅颂……亦取其顺泽者也"，这和孟棨《本事诗》自序所说："诗者情动于中而形于言，故怨思悲愁，常多感慨"，可以代表唐人的诗观和诗风。唐人虽也常强调诗中用意及风雅比兴，其基本创作形态却仍在乎缘情绮靡。绮靡，故与宋人标榜的古淡不同；缘情，则又跟宋人所主张的理意殊趣。同理，宋诗是多议论书卷的，唐人未尝没有，但孟棨说得好："抒怀佳什，讽刺雅言，著于群书，虽盈厨溢阁，其间触事兴咏，尤所钟情"，缘情的创作形态和宋家铉翁《志堂记》："志，其诗之源乎！本志而言情，情其诗之派乎！"(《则堂集》，卷三)，不同处粲然可见。这是基本形态的不同，所以纵使是以学唐著称的永嘉巨子叶适也要说："争妍斗巧，极外物之意态，唐人所长也；及其要终，不足以定其志之所守，唐人所短也"[42]。依宋人看来，志（性）为本体，情乃作用，诗虽缘情，其要在乎主志，并且须以文合道。这就是主情和主志意两种创作形态之歧异，前者为情感之浸润与扩散、后者为知性的省察，故黄裳曾把古律诗若干篇编成《书意集》，并在自序中说："立之以志、作之以情，有感而后动，合养而为意，思一寓之翰墨"（《演山集》，卷廿一）！

情既不成为宋诗创作的主导力量，自无怪乎杨慎《升庵诗话》要批评："唐诗人主情，去三百篇近；宋诗人主理，去三百篇远"了。吴乔《围炉诗话》也以为："唐人以诗为诗，宋人以文为诗；唐人主于达情，宋诗主议论"。就我国抒情的文学传统而言，宋诗确如杨吴二氏所说，是种新变；它和唐诗比起来，其特质较接近散文的（prosaie），所以宋人论诗论文常具同一机杼，要"以理为主"[43]。吴乔《围炉诗话》举了个非常好的例子：

> 大宋（宋庠）落花诗："泪脸补痕劳獭髓"，用邓夫人事也，诗意细而曲矣；"舞台以影费鸾思"，孤鸾不舞、花枝倚风，有似于舞，妙在影字，似幻似真，说得圆活，花落则影收，鸾应思之，不可以辞害意也。乔谓诗思至此，终是无情。义山落花诗不然（"高阁客竟去，小园花乱飞。参差连曲陌，迢递送斜晖。肠断未忍扫，眼穿仍欲归。芳心向春尽，所得是沾衣"），尝叹二诗之妙易见。

宋庠与李商隐落花诗的不同，其实也是温庭筠和黄庭坚早行诗的差异，一为深情酝染的世界、一是思虑精微的宇宙。在这个宇宙中，宋人不

---

42. 吴子良，《林下偶谈》，卷四引叶适《王木叔诗序》。又，包恢，《答曾子华论诗书》也说："诗自志出者也，不返求于志，而徒外求于诗，犹表邪而求其影之正也"（《敝帚稿略》，卷三）。

43. 范温，《诗眼》云："古人律诗，亦是一片文章……通畅而有条理，如辩士之语言也"，其他类似之例甚多，不枚举。我认为宋人之以文为诗，正是把散文的特质移用在诗上，并借着散文的布局结构方法，来安排诗的秩序。前者后人颇有微辞，后者则历来论诗法诗学的人，无不受其影响，明王文禄《诗的》甚至说："七言律最难，如时文然，易得排比，而版须活动方妙"，可以想见其一斑。清桐城及同光诗派更是以古文来论诗哩！

徒外求于诗，而更要返求于志，所以又极端重视诗外工夫：人格与学养[44]。这种要求比唐人强烈得多，遂成为宋诗著名的特色。

• 以意炼象与由象见道

唐诗既以缘情为宗，自以音节色相之美取胜，虽然从陈子昂以后，唐人无不主张以风雅代淫靡，但扬波扇飙，仍以“发诸情性，谐于律吕”（孔颖达《毛诗正义》序）为基本创作准则。《文镜秘府论》南卷集论所收殷璠《河岳英灵集》说：“词有刚柔，调有高下，但令词与调合，首末相称，中间不败，便是知音”，代表了唐人对音节律吕的重视。另外，旧题贾岛《二南密旨》论物象是诗家之作用、四时景物为诗家之血脉等等，则代表了唐人对色相的追求。宋人恰恰相反，认为诗“如以色见、以声音求，是行邪道，不见如来”[45]，所以谢榛《四溟诗话》卷一引镏绩《霏雪录》说：“唐人诗一家自有一家声调，高下徐疾，皆合律吕；吟而绎之，令人有闻韶忘味之意。宋人诗譬则村鼓岛笛，杂乱无伦。”

不但如此，晚唐李洪宣更著有《缘情手鉴诗格》，主张缘情。但其中又说：“诗有三格，一曰意、二曰理、三曰景”，置景物境象于理意之后，仿佛和宋人相同。其实他所谓意，仍是缘情之意，是直觉的、表现的、情感的意与象，而非概念或理智思考下的意与理，所以唐人又说：“缘情蓄意，诗之要旨也”（《桂林淳大师诗评》）。站在这个基础上谈意象，景象就只是直觉的产品，而未陈示出诸物象间的理与关系。因此我们可以说唐人是缘情蓄意以观象求象，以象显体，客观地呈现出事物之物性（Thingness 或 Dinglichkeit）即可。宋人则必须用意索理，表现出该物件之抽象特质或赋予道德意义，所谓：“山川草木，地之文也，吾以是究其理”[46]。不但主张：“文章论当理不当理耳。苟

44. 黄庭坚，《与徐俯书》：“诗正欲如此作，其未至者，探经术未深，读老杜、李白、韩退之诗不熟耳”。

45. 见方回，《瀛奎律髓》，卷十六。周紫芝尝论二事，可以互参，见周紫芝，《书陵阳集后》、《书老圃集后》，均见《太仓稊米集》，卷六十七，互评注二十八、四十八。

46. 观物得其意态，见晁无咎，《题跋》，页11，“跋李遵易画鱼图”、“跋鲁直所书崔白竹后赠汉举”。

当于理，则绮丽风花同入于妙；苟不当理，则一切皆为长语。老杜……皆出于风花，然穷尽性理，移夺造化”[47]。更要目击道存，游玩则据《周礼》以肯定山水、赏月则借《易经》以否定月亮、看海棠也须分析主观嗜好与客观景物之别。作诗如此，欣赏时也要像罗大经《鹤林玉露》卷八所说：“杜少陵绝句云：‘迟日江山丽，春风花草香；泥融飞燕子，沙暖睡鸳鸯’，上二句见两间莫非生意，下二句见万物莫不适性。大抵古人好诗，在人如何看、在人把做甚么用”。只有在这样的论诗脉络中，道学家诗与诗论才可能产生、并获得认可。因为非道学家的作品也是以理为主、以意炼象的。

要求即物究理和以意炼象，也常使得宋诗对景物并不那么看重，所以唐僧虚中著有《诗物象流类手鉴》，而宋人方虚谷却说：“看前辈诗不专于景上观”（《瀛奎律髓》，卷四七），其差别正如南宗和北宗之分判[48]。普闻《诗论》说得更好：“天下之诗，莫出于二句，一曰意句、二曰境句。境句则易琢，意句难制；境句人皆得之，独意不得其妙者，盖不知其旨也”，一物一象，直觉地表现在诗中，谓之境句，譬若芙渠秋月，触境而得，作者只不过借诗语追捕摹捉此境；意句则不然，除了触境知象之外，尚须即物穷理，恢意象为意理、转识成智，这就是黄山谷外甥徐俯用以教人的作诗法门[49]。唐诗偏于前者、宋诗倾向后者，因此宋人恒觉唐人意象之意，其实只是外意而已。明谢榛《四溟诗话》有段分析非

---

47. 黄庭坚，《答王观复书》：“好作奇语自是文章病，但当以理为主，理得而辞顺，文章自然出类拔萃。”

48. 书画南北宗之说，起于明朝，但诗分南北宗则在唐代已然。贾岛《二南密旨》说：“南宗一句含理，北宗二句并意”，如《诗经》：“我心匪石，不可转也”是北宗，“林有朴樕，野有死鹿”则为南宗。这种分别和从画家南北宗或禅家南北宗发展而来的诗论颇不相同，如宋长白，《柳亭诗话》卷二十八说：“譬之于画，康乐则堆金积粉，北宗一派也；宣城则平远闲旷，南宗之流也”，恰与贾岛所说相反。宋人诗，若依贾说，也是北宗；唐人则堆金积粉，反属南宗。此外，杨万里曾以江西为“南宗禅”，是诗中最高境界。见《诚斋集》卷七十九，《江西宗派诗序》卷八十三，《江西续派二曾居士诗集序》卷三十八，《送分宁主簿罗宠材》。当然这种说法，明清人是绝对不会承认的。互详注四十五。

49. 曾敏行，《独醒杂志》，卷四述汪藻问徐俯“作诗法门当如何入？”徐氏答曰：“即此席间杯柈果蔬使令以至目力所及，皆诗也。但以意剪裁之，驰骤约束，触类而长，皆当如人意。切不可闭门合目，作镌空妄实之想也”。后来汪氏常告人：“某作诗句法得自师川”。——徐氏的讲法，可用音乐作譬喻，乐音是它的材质因（material cause）、秩序则是音乐的形式因（formal cause）。没有物象和音符，无法构成诗和音乐；但音乐的决定因素却在其形式。用“意”剪裁约束所敷布出来的秩序不同，便产生了不同的音乐和诗语，因此汪彦章才会说他的作诗句法得自徐俯。

常精彩：

> 《金针诗话》曰："内意欲尽其理，外意欲尽其象；内外涵蓄，方入诗格。若子美'旌旗日暖龙蛇动，宫殿风微燕雀高'是也"，此固上乘之论，殆非盛唐之法。且如贾至、王维、岑参诸联皆非内意，谓之不入诗格可乎？然格高气畅，自是盛唐诗数。

五代北宋间所欣赏的作品，恰与盛唐诗法相戾，不但可解决意、理、物、象在唐宋诗中地位的问题，宋人之所以选取杜甫诗作为学习对象的理由，殆亦可由其间窥知。宋诗经常在咏某一独立事物时，忽然转入概念化的思考，当亦与此有关。例如苏轼的《王维吴道子画》，由对两幅画的描述，转入"摩诘得之于象外"之理作结；《腊日游孤山访惠勤惠思二僧》也归结到"作诗火急追亡逋，清景一失后难摹"，直指艺术创作之原理。这些，都是宋诗即物究理的显证。

- 概念化知识之展现

所谓即物究理，是指透过知性的思索观察，廓清物象之间的关系和意义。此一创作形态（唐偏于象、宋精于意），其分别似乎可借文学和视觉艺术来说明。

文学所凭借的是约定的符号（Conventional Symbols），它所运用的语言和文字，所代表的都是概念化的结果，所谓概念化（Conceptualization）事实上乃是将经验抽象化的过程，例如人、美女、或"那是一条狗"都是把各种相似事物归为一类而获得的名词，可以指称任何一条狗，却无法表现出这只狗具体而特殊的地方，所以柏格森（Henri Bergson）才会说语言文字只能传达共同的经验，而不能显示经验的具体感觉内容。视觉艺术反是，它所凭借的主要是自然符号（Natural Symbols），图画中有一匹马，视而可知，不待使用者之约定，所以它与感觉的性质较为接近，譬如某甲与某乙外貌上的特征、风采、神情、姿态、意味，凭直觉或绘画，任何人都能分辨得出来，若用语言文字形容之，则甚困难。这是因符示形式（a from of symbolism）不同而形成的特性和限制。自然符号所显示的是直觉品，约定符号则展现概念化的知识，所以像时间的顺序、事件的因果和关系、人物的内在思考……，绘画便不易直接表达[50]。唐诗和宋诗，似乎也显示了这样的差异。

唐诗极外物之意态，宋诗则外示枯槁，无风云月露之点染；唐诗由物象自然演出，宋诗则力涉理路、借言诠道[51]。因此，唐诗是图像的、音乐的，宋诗则是语言的。叶适《徐道晖墓志铭》说："夫束字十余，五色彰施，而律吕相命，岂易工哉？故善为是者，取成于心，寄妍于物，融会一法，涵受万象……此唐人之精也"（《水心集》，卷十七），讲的就是这一事实。试以韦应物《寄全椒山中道士》诗为例：

> 今朝郡斋冷，忽念山中客。涧底束荆薪，归来煮白石。欲持一瓢酒，远慰风雨夕。落叶满空山，何处寻行迹。

东坡在惠州时，曾步其韵作诗寄罗浮邓道士云：

> 一杯罗浮春，远饷采薇客。遥知独酌罢，醉卧松下石。幽人不可见，清啸闻月夕。聊戏庵中人，飞空本无迹。

韦诗妙处在于颔联及末联纯以象景烘染道士超然尘外之致，宛然如画；东坡则从韦诗腹联作起，后人大都认为它不如原作，清施补华《岘佣说诗》更说："寄全椒山中道士一作，东坡刻意学之而终不似。盖东坡尚

50. 参考宗白华，《美学的散步——诗（文学）和画的分界》（台北，洪范，1981年）；钱钟书，《中国诗与中国画》（台北，木铎，1981年，《文学研究丛编》第1辑）及刘文潭《西洋美学与艺术批评》（台北，环宇，1979年），页44－55。

51. 此一现象最明显的例证，就是唐代流传名句，多属景语，各家诗图及历代诗话摘选的佳句，像陈后山"时方随日化，身已要人扶"，山谷"有子才如不羁马，知公心是后凋松"之类绝少。宋人所欣赏则在后者。《西清诗话》云："作诗者徒言其景，不若尽其情"，可见其口味。

意、韦公不尚意”。这“象”与“意”的对比，所显示的正是概念与直觉之不同。克罗齐曾指出：概念的知识，乃是诸事物中关系的知识，而事物本身则是直觉品，是佛家之所谓“现量”，即景会心、不劳沉吟拟议，“长江落日圆，初无定景；隔水问樵夫，原非想得”[52]，跟那种因象究理的创作形态显然不同。

但是，因象究理，亦不能离开象而独立，所以宋人非不言象，只是更要求得象中之理、境中之意而已。唯其欲因事显意、即象究理，是以又倡言精敏的观察和醇厚的学力；推其极致，甚至可以发展成一种独寻内意、摆落外境的诗观，如邵雍《伊川击壤集》卷十七所说：“行笔因调性，成诗为写心；诗扬心造化，笔发性园林”，园林物态，皆我心造，酷似宋元明文人画之写胸中逸气，无关外象；是以雪中芭蕉、月下朱竹，但求得意，可以忘象。这在我国诗史或艺术上都不能不说是一项突出的成就[53]。诗人画师，胸中若有佳趣，自然物外独往，杳杳漠漠，莫非吾诗吾画，欧阳修《盘车图》诗：“古画画意不画形，梅（圣俞）诗咏物无遗情；忘形得意知者寡，不若见诗如见画”及苏轼所说：“论画求形似，见与儿童邻；赋诗必此诗，定知非诗人”“枯肠得酒芒角出，肝腑槎枒生竹石；森然欲作不可留，写向君家雪色壁”等等[54]，与唐代作者“更相沿袭，拘限声病，喜尚形似”（元结《箧中集》序）的风气，迥然不侔。故李公麟画观自在观音，跏趺合爪而具自在之相，以为：“自在在心，不在相也”。

52. 参看王夫之，《夕堂永日绪论》。但此处所谓概念与直觉之分，乃是比较性的，宋诗之概念和逻辑性绝不等于科学知识中的概念与逻辑性，幸勿误会。

53. 戴熙，《赐砚斋题画偶录》：“东坡在试院，以朱笔画竹，见者曰：世岂有朱竹耶？东坡曰：世岂有墨竹耶？善鉴者固赏识于骊黄之外”。王维雪中芭蕉，唐人不甚欣赏，张彦远《画论》讥其不问四时，宋人则交口赞誉，故沈括，《梦溪笔谈》卷二十八云：“书画之妙，当以神会，难可以形求也。”可见宋人普遍具有的独创精神，也是从此延伸而出的。

54. 见《苕溪渔隐丛话》，前集，卷三十引《王直方诗话》。宋代画论家如沈括、赵孟濚等皆韪其说，可参考清圣祖敕撰，《佩文斋书画谱》（台北，新兴，1969年），第一册，页325。

- 语言形式的觉知

意余于象、忘象得意，是宋代文学创作的精髓，它既要求作者透过“器”来掌握“道”，也要求文学作品表达言外之意、象外之思。《陈后山文集》卷十九《谈丛》里记载韩幹一幅《走马图》，年久绢坏，马足湮灭，李公麟却说："虽失其足，走自若也"。足已失去，便是象已不存；而走自若，正是意仍可见。宋人笔记所述当时画"深山何处钟""踏花归去马蹄香"之类故事，也是如此[55]。故黄山谷题李龙眠摹燕郭尚父图说："凡书画当观韵。……余因此深悟画格。此与文章同一关纽，但难得人入神会耳。"足证宋人对文学艺术普遍有此认知，适可与上节所谈"即象究理"和"忘象得意"合观。

这一特色，正显示了他们对言意关系的思考。

55. 详黄伯思，《东观余论》卷下；楼钥，《攻媿集》卷二，及钱钟书，《管锥编》，第2册，页719"论意余于象"条。

56. 见金圣叹，《选批唐才子诗》（台北，正中，1956年）。刘若愚著，杜国清译，《中国文学理论》（台北，联经，1981年），页158－178。

书法绘画，以线条为主要表达工具，诗歌则以语言文字。在创造性发越的时代、在直观感相渲染的创作形态中，作者不会察觉到作者本人意念和符示工具之间的关系，快意骋辞、意尽辄止，来不知其来，去不知其所往，作品只是自我情感向外喷射投注而展现的世界，是生命的舞姿，在音乐的旋律中，绽放出艺术的形象。它诞生在一个最自由最充沛的内心自我里，以奕奕神光，让万物以嵯峨突兀的线文呈露出绘画般的状态。而他自己便在璀璨的反光里把握到自我的生命。这一切，总是"感物吟志，莫非自然"，借取语言文字挥洒自己心中的韵律，绘出心灵所直接领悟的物态天趣，既涵绵邈于尺素，吐滂沛于寸心，作品当然也就任性而发，可以"不效颦于汉魏，不学步于盛唐"（袁宏道，《小修诗集》序）了。不仅形式与结构的考虑，不再成为问题；推其极致，亦可以发展出一套把诗完全推入内在神秘经验中的诗论（如金圣叹所说："诗者，人之心须忽然之一声耳，不问妇人孺子，晨朝夜半，莫不有之""离乎文字之间，极于怊怅之际，固不待解绳而撰字、贯字以为文"之类[56]）。

可是，创作意识若不断沉潜，他便会反省到作者内在经验和符示工具、形式和内容之间复杂的关系。因为诗虽以性情之感动为其内在精神，最后仍须以语言文字的组合构造来完成，即使标榜性灵独抒、任性而发的袁宏道也不得不思考：“口舌代心者也，文章又代口舌者也。辗转隔碍，虽写得畅显，已恐不如口舌矣，况能如心之所存乎？”（《论文》上篇）一人之间，尚有此问，则宋人之不喜神秘经验论，殆属必然，僧智圆《钱塘闻聪师诗集序》就说：“及问诗之道，则昂其头、翕其目，辗然而对人曰：‘人亦有言：可以意冥，难以言状。吾何言哉’，吁！可怪也！”（《闲居编》，卷廿九）宋人认为一位作者或读者，对诗的结构，形式及创作过程都应有相当的自觉，应清晰地明了一首诗如何构成，细究其命意、布局、抟字、铸句、敷采及效果，所以他们除了对诗所欲表达的内容严格要求之外，形式本身也是他们所关注的目标。

唐人对形式结构较乏觉知，他们只是在天地间率意挥洒，曲尽蹈虚揖影之妙而已。主观的生命情调在客观的山川日月中交融互渗，成就了一个鸢飞鱼跃的灵境，以致整个艺术世界便如皎然《诗式》所说：“若遇高手如康乐公，览而察之，但见情性，不睹文字，盖斯道之极也”！文评家弗莱（Roger Fry）尝谓一幅图画所象征的感情内容，代表“戏剧的”或“心理的”价值，绘画本身的形相和色彩等实际结构则属于“造型的”价值；我们观赏图画时，愈注意它的戏剧或心理价值，便愈容易忽略它的造型价值。衡诸皎然，似有此弊。

宋人论诗文书画，虽最终仍以意为主，但对符示工具及意所托寓的形式结构，至为注意，二者并不偏废，道学如邵雍，尚且主张辞意双炼，其余可以想见。凡不务道（意）而徒求于文辞，或言之不文而徒矜于理胜者，皆偏枯之谈。因为情意如果能表达，诗人语言文字的运用即须具有特殊的艺术技巧，以创造诗的形象；否则，诗便只是一堆情绪状态或理念而已。这种特殊的艺术技巧，总称为句法或诗法之学。

吕本中《童蒙诗训》说：“前人文章，各自一种句法，学者若能遍考前作，自然度越流辈”——句法，代表诗中一种秩序的建构，包括韵律、字汇、意象、章法等巧妙的安排与组合，以容纳诗人所欲表达的情和意[57]。吴乔《围炉诗话》说："宋人眼光只见句法，其诗话于此有可观者，不可弃之"（卷一），可见句法（辞句结构）的重视，乃是宋代诗学特色之一。他们并不以为语言文字只是纯粹透明的（transparent）工具或手段，它本身也能以独具的艺术形象构成价值，所以有些作品会"语工而意不及"，有些则会"文不逮意"。陈与义《春日》诗云："忽有好句生眼底，安排句法已难寻"，文和意如何配合，已是宋代诗人关注的焦点！

这种配合，自以心手相应，语言准确而充分地表达心之所欲言为第一要义，唐子西《语录》所谓："东坡诗叙事，言简而意尽"，尽即是完足之意，宋人常称赞好诗是篇无累句、句无虚语，亦是此意。这种言简而意不遗的能力，来自不断地学习，东坡《文与可画筼筜谷偃竹记》说："夫既心识其所以然，而不能然者，内外不一、心手不相应，不学之过也。故凡有见于中，而操之不熟者，平居自视了然，而临事忽焉丧之。岂独竹乎！"（《文集》，卷卅二）宋人喜欢和韵酬唱，并且日课一诗，其基本原因都是为了磨炼技巧，以期心手相应，造语简缓而意思精确。

语言既已精确，更须在诗语中透显诗的意境，造成形象外的韵致，这就是李廌《答赵士舞德茂宣义论宏词书》所云："充其体于立意之始，从其志于造语之际，生之于心，应之于言，……如朱弦之有余音、大羹之有余味者，韵也。"（《济南集》，卷八）这种文外曲致的要求，非但不与言尽意论矛盾，且内含于上述理论中，因为宋人论"意尽"必谈"语简"，黄山谷所说："句法简易而大巧出焉"（《与王观复书》），是当时人的共识。语简意尽，自然含蓄，自然有无穷意味供人咀嚼，所以姜夔《诗说》云："词尽意不尽者，非遗意也；词中已仿佛可见矣。词意俱不尽者，不尽之中，固深尽之矣！"[58]

57.《陵阳先生室中语》引韩子苍云："大概作诗要从首至尾语脉连属，如有理词状"，可见宋人对诗之秩序建构至为注意。

58. 参考苏洵，《上欧阳内翰第一书》（《文集》，卷十一），苏轼，《书黄子思诗集序》（《后集》，卷九）。吕本中《童蒙训》误以为意尽与含蓄不同，所以才会说："东坡云意尽而言止者，天下之至言也。然而言止而意不尽，尤为罕至，如礼记左传可见。"

总之，言意之辨，是宋代诗学的基源问题之一，它产生自一种对创作活动的理性省察中。发觉形式结构之价值，可以不依凭戏剧的或心理的价值而存在，所以说："句法之学，自是一家工夫……此专论句法，不论义理"[59]。但是，作品之内容又在形式中展示，因此他们又要考量结构布置中"意"如何安排锻炼的问题，所谓"命意""夺胎换骨"等等，就语意学观点看，都是极精彩的觉知和实践。唐人对形式的觉知不足，但生命一意回翔太虚，亦能自成节奏与和谐，与宋人之秩序性建构不同。唐人中，杜甫最具有这种秩序性建构的精神，"晚节渐于诗律细"，和苏轼所谓："敢将诗律斗深严"（《文集》，卷六，《谢人和雪后书北台壁》）若合符节，因此他在宋代也最受青睐。而宋人之间，东坡与山谷又仿佛唐之李杜，东坡犹有挥斥六合，踔腾万象，将自我精神射向无限时空的气象；山谷则虽也"超逸绝尘，独立万物之表；驭风骑气，似与造物者游"，但其生命情调较东坡更具知性反省的特质，在布置严谨中展示放纵、在欹斜槎枒间见其精密，秩序建构之意最深。所以就诗而论，宋人虽然也很尊敬李白、东坡，而实质影响，杜甫与山谷却深远得多[60]。

59. 见《苕溪渔隐丛话》，前集，卷四十一引《诗眼》。

60. 杨万里《江西宗派诗序》说："今夫四家者流，苏似李、黄似杜。苏李之诗，子列子之御风也；杜黄之诗，灵均之乘桂舟、驾玉车也。无待者，神于诗者欤？有待而未尝有待者，圣于诗者欤？"分析苏黄最切。

结 语

透过唐宋的比较，来看宋诗特色，至为清楚。唐代文化，正如上文所说，它所喷涌出的生命歌咏，不是思考性的，而是直接对感官的触动，是直观感相的渲染，杜甫所谓："精微穿溟涬，飞动摧霹雳"（《夜听许十一诵诗爱而有作》）即是大气盘旋的创造活动，具象而飞舞，真力弥满，万象在旁。他们以无限深情，俯仰人世，以一颗活跃而有韵律的心灵，创造意象。山川物色，遂与他们神遇而迹化，融入其生命情调之中。他们的诗，具有图画般的意境、音乐般的韵律、舞蹈般的姿态，灿若春花，绽发在一位趺坐静思的老僧面前。

老僧，代表了宋代文化的特质，他见山不是山，见水不是水，山川物色，可以目击道存[61]；他内定其志，风骨嶙峋，在生命人格上展现出一种淡泊澄观的美。他步履沉稳、学养丰富、对宇宙社会秩序性的关怀，更非坐者歌而行者舞的唐诗可比。因此，无论是观物的态度或整体的特征，都显示了一幅永恒对照的景观："直觉——表现——意象——感情"和"逻辑——思考——概念——理智"两组永恒的对峙。若依钟嵘的讲法，吟咏性情者为直寻、文资事义者为补假，则唐似近于前，宋似近于后者。这种区分，源自生命形态和文化质地的不同，所以宋之学唐，便不能单纯地视为模仿或剽窃。

61. 见罗大经，《鹤林玉露》，卷八。

宋代诗人不但对唐宋之分断断如也，即使号称学唐，其所谓唐也常只是一种针对宋诗风格持续发展的选择，而非唐人本来面目或唐诗主流。像项安世《题刘小山所藏杨秘监诗卷》就明白宣称："雄吞诗界无前古，新创文机独有今；肯为小山题短纸，自家元爱晚唐吟"（《平庵悔稿》，卷五）胡应麟《诗薮》外编卷五也说："宋之学陈子昂者朱元晦，学杜者王介甫、苏子美、黄鲁直、陈无已、陈去非、杨廷秀……诸人亦自有近者，总之不离宋人面目"。无论哪派，他们都曾就自己性之所近，摘选李杜等寥寥数人，而创造出新的、不同于唐诗的宋诗典型。在这种反省地选择与认同的创作形态中，他们所欣赏的唐诗，也往往是合乎自己脾味的，例如杨万里《双桂老人诗集后序》就说："近世此道之盛者莫盛于江西。然知有江西者不知有唐人，或者左唐人以右江西，是不惟不知唐人，亦不可谓知江西"（《诚斋集》，卷七八）！唐诗与江西诗风格显然不同，可是在久染江西的杨氏眼中，唐诗的精彩处却与宋诗无异哩！

这种经由自觉选择地学唐，来凝塑不同于唐诗风格的创作过程，始于梅圣俞，至江西诗社宗派而完成，这是一段锻炼追寻的历程，尝试与曲折甚多，故刘克庄《后村诗话》认为梅氏是宋诗的开山祖师（见《后村大全集》，卷一七四）。试以梅氏《范饶州坐中客语食河豚鱼》为例：

春洲生荻牙，春岸飞杨花，河豚当是时，贵不数鱼虾。其状已可怪，其毒亦莫加。

忿腹若封豕，怒目犹吴蛙。庖煎苟失所，入喉为莫邪。若此丧躯体，何须资齿牙？

持问南方人，党护复矜夸。皆言美无度，谁谓死如麻！我语不能屈，自思空咄嗟！

退之来潮阳，始惮餐笼蛇。子厚居柳州，而甘食虾蟆。二物虽可憎，性命无舛差。

斯味曾不比，中藏祸无涯。甚美恶亦称，此言诚可嘉！

开头两句兴象极美，但自第三句以下，笔锋即由物象之描写转为思考的陈述与说明。而我思咄嗟之后，居然还要从眼前个别经验的凝思，抽绎出一个具普遍意义的概念：“甚美恶亦称”。这个概念之获得，又是借历史之探索与对照而来。于是，全诗“借象诠道，以意索象”的特质，便昭然揭现于天地之间了。后来南宋元初大抵仍依循他们开出的途径而发展，所以罗大经在《鹤林玉露》卷三里称赞范石湖：“石湖过（曹操疑冢）有诗云：‘一棺何用冢如林；谁复如公复此心。岁岁蕃酋犹封土，世间随事有知音’，四句是两个好议论，意足而理明，绝句之妙也”。这类诗作和论诗的观点，真是与唐人大异其趣了。唐诗之妙者多半在于力求风神绰约，含情绵渺，如崔国辅的《怨词》：“妾有罗衣裳，秦王在时作；为舞春风多，秋来不堪著”，用乐府诗的韵律，表达袅袅情姿；以罗衣倦舞，点出无穷苦怨，而怨情苦意，见于言外。宋诗则不然，陈后山有首题材内容完全相同的作品，可供参证：

主家十二楼，一身当三千。古来妾薄命，事主不尽年；起舞为君寿，相送南阳阡。

忍著主衣裳，为人作春妍？有声当澈天，有泪当澈泉，死者恐无知，妾身长自怜！

本诗题名《妾薄命》，即是要从某一单一事件中，点出姬妾薄命的人生观照。就写法上看，崔诗纯粹是情感的流动，并借物色的转移来显示人生情境之改变，正是贾岛所谓“体以象显”的写法。而罗衣入目、帐触时发，亦由直寻，非关补假。陈诗则十二楼、三千、南阳都涵蕴着许多典故，全诗也不借资于物象，全是意的锤聚；“古来妾薄命，事主不尽年”两句，更具概念思考的特质，化独特经验为人生普遍的悲感。末两句“死者恐无知，妾身长自怜”，刻意指实了知觉思考在本诗中的重要性，实与梅圣俞诗所谓“自思空咄嗟”的思字，同一作用，也和黄山谷《早行诗》的“知觉闻辨”若合符契。这说明了他整个创作活动，并不在一时情感的迸触，而是反身沉思，对自我处境和主人与我彼此之关系仔细凝察后，所发出的悲怛之思，崔诗并未挖掘得这样深刻。同时，写法上一身三千是用典，而任渊注却说他“语简而意尽”；起舞为寿、相送南阳，则构成一种情境的逆转，技巧亦较崔诗繁密得多。——这些，无一不可以印合上文所说唐宋诗歌的特色和差别。

同样的例子，还可以看杜甫、欧阳修等人的咏王昭君诗。唐人咏昭君者甚多，但无论是李白的“昭君拂玉鞍，上马啼红颊；今日汉宫人，明朝胡地妾”，或杜甫的“群山万壑赴荆门，生长明妃尚有村，一去紫台连朔漠，独留青冢向黄昏；画图省视春风面，环佩空归月夜魂。千载琵琶作胡诗，分明怨恨曲中论”，都只是就事抒感，述昭君之怨、写汉廷之悲而已，并未由此一事件推向整个人生法则的提出。因此在这方面遂不得不让宋诗专美，例如欧阳修的《明妃曲》，首由明妃远嫁、汉廷计拙说起，继而宕开一笔，写明妃去时，泪滴花上，而花随晚风，漂泊谁家？因此这遂不仅是明妃本身的悲哀，而是人间美女普遍的悲剧了："红颜胜人多薄命，莫怨春风当自嗟"。王安石的名作《明妃曲》亦复如此，初写明妃泪湿鬓脚，徘徊春风，而笔锋摆动，便带出"意态由来画不成，当时枉杀毛延寿"及"君不见，咫尺长门闭阿娇，人生失意无南北"的沉思，议论风发中，由象见道，以意炼象，遂非唐诗旧蹊。咏物诗亦然，唐人咏梅，不过言其欺雪侵寒或借以抒年华流逝的感伤而已，宋人则透过知性的反省（荆公诗："遥知不是雪，为有暗香来"），探察梅花在人生及宇宙中的意义，如贞士之皓皓、如隐者之超超。这便是即物究理的创作形态，除了客观呈现事物之物性外，更须表现该物之抽象特质或赋予道德意义。

宋诗这种特色，来自它在历史演变中逐渐形塑的文化特质，使它通过知性的反省而产生形式的觉知和义理的追求。可群可怨，以追光摄影之笔，写通天尽人之怀，精深微妙，显于人生社会群体之中。此一创作形态，系在凝神寂照中涵养成就的，所以宋人论诗之完成，又常用"参禅""学仙"来拟喻，他们不强调狄奥尼修斯（Dionysius）的热情，以深入宇宙动象，却主张阿波罗（Apollo）式的宁静涵映，以彰显世界之广大精微，朱熹方塘鉴影，活水源头之譬，和濂溪主静之说，最能说明这一精神特质，故东坡《寄僧参寥论诗》就说诗道唯在"空、静"。他们偶遇枯槎顽石、勺水疏林，都能以这种深情冷眼，求其幽意之所在，故不同于唐人悠游天地物象之间的直观渲染。——这两者之间的差异，代表着艺术上两种最高的精神形式，也成为我国后代诗人追求的方向。只有如此看，宋人追求自我风格之完成的努力，才能得到肯定；自南宋以降发展出来的唐宋之争也才具有永恒的意义，诗人选择唐音或宋调作为创作时的指向，其实就是对自我生命性格作一番庄严的厘定与永恒追寻的展开！

市井歌谣及其转型

宋词

吴炎塗

前人称词为“诗余”，或称为“长短句”，对于诗词的递转则多模糊之论，近世学者虽已扬弃词为“诗余”的说法，对于词的起源仍多所推测，议论纷纭，莫衷一是。实际上词是乐府的一体，我们说“填”词而不说“作”词，已表明这种文类的句度声律，全以曲拍为准，而所依据的曲拍，又为隋唐以降的燕乐杂曲，就是“今曲子”。至于词“上不类诗，下不入曲”，主要在所依循的曲调，既不是南北朝以前的乐府，又不属于金元以还的南北曲，并不是文辞风格上有何显著的区别[1]。

依元稹《乐府古题序》，从诗流衍者凡廿四名，其中歌曲词调四名，都是“由乐以定词”，不是“选词以配乐”，后来依曲拍制的词，命名就托始于此。自是而言，词本为别名，到了流衍蜕化后才成为新兴文体的总名，而这总名，又为“曲子词”的简称。五代宋季，或称“曲子词”，或称“曲子”，或称“今曲子”。其仅称“曲子”或“今曲子”，就乐曲的本体来说，是因乐曲足以概括歌词。《花间集》序、《北梦琐言》、《画墁录》、《碧鸡漫志》诸书，于论词之际，每存卑视心理，而宋人称词，往往添一“小”字，如《古今词话》记“曲子相公”和凝好为小词，明示所依的曲调，已非中夏的正声，浸假而繁声淫奏，尽是“胡夷里巷之曲”[2]。词体和诗的区别在此，其进展迟缓的缘由也在此。逮经数百年的酝酿，升平歌舞，朝野上下乐行不止，士大夫才屈就曲拍，依其“句度长短之数，声韵平上之差，为之准度”，撰造歌词，阳讳其名，阴用其实，始于“曲子词”上添加“词客”二字，以别于市井淫哇鄙俚之曲，进而添益“风雅化”的名称。宋人的词集由此有题为“乐章”者，有题为“乐府”者，有题为“琴趣外篇”者，有题为“长短句”者，有题为“歌曲”者，有题为“别调”者，皆自标雅号，其实不过“今曲子”词罢了。宋人除柳永乐章尚存“曲子”二字，余人皆掩面遮目。后人对于词的根源和诗词曲三者的界限多含混不明，主要就在不清楚乐曲的嬗变繁衍，乃词体

---

1. 龙沐勋，《词体的演进》，原刊《词学季刊》创刊号，今收入罗联添编，《中国文学史论文选集（三）》（台北，学生，1979年），页1281－1317。

2.《旧唐书》，卷三十，《音乐志》三（台北，鼎文点校本），页1089。

建立的缘由[3]。

隋唐以后，俗乐以琶琵四弦叶律，琶琵曲大行，汉魏以降的旧曲澌灭殆尽，古乐府体制不宜于“今曲子”，词体于是翻叠出新。依《教坊记》所记诸曲，或出中土帝王所造，或西凉所进，或乐工所进，或因旧曲而造新声，创始期间则都在开元天宝之间。然而自开、天年间下至五代，词的曲调虽备，而歌词则仍未充分发达，主因在胡乐中国化后，大曲杂曲，纷然而陈，大曲遍变甚多，不易谙习，不得已或就原曲截裁用之，或依本宫调制引序慢近令。后世制词，乐于简易，而引序慢近令多从大曲而来，创制不易，倚声填词进展迟缓，这又是一大缘由。其次凡乐曲无不分隶数宫商，同一调名，因所属宫调不同，往往依声而制的歌词也句头参差，与曲子所表之情味，相挟而俱变，所以唐宋人词有同用一调，而所描写悲欢离合之情味截然殊致，实在是声情配合艰难，也是翻曲者故弄狡狯的原因。词的写作，除非深通音律，洞晓宫商，是不敢率意变易的。词的发展所以沉晦，必至五代才如春云乍展，这又是一大缘由[4]。

词的风格，既然主要系于乐曲的表现形式，因此文字和音乐的配合，可说是初起的词最显著的特征，本文所指的市井歌谣就指这种形式的表现而言。等到文人加入填词的行列，以其娴熟的技巧、创调的才华中，注入个人生命层面的感兴，文人意识就取代词原始的市井色彩，终致蔚为主流。由于这些嬗变，我们探索词在文化史的地位，就和探索诗的着眼点不同。第一，若词所表现的技巧、文字的琢磨、风格的映发和诗没有太大的不同，如五代宋初某些小令，我们就略而不论，因为它只是承袭原有的基调而已。第二，由于词倚重音律，有时音乐的效果重于文辞的效果，然而如众所知，词遗下的曲调极少，至今只能由《九宫大成谱》、《碎金词谱》等追摩想象其音律。有些词的价值，甚或历史上的地位原是立足于乐曲上的，如刘禹锡、白居易的《竹枝词》，这些作品我们也略而不论。第三，词写作背景既和当时乐曲

3. 龙沐勋，《词体的演进》。

4. 同上。

流传有关，然而当时乐曲四方通行，无人记下流传的详情，日后需要追记时，又亡佚大半，因此我们推论某些词在历史上的特色，是以意义为准，不以事实为断。有些词话所载词人名篇的佳言轶事，经历史考证为误托讹造[5]，如李后主、柳永的一些记录，然通盘来看，这些记载背后往往反映一种普遍意义。换言之，本文重视这些记载后面隐藏的普遍意义，更重于单一事实的真伪。第四，词和乐曲密迩难分，它的抒情效果更甚于诗，晚近汉学家译词为 lyric song[6]，是明确的诠释，因此本文将着重于抒情效果的分析，如果其成就来自形式的变化，则探索它的形式；如果效果来自全词的风格，则观察全盘的感受；如柳永则论其形式，东坡则着重其风格气度。我们依此四大基线，以文化史为经，以词为纬，希望在简略的勾勒中认识词的成就和限制。

5. 参见王国昭，《词话的钞袭与改易》，《书和人》，第440期，（台北，国语日报社，1982年5月1日）。

6. James J. Y. Liu, *Major Lyricists of the Northern Sung*, (reprinted in Taipei，敦煌，1977年).

7. 龙沐勋，《词体的演进》，页1304。

市井歌谣的雏形

在长短句尚未兴起以前，无论任何人所作之诗，或古体诗行，或近体律绝，无一不可入曲[7]，只是入曲配合的大权操在乐工手上，李峤《汾阴行》原为七言古体长篇，乐工但裁“山川满目泪沾衣，富贵荣华能几时？不见只今汾水上，惟有年年秋雁飞！”四句入曲；如王昌龄《从军行》：“秦时明月汉时关”，曾配入《盖罗缝曲》；·岑参《赴北庭度陇思家》：“西向轮台万里余”配入《簇指陆州》；沈佺期《闻道黄龙戍》五律前四句，配入《伊州歌》第三遍；杜甫《锦城丝管入纷纷》配入《水调歌》入破第二遍。文人作诗既人人有入乐之望，且开、天之间，乐工又以得名人诗句为荣，下逮中唐，余风犹未衰歇，有此种种方便，文士少有依一定的曲拍，承受各种拘制而倚声填词的。当时为救乐曲的平板，以应节奏的抑扬抗坠，或利用泛声，或重叠回沓；前者使一定的词句缓急相间，参差错落；后者则使之低回往复，悠悠不尽。其间偶有从事填词者，尚多出之游戏，非专精肆力于此伟业。

因此，初期的词多存市井情态，调情也以反复回沓为主[8]。其形式往往同一调名而句度参差，平仄亦不甚严整。《云谣集》中之《凤归云》，两首各为82字，又两首则各少3字；《竹枝子》一首为57字，别一首则多7字；《洞仙歌》一首为76字，别一首少2字；《内家娇》一首为104字，别一首少8字；《拜新月》一首为84字，别一首多2字，其间句度参差，无法详数[9]。再就题号而言，《教坊记》载有《柳春娘》、《别赵十》、《忆赵十》、《煮羊头》、《唐四姐》、《黄羊儿》、《措大子》、《醉胡子》、《麻婆子》、《刺历子》等俚巷鄙俗之曲，甚见初期词尚存民间生活的情态。今日《敦煌词》为准，略论初期词的特色。

初期词的题材主要在表现市井阶层的生活情态，如作客他方的凄楚（《长相思》），丧乱荼毒的悲怆（《献忠心》："自从黄巢作乱。直到今年。"），儿女相思的凄凉（《望江南》："天上月"），尤以乱离战事所引发的闺怨，在敦煌词中为数最多，如《凤归云》第一首的"征夫数载"，第二首的"征衣裁缝了"，第四首的"娉得良人，为国愿长征"；《洞仙歌》第一首的"恨征人久镇边夷"，第二首的"无计恨征人，争向金风飘荡"，《破阵子》第二首的"独隔千山与万津，单于迷虏尘"，第三首的"早晚三边无事了，香被重眠比目鱼"，第四首的"年少征夫军帖，书名复年年"等，这些题材多直承唐诗闺怨伤别的传统。在表现这些题材时，敦煌词发展出许多重要的形式，诸如①长短的词句；②以调为本题外，另作题号，如《凤归云》直标《闺怨》；③双阙分片的形式；④押韵的变化，如《鱼歌子》《洞房深》一首下开四声通叶的典例；⑤长达百字以上的慢词，如《倾杯乐》长达一百一十字，这些形式对于继起的词风都有决定性的影响[10]。

8. 反复回沓是民间歌谣表现的主要形式，参见周英雄，《从两首乐府古辞看民间歌诗》，收入《中国古典文学论丛（一）·诗歌之部》（台北，中外文学月刊社，1976年），页235—261。

9. 任二北，《敦煌曲校录》（台北，盘庚景印，1978年）。

10. 底下这节讨论依孙康宜,《谈敦煌词与文人词》改写,原文见《中外文学》第86期,1979年7月,页170—173。

敦煌词和文人词最大的不同,除题材丰富外,文体颇多变化,有叙事体(如孟姜女的故事),有近于戏剧的代言体(如《鹊踏枝·叵耐灵鹊多满语》),也有抒情体(如《摊破浣溪沙·五里滩头风欲平》)。然而二者最大的差异仍在语言掌握上的分歧,底下我们各选一首《忆(望)江南》作比较:

(甲)敦煌词

> 莫攀我,攀我太心偏;我是曲江临池柳,这人折了那人攀,恩爱一时间。

(乙)文人词

> 江南好,风景旧曾谙,日出江花红胜火,春来江水绿如蓝,能不忆江南。

甲词文句较为通俗,例如"这人折了"的"了"字,完全是白话的虚词,直到唐末五代之际,"了"字还没被诗人普遍接受,认为过于鄙俗。此外,这首词所表现的风格正是我国民间诗歌的典型。写词的人,在第一句就直截了当地道出自己的心声:"莫攀我"!"莫"字为否定命令句,强烈表达那说话人不能自已的怨尤。全词中最重要的动词是"攀"字,一共出现三次,而"我"字也重复三次,于是乎作者内心的苦闷无奈,就平平实实地表现了,丝毫没有冗词,没有掩饰。总之这首民间词是以固定的观念为中心,用直截反复的手法来表达个中情愫。至于乙词则大相径庭,同是廿七字,白居易的写法明白地表现出文人词里所谓的"情景交融"。诗人在首句道出自己的感触:"江南好!"虽与甲词同样是开门见山的宣示,可是作者并不把己身拘制在固定的观念之中,除了情愫的表达,更重要的还有景物的烘托。词铺展至此,诗人的存在仿佛置身于外界的景物中，令人感到一种客观的提升作用，由情的领域转入景的世界里，安详自在。由于这种提升转化，情愫的浓郁也变得静谧恬然。直到最后一行，诗人才又从外景的陶醉中回归情的世界，由此可见，这首词并非一连贯的主观情语所组成，而是情语、景语的转化融合。

民间词既依固定观念为中心，以反复或直截为主要技巧[11]，自然着重“事件”的陈述，其所用的字句也倾向民间口语的运用，如《浣溪沙》：“好是身沾圣主恩”的“好是”，《鱼歌子》：“声更噎，泪如雨，见便不能移步”的“便不能”，《感皇恩》：“从此后，愿皇帝寿如山”的“从此后”，《送征衣》：“今世共你如鱼水……梦魂往往到君边，心穿石也穿，愁甚不团圆”，俗语尤多。再举二例，如《菩萨蛮》：

> 枕前发尽千般愿，要休且待青山烂。水面上秤锤浮，直待黄河彻底枯。白日参辰现，北斗回南面。休即未能休，且待三更见日头。

叠用许多人世断不可能的事（青山烂、秤锤浮，黄河枯、白天见星、北斗移南、三更出太阳）作比喻，和汉乐府“上邪”相似[12]，都是以固定的观念——负心——为主，在反复陈述中，“休”是全词最重要的字眼，虽然发尽千般愿到底是负了心，但全词在“直待”、“且待”的急切反复中，却撼动不已。次看《抛毬乐》：

> 珠泪纷纷湿绮罗，少年公子负恩多。当初姊姊分明道，莫把真心过与他。子细思量著，淡薄知闻解好么？

全篇采用白描手法，神情语气不若前首之直截，婉转中别具哀怨，透

---

11. 杨牧曾以“‘单一线索’交替反响”一词论乐府诗，观念上与此可相参，见氏著《传统的与现代的》（台北，志文，1974年），页10。

12.《上邪》的赏析参见张春荣，《公无渡河》（台北，联亚，1982年），页38—40。

过白话俗语，即使在珠泪抛掷、少年负恩之后，所含藏的口吻也只是伤情的反问——薄命的相知人儿可解得人好心么？中间穿插昔年青楼姊妹的忠告，反映自身的痴心、公子的无情，俱见以“事件”陈述为主的民间词风。

民间词由于反映市井情态，注重事件的陈述，表达面较广，唐末的动乱杌陧、民间宗教的散布、闺怨伤别的凄楚，都有不少篇什留下。这是词的原创期，手法重叠回沓，语言通俗浅易，风格鲜明直截，却少了含蓄委婉的韵味。

坊曲情怀的具形

开元、天宝之间既有令慢曲词的创制，又经中叶刘、白诸贤的尝试，词体本应日新月异，突飞猛进，而事实上则大不然。唐代诗人狃于积习，贪其简便，不愿为词曲之陈胜、吴广。刘、白以后，小词的发展不得不归功于“士行尘杂”的温庭筠。史书称温“能逐弦吹之音，为侧艳之词”，孙光宪以为“其词有《金荃集》，取其香而软也”，盖诗人刻意填词，滥觞于温氏。就因他“士行尘杂，狂游狭邪”[13]，所以不以依流行曲调之声填词为嫌，反而可以尽量发挥才具。就因为“能逐弦吹之音，为侧艳之词”，所以集中诸词所依曲调，日渐繁复，长短句词体至此正式为诗人采用来抒写性情。依现传《金奁集》，温氏所依曲调计有八宫调十八曲，大抵皆唐教坊中曲。庭筠既开风气，迄于五代，作者繁兴。《秦妇吟》秀才韦庄既以曲词种子携入巴蜀，又值前蜀主王衍、后蜀主孟昶，均知音能词，王衍曾自制《甘州曲令》及《醉妆词》，又曾自执歌板，歌《后庭花》、《思越人》曲；孟昶也曾作《玉楼春》、《相见欢》二词，于是西蜀一隅，顿成曲子词长养滋蔓的乐土。赵崇祚有《花间集》的撰辑，欧阳炯为之序云：

13.《旧唐书》，卷一九〇下，《文苑传》下。

> 名高白雪，声声而自合鸾歌；响遏青云，字字而偏谐凤律。……有绮筵公子，绣幌佳人，递叶叶之花笺，文抽丽锦；举纤纤之玉指，拍按香檀。不无清绝之辞，用助娇娆之态。……因集近来诗客曲子词五百首分为十卷，仍为序引……庶使西园英哲，用资羽盖之欢，南国婵娟，休唱莲舟之引。

产生于沉醉浪漫歌筵酒席间的篇什，既美其名为《诗客曲子词》，而编选成集的目的不过是给“南国婵娟”提供较“莲舟之引”更为艳丽香软的歌词而已。欧阳炯在序中既以“阳春白雪”相况，由是胡夷里巷、市井歌谣，经多方面的妆饰，浸假而登大雅之堂。《花间集》所采曲调：皇甫松有六、韦庄有二十、薛昭蕴有八、牛峤有十三、张泌有十三、毛文锡有二十一、牛希济有五、欧阳炯有十九、顾敻有十、孙光宪有二十五、魏承班有八、鹿虔扆有四、阎选有五、尹鹗有五、毛熙震有十二、李珣有十二，去其重复共七十九曲[14]。这些都是当时蜀中盛行的曲调，且一曲两段者居多，视前此民间词如《忆江南》、《调笑》、《潇湘神》仅用单遍者，允有长足的进步，声词配合之理，自是愈深愈浃愈广。

南唐偏安江左，中后二主俱识音工文，后主曾因旧曲有《念家山》，亲演为《念家山破》；昭惠后亦作《邀醉舞破》、《恨来迟破》，是南唐已多自作新声。依今所传二主词及《阳春集》所用曲调，仍与《花间》无大出入，可知五代声词多沿唐以来旧曲。南唐词格视西蜀为高，不过在文学内容及技巧上虽有相当贡献，对于体制的进展，仍无特殊的努力。总之，西蜀、南唐保国数十年，画疆自守，兵革不兴，四方人士得以从容之岁月，咀文苑之英华，这就是王船山所谓“四战之地，不足以留文治，则偏方晏处者存焉”[15]。

五代之词表现的范围主要在市井里巷的女性情怀，清代常州词派以比兴寄托阐释这一时期的词作[16]，以为“感慨所寄，不过盛衰，或

14. 这是我的统计，数字或有出入，然大体不致乖迕。

15. 王夫之，《宋论》（台北，九思，1977年），页37－38。

绸缪未雨，或太息厝薪，或己溺己饥，或独清独醒”，实则这阶段的词主题多为市井女性的种种情怀，或可称为“坊曲情怀”。坊依唐代长安平康坊定名，当时唐长安诸倡家选入教坊者，居处即名“坊”，曲则《北里志》有“南曲北曲”之名。坊曲情怀在表现上有五大特色：

1. 题材多为伤离怨别，坊曲本是风月游戏之所，离别的伤感随时可见，白居易《宴桃源》：“无奈、无奈、两个心儿总待”是最典型的例子。

2. 设词每以锦书难托、音断信绝为主，其中鹊语无凭、雁足无书所现的时空乖隔，心曲难通，就成为怨怀感兴的象征。

3. 人物往往是坊曲中的女性，反映其时市井生活无力无助的一群，自然填词者可能只是一时感兴，起而代言，但是这些感兴必定深深扣动这些女性的心灵才得普遍流传。

4. 女性的衣饰、闺阁陈设、眉宇表情都是设情的质料。王国维以“画屏金鹧鸪”评论温词[17]，就指此特性而言。这种特性发展至极，整首词完全是客观呈现，精丽华美，具有普天下鹧鸪共有的美丽，却没有任何一只鹧鸪独有的生命[18]。

5. 自然界景物的变化也是陈述或反映坊曲情怀的背景。不似山水田园篇什中自然景物是前景的主体，这种背景的静态陈设，使词饶富安恬静穆之美，没有热烈的感情或显著的个性，陆放翁因此称之为“简古”[19]。又因其意象冷静，语法孤立，不为任何意义所拘制，所以联想最自由、最丰富，晚清词家自此特性立论，多称之为有寄托有寓意[20]。

词的“坊曲情怀”是它的当行本色，所谓“有绮筵公子，绣幌佳人，递叶叶之花笺，文抽丽锦，举纤纤之玉手，拍按香檀”[21]，已说明就其产生时代或环境来看，词本是社会性的市井歌谣。然而文人的

16. 叶嘉莹，《常州词派比兴寄托之说的新检讨》，收入氏著《迦陵论词丛稿》（台北，明文，1981年），页317—353。

17. 王国维，《人间词话》（台北，开明，1968年）。

18. 郑骞，《论冯延巳词》，收入氏著《从诗到曲》（台北，顺先，1976年），页110。

19. 见《花间集》，陆游跋二（台北，学生，1971年），页123。

20. 参见叶嘉莹，《常州词派比兴寄托之说的新检讨》。

21.《花间集》序，页1—2。

自觉——或是刻意好奇，却无形中拓展了词的生命。先论景和情的配置。在情景的配置上，这时期有部分作品仍承接民间词的作风，出以直率之语，如：

> 须作一生拼，尽君今日欢。（牛峤《菩萨蛮》）
>
> 换我心为你心，始知相忆深。（顾敻《诉衷情》）
>
> 妾拟将身嫁与，一生休，纵被无情弃，不能羞。（韦庄《思帝乡》）[22]

然而，歌席酒筵上，过于决绝，终似不当，于是词家竞转为含蓄蕴藉，把情感冷静澄定，把情语化作景语，以大量的景语来取代主要的情思。这种即景抒情契合传统含蓄敦厚的民族性，况且唐诗创造语法主要也是出以蕴藉的形式，尔后即景抒情遂成填词的惯例，而词家风格之差异遂不能不以情景语言的运用为判了。譬如温庭筠《遐方怨》全首除“未得君书”、“不知几时归”二句情语外，余尽景语；其《蕃女怨》则只“消息不归来”是情语，余皆景语。这种重视即景抒情和诗的融情入景手法愈来愈相近，也逐渐远离市井歌谣的范围。

由情景的配置，可以分判这时期词发展的两派[23]，如温词大抵多上句写情，下句写景：

> 谢娘无限心曲，晓屏山断续。（《归国谣》）
>
> 心事竟谁知，月明花满枝。（《菩萨蛮》）
>
> 春梦正关情，镜中蝉鬓轻。（《菩萨蛮》）
>
> 音信不归来，社前双燕回。（《菩萨蛮》）
>
> 香作穗，蜡成泪，还似两人心意。山枕腻，锦衾寒，觉来更漏残。（《更漏子》）

22. 我用的本子是《校注唐五代词》（台北，世界，1976年）。

23. 夏承焘，《作词法》（台北，伟文，1978年），页85－88。

而韦庄则多上句写景，下句写情；

柳暗魏王堤，此时心转迷。(《菩萨蛮》)
凝恨对斜晖，忆君君不知。(《菩萨蛮》)
夜夜绿窗风雨，断肠君信否。(《应天长》)
一夜帘前风撼竹，梦魂相断续。(《谒金门》)
罗幕绣帏鸳被，旧欢如梦里。(《归国谣》)

当然两人词作各有例外，然而景语在情语之后，倍见含蓄，反之情语在景语之后，每每减低景语予人的感兴，情语也因此而不够深浃。韦庄词后来下开北宋浏亮浅直一系，终不如飞卿的细腻盘旋，原因就在此。

其次是词家对音律字声更加讲究，温飞卿以侧艳之体，逐弦吹之声，多为拗句，严于字声，如《南歌子》7首每首5句23字，共161字，无一不合平仄；又如《定西蕃》3首，每首8句，拗句占其四，1、5、6、7句拗处莫不一一相对，3首共150字无不平仄贴合。但其所辨仍承诗的格律，重在平仄，犹未有上去之分，盖六朝诗人好用双声叠韵，盛唐犹沿其风，及平仄行而双叠废，乃于平仄之中，出变化为拗体，其肆奇于词句，则始于飞卿，凡其拗处、坚守不渝处，均有关于管弦音度，自是词坦途迈往，变化无方了[24]。

24. 夏承焘，《唐宋词字声之演变》，收入氏著《唐宋词论丛》(台北，宏业景印，1979年)，页53－89。本文凡论字声处概依此文，下不再注明。

婉约感兴的征逐

诗客曲子词经西蜀南唐数十年的含英咀华，已脱尽市井杂曲的本来面目。《阳春集》序所谓“或当燕集，多运藻思，为乐府新词，俾歌者倚丝竹而和之，所以娱宾而遣兴也”，娱宾遣兴四字足觇当时风气。及北宋一统，汴京繁庶，歌词种子就由南唐移入中州，《宋史·乐志》载：

> 宋初置教坊，得江南乐，已汰其坐部不用。自后因旧曲创新声，转加流丽。

燕乐杂曲既日趋繁复精妙，旧曲新声的因革，又扩展了歌词体制，渐趋渊雅，词由此大兴。

宋初词风实际是承自南唐，欧阳修、晏殊、晏几道都是江西人，而江西本是南唐属地，南唐二主、冯延巳流风遗韵尚存[25]。欧阳修咏西湖《采桑子》小引云：

> 因翻旧阕之辞，写以新声之调，敢陈薄伎，聊佐清欢。

以“薄伎”佐“清欢”，正如《阳春集》序所揭橥的意旨，遂成宋代风尚；加以宋代有“营伎”、“家伎”、“官伎”的风尚，曲子词既多出于文人之手，所以词风一以清壮雅丽为归。《阳春集》尤其是宋代词人衣钵所自，一脉相承，都以提高曲子词风格为主，其间能极其致的首推晏几道。其《小山词》自序[26]，实在是宋词发展中极要紧的文献，兹征引说明之：

> 补亡一编，补乐府之亡也。叔原往者浮沉酒中，病世之歌词，不足以析酲解愠，试续南部诸贤绪余，作五七字语，期以自娱。不独叙其所怀，兼写一时杯酒间闻见所同游者意中事。尝思感物之情，古今不易。窃以谓篇中之意，昔人所不遗，第于今无所传尔。故今所制，通以补亡名之。始时沈十二廉叔、陈十君龙、家者莲鸿、苹

---

25. 龙沐勋，《两宋词风转变论》，原刊《词学季刊》二卷一号，今收入罗联添《中国文学史论文选集（四）》（台北，学生，1979 年），页 1403－1423。

26. 研讨《小山词》序另有《晏叔原与曹雪芹》一文可以参看，作者不详，收入《中华艺林丛论·文学类（二）》（台北，文馨，1976 年），页 663－667。

云、品清讴娱客。每得一解，即以草受诸儿，吾三人持酒听之，为一笑乐而已。已而君龙疾废卧家，兼叔下世。昔之狂篇醉句，遂与两家歌儿酒使，俱流传人间。自尔邮传滋多，积有窜易。

这篇自序的价值在于词家现身说法，说明填词的动机及词流传的经过。自动机而言，由于世行歌曲，不足以令文人赏心悦耳，乃以较高格调抒发己身所历之悲欢离合，既以自娱，兼以娱人。自词的体制而言，在《续南部诸贤绪余》——即南唐词风的延续，以五七字语为主，仍不出诗体的基调。自风格而言，在“析酲解愠”，清壮顿挫、动摇人心。抒写内容，则承诗人乐府之习，以感物之情为主，正是传统诗歌的感兴。在流传上由于四方通行，参差滋多，可见宋词异体之由来。北宋小令致意于提升风格，至小山为观止；句法的变化，针镂裁剪的工夫，遂为诗人之本事[27]。小山之后，虽慢曲盛行，而诸家间作小词，终以“嘻弄于乐府之余，而寓以诗人之句法”为极则。这种作品内容上多悲欢离合的感兴，技巧上多诗人的句法，形式上多五七字语，风格上清雅婉丽动摇人心，而创作目的在清讴娱客，使得北宋初期词风特盛于文人学士，婉约感兴遂成词学的极轨。底下我们以几位词家为例，略加说明。先看《珠玉词》。

晏殊承升平之际，风流蕴藉，于人世微尘浮沤，徘徊细思，品赏把玩，并不以直率语句，一倾胸中积闷，却以冷静平和来默会造化的轮辙，其手法婉雅舒徐，论者比之为济慈咏古希腊瓮的澄定[28]。造成这种风格的表现主要是晏殊对“时间”的感受极端敏锐——这正是文人风格的特征——他似乎期待着时间驻足小立，以细细品味那一丝一毫的流动经验，这种品味不拘对象，或外在景物的迁移或内在感兴的变化，但出以直觉的观照，而非智慧的搜寻。因此大化密移的缘由不是晏殊所关心的。如：

27. 见况周颐，《蕙风词话》二，此处引自刘水济，《词论》（台北，源流，1982年），页112。

28. James. J. Y. Liu, *Major Lyricists of the Northern Sung*, p.29；叶嘉莹，《大晏词的欣赏》，《迦陵论词丛稿》，页112－137。

时光只解催人老，不信多情。(《采桑子》)

一向年光有限身……满目山河空念远，落花风雨更伤春。(《浣溪沙》)

无可奈何花落去，似曾相识燕归来。(《浣溪沙》)

对时光的无奈怅触才是《珠玉词》的主题，在表达对时间的感兴上，晏殊则采用奔连句：

君莫笑，醉乡人，熙熙似长春。(《更漏子》)

伊人解系天边日，占取春风，免使繁红，一片西飞一片东。(《采桑子》)

可惜良辰好景、欢娱地，只恁空憔悴。(《凤衔杯》)

奔连句在近体诗以“行”为单位的对偶句型内极为少见[29]，而词体自由，可以大量采用。奔连句的连贯性可以触发对时间较绵远的感觉，逐行递传而下，增强词的感兴效果。其次《珠玉词》也承诗人余习，以自然的景物反衬人物特征，或以人的生命反照自然景物，甚或二者合一，如：

鬓亸欲迎眉际月，酒红初上脸边霞。(《浣溪沙》)

长于春梦几多时，散似秋云无觅处。(《木兰花》)

旋开杨柳绿蛾眉，暗折海棠红粉面。(同上)

窗间明月两闲愁，帘外落花双泪堕。(同上)

把云月花木比拟于人事际遇，以泪眼粉面愁心相互勾连，近代读者或许会称为“感情的误置”[30]，然而这种手法却是宋词绾合内外的不二法门。大晏更进一步以客观投影的技巧来呈示婉约的感兴：

---

29. 参见梅祖麟、高友工，《论唐诗的语法、用字与意象》，收入《中国古典文学论丛(一)·诗歌之部》，页299－366。

30. 这是“新批评”学派的术语，此处暂师其意用之。

雨条烟叶系人情。(《浣溪沙》)

此情拼作，千尺游丝，惹住朝云。(《诉衷情》)

这种手法骎骎入于“象征”的领域，情物圆融，文字本身已凸显为独立体，不待原文的上下脉络，自有令人品玩的魅力。在音律方面，大晏已明辨去声，严于结拍，后来南宋沈义父《乐府指迷》云：“句中用去声字最为紧要”[31]，清万氏《词律》尤斤斤于此。盖结声为全词音节所注，用字宜严。试看《瑞鹧鸪》两结：

端的千花冷未知，不待天桃客自迷。

“未”、“自”俱属去声，激厉劲远，配合全词作结，更能传达词内红梅的韵味。《珠玉词》凡去声相对者，十九为两结，这种音韵的严格推求，为市井歌谣所罕有，对词体的推动裨益良多。

其次再看欧阳修。欧阳修的词最容易看出北宋令词感兴征逐中疏隽深婉的一面。身为文人领袖，欧词中尽多绮罗香泽之句，于口语的运用也不稍规避，这种风尚足觇词已日趋普及。欧词精致细腻，《采桑子》十首连章歌咏颖州西湖，十首之中无一重复[32]，《朝中措》歌扬州平山堂，超然独骛。欧阳修对词体虽无创新之功，可是他以文人独具的敏锐意识，将诗歌的婉约和雅融汇词中，厥功不可没。如《玉楼春》：“倡条冶叶恣流连”即出自李义山《燕台》诗。《临江仙》：“凉波不动簟纹平，水精双枕，傍有堕钗横”，出自李义山《偶题》：“水文簟上琥珀枕，旁有堕钗双翠翘”。有趣的是欧阳修领袖宋诗风骚，对西昆体却毫不避嫌，其引用玉溪生的诗句，无形中可见宋令词征逐的感兴正是抒情的美感。婉约感兴总括说来就是文人对外物心境间的征逐，以情入物或以物入情，这是高度贵族化的闲情下的产物，文人以此相鸣相摩，蔚为一代共识。自唐中叶以来，中国社会逐渐产生脱离土地

31. 沈义父，《乐府指迷》，蔡嵩云笺释（台北，木铎，1982年），页67。

32. 龙沐勋，《唐宋名家词选》引夏敬观评语（台北，宏业，1978年），页70。

的新阶层[33]，文人意识即为此阶层生命的共感，由于这种共感，整个社会才一片繁庶而不流于侈暴，群相以婉约和雅为最高取向。此外，欧词在奔连句上也有不少佳作，如：

所恨征轮，渐渐成迢递。(《蝶恋花》)

况有笙歌，艳态相萦绕。(同上)

这些奔连句推动词的节奏富于流动性，使小令不致流于静定板滞。此外欧词如《珠玉词》一般，在复合意象的塑造上，也是以人物感兴和外物相融洽，既使人物情感具体朗现，也使外物着上情感，皆有我的色彩。如著名的《踏莎行》：

离愁渐远渐无穷，迢迢不断如春水。

平芜尽处是春山，行人更在春山外。

此首隐括近代几何学上的所谓无穷的空间及空间的连续，所谓“以精神寄色相，以色相染精神”，就是这种物我情契的手法[34]。最后欧词还自乐府活泼的幽情野趣中，以谐音字稀释词内浓馥的感情，如：

折得莲茎丝未放，莲断丝牵，特地成惆怅。(《蝶恋花》)

莲子与人长厮类，无好意，年年苦在中心里。(《渔家傲》)

谐音双关原是乐府诗主要手法[35]，一入词内，莲怜丝思的双关，造成全词内的独特风姿。

宋代词家具有“婉约”风格者不仅晏、欧二人，余若秦观、贺铸都是大家，不过他们的成就主要在中长调，此处从略。

33. 参见蒙思明，《元代社会阶级制度》第一节，“元前社会原有的阶级”，《燕京学报》专号(台北，环宇景印，年月不详)。

34. 方东美，《科学哲学与人生》(台北，虹桥，1959年)，页22。

35. 张春荣，《公无渡河》，页23—24。

浪逐生涯的写照

令词的作风由于单句韵距较密，多孤立语法，重字质的发挥，意象浓密，类比对照在意象塑造上特别重要，具体性的意象遂成风格上的主要特征。由于适宜短促凝聚的表现，词境可深而难广，犹如诗之绝句，刹那印象的捕捉罔不称意，而永言长歌则大有不逮。柳永承此风会，依民间新声，增衍令近，益其节拍，广其韵叠，延其声音，丰其情意，以其创调之才遂由音乐之词进至文学之词[36]，奠立了宋词抒情的写实风格。

柳永词集所描述的题材，明显的有三方面：一是市井生活，以当时民间社会活动为主；二是个人漂泊浮沉的浪游生涯，这类作品有些是以客观角度描绘的；三是最为人诟病的倚红偎翠的冶游记录。对应于这三类题材，柳永都有相当的轶事流传后世，《鹤林玉露》所载金海陵王因读《望海潮》一词而起立马吴山的大志，毋论其可信与否，至少代表宋代市井文化的兴起和都市生活的繁华，同时也显示柳永在处理这类题材上的成就。至于吴曾《能改斋漫录》所记柳永因“忍把浮名换了浅斟低唱”为有司所黜一事，正反映其生命形态的本来面貌。柳永死后，“群妓合金葬之于（襄阳）南门外，每春日上冢，谓之吊柳七”，尤能表现其冶游浪漫之生涯。柳永以风流俊迈名动一时，也以风流俊迈收场，此中实大有余味。柳永的词多“情”而乏“思”——知性的反省，由于不重外物和精神层次的深契密合，但重外物的形体迹象，词的风格遂多感性的流连，缠绵有余，超旷不足，柳永的成就在此，不足处也在此[37]。

总括来说，柳永的词作有三大特色：一是他用的词牌数量比欧阳修约多两倍，比晏殊多三倍，比被誉为词坛上“古今一大转移”的张先多三分之一，这足以代表他创造力的雄浑，不肯拘泥于同一词牌内反复不休。二是他所选用或创制的词牌和他的音乐造诣关联甚多，在《乐

---

36. 王易，《词曲史》（台北，广文，1971年），页109－114；郑骞，《柳永苏轼与词的发展》，《从诗到曲》，页118－126。

37. 参见拙撰《柳永的词情与生命》，《鹅湖》月刊第2卷，第11期，1977年5月，页40－44。

章集》内即使同名词牌，其中的长短及分句也有差异，反观晏欧则极少同名异体，如《临江仙》一词，晏欧都是58字，柳永则有93字体。在宫调上柳永打破了令词牢不可破的形式，他用《归去来》及《燕归梁》各写了两首小令，宫调相同，分句形式却不同，这是因为柳永深通音律，懂得在适当的地方加插调换字句，以协助歌者增加效果。三是民间文学对他的影响，由于他不断自市井歌谣吸取创作的泉源，他的慢词分句不仅富弹性较自由，而且即使词牌和唐五代同名，在内容上也已抽梁换柱，改革了词体的结构[38]。

在写作上柳永的词尚有一些值得重视的特色：1. 柳永仍承袭前代宫体诗艳情的传统，女人及服饰、灯烛、帷幕、被枕等素材都是他刻意雕饰的对象，由这类倚红偎翠的表现，可见柳永尚未脱尽市井歌谣的习气。《少年游》的“修眉敛黛、遥山横翠”，《玉女摇仙佩》的“兰心蕙性”、“鸳被”，《法曲献仙音》的“柳腰花态”，《促拍满路花》的“香靥融春雪，翠鬓亸秋烟”等都是前人笔下常有的题材。由于写实抒情的倾向，柳永所写男女私情显然没有托意比兴的涵蕴。柳永这种不具伦理道德意识，不具知性回思的写实态度，大胆写下词人对女性的爱慕和关切，是以小令婉约成风的士大夫阶层少见的。2. 柳永慢词充盈着个人浮生浪荡的记录，这类词往往和闺中或青楼女子相轇轕，山川景物也成浪游生涯和女子生活的中介。前人写登山涉水之篇什不少，若大小谢、柳宗元、王维，但山水在他们的心中往往是哲理沉思的对象，或生命深层的寄托，虽程度有别，而山水和内心世界似已浑化一体——即使未浑化如一，至少山水是他们诗中活动的背景而不是前景，山水早已沾溉太多个人生命苦难的色泽，鲜少独立于个人激情之外。而柳永的词则以山水为主体，他所关注的是行游四方所见所闻的风土人情；再则这类羁旅之什每每含藏去土怀乡的别情，冷落凄清的情怀遂成柳永最得意的风格。3. 柳词富于节奏，在结构上富于连贯性，铺叙层衍，备足无余[39]，这得归功于柳永对语言探索的

38. 梁丽芳，《柳永的词牌特色》，《中外文学》第7卷，第1期，1978年6月，页22－33。

成就[40]。在节奏上柳永多用仄韵，间用暗韵以强化听觉效果，同一类题材，每每重复选用某些韵脚，如他7首描写宴乐的词中，共有73个韵脚，而所用的韵字才27个，这种选用与题意相附的韵字重复呈现，可以强化慢词的节奏。另外在用韵上柳永慢词以“疏韵格律”为主，韵距都在两行以上，甚至相去五六行以上。唐五代词在近体诗影响下，韵距紧密少有多于两行的，语句结构自然松散，意象孤立，节奏缓慢；疏韵格律则足以延长语句，淡化意象浓度，宜于强化词节奏的前动性。

在平仄上柳永更进一步区分四声，严上去之辨，究明入声。四声中去声由高而低，上声由低而高，必“上去”或“去上”连用，乃有累累贯珠之妙，若连用两上两去，则拗嗓棘口，《乐章集》“去上”、“上去”连者用不可胜数，如“暮霭沈沈楚天阔……更与何人说”，“坐久觉疏弦脆管，向此免名缰利锁”、“片帆高举，泛画鹢翩翩过南浦，浣纱游女，避行客含羞笑相语”。《乐章集》中凡同一词牌而末句字数相同的词，70%皆紧守平仄，甚且严分阴平阳平。在入声的运用上，凡上下片相对之调，用入多不苟，如《玉蝴蝶》、《采莲令》等，用于两结者尤多，如前例“鹢”“客”莫不两两相对，主因是柳永身属闽人，闽音明辨四声，不像温、韦北产，只分平仄。在双声叠韵上，依刘若愚先生统计[41]，柳永所用的数量频率也超出晏欧等人，他所用的双声内容多描述个人心境及自然景物，所选用的声音则多偏重边音及齿音，近于冷清的效果，他的叠字40%是俗语，平易近人，活泼流利，有时用隔字重叠以扩大效果。

对句也是柳词的主要成就。近体诗对句要求严格的平行结构，平仄相对，词义词性也得相类，可以用排句，也可以重叠反复，有时也可以用流水对推动词的前进。柳永的对句有15%为七言，这些七言对句属于小令则节奏是4·3，属于慢词则为3·4，如此使慢词节奏不致和

39.《古今词话》引李端淑语，见唐圭璋编《词话丛编》卷三（台北，广文，1967年），页1040。

40. 底下依梁丽芳，《柳永慢词的节奏与连贯性》改写，见《中外文学》第7卷，第3期，1978年8月，页34—68。

41. James J. Y. Liu, *Major Lyricists of the Northern Sung*, p. 196.

小令雷同。此外他喜用对句为词的开端，一连串的对句层现而下，颇利于意象的开展，又可借助对句为各组意象段落的单位层层推展，承上接下，这种手法极受后来词学家重视，甚且以为词的基本结构之一[42]。再则组组对句的稀疏韵距无形中划分意义段落，有助于慢词的层折效果。

柳永词的节奏和词人最大不同在其句式节奏的精彩尽呈。唐五代词五言节奏以2·3为主，七言以4·3为主；柳永则横决创制，四言有1·3节奏；五言有1·4节奏；六言有2·4及4·2节奏，也有3·3及1·5节奏的；七言3·4节奏通常是两层意义的结合，有时1·3是节奏，有时是2·5节奏；八言则是3·5或1·7节奏；九言则有4·5、2·7、3·6节奏，这种多样性的节奏是柳永词“反常为新”的秘诀，柳永词铺叙之间可以推展新的意象，节奏的多变当居首功。领字是柳永词内节奏推动的另一特色[43]，领字不仅影响了慢词的节奏和句式，也改变了慢词的结构。领字又称一字逗、虚字、领调字，主要声调以仄声，尤其是入声为主，它可以是单字、双字或三字。依前人研究，领字为重拍字，所领的句子为轻拍。领字如果是单领的不及物动词，会产生类似近体诗动作语法的效果，由语序的改变增强意象的感受，不过领字主要是副词或是连词，如渐、但、正、奈等字，它们在效果上一则提掇全词，尤其所领的是同列式词句，往往由反复而提升词情达到高潮，二则重拍轻拍间有短暂停顿，可以冒起直叙，在词采音韵上表现得更深刻，有助于全词连贯性的发展。在句法上柳永最大的贡献是奔连句的大量使用。近体诗要表现持续性节奏主要是靠论断和统一语法[44]，词以此为基准，又不受制于固定字句的格律；遂成新文体的特色。柳永在奔连句上的成就主要归功于他的协合音律，不为词牌的分句形式所限，能依节拍来填词；其次慢词分句参差不齐，不如小令

42. 王力，《汉语诗律学》（台北，文津，1972年）第4章，页508－705；周济，《宋四家词选》（台北，广文，1962年），序论。

43. 陈弘治，《词学今论》（台北，文津，1974年）；又周济，《宋四家词选》序云“柳永总以平叙见长，或发端，或结尾，或换头，以一二语提掇，有千钧之力”，当属此而发。

44. 梅祖麟、高友工，《论唐诗的语法、用字与意象》。

齐整，短句多，自然难以构成意义完整的一行一式句；三则归功于疏韵格律延长语句甚为容易，柳永的奔连句和领字相同，有不少的虚字，这些虚字淡化了浓密的名词意象，打破孤立语法造成的多义性模棱，使意义明确固定，不致游移，强化了词的连贯性。柳永的奔连句语式甚多，一部分是问答句，大多是没有答句的问句，可引起读者追问答案的好奇，有益于词的前动流贯，如《慢卷紬》：

对好景良辰，皱著眉儿，成甚滋味？

上片末的问句可将读者的期望心理延至下片，在下片结尾的问句，可以留下永久的张力，都是有力的手法。还有一些是逻辑性的语式，如“早知——怕不”、“正——使”及“自——使”皆有助于词意的前动。此外还有判断句，如《尾犯》：

最无端处，总把良宵，只恁孤眠却。

类似这种判断词如“自是”、“是”等都使语意连贯，“一笔到底，始终不懈”。最后还有一种是假设句，如《彩云归》：

算得伊鸳衾凤枕，夜永怎不思量？

这种虚拟性的动词由于意义的不完整，前动性甚为强烈。

总之，由于柳永慢词的创作，打破了士大夫小令婉约的风格，宋词遂脱出“凝滞”的圈子，往昔就里巷流行乐曲所填的“淫冶曲词”，自此则新曲翻借歌词之力传播四方，柳永的“狂游狭邪，善为歌词”，遂为风会所趋，词体的铺叙展衍，至此尽矣至矣。虽然士大夫对他浪迹生涯不无微词[45]，

45.《四库全书提要》：“以俗为病”，引见唐圭璋，《宋词三百首笺注》（台北，粹文堂，1976年），页28；刘熙载，《艺概》（台北，广文，1974年），“词概”云“风期未上”，页2。

而有宋承平气象转借其羁旅行役而形容尽致。慢词"以沈雄之魄，清劲之气，写奇丽之情，作挥绰之声"[46]，遂开此下无数法门。

46. 郑文焯，《大鹤山人词论》，引见唐圭璋，《宋词三百首笺注》，页29。

47. 周济，《介存斋论词杂著》，附于《宋四家词选》末。

48. 依曹树铭校编《东坡词》所作"东坡年表"而定，（台北，正大，1975年），附录；页1—32。

49. 王灼，《碧鸡漫志》语，引自唐圭璋，《宋词三百首笺注》，页49。

50. 胡寅，《酒边词》序，引自唐圭璋，《宋词三百首笺注》，页48。

任运从化的清雄

柳永以后，慢词盛行，然而柳永诸作，多为应歌之词——周济所谓"北宋有无谓之词以应歌"[47]——杂以鄙俚淫哇，士大夫不免垢病。此时词体既已拓展至极，有助于个人情性之抒发，当然有心人想潜转风会，东坡即应运而起。苏轼卅七岁始学填词[48]，于词体拓展至极时进而由内容上改造词体，不因词体卑下而汙人，反由人而尊词，所谓"指出向上一路"[49]，就是指东坡词的作风而言。东坡词主要成就在"一洗绮罗香泽之态，摆脱绸缪宛转之度，使人登高望远，举首高歌，而逸怀浩气，超然乎尘垢之外"[50]，而不在词的字句上针缕密勿，故本节但自东坡词之内涵探论。

首先，东坡之词正如其诗其文，情与事无不可尽，细事长语，无不可入词，推波助澜，尽复花间旧轨。宋元以降诸家论禅，羽流论道，文士论文论政，推溯源流都从东坡《如梦令》、《无愁可解》脱化蝉蜕而来，他不只是以文入诗，甚且以文入词。其次雅好融铸经子诗骚入词，《醉翁操》、《西江月》、《浣溪沙》都是创体，《乐府指迷》以不用经典为清真独步，这标准难以绳墨东坡不羁之才。第三，东坡嬉弄乐府，寓以诗人句法《水调歌头》隐括韩诗，《定风波》裁成杜句，以《归去来辞》谐《哨遍》，以《山海经》协《戚氏》，合文入乐，是词人以来少有的创制。第四是制题引序以广词体。东坡前若王安石、张先稍稍制题，不过多是寥寥数语，称意为止，东坡则《西江月》、《满江红》、《定风波》都系以详序，《水龙吟》一阕尤其斐然长篇，自成一格，词人制题引序以广词情，浸淫成风，比起以前调名词情相应窘步，相去实多[51]。至于世有以东坡曲子缚不住，而嗤其不协音律的，实在是误解，实际上东坡词有不少篇什是即席挥就，遽付歌喉的，前举《戚氏》即是名例，他的词不及柳永之普及，并不在音律的不叶，而在其内容侧重自我个性的抒发，不似民间情感的吟讴而已[52]。

东坡词主要分三期，随年龄际遇而遭递，大抵自杭州至密州为第一期，时当卅七至四十岁之间；自徐州贬黄州则为第二期，约四十九岁之间；离开黄州后则为第三期。第一期的词往来常润之间，少年气度，潇洒风流，词风清丽飘逸、不作愁苦之语，如《少年游》润州、代友人寄远："去来相送，余杭门外，飞雪似杨花。今年春尽，杨花似雪，犹不见还家"，以飞雪杨花反复回环，流动清丽。及去杭赴密，生活不似吴杭的酒会风流，郁抑困顿，《蝶恋花》写密州上元"寂寞山城人老也，击鼓吹笙，却入农桑社"，由土风之欢愉反归己身离辟之苦，词人盖已开始反省自身生命的内层！乙卯作《江城子》悼亡妻，丙辰作《水调歌头》怀子由，所谓"十年生死两茫茫，不思量，自难忘"，所谓"人有悲欢离合，月有阴晴圆缺，此事古难全，但愿人长久，千里共婵娟"，充分表现其忧生之戚，自是词格日高，而生活益苦，至黄州后，词境遂臻登峰造极，少年豪纵之气敛抑将尽，而忧谗畏讥，自托以命属磨蝎，与韩退之同病，多得谤誉[53]，词格潇洒自放，实际上则是敛雄心转悲凉，别具苦衷。《定风波》沙湖道中所作，其情不过出游遇雨，而即事遣兴，不着畦径："莫听穿林打叶声，何妨吟啸且徐行。竹杖芒鞋轻胜马，谁怕？一蓑烟雨任平生。料峭春风吹酒醒，微冷，山头斜照却相迎。回头向来萧瑟处，归去，也无风雨也无晴。"自在空灵中寓以悲郁胸怀，其他为世传诵的名作如《洞仙歌》："冰肌玉骨"、《念奴娇》："大江东去"皆居黄州所作。去黄以后[54]，风格又变，怵于文字辄取愆尤，更是颓然自放，所作恬淡若不经意，间参哲

---

51. 龙沐勋，《东坡乐府笺》（台北，华正景印，1980年）。

52. 龙沐勋，《东坡乐府综论》，原刊《词学季刊》第2卷，第3期，今收入罗联添编，《中国文学史论文选集（四）》，页1425－1433。

53.《东坡志林》（台北，木铎，1982年），页21。

54. 年六十有《与徐得之书》最能表现其襟怀："到惠已半年，凡百粗遣，既习其水土风气，绝欲息念之外，浩然无疑，殊觉安健也。"

理，早年清丽潇洒，自是则枯淡颓唐矣。元丰七年（1084年）浴泗州雍熙塔下戏作的《如梦令》最是佳什：

> 水垢何曾相受，细看两俱无有，寄语揩背人，尽日劳君挥肘。轻手、轻手，居士本来无垢。
>
> 自净方能净彼，我自汗流呀气，寄语澡浴人，且共肉身游戏。但洗、但洗，俯为人间一切。

以佛典《维摩诘经》为比兴，将澡浴提升到精神层次。在此以前，我们虽有澡身浴德的说法，不过限于实践道德的层面，东坡随手将之寄寓于大乘佛典的普度精修上，“自净净彼”，全词乃恢旷入化，而澡浴不再是肉身游戏而已，骎骎为精神净化的境界。这是市井歌谣，也是宋词中罕见的佳作，实为所谓“向上一路”之典范。

在辞藻上东坡喜用白话，如老婆、侬、你、伊、偷眼、怎生、忘却、抵死等，这有助于词情的平顺自然。在意象中也妙趣横生，如《醉蓬莱》：“会与州人，饮公遗爱，一江醇酎”，将政治上的成就——遗爱比之为一江美酒；《减字木兰花》：“妙思如泉，一洗闲愁十五年”，则将泉水比为灵妙的思考，更奇的是《南乡子》：“认得岷峨春雪浪，初来，万顷蒲萄涨渌醅”，以春江雪水为新酿就葡萄酒，这些意象不入金粉色泽，充盎着个人生命的情趣。另外东坡也像一般文人充斥着无常感，“燕子楼空，佳人何在”是出名的感兴，其余像“世事一场春梦，人生几度新凉”，“人生底事，来往如梭”，“人生似寄”都是数见的感叹，这反映出文人对时间生命消逝特有的敏感。此外东坡也是第一个在词内大量运用文言虚字助词者，“矣”、“也”、“之”、“哉”、“耳”这些语言也数见不鲜，如“贤哉令尹，三仕已之无喜愠”，“归去来兮”，这都是文人创意的尝试，企图扩大词的内容。前面曾说东坡喜合文入乐，若杜牧《重阳诗》，陶潜《归去来辞》都隐括入律，他也尝试过以集句或回文入词，虽是文字游戏，足可显示词的文人成分日益加深。

东坡词虽不似《乐章集》的讲定音律，却也未曾忽略声文相应的原理，如《阳关曲》和摩诘原作四声无不贴合;《醉翁操》尤表露他对音律的创意，“琅然。清圜。谁弹。响空山。无言。”韵距密迩，连珠铿发，恰似琴声琤琮而下，而下片两句“山有时而童巅，水有时而回川”，对句似赋，铺衍之中饶具琴音纡缓的效果。又如《雨中花慢》:“高会聊追短景，清商不假余妍，不如留取、十分春态、付与明年”，平行结构中由“聊追”、“不假”的奔连推进了全词的前动性，再接“不如”一转，遂一往而下了。《青玉案》:“春衫犹是，蛮针线，曾湿西湖雨”，前二语仍不过是直道直叙，补上第三句清语，全词遂艳绝奇绝，类似这种手法，已超出笔墨畦径，不可以法度寻了[55]。

总括来说东坡词是文人词。所谓文人词主要是以文人生活形态为词的主要内容，以炫耀才学为词的主要技巧。东坡词对于“闲”的重视，最是典型的例子。传统文人的“闲”并不带贬义[56]，东坡曾题临臯亭云:“江山风月，本无常主，闲者便是主人”[57]，它不单指清闲无事，也指脱落世俗的忧虑和欲念，和外在或自然取得心安理得的和谐，王维曾将之推升至哲学或审美的境界，一般文人则不一定带有哲学意味，它所表现的往往只是慵懒自在、宽心从容的心境。白居易写旧琴的两句“自弄还自罢，亦不要人听”，最足以代表这种成熟的智慧，这种心境只有具高度文化素养的有闲阶级才可以抚触体认。东坡在生命上和这种心境十分相应，他也将之纳入词里，如《南歌子》送行甫赴余姚“尽日行桑野，无人与目成，且将新句啄琼英，我是世间闲客此闲行”，暗用小杜“景物登临闲始见，愿为闲客此闲行”[58]的句子;《水龙吟》“云梦南州，武昌东岸”以对句写闲中情景;《鹧鸪天》“殷勤昨夜三更雨，又得浮生一日凉”;《八声甘州》寄参寥子“有情风万里卷潮来，无情送潮归”；均无一字豪宕，无一语险怪，但出之以闲

55. 况周颐，《蕙风词话》二。引自刘永济，《词论》，页112。
56. 刘若愚著，杜国清译，《中国诗学》（台北，幼狮，1977年），页98；吴经熊，《唐诗四季》（台北，洪范，1980年），页115－132。
57.《东坡志林》，页79。
58. 杜牧，《八月十二日得替后移居云溪馆因题长句四韵》，《樊川文集》，（台北，里仁，1979年），页54。

逸感喟;《减字木兰花》以春月胜似秋月;《一丛花》的“疏慵自放，惟爱日高眠”;《哨遍》的“君看今古悠悠，浮幻人间世，但人生要适意耳”，凡此清幽雅洁的闲心，两俱无碍的物我，正如《无愁可解》所谓“生来不识愁味，问愁何处来，更开解个谁底，万事从来风过耳，何用不著心里”，任运委化，对于生命问题既不苦求其解答，优游造化而托于不得已，直以“消解问题本身”上着手，由闲而旷而化，遂致一新天下耳目，挥霍游戏，余事为词。东坡词实即东坡人格的证化[59]。

情文回互的风流

柳永乐章多应教坊乐工的要求，但取悦于俗耳，不免词语尘下，东坡词则出神入化，不易为时俗理解；折中于音律谐合，益求词句浑雅，周济所谓“集大成者”[60]，自推周邦彦。夷考周邦彦得力的地方一是“好音乐，能自度曲”，二是“尽力于辞章”，植基深厚，加以情兼雅怨，音律贴切，于是奠立了典型词派的风格。再说周邦彦正值徽宗之朝，制礼作乐，都出于朝廷典章，所造诸曲自然不可作淫靡之音，而徽宗所立大晟乐府，更促成乐曲的发展，这是北宋词风转变的枢纽。张炎《词源》云：

> 崇宁立大晟府，命周美成诸人，讨论古音，审定古调，沦落之后，少得存者，由此八十四调之声稍传。而美成诸人，又复增演慢曲引近，或移宫换羽，为三犯四犯之曲，按月律为之，其曲遂繁。[61]

虽然近人已考证并无“按月律为之”一事[62]，要之大晟所造新曲既多，其影响词坛必是不小，且主其事者又为“负一代词名”的周邦彦，与“诗赋科老手”的万俟雅言，其所制作遂成一代典型。南宋沈义父《乐

---

59. 本节重在论词，对东坡诗文无法详论，实则东坡诗文、书法、皆其人格证化的轨迹，彼此可以相看相参。

60. 周济，《介存斋论词杂著》。

61. 夏承焘校注，《词源》(台北，木铎，1982年)，序，页9。

62. 夏承焘《词律三义》第二节“宋词不依月用律”，收入氏著《唐宋词论丛》，页3—5。

府指迷》已指出“作词当以清真为主，盖清真最为知音，且无点市井气，下字运意，皆有法度，往往自唐宋诸贤诗句中来，而不用经史中生硬字面，此所以为冠绝也”[63]，王国维也说“今其声虽亡，读其词犹觉拗怒之中，自饶和婉，曼声促节，繁会相宣，清浊抑扬，辘轳交往，两宋之间，一人而已。”[64]依《山中白云词》记载，至元初其曲度犹存于朱唇皓齿之间，其风流远迈，信为百代榘式。

底下我们看看周邦彦如何奠立典型词派。首先，周邦彦对于情思的态度既不如柳永之沉湎于内，又不似东坡的超旷，也不似令词婉约的把玩，而是深思熟虑后的复归平静，这种平静并非哲学玄思上知性的解脱，而是视情思夹缠为人生无可逭逃的弱点，只有无可奈何的接纳，在接纳中又不浪掷伤感[65]。《清真词》内有“情浓似酒”、“客情如醉”，有“此时情绪此时天，无事小神仙”的感喟，都是典型的文人情味。其次周邦彦更重视语言的自我宣扬（language calling attention to itself），要求推陈出新，不落俗套格式，正如近代文学理论所说的“前景化”（forgrounding），将语言的某些成分精挑细选，自“背景”中突出至“前景”，以引起广大的注意。类似典故、譬喻、转化、类化、引用都使得语意范畴扩大，打破原有作品固定的界限，重塑新的语言网络[66]。《清真词》善于融化六朝小赋及唐人诗句入词，其效果即在此。《西河》金陵怀古是最有名的例子，其他若《塞垣春》用张九龄“望夜怀远”句，“侧犯”收句用谢玄晖句，《满庭芳》写九江夏日风物用杜甫、香山句皆不胜枚举，由于周邦彦所选用的诗句都是体物真切，情思盎然，这种效果自然转度到词内。在语言上，《清真词》喜以自然景物和人物情态相比衬，甚且予以人格化，其次数之频繁较诸秦观尤多。这种人格化手法主要以动词来转化物我的相离，使物我契合，如“风梳万缕庭前柳”、“暗叶啼风雨”、“妒花风雨”、“芳草怀烟迷水曲，密云衔雨暗西城”、“桐花半

63. 沈义父，《乐府指迷》，页44－45。

64. 王国维，《清真先生遗事尚论三》，《王观堂先生全集》（台北，文华，1968年）册九，页3685－3686。

65. James J. Y. Liu, *Major Lyricists of the Northern Sung*, pp. 187 - 188.

66. 录自郑树森，《结构主义与中国文学研究》，刊《中外文学》，第10卷，第10期，1982年3月，页4－41。

亩，静锁一庭愁雨”皆是，这种动词将力转移到外物，借助感觉动词、情绪状态动词使外物着染自家生命，这种拟人化的手法是由近体诗脱胎换骨而来。有时为了表现物性物态，周邦彦也使用“代字”，通常是名词之前添加修饰语，经过约定俗成，彼此公认的譬喻，这些譬喻不但可以表现物性，也可以表现感官的感受，如写新月用“银钩”、满月用“冰轮”、闺阁的“云窗”、京城的“铜驼”、“金谷”，密约的“蓝桥”等。

在句式上周邦彦承柳永的手法，益加夭矫多变，如《长相思慢》：“幽期再偶，坐久相看，才喜欲叹还惊”，末句是2·2·2的节奏，顿挫生姿。《丁香结》：“渐雨凄风迅”则是1·4节奏;《一叶索》：“任扑面桃花雨”是1·2·3节奏;《氐州第一》：“奈犹被思牵情绕”是1·2·4节奏;《浪淘沙》：“正扑面垂杨堪缆结”是1·4·3节奏;《过秦楼》：“但明河影下，还看稀星数点”则是1·4·6节奏；节奏的多变，使周邦彦更能表达句中情意的婉转回互。此外间隔对句，一三相对、二四相对尤为周邦彦的创体，如《风流子》“欲说又休，虑乖芳信；未歌先咽，愁近清觞”、《一寸金》“念渚蒲汀柳，空归闲梦；风轮雨檝，终辜前约”，这种对偶本是骈文的当行本色，引入词体，遂开生面，尤其一往一顿的对仗，更足以表达回互贯注的风流。

在句法上，清真喜以领字推宕，但他不像《乐章集》独重词的前动性，他推宕的手法往往在回溯既往，由空间或时间的投射来造成情文回互、一波三折的效果，如《琐窗寒》：“想东园、桃李自春”，自字既兼“花自飘零水自流”的无奈，益以“想”字的跳接时空，自然更神情摇荡;《解连环》：“想移根换叶，尽是旧时，手种红叶”;《扫花游》：“想一叶怨题，今到使处”;《还京乐》：“到长淮底，过当时楼下，殷勤为说，春来羁旅况味……想如今、应恨墨盈笺，愁妆照水”，都是“想”字的妙用，周邦彦对于“想”字的推宕不只因为它是上声，更重在它翻叠时空的功能吧。再看《浪淘沙》“嗟万事难忘，唯是轻别”，“烛影摇红”，“几回相见，见了还休，争如不见”都是典型的推宕手法，推宕句法在节奏上往往就是一层顿挫，在词意上则使全词遁入另一层时空，或回忆或惆怅，可以对切身的题材多一向度的拓展，使词日趋精深细远。又如《满路花》："愁如春后絮，来相接"，虚拟的语气可以烘托出无奈的情味，愁就不只是扰攘不安的主体，也是美的观照对象。又如《解语花》写元宵"相逢处，自有暗尘随马。年光是也。唯只见，旧情衰谢"，在"自有"句论断下补上"唯只见"一句，遂使灯下相逢，歌舞京师升平之外拓展出生命水逝云卷的无奈。至于《六丑》全篇极写花盛花落，不说人惜花，却说花恋人；不从无花惜春，却从有花惜春；不惜已簪之残英，偏惜欲去的断红，句法精深华妙，低回风流，都是周词以前少见的。《意难忘》一词，一韵一折，层层婉转，收拍云"试说当何妨，又恐伊、寻消问息，瘦减容光"和上下收拍云"夜渐深、笼灯就月，子细端相"，都是咽吐相即，节奏上一放一顿，总不肯恣意而去。柳永的慢词连贯前动，一气劲下，至此则化为层层波折，纡徐反复，黄昇所谓"圆美流转如弹丸"[67]者，这种低回往互从此成为典型词派的极则。

67. 黄昇《花庵词选》，引自唐圭璋，《宋词三百首笺注》，页97。

最后再看《清真词》的音律，周邦彦对四声益多变化，严分上去，较《乐章集》十之二三分上去者几多一倍半。以一章一句而论，也比柳永严整，如《齐天乐》："云窗静掩"、"凭高眺远"、"愁斜照敛"三句都是平平去上，一丝不苟；《一寸金》上下片十余拗句都严分上去，《绕佛阁》的双拽头甚且四声多合；而作"去平上"的，如"始觉新鸿去人远，柳眼花须更谁剪"，作"平去平"者，如《绮寮怨》一首六句"晓风吹未醒，淡墨苔晕青，叹息愁思盈"都严谨不苟，以拗怒之去声，取介于两平之间，音律上有击撞戛捺的效果，日后北曲的"务头"，或自此脱胎。原来词以拗调为警句，一词中必有数句数字为音律最美者，当然得施用警句俊词来振拔词情，它的位置不定，而在尾声者尤多。如《满庭芳》上下片六七句"人静乌鸢自乐，小桥外新绿溅溅"、"憔悴江南倦客，不堪听急管繁弦"，自、外、倦、听都是去声，在全词中都是警策之语。那些拗在结句的，尤其是声律所关，如《兰陵王》乃三换头词[68]，当分四片，四片结句“曾见几番，拂水飘绵送行色”、“年去岁来，应折柔条过千尺”、“愁一箭风快，半篙波暖，回头迢递便数驿”、“念月榭携手，露桥闻笛，沈思往事，似梦里，泪暗滴”，除“几”字外，无一不密合。此外对“去”、“入”的连用，前去后入，井然不紊，如《忆旧游》：“渐暗竹敲凉，但满目京尘”等无一舛误，断非偶合，其他虽有去上、入上、平入、入平、平入平、上入平的例子，都不如“去上”的频繁，确是周邦彦的密奥金针。虽然如此，周邦彦以四声入词，严者一声不苟，宽者乃二三合而四五离，主因是他雅善音律而不为律吕所拘泥，不同于南宋后词乐失坠，填词者规行矩步，寸步不敢违碍。《清真集》内屡见“顾曲周郎”一语[69]，实在是夫子自道了。

总括说来，周邦彦笔下的世界是个升平世界，所谓“新声巧笑于柳陌花衢，按管调弦于茶坊酒肆”[70]，一派繁华，因此他写的情怀也是高度享受社会下，文人精丽细致的感受，没有挣扎哀怨，只有静静的品味和稀疏的惆怅，就以传统的登高望远来看，他所写的是：

登山临水，此恨自古，销磨不尽。(《丁香结》)

景物关情，川途换目，顿来催老。(《氐州第一》)

情景牵心眼，流连处，利名易薄。(《一寸金》)

感触既不剧烈，不过是骤然涌上心眼的惘惘不甘，这种平静低回，情文相生的风格，已经是诗人之词了。南宋以后词主清空，要求澄澈明透，实在就是清真词的缘饰变形。

68. 见龙沐勋《唐宋词格律》引毛幵《樵隐笔录》云：“绍兴初，都下盛行周清真咏‘兰陵王慢’，西楼南瓦皆歌之，谓之‘渭城三叠’。以周词凡三换头，至末段，声尤激越，惟教坊老笛师能倚之以节歌者”（台北，九思，1979年），页146。

69.《意难忘》：“知音见说无双，解移宫换羽，未怕周郎”；《六幺令》：“惆怅周郎已老，莫唱当时曲”；《玉楼春》：“休将宝瑟写幽怀，坐上有人能顾曲”；《诉衷情》：“而今何事，佯向人前，不认周郎”。

70. 孟元老，《东京梦华录》（台北，大立景印，1980年），序。

宋词的语言特质

宋词不论是柳永的批风抹月，或是东坡的自我调适，或是清真的婉雅回互，所写的情怀大抵是淡而不厌、哀而不伤的情怀，即使音节繁促、声调亢阳，个中情味仍是贵族式的细腻雍容，在一派闲情里细细品味。它是古典诗歌中抒情传统的最高峰，下承的元曲得其颓放却少了温婉的意味。这些词的内容大抵是闲中着忙，求深刻而不求广袤，在主题上三复低徊，有点的突破；却少有平面式的鸟瞰或立体式的超拔。虽然如此，词比起唐诗的语言又推进一步，许多在诗中平庸无奇的句子一旦入词，就旗帜鲜明，如“落花人独立，微雨燕双飞”原是五代翁翃名不见经传的诗，小山征用，翻成名句，主因就在宋词语言融铸力之大之深，唯精是求。和唐诗相较，宋词语言有不少特质大堪玩味：

动词的精练：宋词承袭唐诗，同样有静态动词、感觉动词、连接动词等，这些动词都有一定的作用，如陈克《菩萨蛮》：“烘帘自在垂，绿窗春睡轻”，“垂”、“轻”二字并没有提供新的认识，只在强调固有的感性效果；再看秦观《满庭芳》：“画角声断谯门”，“断”原是连接动词隐含“相连”的反面意义，由于力的拗折，反而有生鲜的感受，类似这些手法，胎源于唐诗而益加发扬，不仅可以表达动作的状态，也传达了动作的效果。兹以清真词为例：

①烟深极浦，树藏孤馆。(《塞垣春》)

②夜色催更，清尘收露。(《拜星月慢》)

③润逼琴丝，寒侵枕障。(《大酺》)

④红翻水面，青摇山脚。(《一寸金》)

①例是静态动词表现物态，②③④则借重动词的力感，使外物染上生命的波动，“催收”的主动，“逼侵”的迫动，“翻摇”的转移力道，都

是宋词得意的成就。南宋陆辅之倡“词眼”[71]，要求字字敲打得响，歌诵妥溜，就是体认了动词力的投射对词情表达的功能。动词既表达力的状态，又能完成力的效果，将外物和己身勾连，使外物着上自身的感兴，在抒情效果上是十分显著的。尤其力的转移足将外物潜含的特性凸显出来，如③例润寒的效果更强烈，更有助于词情“前景”的浮现。像韩缜“绿妒轻裙”(《凤箫吟》)、秦观“飞燕蹴红英”(《满庭芳》)都是名句，这是宋词语言的第一贡献。

71. 参见刘永济，《词论》，页115－116、120。

领字的运用：领字的地位相当于唐诗的论断语法，都在统一分化的意象。它主要在引导句组，这些句组往往是平行结构的排句或对句。由于平行结构的特色是意象丰饶而倾向于孤立语法，以行为终始而流畅性不足，语意不易贯串，领字则在提挈句组，推动其前进，如柳永的《竹马子》、周邦彦的《瑞鹤仙》，去掉领字，全词的连贯性就减低了，铺衍的结构也无法完成。宋词长短句组就仗着领字来勾连，尤其领字多半是去声，重拍轻起，凡宋词大家没有不重视的，宋词语言起结过拍，气脉连贯，都是领字的作用。

物情的揣摩：宋词善于融冶前人诗句，不只是求字面的工稳，也为了承袭前人的语言感受。前人的诗语就是诗人对物情物态的体认，袭用其句，就等于移转他的感兴，宋词喜用晚唐温、李等人诗句，主因在美感的追索上彼此相似，都对外物有不尽的怅触。这种心境借着物情物态的勾画而表现出来，仍以清真词为例，如“渭水西风、长安乱叶”、“角黍包金、香蒲泛玉”、“何意重经前地，遗钿不见，斜径都迷。兔葵燕麦，向残阳、欲与人齐”、“花须柳眼”、“冶叶倡条”等都不是表达普遍性的“始原语”[72]，而是反复琢磨的语言。这些刻意修饰的名词和含有隐喻的意象语占了全词极大比重。宋词这种“代字”的语言特色曾招来不少非议[73]，然而拨开这层语言障，宋词的语言实际上是诗的语言，带有精深的冲劲，要将这现实世界深藏的美层层染现。周邦彦对时序节令题材的成就当归功于揣摩物情之语言的成功，尤其是带有修饰语的名词；以《尉迟杯》一词为例，就有"隋堤路、密霭、深树、淡月、河桥、画舸、烟波、南浦、行人、重衾、旧客、疏村、小槛、冶叶倡条、渔村水驿、鸳侣"等语充斥其间。名词可以表现具体物，形容词则可凸显物性，二者绾合在感受上带有具体性，在指涉上则带有抽象性；具体性使意象鲜明，抽象性则使意象透出固定的时空，悠游于美的世界。南宋之后咏物词即以此语言为基础逐步加深，进一步强化宋词的语言效用。

拟人化的倾向：宋词较唐诗更重视拟人化的手法。下举写春的数例可见时代的习尚：

①留春不住，费尽莺儿语。（王安国《清平乐》）

②沈恨细思，不如桃杏，犹解嫁春风。（张先《一丛花》）

③垂杨只解惹春风，何曾系得行人住。（晏殊《踏莎行》）

④门掩黄昏，无计留春住。泪眼问花花不语，乱红飞过秋千去。（欧阳修《蝶恋花》）

⑤当年酒狂自负，谓东君，以春相付。（贺铸《天香》）

拟人法往往配合动词作力的转移，如①例费尽二字使莺语染上生命，以留春不住反衬时光的无奈；②例嫁字，③例惹系二字都是以自家生意缭绕于物色之上，索物以托情。④例尤为奇拔，本是黄昏门掩，语序一变，门也因此挺劲而

72. "始原语"是高友工论王维诗语言特色所下的剖析基准，见梅祖麟、高友工，《论唐诗的语法、用字与意象》。此处值得一提的是宋词绝少始原语，其中缘由大堪玩味。事实上王维脱尽分析性和演绎性，不沾滞于知性，纯以物观物，如《鸟鸣涧》五绝："人闲桂花落，夜静春山空。月出惊山鸟，时鸣春涧中"，一任景物自然倾出，既未用主观情绪去渲染，也没有知性的思索痕迹，比喻象征全盘中止，放入括弧，这种超越的美学和宋词物我相观的审美观是大不相同的，比较起来，宋词倾向物我移倾的美学，作者的情感思虑大量投入，始原语普遍性的经验语言不宜于特殊意态经验的表远。篇什有限，先于此发端，他日再抽绎之。见拙撰《抒情精神与历史精神》（未刊稿）唐诗、宋词二章；王维诗的探索可参朱湘，《朱湘文选》（台北，洪范，1977年），页138—146；叶维廉，《秩序的生长》（台北，志文，1971年）；《饮之太和》（台北，时报，1981年）。

73. 主张代字见沈义父，《乐府指迷》，页61；反对者见《人间词话》第三十四、三十五则，及《四库提要》沈氏《乐府指迷》条下；另参见叶嘉莹，《王国维及其文学批评》（台北，源流，1982年）第2编第3章第2节，页257—263；胡适，《文学改良刍议》五"务去烂调套语"，《胡适文存》（台北，远东，1953年）第1集，卷一，页5—28，尤其是页9—10。

出，萦蔓生意；⑤例将当年辜负岁华，相比为造化以春相付，言外之怅惘、不甘自然可见。这种移情共感的手法，或将自我的期望惆怅托寓外物而出，或将外物映上自家生意点染相照，使物我之间由于情思的相摩相荡而蕴发烘现，物我了无隔阂，所谓“在外者物色，在我者生意”，就是这种同情共感的世界[74]。南宋后咏物词将此手法广泛应用，或触物以起情，或索物以托情，或叙物以言情，以外物和自家性行抱负相寓互托，基本上即拟人化精神的精淬深炼[75]。

音律的考求：由于词和音乐关系密切，从而十分讲求音律，所谓“调有定句，句有定字，字有定声”，不只区分平仄，也分四声，加以词的每一曲调声情一定，如《满江红》、《沁园春》、《贺新郎》、《念奴娇》是慷慨激昂的曲调，《满庭芳》、《水仙子》、《木兰花慢》则是和谐婉雅的曲调。词的音律因此比诗更绮丽多姿，像“东真韵宽平，支先韵细腻，鱼歌韵缠绵，萧尤韵感慨，各具声响”，不可草草乱用，“阳声字多则沈顿，阴声字多则激昂，重阳间一阴则柔而不靡，重阴间一阳则高而不危”[76]，其他上去、上入之辨，双声叠韵的着意布置，也远非诗的单纯固定。唐代诗人中最重唇吻流利、声情谐和的当推杜甫，自称“晚年渐于诗律细”，然而比起词对字声韵律的繁切，尚有不逮。兹以晏殊《浣溪沙》为例：

小阁重帘有燕过，晚花红入落庭莎，曲阑干影入凉波。
一霎好风生翠幕，几回疏雨滴圆荷，酒醒人散得愁多。

全词清圆婉转，二、三、五、六句的第五字都是入声的动词，相发相贴，偏饶和婉；而双声字特多，阁、过、干是一组，花、红、好、回、

---

74. 方东美，《科学、哲学与人生》，页22。

75. 这里附带一提，宋词这种审美观乃是“假象的自我”和“假象”相结合，而后以“现实的自我”来沉酣享受那结合，当然此时物非真物，我也不是真我。美学家扼要的定义为“被客观同化的自我之欣赏”，或称为“象征的同情”，或称为“想象之同情”，这种审美观的评价不是本文旨趣所在，兹略去不论，要之宋词这种审美观大可爬梳一番。参见王梦鸥，《文艺美学》（台南，新风，1971年），页220－223。

76. 周济，《介存斋论词杂著》，序论。

荷是一组，帘、落、阑、凉是一组，莎、疏、散又是一组，宋词的严究音律，于此可见[77]。另外宋词还有藏韵的作法，如东坡《水调歌头》宇、去、缺、合，均叶短韵；周邦彦《瑞龙吟》："前度刘郎重到，访邻寻里，同时歌舞"，度字藏韵，韵脚在调情必有作用，句中藏韵在轻重拍之间，当对声情颇有裨益，这又是诗所不及的。

句法的夭矫多变：由于词的长短句形式比诗更有伸缩性，加上平仄对仗不似诗的固定，句法当然较为活泼。除前述节奏外，词的句法还有不少形式。它可以四六文的体裁表达，如秦观《望海潮》全以四言对句铺衍，《八六子》则直同骈文的翻版，"念柳外青骢别后，水边红袂分时"、"夜月一帘幽梦，春风十里柔情"、"素弦声断，翠绡香减"、"片片飞花弄晚，濛濛残雨笼晴"，不待入词已是美文，由领字绾合连珠而下，更是绮罗香泽。此外还可以排比同样句式，如晁补之《忆少年》："无穷官柳，无情画舸，无根行客"，黄公绍《青玉案》："花无人戴，酒无人劝，醉也无人管"[78]，东坡《水龙吟》："春色三分，二分尘土，一分流水"，贺铸《青玉案》："一川烟草，满城风絮，梅子黄时雨"，这种句式可以排比，也利于层层逼进，或是步步放佚，不论是加重感受，或是淡化情思，都是有力的手法。唐诗里有流水对以补对偶流动性的不足，有论断语言使节奏持续连贯，仍不及同句式排比既可疏通又密集；宋词有领字提挈全篇，然而也仗着夭矫句法，领字才有圆满的效果。其次结构上绾合上下片也是十分紧要，词学家所谓"吞吐之妙，全在换头煞尾，古人名换头为过变，或藕断丝连，或异军突起，皆须令读者耳目振动，方成佳制。换头多偷声，须和婉，和婉则句长节短，可容攒簇。煞尾多减字，须陗劲，陗劲则字过音留，可供摇曳"[79]，换头煞尾在语法上一在承转一在总结，正是音节最吃力处，又涉及词结构上的勾连贯串，宋词在这方面的讲究，甚且和古文章法可以相向而笑，在词的发展上要求组织功能的发挥，词自然不再是市

77. 唐圭璋，《唐宋词选释》（台北，木铎，1982年），页59。

78. 黄公绍是南宋人，今借用其作品句法而论。此词或定为无名氏所作。

79. 周济，《介存斋论词杂著》；又见刘永济，《词论》，页101－114。

井歌谣单纯反复的语法了。

整个说来，词侧重音律和语言的契合，语言小巧精细，造境摇曳空灵，取径幽约怨悱，寄托要眇怅惘，和唐诗奔腾肆逸，相映成趣，“以天象论，斜风细雨，淡月疏星，词境也；以地理论，幽壑清溪，平湖曲岸，词境也；以人心论，锐感灵思，深怀幽怨，词境也”[80]，衡以有宋理学造微于心性之间，古文舒徐和缓，阴柔澄定；瓷器书法绘画脱略繁丽丰腴，尚朴淡，重意态，去广阔，去声容，其间若有一向入收敛的倾向，而词的性格婉约幽隽，词心若有万不得已而发者[81]，实即传统抒情精神的表征。

---

80. 缪钺，《论词》，《诗词散论》（台北，开明，1971年），页12—13。

81. 况周颐，《蕙风词话》一：“人静帘垂，镫昏香直……湛怀息机。每一念起，辄设理想排遣之。乃至万缘俱寂，……不知斯世何世也。斯时若有无端哀怨怅触于万不得已。即而察之，一切境象全失，惟有小窗虚幌，笔床砚匣，一一在吾目前。此词境也。”又云：“吾听风雨，吾览江山，常觉风雨、江山外有万不得已者在。此万不得已者，即词心也。而能以吾言写吾心，即吾词也。此万不得已者，由吾心酝酿而出，即吾词之真也。”引见刘永济，《词论》，页69。《蕙风词话》除此二段外，又谈到填词如何乃有风度，曰自善葆吾本有之清气；至于如何善葆，则假自然物态而言，曰：花中疏梅、文杏，亦复托根尘世，甚且断井、颓垣，乃至摧残为红雨，犹香。这段话将词性格上的内倾收敛说得最明白，任它外物翻覆，有情天地仍在，精神上十分沉挚深厚，值得重视。

观物思想的具现

咏物词

杨宿珍

咏物诗的特质及历史演变

咏物之作并非始于宋代，咏物诗在文学史上行之久远。故论咏物词，得先谈咏物诗的历史发展及其特质。

人处宇宙六合之内，眼观大自然之山川景物，其内在心灵本易受到不同程度的牵引，《礼记·乐记》云："人心之动，物使之然也。"《文心雕龙·明诗》亦云："人秉七情，应物斯感，感物吟志，莫非自然。"外在世界的草木虫鱼等物象，莫不成为灵心善感的诗人摄取入诗的材料，而"诗能体物，每以物而兴怀。物可引诗，亦因诗而睹态。"[1] 咏物诗之作，即肇因于此。

1. 钱鍪，《详注分类咏物诗选·原序》。

"咏物"一词，始见于《国语·楚语下》："文咏物以行"，但在《国语》之前，《诗》三百篇中有关关雎鸠、桃之夭夭、杨柳依依、雨雪霏霏之述，都可说是咏物诗之先祖。但因其描述，在全首诗中所占之分量既轻，只能作为全诗主题情境的映衬，并非诗之主题。其所助于情感的联想作用超过于对物象的多样性描写。《诗·大雅·卷阿》中之歌咏凤凰，以凤凰之爰止和鸣，比喻君主之得人心及君臣间之和谐相处。《卫风·淇奥》颂赞绿竹之美盛以喻君子之德，虽皆能得咏物之风貌，亦非全篇主题，故"其体犹未全"（俞琰语）。《诗》三百篇之后，《楚辞·九章》中之《橘诵》，则是屈原借橘之外貌、美德、质性，以寄其坚志不移之情。通篇专咏一物，且将己身融摄于所咏之物中，可谓典型的咏物之作。至汉初，汉高祖的《鸿鹄歌》，以鸿鹄自比其高飞之志，亦可谓咏物之前驱。至如汉赋中，贾谊《鹏鸟赋》、王褒《洞箫赋》或如古诗中"橘柚垂华实"、"凤凰鸣高岗"等皆属咏物喻怀之作。六朝亦多见借物咏怀之诗，如阮籍《咏怀诗》七九："林中有奇鸟，自言是凤凰"，以凤凰为自身之写照，亦或以鸿鹄、玄鹤自比，皆可见其抗怀千古之志。而陶潜《饮酒诗》之八："青松在东园，众草没其姿"以坚贞耐寒之青松自比；《饮酒诗》之四："栖栖失群鸟，日暮犹独飞”，又以失群之鸟为出仕彭泽令时的自我象征。曹植《杂诗》之二：“转蓬离本根，飘飖随长风”，亦以“转蓬”寄托自己漂泊无定的身世。而六朝拟古之作，则“以一物命题”而“品题物名而大量吟咏”，如咏松、咏橘之诗，因其作品繁多，故胡应麟以为“咏物起于六朝，唐人沿之”[2]。实则六朝以前已有咏物之作，只是作品较少而已。六朝以后，咏物诗成为众人共好之体，唐宋多沿之，至明清未衰。如初唐时，骆宾王《在狱咏蝉》诗，即为脍炙人口之佳作。此诗以蝉之高洁，抒发自己不肯同流合污而身遭困蹇之伤怨之情。晚唐李义山《蝉》诗之意亦同，闻蝉声而自警惕，与蝉同遭漂泊之遇，亦与蝉同具高洁之操。至宋朝，陈与义《牡丹》诗，写见牡丹而起战乱乡愁之思；洪咨夔之《狐鼠》、《促织》二诗，皆为讥刺贪官污吏横征暴敛之情形。至如宋代朱熹《宿筼筜铺》的咏蝉诗，则以理学家洞察事理之澄澈心怀，悟出蝉声并非凄厉，而能解忧，复能生道心。此又是借物咏怀之另一特例。明代杨维桢有《玉镜台》诗，则借眼前之镜而抒忆君之深情。以上所述大抵为咏物诗之历史发展，清人俞琰认为咏物之作“至六朝始以一物命题，唐人继之，著作益之，两宋元明承之，篇什甚广。故咏物一体，三百篇导其源，六朝备其制，唐人擅其美，两宋元明沿其传”，正可归结此段之意。

2. 胡应麟，《诗薮·内篇》，卷四。

李重华云：“咏物有两法，一是将自身顿在里面，一是将自身站立在旁边”（《贞一斋诗说》），前者是作者入乎其内，后者为作者出乎其外。入乎其内，将自身投入物象中，使物象和自身构成比喻的关系，此即咏怀抒情的传统；而出乎其外，乃是作者在旁做冷静客观的观照描述，此则为叙述描写的传统。这二大传统在中国文学作品的写作方式中占有重要地位。简言之，前者为“比”法，后者则为“赋”法。前面叙述咏物的历史发展时所举之例，大多属咏物喻怀之“比”的运用。朱自清在《诗言志辨》一书中将比体分为四类：咏史、游仙、艳情、咏物，咏物正为其中一类。这种“比”法的意念，源自《楚辞·引类譬喻》

而来，多采拟人格之法，以物自况，摄取某种物象，作为自身性情理想的写照。因此，所取之物，已非大自然之本来如实面貌，而由诗人将良才美质，遭世不偶的命运寄托其中。此即王逸《楚辞章句》所言："善鸟香草以配忠贞，恶禽臭物以比谗佞；灵修美人以媲于君，宓妃、佚女以譬贤臣；虬龙鸾凤以托君子，飘风云霓以为小人"之法。作者入乎物象之中的咏物抒怀方式，占了咏物诗的大部分，为中国诗的抒情传统做了直接而明显的见证。而且透过所咏之物而寄托心怀，在物象的选取上，往往包含深刻的民族精神与文化理想的意义。由于拟人化的运用，物的质性不是诗之主题的主要目标，显示人文意义精神却成为重要的鹄的了。因此，诗人所选取之物，不只是诗人主观生命的寄托象征。由于历代诗人之承续相因，更赋予这些物象一定而特殊的深义。所以咏物诗中，所咏之物往往具有文化的"原型"特质，如以松柏竹表坚贞、以蝉表高洁、以猿鸣表乡愁等等原型意象。这些物象在诗人笔下，不再是自然原物的如实呈现，它已代表了人生另一理想境界。论咏物诗者也常视此类为好的咏物诗，如黄永武以四点来衡量上乘的咏物诗:（一）咏物诗的基本条件是体物得神，参化工之妙，使神态全出。（二）咏物诗必须因小见大，有所寄托，才能使笔有远情。（三）咏物诗最好有作者生命的投入，从物质世界中唤起生命世界与心灵世界。（四）咏物诗自然会触及民族思想及文化理想[3]。后面三点所言，即是作者入乎其内、借物咏怀之法。

咏物另有出乎其外，客观描绘以尽物性之法，洪顺隆于《六朝咏物诗研究》一文对咏物诗界定为:"……一篇之中，主旨在吟咏物的个体（包括自然界和人造的）的，也即作者因感于物而力求工切的'体物'、'状物'，以'穷物之情'、'尽物之态'，且出之以诗体的，才是咏物诗。"[4]然单以体物、状物以穷尽物之情态者，不能涵盖感物咏志之第一类的咏物诗，只能算叙述描写、"出乎其外"的第二类咏物诗，亦即黄永武所谓"体物得

3. 黄永武，《咏物诗的评价标准》，《古典文学》，第1集（台北，学生，1979年）。
4. 洪顺隆，《六朝咏物诗研究》，《六朝诗论》（台北，文津，1978年），页7。

神，参化工之妙，使神态全出”之类。第一类的咏物诗的结构通常不离“状物”、“体物”而至“感物咏怀”的阶段；至于第二类的咏物诗，作者的情志似未明显托出，甚或完全不寄托己志，只是如实地描绘物之情态、物性。此类咏物诗，在抒情言志的大传统下，评价一向不高。但如能充分发挥语言文字的功能，而由体物、状物的描绘中，充分展现物之情态，则由语言文字的艺术性言，仍自有其深刻的艺术形相与价值。陆士衡云：“宣物莫大于言，存形莫善于画”，作为诗的表达工具的语言文字，只能借诗人之笔，达到宣物之功了。咏物诗至六朝而成型。六朝时，这类单纯的咏物诗，在重视“巧构形似”的时代沃土孕育下，得以萌芽、茁壮。在“巧构形似”即是极力发挥语言文字之功能以状物、体物，故刘勰云：“自近代以来，文贵形似，窥情风景之上，钻貌草木之中，吟咏所发，志惟深远，体物为妙，功在密附。故巧言切状，如印之印泥，不加雕削，而曲写毫芥。故能瞻言而见貌，即字而知时也”(《文心雕龙·物色》)。若追溯其源流，乃在“写物图貌，蔚似雕画”的汉赋。赋体的特质如“拟诸形容”、“穷变声貌”，以崇尚丽辞刻镂，加上对自然景物之铺叙，皆尽量发挥语言文字之功能，对于六朝巧构形似之法有极大的影响。

由以上咏物诗作的历史发展中，可知除了咏物以言志的诗外，即物而状物之咏物诗，亦有其特殊的艺术价值。把握此观点以论咏物词，方能不失其旨。

咏物词兴盛的背景

咏物词承继咏物诗的精神风貌，然而它之兴起于宋代则又有其特殊的时代文化背景，以下分别探讨之。

- 文体的演进

词在五代北宋初起，多为令词，如《花间》、《阳春》各家，下开欧阳修、晏殊之作，至晏几道而集大成。这一阶段境界清新、风格醇厚，龙沐勋说得很确当：“其内容多悲欢离合之情，其技术则寓以诗人之句法，其风格则‘沈著厚重’，而其应用，则在士大夫间，借为‘析酲解愠’之资，而授诸贵家歌儿之口。”[5] 所以令词多抒个人身世之感，少有咏物之作。最早的咏物词，或可推《花间集》中，晚唐五代时牛峤的两阕《望江南》词：

5. 龙沐勋，《两宋词风转变论》，《词学月刊》，第2卷，第1号，收于罗联添编，《中国文学史论文选集》，第4册（台北，学生，1979年），页1408。

> 衔泥燕，飞到画堂前，占得杏梁安稳处，体轻唯有主人怜，堪羡好姻缘。
>
> 红绣被，两两间鸳鸯，不是鸟中偏爱尔，为缘交颈睡南塘，全胜薄情郎。

以上二词皆为小令，虽不见有何喻怀之志，却很深刻地描绘出燕子的轻盈美姿及鸳鸯的特性，故姜夔言其“咏物而不滞于物”。然而小令因字数无多，较难充分达到曲写深刻或寄托喻怀的功效。而且，词之始作，多写个人之感而少专咏一物之作，故真正咏物词的佳作须至慢词兴起之后才逐渐出现。

慢词自北宋张先首开其风，至柳永而极力发挥慢词的特性。不论内容的创新或音律的谐婉，皆非小令所能达致。小令的形式、内容往往互相牵引，无法达到波澜壮阔之境，这也是词最初不能取得和诗同等地位的原因。气象宏伟、曲尽人情意态的词，是在柳永慢词之后。自柳永起，慢词之体大为恢张，词家才情在长篇巨制中任意驰骋，开阖变化、顿挫淋漓，大开后日词之法门。柳永在词史上的地位，可谓奠定在慢词长调的创新与成就上。近人冯煦在《宋六十一家词选》例言中言及柳永慢词的成就：

> 耆卿词曲处能直，密处能疏，奡处能平，状难状之景，达难达之

情，而出之以自然，自是北宋巨手。

在形式和技巧上，柳永使慢词臻于无以复加之境。不过柳词内容多为羁旅穷愁之词或闺门淫媟之语（见《艺苑雌黄》），少有咏物寄情之作。真能利用慢词的特性而创造出咏物词的最佳典范，则自东坡《水龙吟·咏杨花》始：

似花还似非花，也无人惜从教坠。抛家旁路，思量却是，无情有思，萦损柔肠，困酣娇眼，欲开还闭。梦随风万里，寻郎去处，又还被莺呼起。

不恨此花飞尽，恨西园、落红难缀，晓来雨过，遗踪何在？一池萍碎。春色三分，二分尘土，一分流水，细看来不是杨花，点点是离人泪。

词中借杨花拟人而咏怀，命意新颖，而整章“以诗入词”，章法绵密，描写细致，王国维推之为咏物最工之作。慢词的境界自是更形扩大，不只咏物，且能发挥己怀，更见东坡不羁的创作天赋。北宋末年，周邦彦雅好音乐，自度曲谱，讲求词的协律及词句的雅丽。其《六丑·蔷薇谢后作》或《粉墙儿》皆为咏物之佳作。周词多状物、体物之作，且着力在语言、形式、格律方面求工，又为南宋格律派奉为圭臬，如姜白石、史达祖之词多结合苏词和周邦彦词的特色而来，并影响南宋四家吴文英、王沂孙、张炎、周密等人之咏物词。不论在辞藻、用典、用事方面，南宋词人咏物之作，均有其特殊成就，然皆出之以慢词的形式。咏物词的特色在体物、状物，尽力描摩物性，而慢词尚铺叙，恰足以曲尽其意。故慢词的兴起，给了咏物词一片适宜生长的土地。

- 时代环境的影响

苏轼为咏物词开拓出一条新路，然苏才磅礴横逸，不受格律规限，而咏物词亦非其用心所在。周邦彦则在律度技巧方面充分表现其音乐修养，其作品多为内容贫乏而字句工丽、律度严整的写景之作，如悲秋、春闺，以及细腻刻画的咏物之作，如咏眼、咏月、咏梅、咏梨花、咏蔷薇等。王国维称其“言情体物，穷极工巧”、“创调之才多，而创意之才少”，实为一针见血之论。自周邦彦之后，宋词走向格律古典派，原为自然的发展。但靖康之难，胡人南扰，汴京沦陷，徽钦二帝被掳，遭此国难，文士词风又由格律派转为愤世高蹈及慷慨悲歌之作，如辛弃疾、陆游诸人的作品。亦有韬光养晦，放怀山水的作品，如叶梦得、朱敦儒等人。因此，宋室南渡前后的六七十年间，因政治环境的转变，格律古典派之词风暂时消歇。

南渡后，经过十余年混乱不安的局面，自绍兴十一年（1141 年），宋室以称臣纳贡的条件，与金人达成和议之后，南宋朝廷暂时换得稳定的局势。加以南方富庶，人民生活安定，社会渐趋繁荣，偏安心理又造成上下“朱门沈沈歌舞”的淫靡生活。据周密《武林旧事》的记载，当时临安（杭州）的繁华，远超过于北宋时的汴京，达官富豪极尽享乐之能事，他们在湖山胜处，大起园亭别墅，养清客、蓄歌妓，过着偎红倚翠的生活。当时范成大建石湖、张镃建南湖，闻名一时，而范、张等人又是知音填词的高手，交往的文士亦以清客的身份共同唱和，如姜夔即为范、张座上客。盘桓于名园歌妓间，循声按拍、浅斟低唱，是当时生活的写照。文士既多从事审音协律铸词炼句等形式上的讲求，于是产生许多精巧唯美的作品，咏物之作是当时环境下的自然产物。而文士不务世事，生活圈狭小，往往借咏物来展现争奇斗新的技巧，如姜夔就曾多次注明咏物词产生的背景，其《暗香》序云：

> 辛亥之冬，予载雪诣石湖，止既月，授简索句，且征新声，作此两曲。石湖把玩不已，使工妓隶习之，音节谐婉。

《齐天乐》序亦云：

丙辰岁，与张功父（镃）会饮张达可之堂。闻屋壁间有蟋蟀有声，功父约予同赋，以授歌者。

然而这种生活至南宋末年，元军大举入侵之后又告结束。昔日承平安乐不再，豪富之家亦均家破人亡，清客寄依无门，各自流散，刻红剪翠、重形式音律的咏物词随之消亡，代之而起的咏物词是另一番寄托家国身世的悲慨风貌。尤其自宋亡以后，元朝统治者文网繁密，文士不能直抒其怀，不得不借咏物词作为隐微抒露深沉情怀的工具了。

因此，宋室南迁后偏安的生活中，提供了咏物词发展的最佳环境，那是属于着重形式、协律，体物状物一系。而宋室的衰亡，也造成另一系借物咏怀的咏物词的发展，此系词人有所隐讳，亦重字句的锻炼。

此外，南宋词人结社联吟之风，也直接助成咏物词的发展。平时，词社里同题联吟，而以咏物为题，最能见出笔力高下。且安乐之时，咏物词既无寄托家国之悲，又无明确的创作目的，于是词律、形式力求奇诡，讲求声律、锻炼文字，务必达到“字字敲打得响，歌诵妥溜，方为本色语”[6]。题材亦无所拘，小至美人指、美人足均在歌咏之列。这些都可说是结社联吟之风下的游戏笔墨之作，周济所谓“南宋有无谓之词以应社”（《介存斋论词杂著》），即指此而言。然而一旦遭到亡国之变，结社联吟亦借咏物暗指时事，如元兵入杭州，元僧盗掘南宋皇陵，将宋理宗尸体倒悬，以沥取水银；又在孟后陵前拾得发髻，长六尺余，其色绀碧；凡此恶行，南宋遗民莫不引为奇耻大辱。词人唐珏秘密参与残骸瘗埋之事，并与王沂孙、周密、仇远等十四人，结社联吟，暗咏其事。社课五题，为《天香·龙涎香》、《水龙吟·白莲》、《摸鱼儿·莼》、《齐天乐·蝉》、《桂枝香·蟹》；其中龙涎香、莼、蟹暗指皇帝，蝉和白莲托喻皇后[7]。其中，王沂孙《天香》及唐珏《水龙吟》等皆是人所共知的代表作[8]。

6. 张炎，《词源》（台北，广文，《词话丛编》本），页206。

7.《文学研究论丛》（台北，庄严，1980年），《咏物词》一文。

8. 详见《乐府补题》一书及叶嘉莹，《碧山词析论》，《迦陵论词丛稿》（台北，明文，1981年）。

由上可知，宋代咏物词的兴盛自有其时代、文化背景，但其风格内涵，仍是承继咏物诗的传统而来的。

咏物词的结构：等质通性与用典

宋代咏物词因以上诸种因素而兴盛，各家词集里均有咏物之作，其中较著者为苏轼、辛弃疾、周邦彦、姜夔、史达祖、吴文英、周密、张炎等人。他们在词境的开拓、或写作技巧的创造上，都有独特的成就。他们继承咏物的传统，却在形式、炼句、造字方面，注重语言的本质，并将其艺术性发展到极致，使后人了解诗的语言结构的特殊性。本来，诗的结构是一种韵律的系统、美学的效果以及整体和内在连贯性所透露出来的意义[9]。在诗中，必定由内在形式和语意中显露出来，而意义是透过形式而显现。在词体中，由于长短句的不规则造成结构中显著的特色，而此不规则的表象乃由填词入乐的过程演变而成。因此，音乐影响词中文句的方式颇为复杂，除长短不一外，文句的音韵、式样和蕴涵的情感，大体由旋律决定。但是旋律和词句的意义，是和两个平行而分离的结构相关，“当韵行填入一首曲调中，即使外在的形式和音乐结构的外观一致，词内部的连贯性仍由本身的语意结构衍生出来”[10]，本文所谓词中结构的探讨，将不及于音乐方面。

咏物词结构的特质可言者有二：一是词中所咏之物的等质通性（或谓之物性的对等 qualitative-equivalenee），另一是词中用典的普遍。以下分别探述它们在咏物词中所达成的效果。

我们可以说，诗的语言一直在发挥物性的对等性质，如《诗经·桃之夭夭》，以“夭夭”形容桃花的鲜丽生姿，象征桃之物性，而“夭夭”之叠字在此句中，也可表达一个完美自足的世界（Self-content world）。到了五言诗，语言的物性对等是靠着单纯意象的并立而形成

9.Shuen-fu Lin, *The Transformation of the Chinese Lyrical Tradition* (New Jersey, Princeton University Press, 1978), p.94.

10.*ibid.*

其境界，如李白《玉阶怨》诗：

玉阶生白露，夜久侵罗袜；
却下水晶帘，玲珑望秋月。

此诗写闺妇之怨，闺妇于庭寒露重之时，伫待不来而下帘望月，心生怨情却含蓄不露。诗中之玉阶、白露是白、冷而透明之物；罗袜、水晶帘与秋月，亦是白、冷而透明之物，“玉”、“白”、“水晶”等字，充分表达这些物的物性，然后以“玲珑”总括诗中之物的物性，兼写月色及闺妇。这首五言诗颇能表现雅各布森（Jakobson）对等原理的特性，雅各布森认为：“诗歌的功能在于把对等原理从选择的层面投射到结合的层面上去”，此诗正是借着玉阶、白露、罗袜、水晶帘、秋月等物性类似的对等原理而结合成一首结构紧凑而统一连贯的诗[11]。物性的对等性质在咏物作品中更能充分发挥。所谓咏物，不论是体物、状物或借物抒怀，都必须充分表达物性——物的内在、外在特质。因此，物性的对等性质运用，几乎成了咏物词的普遍结构，只是在慢词的咏物诸作中，物性的对等，并非由个别的意义并立而成，却常是借物性类似的连续性而构成。如前引苏东坡之《水龙吟》一词可为例证。东坡此词，以虚写方法，委曲婉转地表达出杨花的特性。句法特殊，用了很多的虚字，如似花“还”似非花、思量“却”是、欲开“还”闭、又“还”被莺呼起、“无”情“有”思等字，其造句法结构完密，别开新局。全词即绕着“似花还似非花”着笔，“也无人惜从教坠，抛家傍路”实写杨花之随风飘零、无人怜惜的凄凉。而“思量却是，无情有思，萦损柔肠，困酣娇眼，欲开还闭，梦随风万里，寻郎去处，又还被莺呼起”则是“似非花”的虚写笔法，想象杨花亦是有情思之物，亦能萦损柔肠，如同女子思君，欲寻觅伊去处却不可得，只能于睡梦中随风寄托情思，却不料好梦难圆，被莺

11. 参见梅祖麟、高友工，《唐诗的语意基础》，收于黄宣范译，《翻译与语意之间》（台北，联经，1976 年）。

呼起，而破坏微渺之希望。此词上半阕用拟喻手法，以女子喻杨花；后半阕则为“似花”的描述，“不恨此花（杨花）飞尽，恨西园落红难缀”，而后东坡再设问：（杨花）之遗踪何在，则已化为一池萍碎（东坡自注：杨花落水为浮萍，验之信然）。在东坡眼中，“细看来，不是杨花，点点是离人泪”了。后半阕在此花→落红→遗踪→萍碎→离人泪的层层物性对隐喻中描出杨花的漂泊物性。物性的对等容易走上隐喻的技巧，隐喻用得越多，物性刻画得越细腻，故《水龙吟》一词上下二阕，虽然写法不同，但皆能充分衬托杨花的物性。同时，东坡又加入了惜物之情，而使全词非只状物，亦为体物之作。词中充分发挥物之等值通性，具全词之物性有一贯延续性（continuity）的效果。另外张炎《解连环·孤雁》一词亦能见出物性的连续性运用：

楚江空晚，怅离群万里，恍然惊散。自顾影，欲下寒塘，正沙净草枯，水平天远。

写不成书，只寄得相思一点。料因循误了，残毡拥雪，故人心眼。

谁怜旅愁荏苒，漫长门夜悄，锦筝弹怨，想伴侣、犹宿芦花，也曾念春前，去程应转。暮雨相呼，怕蓦地，玉关重见。未羞他，双燕归来，画帘半卷。

此词写孤雁羁旅寂寞，亦写己之身世凄凉之悲，故为咏物以托情之作。“怅离群万里，恍然惊散，自顾影”，着意刻画雁的孤单身影，“写不成书，只寄得相思一点”是因离群惊散而起，“残毡拥雪，故人心眼”则谓此雁孤飞、音讯难凭，所以误了久困胡地之故人的凝盼。“锦筝弹怨”借筝柱斜列如雁行（钱起《孤雁》诗：“二十五弦弹夜月，不胜清怨却飞来”），而如怨之筝声亦是孤雁之怨的象征。全词的“诗的表现”（poetic act）由怜念孤雁起，带入伴侣念己之思，状物、体物、赋情，层层深入，保持了连续性的特色。慢词一旦表现连续性，则易生复杂性。所以咏物词多用慢词，更能深刻婉转、曲折周延地体物、状物而写志。

等值通性着重物性的刻画，借着物性的类似或对照，联系物体及寓意，因此造成隐喻技巧的多方使用。前面所举东坡《水龙吟》即属此类；姜白石《长亭怨慢·中吕宫》，亦可为例证：

> 予颇喜自制曲，初率意为长短句，然后协以律，故前后阕多不同。桓大司马云："昔年种柳，依依汉南；今看摇落，凄怆江潭；树犹如此，人何以堪！"此语予深爱之。
>
> 渐吹尽，枝头香絮，是处人家，绿深门户。远浦萦回，暮帆零乱向何许。阅人多矣，谁得似长亭树。树若有情时，不会得青青如此。日暮，望高城不见，只见乱山无数，韦郎去也，怎忘得玉环吩咐："第一是早早归来，怕红萼无人为主！"算空有并刀，难剪离愁千缕。

此为因柳怀人之作。"枝头香絮"、"绿深"、"谁得似长亭树。……不会得青青如此。"皆喻柳之词；其下借唐韦皋与姜家小青衣玉萧之约："第一是早早归来，怕红萼无人为主"，红萼原指梅，在此词中则其作用同于柳之为怀人信物；而"难剪离愁千缕"，则又为柳丝千缕之隐喻为愁丝千缕。前面说过物性的对等，容易走向隐喻技巧的运用，因此咏物词中，隐喻的使用可谓其普遍特色。白石的《暗香》也充分发挥隐喻的技巧："但怪得竹外疏花，香冷入瑶席"、"红萼无言耿相忆"、"千树压西湖寒碧"、"又片片、吹尽也，几时见得"，其中所指之物皆为梅花《疏影》词中："想佩环，月夜归来，化作此花幽独"、"再觅幽香，已入小窗横幅"，其中佩环→此花幽独、幽香（花）→小窗横幅的手法，正如同东坡《水龙吟》中"不是杨花，点点是离人泪"，杨花→离人泪的运用，此种隐喻的转变方式，实为中国文学中隐喻运用的高明处。

咏物词结构的特质又可由词中用典的技巧中显现。典故是诗人以现时的经验和过去的史实作一对比，因此典故必须包含二个基项：一为诗人当时的现身经验，一为过去发生的史实。其间的关系可能是类似，也可能是对比。诗人直接或间接地、含蕴地或明显地指涉过去的史实，利用事件的类似或对比达成用典的意旨。适当地运用典故，能造就深刻的诗歌效果，产生新的意境。

典故的运用在13世纪的词中，普遍地扮演了重要的地位，尤以咏物词最为明显。这种特性对辛弃疾的作品产生了深远的影响。在辛弃疾之前，咏物词佳作，首推东坡《水龙吟》一词，但东坡此词很明显的是以描绘纯粹想象的经验为主，并未用典，词中大量用典当自辛弃疾始，以下举例说明之：

> 绿树听鹈鴂，更那堪，鹧鸪声住，杜鹃声切。啼到春归无寻处，苦恨芳菲都歇。算未抵、人间离别。马上琵琶关塞黑，更长门翠辇辞金阙。看燕燕，送归妾。
>
> 将军百战身名裂，向河梁回头万里，故人长绝。易水萧萧西风冷，满座衣冠似雪。正壮士，悲歌未彻。啼鸟还知如许恨，料不啼清泪长啼血。谁共我，醉明月。(《贺新郎·别茂嘉十二弟》)

这首词，基本上是写人世的别离之情，但是我们也可以将之视为一首咏“别情”的咏物词。全首词中，辛弃疾以四个历史典故来强调离别之苦，我们所见的是词中丰富的典故并列运用，诗人主观自我的声音则较隐微。如“马上琵琶关塞黑”是用昭君别汉之事，石崇乐府《王明君辞序》云：“昔公主稼乌孙，令琵琶马上作乐，以慰其道路之思，其送明君，亦必尔也。”昭君别汉马上听闻琵琶之乐，更加重去国离情之悲苦。“燕燕送归妾”用卫庄姜送归妾之典，《诗·邶风·燕燕》：“燕燕于飞，差池其羽。之子于归，远送于野。瞻望弗及，涕泣如雨。”，《毛传》云：“燕燕，卫庄姜送归妾也。”写夫妇离别之苦，接下来“将军百战身名裂，向河梁回头万里，故人长绝”用李陵降匈奴、别苏武事及苏李赠答事；好友相别，又是人间一大痛事。“易水萧萧西风冷，满座衣冠似雪，正壮士，悲歌未彻”系用荆轲刺秦、易水送别的典故，写壮士一去不复还之壮志悲怀。辛弃疾以历史上赋别的故事来衬托自己与十二弟作别之情。这四个典故，在词中彼此独立而并列，属对等原理中类似故实的运用。以四个典故写别情，而且能前后呼应，烘托出别情之难以释怀：“啼鸟（呼应首句的鹈鴂、鹧鸪、杜鹃之啼声——“啼到春归无寻处，苦恨芳菲都歇”）还知如许恨，料不啼清泪长啼血，谁共我，醉明月？”

这首《贺新郎》用四个典故写别情；另一首《贺新郎·赋琵琶》中，辛弃疾同样用历史上四个典故以衬托琵琶的物性。

> 凤尾龙香拨，自开元霓裳曲罢，几番风月。最苦浔阳江头客，画舸亭亭待发。记出塞、黄云堆雪。马上离愁三万里，望昭阳、宫殿孤鸿没，弦解语，恨难说。
>
> 辽阳驿使音尘绝，琐窗寒、轻拢慢捻，泪珠盈睫。推手含情还却手，一抹梁州哀彻。千古事、云飞烟灭。贺老定场无消息，想沈香亭北繁华歇，弹到此，为呜咽。

这一首作品几乎包含了历史上所有有关“琵琶”的典故。“凤尾龙香拨”一典用杨贵妃事，郑嵎《津阳门》诗：“玉奴琵琶龙香拨”自注云：“贵妃妙弹琵琶，其乐器闻于人间者，有逻逤檀为槽，龙香柏为拨者”；《杨妃外传》亦载：“开元中，中官白秀贞自蜀回，得琵琶以献。其槽以逻逤檀为之，有金缕红纹，蹙成双凤；以龙香板为拨。”首句即很鲜明地写琵琶的特性。“自开元霓裳曲罢，几番风月”，霓裳羽衣曲为玄宗时的大曲，白居易《长恨歌》有云：“渔阳鼙鼓动地来，惊破霓裳羽衣曲”，辛弃疾用此典借琵琶引出杨贵妃及玄宗之事。“最苦浔阳江头客、画轲亭亭待发”，则用白居易《琵琶行》之典，由琵琶声转出一段哀怨动人的故事。“记出塞，黄云堆雪，马上离愁三万里”是用昭君之典，与前引词“马上琵琶关塞黑”一句词意相同。“轻拢慢捻………推手含情还却手”是描写弹琵琶的动作，而《凉州曲》亦为琵琶曲。“贺老定场无消息，想沈香亭北繁华歇，弹到此，为呜咽”，贺老即梁元时的乐工贺怀智，善弹琵琶，元稹《连昌宫词》云：“贺老琵琶定场屋”；“沈香亭北”用李白《清平调》句：“解释春风无限恨，沈香亭北倚阑干”。稼轩此词，用典特多，而所引有关琵琶之故事，均显现人间伤痛情怀，借着这共同的类似性，将四个典故并列，构成此词，也是对等原理的运用。“琵琶”虽非作者昔日经验的化身，但作者借琵琶之物性，描述昔日的忧伤经历。作者意旨不在主观的呈现，而是退到“客观的”叙述者的地位，但是他依然隐隐地在词的结构上主宰一切。这些典故如何寄托作者的情怀呢？主要是稼轩善于运用虚字的技巧所致。

虚字的妥帖运用，使得作者的自我得以呈现，如前半阕用“自”、“最”、“记”、“望”四字，把典故加以连串成完整的自我情怀的表达。由“自开元霓裳曲罢”到“画轲亭亭待发”在时序上是连贯的，就用一个“自”字领起；接着引王昭君抱琵琶出塞事，则是时序上的倒流，故用“记”，将现实的时空转回记忆中的汉朝去。而“望”字则为加深渲染昭君之离情，与“最”字之渲染“自”字之意同。下半阕，虽不用虚字，但稼轩又在“一抹梁州哀彻”之后，将读者对琵琶的强烈感喟一下子以“千古事、云飞烟灭”全部收拾起，同时也为人间的伤痛，作一断然的收束，令人付之一叹。二句虽非用典，却正是词家所谓“空际转身”的笔法，也是稼轩高明之处[12]，因此陈廷焯云：“此词运典虽多，却一片感情，故不嫌堆垛。心中有泪，故笔下无一字不呜咽”（《白雨斋词话》），陈霆亦云：“此篇用事最多，然圆转流丽，不为事所使，的是妙手”（《渚山堂词话》）。这些赞语，实不为过。

咏物词的用典，自辛弃疾之后，几乎成了普遍现象，沈义父在《乐府指迷》指出：“咏物，须时时提调。觉不分晓，须用一两件事印证方可，如清真咏梨花《水龙吟》第三、第四句，须用樊川、灵关事，

12. 参见《使典用事须有工力》一文，收于《宋词选译》（台北，学海，1974年）。

又‘深闭门’及‘一枝带雨’事，觉后段太宽，又用‘玉容’事，方表得梨花。若全篇只说花之白，则是凡白花皆可用，如何见得是梨花”[13]，张炎在《词源·用事》项下亦云：“词用事最难，要体认著题、融化不涩”，才是上品。稼轩之咏物词中的用典，均能达到此目标。稼轩之后，承继其技巧又能加以灵活运用的当属姜夔的咏物之作，兹以其《暗香》为例：

13. 蔡嵩云笺释，《乐府指迷笺释》（台北，木铎，1982年），“咏物用事”条，页58。

14. 刘永济，《词论》（台北，龙田，1982年），卷下，《体物第四》，页97。

苔枝缀玉。有翠禽小小，枝上同宿。客里相逢，篱角黄昏，无言自倚修竹。昭君不惯胡沙远，但暗忆、江南江北。想佩环、月夜归来，化作此花幽独。

犹记深宫旧事，那人正睡里，飞近蛾绿。莫似春风，不管盈盈，早与安排金屋。还教一片随波去，又却怨，玉龙哀曲。等恁时，再觅幽香，已入小窗横幅。

这首词上下阕的结尾，很高明地运用了隐喻的转换，前文已述及，此处则讨论其典故的运用。首先“昭君不惯胡沙远，但暗忆、江南江北。想佩环、月夜归来，化作此花幽独”用王昭君之故实，而以虚写手法出之。此典出自杜诗，杜甫《咏怀古迹》五首之三咏王昭君，有“画图省识春风面，环佩空归月夜魂”之句，白石借昭君事，抒发二帝蒙尘之愤（张惠言《词选》），有风人比兴之旨。郑文焯云：“此伤二帝蒙尘，诸后妃相从北辕，沦落胡地，故以昭君托喻，发言哀断。”（郑校《白石道人歌曲》）；近人刘永济亦云：“‘昭君’句，用徽宗在北所作《眼儿媚》词：‘花城人去今萧索，春梦绕胡沙。家山何处？忍听羌笛，吹彻梅花’也，故有‘暗忆江南江北’及‘又却怨玉龙哀曲’等句，其指二帝蒙尘乎。惠言所论尽之矣。”[14] 白石此词明咏梅花，隐含徽宗北狩，对家国之无限依依，一若昭君出塞之情怀，借此寄托家国兴亡的感慨。

下半阕“犹记深宫旧事，那人正睡里，飞近蛾绿”用寿阳公主事。据《太平御览》卷三十《时序部》引《杂五行书》云：“宋武帝女寿阳公主日卧于含章殿詹下，梅花落公主额上，成五出花，拂之不去，皇后留之，看得几时，经三日，洗之乃落。宫女奇其异，竟效之，今梅花妆是也”。白石用此典故，为一大转笔，但亦切合梅花题目，此即“用典不为事所使”（张炎《词源》）之灵活运用。接下来，“不管盈盈，早与安排金屋”，用汉武帝金屋藏娇的典故，意稍嫌远。若依王禹偁《诗话》云：“石崇见海棠叹曰：汝若能香，当以金屋贮汝”，以金屋贮海棠比喻梅花，则较为贴近。“玉龙哀曲”，用林逋《霜天晓角》诗句：“甚处玉龙三年”，即所谓的“梅花三弄”。且笛中曲有“梅花落”绾合本题，李白《与史郎中钦听黄鹤楼上吹笛》诗云：“黄鹤楼中吹玉笛，江城五月落梅花”，韩偓《梅花》诗亦云：“龙笛远吹胡地月，梅花初试汉宫妆”，与本词用昭君胡沙及寿阳深宫旧事均相合。综合以上用典的分析，白石此词写梅花，其用典处处绾合梅花题旨，虽无主观自我的明显呈现，其中感慨，自所难免。因此表面说梅花，却处处隐含家国之思，这也是咏物词中用典的另一功用。

南宋末期，元军南下，汉人备受高压钳制，文人的不满、感慨，皆化为强烈而低抑的伤感语调。既不能直接表出，只能借咏物来寄托，因此词中用典成了不可或缺的手法，也是后人讥为“晦涩”的主因。南宋诸家如王沂孙、周密、张炎等人率皆如此，例如王沂孙《齐天乐·咏蝉》一词：

> 一襟余恨宫魂断，年年翠阴庭树。乍咽凉柯，还移暗叶，重把离愁深诉。西窗过雨，怪瑶佩流空，玉筝调柱。镜暗妆残，为谁娇鬓尚如许？
>
> 铜仙铅泪似洗，叹移盘去远，难贮零露。病翼惊秋，枯形阅世，消得斜阳几度？余音更苦，甚独抱清商，顿成凄楚。漫想薰风，柳

丝千万缕。

此词反映身世家国之恨，蕴涵无尽的悲痛。首句“一襟余恨宫魂断”用齐王后怨王而死，尸变为蝉的典故。据《古今注》的记载：“牛亨问曰：‘蝉名齐女者何？’答曰：‘齐王后忿而死，尸变为蝉，登庭树嘒唳而鸣，王悔恨，故世名蝉曰齐女也’”，“宫魂”指齐王后之魂，而着一“断”字，极力描写深切绵长之悲哀，足以令人断魂。“年年翠阴庭树”承第一句，宫魂已断而余恨仍存，恨如何消解，唯寄托庭树之翠阴深处高吟悲唱了。或“乍咽凉柯”或“还移暗叶”，寄托无情而余恨未已，故时而“重把离愁深诉”。此“诉”是蝉的嘒唳而鸣，亦是齐王后将一腔愁恨深诉，比之于碧山当时，则“一襟余恨宫魂断……重把离愁深诉”，正在曲写宋室播迁、亡国之恨。“西窗过雨……为谁娇鬓尚如许”则又是写蝉与女子，利用典故将二者融合；“瑶佩流空，玉筝调柱”暗指蝉被西窗过雨惊起时振翅飞去的声音，正如女子之佩玉敲击声自空中流过以及女子调弦弄柱之声。“镜暗妆残”则将蝉想象成伤心憔悴的女子，然而其天生丽姿仍在——“为谁娇鬓尚如许”；娇鬓承接玉筝、瑶佩而来，同写女子形貌，在此又巧妙地以典故绾合了蝉与女子。《古今注》上亦载：“魏文帝宫人……有莫琼树，乃制蝉鬓，缥缈如蝉”，原指女子之发型如蝉翼，后世遂以“玄鬓”喻蝉。此典出自魏文帝宫人，又与第一段齐王后尸化为蝉之典相呼应，意相贯串，而不着痕迹。“铜仙铅泪似洗，叹移盘去远，难贮零露”，用李贺《金铜仙人辞汉歌》的典故，铜仙自汉宫移去，“铅泪似洗”乃叹家国之亡，用以喻南宋政府之播迁流离。“难贮零露”，则蝉用以维持生命之露亦无着落，如同国破家亡，个人之无所依托。“病翼惊秋、枯形阅世，消得斜阳几度”，既无零露可餐，时又近秋，以蝉翼之薄如何禁得起秋之凄寒？故问“消得斜阳几度”，因蝉所引起的个人身世及家国之伤感，令人难以为怀。结句“余音更苦，甚独抱清商，顿成凄楚”则哽咽难言矣；“漫想薰风，柳丝千万缕”却荡开一笔，撇开眼前悲苦，追想昔日随柳而舞的欢欣，实有令人意想不到的效果，也是作者对于承平时日的想望。全首写蝉，实则借蝉之悲苦以喻家国之衰亡。全词四段，表现情绪虽各有不同，但又有情感上的共同性使其互相连接，此即“隶事处以意贯串”之意（周济《四家词选》序论）。用典均能切合题目，且加深词旨的表达。沈祥龙《论词随笔》云：“咏物之作，在借物以寓性情，凡身世之感、君国之忧，隐然蕴于其内，斯寄托遥深，非沾沾焉咏一物矣。”正可点出全词主旨。此外，与王沂孙结社联吟的诸家作品，如《乐府补题》上所录者，亦都能借所咏之物，运用典故，以寄托身世家国之感。这种比兴方式的写作为有清一代常州词派推衍为学词入门之法，如周济便以为学词当自王沂孙入手，因为碧山之词思笔双绝，而又可透过门径，以达到“有寄托”的境界。

词至南宋，已臻成熟，能事殆尽，后来者无可复加，不得不专就组织巧妙、用典雅切及遣词细丽之处下工夫。当时词家如沈义父、张炎均有书专论词的造句、结构、风格等，如沈义父《乐府指迷》一书立下论词的四个标准：“音律欲其协，不协则成长短之诗；下字欲其雅，不雅则近乎缠令之体；用字不可太露，太露则直突而无深长之味；发意不可太高，高则狂怪而失柔婉之意”，这几乎是南宋论词的准则，当时诸家亦朝此方向努力。张炎在《词源》中亦有类似主张，唯其注重整首词布局、结构、造句、用典之法，又特重全首词的风格、意趣等。前面分析过的《解连环·孤雁》可说是张炎词论的实证。另外如《绮罗香·咏红叶》、《南浦·咏春水》诸词均为其代表作。

万里飞霜，千林落木。寒艳不招春妒。枫冷吴江，独客又吟愁句。正船舣，流水孤村，似花绕，斜阳归路。甚荒沟，一片凄凉，载情不去载秋去。

长安谁问倦旅。羞见衰颜借酒，飘零如许，漫倚新妆，不入洛阳花谱。为回风，起舞尊前，尽化作，断霞千缕。记阴阴，绿遍江南，夜窗听暗雨。（《绮罗香·咏红叶》）

波暖绿粼粼，燕飞来，好是苏堤才晓。鱼没浪痕圆，流红去，翻笑东风难扫。荒桥断浦，柳阴撑出扁舟小。回首池塘青欲遍，绝似梦中芳草。

和云流出空山，甚年年净洗，花香不了，新绿乍生时，孤村路，犹忆那回曾到。余情渺渺。茂林觞咏如今悄。前度刘郎归去后，溪上碧桃多少。(《南浦·咏春水》)

这些词，不似王沂孙假用典以寄托国家身世之慨，只是将眼前之物，细细地体会、刻画，将物的神貌，以委婉曲折之笔充分表达出来，不蹈前人窠臼，可谓清空中又有意趣，符合他自己对词的要求。

词到了张炎，可说已到达最高境地，精华尽出，技巧已穷，后人无以超越创新，仅在音律、用典及作法上极力讲求，徒令词家心灵受桎梏、内容受限制，词的发展便日趋僵化了。尤其在南宋国破家亡的环境中，即物描写的咏物之作，自然走向衰亡的命运。纵有高观国、卢祖皋、张辑等词人接踵继起，为词坛后劲，但他们的词风仍在姜、吴、张等笼罩之下，已无新意可言。时势所趋，渐由曲取代了文坛的主流。

结 语

从唐诗到宋词，内容、风格的歧异，显示两代文化基本取向的不同。大抵而言，唐朝国势强盛，影响其文化艺术呈现出飞扬、奔腾的风格，而其探触的层面也是无所不包。就诗而言，则其语义范畴较为宽广，宇宙山河、天地人情，几乎无不入诗，观诸李、杜、王、孟之诗可知。反映出唐朝是一个创造性强、包容性大的时代。降至宋代，国力衰弱，文化特色转趋内省，理学的兴起可为代表。在诗方面，显示了知性反省的特色；在词方面，则音律舒徐和缓，造成极富阴柔美的风格。阴柔可谓词的特色，而词中语义范畴的缩小，也是造成阴柔的要素之一。词中所用语汇大都轻柔曼妙，不似诗之古朴典重；风格则华饰多于素描，优美多于壮美，大抵多隐约含蓄，少痛快淋漓、奔放显豁之作，虽有苏东坡“大江东去”、辛弃疾“千古江山”之豪放作品，但究属少数，且非词之本色。因此，词的阴柔之美，正好是宋代文化的代表[15]。由唐诗的大世界到宋词的小世界，由宇宙天人、山川大地回归到个人情感的寄托，不可不谓文化史上的一大转折。描写个人情怀、羁旅穷愁，或情爱悲怅是宋词的特征，而自宋词的个我性的抒发到专咏一物之咏物词，更见宋人投注的世界愈加缩小。咏物词的出现，代表了宋人观物态度的具现[16]，或借物咏怀、或体物状物，词人在写咏物词时有一个明显的趋向：与传统诗言志的直抒其怀相比，咏物词普遍地透露出更为客观的结构。词人从以抒情自我为中心移转到外在的物上；而连接抒情自我与外物者，端赖隐喻的使用。再则咏物词由于集中在小小的物上，诗人的观点亦趋向于极端的私人性，甚或完全泯除自我，极力状物，以求尽可能地表达物性。六朝时期相近的文化气氛下，也曾产生咏物诗或咏物赋，但由于词与诗、赋基本形式的差异，咏物词和咏物诗、赋的风格不尽相同，如对于语言文字的修饰，即非咏物诗、咏物赋所有。咏物词的观物，逐渐趋于狭窄，那不是生命自光彩和活跃中退缩，而是显示文明的精致化和完美化。这种作品明确地显示出富裕的都市生活方式，文明变得复杂而优美[17]。咏物词受其本身内容及其形成因素的限制，也相对地限制了它的流行与发展。在描写委婉深情方面，它不像柳永、周邦彦之词的普及与广受欢迎；在抒发豪情壮志方面，也不像苏东坡、辛弃疾之词的激发人心。纵有王沂孙等人借物咏怀，写亡国之音，而为清代常州词派所宗；却也因用典及文字的隐晦，不易取得一般大众的共鸣，而流为一派低迷哀音。这也是咏物词不能形成大规模气候，不久即告衰竭之主因。

15. 郑骞，《词曲的特质》，《从诗到曲》（台北，科学，1961 年），页 60—61。

16. 本文“观物”一词之“物”，指与人或心相对的物象、器物而言，与邵雍的“观物论”相异。邵雍所谓“物”，除物象器物外，尚包括天地与人在内，至大无外；举凡一切物质现象与事情，甚至心中想象之境，亦可称为物。

17. Shuen-fu Lin, *The Transformation of the Chinese Lyrical Tradition*, pp. 11-13.

从民俗趣味
到文人意识的参与

小说（一）

吴璧雍

文体的命义本是附缘作品而生，“小说”一词在中国起源很早，但与近世的观念相去甚远，如《汉书·艺文志·诸子略》所云：“街谈巷语，道听涂说之所造也。”是早期对“小说”的一般命义。魏晋以降，“残丛小语”式的搜神志怪更是汗牛充栋，均以演述“鬼物奇怪之事”[1]为宗，其故事结构、表现技巧泰半粗略，又无深意可言，即志人一类，亦以记名士豪杰之流韵风姿或隽语雅言而已，故一般视之为中国小说的雏形，多借以探讨其时代背景、宗教环境、心理态度等等。直到唐传奇跃上中国文学舞台，“小说”乃有了一个全新的面貌，“虽尚不离搜奇记逸，然叙述宛转，与六朝之粗陈梗概者，演进之迹甚明，而尤显者，乃在是时则始有意为小说。”[2]其间刻意托讽之文采波澜已斑斑可观，但是唐传奇绚烂的光华终如昙花一现，后世再无可继其踪者。据刘开荣《唐代小说研究》，谓唐传奇的全盛期在大历至大中咸通（767－873年）约一百年间，至唐末已呈衰竭之态，宋明之时虽偶有创作，但明人胡应麟《少室山房笔丛》已言：“宋人所记乃多有近实者，而文采无足观，本朝新余等话（原按：指瞿佑《剪灯新话》、《剪灯余话》）本出名流，以皆幻设，而益以俚俗，又在数种下。”可见其“平实而乏文采”[3]。如果我们肯定小说应当反映普遍人生的喜怒哀乐，那么唐传奇中的士子侠客或平康妓妾，毕竟只是社会结构中的一部分，其出于文人之手，表达某一阶层的生活面貌，到底不能含括广大复杂的人生，故盛行一时而终沦于沉寂，实在无足深怪。如此看来，宋人活跃于瓦舍中的话本乃显出其特殊的地位，因其娱乐市井庶民，同时亦反映了当时的社会风习，故本文拟从宋人话本谈起。虽然，在源远流长的“小说”历史中，早期奇闻轶事式的杂言志怪体，虽不具后世小说的规模，仍提供了一个文学发展的背景，呈现出中国人对小说的趣味，还是不容忽视的文学资产。

1.《隋书·经籍志》论《列异传》。

2. 周树人，《中国小说史略》，第八篇，页75。

3. 同上书，第十一篇，页112。

民俗趣味的勃兴——宋人话本的崛起

“话本”一词在宋代的含义很广，许多民间游艺皆备有话本，如诸宫调、唱购、鼓子词、陶真、傀儡、影戏、戏文，以及说话等[4]。由于有的以唱体为重，有的以角色形象为主，因此，虽备有话本，实际上真正影响后世小说内容及形式的，不过是说话人的话本，故宋元之后还有所谓的“拟话本”大量出世。郑振铎在《明清二代的平话集》一文中云：“‘话本’的结构，往往较‘传奇’及笔记为复杂，为更富于近代的短篇小说的气息。”又云：“‘话本’为中国短篇小说的重要体裁的一种。”[5]因此，“话本”之较确定的意义乃是：说话人的底本。不过，由于口语的演说和文字记录之间存在着一层媒介的转换，在形式效果上有着不同的趣味，我们已无法贴切地领略到说话人神彩遄飞演述故事的景象，但旧籍所载说话人活跃于宋人瓦舍的情形[6]，则告诉我们“说话”这项伎艺对于宋人的精神生活具有深刻的魅力。从东京汴梁到南渡临安，说话人隽材辈出，在百艺竞陈的瓦肆勾栏中别出一格，成为较具文化意识的伎艺。尽管今天只余下文字记录的话本，仍可供我们回味昔日的风貌。更重要的，宋人对“说话”的痴迷，适足显示其趣味所在以及欲求的层次，因而故事内容就是一个时代精神的指标。同时，在“说话”伎艺风行的宋代，说话人固然备有话本，时人也可能沿用说话人的形式技巧从事创作，转口说文学为笔墨文学。以今日所见的话本而言，两者之间的界限已然模糊不清了。

说话人说些什么呢？据《都城纪胜》、《梦粱录》的记叙，“说话”一艺在南宋有四家，所谓：小说（谓之银字儿，如烟粉、灵怪、传奇；说公案，皆是搏刀赶棒及发迹变泰之事；说铁骑儿，谓士马金鼓之

4. 吴自牧，《梦粱录》（台北，古亭，《东京梦华录》外四种本），卷二十，页311，“百戏伎艺”条：“凡傀儡、敷演、烟粉、灵怪、铁骑、公案、史书历代君臣将相故事话本，或讲史，或作杂剧，或如崖词……。更有弄影戏者，其话本与讲史书者颇同。”

5. 郑振铎，《明清二代的平话集》，《中国文学研究》（上海，小说月报社）。

6. 孟元老《东京梦华录》卷五“京瓦伎艺”条，记北宋的说话；吴自牧《梦粱录》卷二十“小说讲经史”条、灌园耐得翁《都城纪胜》“瓦舍众伎”条、无名氏西湖老人《繁盛录》“瓦市”条、周密《武林旧事》卷六“诸色伎”条亦记载南宋说话情形。

事。）、说经和说参请、讲史书以及合生。“说话”的分家自然是因故事内容的不同所致，然四家之说在当时已不甚严谨，如南宋罗烨《醉翁谈录》所云：“小说者流，出于机械之官……或名演史，或谓合生，或称舌耕，或作挑闪，皆有所据，不敢谬言。”而说话四家之说对后来几无影响，因此，如以四家之说作为故事内容分类的依据，并不能显现话本的特色。而《醉翁谈录》于“小说开辟”一段中所举的话本目录有所谓的“灵怪、烟粉、传奇、公案，兼朴刀、赶棒、妖术、神仙”，大致属于四家中的“小说”一家，对后世影响较大，也与现存的宋人话本彼此相应。

现存的宋人话本数量不多，乐蘅军据宋人著录（如宋人笔记、《醉翁谈录》等）、后人书目（如《也是园宋人词话》）、篇下自注（如三言有“宋人小说……”等字样）、篇中自述时代（如“话说东京”）、全篇语气风格、篇中用韵文的成分为基准，考断现存的宋人短篇话本（无作品之著录不计）约有三十七种[7]。因为盛极一时的“说话”继南宋之后，虽然还以类似的方式在市井中进行着，写定的话本却散逸民间，罕见著录，直到明嘉靖年间才由洪楩刊印出一部分来，名曰：《六十家小说》，即今习称之《清平山堂话本》（孙楷弟，《中国通俗小说书目》）。这大概是第一部话本选集了，由于年代湮久，亡佚大半，只能据残存篇目略窥其梗概。与洪楩大约同时的晁瑮，亦曾收集宋元明的单行话本，所编《宝文堂书目》列有“子杂类”，所录书目不少，部分与《清平山堂话本》残存的书目雷同。明天启年间，冯梦龙刊印了著名的三言——《喻世明言》（即《古今小说》）、《警世通言》、《醒世恒言》，分别以绿天馆主人、无碍居士、可一居士

7. 乐蘅军，《宋代话本研究》（台北，台湾大学，1969年），第三章，《宋话本考实》。Patrick D. Hanan 则强调口述作品与笔写作品绝不相同，书目资料如《醉翁谈录》所载系口述作品，只能透露某某小说的内容已存于宋元的口述文学之中，是否即为现存的作品，甚难断言。他说：“除非我们相信一个不大可能的见解：即每个口述故事都有话本，而现存的所有小说都是直接根据这些话本写成，否则我们就不能把《醉翁谈录》作为最初笔写小说出现年代的根据。”（见 Patrick D. Hanan，《早期的中国短篇小说》一文，收于《英美学人论中国古典文学》，香港，中文大学，1973年。Hanan 严格地分辨口述作品与笔写作品不同，而不认为现存的作品为宋元人之作，并不影响本文讨论的主题，毕竟现存的作品内容实已见诸宋人之“说话”，即使形式（口述与笔写）不同，其趣味相去并不远。

之名刊行，话本之收集乃跨入新阶段。然明人刊印往往不分年代，宋、元、明三代的话本均错杂其间，所幸前人多有著录或笔记，因此犹可从中勾出宋人话本，以窥探其风貌。

一个故事所以拥有特殊风貌，自然有赖于许多组成全文的要素，譬如：题材、人物、语言、叙述方式等等。这些要素都是一体的，选取何种题材自然塑造出某类人物，反过来说，掌握了某类人物，也就决定了题材的选择；再加上听众（或观众）的程度、好恶，因而有了语言运用、叙述方式等问题产生。宋人话本属于民间庶众，以反映大众日常生活里卑微的哀乐、切身的冤情，或夸张的人性欲望，基本上完全以庶民的趣味为依归，因此在取材方面自然以民间生活为对象，以宣说他们拙朴现世的苦乐悲欢。这只要从话本中人物的身份地位就可略知一二，事实上乃是市井人物的一种投影。以现存的话本为例，其人物类型大略如下：

靠伎艺劳力谋生者：包括碾玉作、绣作、卖唱者、歌舞伎、酒保、茶博士、伙计、课卦、佣工等。

开店铺者：包括金银铺、质铺、丝线铺、茶坊、酒店、杂货行商等。

小官吏：如押番、殿直。如《三现身》中的孙文是县府的一名押司，《金鳗记》里的计安，是名押番。

小户人家妇女：如《简帖和尚》中的皇甫娘子杨氏、《碾玉观音》中的璩秀秀原是裱褙铺的女儿，《错斩崔宁》中的王氏是小康商人的女儿，陈二姐是卖糕的女儿等等。

沦落书生：如《西山一窟鬼》里的吴洪，应举不第，流落临安，成为小学堂的教书先生。

社会寄生者：包括侍妾、娼妓、和尚、小偷、强盗、无赖。如《宋四公大闹禁魂张》中宋四公、赵正、王秀都是惯窃，《山亭儿》中的苗忠是名强盗，《新桥市韩五卖春情》的韩金奴是名私娼，《错认尸》中的周春香是官员出脱的侍妾等等。

这些人物的身份、地位、思想、欲望为宋话本勾勒出市井现实而琐碎的生活情调，在鄙俗的步履之间，演出戏谑调笑的喜剧、盲昧凄惨的悲剧，或鬼神灵怪的荒谬剧。但重要的是，宋人话本不再刻意描绘文士佳人的风流韵事，或叱咤风云的英雄事迹。即使有英雄，大致只强调其发迹前的种种鲁莽行径。如《史弘肇龙虎君臣会》的郭大郎（郭威）和史弘肇，两人日逐趁赌、偷鸡盗狗，一天到晚惹是生非，几乎无人不嫌、无人不骂，根本算不得英雄。至于他们日后发迹变泰，只是因为天生异相，是冥冥中早已安排的命运，并非他们有什么过人之见或杰出才干，而这些异相也只有会望气的人才看得出来。因此，在话本中，他们的种种行径与社会上的无赖流氓无异，是市井中低鄙粗俗的暴力性格。尽管如此，这些人物因与现实社会血脉相通，故能打动听众心弦，造成说话的空前盛况。而以市井小民为描述对象，则扩大了小说的取材范围，使小说的生命不再局限于虚幻的奇遇或苍白的馆阁之中，而开辟出一片广阔无边的天地。

其次，这些人物也说明了题材选取的趋向，大抵来自现实生活层面，以日常平庸的琐事，细细织出人情世态。例如《错认尸》叙述一出人生悲剧，没有跌宕的奇遇，也没有骇人的异态，只见昏昧无明的欲望和贪痴在现实生活中摩擦、冲突，终于酿成一桩家毁人亡的惨剧[8]。再如《汪信之一死救全家》，只因一时大意，未能洞彻现实人情的利害关系，以致被诬以谋叛而不自知，惹下一身是非，最后只好一死以保全家人。而《简帖和尚》是一桩骗局，表现了粗暴、冲动、自以为是的丈夫和柔弱、单纯、无自主权的妻子在性格上的对立，促使骗局轻而易举地形成。《新桥市韩五卖春情》则是一桩娼妓诱引男子的故事；《金鳗记》写庆奴无知而悲惨的遭遇。凡此种种，作者均由现实生活着眼，描述他们的思想、言笑、生活情状，不但背景明确，也掌握了市井人物生气淋漓的一面。当然，并非

8.《错认尸》的故事大意如下：乔俊在商旅途中娶得一妾回家，因与大妇不合，乃另户生活。乔俊再去外埠行商时，小妾竟与佣工董小二有染，大娘担忧而强接回家同住。不意小二乖巧，借机留下，又与大娘之女有私，大娘盛怒，强迫家人同将小二杀死，投尸于河。数日，尸身浮起，竟有一妇误以为是失踪的丈夫，命人打捞，因而查出真相，乔家一门抵罪。乔俊返家后，痛悔难忍，亦投河而死。

所有的话本均描写严肃的人生，也有朴刀赶棒之类，如《山亭儿》、《杨温拦路虎》；发迹变泰之类，如《史弘肇》，以幽默嘲谑的笔调写种种可笑的行为；还有灵怪之类，如《西湖三塔记》、《洛阳三怪记》、《定州三怪》、《西山一窟鬼》、《张古老种瓜取文女》、《福禄寿三星度世》等，表现了神秘、怪诞的梦幻情调，引人作世外的遐想。但这些作品基本上也不脱庶民的情调，纯以娱乐为目的，来满足人们想象上的缺憾，毕竟生命还需要一些幻想来填补。

此外，虽有许多灵怪的因子跳脱在若干话本之中，但多半与人事相涉，大抵为表现人生而作。无论如何，话本既已由士大夫阶层走入市井阶层，从现世人生取材，其创作手法自然不以典丽为贵，故庸常琐事的描写和泼辣俚俗的对话是一特色，借以突显人物平凡粗率的生活面貌，或粗鲁冲动、或悭吝小气、或自私贪婪，有的为德不卒、有的因财起意、有的见色犯淫，大抵皆以本然生命去搬演人生一桩桩可喜可悲的遭遇。以下再分几方面说明话本的庶民风格：

1. 昏昧的本能欲求：理想的提升力量来自人文教育的熏陶，人可以超越现实欲求，可以理性作为行动的指引，只要有足够的自省能力，人不必受缚于个体的官能知觉，只是，谁能有这样坚定的意志？谁能突破生存层面而跨向精神提升的境界？理性的生活格调究竟只属于少数的秀异分子，对于汲汲营营，忙于谋生的广大民众，理想所代表的文化意识几乎是不存在的，他们但凭直觉生活，在欲望的牵引之下，追求生活，享受娱乐，而谱成拙朴粗俗的格调，其中，“色”是很重要的一种题材。就拿《刎劲鸳鸯会》来说，描述一个小户人家的女儿蒋淑贞，自小聪明机巧，因父母议婚不成，自恨青春虚度，乃诱邻少阿巧入室强合，不意竟送了少年一命。此后欲心难抑，连嫁二夫，又不守妇道，先与西宾有事，气死了前夫李二郎，又与对门店老板私通，最后为后夫张二官一刀劈死，双双死于血泊之中。像这样的故事，自然是相当低鄙浅薄，但是读来还是不免悲叹，虽然一面觉得蒋淑贞不可原谅，一面也感到人性中原有那自身无法遏抑的情欲使人堕落，甚至必以生命殉之，是相当可悲的。《错认尸》的乔俊，贪花恋色，流连东京，原凭美色而买来的侍妾也在家中与一佣工私通，终于家毁人亡。《金鳗记》中的庆奴，先与周三结缡，因父母不满而离异，改嫁外路商客为妾，漂流异乡，命运坎坷。后又因奸情杀人，四处流亡，以卖唱为生，父母也为前夫杀死，最后同上法场，横尸刀下。《新桥市韩五卖春情》的吴山，因迷恋娼妓金奴而元气耗散，却又困于情欲，不可自拔以致身毁名裂，一败涂地。

欲望像一张网，可以紧紧绊住人性向上超越的力量，如果没有深厚的自省能力，生命就只好翻腾其中而不自知了。《碾玉观音》中的秀秀，直感而放肆，一任其欲望恣意泛滥，乘火场杂乱，“提着一帕子金珠富贵”，求崔宁相偕逃匿，以挣脱被拘束的生活样式而投入自我欲求之中，直到被捉回王府仍甘心就死，丝毫不假托一句谎言以自保。《闹樊楼》中多情的周胜仙，一见范二郎即害相思病，因父亲反对，气闷身死，辗转于梦中了却心愿，做成夫妻[9]，都可说是情欲恣扬的巅峰。当然，故事中如此被夸大了的欲望也不见得符合庶民真实的心态，但是对“食色性也”的一般人而言，作者如此夸大，正有教化作用寄寓其中，悲惨的结局不就是“不可陷溺欲望”的一项警告吗？此外，暴力也是诉诸本能的反应之一，循着贪婪的非理性之路，一任自然之气恣肆纵横。固然亦有为敢怒不敢言的小民出口怨气者，如《宋四公大闹禁魂张》，宋四公等几名窃盗狠狠惩戒了悭吝的张员外和几个贪官污吏，但大部分的强盗均无好下场，故也有其教化意义。

9.《闹樊楼》的故事大意如下：少女周胜仙与范二郎偶然邂逅，互害相思，经王婆作媒，定下终身。不意周父嫌二郎寒微，从中阻梗，胜仙一时气闷，被误为身亡下葬。是日，盗贼发墓，弄醒胜仙，胜仙奔投范二郎，二郎惊慌以为是鬼，乃打杀了胜仙。

2. 荒谬的灵怪思想：宋人话本弥漫着灵怪的氛围，除了一部分基于娱乐心理而以神仙鬼怪为主角外，还有许多非理性的灵怪出入其他以现实人生为背景的故事之中。前者通常具有戏谑愉快的情调，如《张古老种瓜取文女》就带有十分可爱的梦幻趣味，其中描写80岁的老翁因娶不到18岁的少女而闹相思，“一行说话，一行咳嗽，气丝丝的”，令人发噱。后者则不然，人生遭遇的因果关系本足以翻演一段段喜怒哀乐的生活情境，原不必借助灵怪等超自然之力以创造戏剧性的高潮。生命本身即已具备许多不自觉的盲点——贪婪、痴爱、偏执、矫作……在在都足以推动故事的深刻理路，但是宋人话本依然大量运用荒谬的非理性情节，可见其深入人心。换言之，灵怪所显露的力量影响素朴的民心甚巨，话本作者往往假托非理性的灵怪力量告诫群众福善祸淫的生命归向。当然，我们也可以说创作者本身就是灵怪思想的服膺者。举个例来说，《新桥市韩五卖春情》，描述一个男人因受娼妓之诱而堕入色欲的陷阱，以致一息奄奄，后由梦境得知是冤魂作祟，遂由其父母焚香设奠，在娼妓家中设立道场才解厄康复。本来这样的故事大可摆脱冤魂缠身这类非理性的情节，直接以不能自已的贪爱来叙述人生之愚昧，其说服力自当不弱，甚至经由主角痛苦挣扎的历程而呈现精神上的超越，更可大大提高故事的艺术价值。宋代的平话作者却不如此。我们可以认为是作者偷懒，不愿安排更复杂的情节，而故意扯上一段冤魂无理的纠缠。问题是，如此布局，是否更能令众人信服？如果一般民众宁可信从那些粗陋愚俗的非理性力量，又何必另作情节？甚至作者也未必洞悉如此曲折的心路。他很可能与一般市井小民一样相信灵怪之说，在信以为真的心态下，灵怪思想乃在故事中产生了莫大的力量。例如《三现身》叙述一桩用心险恶、计划周密的谋杀案，残酷狠毒，充分表现押司娘因移情别恋而不惜谋害亲夫的机心。以创作观点而言，本可扣紧罪犯百密一疏的破绽以破此案。作者却偏要利用冤魂现身来指点线索、解开谜题，正显示出鬼神力量的深入人心。这种对超自然力量的迷信或可上溯至先民对万物生灵的原始信仰，其后经由长时间的酝酿、滋长，深植于一般人的心中，再与佛教合流，蔚为庶民普遍的信仰，而话本中所运用的灵怪异闻多少也强化了因果报应、丝毫不爽的信念，从而达成其教化之目的。其中《勘皮靴单证二郎神》的孙神通借二郎神弄鬼弄神，被具有侦探精神的冉贵识破，一反借鬼神之力破案的作风，算是话本中最特殊者。

另一方面，诉诸灵怪力量尽管是当时人所服膺的原则，未始不是对盲昧而又无缘接受启迪的人性表示同情。毕竟生命的情境苦多于乐，一般人往往跳不开性格上的盲点，与其委诸生命的昏昧无知，毋宁借超自然的灵怪之力来赋予人一条自解的途径。像《金鳗记》中的庆奴，充满欲望又盲昧无知，结果历事多夫，终于横尸刑场，这是生命的一场无知的悲剧，人在欲望的牵引之下一步步走上毁灭之路。但故事被安排成在一条金鳗的一句咒语之下，庆奴的命运就变成了一段不可避免的天数。她在不可抗拒的命运下被摆弄，被无端地牺牲，于是我们在喟叹其无知之余，更同情其不幸的遭遇。相对地，庆奴的罪恶也骤然减轻许多。当然，就宋人而言，一切的灵怪力量都可能是真实存在的，这样的信念给予作者创作上的方便，可以显示天理的昭然不欺以及命运的难拒，而安慰了浮泛尘寰的悲苦众生。

3. 娱乐的幽默情调：说话原是宋人的娱乐方式之一，教化不过是附带的功能罢了。许多话本都只为了娱乐而作，故纯以趣味为主，而呈现出喜剧的结构，如《张古老》、《宋四公》、《史弘肇》、《皂角林大王假形》几篇，笑声几乎随处可闻，畅情滑稽，又不流于尖酸。譬如描写史弘肇发迹前偷锅抵债的一段，真是令人忍俊不禁：

> 这史弘肇却走去营门前卖糕糜王公处，说道：“大伯，我欠了店上酒钱，没得还。你今夜留门，我来偷锅子。”王公只当做耍活，归去和那大姆子说：“世界上不曾见这般好笑，史憨儿今夜要来偷我锅子，先来说教我留门。”大姆子见说，也笑。
>
> 当夜二更三点前后，史弘肇真个来推大门，力气大，推折了门棂，走入来。两口老的听得，大姆子道：“且看他怎地。”史弘肇大惊小怪，走出灶前，掇那锅子在地上，道：“若还破后，难折还他酒钱。”拿条棒敲得当当响。掇将起来，翻转覆在头上。不知那锅底里有些水，浇了一头一脸，和身上都湿了。史弘肇哪顾得干湿，戴着

> 锅儿便走。王公大叫："有贼！"披了衣服赶将来。地方听得也赶将来。史弘肇吃得慌，撇下锅子，走入一条巷去躲避。谁知筑底巷，却走了死路。鬼慌盘上去人家萧墙，吃一滑，撷将下去……

大致说来，幽默调笑的情调泰半出于人物可笑的风格，因此人物的形象和语言可说是幽默的关键所在，尤其是鲜活俚俗、充满诙谐调子的语言，更使故事洋溢着欢快的气氛。甚至有些主题严肃的悲剧，也因其中活动着几个可笑的小人物，而使悲惨严肃的故事得到片刻的舒解，因而达到娱乐的目的。

话本世俗而琐屑的情调是都市生活的反映，当然都市小民的生活并不足以代表全部的中国民间社会。占人口绝大多数的农民，在话本中便全无地位。这当然和宋代社会、文化有密切的关系。不过，从话本所反映的现实意识而言，即使其全以市井生活为背景，仍能充分表现包含农民在内的平民趣味。

底下便由历史背景略述话本中的平民意识：

1. 都市经济的发达：两宋建都之地均为数代帝都，交通便利，经济繁荣，早为人人乐道。北宋的汴京在孟元老笔下简直是繁华鼎盛的不夜城，歌楼酒肆笙箫不绝，所谓"诸酒肆瓦市，不以风雨寒暑，白昼通夜，骈阗如此"[10]；而商场之广，交易之大更是空前，"金银丝帛交易之所，屋宇雄壮，门面广阔，望之森然，每一交易，动则千万，骇人闻见。"[11] 渡江以后，江南的富饶又使临安之繁华远胜汴京，不但大量的资本投入都市，"人烟浩穰"，又"竞以富盛相夸"。《都城纪胜》云："柳永咏钱塘词云：'参差十万人家'，此元丰以前语也。今中兴行都已百余年，其户口蕃息，近百万余家。城之南西北三处各数十里人烟生聚，市井坊陌，数日经行不尽，各可比外路一小州郡，足见行都繁盛。"[12] 大都市的兴起和物质的丰饶，诱引了人

10. 孟元老，《东京梦华录》（台北，古亭，《东京梦华录》外四种本），卷二，"酒楼"条，页15。

11. 同上书，卷二，"东角楼街巷"条，页14。

的欲望，也催化了对娱乐的要求。酣歌醉舞，终日流连，瓦舍勾栏大量兴起，奇技杂耍，百艺竞陈[13]，一个生气淋漓的庶民世界于是乎诞生。人情跃动，欲望飞扬，文化意识亦在其中滋长。“说话”以其取自现世生活的复杂内容，尤其是“小说”一科，更因迎合市民的复杂心智而蓬勃兴起。其曲折离奇、可惊可愕的情节不但满足了市民的好奇心，也扩大其经验，以之在想象上获致替代性的满足。

12. 耐得翁，《都城纪胜》（台北，古亭，《东京梦华录》外四种本），“坊院”条，页100。

13. 孟元老，《东京梦华录》，“东角楼街巷”条云：“瓦中多有货药卖卦，喝故衣、探搏、饮食、剃剪、纸画、令曲之类。终日居此，不觉抵暮。”

2. 社会结构的变迁：中古的贵族阶层、门第社会随着唐末五代的兵燹而崩毁，新兴的科举制度又使许多平民跃入上层的知识阶层。换言之，科举的普及使权力阶层不再局限于贵族世家，文化意识也不再专属于某一集团，苦学中举而入朝为官者大有人在，因此，平民意识随着时势渗入上层阶级。相对地，平民阶层也注入了知识文化意识，尤其大量的落第士人涌入民间，多少提高了一般人的知识程度。另一方面，印刷术发达，大大增进了一般人求知的便利，无论官刻、私刻、坊刻皆盛行一时，于是平民阶层和文化知识阶层的距离逐渐缩短，平民意识在社会结构的变迁下逐渐扩大。加上都市的兴起、经济的发达，自不同于昔日谧静的农民精神，而濡染了浓重的商业气息，因此是现实的、粗俗的，也是个人主义的。娱乐正是这种意识形态最好的反映。在形式上，大众化是自然的要求，以白话演述故事成为必然的趋势，因此推动了白话小说创作。白话小说所用的语言虽然和日常口语犹有不同，但市井俗语大量夹杂其间，已使小说面貌完全改观，而开辟出一条远景光明的前途。瓦德（Ian Watt）在《小说之兴起》（*The Rise of the Novel*）一书中提及欧洲长篇小说的产生背景，和许多社会与文化的因素息息相关，诸如都市的兴起、商业的繁荣、工业革命、教育的普及、印刷术的问世等等，在历史的过程中相推并进，巩固了中产阶级文化，造成长篇小说的勃兴。揆诸中国，也有类似的背景，尤其在元明之后，白话小说的发展更为迅速，也更有成就。

民俗趣味的延伸 ——章回小说的兴起

继宋代说话之后，白话的短篇小说陆续问世，精彩洗练的作品也时有所见，如《蒋兴哥重会珍珠衫》、《金玉奴棒打薄情郎》、《卖油郎独占花魁》、《玉堂春落难寻夫》等等，都是令人读来惊叹不已的作品。但明中叶之后，淫秽之风大盛，使原来的话本精神普受污染，相对于淫妄之风的说教小说也大量问世。于是酸腐之气和淫秽之风终将白话短篇小说送入衰亡之途，周树人《中国小说史略》即谓："宋市人小说，虽亦兼参训喻，然主意则在述市井间事，用以娱心；及明人拟作末流，乃诰诫连篇，喧而夺主，且多艳称荣遇，回护士人，故形式仅存，而精神与宋迥异矣。"[14] 不过，另一种新的文体亦在酝酿之中，终致长篇的章回小说以其壮丽的形式取代了僵化的短篇小说，而成为民间社会情感的寄托。《三国演义》、《水浒传》、《西游记》等书，尽管题材不同，其所缔造的道德系统、社会价值观以及幽默趣味却仍是民间化的，故备受大众喜爱，影响人心至深且巨。民间所以喜爱这些小说，并不只是由于故事曲折动人，而更有其深刻的意义。以《三国演义》而言，原是一段历史故事，在说话盛行的时代，"讲史"一家已有"说三分"一科，普受一般市民欢迎，可知三国的故事，市民早已耳熟能详了，故《三国演义》一书，实以其成功的人物塑造赢得了读者的喝彩。不过，最重要的是：书中人物不管是英雄也好，帝王也好，他们的形象声气能与社会中下阶层的心理相通，因之能打动其情，造成上自知识分子下至市井小民均能百看不厌的盛况。

14. 周树人，《中国小说史略》，页213。

- 英雄与强徒 ——《三国演义》与《水浒传》

《三国演义》写英雄，《水浒传》述强徒，前者是一段历史奇局，后者为一场壮烈诡戏，这是大略的分际。实则《三国演义》和《水浒传》应是两本关系密切的小说。除了出书年代相去不远以及作者可能同为一人(《水浒传》尚不能确定全为施耐庵所作，罗贯中极可能亦参与其事)等因素外，《三国演义》与《水浒传》在人物的塑造和推动情节的意识形态上也具有共通的特质。以人物言，尽管英雄与强徒异路，全属两个不同的阶层，但是，其非凡的志向、德操、精力乃至于奇特的相貌，却都能深扣拘谨、胆小、时时为种种难题所困的一般人心理。以情节而言，“情义”的共同基点推动了故事的进展。在“情义”的环扣下，民间传统的理想与信念充分显现。而其情调与叙述更与现世凡尘的故事迥异。因为《三国演义》与《水浒传》中的人物绝非一般凡人，他们也许具有一腔至性，也许拥有一副奇才，在风起云涌的乱世里闯荡奔跃，自有一派特异的浪漫悲情，因而投射出凡人难及的理想光彩。他们生命洋溢，卓立超凡，充满扣人心弦的魅力。因此，英雄与强徒只是表面的分际，其实却拥有不少相近的气质。前人已常提及《三国演义》和《水浒传》中的英雄好汉具有类似的特征，譬如：刘备和宋江，关羽和关胜，张飞和李逵，诸葛亮和吴用、公孙胜，而这些人也正好形成重要的三类人物：领袖、武将、谋士，串演出一场风云际会的好戏，只是一在历史舞台，一在草莽世界而已。

《水浒传》惊险宏伟的场面是由一百零八名好汉以无比充沛的精力而展现的。他们不受委屈，不容曲折，但凭一股澎湃的原始生命力纵横草莽，的确带给拳拳拘谨的匹夫匹妇震撼心灵的魅力。如果社会法纪又已完全失去公理正义，那么水浒好汉所鼓荡的素朴信念，乃更具痛快淋漓的风姿，宛如为乱世儿女擎起精神上抗议的旗帜。但是，梁山泊集团并不是一个真正伸张正义的集团，尽管“义”是一百零八名好汉最基本的凝聚力，然而水浒所谓“义”，到底不是儒家传统中以良知为本，与功利相对的“义”；他们的结合是因缘于江湖帮会结社但爱己族的狭隘情谊[15]，因此，往往不问曲直，唯一己是爱，根本无所谓正义可言。譬如阮小五向吴用表露对梁山泊的向往之情说：“他们不怕天，不怕地，不怕官司。论秤

---

15. 参见乐蘅军，《梁山泊的缔造与幻灭》，收于《古典小说散论》（台北，纯文学，1976年），页81—82。

分金银，异样穿细锦，成瓮吃酒，大块吃肉，如何不快活！”（第十五回）只是追求着单纯的原始享乐，并没有什么磊落的人格或高尚的胸襟。三阮随即加入以晁盖为首的劫财行动，和吴用、刘唐、公孙胜等七人，到太行山下夺取生辰纲，以实现快活一时的梦想。当然，生辰纲的十万贯金珠本是不义之财，但劫取不义之财毕竟算不得正义之举。因此，吴用虽以“聚义”之名呼之（七星聚义），此“义”究竟不是经过理性自觉而来，本非圣人所谓之“义”，而梁山泊好汉却以此为生命的着落点，安顿其中。

当然，“大块吃肉，大碗喝酒”的生存方式是痛快淋漓的，虽非人人可逮，到底还是令人向往；然而，不隐不忍、毋曲毋折的杀人闹事未必能博同情。换言之，如果一百零八名好汉的结伙梁山，只以打家劫舍谋求原始欲望的满足，那么《水浒传》的境界根本无足观，不过是花天酒地，纸醉金迷而已。可是《水浒传》自有妩媚动人之姿，那是从直朗朗的生命所投射出的光芒，如夜光里的闪电，突然照出罪恶的阴影，也带来了骇人的力量。因此，水浒故事必然起自“天灾盛行，军民涂炭，日夕不能聊生，人遭缧绁之危”（第一回）的时候；也只有当罪恶如瘟疫盛行，社会法纪荡然无存之时，他们的举止能深切感动人心。

幅员广大的古代中国，在政治上虽有帝国的形式，实质上，地理的隔离、语言的分殊，导致社会凝结力的缺乏，因此“政府”并非古代人民生活中不可或缺的一部分。所谓“凿井而饮，耕田而食，帝力于我何有哉？”之语，充分表示了人民与政府关系的松弛。换言之，国族的概念是模糊的，皇帝在一般百姓心中超然神秘，犹如上帝（所谓天子），国家也因此只是个超然的存在而已。另一方面，帝国的分合又是百姓痛苦的来源，“出门无所见，白骨蔽平原”（王粲《七哀诗》）的争战乱离，往往使百姓无以为生，以致“纵有健妇把锄犁，禾生陇亩无东西”（杜甫《兵车行》）。生存是这样的艰辛，能不教人憾恨吗？混乱的社会本缘自腐败的政治，苛捐杂税的负担又加深了百姓对政府的怨望，“县官急索租，租税从何出？”（杜甫《兵车行》），“况闻处处鬻男女，割慈忍受还租庸”（杜甫《岁晏行》）；再加上处于立法地位的国家不能对人民的纷争作公平处置，冤狱时有所闻，所谓“国家”，除了依赖神话来维持其超然地位外，大概很难赢得百姓的爱戴。因此，当暴乱四起、盗贼遍野之际，百姓唯有仰赖家族力量来自卫。家族是经由血缘而来的组织，是以伦理亲情为基点的小社会，本可自然形成一股排外的力量。家是中国人生活的宇宙，离了家便成游子。另一方面，意识上重视孝道，更是使中国人的家变成社会核心的主要力量。“在传统中国，家不只是一生殖单元，并且还是一社会的、经济的、教育的、政治的乃至宗教、娱乐的单元。它是维系整个社会凝结的基本力量。”[16] 整个社会价值系统亦由此而传递给个人。所以，古代中国是只有强烈家族意识而没有国族观念的。古人相信，只有经由血缘关系而来的父子之亲、兄弟之情，才是可靠的御敌力量。因此《水浒传》的信义，实以其重视犹如手足的情谊而赢得了数百年来民众的喝彩。

16. 金耀基，《中国的传统社会》，《从传统到现代》（台北，时报，1979 年）。

《水浒传》的好汉们，透过“投名状”的血祭意义（譬如林冲落草前，被要求交上“投名状”——去杀一个人，将头献纳），在“官逼民反”的社会里抟聚成一股势力。因此，图快活固是水浒的主题旋律之一，而在腐败的政治势力下，挺身痛击罪恶世界，更是《水浒传》的一大主题。事实上他们原也是为了破坏而诞生，是魔星转世，却以类似血族集团的面貌呈现，强调一种类似兄弟情谊的“义气”，并以此“义”为指挥行动的方针，“义”成为梁山泊集团的最高行动原则。素以家族为重的中国人，因其强调情义的结合，并借以对抗罪恶的世界而为之深深感动，《水浒传》终有了动人的魅力。

《三国演义》描绘一段历史奇局，三分想象，七分写实。早在《三国演义》问世以前，说话人、戏剧家早已将故事传奇化了（如现存的元人作品《三国志平话》），不但夸张了人物的个性，也渲染了许多无稽之谈，如将三国的分裂归因于汉高祖屈杀三名大将——韩信、彭越、英布，此三人在几百年之后，转世为三国之始祖，韩信成了曹操，彭越成了刘备，英布成了孙权。将故事推入报冤的轮回之中，显得十分粗恶无聊。罗贯中则舍弃这些向壁虚造的荒谬情节，以正史为轴，去刻画这一段跌荡的风云。然而演义毕竟不是历史，因此作者由“刘关张桃园结义”的民间传说揭开序幕，且将君臣关系改成兄弟关系，预示了故事发展的内在精神，以兄弟结义之情为蜀汉（作者心目中的正统政府）的内聚之力。

演义中的刘备冷静理智，气度恢弘，三顾茅庐，延请诸葛亮，原有一番逐鹿中原、复兴汉室的大志。但是这一步步处心积虑的棋局，却因关羽之死而逆转。由于他对“不求同年同月同日生，但愿同年同月同日死”的兄弟情义的执着，不惜违反诸葛亮所定的策略，将十多年来苦心经营的局面置之不顾，执意要为弟报仇。于是，一切的谏言均失去效用，赵云说：“汉贼之仇，公也；兄弟之仇，私也，愿以天下为重。”刘备却说：“朕不为弟报仇，虽有万里江山，何足为贵？”秦宓云：“陛下舍万乘之躯，而徇小义，古人所不取也。”刘备则曰：“云长与朕，犹一体也，大义尚在，岂可忘邪？”加以张飞亦因悲愤而失去理性，竟死于部属刀下，使刘备更任性得像愤怒的阿基利斯（Achilles），感情用事已至不可理喻的地步，即平日言听计从的诸葛亮，此时也失去了作用，坚持御驾亲征，必得东吴而后甘休。我们在这一回中，看到刘备将兄弟私谊摆在军国大事之上，原来倚赖孔明的理性已不复再见，这不免令人怀疑：刘备之所以冷静而理智，只因关、张尚在左右，效忠义兄，这种感觉使他充满信心。如今关、张已死，他也丧失了原有的理性。挥兵亲征，看来气概非凡，到底只是假象，终于被东吴的陆逊一把火烧尽了长达七百里的营垒，也烧出他悲剧性的尊严。以诸葛亮谋策胸怀、运筹帷幄的理性之力，终究不能突破刘备对兄弟恩义的执着，其君臣之节也抵不过手足之谊，刘备竟以军国大事相殉，这种情怀真是既可叹又动人。

蜀汉的顿挫缘自一次任性的行动，是感情胜于理智的错误抉择，这种安排充满感人的魅力。在作者以蜀汉为正统的观点之下，为情为义而致出师未捷，是无奈的憾恨。三国终于风流云散，是历史不变的事实，演义却为之标出了动人的风姿，深深镌于一般民众的心版。至于《水浒传》以草莽人物为对象，更大力强调异姓结义的情谊，可说同为世俗民众唱出了绵亘千古的理想和哀愁。

刘备自小不好读书，家贫，以织席贩屦为业，原是平民身份，然而，他毕竟不像俗子凡夫无声无息地消逝于莽莽流尘。刘备有其应然的天数，不可以理性的解释加之，这是通俗小说的平常戏法：凡贵之间的鸿沟有赖神异的征兆或力量补足，他的血液流动着帝王的不凡因子，终将高高在上，令人仰望。因此，他住家的东南有一大桑树，“高五丈余，遥望之，童童如车盖”，相者以为是“必出贵人”之征兆。幼时与乡中小儿戏于树下，则曰：“我为天子，当乘此车盖”（第一回）已微露天机。此后虽身陷危厄，亦能化险为夷，亦全拜神秘的天数之赐。例如襄阳赴会，蔡瑁蓄意加害，刘备借机逃逸，他的坐骑一跃三丈，飞越湍急的檀溪，使追兵望而兴叹[17]。即连无德无才的刘禅亦因命在帝王，而于诞生时有异兆[18]。这样的写法突显了帝胄神异的身份，使平凡的观众因惊叹凡贵自有天命而衷心崇仰。另一方面，艰苦卓绝的奋斗历程毕竟是曲高和寡的，那一番巍巍功业所放出的光芒该如何去认取？因此，在践履道德以完成人格的理性之路上，不得不添上神异色彩。于是“织席小儿”终能突破凡众而上升为统领万人的领袖。反观不是民间出身的另两位统治者就没有这么幸运，当然我们也可以说，作者强调曹操阴鸷之品只为了衬托刘备的宽和——一位人民理想中的帝王——仁政爱民、知人善任、讲义惜情，又通晓无为之道。因此，当曹军南下，荆州居民哭声震天，扶老携幼情愿跟随刘备，直是惊心动魄的一个场面，实际上也反映了刘备无为作风的魅力。他貌似懦弱，却有微妙的手腕以吸引许多忠贞之士追随左右。换言之，

17.《三国演义》，第三十四—三十五回。

18. 同上书，第三十四回：甘夫人生刘禅，是夜有白鹤一只，飞来县衙屋上，高鸣四十余声，望西飞去。临分娩时，异香满室。甘夫人尝夜梦仰吞北斗，因而怀孕，故乳名阿斗。

同为逐鹿英雄，刘备不需以双拳来证明自己的英雄地位，而武功的夸示远不及文治的宣扬，这是中国伦常观念下的一贯精神。刘备的君臣之义、兄弟之情远超其战略之失而卓立，终于在《三国演义》中展现了特殊的神采，从崛起草莽、结义桃园、三顾茅庐，到进位汉中、白帝托孤，刘备以其性情赢得俗众的喜爱，或许也可以说是庶民心目中对开国之君的某种期待吧！

《三国演义》以历史为蓝图，《水浒传》亦与历史故事有关，但重要的是，两者曾在同一时空里流转与演变。这种基础加强了人物形象的共通性，宋江——梁山泊集团的领袖，无形中亦具备了刘备部分气质，所谓“仗义疏财，扶危济困”，以重情讲义的特质吸引了各路英雄，人称及时雨、呼保义。当然，宋江和刘备的身份不同，在心态上也比刘备复杂得多，这是由于梁山泊集团毕竟和蜀汉之众不同。但是宋江私放晁盖，结识柴进，情重武松，在浔阳江畔笼络诸色人物，莫非因缘“情义”，如宋江出场赞诗所云：“年及三旬，有养济万人之度量；身躯六尺，怀扫除四海之心机”（第十八回）。宋江以其“度量”，包容了来自四方的绿林好汉；又以其“心机”，穿针引线、缔造了梁山泊集团——一个类似独立自主的王国。这种个人魅力近于刘备，正不须以使枪弄棒的武术服人。再者，宋江亦受到神灵特别的眷顾，其遭到差人追捕之际，九天玄女显威庇护，并授以三卷论兵法的天书（第四十二回），宋江乃从此上梁山执牛耳，开始替天行道，隐然暗示了因缘天定的律则。因此在八十八回，玄女又托梦指点，终于破了辽兵的混天象阵法。宋江俨然是天生的领袖，一面以个人权力意志为驱策之力，一面则因“义”——江湖上互爱共存的兄弟之谊，而凝结众人之力成一类似国家的组织。其后并延伸此“义”，在形式上做到为民着想，责无旁贷的地步。故每于血战之后，总先传下“休得伤害百姓”之将令，“一面出榜安民，秋毫无犯”，这正是民间心目中的帝王气象——重情好义、爱民如子，且必有神赐的非凡魅力，尽管终归风流云散，亦不影响他们在民众心目中的地位。

由于领袖无为的外表，其下的成员每每成为故事的要角——谋士和武将，一文一武，以迥异的武器置敌人于死地，却同样大胆勇敢，具有超凡的神采。在外形上，谋士温文儒雅，谨慎含蓄，但灵敏聪慧，往往成为一个集团的灵魂。《水浒传》中的智多星吴用“生得眉清目秀，面白须长”（第十四回）以善用口舌，机巧圆滑，位为梁山泊的军师，从游说三阮（第十五回）、智取生辰纲（第十六回），到传假信劫法场救宋江（第三十九—四十回）、使用连环计大破祝家庄（第四十八—五十回），乃至假扮卖卦啜赚卢俊义（第六十一回）等等诡计，都充分表现了吴用深思熟虑、机巧多智的格调。他用计罗致各种人才入伙，和宋江以个人魅力服人，具有相辅相成之功。而吴用的从容不迫正是得自诸葛亮的神采，因此赞诗中时时拿孔明与他相比，说他“潇洒纶巾野服，笑谈将白羽麾兵”（第六十一回），“谋略敢欺诸葛亮，陈平岂敌才能”，俨然是诸葛亮的化身。不过，《三国演义》中善用诡计，屡出奇谋的诸葛亮，集精明聪慧于一身，吴用当然是不能与之相比的，吴用的聪明缺乏令人尊崇的品格。但在粗犷的绿林中，吴用书生型的细腻自有其不可或缺的价值。他虽不算水浒的灵魂，但展现了武力外的需要——斗智，永远吸引着大量的读者。

诸葛亮却是《三国演义》中的灵魂人物，从隆中决策、火烧新野，诸葛亮像一轮升自滚滚风尘的旭日，其轩挺之姿飘逸在政治的舞台上，一举一动都使周遭人物光芒尽失。诸葛亮掌握了三国全面的动静，也吸住了观众的眼光，一场赤壁之战似乎专为表现诸葛亮的才华而展开。他明知刘备的兵力不足以逐鹿中原，却大胆的单身入吴，联兵抗曹。在东吴朝廷上舌战群儒，或规劝、或嘲讽、或激将，将满朝文武的异议一一驳斥，又智激周瑜，诱使孙权决计联蜀破曹，甚而操控了东吴大军，名为破贼，实为刘备开疆拓土打了漂亮的第一仗。而诸葛亮和周瑜的斗智是《三国演义》中最扣人心弦的一段，两人才智相当，唯周瑜生性妒忌，难容诸葛亮耀眼的光彩，因此接二连三地布下陷阱，不意诸葛亮均能轻易而漂亮地化解，如草船借箭的冒险，即展现其惊人的神机妙算。而借东风更提升了诸葛亮超凡的地位，不但能控制人事的调度，且能呼风唤雨，操纵了天地的造化，以致使周瑜骇然失色，惴惴难安。原本雄姿英发的周瑜，在演义中竟宛如跳梁小丑，处处见绌，却衬出了孔明泰然自信、潇洒机灵的姿采。“既生瑜，何生亮？”周瑜被磨损的尊严终化作一支利剑，刺向自己的心脏，结束了锐气洋溢的一生。不过，赤壁之战基本上是喜剧式的，作者以轻快流丽的笔调，烘托出诸葛亮完美的人格。一动一静，一明一暗，两个不同本质的灵魂，展示着不同的性情。而诸葛亮以静制动，居暗观明，操纵着整个大局，才是中国人心目中谋士的典型：胸有成竹，谈笑自若。但更吸引民众的是：诸葛亮拥有神奇的法力，不但借得东风、火烧敌船，且能从星宿中预知自己的死期，这种适度的神化应合了庶民的情感，所谓伟大的人格本来就是超越现实的。能为赤壁之战布局，能在兵寡势弱的局面下打下一片江山，如果没有些许超凡法力，又如何可能？所以《水浒传》中的谋士除了狡黠的吴用之外，还要有一位擅于法术的公孙胜。

因此，优越的才智和神奇的法力共同刻画出典型的谋士形象，“满足了目不识丁与知识分子所共有的成熟嗜好和原始需要”[19]。由于作者自己通常也是书生，不免也反映了他们某些理想和梦想。

19. 见 Robert Ruhlmahn 著、朱志泰译，《中国通俗小说戏剧中的传统英雄人物》，《英美学人论中国古典文学》（香港，中文大学，1973 年），页98。

除了谋士，小说中的武士英雄该是最受欢迎的人物。他们体力过人、相貌特殊、武艺高强，是共同的特征，譬如关羽，“身长九尺，髯长二尺，面如重枣，唇若涂脂，丹凤眼，卧蚕眉，相貌堂堂，威风凛凛，舞著一把青龙偃月刀，重八十二斤”。当董卓手下大将华雄连斩数将，正使大众六神无主之时，关羽上马出迎，只听得“鼓声大振，喊声大举，如天摧地塌，岳撼山崩”，顷刻之际，关羽已提回华雄首级掷于地下，而案上热酒犹有余温（第五回）。这是关羽第一次大展身手。其后，斩颜良，云长亦是手起刀落，立刺其人于马下，割了首级，又飞身上马，提刀出阵，如入无人之境，使河北兵将大惊，不战自乱（第二十五回）再次表现其神武之姿，故曹操叹曰："将军真神人也。"（第二十五回）"神人"一词，其实也是我们对他的印象，因为武将原以其神怪的体力，体现了凡人的梦想。《水浒传》中的武松，"身长八尺，一貌堂堂，浑身上下有千百斤气力"，能轻易玩弄三五百斤的石墩而面不改色，旁观者也禁不住齐呼"非凡人也，真天神也。"（第二十八回）非凡成就的奋斗过程本不易为人所解，因此，在凡人的心目中自然带有神性。不过，如果我们在少年时代曾经有过梦想，那么，英雄威武不屈的意志、超凡卓越的行径，必然带给我们一种替代性的满足。因为他们表现了人类最大的愿望，所以，他们也在传说中被神化了。

小说中神勇过人的武将多取自传说中的形象。以关羽而言，历史上的关羽以骁勇善战、忠贞不二著名，本已多彩多姿。唐朝以后，诗歌、民间故事又逐渐把史实神化。到罗贯中编书之时，关羽已成为全国尊崇的对象，威严的仪表、美髯、青龙偃月刀，就是关羽独特的形貌。因此，他的雄姿神勇，他的自信狂傲，均给观众留下深刻的印象。斩华雄、割颜良、杀蔡阳（第二十八回），乃至单刀赴会（第六十六回），都极力表现关羽勇猛自信的性格。而刮骨疗毒，神色自若（第七十五回），又更进一步展示其勇猛近神的姿彩。关羽凛凛威风如是活跃于字里行间，成为人们崇拜的偶像。当然，关羽对兄长忠贞不渝的精神，更是备受景仰的因素之一。他不但赤心护卫两嫂，且过关斩将，表明其不降曹操的心意，所谓"义不负心，忠不愿死……但怀异心，神人共戮。"其耿耿忠心的确应合了中国人对武将的要求——所谓忠臣不事二主。而忠义慨然的形象于身死之后更被夸张的刻画着，玉泉显灵，虽为普静法师所化，余威更显圣附体，骂孙权、追吕蒙、惊感曹操、梦示刘备，真正成为百姓心目中的神。关羽一死，曹操、张飞、刘备亦一时俱逝，三国的气数似也走尽，跌荡的风云于是渐次衰微了。

关羽是中国人心目中典型的忠义英雄，而《水浒传》中的关胜又几成关羽的化身。第六十三回魏郡马宣赞推荐他时，说道："此人乃汉末三分义勇武王嫡派子孙姓关，名胜，生的规模与祖上云长相似，使一口青龙偃月刀，人称‘大刀关胜’。”此外，他凤眼重枣似的容貌，帐中拈须夜读的习惯均与关羽相似。但究竟不如关羽的受人尊崇，因此显示水浒与三国本质上的差异：英雄为人景仰，强徒则受人同情。

如果说关羽式的武将是民间崇拜的对象，那么张飞、李逵之类的英雄该是逗人笑乐的将军，他们耿直、天真、肆无忌惮，又性烈如火，往往为严肃的行动添加不少玩笑戏谑的气氛，这是中国人心目中可爱的英雄。他不必高高在上如神般尊贵，他只要具有坦直的天性，又幽默诙谐，就足以赢得大众的喜爱。譬如张飞，从怒鞭督邮、手擒刘岱、误会关羽，到三顾茅庐，其粗线条的作风一直痛快淋漓地进展着，以言辞、表情、行动，展示了忠心耿耿、粗鲁率直的形态。如果长坂坡喝退曹军百万是张飞猛勇的表现，那么义释严颜则是赤子情怀的流露。严颜也是一条干脆俐落、不肯屈服的汉子，因此张飞本能式地展露其慷慨大方、毫无伪饰的本色，这该是最可爱之处。而李逵为了救宋江，在江州法场上赤身裸体的挥动两把板斧，不也是纯真得可爱？这种近于武丑的角色，事实上更受一般读者欢迎，因为他们顽童式的作为虽然粗俗无文，却更直接表露其了无心机的性格，也因此比其他人更能公然向权威挑战。例如梁山泊英雄排定座次，在忠义堂上设筵痛饮，宋江大醉之余，乘兴填了一首“满江红”，且命乐和唱之，正唱到“望天王降诏，早招安”，只见武松叫道：“今日也要招安，明日也要招安，冷了弟兄们的心！”黑旋风便睁圆怪眼，大叫道：“招安，招安，招甚鸟安！”只一脚把桌子踢起，攧作粉碎（第七十一回），呈现出滑稽英雄的叛逆性格。然而滑稽突梯的小说手法，却为连绵不断的沉闷战事带来诙谐的趣味，因为他们不同帝王的尊贵，也异于谋士的潇洒机智，又不似典型英雄的高贵神武，但一举一动流露着生命天真的本质，使痛苦的人生获得舒解。《隋唐演义》中的程咬金、尉迟恭，《说岳全传》里的牛皋，都为迎合读者的喜好而强调其滑稽性格，该是一种讯号，指出令中国人欣悦的英雄气质——除了精力充沛、武艺高强之外，犹有超越俗世人际关系的天真和义气吧!

• 想象与写实——《西游记》与《金瓶梅》

一、想象世界里的民俗智慧

继《三国演义》与《水浒传》之后，前有所本而汇聚成卷帙浩繁的名著，还有《西游记》一书。《西游记》的故事骨干是唐初发生的一桩真实事件——高僧玄奘到西方天竺取经之事。《旧唐书·方伎列传》有其传记；也有玄奘口述，弟子辩机笔录之《大唐西域记》和弟子慧立撰写的《大慈恩寺三藏法师传》，尤以后者的记载详尽而神秘，是中国罕见的传记作品。但玄奘卓越超凡的心理实非一般庶民所能了解，于是，在庶民心中，取经故事被神化了。由口述到文字记载，取经故事不断加入神话材料而逐渐丰富起来。直到百回本定稿，《西游记》已是庞然巨作，不但内容丰盛，情节曲折，而且充满神话和智慧。换言之，四百年的流传显示《西游记》反映着广大的民俗传统，即使到最后定稿，精神上仍与市井情理绾结在一起，以平民为宣说对象，大量运用民间通俗的宗教信仰、道德观念及处世智慧，以缔建彼此之间的桥梁，其灵活自如的口语化散文就是一证。当然，《西游记》并不是依据史实亦步亦趋的写实之作，前七回描述孙悟空诞生、学道等英雄事迹，已表明《西游记》为寓言体的小说结构。因此，以取经为故事骨干所叠现的八十一难和主要角色所塑造的形象，自然展露着象征意义，只是作者以极诙谐的笔调表现，乃令普遍大众欣然接受。

依情节而言，取经一事出自如来之意，已和历史上的玄奘为追求真理的自觉行为迥异。但是，这样的设计却更能应合市井心理，因为一般知识浅薄、心性单纯，又迷信鬼神的庶众，很难了解一个人由于对经典产生疑惑而动念追寻真义的心路历程，倒不如委诸神灵，托诸超自然的神力启示，反而较切近“取经非常人所能”的想法，同时也可显示佛祖普度众生的慈悲，而扩大“经”所代表的意义。另一方面，唐太宗游地府的故事，反映了超度冤魂以消灾祈福的庶民心理，也说明了人间对极乐至善的宗教期望，因为“经”具有化解人间苦难的神秘力量，是人类福祉所寄托的形式。于是，唐僧背负着人类全体的祈望去取经，直是幽明之间的一道桥梁。如果唐僧是一介凡人，此行所遭受的劫难将变成一项自我牺牲的献祭行动，在损己利人的条件之下成为替罪羔羊的悲剧人物。可惜唐僧的原籍在天界，是神族的一员（第十二回），于是，“取经”之路成了自我救赎的一段历程，显现出宿命的因果轮回。因此唐僧没有悲剧人物的色彩，不过是受命运所支配，为了救赎以往的失足而接受试炼，以期功德圆满，净业归天。如前所说，庶民天真的心灵较不易领悟心路历程的启迪，故不能以琐细平凡的生活事件来描述这样一位非常之人。因此玄奘在人们的感叹、信仰之下，托籍天界，只有原籍在天的神格存在，才有能力践履不可思议的行程，能身经百难而不死。这种塑造模式，可以说是中国传统小说中英雄出身的共同原则。八十一难的设计也变成一段宿命的因果，从遭贬下凡→投胎出世→历劫→回归，取经人均是为践履自身的命运而西行。孙悟空虽来自石头，亦必须为曾犯下的大闹天宫之罪付出代价；猪悟能、沙悟净、龙马，则分别为神族的一员，更须为自身的失职赎罪。因此，在如来佛的操纵之下，他们均被赋予了不可抗拒的命运。

但贬落尘俗之后，他们都以人、兽或半人半兽的个体存在，是以难逃因形体而来的困扰，也因此而有了教化作用，这是魔障所显示的意义。从出城逢虎到失落经卷，整个业障大半起自心理或生理的现象，一方面由于感官经验的限制，导致主观意识的错误判断，因而产生种种假象，迷惑了本心；另一方面，又由于生理欲求和心理之间的矛盾，使人徘徊于满足和割舍之间，故纷纷劫难不易解脱。然而，生命是该超越净化的，人岂可为肉欲所缚？生命需要自我救赎，不独神族为然。取经人走的是自我救赎之路，同时遭受外在行程及个体限制的考验，如来佛曾说：“教他苦历千山，远经万水，到我处求取真经。”（第八回）意味着受苦的必要。而如来佛认为“经”具有特殊法力，可以带给人间无穷幸福，有普渡众生之意，而普渡众生也需要具体行动来完成。

因此，拯救堕落的灵魂[20]，并为人间排纷解难，亦是八十一难的来源。前者见诸收服私自下凡的神妖之行动而为人间解厄除灾，例如：宝象国捎书，乌鸡国救主，车迟国兴僧，陈家庄救童，祭赛国寻宝，朱紫国行医，比丘国救子，凤仙郡求雨等等，均说明了只有积极地为人间解厄，成佛才有真实的意义。

20. 傅述先，《西游记中五圣的关系》，《中国古典小说研究》（台北，中华文化复兴月刊社，1977年），页237—257。

因此，从全部情节的设计来说，“取经”是双轨并行的意义：一面是自我救赎——克服来自外在（自然环境）和内在（身心欲念）的各种劫难；一面是普度众生——拯救堕落的灵魂，也为生民带来福祉。一旦妖魅相侵，取经人即有责任除妖祛魔以恢复旧观。最后取经人终于通过八十一难回到天界，复其神职——唐僧为旃檀功德佛，八戒为净坛使者，沙僧为金身罗汉，龙马为八部天龙之一，即孙悟空亦成斗战胜佛。总之，《西游记》的表面是一桩历史事件，实际上是带领我们走向想象的境域，让我们在想象世界里领悟生命的意义，这还可以从人物塑造上看出来。

《西游记》有寓言文学的特征，由人物造型即可窥见一斑。从类型人物（type）的观点而言，五位取经人可说各自象征了一种气质：唐僧怯懦好哭，沙僧忧郁沉默，悟空善变好动，八戒懒散幽默，龙马则坚毅负责。作者并以五行之名分别代表取经人的性质：悟空属金属火，八戒属木，沙僧属土，唐僧属水。这种附会似的关系看似无稽，却成为各个人物的表征，造成特殊的示意作用。因为金木水火土五行，在民俗传统中代表自然界的五种元素或动力，各具特殊质性，而五行之运行乃循着相生相克的原则，还须落在一定的轨道始能前进。故五位取经人彼此的关系十分重要，他们一方面各具性格，却又必须结为一体，同受劫难，彼此扶持，如果其中有人三心二意或故意捣乱，则魔劫立刻随之而至。“四圣显化”之试探被安排在五个取经人全部出现之后，就是一个很重要的暗示，告诉我们取经人实为一体，当彼此依存。

取经人的领袖唐三藏，在《西游记》中至少有三种身份：1. 通俗传说中的圣僧，勇敢而神秘；2. 如来佛的第二大弟子金蝉长老，为神族的一员；3. 一个普通人，伪善怕死，缺乏超越的理解[21]。这三种不同的身份看似矛盾，实际上作者已放弃第一种身份的描写，而将江流儿的故事全数兜进“神人交替”的赏罚轮回之中，使一切苦难不复具有悲剧意义，反而凸显其普通人的形象而成为滑稽有趣的角色。他爱抱怨、怯懦、怕苦、畏死，又多心、伪善、耳软妄信、缺乏幽默感，却完成取经壮举，莫不是因为身为神族之故。

如果唐僧以普通人的形象出现，孙悟空则代表了生命中的理想层面，发挥了突破超越的精神。他习得道术，善于变化，作者借此提醒我们“变”的意义：不斤斤于形体，不对自我限制，因以提升生命的价值。而随意的造型变化也意味着心灵运作的无拘无束，是想象力丰盛迅捷的表现（所以一个斛斗十万八千里）；也代表着一种创造能力，故悟空必来自日月孕育的大地，唯有大地能赋予可贵的创造力。如此，孙悟空以理想的姿态成为取经人的心灵（故称为心猿），其动作一如跳跃的火焰，光芒四射。不过，我们不能忘却悟空具有神、兽的双重身份，虽然他也有人格气质，譬如：争强好胜、勇敢无畏等等，但无从抛舍的兽性毕竟使他不具沉思、反省的深沉情致，也不能像西方的神话英雄普罗米修斯一般具有文明意识。如果两界山意味着文明和原野的分际[22]，那么悟空领导唐僧离开文明、接受原野的考验[23]，以其“自然之子”朴素的生命力，自然不愿受管束，不肯向权威低头；而此生命力的童真性又使他在扫荡群魔的严肃主题之下，洋溢着可贵的幽默感，自然质朴，一派天真，构成喜剧英雄的情调，充满了庶民的趣味。

猪八戒和孙悟空的对比是《西游记》最成功的搭配。若孙悟空象征理想，八戒则代表现实[24]，故取经途中，他担负行李，关心日常经

21. 夏志清，《西游记研究》，《现代文学》，第15期（1982年1月）。

22. 余国藩认为镇压孙悟空的五行山在历史上演变成划分唐朝与番邦的两界山，同时划分了文明与原野、历史与神话。参见*The Journey to the West* (Chicago University Press, 1977), pp. 42 - 43, “Introduction”。

23. 唐僧雅好诗情，一路上甚喜对月吟诗为乐，是来自文明世界熏陶的证据。

济，也喜爱躬耕田园。基本上，八戒不脱农民形象，且具有农民气质，甚至他的武器也是农民所使用的钉耙，故一路上对于田园式的任务显得特别主动和勤勉，这是中国的传统农民精神。同时，农民气质又表现在善于运用平日所累积的“经验”[25]，经常在途中适时提出正确的方法以解决困难，这正是悟空所欠缺的——以民俗智慧应付现实问题。例如通天河畔的投石试水，铺稻草以渡冰川（第四十七－四十八回），都表现出其重视日常生活细节的特征，故名之为“悟能”。而注重现实，自然倾向官能物欲的冲动，因此，贪吃、好色、爱财是八戒重要的标志。不过，“吃”是维持生命的要件，“色欲”乃生物延续生命的本能，原属自然之性，当然得受到合理的尊重。而八戒妙语如珠、憨直笨拙，在《西游记》中根本是一个顽童，其可贵的现实精神和淳朴的心地终于赢得了读者亲切的笑声。

沙僧沉默温厚，与唐僧最为接近；龙马负重行远，是刚毅耐苦的性格表现。五位取经人以相生相克、相反相成的关系彼此依存，构成动静消长的情节，正是中国传统宇宙观的具体表现。对立是不存在的，贬落红尘的目的还在学习如何在大化流行中忘却自我，然后与其他分子灵活自在地配合，同途归乡。自“万物皆备于我”的心理观点而言，五位一体又是一体多面的呈现。“心灵冒险”是《西游记》一贯主题，以唐僧为主，而其他四位则各自具现个体生命的一面。故唐僧似无主见，却又是最固执的自我（一心一意取经）；悟空如电光石火的行动代表理想跃进的光芒，可以在取经过程中不断提醒唐僧，以拨开唐僧心中的盲点，成为其心灵的灯塔；八戒则代表官能物欲，重视现实，是生命存在的依据。而取经本是生命过程的一项提示，理想与现实自然并存，故沙僧之具备调和作用也十分重要，此外犹须拥有龙马任重道远之精神。书中常提及“肝木、心火、脾土、肾水”，有意将五行纳入一个整体，相辅相成，唯有如此，生命才是完整的。故高度智慧和现

24. 傅述先，《西游记中五圣的关系》。

25. 方瑜，《论西游记——一个智慧的喜剧（下）》，《中外文学》，第6卷，第7期（1977年12月）。

实体认的结合将是成功的保证，《西游记》的五圣在愈走愈和谐的局面下，终于完成取经大业。

《西游记》全部的情节在人物活泼的动作和意念跳跃下，一步步推展出来，其中寓有深刻的含义。前七回由孙悟空追寻仙法到默悟真理成为取经者的引导，已揭示出“追寻”的主题，而真正的追寻还须从取经的脚踏实地开始。因此，表面上是一桩历史事件，实际上则在想象中进行，“两界山”在整个叙事结构上具有重大意义。在地理上，两界山划分了华夏和蛮夷；在观念上，是文明和荒野的分界；在文学叙述上，则是由历史跨向神话的入口。两界山以前，唐僧属于历史时空；两界山之后，唐僧进入神话世界，相随的伙伴也不再是凡夫俗子。换言之，唐僧的侍从必须见食于虎，凡马也必须由神灵化身的龙马代替。于是，猎人刘伯钦带领唐三藏至两界山宛如一项仪式：只因伯钦身为凡人，故不得与之同行，他能降伏的只是现实界的凡虎，对两界山以后的神话世界，就无能为力了。因此，唐三藏必然要在两界山遇上等待他的“心猿”，这是极富象征意味的安排，唐僧从此才正式步入了心灵冒险的旅途。

修道意义的迷与悟往往在一念之间，本质上当可以互通。然而，《西游记》的童真世界所以可贵，并不在于提出“空”的智慧或由魔至神的历险过程，而是对现实生命的尊重和肯定。孙悟空和猪八戒以动物为形象的组合，使我们可以直接从形体感知生命的节奏。尤其猪八戒表露无遗的本能冲动，除了令理性化的社会大众发笑之外，实际上更带来了原始生命的情趣。如果社会的存在仰赖于丰沛的生命力，旺盛的生殖力自然应受歌颂。当书中妖魔沉醉于原始欲望之时，狂欢的气氛也逗得我们残留体内的动物性激情，使我们感受到活泼跃动的生命力，这是喜剧的境界。同时，妖怪的好色求生亦是生命力的具体表现，他们一场又一场为维护生命的激烈战斗，正反映着生命力的可贵。我们不禁同情起那些被毁灭或被驯服的妖怪们，他们热情洋溢、充满活力，当然不能适应天界“一切皆空”的观念和绝对禁欲的生活。

《西游记》以瑰奇的情节、诙谐的人物、浪漫的景致，组合出欢快流畅的旋律；然而书中对万物生命的尊重以及对大地和谐的礼赞，才是真正牵引我们高声唱和的因素。它为中国人开辟出一片纯真谐趣的精神领域，这是民俗艺术里十分特出的贡献。

二、写实景观中的悲悯情怀

自宋代话本以来，小说一直为娱乐大众而作，纵然卷帙浩繁，往往是由正史、传说、民间故事等材料逐渐发展而成，在意识上仍以民俗观念为主。《西游记》之后有董说的《西游补》，成于明亡之前，卷首有《西游补答问》，云："四万八千年，俱是情根团结，悟通情根之虚，然后走出情外，认得道根之实。西游补者，情妖也；情妖者，鲭鱼精也。"演述孙行者迷情悟道的过程，说悟空如何为情妖鲭鱼精所迷，渐入梦境，如何经历各种世界，以迄恍然梦醒、重现自我的种种挣扎。全书是作者个人意识的呈现，不再采用流布民间的传说，却自编故事以表达个人理念，已显出不必迎合广大读者的创作态度，这也可以说是小说创作上的一种进步。而文人在蔑视小说的传统心理之下，反以小说为一抒己怀的形式，则又显示出一种矛盾的心态，也可说是一种抗议之情。

《西游补》之前，沿袭宋代"说话"中"小说"一家的"烟粉"类，专写市井儿女言情世态的小说，以《金瓶梅》的篇幅最大。全书故事虽取自《水浒传》中武松、潘金莲、西门庆的恩怨仇雠，却并不夸张武松如何为兄报仇、大快人心之事。事实上，《金瓶梅》中的武松已和《水浒传》迥然异趣，他的英雄气概在以细说家常为主的《金瓶梅》作者笔下丧失殆尽。不但化作一介小民，且是一个冷酷龌龊的小人，不再令人凛然尊崇。这种转变说明了《金瓶梅》并不以英雄为述说对象，而承袭了宋元话本所着重的市井风情，却又扬弃其粗拙率真的格调，另以细腻迂回的笔法呈现晚明浮夸靡烂、纵欲腐败的社会风习。比起《三国演义》、《水浒传》、《西游记》在英雄尺度下所刻画的神秘理想，《金瓶梅》反映着世纪末畸形的中国社会，堕落、腐败、荒淫，却生气蓬勃。

因此，寓言是不必要的，自然更无须英雄高亢的姿态。因为英雄凛然的正义、狂飙的复仇都不是现实世界的产物。尤其在权势昂扬、财富通神的腐化社会里，孤独的亡命汉往往败亡其中，成为贪官获利的一只棋子，故《水浒传》中力能搏虎的武松竟不得手刃西门庆，反因意外杀害一个小官李外传而被充配孟州道、让西门庆稳稳地娶得了潘金莲。这是真实世界极为常见之事，一个普通小民如何与有财有势的土豪相抗？西门庆以机巧的手段攫握了名利的关键，富贵也跟着逼人而来，最后竟死在自己淫肆的情欲之中。这当然具有警世作用，但也未始不是晚明社会暴发富户的习见现象。《金瓶梅》并不以夸张取胜，也不强调什么高瞻远瞩的人生理想或价值，但以一把锋利的解剖刀，细细剖出人生黑暗而无奈的一面，令人喟叹饮泣。然而，这些以食色为主的人生琐事固然组成了一幅腐恶粗俗的风情画，其中沉湎于物欲、情欲的充沛活力，却因作者锐利的观察力，而借着人物的言语、动作展现出来。西门庆之外，那批帮闲的无赖，像应伯爵、谢希大，乐户的妓女如李桂姐、郑爱月，为西门庆拉线偷人的三姑六婆如文嫂、冯妈妈，以及家中的妾妇、丫头，无一不是为生存而热烈烈地活动着。他们吵架、骂人、说闲话、饮宴作乐，过的是最形而下的生活，也是最空洞无聊的人生。但作者的态度毋宁是同情为怀的。即使他们终为自己的贪欲付出代价，却不必就是严厉的苛责。否则，《金瓶梅》恣扬泼辣的生命力也就丧失了意义。因此，《金瓶梅》从清河县描写到京师，从市井无赖叙述到朝廷命官、太监，展现着辽阔的血肉人生。在以市井现实为背景之下，作者流露着恻隐之情，这是娱乐教化之外的个人情怀了。

以西门庆来说，平庸与贪欲是其最大的特色[26]，如果西门庆只是市井间一个小民，他的特色必然无法恣肆淋漓地呈现出来。当然西门庆并非英雄人物，他和一般人一样，会担忧、会恐惧，也有一些闾巷粗俗的恋情。然而，富赡的物质与权宦的地位却容易张扬一个人的原始欲

---

26. 孙述宇，《金瓶梅的艺术》（台北，时报，1978 年）一书有中肯的剖析。

求，书中他的欲念如高涨的潮水，不自觉要随波追逐。因此，颐指气使、扬扬得意，挟其邪恶的势力和丰裕的财富，纵欲污人、凌辱弱小，仿佛支配了许多生命，其实却只是自身欲望的奴隶，过着表面繁华而内容空洞的生活。可是，他并不目觉，一味以占有女人来满足一己的虚荣心，终于在过度的贪欢中毁灭了自己。西门庆的死，当然是作者为了警世而给予的惩罚，却不像潘金莲横尸武松刀下那般凄惨。在永福寺里，普静和尚没有为难他的鬼魂就令其投胎转世，又说月娘的遗腹子孝哥是西门庆托生来赎罪的，势必出家以偿还父亲的孽债（第一百回），这样的结局纵然不能令人满意，却多少表示出作者的心意。毁灭与再生是生命的原则，天下没有万恶不赦的罪愆。纵欲固然不对，禁欲却不符人性。西门庆虽死于淫恶无度的生活方式，然而，没有自觉能力的自我加上特殊的境遇，或许才是他真正的致命伤。唯有在他那样财多势大的环境之下，色欲才容易被纵容与煽动。因此，与其说《金瓶梅》是警惕一般世人的作品，不如说是给予特定阶层人士的当头棒喝。对一般贫穷苦难的大众而言，那样挥霍无度的生活方式是难以想象的。全书的警世作用也许因而相对地减低。当然，反过来说，锦衣玉食的生活排场、悠闲无事的日子，原也令人羡慕。尤其在日日疲于生存奋斗的一般人眼中，食色的满足该是最体切的需要，而西门之家终于飘零落破，正是警人之处。作者在细细描绘其生活排场之后，又叙述其疯狂的自戕行为，唯此二者交糅渲染，才令生命黯淡无光。西门庆又太过平庸，在纵欲的历程中，尽管出现过一些可供启迪的关键，却不能令其猛省，但一般人不也一样无知和幼稚吗？西门庆的贪欲无餍固然令人厌烦，到底是一个平凡人，作者并没有化作《水浒传》里的武松来批判谴责他，只是让他死在自己的弱点之中，这是全书写实精神所在。

《金瓶梅》的命名来自三名女性：潘金莲、李瓶儿、庞春梅，拥有强烈的情欲是她们的共同特质。情欲本是人的通性，《金瓶梅》中有淫行的人不知凡几，而真正无法应付自己情欲的重要角色，除了西门庆外，就数这三个妇女。他们生活在情欲里，为情欲所驱策，最后都惨死在情欲之手[27]。潘金莲泼辣悍毒、淫荡无度，又口齿伶俐、能言善辩，在三人之中最为聪明机灵，却死得最惨，被武松剖腹剜心，作了刀下幽魂。这种结局当然可以用所谓的“果报”来解释，因为潘金莲的妒恨和害人之心真是千古罕见，她根本没有丝毫恻隐之情。但是潘金莲走上这样凶险的路，多少也和她坎坷的命运有关。她出身贫贱，在进入西门家之前又有一段颇不光彩的历史，原已矮人一截，当然得不到西门庆的尊重；又没有李瓶儿的温厚与财富，也做不到孟玉楼只求自了的态度，只好不断地出击，使用各种手段以攫取她的猎物。因此，书中的潘金莲不停地搬弄是非、颠倒黑白，做别人不敢做的淫行，以博取西门庆欢心，可说是罪恶世界里“力争上游”以争取地位的典型。所以她无法顾及未来如何，只图眼前的畅快和满足，甚至“街死街埋，路死路埋”的狠话都说得出来。她的确是个邪恶的女人，阴狠毒辣、工于心计，但最重要的是，她根本无法应付自己的情欲，因此，当西门庆一死，她还不断与女婿陈敬济通奸，终于被逐出家门。在王婆家等候发卖时，又天真地以为武松要娶她，结果被武松杀了，死在自己难抑的色欲里。所以潘金莲和西门庆类似，是彼此心中的毒蛇，相互诱引去走一条罪恶之路。

李瓶儿是另一个无法应付自我情欲的女人，但她和潘金莲不同，潘金莲纠缠在心的欲念泰半止于肉体官能，永远不知满足，所以除了西门庆外，和她发生过性关系的至少有陈敬济、琴童、王潮儿等人，最后还死在武松以色编织的骗局里。李瓶儿则不然，尽管她曾经背弃丈夫，甚至坐视其死，但跟了西门庆之后，经由肉体的接触，她体味到更深沉的爱恋，知道西门庆是她真正愿意去爱的汉子。为了西门庆，她可以“衣带渐宽终不悔”，可以完全牺牲自己而毫无怨言。这种痴爱的高潮，表现在瓶儿因面对死亡的恐惧而突显的恋生之情，她形容消损，胳膊也瘦弱得像银条一般，还紧紧搂着西门庆，口里声声叫着：

27. 孙述宇，《金瓶梅的艺术》（台北，时报，1978年），页92。

“我的哥哥”，真听得人心酸。李瓶儿根本不想死，她梦见花子虚带着官哥前来，说买了房子要她同去，害怕得不得了。一听西门庆要找道士来驱邪，忙说：“我的哥哥，你请他早早来，那厮他刚才发恨而去，明日还来拿我哩，你快些使人请去！”（第六十二回），依然渴望和西门庆长相厮守。这时，除了潘金莲还在指桑骂槐之外，许多下人都想起瓶儿的好处：她温良宽厚，又常毫不吝啬的赠物予人。然而生命不给她任何机会，这一场生死之别真是触目惊心，感人至深。一个独坐书房内掌着一支蜡烛，心中哀恸，口里只是吁气，寻思道：“法官教我休往房里去，我怎生忍得？宁可我死了也罢，须厮守着和他说句话。”一个在房里睡着，听见他进来，忙问道士点灯一事，说：“我的哥哥，你还哄我哩！刚才那厮领着两个人，又来我跟前斗了一回，说道，你请法师来遣我，我已告准在阴司，决不容你。发恨而去，明日便来拿我也。”听得那西门庆两泪交流，放声大哭。那李瓶儿双手抱着西门庆的脖子，呜呜咽咽，哭不出声，说道：“我的哥哥，奴承望和你白头相守，谁知奴今日死去也，趁奴不闭眼，我和你说几句话儿……”一句句的劝说和交代，让西门庆心如刀剜，直叫：“疼杀我也，天杀我也！”这两个欲海痴魂苦苦地想把握一丝丝人间之爱，看得人真是悲恸欲绝。尽管作者让瓶儿死于恶疾，我们还是同情她的痴情。

庞春梅是三个女人之一，但作者一直写得朦朦胧胧，不肯十分着力，好像只是潘金莲的影子，经常跟在潘的左右狼狈为奸。但我们又不时感到她和潘金莲的不同，自有一种尊贵的气质，不苟且随便。因此她对旁人常不免以鄙视的眼光看待，尤其对那些随便放纵自己的丫环们，更是丝毫不假颜色。其实她只是一个与玉箫、迎春、兰香地位相等的丫头，作者却赋予她较特殊的气质。西门家破落之后，她嫁与周守备为夫人，应了术士之言。此外，作者又安排了几件重要事情，如重会月娘所表现的礼，劝周守备赎回潘金莲所表现的情，都不是一般丫头所能有的风度。但作者却又用极草率的几笔说她纵欲身亡，使庞春梅一贯的傲气乍然消逝，这是书中前后不一致之处。无论如何，春梅终究是一种典型，尽管书中着墨不多，但是她骄傲好强以及对主子的耿耿忠心都是中国大家庭制度下常见的女子。

当然，《金瓶梅》的主要角色绝不止于此，譬如：伶俐机巧的宋蕙莲，就是一个极生动的人物。她一心想飞上枝头，看见玉楼、金莲的打扮，“便也把鬏髻垫得高高的，头发梳得虚笼的，眉儿也描得长长的”，故意让西门庆瞧在眼里。赢得西门庆的宠爱之后，就一味地自诩其挣来的身份，不但家中大小都看不到眼里，更颐指气使地吆喝起下人来。虽然她也不过是个丫头，却自以为已经高了他们一等，又买胭脂又买瓜子，也剪裁花汗巾之类，一日少说也要花个二三钱，教旁人十分不服。单看她坐在穿廊下的椅子上嗑了一地的瓜子皮，即可知宋蕙莲的浅薄和天真。她恃宠而骄，又是藏不住的，一点点的恩宠就使她猖狂得不得了，甚至教西门庆打发自己的丈夫来旺远离他乡去做买卖，或者干脆为他另讨媳妇，好让自己可以常在西门庆跟前卖俏纵情。宋蕙莲被描绘成一个淫荡而不知耻的女子。但是，西门庆听了炉火中烧的潘金莲一席话后，把原先的承诺推翻，反而将来旺加了个欺心背主、持刀犯上的罪名，押入官府拷打得不成模样，最后递解徐州。不知情的宋蕙莲原还天真地以为西门庆已宽容了来旺，只有一两日即可放出监来；听玳安一说，才恍然明白受了西门庆的骗，不觉放声大哭道：“我的人嗏，你在他家干坏了他甚么事来，被人纸棺材暗算计了你！你做奴才一场，好衣服没曾挣下一件在屋里，今日只当把你远离他乡弄的去了，坑得奴好苦也！你在路上，死活未知，我就如合在缸底下一般，怎的晓得？”一会儿即悬梁自尽，虽然立刻被来昭妻发现救醒，却兀自坐在冷冷的地上哭泣，说西门庆“原来就是个弄人的刽子手，把人活埋惯了，害死人还看出殡的……”，原先渴望高飞的兴头一下子熄了，跌入灰心绝望的境域，似已看穿了一切。这种转折几乎令人难以置信，却道出了小户人家出身的女子对生命的信念。她不完全是淫荡的，只因为一时虚荣，对西门庆有一种不能自已的情欲，所以她不理家中大小的不满，依然骄纵猖狂。直到来旺遭到不幸，才牵出她心底对来旺的夫妻情愫：她所把持的是“一夜夫妻百夜恩，相随百步也有个徘徊意”的信念。无论如何，她与来旺之间还是维系着某种相互关照的情感，是生活化的一种情愫，也是中国传统社会中庶民夫妻的恩情。然而，这种恩情的相酬却遭到外力无理的摧折，使她体味出人性中残忍冷酷的一面，不能不自缢而亡。宋蕙莲的死，像一声良心的呼喊，在《金瓶梅》的现实世界里足以撼动人心。尽管音量微弱，终隐入嘈杂的声浪中，但已可窥出作者的心意了。

《金瓶梅》的作者为谁，至今仍是一谜，但是，可以肯定的是：他必然体验过辽阔的血肉人生，因而能细细写出各种生活层面，塑造出各式各样的角色。如宋蕙莲的故事，真是惊心动魄，不但表现了宋蕙莲追求虚荣的浅薄天真和潘金莲老于世故的阴狠毒辣，更说明了一件事实：小人物是无足轻重的，在黑暗的现实世界里，他们随时可以被牺牲掉，来旺如此，蕙莲不也如此吗？更扩大来看，在《金瓶梅》的世界里，谁又是真正的支配者呢？每个人不是受制于内在的欲念，就是为外在权势所迫，谁也超越不了。生命确是充满了悲苦，徒然令人嗟叹和同情。通贯全书，作者一直没有以道德者自居或以批判的眼光对待书中人物。毋宁是慈悲为怀，教我们也哀悯这些因身不由己而四分五裂的生命。悲悯的起点即是爱，只因为作者爱这些浮泛在现世洪流、不能自主的人群，所以肯在书中赋予其生动活跃的人生。即使他们没有道德感、没有高贵的理念，甚至充满贪淫罪恶，作者并没有遗弃他们、丑化他们，有的只是同情哀悯。这是一种伟大的胸襟，也是《金瓶梅》的价值所在。

个人意识的完全呈现

文人挣脱传统蔑视小说的心理障碍而以小说为述怀的工具，是一种抗议心理的呈现。正统文学形式在长期的模仿之下，已经近于僵化，虽然许多文人依然眷恋着吟诗弄月的风流雅事，写诗、填词、作古文，然而盛景已逝，尤其经过明代八股的摧残，创作几近停滞，只是因循着旧习来维持形貌。因此，民间文学形式反在这种矛盾心理下受到了文人的重视。另一方面，当我们从历史的演化中去考察时，我们会发现文人投身小说创作之列犹有更深一层的意义。除了他们在心理上已逐渐摆脱游戏文章的意识而改以严肃的态度从事创作之外，某些文人更意识到个人生命到底无法与群体脱离关系，许许多多的外在经验永远与己心相系，因此，诗词创作等极端自我的世界根本不能彻底反映他内心的波动。换句话说，诗词的抒情传统只能闪现刹那的嗟叹或感动，而明清的社会太过复杂，商业发达后社会风习的改变显然易见，再也无法借用诗歌词曲来抒写繁复的外在世界所带给个人的冲击。因此，形式的抉择遂具有了相当的意义：只有在透过小说叙述所拓展的时空里，个人情怀才拥有较开阔深远的意义，才不致流入狭隘的个人感伤格调。当然，小说创作依然只限于失意的文人，因为在中国传统文人的心目中，文学创作始终非安身立命之所。正因《儒林外史》、《红楼梦》、《镜花缘》等作品成于失意文人之手，自不能像《金瓶梅》那样具有社会意义。像《西游补》是董说个人意念的呈现，《儒林外史》表达了文人的痛苦情结，《红楼梦》诠释了情根的真幻，《镜花缘》则表白了李汝珍对中国文化倾心迷恋的感情，都已扬弃了市井情调，而走入另一个新的境界，以深刻细密见长，为中国传统小说创造了前所未有的高潮。

• 漂泊与证悟——《儒林外史》与《红楼梦》

《儒林外史》与《红楼梦》最大的不同在于：前者是客观事件的反省和批判；后者乃个人事件的忏悔和了悟。《儒林外史》结构散漫，《红楼梦》则环扣紧密，不过均同样地表现了作者的个人意识。

一、漂泊生命的悲歌

热衷宦途一直是中国传统文人的意识形态，然而，理想的陨落和政治风气的不良，致使原为四民之首、能提携万物的“士”，成为虚妄的漂流者，甚至堕落而为借宦途以攫取功名利禄的罪人。有明之后，定八股以取士，更使天下士子的智慧竭尽于制艺之间，经史之学固已荒废，更无论修持德行，砥砺节操了。因此顾炎武抨击曰："若今之所谓时文，既非经传，复非子史，展转相承，皆杜撰无根之语。以是科名所得十人之中，其八九皆为白徒，而一举于乡，即以营求关说为治生之计。"[28] 文人成了虚无而罪恶的存在。但是，除了作官仕宦一途，文人没有其他出路。因此，求而不得或欲而不屑求，都成为文人内在不可解的情结。吴敬梓之《儒林外史》正是为此而作。

28. 顾炎武，《日知录》，卷十九，"经义策论"条。

《儒林外史》首章标榜王冕视功名如敝屣，恍若全书的精神所在。如开篇词云："功名富贵无凭据，费尽心情，总把流光误。"似欲彰显富贵浮云的绝尘之想。事实上，吴敬梓如果不关心举业，自不必以针砭者自居。可是，吴敬梓也并未提示出另一种理想的生活方式，只是客观地描述了至少两类士人的形象：一种醉心于科举八股，视八股文为至高文体，愿终身研求，至死不渝。如鲁编修论八股："八股文章若是做的好，随你做什么东西，要诗就诗，要赋就赋，都是一鞭一条痕，一掴一掌血，若是八股文章欠讲究，任你做出什么来，都是野狐禅，邪魔外道！"（第十一回）可见其钟情举业之心；一种则反对科举，却以名士自居而沽誉邀名。这两类人物彼此嘲谑，看似对立，其实不过是一丘之貉，同样表现了生存的荒谬感。前者如要中举，必须糟塌一己的人格换取，如荀玫匿丧不报，反求周进、范进保举夺情（第七回）。而大部分的秀才根本得不到功名，也无一片桃源可供自我放逐，唯有被逼入无情的现实生存环境里，流浪漂泊，成为社会上无用的寄生虫。为了生存，或寄食权门，或招摇撞骗、堕落无行。因为他们已丧失了谋生的能力，既无田可耕，又不会也不屑做生意，只好流落四方，如逐风聚散的浮萍。而另外一批不屑科举的文人，实则无缘中举，退而求其次，反而讥嘲举业的迂腐无当，另以名士行止来提升自己的社会地位。但是，他们本也毫无才华可言，不过附庸风雅罢了。换句话说，这些人否定了既有的传统价值体系，又找不到安身立命之所。像杜慎卿，一面轻世傲俗，一面又顾影自怜，最后还是选择了进京做官，基本上也是一个矛盾虚无之人。所以，这两种人物不管是执守科举还是宁做名士，在作者眼光中都是毫无意义的。既然科举迂腐，名士也俗不可耐，什么才是文人生命的原则呢？作者只得标出像杜少卿这样风流倜傥、潇洒自若的人来。他纯挚如赤子，不但敬父爱妻，也能超越俗世贵贱尊卑的形式，真心爱护童仆故旧，实为《儒林外史》中最特殊的人物。而且，他还能超越俗世利害关系，不为形式所拘，享受了行其所愿行的自由之乐，自有一份从容浪漫的风姿，正是作者理想中的人物。问题是：千金散尽后的杜少卿尽管无怨无尤，毕竟也尝到了现实追迫的酸苦，秦淮卖文竟不得聊以度日，少卿没有痛苦吗？什么才是生命完全的乐趣？杜少卿终于也只能走上漂泊之路。

那么，作者难道没有一个衷心向往的理想世界？却也不然。古老朴实的礼乐制度乃是作者心目中的楷模，祭泰伯祠是书中极富意义的象征。透过堂皇庄严的古典仪式，作者表达了他对古典文化的信念，因此主祭的虞育德被塑造成朴实敦厚、能实践道德意志的人物，也可说是儒家社会中的理想人格。但是，这些重建的形式到底不能脱离时空的局限永久长存，泰伯祠很快地也颓坏了。等王玉辉来到南京，也只看到尘封朽败的仪注单和执事单，连乐器、祭器都还锁在柜中看不到呢。泰伯祠终成一片断壁残垣，虞育德也受到现实残酷的摧折，到处漂泊。这样冷漠的嘲讽为我们说明了一项事实：作者心目中完美的古典道德文化世界到底不可能重建了。生命必然要与群体相涉，自足的理想世界既然不可能存有，也不必存有。那么该如何建立一项生命原则或道德规范来作为人类的精神支柱？吴敬梓并没有肯定的答案，他只是虚无地否定了一切。

《儒林外史》塑造了各种人物以表达作者面对破产的文人理想而兴起的感伤情怀。尽管笔调诙谐，充满讥刺，但是，当我们看到一大批文人在物质上窘迫困顿，在精神上彷徨无依，不禁要同声悲哭。作者也是呼吸着同一空气，他能把握什么？如果不是默然隐忍，就必须在精神上将自己放逐、漂泊，这是《儒林外史》为当代文人揭示的生命课题！

二、真幻之间的了悟

《红楼梦》以“真幻”、“清浊”、“正反”的观念，“创造了两个鲜明而对比的世界”[29]，一个属于理想，一个属于现实；而“情”是贯串其中最重要的课题。整部《红楼梦》从一个较狭小的角度来看，未始不可说是一段历情以悟道的历史；由宝玉经由情感经验的磨折了悟生命存在的缺憾，而导出作者对整个人生的批判。

故事从一段神话开始，揭露生命缘起的根由无非是一丝丝情意的盘结，使大荒之山无稽之崖青埂峰下一块无才无用的顽石，蠢然欲动，投入红尘，在人间演出不尽的忧喜爱恨、悲欢离合。宝玉和众家姐妹在大观园中结社咏歌、对月畅欲，极尽赏心悦目之能事。元宵观灯、庆寿治酒，又是一片光彩华艳、熙攘热闹，充满放怀的欢笑。然而，当他们循着各自的欲望去追索、去认取自身的命运时，不免要暗饮悲苦的清泪，原来尘世就是一张以情为经纬的网络，每一念起，都必以自身的血肉相与磨荡，直到彻底了悟为止。如果情是一种要求感通的力量，那么芸芸众生自有千姿百态的体现方式，如黛玉忘人忘我，舍生去智，一心锐意而求，缠绵至死，是以超越世间人事之姿态要求与宝玉完全契合。因为爱就是彼此心灵意义的认取，只有在心灵意义相互认取之下，个人生命才有内在价值可言，像沉沉山谷中的一道曙光，闪现了万象丽泽。但是，现实生命势必要与外界牵系，谁能做到遗落世俗而与他人完全相契？黛玉的灵魂在爱情的苦炼中灼烧，那一相情愿的要求以爱情化解生命之苦的希冀，化作一条条更痛苦、更炽热的火舌，烧出她一身的血痕，直至身心枯竭。所以，黛玉的执着是一切磨难的源头，她永远无法勘破情缘的空幻；或者说，黛玉是不愿勘破，她永远要苦苦追求那一份

29. 余英时，《红楼梦的两个世界》，《历史与思想》（台北，联经，1976年），页419－447。

心灵知己的永恒冥合。只是俗世的葛藤永远攀缘着血肉生命而成长，除非斩绝而去，否则周围的俗情终将阻碍成就灵魂之爱。黛玉的渴望愈热，摧折愈大，痛苦也愈深，终于魂断香消，萎竭而亡[30]。

执着的爱带来灵魂灼烫的痛苦，但是，像贾宝玉那样对女子无私的悦慕，又是一种不切实际的幻念。青春美丽的未婚女子固然具体表现了神圣灵慧和坦率纯真之美，但是月不长圆，春花易落，女子如何能如宝玉所期待的以不婚来保全其清纯的本质呢？结婚永远是绝大多数女子必然履践的程途，这也是黛玉苦痛的来源。然而宝玉不愿明白，他以为结社作诗、畅游园林就可以使众女子忘却必然的婚姻之路。因此虽对黛玉有着承诺的暗示，但是在无私的悦慕心理之下，他对湘云、晴雯、香菱、芳官、龄官、金钏儿等等女子，也会因一时的爱欲冲动而兴起浪漫的情愫。宝玉是对一切美善之物无不怜惜、无不眷爱的人。他甚至将一己真实的感情介入其中，去感知所爱的一切悲喜的挫顿，而成为感情的负荷者。因此，他有时也不免感到难圆的憾恨，只是他常借欢笑的宴游去暂忘。直到看了龄官和贾蔷之间痛苦的爱恋后，才恍然明白“求全”之虚幻。他痴痴地回到怡红院对袭人长叹说：“我昨儿晚上的话竟说错了。……昨夜说你们的眼泪单葬我，这就错了，看来我竟不能全得。从此后，只好各人得各人的眼泪罢了！”自此“深悟人生情缘各有分定”（第三十六回），乃逐渐割舍，逐渐减轻情感的负荷，终至大彻大悟。其实在故事的第五回宝玉梦游太虚幻境，作者已经暗示了许多人生真相的密码：警幻仙子不但让宝玉浏览了金陵十二钗的正册、副册，聆听了以“飞鸟各投林”为终章的红楼梦十二曲，品尝了“千红一窟”（一哭）的香茗、“万艳同杯”（同悲）的美酒，而且消受了美人的缱绻柔情，最后却在万丈黑渊的迷津前喝断他，让他吓然醒来。但是宝玉并未明白梦境的寓意，也因为这样，乃有以下一页页沉酣的情感经验，乃有我们因窥见书中人毫不知情地步入命运轨道而兴起的悲感。当然，我

30. 关于黛玉之爱，乐蘅军于《浪漫之爱与古典之爱》一文中有很好的诠释，收于《古典小说散论》一书中。

们明白作者的心意：悟的意识活动必经由实际的践履；当身心彻底地遭到挫折煎迫之时，具有灵性慧根者当能尽弃往昔之所执，而洞悉情念之幻，成为清朗无碍之人。于是故事又回到了首章的主题——那块枉入红尘的顽石回归青埂峰下了。

《红楼梦》以石→玉→石的过程揭示生命由缘起→受苦→彻悟的历程，一切的变化皆因“情”而生。有情，故有爱欲、美感、悦慕……故有渴求、失望、悲凄……，然而“情”之为物谁可把捉？总是像云端朝霞，水上月光，乍然而起，徒然留下令人嗟叹的美感经验而已。而以情为经纬的人世万象，在有限的生命映照之下，不也呈现同样的虚幻吗？所以，警幻仙子一再点悟宝玉：“情”虽可感，毕竟空幻。但是谁会即然醒悟呢？人世的悲剧莫不如此，总是要体切尝尽生命的苦酒之后，始知生命之幻。曹雪芹以《红楼梦》复杂的情节表达了他对宇宙人生的看法。换言之，《红楼梦》是曹雪芹述情论理的力作，他成就了文人小说最精彩的高潮。

结 语

小说崛起民间，重视市井情怀，与士人阶层的文学形式正好形成鄙俗与精粹的对照。然而明清以后，文人之手开始伸入小说的领域，以之写志述怀，叙述科举制度下文人被扭曲的悲苦，描写情欲赋予人生的憾恨。使小说形式也成为中国文学抒情传统的一部分。于是，小说之脉搏不再与俗世的芸芸众生相契合，尤其像《红楼梦》这样精致的小说，趣味早已远离粗糙的民间，小说势必要另辟蹊径了。事实上，随着历史的变局，传统文人格调已难以起死回生，《镜花缘》的大量运用文人雅事以为穿插，正说明这种格调已渐僵死。民国以后，真正使小说蔚然成大观的，该是西风东渐的力量吧！

从自我的抒解到人间的关怀

小说（二）

张火庆

本文尝试以“自我的抒解”与“人间的关怀”两种表现类型的意义，探究中国传统小说作者创作时的心理状态，并由其相异性与关联性揭示民族心态与传统文化模式的若干特征。

所谓“自我的抒解”是指作者在创作一部小说时，其原始动机或系感怀身世，情不能已，而借小说之创作，省察检点此生的作为与遭遇。他在创作的过程中，返回到生命中某个重要事件的起始点，循此脉络出发，对个人生命历程中的理想与挫折、感情与意志，以及生活环境里的人际关系，重作反省，并确认自我在家庭、社会，乃至于宇宙中的形象与地位。他们怀抱着某些不偶于世的思想与冲动，必须寻求适当的发抒宣泄，但正统文学诸多条件的限制，使他们感到局促而无法恣意施展，转而选择了小说的形式，在这种特殊的结构里，自由而从容地安排或虚构自己的一生，借着幻想来改变自我在现实中既成的形象与地位。这些属于自传型的作品，多以回忆、忏悔或狂想的方式来表现。它们可能纯是闭锁于个人心灵中的摸索、回馈与向往，所专注的是自我的厘清与贞定，并经由这样的自编自演，确定自我意识的表象，而对自己的良知与情感有所交代，并使心志宁息于艺术世界的架构里。不过，这类作品在中国传统小说史中却不多见。因为中国传统小说的起源与发展，基本上都是人间性的，至于抒情言志的要求，反不如诗歌作品之较易表达。唯有需要加强叙事结构，透过详尽无遗的系统描述，以间接抒发个人的情意与才学时，小说的特殊效用，才被重视。因此，自我抒解型的小说，在内容上大约有两类：一是表达自我在现实生活中感受到的挫折与悲苦；一是缘于才学的自负而不能安于现状。这两种内容常常是相关的。在艺术的成就上，它们大抵是浪漫的、理想的，往往以主观情志来重绘自我的影像，甚至创造一个完全适应个人性格的世界。

所谓“人间的关怀”则较易理解，也是大部分中国传统小说创作的共同动机。尤以那些作者不明，或集体创作的小说，最为明显。这些作品为数极多，它们最初可能是流传民间的口述文学，后来被文人写定。这些作者有感于人间是非善恶的事例，喜怒哀乐的表现，以及悲欢离合的情景，而产生某种认同或批判，于是援笔记录，设计成小说的形式，希望借此广为流传，使人间上自帝王将相，下至士农工商，皆能诵读，而有所感喟兴发，或警戒惕励。作者直接取材于人间，亦将造成的后果还诸人间。在这过程中，作者往往有种自觉的责任感——关怀着道德、政治、宗教、风俗以及历史、战争对于人间的作用与影响。他们的胸怀浩荡开展，心念时常追逐着人事的踪迹，并替这些人类的行为在宇宙时空的流转里，找到一定的位置，赋予“典型”的意义。在创作态度上，他们或将自己融为其中人物而共同浮沉；或自居旁观的地位，于局外作见证。而作品的形式，则依个人气质学养，有不同的表现，如讽刺、谴责、规劝、颂赞、超脱、写实等。

除了描述人间事实的作品之外，另有一种关怀的方式，以教育民众为目的。希望借着小说易于流传、易被接受的形式，灌输既定的伦理教训或通俗化的历史知识给广大民众。例如所谓讲史与名人轶事，往往选取某些具有伦理道德或文治武功之代表性的“类型人物”，强化他们的特征。并经由后起作者不断的模仿、抄袭、重演，终于定型而象征化，使读者在不同时代与背景的故事里，一再重睹这些象征型的人事，而至耳熟能详，潜移默化。

以上说明了所谓“自我的抒解”与“人间的关怀”，在创作动机上的意义与分野。中国大部分的传统小说，除笔记与传奇外，几乎都以全知全能的第三人称作为叙述者与评论者，或者根本就没有固定主角，而只是成串的人名，顺序出场，轮流表演，而后总括交织成一篇故事。它们所抒写的内容，亦着重在绘出整幅人间：即重视文化与社会的整体描写，致力刻画人与人之间复杂微妙，无所不在而又各得其所的关系。亦即着眼于宽广普及的人世层面的繁复现象，而较忽略定点深入的挖掘与反复申论。这个特征使中国传统小说结构较为散漫零碎，而有所谓缀段式情节或连环体逸话的称呼。并且，主要角色也都是集体或许多人同台演出，戏分均衡；或者配合故事中的身份地位而决定出场次数与言行分量。除《野叟曝言》外，很少以单一主角来推展情节。这种种特性，都说明了中国传统小说作者所关怀的，主要是普遍的人间现象，而非个别个性的探讨。从文化意义上看，这也许只能归诸传统儒家礼乐教化的影响。“礼”首先要正名——重视个人在群体（家国天下）乃至宇宙中所扮的角色，所居的地位，必求每个人都能尽其本分，称其职守，使上下皆得圆满自足，并辅成交通。“乐”所强调的则是整体人间秩序的和谐与安定，要万物各得其所，并育而不相侵害。基于这种观念，个性假如不依照合乎情理的原则，循序渐进，一味盲目伸张、过度膨胀，其结果只会造成僭越侵犯，导致人际关系现有的秩序破坏，甚而天地逸位，群生失所。因此，中国传统小说作品的特色即在总括地观察人间现象中所呈现的秩序，是多向的横切面的发展。至于个人经验的阶段成长与情志的细微变迁，这种单向纵切面的过程，则较少顾及，即使接触到，亦设法将其纳入整体的人际关系中，透过比较而呈现确定的意义。

这点或许可以解释为什么中国传统小说，自我抒解的作品较少，人间关怀的作品较多的原因，并且，有些原本出于自我抒解之动机的作品，在撰写的过程中，由于叙事成分的加重、涉及的现象增广，以及写作时间的拉长，使作者的心态自然转化，最后却不期然地变成某种意义的人间关怀。事实上，小说这种文学形式，本质上就比诗歌、散文更需要建立在普遍的人世经验与现象的基础上，因而，纯粹的自我抒解的表达，亦不能免除外界因素的掺杂，甚至于掩没了作者个人的情志与相貌。

本文论述中国小说史的范围，从唐传奇开始，下及宋元话本与各类型的白话长篇小说。一般认为唐传奇为中国小说形式的最初成立，主要是因为其中有作者的作意，并由此讲求辞藻的修饰与结构的设计。胡应麟说：“至唐人乃作意好奇，假小说以寄笔端。”鲁迅《中国小说史略》也说：“虽尚不离搜奇记逸，然叙述宛转，与六朝之粗陈梗概者，演进之迹甚明。而尤显者，乃在是时则始有意为小说。”脱离了从神话、传说、汉代神仙故事及六朝志怪以来，述而不作的态度，而把大部分怪异的事物与现象，透过人文的检验，重新赋予理性的意义。或者在叙述与编造种种怪谈之后，特意强调这些故事的实际经验性。此即创作欲与支配欲的自觉。这种意念，必须有一个新的形式来表现，于是传奇体应时而生。若从“假小说以寄笔端”来看，唐传奇最大特色在于文字的运用。其内容虽继承六朝志怪而来，但形式上较重藻绘，并扩大了描述的对象与范围。且有着“托讽喻以纾牢愁”、“谈祸福以寓劝惩”的作用。

至于唐传奇本身的结构特征，若依赵彦卫《云麓漫钞》的分析，应兼括史才、诗笔、议论三个条件，但完全合于这要求的唐人作品却不多，因此，一般仍采取较宽泛的范式，把同时代的杂俎总集如《酉阳杂俎》、《宣室志》、《纪闻》、《玄怪录》、《甘泽谣》等作品也包括在内。它们所表达的内容与思想，都具有当代共同的精神面貌，使读者得以感知唐代文士阶层对宇宙、生命、社会、爱情诸问题的独特看法。而且大部分的传奇皆作于唐代宗大历（766－779年）以后，这些作家仿佛构成一个特殊的创作集团，又常使用相同的题材写作，似乎说明他们有意展现某种集体的理想与价值，以自别于当时一般的市井小说如变文、《韩擒虎话本》、《唐太宗入冥记》、《一枝花话》等，同时又显现了与六朝唐初志怪如《游仙窟》、《古镜记》、《补江总白猿传》等作品不同的风格。那么，这个集团的理想是什么？据龚鹏程的分析[1]，由于儒释道三教的理论建设在唐玄宗时代，已经完成，中唐于是产生哲学的突破，使得知识分子以体系精严的三教教理为基础，重新思考人类处境及宇宙的本质，并考虑以何种态度安顿自我的生命。传奇即是这批人创造出来，作为表达此种理想的特殊工具。他们对人类处境的感悟，也即是传奇所处理的主题。它内在地探索到整个人生与宇宙的关系，点出人世的虚幻无常、短暂空洞。生命与意志也只是一种有限，于是有了《樱桃青衣》、《枕中记》、

1. 龚鹏程，《唐传奇的性情与结构》，《古典文学》，第3期（台北，学生，1981年）。

《南柯太守传》一类作品。它也思考到人在社会中的处境，对社会表面的稳定繁华有着虚幻的感受，《东城老父传》可作代表；《霍小玉传》、《莺莺传》之类则表现人为求胜任其社会功能，而致自我不断流失的悲哀。然而，由这种人生及文化虚幻的感悟，唐传奇进一步展现出强烈的追求自我实现的特质：借着无量尘寰细事，以证明一个最高意义的天命观念——一饮一啄，系之定分。由此劝诱人们以知命安命来解脱人世的困踬，并完成其社会责任。传奇中的人物，一面对命运能感能知，一面却也从未怠弃了自我修持淬炼的努力：一切虽是虚妄梦幻的，人生仍需有所肯定与坚持。唐传奇的作者大多聚集在长安，都是能诗应举的高级知识分子，他们目睹首都的诸般人事情状，心中不免有所感慨，而中唐时期的哲学突破，提供他们共同的，新发于硎的思想工具，于是据以评隲人物，论断时事。并且，为了把某些作为思想象征的怪异事迹具体人性化，他们极尽可能的坚称它们是真实发生过的，是作者亲身遭遇的，或经由可靠人士的转告。

这些特征说明了唐传奇作者先是在思想上确定了人生观以及价值取向，并借着创新的文学形式得到自我的抒解。然后，在同一思潮的集体感通下，他们又分从各种角度或假想的情境去探讨某些问题，并提出可能的建议与劝慰，这是玄学式的人间关怀。当然，他们实际上未能借此改善人世的环境，文字所及的范围也局限于知识阶级。他们创作了传奇，从哲学上抚慰了自我，附带也反映了社会情况。

牟宗三认为唐朝完全是靠着自然生命的健旺而开展出来的，所以唐朝三百年乃是服从生命原则。生命健旺的结果是表现天才，而非理性，生命的发展是个强度的抛物线，一下就过去了，并且一去不返[2]。唐代知识分子在这种迅速的势力中，看着个体生命、文化生命的跃起与陨落，其间人事的惊涛骇浪，起伏升沉，只有天才与强者得遂其欲，自然无暇顾及理性的自我制约与稳定远景。因此，唐人在现实生活的态度极其功利、激情而纵欲，豪放而残酷。他们是

2.《文化建设的道路》，《联合报》副刊（1981年7月16日）。

用生命去直接感悟，而非以理性作曲折思考。他们易于感取生命的健旺与天才的激射，但那种力的感觉却不能持久，而致一切都是迅变无常，随之而来的迟暮悲情，使他们不得不归依佛道之教，而把最后的残局作一种达观的结束。

以上是从这些作品共同的思想与形式以及内在性格与外现形貌，来说明唐传奇所以成为中国小说形式正式成立的理由。在内容上，唐传奇作品依其性质与主题，约可分为四大类：神怪与灵异、侠义与公案、历史与轶闻、爱情与世态。它们的形成，分别对以前的笔记作品有所承继，并配合唐代的社会背景而另有特殊意义。更重要的是，这四类内容经过长期演化与融合后，影响到后来的白话小说。虽然在文字体制方面，白话小说另有其他因素如变文、口述平话等的影响，而与唐传奇似乎不属同流，但整个中国小说史所涉及的天道人事、性情风景等对象描绘的范围，在唐传奇作品里，大致都已勾勒出轮廓来了。后代小说循此发挥推展，再注入作者个人的情志，配置不同时代的文化情调与布景，而完成多彩多姿的造型，但其内容的演进之迹，仍是历历可寻的。因此，本文即以唐传奇的四大类型作为中国传统小说内容主题的总括性类别，而分论其流变枝衍，并剖析作者的创作心态。

神怪与灵异

唐传奇中，这类作品占最大多数。在中国文化的内涵里，此种非理性的成分也始终保持相当程度的分量与作用，不论它以神话传说、神仙故事或志怪的形式出现，都代表了人们对超现实世界的向往，以及对非常态现象的解释。它具有浓厚的宗教倾向，符合人心的某些渴求，而普遍地被接纳，以之为世俗生活中不可缺少的精神寄托。它不但是中国传统小说的直接起源，也是大部分中国小说作品所描述的主题。唐传奇的内容，主要是继承六朝志怪而来，而风格上则别有创意，即寓含了深刻的人生哲理或情志欲望于怪异事迹的背后。它们都基于对现实环境与遭遇的某些缺憾，不能淡然处之，而必须另谋出路，求取补偿。因此，在作品里表露的，不是如其本然地看待当前人间的实际情境，并调整自己去适应它。他们只是感到自我的生命才情于现实中不得舒展，又无足够的权势与力量来改变外在的处境，于是创造一个幻想的世界来收容这些不合时宜，不安本分的情思，给自己的命运一次假想的转机。最直接地说出这种非分贪想的是所谓神仙艳遇的作品，如《游仙窟》据说是张文成因为爱慕武则天，但自知地位悬殊，无由成真，乃将武后美化为仙子，安置于深山荒野中，而作者寻访到彼，一亲芳泽。《周秦行记》所写亦恍然世外的艳遇。此外《湘中怨解》的蛟宫之娣、《崔书生》的西王母第三女玉卮娘子，《崔炜》的田夫人、《柳毅》的洞庭君之女，都是神仙之流，却都与凡夫俗子结成夫妇。其中，书生的地位被提高了，受到逾分的尊重与赏识，财色兼得，甚至最后得道成仙。这些原都是尘世中的欲望，作者却往神仙窟里寻求。假如这种自慰式的幻想仍不能使他们获得真切的满足，有些作者便索性把自己从现实世界抽离出来，以理论化的态度割断种种爱欲，寻求所谓的人生的解悟。如《枕中记》说：宠辱之道、穷达之运、得丧之理、死生之情，尽知之矣，此先生所以窒吾欲也，敢不受教;《南柯太守传》说：生感南柯之浮虚，悟人世之倏忽，遂栖心道门，弃绝酒色。这种叙述颇有哲学与宗教的玄趣。但作者的安排总是巧妙的让主角人物享尽人世欲乐之后，心满意足了，才以厌腻的姿态弃而绝之。这种境界是基于饱后思味，则浓淡之境都消；色后思淫，则男女之见尽绝的理论上。在每篇作品最后的议论，都声称功名富贵是虚幻的，仿若有所解悟，其实是作者为自己人生的缺憾，故作壮语。或者借以冲淡对名利的热衷。它是顺俗情的辩证法，随着生命抛物线的起落盛衰而终止于苍凉的观照。唐传奇中对这种解脱问题的探讨，并未触及根源性的思考，不能正视“人”的理性价值，给予形上学的依据。亦即不能把人从富贵享乐的樊笼里解放出来，纯就心性的功能与修持上作实践——这是宋明理学的主要课题，唐代仍未发展至此——他们只是莫可如何的任凭生命依附于自然现象的流转上，而感到名利得失的不安定，虚幻的无常。在态度上，为免得而复失的忧患，只可消极的避开，由纵欲而窒欲，由立业而无为，从一个极端跳到另一个极端。这是只有天才能达到的顿悟境界。基本上，唐人是重嗜欲的，对佛、道二教渐进的修行方法，并无贴切的好感。传奇作者把嗜欲与佛道并列于一篇故事中，只显得做作，而无必然的因果关系，这就使得那种人生态度的转变太突兀，不合情理。作者描述的重点仍摆在人世生活爱欲生死的遭遇与感触，其中角色顿悟的契机也蕴藏于人间事相里。这些都是对生命现象的兴趣，而佛道二教在此的作用，只是一种戏剧性的象征：解悟后的人生归宿。因此，主角在故事结局总是出世隐遁，不知所终。

从《秀师言记》、《圆观》、《懒残》、《李卫公靖》等篇看来，传奇作者对佛道二教的主要兴趣，是神迹奇术与怪异行径，由于执着于生命表象的流转迁化，以及对神迹奇术、六道轮回的信仰，传奇作者设想人与万物是可以互相变形的。如“张逢”化虎、“薛伟”化鱼、“徐佐卿”化鹤；而《元无有》里的故杵、灯台、水铛则化为人，作诗唱和；《岑顺》里，古墓中的殉葬器物亦能化人，而布阵行军。这些都是以生命为物质性的气化流形的观念，是一种情意的自适，一种纵浪大化的跌荡自喜。它不需要任何条件，而只是“意足而起”，或“遇此纵适，实契宿心”，便可以化身为虎、为鱼、为鹤；即器用之物，亦可假借生命与人形而行为。这是何等惬意的人生观，顺着生命的本然，即可有一切。而喜怒哀惧爱恶欲七情，正是生命最直接且具体的表现。与此冲突的，是修道学仙的禁欲断情，两者对传奇作者形成一种价值的取舍，他们内心倾慕神仙的长寿自在，实际上他们却无法割舍尘世的牵缠，有时候，他们不自觉地选择了七情，如《杜子春》不能忘情于天性之爱，而致炼丹功行全毁。但与此并存的另一个观念，却认为成仙与否，乃命之所定，与修炼并无绝对的关系。故而，杜子春的因爱毁道，根本理由是“仙才难得”。此外，《张老》篇也说：此神仙之府，非俗人得游；《杨恭政》则说明准籍合仙是性也，非学也，既是仙凡有别，不得强求，大部分的人又无仙缘仙才，那么，人世劳苦，若在火中，身未清凉，欲焰又炽，亦只能安之若命了。顺着这种观念，传奇作者便将所有违背生命原则的事理，拒斥于抉择之外，转而归诸“定命”的先验安排。这就成为传奇作品对宇宙人生的最后结论。在《郑德璘》与《定婚店》里的婚姻观念；《圆观》篇的投胎转世；《李卫公靖》与《虬髯客传》的个性与事业等，都反映了浓厚的定命色彩。

神怪与灵异的世界，并非一般人类的力量所能企及，传奇作者试图经由幻想进入其中，但现实时空的限制，又往往造成隔绝，于是人仙之际，最后仍是判然两途。综结上论，传奇作者创作这类作品时的心态，大抵是属于自我的抒解，即在于替自己找寻现实生活的出口。他们一度借用宗教理论与文学想象以开辟另一个境界，使情志解脱出来，但对于尘世的深刻迷恋，又把他们拉回现实。在这种错综复杂的心情下，所产生的定命观念，适时而恰当地解决了两者的争执。一方面，人们可以保持神仙世界的向往，以冲淡名利的追求；一方面，仍于人间有所肯定——即根源于天性，且为生命具体表征的七情。这可以说是一种整合型的表现形式，部分是超感性的，部分则是经验性的。这样导出的结论，既可使自我得到宁息，亦可使人间还原为客观的存在，而提供各种人物安于本分的生活场所。

唐传奇神怪灵异类的作品，主要是以人为主角，而叙述并见证于特殊情境中所遭遇到的神异事迹，或者非常人物，其气氛虽充满神秘性，其情节却有相当程度的经验的实感。就是说，它尚未完全被宗教理论象征化。但是这种精神风格到后来逐渐改变，降至明清以后，被神魔小说所取代——它的特色是宗教性加强、人类地位低贬，以及宇宙间敌对势力的具体化。然而，中国传统的天命观念却成为主要的角色，发挥了至高无上的决策与仲裁的作用。就这个意义而言，神魔小说与唐传奇在精神上是一贯的。

神魔小说名称的由来，出自鲁迅《中国小说史略》：“历来三教之争，都无解决，互相容受，乃曰同源。所谓义利、邪正、善恶、是非、真妄诸端，皆混而又析之，统于二元，虽无书名，谓之神魔，盖可赅括矣。”这是统括儒释道三教的相对性观念，而以神与魔两个名称分别涵盖之。神与魔的本质都是超乎人性的，如果把它质量化、形象化，则成为宇宙间两种敌对的势力，小说家更予以拟人化，于是变成两个包括许多有名有姓的个体的集团。而这两个集团名义上是统属于某个最高主宰的，并以天命、气数为依归，决定斗争过程与结局的胜负是非。

这类小说大约是从明代《三遂平妖传》开始形成的，此书本是根据历史实录，记载宋代贝州军官王则率众起事而被剿平的事件，编为小说后，掺杂许多怪民道术的附会，于是历史上一场普通的事件，便增添了宗教气氛，而使乱军首领变成悖逆天意的妖魔，就结构上，本书仍以史实为主线，只在人事成败、民心向背等幽微因素的解说，才加入天命神异的成分。因此，我们仍能于零碎拼凑的传说之中，隐隐看到以王则及其同党为中心的叙事结构，神怪成分在这里的作用，端为加强乱党行为给人的邪气印象，并暗示邪不胜正的道理，朝廷的正规军终必得胜。

《三遂平妖传》在人事附会神怪后，继起的小说便愈发把两者混为一谈，造成人间的神魔乱舞。《四游记》的编撰，可作为此种趣味流行的证据，依顺序，《上洞八仙传》较早写成，叙述铁拐李、钟离权、吕洞宾、韩湘子、曹国舅、张果老、蓝采和、何仙姑八仙的互相度化，同赴蟠桃会，火烧东海洋等故事。这是杂取民间传说与元明杂剧而编撰的，其重心在八仙的成道过程与度化事迹。可以说，“修道”与“度脱”即是《四游记》的共同主题。而《上洞八仙传》尤为明显可见。它单方面的描述修仙求道所需的条件如仙缘、志诚。以及过程中必经的考验。其中只有一段脱离度脱主题，而与人间意气之争发生关系的，即三十二回到四十三回，八仙干预宋辽战争，而引出许多重要的观念。如“龙祖奉天应运而生，以作万民之主，本非妖类可抗”这是以朝廷为天命正统，与之作对的即是逞强犯分的妖类。此观念可以上承《三遂平妖传》。另外又说“世界纷纷，自有分定，我等既登仙界，只好清净无为，优游风月，哪有许多心思与之分解？”以及“若兵凶战危，权在天地，事关气运，恐小妖法术微浅，不能夺造化之权。”这些都影响到后出的小说中，关于国家大事，必以天命解释的固定结构。神仙本分是不该干预人事的，但必要时，亦须顺气运以辅佐真主，成就某种方便。至于背天抗命的，在政治上是昏君乱臣，在宗教上则是妖魔精怪。于是，天上人间各自形成两种永恒对抗的势力，壁垒森严。

这个神魔对立的观念，在吴承恩的《西游记》中有更具体的发挥：不但上界有仙佛菩萨诸神的固定位次与统属组织，下界亦有妖魅精怪群魔的各霸一方、互通声气。但诸神与群魔并非必然敌对的。本质上，神仙由人身成道，妖魔则是物类修化，都求向上改进自己的等级，提升自己的地位。他们既修得法术，能变化，已突破了形质的限制，而与神仙同类，只是法力有高低、特权有大小。《西游记》里，所有与取经特使作难的妖怪，都只为了吃唐僧的肉，以求加速成仙。它们本性并不恶劣，也明白自己的等级位分，不敢公开与上帝诸神争衡。但因为贪口腹之欲，而得罪了代表天庭使命与大唐声威的取经特使，犯了无知与不敬之罪，而逐个被打败、降伏，变成佛门弟子或仙界干部。我们若从天命与修道的观点看，神魔交战的结果，神必胜，魔必败，此即象征于唐僧师徒内在的自我争执，魔性最后必须被神性收服，于是修道者才能完成正果。八十一难花招迭出，对唐僧师徒而言，这是完成取经使命所需的磨难，也是有益于自我修行的。在决定成功的先验意义下，这些妖魔亦仿若镜花幻影。《西游记》可以说是一部由天路历程、旅游寓言，以及英雄史诗综合而成的神魔小说。

直到《封神演义》，才创作了大规模，且具有开展性的神魔大战，并且在一个历史背景与天命架构的衬托下，更显得双方法力的强大持久与严肃可怖。此书以人间与仙界平行推进而又叠合交通的方式，来展开故事。故事发生的来源，本是商周两个人间种族争天下，却牵进宇宙气数的命定论里。于是依于对天意的顺逆而使神仙道人也分裂为两派，他们同属鸿钧老祖门下，势均力敌，但阐教辅佐周朝，截教支持商朝。前者奉天应运，是神；后者逆天犯分，是魔。虽然最后都经过杀身的仪式，斩却三尸而血淋淋地回到封神榜上成为天地正神。但这过程中彼此的仇视与杀戮却是极端惨烈。它象征了宇宙间阴阳二气的由合而分，由分复合。分合之际释放出的破坏力，足以摧毁万物以及一切现成的秩序。由此破坏再重新组合的结果，便产生了新的朝代与气运。神魔各自归位，偃旗息鼓；人间则文明开创，熙攘繁华。

神魔小说要到《封神演义》才正式完成定型，并具备较为高级的象征意义。此后的作品，便转向借神怪面貌以寄托人事批判的精神宗旨上，而摆脱了好奇与迷信，增加了艺术效果。这是人类理性对于宇宙神秘现象的超越与隔绝，不再对不可知事物作无止境的徒然追求。基于人世的本位，把神怪也只当作人间一种风景，可以随意摘来写进小说里而不犯忌讳。并根据艺术的需要，作适当的剪裁与变质。或者无中生有，凭想象另创一套，而最重要的是，把神怪形象凡俗化、人间化，成为对人事的比喻与象征作用。后期的神魔小说大约以三种精神形貌出现：

警世：如《三宝太监西洋记》。一般认为此书作于明嘉靖以后，倭寇方殷，国力甚弱，作者因此追思当年郑和扬威海外的盛事，以警醒当世君臣士民，但作者继承了传统的攘夷思想，以海外诸国为番邦，为穷山恶水、多出怪异之地，故郑和的率军远征，若无神佛辅佐，决难成功。于是笔锋便转向侈谈怪异，专尚荒唐的描叙。他对历史上这次壮举，只取其必胜的象征，而把重要情节都用来叙述金碧峰和尚在行程中大显神通，缚妖降魔的故事。也许作者是看清了现实国力不足以抗敌御侮，才将郑和及其英雄船队，予以儒释道三教的重新编组，代表中国文化的整体阵容，然后航向宇宙大化中，去征服妖魔所在的海外番邦。《西游补》有人说是抒国变之痛，有人说是讥讽明季世风的不淳，总之是有所为而作的。整部书在孙行者一场梦中展开。除了故事本身必要的事件外，它常在重要关节上借某些特殊安排以抒写亡国之恨，并对历史上误国卖国的人物，给予应得的裁决，而表扬为国为民而死的忠义之士。这是用来影射当代世局中的人事。《女仙外史》则不满明代永乐帝杀害建文帝而篡位，故借当年山东唐赛儿兴兵起义的事件，改正史的“妖妇”为“女仙嫦娥”。并将永乐帝附会为上界天狼星。两人本有宿仇，永乐称帝，唐赛儿即起兵作乱，直到同归于尽。书中明显的以建文书年，且辅佐唐赛儿起事的，都是当年被永乐帝杀害的忠臣后裔。此外，如《绿野仙踪》写求仙访道的理想，兼及官场势利、政治腐恶、情场虚伪，极含谴责之意。《钟馗捉鬼传》及《何典》则表面写鬼，实际上讽刺社会各式各样的人物。这些都是借神怪为面具的人世丑剧。

济世：以《济公传》为例，述济公的神异事迹，及其门徒铲除奸恶的侠义行为。虽然出以游戏之笔，但僧道与侠士结合后，游行民间，处处以锄强扶弱为事，却补足了官僚政治的缺失。这已是神怪人世皆有公道，而善恶到头终有报的观念了。

劝世：如《聊斋志异》、《新齐谐》、《阅微草堂笔记》，或描写、或叙事、或说理，都标榜正人心、寓劝惩，是非不谬于圣人的主旨。这种关怀人世的良心，必须借用鬼狐的传说来打通阴阳界，便于更自由的发挥。同时也教导民众一些诚意正心则邪气不侵，以及因果报应与轮回转世的基本观念。如此可以更直接强烈地感动读者，发人深省。这些作者，一面转录民间异闻，以文笔润饰之；一面则附加说明与教训，使之具有人文意义。因而，神仙狐鬼精魅在故事里，不仅似真非假，有形象与生命；而又如虚不实，只作为寓道的譬喻而已。神魔小说中的角色到此，已化身为人类的附庸，伶俐纤巧有如倡优了。我们认为，这三本小说，虽思想上源承明代三教的竞鸣与混同，但它们的文体却直接仿自唐传奇或志怪杂俎，把篇幅缩短，观念也简化了。因而，实际上它们所表现的内容性质，与长篇白话神魔小说有不同，然而，同源而异流，它们仍可以归入此类。

综上所述，唐传奇的神怪灵异类作品，所完成的主要是作者自我的抒解：或者是源于现实欲望的转化；或者是对人生世相的解悟；或者是以定命观念限制个人情志的流溢，而安于本分。这些作品的最终效用，仍是为了作者自身的安顿。也许有些观念会影响到其他人士，甚至成为文化的内涵质素，但这都是附带的，并非作者的本来作意，因此，也不曾为人间建立起新秩序。而明代以后的神魔小说，或为神仙道化，或为旅游寓言，或为天人混杂，它们的故事来源大都取自民间传说，再加以艺术处理与思想比附，有着某种象征意义。其终极目的在以天命观念为人间现象找到一个形而上的根据，这可以说是信仰式的人间关怀。至于后期以警世、济世、劝世为寓意的神魔小说，作者起初的动机便是出于对人间政治、道德、伦理、风俗等方面的批评与建议，他们关怀的心意是很明显的，并且也试图去确实作到改善现状的效果（虽然只是文字的、理论的）。同时，在这种人间参与的过程中，他们也得到对某些世相不满的自我抒解。这是并存而兼得的。

侠义与公案

中国文化史中，侠的起源甚早。战国时代的“游侠”是与“辩士”出身相同，都属于破产的士人工商业者，及失业的农民，没有财产，构成游行不定的特殊阶层，倚赖富豪的慷慨，国库的赈恤，以及对弱小有产者的压迫而生存。他们轻视劳动，集中于都市，养成好勇斗狠，野心向上的性格，并具备了组织活动的能力。由于对富豪阶级的憎恨，他们表现出激烈的暴力倾向；或为独立的英雄行为，或为集团的效忠主义，他们以“言必信，行必果，已诺必诚，不爱其躯，赴士之厄困。既已存亡死生矣，而不矜其能，羞伐其德”（《史记·游侠列传》）为共同意识。基本上，他们只是对雇主履行契约责任，本身并无善恶是非的抉择。雇主能尊重并善待他们，便能得到感激图报的效命。而豪族大家亦往往以藏亡纳垢的宽容收留这批游闲分了，以备不时之需。在背景上，他们属于社会动乱，封建解体的时代产物。秦汉大一统时期，倾向安定与建设，这些游侠之士在政府的裁抑下，暂时敛迹以避祸，或屈节而事尊。但他们的势力依然潜伏在豪强者的庇护下，伺机而动。逐渐丧失了政治意识，而变质为私人的报复与示恩。汉武帝时代，集权政治成熟，法律秩序建立，于是族诛郭解、抑制游侠。此后的武侠，或变为有退让君子之风的合法主义者，或采取盗贼的方式，集团反抗。三国时代的侠者，往往和地主打成一片，成为幕僚、谋士之类，他们择主而栖，互通消息。经历魏晋南北朝的武人政治，到隋唐重开统一之局，承受新兴民族的刺激，王侯将相，混杂不同血统，而出现了唐传奇中“剑侠”之流。但是，剑侠的产生，并无史实记载，只是由于当日藩镇跋扈，为害地方，政府亦无法律制裁他们，故文人幻想出一种能腾云飞剑的超现实侠客，作为受压迫者精神上的慰藉。他们多半只宣泄了一种荒诞的快感，并不符合真正的侠义行径[3]。

唐传奇的剑侠作品如《红线》、《昆仑奴》、《聂隐娘》都是几近于神道的人物，作者对他们的描绘也是：“胸前佩龙文匕首，额上书太乙神名，再拜而倏忽不见”。或者持着匕首，飞出高垣，瞥或翅翎，疾同鹰隼，顷刻之间，不知所向。或者白日刺人于都市，人莫能见。他们身怀这种绝技，瞬间往返数千里，轻易取人首级，不仅免除了法律的制裁，并且由于带有宗教色彩，象征着冥冥之中无可逃避的阴谴。但是，他们却都效忠于私人家族，供其差遣指使，作为吓阻政敌，偷香窃玉或防身自卫的工具，因为，在训练的过程中，他们必须作到泯除个人的意志，才能得到超强的能力。至于另外一类作品如《柳氏传》的许俊、《无双传》的古押衙，则纯粹是武技高明的侠客，他们较能审辨是非而仗义抒难，成人之美，只是关怀的范围过于狭隘，仅成就了某些私人的恩怨。因此，作者有这样的感叹：“夫事由迹彰，功待事立。惜郁堙不偶，义勇徒激，皆不入于正。斯岂变之正乎？盖所遇然也。”就是说明他们被动性的行径，假如所遇非人，往

3. 见草湖，《包公与七侠五义》，《台湾日报》副刊（1980年2月8日—12日）。

往被误用而导致身死名败，空负英雄。然而，他们并不全然如此，如《冯燕传》的杀不谊，白不辜；《虬髯客》的英雄识真人而退让。前者为社会伦常立典范，后者为国家百姓致太平。这就涉及人间的关怀了。虽然他们起初的作为都不及这种廓然大公的胸襟，如冯燕淫人妻子而又杀之、虬髯客阴谋不轨逐鹿天下，都曾放恣己意。但冯燕终于良心发现而及时行义，虬髯客则自知非真命天子而心死改图。作者仍然要称许他们的勇于自制，维持了侠客的尊严。

宋代以文官治国，武者之流，屈居次等的从属地位，侠客亦只能出之以民间解怨、私人拼斗的形态。同时，为了加强这阶层彼此的联系，他们以一个代表朋辈友谊的“义”字作为行走江湖的信条。至于如《水浒传》的主题，原本在于强盗豪杰相互间的怜惜与携手，最后却归结到招安，成为以“忠义”标榜的说教。但是，它同时也把侠义的资格推展到职业军人以及一般低贱的市井小民。多少对于当时朝政掌握于佞臣奸党，而欺压百姓、残害忠良的事实，有着愤怒与抗议的作用。因此，他们想召集下层民众之中，富有侠义作风的亡命者，以建立另一个草莽恣肆的乐园，消极地表现他们对政府及国法的轻蔑。但当他们揭出“替天行道”的标语时——事实上这四个字的正确意义应指厚待读书人，并对农民薄其敛税，以取得这两阶层的支持——他们的行为却只顾及集团的利益，对读书人毫不尊重，对农民残忍轻贱，对官方则形同叛逆与羞辱。他们是背道而行，不能争取普遍的谅解。这种侠义具有变态的、虐待的倾向。后来的续书如《混江龙开国传》则重在勤王救国，诛杀奸臣。这是根据《水浒传》向政府投诚后，集团效命的忠义精神而衍生的主题。虽然他们并未受朝廷的正式封诰而编为国家正规军，却主动挑起保国御侮的责任。此书作者陈忱为明末遗民，身遭亡国之痛，又亲见明季颓风，深知复国不易，固而幻想到海外另辟乌托邦式的天地，故继承了《水浒传》的结局而别开生面，写李俊等力抗金兵，宁可败走海外，也不肯臣服外邦。这也就是作者不肯降清的自白。

《水浒传》及其续书所发展出的民间的忠义精神——结拜兄弟，效忠朝廷——一方面为历史演义所继承且正常化；一方面则由于政府决策的禁限，又还原为个人式的侠义。清代侠义小说特盛，主要由于雍正帝与江湖剑客的私交关系。但水浒式的强盗英雄是民间私许的侠义，是政治腐败时期的法外认同，并具有颠覆政权的集体反动思想，这是不被统治者所容许的。因此，部分作者便创造了另一种升平时代的侠义形象，如《儿女英雄传》的十三妹，只为私人恩怨而奔走江湖，既无政治意识，亦乏集团行动的能力，甚至对朝廷仍保有相当程度的忠诚，最后则被皇室吸收利用。这种形态的侠义，到了《七侠五义》，便完全被确认为中国侠义典型的最后完成。马幼垣认为：侠的基本社会义务，是能救贫弱者目前或即将面临的危险。但对某些侠士来说，他们还有更重要的目标要达成，亦即要建立王权，或谋求朝廷重职以增加个人事业上的荣誉。而他们行侠仗义的举动，有助于他们的事业，一如有助于社会。这也说明了个人荣誉观念决定了英雄豪侠的形成。他们很注意在同辈中的声誉，以致在行侠的过程中，减低了任何为国或爱国的成分[4]。但是，个人的荣誉观念与爱国的成分，在《七侠五义》里却得到较佳的协调，即把忠与侠作完美的结合。这是承平时代侠者的幸运，他们不必抵触朝廷法律，以武犯禁，又能兼顾锄强扶弱的事业。甚至说，他们是以私人义务的身份，去弥补法律的罅漏。这其中的关键在于一个代表朝廷的清官（如包公），他为侠者与政府谋求合情合法的关系，并基于个人德性的感召以及肝胆的相照，逐渐诱使侠客摆脱私人恩怨的缠缚，而把侠义行为扩展到为国家定乱御侮，为百姓安居乐业的大我境界。最后，当他们完成指定的任务时，朝廷便赏以官职封诰，使他们变成忠孝两全、仁义兼顾的理想形象。

由侠义传统的起源及其特性，可知中国历代政府对于不论是个人的以武犯禁，或集体的武装叛乱，往往加以禁绝，或者予以压制，表

4.《话本小说里的侠》，《中外文学》第6卷，第1期（1977年1月）。

现了侠与法的不相容受，但小说家顺应着侠义存在的事实及效用，设法解消这种对抗，一方面赞扬侠行的正面意义，一方面则揭出更高的理想，经由某个集团领袖的劝导，或某位清官的感诱，而化除侠者好勇斗狠的意气，使之纳入合法化的途径，并以“忠义”为标榜，转化其心志，而终于臣服于朝廷正统。从唐传奇到《七侠五义》所走的便是这种路线，对作者而言，正是从自我的抒解，逐渐步向人间的关怀。

另外，在中国小说史中，侠义与公案，从开始即是相关且并存的。如唐传奇的冯燕、虬髯客、红线、昆仑奴、聂隐娘、李俊、古押衙等侠客，几乎都曾牵涉到一件有关社会或政治问题的公案。这里所谓的公案，不必限于对簿公堂的情况，而是就其可能造成犯法行为的意义而言。他们或本身即是作案者，或以非法手段私自处理案件，这两点使得侠义行为在公案小说中有了特殊意义。如后来的《水浒传》、《儿女英雄传》、《七侠五义》，其中人物，都是亦正亦邪，在法律边缘，为难了公堂上的法官。但宋元以来的白话短篇公案小说如《三言》、《二拍》中所载录的故事则往往涉及犯罪行为，以罪行的发生与侦察过程为主要情节。它们表现了对民事诉讼的关怀，以及对民情善恶与官吏良否等问题的探讨。如《三言》以同情的态度缕述刑案细节，偶尔触及犯罪者的心理状态。最后并对这些事件提出道德或宗教的训诫。《二拍》则是比较冷漠且带有讽刺意味，作者致力于描写各种人物类型，及不同程度的愚行、邪恶、罪行。这里所呈现的是一片充满愚妄与罪恶的道德荒原，正义全由公正无私的天理代行，大部分的法官都妄自尊大，或贪污腐败[5]。

《三言》与《二拍》对于法律及法官都不甚信赖，因而刑案的侦破、善恶的报应，往往须依赖冥冥中存在的天理来完成，使犯罪者自作自受地得到惩罚。但这种方式总是不具体，未必然的，在长篇公案小说便有了补偿：以刚正廉明的法官作为天理的代表与执行者，人间法律成为天道原则的反映，阴犯天刑者，必遭公开的人谴。并且，假如因为

5. 见韩南，《凌濛初的初刻二刻拍案惊奇》，收录于《韩南古典小说论集》（台北，时报，1980年）。

人世法曹的私心或愚昧而造成冤狱，上天亦必设法补救，另派清官予以平反，而这清官经常被附会为天上的星宿，是特别到下界来替天行道，维持人间法律的功能的。如此，便使含冤的百姓有了诉苦的依赖。同时，在法律偶然不及的地方，又有专管不平的侠客，当下解救了受害者的苦难，使土豪劣绅及犯罪者无法得逞。这种法官与侠客的结合，使公案小说呈现了光明的意义，也转移了描述的重点：由描述罪行的发生、侦察过程及判决惩罚的法律故事变成颂赞法官与侠客的英雄传奇。并且，由于两者的结合，其能力所及，已不限于民事诉讼的刑案，而又扩大到贵戚朝臣的不法者，甚至通敌叛国的政治犯，以及阴魂告状的特殊处理，也都归于公案范围了。这也是在《七侠五义》中所完成的形态。

又由于侠客成为法官的办案助手，得以出入民间或其他禁地，搜集证据，后起公案小说渐渐发展出一种微行私访的风气，连法官亦可以离开衙门而进行实地勘察的工作。如《施公案》、《彭公案》之类，皆有一个明察勇毅的地方官吏以及豪迈勇敢的民间首领，他们联合起来扫除贪污与恶霸，所向无敌。这法官也经常亲自出马，对辖区内的民情风俗作深入的探访了解，以便于更有效地治理百姓或掌握有关案件的重要线索，这种行为虽然有失身份，却增加了民众对执法者的信赖，而公案小说发展到此，亦极尽能事了。但侠义小说却另有出路，即以《永庆升平传》、《七剑十三侠》为主的武侠小说，虽仍以伪造的史实为脉络，但已偏重于武艺的描述、夸张，而渐渐丧失古典侠者的精神了。

从以上的论述，不论是唐传奇的剑侠作品，或后来的侠义与公案小说，对作者而言，都是一种实践性的人间关怀，都是为无辜被害的弱者以及百口莫辩的冤者争取公道。它们称许侠者的行为、颂赞清官的人格，造成某些典型，对社会风气有所激励。即使是强盗式的集团组织，只要他们确实能对腐败的政府产生抗议与警惕的作用，那也足以消极地慰解人心。更何况后来他们果然引起注意而被朝廷收编为忠义军，转而主动地御侮征寇，保障了百姓的安全。尽管这些事迹的发展与结局不合事实，或纯属虚构，但作者如此处心积虑的安排，多少反映了他那时代的普遍心态，同时也表现了对人世间善意的成全。

爱情与世态

中国传统式的爱情，绝少是男女双方孤闭于小天地里的激荡与幻想，它总是与伦理道德、礼俗习惯，及其他种种的感情一起出现，且缠缚不休。这种男女爱情不能摆脱卑俗的肉欲与名利的意识。由于中国男女很少有婚前爱情的机会，婚姻往往又是为了更严肃崇高的目的，而忽略了爱情的需要。因此，在中国传统小说中，很少有纯粹属于精神层面的高尚爱情，男女关系最始与最终都为了结合。爱情在人们生活中，受到婚姻观念的影响，不仅没有特殊的地位，甚至是可有可无的，一般男女也只把爱情当作生命中一种甜蜜的调剂，但并非绝对必要的，更不致于为此排弃了人生其他方面的意义与价值。中国式的男女爱情是较为理智而谨慎的，但同时也是贞烈而恒久的。

唐传奇中的言情作品，主要是描写士人与妓女或闺女之间的爱情，并探讨当代姓氏门阀观念对婚姻行为的影响。由于唐代社会的特殊风气，女性在社交界有较确定而开放的地位，也造成了礼教与男女关系的冲突。唐代文人在长安或其他城市有较多机会尝试婚前的爱情——主要是性行为。在神仙艳遇的故事里，已说明了唐代文人理想的女性对象是貌若天仙、尊贵富有、妙于诗才、风流贞顺，而与己有宿缘。因此，爱情对于传奇作者具有特殊的意义，是生命的美化，也是自我价值的发掘与肯定。他们一方面希望女性多情果决，易于挑逗，如《离魂记》："知君深情不易，思将杀身奉报，是以亡命来奔"；《李章武传》："在冥箓以来，都忘亲戚，但思君子之心，如平昔耳"；《步飞烟》："生得相亲，死亦何恨"；都表现出这些女子敢于突破礼教甚或生死的禁忌，而以身私许，成为非法的爱情。一方面，他们又要求女性在情有独钟之后，保持节烈与贞操。如《任氏传》："遇暴不失节，徇人以至死”;《谢小娥传》:“唯贞与节，能终始全之”;《李娃传》:“倡荡之姬，节行如是，虽古先烈女，不能逾也”；都可以看出传奇作者对女性的态度，是一种独占的意识。他们所加给女性的条件是比较苛刻的，即使自己只是出于游戏的心态，却对女性要求甚苛，否则始乱终弃，咎仍在彼。除了这种自私的想法，传奇作者似乎还有一分难言的愤慨，表现出对社会风气的讽刺。他们所称许的任氏是狐狸，谢小娥是侠客女，李娃杨娼霍小玉是倡妓，步飞烟则是私人家妾，但于正统的名门闺秀却少提及，这现象暗示了唐代文人们嫖妓与婚姻的问题。妓女、家妾，以及崔莺莺之流的没落贵族，是文人们未得功名前，寻求安慰与赏识的对象。这些女子总能识英雄于未遇，而慨然以身相许，有着过人的胆识与侠气，如《离魂记》、《柳氏传》、《莺莺传》、《虬髯客传》、《步飞烟》等。她们既是爱人，也是知己，是真正能使年轻热情的文人们倾心感动的红尘女子。并且，由于出身低贱，她们往往勇于为爱情而越礼，甚至牺牲，满足了士子们迫切的饥渴。也因为自知卑贱，不敢对情郎多所冀求。如霍小玉说:“妾本倡家，自知非匹。”或自惭非礼而低声下气，如莺莺说:“岂期既见君子，而不能定情，致有自献之羞……始乱之，终弃之，固其宜矣，愚不敢恨。”她们既自贬身价，又感激情郎暂时的诚意，于是矢志不渝地扮演着奉献者的角色，而把命运委诸他人之手。对于士子而言，一者她们是主动来奔，有着受宠知遇的感觉；一者她们所求不多，或是一宵缱绻，或是数年恩爱，而不致于变成婚姻责任。这种低条件的委身相许，使士子们感受到蚀骨的柔情，又能洒然无羁。因此，唐传奇把爱情的造型，完全赋予这些女子，并极力赞扬这种以她们的身份与职业都是极其难得的正统妇德。这是传奇作者与红尘烈女的惺惺相惜。而在现实层次上，也是“小娘子爱才，鄙夫重色，两好相映，才貌相兼”，因此可以男欢女悦，生命狂放。当时社会风气确是如此，而文人与情妇之间亦自有默契，他们都能互相成全婚前的爱情，却都畏于提到婚姻。爱情是生命的升华，婚姻则是落实，两者在传奇作者是分得很清楚的。因此，霍小玉阴败李益的婚娶，就不如莺莺的见好即收，更表现出这段私情的美感。传奇中，女子多情贞顺，反而凸显男人的负心绝情，但是，基本上男人较能从爱情里觉醒，并接触到现实问题，此时，他们便必须有所抉择。而后者才是人格与事业的重点。按照当代的风气，他们在中举得官后，会为了政治利益而选择名门女子结婚，踏向人生的另一个阶段。这原本是极合情理的过程，并不涉及人格的评价。

大致说来，唐传奇作者处理这类作品时的心态是尴尬的，一方面基于感情与良心，他们会可怜那些贞烈多情而终遭遗弃的女子；一方面他们自己也许就是这些负心情郎，对社会习气与现实顾虑的压力，感到莫可奈何。因此，始乱终弃的行为，不仅是个人性格上的缺憾，更是整个时代普遍存在的社会问题。作者在作品中赞扬了那些有节操的女子，同时也发抒了对这些故事的主观看法：作为一个有抱负的男人，经常免不了要调整自我，以适应社会的准则，必要时便只得忍痛割舍，宁可背起负心的罪名，也不该耽误了前程。

唐传奇的言情类作品，由男女爱情的表现涉及伦常、礼俗与其他人际关系，而写实地反映了部分人情世态，比诸神怪故事或剑侠传奇，更富于人间性。它不以力量的超越来诠释主题，而只就平凡的七情六欲，以及约定俗成的是非善恶，便足以建构完美的小说情节，并表达作者的人生观。因为其中人事本身的发生与演变的叙述，即具有绝对的感动效果，易为读者根据生活经验而直接领略，不必再假借神怪的幻想或剑侠的捏造来别开生面。它观赏人间的悲喜剧，而随之欢爱痛苦，遍历各种世相，自己最后亦净化于人间的常态里。这类题材俯拾即是，不劳作者挖空心思从无生有，但中国传统小说里却甚少这类作品，其确切的理由，颇难断论。我们只能把少数几部佳作拿来谈谈。

《金瓶梅》是第一部被称为世情书的杰作。孙述宇认为此书作者的特殊才能是写家常琐事，通过一般作家都瞧不在眼里的小事，写下一大段人生。并且，作者对人心的各种反应都极感兴趣，因此书中不但包含了许多医卜星相，三教九流的活动，还抄录了许多词曲、宝卷乃至书札公文和邸报[6]。在此书中，家庭琐事即是人生存在的写况，这些细节支持了生命在时空中的延续与定位。但它们包含了大部分被认为是无意义的习惯行为或自然反应，因而常被忽略。早期小说家总在神异故事、英雄传奇中寻找题材，而不屑于这种人情写实，即便涉及，亦不能赋予完整的主题的意义。他们写人生，必要附从于神仙向往或英雄崇拜上，而不肯如实地反省并记录人性的俗态与营生的情思。虽然宋元话本，《三言》、《二拍》之类的短篇作品已开启这种内容的关注，但明清以来，却又被神魔小说的流行淹没了。《金瓶梅》的作者能独具慧眼的以现实的眼光表现对世情的兴趣，是难能可贵的，他发现生活琐事自有可观的内涵，值得写，也值得正视。因此，他几乎是口不择言的以百科全书的方式，把一个民间家庭的活动全貌都录制下来。这样的取材，必不免于卑俗与猥黩，并且缺乏理想或夸饰的成分，而只是事如其人，人如其心的平实叙述。为着达到写实的效果，甚至床第之私都不忌讳地给以许多篇幅的描绘。它极其细腻地述说西门庆的发迹，以致于受诱惑、折磨、堕落，终于悲惨而死的故事，为人世间建立一个奇特的典型：其中人物的贪嗔痴爱，最后都落得自作自受，这种写法是不另作议论，亦发人深省的。人情世态小说的特色即在于此种平凡的人生营为里，自有深刻丰富的哲理，可通于宗教的精义以及典章制度的微旨。因此，就负面意义而言，作者可以是讽刺的：即在描绘现实时，把人们虚假作伪的面具拆穿，让人心的真相，特别是卑鄙的念头，昭显出来，形成欲盖弥彰的喜剧。但作者的讽刺意图亦半是幽默，半是同情的。如写西门庆与一班兄弟的扬扬自得的丑态，以及潘金莲等妇人们钩心斗角的媚态，虽则他们的心思与欲望都是卑微的，却又煞有介事地蠕动着，所费的力气，比起圣贤英雄一样是鞠躬尽瘁，死而后已。甚至由于情欲的播弄，他们的生活经验反而比较复杂多姿。从这两面的观照，作者对此种种现象的存在，只能是任其自然，并承认他们生命的事实与有限罢了。

6. 孙述宇，《金瓶梅的艺术》（台北，时报，1978年）。

类似《金瓶梅》这种如实、自足的人间眼光，以及为一批微不足道的现实人物立传，而又不落于讽刺褒贬之窠臼的作品，在中国小说史是极其独特的，因此也很难得到正确的评价与明确的地位。虽然由于它的艺术成就使许多后起作家心向往之，但它那种客观平实的作风却是模仿不来的，后来的续书若不是流于淫猥的描写，便又回到因果报应的譬喻教训里去了。于是世间一切行为与心思，都丧失人情冷暖的韵味，生活亦只如在履行偿业的责任。

由于对《金瓶梅》的内容价值缺乏正确的体会，某些小说史家竟把其他不相干的主题归为此书的拟续之作，如谭正璧说:《金瓶梅》写一个家庭的由衰而盛而复衰，中间杂以无数的美人，而以悲剧终篇。后来仿作的人却专写才子佳人之悲欢离合，而都以团圆为终局，且才子无一非状元，佳人无一非淑女[7]。然而，我们比较《金瓶梅》与才子佳人小说在主题精神、人物特征、情节与结局的安排各方面，都无相似处，亦不能证明两者有任何渊源关系。才子佳人自有其文学传统，如司马相如与卓文君之类，或者唐传奇的爱情故事如张生与崔莺莺之流，他们才是男子仕官风流，女子貌美多情的理想偶像。明末清初，也出现了不少名士与名妓间的佳话韵事，如钱牧斋与柳如是、冒辟疆与董小宛等。当代好事者以见闻所及，大量编撰这类故事，而造成才子佳人小说的泛滥。他们借此宣扬唯美的男女遇合方式，并改进了文人的功利薄行与女子的越礼失贞等缺陷，使之几近于完美的造型。

7. 谭正璧，《中国小说发达史》(台北，启业，1978年)。

但是，这类小说的结构，几乎都出自相同的理念与情思，因而在人物塑造方面，落于类型的限制，而无视于个性的观察与刻画，剩下的只有致力于形形色色的爱的描写，使得小说中的角色对爱变得过分敏感，且不断在刺激、感应与持续性渴望里推展情节。以《平山冷燕》为例，先是由于才貌的惊羡与讴颂，经过特定对象的回应而感念知己，转成情的追求与渴慕；最后终于排除外在的干碍，完成婚礼[8]，才与情即是这类小说的全部内容，两者都是无限度向外飞扬的精神状态，以及生命力的激动迸发，它的悲欢离合尽是美感的流转变现。并且，才子而美姿容、佳人而工著作，俱为天地间难得之货，本身隐含了短命的倾向，故作者要极力设法保全他们、撮合他们，使之欢喜团圆，而无旷怨。这种圣洁清纯的形象，正是中国读书人塑造的金童玉女，不仅是理想的，且是神性的。此外，《好逑传》除了符合才与貌的典型条件外，更对人物附加了性格方面的特征。铁中玉虽是白面书生，但兼有胆识膂力，侠气凌云、自卫助人；水冰心则机智敏慧，料事如神，亦能孤身自保。同时，他们亦有些相对的缺点，如铁中玉过于自信，血气太盛；水冰心理智刚强，流于矫情。这种偏至的气质，使他们较具真实感，较近人情常态，而不同于概念化的类型人物。但它终究不能免于才子佳人的夸张结局——过分重视男女童贞，甚至不耻公开检验；且成婚待于诏旨，以致爱情必须仰赖礼教而合理化，否定了私密的美感。

才子佳人小说所拥护的全然是传统儒家的礼法观念，如考试求官、循礼结婚。并且，作者亦极力排斥非儒的思想而保持入世精神的完整，一切理想最后都合于俗世的幸福原则：高官厚禄，男女团圆、健康长寿，多子多孙。这类小说在当代广受欢迎，原因在此。而《铁花仙史》以后的作品，则刻意求变，沦为神仙妖妄的附会，削弱了现实人间的价值，也歪曲了才子佳人的形象。

在这同时或稍后写成的《野叟曝言》则偏重于男性的描写，亦以男性为唯一主角，夸耀他的才能学问与道德仕进；女性只成为附属地位，或作为反衬男性阳刚的幻影。这类我们称为才学小说。它的人物仍是典型的儒者，如文白的崇仰程朱理学、翊赞圣教，希望继韩愈之后，发为文章，尽灭释道，乃至上继洙泗，宾于素王。但作者在书中的处理，却处处违背了儒家哲学，侈言性命与天道，又血气刚愎以及男女大欲的变态描写[9]。不过，作者的重点仍于才学的炫耀，因此创设各

8. 龚鹏程，《闲话平山冷燕》，《文风》，第34期（1979年1月）。

9. 见侯健，《野叟曝言的变态心理》，收录于《中国古典文学丛刊》册三（台北，中外文学社，1976年）。

种场合，借主角文白的言行，把他个人生平所学、所欲作、所梦想的，全部写进书中，其内容包括叙事谈经论史教孝劝忠运筹决策，以及兵诗医算诸艺、喜怒哀惧七情，且讲道学，辟邪说，无所不及。其作用在于言志，并从幻想中求自我的满足。同类的小说如《镜花缘》的后半部，从四十一回武则天开女科起，写百位才女的游园聚会，占了全书大半篇幅，其内容亦不过每个人轮流表演书画琴棋、医卜星相、音韵、算法，以及灯谜酒令、马吊射鹄、蹴球斗草投壶等游戏杂艺。由于作者志在炫耀自己的博学多识，故利用小说的散漫结构，包含各种离题的事物，造成内容的驳杂与情节的呆滞。但《镜花缘》特别尊重女性，替她们向不合情理的社会制度与习俗如缠足、穿耳、守贞等，肆行嘲讽，假托许多异国之俗把男女地位倒置，让男性亲尝女性的诸种痛苦，也给女性有机会享受男性的特权，发挥被传统抑制的才华。这些谐趣的插曲，冲淡了炫学的质实，而较诸《野叟曝言》平板的男性中心的叙述，更显得灵活有味。虽然最后这些女性仍回到正统儒家的文化体制里，而降服于男性的驾驭。但在过程中呈现的主题，把班昭《女诫》与苏蕙《璇玑图》并列齐观，即是希望理想的女性不仅能符合传统的妇德规范，亦须能及时展露机智与文采。这就把叙事的对象转向于妇女的造型了。

从《野叟曝言》与《镜花缘》的对照可以发现，不论主要角色为男性或女性，他们都刻意在展露才学。这些才学的内容性质，并不限于儒家的经史学问，反而是以大量的数术方技，奇巧游戏的杂学充斥其间，显示作者游于艺的广泛兴趣，以及生命力的旺盛旁溢。就这层意义上，作者表现了对中国文化的关怀备至，全盘接受而不予任何批评性的取舍。但或许亦由于这种玩物丧志的倾向，使他们仕途失意，因而借小说夸耀才学以求得自我的抒解。此外，如《蟫史》、《燕山外史》虽于文字风格上表现作者的才学，内容却属于爱情故事与战争传奇，只是末流之技，不得列入才学小说类。

清初，讽刺才子佳人的小说有《醒世姻缘》，作者似乎不承认或甚至嫉妒那些主角们的郎才女貌，以及天造地设的美满。因此，他别出心裁的以因果报应，轮回再世的架构来刻画夫妻间的孽缘。所谓男女的结合，名分上是依于人间的礼法，仿佛有人事的喜气与恩爱，归根究底，所有的婚姻，却早在前生已由业因注定的了，这是说不得也逃不了的。此书是继承《金瓶梅》与《续金瓶梅》的世情书传统，在夫妻关系的反省，也都是宗教观念的。唐传奇里说男女姻缘是命定的，但那种命只限于今生，且不知命之所以然。此书则把命定的变成业报的，是当事人的自作自受。它更把“夫妻本是同林鸟，大限来时各分飞”第二句改成“心变翻为异国人”，连死亡都不能解脱姻缘的纠缠，生生世世冤家聚头。其次，它强调“怕老婆”乃是男人最贴切剧痛的终身之忧，几乎是无地自容、至死方休的。就佛教的诠释，这种妻子的嗔怒是无明火起，丈夫的颤惧则是无明惑生，两者都没有眼前的理由，只能归诸过去世深埋在意识里的业种，于今成熟作用。因此，超脱这种缠缚的唯一办法是：顿悟前因而逆来顺受，并念经赎罪。这样深刻悲苦的主题，能使读者感受到夫妻间一股严肃而阴森的气氛。但是，如果暂时排除这个主题意识的干涉，此书又表现了另一面刻画世情的诙谐风趣：类似《金瓶梅》的社会基础，挖掘中下层人物的种种俗情丑态，而浓缩于一个特殊家庭的成员结构里。由于它在这方面描写的详尽与鄙俚，让我们看到截然不同于士大夫阶级的另一套道德观与价值系统——在处世态度上贪羡并竞营名利，现实生活充满酒色财气，不计较良心的安否但畏惧法律与鬼神的惩罚。因此，作者以因果报应处理这些人物的婚姻问题，倒有某种写实的意义，且切合他们的身份与知识程度。

然而，才子佳人的理想并未被否定。《醒世姻缘》虽主要在刻画夫妻反目的悲惨可怖，所谓：名虽伉俪缘，实是冤家到，前生怀宿仇，撮合成显报。但根据同样的果报论，他也赞扬了夫妻和合的圆满：前世或是同心合意的朋友或是恩爱相结合的知己。作者私心里仍倾慕男欢女爱、夫贤妇顺的典型。《红楼梦》则撷取了才子佳人故事的精华，而予以崇高的诗情艺术化；又发挥了才学小说的特征，把内容穿插得更自然得当。最重要的是对人情世态的描绘与写实，技巧极为圆熟，在虚实之间，寄寓了同情与灵悟，最后则表现佛教的无常观及道家的虚幻感，借以冲淡人事的繁华形色，以超脱的姿态平视一切是非善恶、喜怒哀乐、美丑灵肉的对立。若以红楼梦的两个世界而论，佳人与才学属于理想世界，人情世态则属于现实世界，其间以大观园分隔内外。起初，作者的动机可能在叙述家族盛衰的现象与脉络，带有自传的性质，并且直接牵涉到当代的政治风云。但在创作、修改的过程中，史学的成分逐渐被文学的兴致所取代，从自传经历走向艺术创造，由真实事件的材料里孕育出一个空灵理想的境界，这即是贾宝玉与诸姐妹们的乌托邦干净土，也是作者苦心经营的虚构乐园。不过，作者同时也意识到摆在眼前的实质世界。这两种成分在小说中互相交织渗透，叙事的笔法跳来跳去，达成均衡兼顾的比照结构，直到最后，现实因素终于导致了理想的幻灭，而真实的结局也就显露并保存了下来。由于它内容上的成就是多方面的，历来红学研究者从各种角度去探索它隐藏的史实与寓意，作出许多不同的假设，迄今未有定论，因此，本文暂不深论。我们只能从小说史的观点判定它是中国言情小说传统里最高的杰作。既是承先启后，也是独一无二的。

《红楼梦》提高了才子佳人的品质，并赋予他们相对的现实性格。同时又别开生面地建立起人间妇女的群像。这些女子除了才的禀赋与情的贞烈外，另有一种闲愁幽怨的气质，把这些复杂多姿的成分综合起来，便凸显了她们的高贵柔弱的形象以及圣洁清明的信念，令人销魂怜惜。至于书中唯一的才郎贾宝玉，更是无可比拟的天地奇男子，没有任何一种名目可以恰当地指称他的人格。但是，这种在大观园内演出的高贵空灵的男女关系，是有它富贵尊荣的家族背景的，并非一般凡夫俗子所能企及。因而，大部分不能忘情于才子佳人的小说作家们，便只得把戏场搬到北京或其他商业都市的妓院中，去寻求婚外艳遇的诗意境界了，这即是所谓的狭邪小说。它本来自有其历史渊源，如唐代士子的冶游文学如《教坊记》、《北里志》之类，以及后来列为同调的《青泥莲花记》、《板桥杂记》等，内容专写达官显宦，名士才子与青楼妓女或梨园优伶之间的风流韵事。作者对这种狎妓行为所抱持的态度，亦多不同，有怀着同情与幻想的、有夸张人品与诗情的、也有如实刻画其中男女的虚情假意的。清代所出现的这类作品，如《风月梦》写出妓院中以金钱决定待遇的苟且情状，并感慨个人往日的薄幸。《品花宝鉴》则追叙乾隆年间北京士大夫阶层招伶侑酒，歌舞弹唱的风气，是为当代实录，其中角色且多为现实人物。这是狎妓行为的变态。《花月痕》虽不全写狭邪，但与妓女特有关涉，展现了两种不同世界的悲剧性矛盾：一是理想中文人娼妓间充满爱情的天地，一是现实生活里饱受太平天国战乱的中国。其次则是妓女们的强颜欢笑与饱尝鸨母、王八虐待的惨况。《青楼梦》以妓女为主题，写青楼女子的慧眼识英雄，把失意文人称雄妓院的补偿心态反映出来。以上这几部小说，大抵皆属于京派的狭邪作品，其特色常在视妓院如家庭，把妓女的人品过度理想化，而建立起中国特殊的欢场文学，其中男女关系有婚姻的贞顺，亦有私情的泼刺。而较后出版的所谓海派狭邪小说如《海上花列传》，由于商业城市的现实作风，扼杀了文人的浪漫气质，遂沦为写实心态，作者以过来人现身说法，揭发妓院的奸谲、警醒读者的迷梦。同时也结束了才子佳人的抒情传统。虽然随后又有所谓鸳鸯蝴蝶派的兴起，但那已是接受西洋翻译小说的影响，且时局更新，非复旧日光景了。

其次谈到言情系统的另一面：寓讥弹于稗史的讽刺小说。前述《金瓶梅》已隐含对虚假世情的拆穿，而造成一种谐趣的讽贬，但那不是它的主题。要到《儒林外史》刊布后，才有专题性的讽刺作品。所谓讽刺的定义，应指作者以极深的道德感去责难邪恶、揭露愚行，目的在于阻遏并改进恶性的倾向，使社会革新。其取材的来源是社会上不合宜、不道德的行为，或人性的弱点。此即《中国小说史略》所云：秉持公心，指摘时弊；感而能谐，婉而多讽。《儒林外史》符合了这个定义。它以环绕在科举制度周围的官师、士子、山人、清客以及某些附从的市井小民为对象。作者所要讽刺的不是科举制度本身，而是它行之既久所产生的流弊。上述那批人物受到相当程度的污染毒害后，处处表现着矫饰、腐败的行为，醉心于制艺而忘记了正常合理的社会生活。最不幸的是这些人物及其言行又将成为人间道德的表率，而影响整个时代的风气。作者看出这个危机，于是根据亲身体验以及闻见所得，借小说的功能，一方面委婉客观地把种种愚行显露出来；一方面则透过几位特定的角色，发挥他心目中正统儒家的思想。如此，愚行无所掩饰，而世风亦有矫治的办法。作者在这里流露了一种以温和与怜悯的笑意来纠正世俗的错误缺失的襟怀，比他在楔子里所写王冕的人品更具儒者关怀世情的志气。本书的讽刺意图于是有了正面的效用与价值。同样的，《镜花缘》前半部，虚构了一段海外旅游的寓言来讽刺中国社会诸般不合理的现象，其中重点摆在君子国，借吴氏兄弟之口陈述作者的评语。他们基本上仍尊中国为天朝，为天下文明荟萃之地，其文化形态的整体仍是完好的，虽然有败坏的风俗与不合情理的行为，但那只是源于人们的愚昧无知，偶然越轨，这都是可以矫正的。因此，他们谆谆箴劝中国的百姓，除陋去恶，重享仁爱太平的日子。从这点来看，吴敬梓与李汝珍都是儒家思想的绝对拥护者，也都具有悲悯的胸怀，他们针对时弊所作的讽刺，是积极建设性的，并且切合实际，扎根于本土的传统。

清光绪庚子以后出现大量的谴责小说，主要起因于一种悲观论调的怀疑思潮。《中国小说史略》认为：盖知政府不足与图治，而有掊击之意。于时政严加纠弹，或并及风俗。虽命意在于匡世，而辞气浮露，笔无藏锋，甚且过甚其辞，以合时人之好。从消极意义上说，这类作品是以辛辣而激愤的语调，挟以轻蔑与道德的义愤，去攻击社会制度的腐败与罪恶。但事实上，这些作品大多是受了当代新思潮的冲击，在小说中表现出强烈的社会性、政治性与思想性，而非徒作攻讦，以逞一时之快，或企图阿谀世人的。《官场现形记》与《二十年目睹之怪现状》二书，谴责的意味较浓，搜罗官场的迎合钻营、蒙混罗掘倾轧等故事，兼及士人的热心于作官与官吏闺中隐情等种种话柄。但作者也是基于新的政治眼光，对清季以来导致中国腐败的科举制度及其影响下的学问风气，作一次严厉而尖刻的反省与指斥。他们或许稍显急切了些，却也的确反映了旧社会的危机，而感到改革的必要。因此，《老残游记》的作者，一方面以睿智仁爱的儒者立场，指责暴虐无能的贪官污吏，深恐逼近眉睫的革命会带来中国无可挽救的创伤。对贫苦无助受恶势力压迫的大众表示了极大的同情。另一方面，他也承认，要拯救中国于险境，除了保持中国传统文化与政治的理想外，必须以优越的西方科技来弥补本国实利事业的不足。刘鹗是以实际行动献身于济世救人的，他对大清帝国的命运已经绝望，但坚信中国必能生存下去。他看出戊戌变法失败后，中国丧失了所有活力与新生机能，而静待着革命运动的兴起。不过，基于其他考虑，他始终赞成采取政治维新的途径救中国，对所谓南拳北革的武力行动，仍有顾忌，唯恐伤及无辜百姓。《孽海花》在同类小说中，最具历史价值。它不但真实地描绘了同治、光绪三十年间新旧知识阶层的气氛，并且侧面地描述了这段过渡时期政治社会文化的推移。而在小说的内容思想上，不仅消极地暴露满清末年各方面的腐败，又积极地予以批判及唾弃，而对新思想有无限的希冀。书中他更进一步地描写当时中国与苏俄的革命运动，对这民族意识与时代的主导思潮，寄以绝对的信心，相与呼应，而宣传民主、自由、平等的观念。并且对孙中山与诸革命党人的牺牲精神，再三颂赞，充分发挥了言论救国的实际效用[10]。

以上分论言情系统中，各类型小说的渊源与内容风格。它们在中国小说史占着较高的地位，因为这些作者都是文人或知识分子，比诸职业小说家更富于创意，且能以社会的批评者自任[11]。因此，除了少数以爱情理想为主题以及炫耀个人

10. 见陈万雄，《从近代史看孽海花的意义》，收录于《文人小说与中国文化》（台北，劲草，1975 年）。

11. 关于文人小说家与职业小说家的主要区别，请参考夏志清，《文人小说家和中国文化——镜花缘新论》，收录于《人的文学》（台北，纯文学，1977 年）。

才学的作品，旨在获得自我的抒解外，大部分作者的笔下都表现了广博而深刻的人间关怀。如唐传奇的爱情故事，虽带有浓厚的私情色彩，但由这些男女关系的描述，牵连到整个社会风气与思想形态，等于是附带地反映了其他的人情世态。即使作者并无自觉的关怀人间现象的意识，然而他们架设在作品里的时空背景及其中人物的生命活动，都为后世留下许多观察当代民生情况的资料。其次，以《金瓶梅》为始的世情书传统，基于对中下阶层的挖掘写实，表现出探究人性的兴趣。作者虽以全知的第三人称隐没于客观事相的背后，让书中人物自行表演，但在某些特殊场合，他又会以旁观者的身份，对进行中的情节发表见解与批评，这种作者介入的用意，并不在干涉事实本身的发展与真相，而是因为他不能漠然无视这些现象对伦理道德或其他信念所造成的影响。他关怀两者之间的对应关系，义不容辞的要以人间秩序的监护者自居。偶尔在描写过程中他会对某些愚行发出善意的讽刺，以期相关人事的改进。目的也是为寻求合理的生活方式，而不肯任其自然。因为他们是不愿以素描小说家自限，所有客观的人事现象都有他们的主观意义，甚至担负着训诫与教化的使命。即使如才子佳人小说或狭邪小说，似乎主要为了寄托士人阶层对男女关系的理想，但一般低知识程度的民众亦能感受那种完美的气氛，而与之认同，变成一种普遍的情怀。至于讽刺与谴责小说，更是直接而实际地表露出作者对社会与人性内涵的关怀，作者经常是情感强烈、是非分明的。不但因为他们即是群众中的一分子，共同承受着腐败制度与人类愚行的迫害。并且，身为知识阶层，他们必须对这既成的事实负起追究真相以及谋求改善的责任。因此，他们写小说，除了抒解自我的苦闷，关怀同胞的苦难外，更进一步的要向人间痛下针砭，促使当事者自觉反省，寻取合理的解决办法，或甚至激发有志之士的挺身而出，另谋革新的出路。从这意义上看，这种小说往往只是言论与思想的工具，而艺术本身的成就反是不暇顾及的。

讲史小说

中国讲史的起源甚早，并且在发展的过程中，始终保持着一定的讲述形式而自成系统，与上述其他小说类型有所分别。早期白话小说的雏形——宋元话本，即以讲史为主。当时的文人笔记往往在小说（银字儿）之外，把讲史独立一类，专指讲说《通鉴》、汉唐书史文传与兴废之事等特定内容的作品。如果作个粗略的区分，则小说大部分是虚构的，说一故事而立知结局。讲史则必须有历史的根据，即历叙史实而杂以虚辞，或者以史实为核心而艺术化的融合事实与想象，在人物及事件的描述上有创新的发挥，但不违背众所周知的事实。由于讲史作者多为职业说书人或专业小说家，他们在编写材料与现场演说时，必须顾及观众的程度与口味，因而常沿用一些固定的方式、口吻以及宗旨，不能如前述文人小说家于技巧及思想上刻意创新并大胆尝试。就来源的问题而言，讲史基本上是直承历代野史的传统而逐步衍化出来，比照于正史的记载，它包含了大部分的误解、讹传以及隐私性的细节，较重视传闻轶事的趣味性，而缺乏严格的考据与征信的功夫，换句话说，讲史的内容主要由正史、野史逸闻以及作者的想象三种成分调配而成。它的任务在于对编年家与考古家所记的干燥史实，施以创造的想象，而将许多从各种来源搜集到的散漫凌乱的材料，演化成有艺术完整性与统一性的作品。这就触及了讲史小说与历史之间微妙的依存关系了。《三国演义》所提出的七分事实、三分虚构，以及《说岳全传》金丰序所说：不宜尽出于虚，亦不必尽由于实；已为中国的讲史系统建立了虚实相涵的写作原则，也就是必须兼顾艺术性与真实性的问题。这原则成为后来讲史作者执笔的信条，以及读者与批评者鉴别作品优劣的标准。但在中国，信史与讲史小说之间叙事真伪的区分，并不是如此严格而明确的。信史往往为了某些政治或道德因素，而刻意歪曲真相，譬如从朝廷的观点来记录事件，而忽略了地方性的见解，且偏袒既存的制度与信仰；或者以曲笔掩护家族、朋党、皇室与当权人物，造成有意的是非混淆。相反的，假如讲史作者不受这些偏见与意图的局限，则可能做到对人事如实的叙述，细节的补充，以及行为动机的阐释等，从而达到复原真相的功能，甚至在技术与学问许可的范围内，纠正或更新历史的形象。不过，这种情形总是在极特殊的理由支持下才会发生的，一般讲史作者仍是尊重信史的。他们比较擅长的是维持历史事件的大轮廓，只于有限的空白处与关键处插入杜撰的情节，或给予原有的叙述以适当的文字润饰。并且，这些属于创作性的部分，都尽量的不影响信史的本来精神。即使需要对信史有所改动或翻案，他们也会在作品中说明自己的根据。基本上，讲史作者相信历史的记载都是力求观察的公平与叙述的客观的，这使他们在引用史实时，省去许多考证的顾虑，而把重点摆在借题发挥以及人物想象的虚构、道德教训的阐扬方面。总结的说，讲史在某种意义上有助于修正信史的偏差，但也有它自身的偏见与歪曲之处。

至于讲史作品的艺术效用，作者所关心的仍在于如何使虚实两种成分得到最妥善的结合，而互相掩映、浑化无间。大致说来，实事的部分提供了全书的骨架与叙事的素材；虚构部分则留作人物的刻画、情节的安排，以及主题的建设。这两者若发生冲突，则又依于作者个人的抉择，而有两种表现方式：或者成全历史以强调真实性；或者坚持艺术以保持创造力。前者偏重于知识的传播，满足读者对本国历史的好奇与认同；后者着意在人格的塑造，教导百姓以效法或警戒的经验。这是其他类型小说在功能上较难完成的，是以讲史有其可贵之处。

中国讲史作品的数量占了中国小说史的极大比例。它几乎有系统的写完中国历史上主要的朝代，而可与二十五史并列。本文根据马幼垣的说法，从主题与内容作如下的分类[12]：

一、开国建朝主题——改朝换代的时期。或写群雄对峙的局面，刻画少数历史人物，且其活动与整个时代的危机冲突息息相关，由此描述开国建朝的艰辛与奋

12. 马幼垣，《中国讲史小说的主题与内容》，《中外文学》第8卷，第5期（1979年10月）。

斗，如《三国演义》、《列国志传》、《新编五代史平话》等。或描写旧朝代的垂亡与革新者的兴起，在性质上他们更有意图与计划地从事新朝代的建立，如《英烈传》、《飞龙全传》。或写初期巩固国基时，英雄家族平定来自国内外的威胁，如《薛家将》与《罗家将》的故事。或写政变成功后，企求国际关系的完成以使新政权得到合法的承认，如《三宝太监西洋记》，或写朝廷正统因为篡弑而致中断，而臣民们力图恢复王朝的事迹，如《两汉开国中兴志传》。

二、国家安危主题——写外患入侵而引起的危机，以及忠臣英雄保卫疆土的爱国热诚与效忠精神，如《说岳全传》、《杨家将演义》。或写统治阶层衰微之际，起自国内的有组织的叛乱，而地方官将起兵平反以维护现状。如《王阳明出身靖乱录》。

三、历朝纪事主题——涉及整个朝代或其他组合性的时代单位的全景，如《全汉志传》、《南北史演义》、《二十四史通俗演义》。

这些讲史小说的盛行，主要因为作者与读者对国家民族的延续以及传统，形成一种深沉而不自觉的意识，即忧国情怀。而另外又有一种纯然出自对历史本身的兴趣，其中蕴涵着复杂的文化心态。至于正史所以成为讲史者爱用的资料，部分原因是讲史作者念念不忘说教，即传统历史教育的通俗化；或假历史人事为例的教训。前者主要在于知识的传播，后者则把历史当作道德典型的来源，同时也借历史内涵对过去的事情作道德判断。并且，在所有讲史作品中出现的一些共同特征是：借历史的权威来支持民间信仰，并重视政治上的道德。或者无限制地使用神怪的成分以探讨宇宙的本质与人类的天性，并巩固了道德教条的力量与权威，以及天命无比崇高的观点。其次则是对历史人物加以小说化的刻画，把他们个人的经历与历史问题关联起来，作为决定因素的象征。

除了马先生依主题内容所分的三类外，学者也有把讲史分成通俗历史演义与战争小说两种类型的，此在夏志清《战争小说初论》[13]文中曾加

13. 此文收录于夏志清《爱情、社会、小说》（台北，纯文学，1979年）。

界定：通俗演义在精神与形式上都相近于通俗史书；战争小说虽然歌颂历史人物和事件，却不以信史自居，因为它们讲的是某人某家某帮或某个新朝代的小集团，从事大规模的战争，或一连串的征战。通俗演义大致可以包括前述马先生的三种主题内容。而战争小说本质上属于英雄传奇，以无数交锋厮杀的战争场面为趣味重点，并因此忽略了其他历史事件的插曲与主题。作者主要在缕述英雄们军事行动上的丰功伟业，除此之外的历史问题与善恶角度都极力简化。由于作品的重心摆在某些特定的旨趣上，作者运用了所有能够增加主要人物一生人格事业之崇高性的材料与技巧，而在重复说明中，陷入陈陈相因的格套，同时也就造成这类小说固定的形式传统。它的创作性往往超出历史事实的范围，而变成全然的或至少是大部分的虚构。

不论是分成三大主题或两种内容，综合其性质特征则可以说：讲史主要以国家或朝代为叙述重点，且习惯于偏重历史人物的行为。它的动机与目的在于简化、俗化历史记事，以教育普遍的民众。并且尽可能的从这些事迹中，汲取历史教训、建立人格典型、支持民间信仰，而完成知识人自我授予的社会责任。他们往返于史实与艺术之间，努力把生硬枯燥的编年大事变成具有人性活动、哲学观照以及娱乐趣味的多效用作品。虽然他们很少能够重塑特定时代的风俗与习气，让读者享受不同时空的异样情调。但是，至少作者激发了人们怀古的感情，循此而重新认识民族文化的传承，并对应于现阶段的生存环境而有自觉的肯定。讲史小说所表现的是对时间之流纵剖面的关怀——是人类种族与传统的延续，生生不息且永远向前开展的人间，其过程虽因人事与天命的感通而呈现出治乱相循、兴衰迭变的现象，但最后得以肯定的是：民族生命的适应力与创造力绝对是蓬勃鲜活的，没有任何外在的因素能使之彻底灭亡。

结 语

本文尝试依据作品内容所透露的意向，以及所达成的效用，而对中国传统小说史作一综合的论断。由于涉及的范围包括作品类型的区分、文化内涵的解释，以及作者创作的心态，自难于有限的篇幅内，一一详论。本文只能大略提出几个重点加以说明，其中难免有欠缺与勉强之处。尤其对几部已被历来研究者确定为最高杰作的作品，不能有专题性的讨论，似乎是本文最大的遗憾。但是，为了纵观中国小说史，本文必须照顾到大量的其他次等小说，因为它们更能代表中国小说整体的特色，而不只是个人情志与艺术创意的独特成就。同时，本文所注重的，比较偏重整个小说类型所表现的共同意识与心态，因此，忽略了个别作品的独立意义，也是不得已的。

其次，本文将大部分中国小说作品按其内容性质分成四大类，虽不足以总括所有作品，归类的标准或许也不够确当，但本文如此作，一方面是为了讨论的方便，一方面也因为这些类型的确是存在且有充分理由可为划分的。

我们综合上文讨论，可以发现，真正符合自我抒解的动机的作品并不多，唐传奇也许是比较特殊的，它们的作者几乎一致地透过小说的创作而得到思想的肯定，对宇宙的本质、文化的内涵，以及人在天地间的地位与如何安顿的问题，在作品里都有所寄寓发挥，抒解了个人的情志，最后并宁息于自我设定的人生观与价值取向里。由于那是个三教配合，重新思省的时代，个人处境的问题格外显得重要，唐传奇配合着载道论文的步调，致力于种种生存现象的解释以及观念倾向的抉择，而这些都是着重适应于自我的需要，较少顾及人间的普及效用。再如才子佳人小说、才学小说与狭邪小说，本质上亦逗留在文人雅士风流自赏的心态里，他们或者为了寻求理想的男女关系，或者为了炫耀个人驳杂而不切时宜的才学，或者为了美化狎妓的行为，而使尽浑身解数，企求在想象里抒解现实的积郁，并得到变态的满足。也许他们着笔写小说的动机，正可以解释作苦闷的宣泄，是急切地要求表现个人内在的情思与冲动。但是他们又不敢逾越理性的范围，以至于显得笨拙与矛盾，最后甚至拥抱传统文化以自重，而沉溺于有限的自慰里。这种形态的小说，由于刻意夸张某些理想，而处处露出矫情的姿态，不能普遍地关怀人间基本现象与需要，因而，它的成就与影响也是有限的。中国大部分的小说，其内容所关注的，几乎从一开始就是广大的人世活动，包括神怪小说的寓意象征、侠义小说的锄强扶弱、公案小说的平反冤情、世情小说的社会写实、讽刺小说的揭发愚行，以及讲史小说的通俗教育等。他们都有纯正的立意以及开阔的襟怀，其题材或者直接取自人间真相，或者间接来自宗教传说，或者根据历史记载加以改编修饰，即是说，作品的来源与对象都是普遍存在的经验与知识，易于被民众了解并接受，而作者个人的情志总是隐藏的、含蓄的，或者代表着一般性共同认可的伦理道德与宗教信仰的观念。在这种情况下，小说作者的姓名对于读者之了解作品内容，并不重要，只要达到对人间的关怀，这些作品的价值便永远是属于大众的。从自我的抒解到人间的关怀正是中国传统小说所走的路线，也是中国传统小说的主要精神。

市井文化与
抒情传统的新结合

古典戏剧

陈芳英

画堂锦筵，檀板轻敲，红氍毹上搬演的英雄行径、儿女柔情，似乎总跳宕着恒久的风华。庙前草台陡然抛起的弦音，高高地躥入云霄，却又远兜回转，回到人间，随着锣鼓徐徐缓缓的节拍，一波一波地漫向天涯。在我国古典戏曲的舞台上，曾重现过多少盛世豪杰的徘徊，多少绝代佳丽的顾盼？虽然，他们的尊贵和美艳，都随着幕落而黯淡，可是在那些升平的、荒旱的年岁里，情节、歌舞、服饰所旋起的缤纷光环，在虔诚的感恩和谦卑的祈求中，触动了人们朴拙的心灵深处，仿佛在寻常的日子里，也有梅花的消息。

我国的古典戏曲，容或应该称之为“诗剧”，因为，它是那样明确的属于诗的系统。

诗可分为抒情诗和叙事诗两大类。一般来说，叙事诗用于展现情节，铺叙过去；抒情诗则直指当下，必须在想象中创造一种人生经验，具有自我与现在的交会点，也就是借情境合一来作自我的延续，以物喻我，完成自我的转位。我国诗歌，尤其是文人的作品，百分之九十属于抒情传统，以“抒情写志”为主要目的。而叙事诗则多半出现于民间——或者说非知识阶层中，如乐府《陌上桑》、《孔雀东南飞》等，就是典型的例子。此外又有流传市井的说唱文学：变文、宝卷、大鼓书、弹词、南音、木鱼书等。

古典戏曲最初是从说唱、民间歌舞、伎艺等民间艺术形式的基础上，逐渐发展形成的，到了宋元南戏、元杂剧，更直接继承了唐诗、宋词、元散曲的诗歌传统，完成了我国戏曲的形式。它不仅是一种以歌舞表演为中心的艺术形式，更重要的是这种形式必须是以故事情节为血脉，为了舞台形象的塑造而存在的。同时，戏剧本是“表演的”，而非“叙述的”，但我国戏曲演员在舞台上，自报所扮人物之姓名、经历，并说出所作所为，完全采取独白的形式，观众和剧作家对人物的掌握，极为自在方便，因此，姚一苇先生将之比为布雷赫特（Bertolt Brecht）的叙事诗剧场（epic theatre）[1]。戏曲中

1. 见姚一苇，《从平剧的特质看新绣襦记》，《戏剧论集》（台北，开明，1969年），页226。

的事件（亦即故事）和演出的基本形态，既建立在叙事诗的基础上，遂具有戏曲的客观性；但因为戏曲里所刻画的形形色色的人物，都吐露着自己的主观情感，所以又有戏曲的主观性，于是戏曲成为主观兼客观的诗，而且是由整体的抒情诗所造成的叙事诗。换句话说，它所呈现的形式是叙事诗，精神却是抒情诗。

继承了诗的文学传统，正是我国大部分戏曲以"团圆"收场的原因之一。诚如律诗的外在形式已包括了一种想象的自足，诗的创作本身，成了完成自足的方法。戏曲在面对悲剧环境所造成的莫可奈何，同样也坚持"谐和"，寻求圆满自足的解释。那么，戏曲的特征，正在于"把过去作为现在，而展开在我们眼前"，借用市井文学的架构，灌注了诗歌抒情传统"当下即悟"的精神，呈现了鲜活丰丽的崭新风貌。

同时，在教育尚未普及之时，剧场是另一种形式的学校。俚俗之言本易入耳，配合声腔动作，搬演悲欢离合，尤能感人。"田畯工女，闻之而趯然喜，悚然惧"，伶人就在演戏的过程中，无意间教忠、教孝，负起传播民族历史文化的重任。风教、风化，也成了评断戏剧优劣的重点之一。所谓"不关风化体，纵好也徒然"[2]，戏剧的娱乐作用，似乎远不及教化意义。这种"寓教于谐"的观点，揭示了艺术的功能价值，正是《诗·大序》以降的"风化"之旨。

2. 高明，《琵琶记·副末开场》。

当然，更重要的是在忠孝节义之外，戏曲呈露了中国人面对挫折时，所表现的恒久忍耐的韧力，以及企盼完美的愿望。

我们常说，要在内心建立起不假外求的喜乐，因为外在的理想世界，是没有把握、无法预期的，而内在的理想世界，是可以控制，圆满自足的。

历史上的人物，从《史记》的《项羽本纪》、《李将军列传》以后，除了诸葛亮以外，可以说再也没有一位狂飙式的悲剧英雄了。人们不再奋不顾身地投入不可测知的外在世界，而开始为自己建立比较有把握的理想世界——山水、田园、游仙、借物咏怀……直到戏曲。戏曲原本就反映着市井小民对人生殷殷的期盼，“善恶到头终有报”，虽仅是凡俗的念头，进一步思索反省，又何尝不是人们使“福乐随德行以俱往”的大愿深情。《窦娥冤》一剧，六月天降大雪、干旱三年、鬼魂伸冤，在某些人的眼光里，也许是削减悲剧气氛的补偿作用，殊不知那正是我们民族生命中要求“理想自足”的渴望。《赵氏孤儿》一剧，程婴牺牲了儿子，冒着贪财背恩的罪名，只为了一个对旧主人的“义”字。当他被魏绛责打之时，他心中激荡着如何的情感！当然戏的结局是赵氏孤儿大报冤。《九更天》一剧，马义为救护少主，通过滚钉板的凄厉考验，天为之九更不明。《南天门》一剧，曹福仗义奔行雪山，死后成仙。这些借用神鬼达成的完满结局，姑不论其优劣，但至少可以说明为什么我国戏曲会产生这种大团圆式，一快人心的结果。因为这是深埋于所有中国人内心深处的一个意愿。现实环境中的缺憾，在文学艺术的表现上，总寄望获得提升，这是背负重重灾难的民族，从深沉的悲恸中所发出的一声轻叹，一缕缥缈的祈求。

从市井到文人——戏曲的发展与体制

我国戏曲在艺术结构和演出形式方面，都有独特的重点和特殊的规律。它和西洋歌剧、话剧、舞剧等主要戏剧形成的显著区别在于：它不仅是一般的综合了音乐、舞蹈、美术、文学等因素的戏剧形式，而是一种把歌唱、舞蹈、念白、音乐伴奏，以及人物造型（如扮相、穿着等）、砌末道具等紧密、巧妙地综合在一起的特殊戏剧形式。由于这种综合性的特点主要是通过演员体现出来的，因而在我国戏曲舞台艺术中，以演员为中心的特点就更加突出。

戏曲中角色的动作，要靠音乐的节奏和旋律来配合，许多表演场面需要音乐来制造气氛，剧中人物的思想感情，也常要通过“唱”来表达。相反的，无论演员的唱腔或乐队的音乐，均依戏剧内容和表演形式的要求，而作适当的安排，并且为了适应表演形式，逐渐发展出独特的样式。同样的，戏曲剧本的文学结构，要与表演和音乐的特点相配合，而一定的剧本文学结构，又决定了整出戏的音乐布局和音乐可能起的作用。此外，舞台美术工作，如化装、服饰，也是根据一定的戏剧情节、人物身份、性格等创造的。由于剧本、表演、音乐以及舞台美术等方面的密切、统一的结合，我们说戏曲是综合性的艺术，但必须明确地指出所谓“综合”，并不是上述这些艺术因素的拼凑。戏曲艺术的综合性是这些艺术因素相互关联，糅合成为一个整体，并通过表演来体现的。构成戏曲的任何一种因素薄弱无力，或与其他因素不相调和，就必然不能达到一个完整的艺术表现。

• 渊源发展

宋代的南戏，是我国戏曲形成的开端，最初以音乐、舞蹈、语言、服饰等艺术手法，在戏剧冲突中，通过对人物的刻画，创造舞台艺术形象，反映生活、表现思想内涵，并以此形象来吸引观众、感染观众。当然，南戏不是突然兴起的，也不是一下子就辉煌起来的，在直接的血缘上，它沿袭了说唱、歌舞百戏、唐戏弄、宋杂剧、金院本等漫长的演进传统，逐渐酝酿凝结而成。

（一）说唱

沿着汉代歌舞百戏发展的路线，到了宋代，虽然也有简单的性格描写，但毕竟受着偏重歌舞伎艺表演的局限。而唐代以来，变文、说话、鼓子词、诸宫调等说唱艺术，由于必须具备感动观众的力量，因而故事情节的生动和人物描绘的个性鲜明，反而有较快的发展，并达到了一定的程度。宋代杂剧和歌舞的表演艺术，向戏曲转化时，就因为吸收了说唱艺术，而疾速进步。讲史或话本中所创造的人物形象、典型性格，有时甚至被戏曲全部吸收过来，变为舞台上的艺术形象出现。在这种情况下，戏曲从说唱艺术中吸收的，显然就不仅仅是一个单纯的故事了。因为若只从话本中拿过一个故事来，仍旧不能突破原先偏重歌舞伎艺表演的局限。从形式看，戏曲以歌舞表演为中心来综合其他艺术手法，显然必须以戏剧内容为纲领，否则就无法在舞台上表现这个人物形象了。所以说书与戏曲的关系，绝不能看成一个提供故事、一个提供形式那么简单。

说唱艺术的某些手法，对戏曲艺术的形成，也产生了很大的影响。如说唱艺术表现人物性格的多样化，表现人物细腻感情的各种手法，有头有尾的结构情节，开场的叙述、中场的按喝、结尾的断言，运用联套的方式演唱，以及描写人物时，不受严格的时间、空间等限制，由于比较适合戏曲以歌舞表演为中心的特性，遂被吸收以表现戏剧情节和戏剧人物。

（二）唐戏弄

唐戏弄是指除纯粹的歌舞、杂伎之外，在唐代颇为流行的一种戏剧性表演。如《参军戏》、《踏谣娘》、《兰陵王》、《钵头》、《苏中郎》、《西凉伎》、《弄孔子》、《樊哙排君难》、《麦秀两岐》[3] 和其他专以科白为主的戏弄，围绕着简单的情节，通过音乐、舞蹈、演唱和科白来表达出剧中人物的感情和意志。西安出土的唐开元十一年鲜于庭诲墓，有两个头戴软巾、身穿圆领窄袖绿色长衣、腰系带、足穿长筒靴的戏弄俑，以生动的表情，具体地展现唐戏弄的表演形式[4]。而西安西枣园唐墓[5]、插秧村唐墓[6]、十里铺唐墓的戏弄俑[7] 和南京出土南唐李昪陵的十件戏弄俑[8]，更由人物的姿态、排列，提示了唐戏弄可能的演出情形（图一）。

但是，唐戏弄和宋以后的戏剧，仍有相当的差异。因为：第一，故事情节能否作为戏剧情节，还要看它在演出中，是否作为人物与人物的关联，表明某些个性生长与形成的关系而存在的。第二，那些艺术手段是否已构成戏曲形式，也还要看它们是否已综合在一起，统一地用来表现故事情节和描写性格。当然，这也并不等于说完全否定了戏曲形成之前，在歌舞艺术中所带有的戏剧因素。譬如《踏谣娘》、《胡

---

3. 诸戏弄内容、表演形式，均见任二北，《唐戏弄》。

4. 马得志、张正龄，《西安郊区三个唐墓的发掘简报》，《考古通讯》，1958 年第 1 期。

5.《陕西省出土唐俑选集》（1958 年）。

6. 同上。

7. 同上。

8.《南唐二陵发掘报告》（1957 年）。

饮酒》等，也常有表现性格或表现人物内心活动的描写，使它走向近于戏曲的道路。然而不能否认，在形成戏曲艺术之前，这种艺术描写毕竟只是一些比较简单的描写，与戏曲能刻画复杂、深刻的典型性格比起来，还有很大的距离。何况他们用以吸引观众的，着重的仍旧是歌舞技巧和伎艺。

由于我国戏曲是以歌、舞、语言等手段综合表现的，所以观众很容易为这些现象所迷惑，而忽视戏剧艺术的基本特征。这些现象都只是表象而已，关键则应自他们内在的联系去探索。有歌舞白等艺术手法，又有故事，不见得就足以证明它已经是戏曲艺术了。《跑旱船》中扮饰青、白蛇、许仙，有一定程度的故事性，也有歌舞白，却并不等于戏剧中的《白蛇传》。而《渔翁戏海蚌》的民俗表演，也不等于《廉锦枫》一剧中的探海取蚌。同理，汉代的装鱼虾狮子不能称为演员，戏剧中扮鹿、羊、水怪的角色则可称为演员。因为戏剧舞台上的虎形、羊形、鹿形等，已经不是作为一个独立的节目存在，它必须配合戏剧内容的需要，有助于人物形象的描写，因而成为戏曲综合艺术的一部分。我们并不否认兽形与百戏的渊源关系，但在承认它与百戏关系的同时，更重要的是必须看到它被戏曲艺术吸收以后，在性质上所发生的变化。否则，汉代的《东海黄公》和皮黄戏的《孙悟空闹龙宫》，又如何作性质上的区别呢？

（三）宋杂剧

从庄绰《鸡肋篇》的戏剧赛演资料[9]，《清明上河图》卷[10]所画的戏台演剧情形及观众形象（图二），《东京梦华录》中连演七天的《目连救母杂剧》[11]，显示宋杂剧绝不是十分简单的戏剧形式。

宋代历时凡三百十九年（960－1279年），在

9. 庄绰，《鸡肋篇》卷上有云：成都自上元至四月十八日，游赏几无虚辰。使宅后圃，名西园，春时纵人行乐。初开园日，酒坊两户各求优人之善者，较艺于府会。以骰子置于盒中撼之，视数多者得先，谓之“撼雷”。自旦至暮，唯杂戏一色。坐于阅武场，环庭皆府官宅看棚。棚外始作高凳，庶民男左女右，立于其上如山。每诨，一笑须筵中哄堂，众庶皆噱者，始以青红小旗，各插于垫上为记。至晚，较旗多者为胜。若上下不同笑者，不以为数也。

10.《清明上河图》，故宫博物院藏有七种不同本子，以清院本最获好评，祖本乃宋人张择端长卷。详见那志良，《清明上河图研究》（台北故宫博物院，1977年）。

这段漫长的时间里，戏剧的发展渐趋成熟，由北宋时期的“戏剧伎艺”，经宋代“散乐”的联结，跨入南宋时期的戏曲。

11.“构肆乐人自过七夕便搬目连救母杂剧，直至十五日止，观者增倍”（《东京梦华录》，卷八，“中元节”条）。

宋代杂剧百卉俱陈，主要为“科白戏”和“歌舞戏”。科白戏以诙谐滑稽见长，亦即《梦粱录》所谓的“务在滑稽”，或吕本中《童蒙训》所云“作杂剧者，打猛诨入，却打猛诨出”。它通过角色的装扮、说白，表达一定的思想，针对某个目的进行讽刺。其动作和说白，基本上也都是根据讽刺嘲笑的目的来安排的，而不是通过人物性格的刻画来进行。这种类似相声式的借喻的表演方法，尽管也捏合故事，却只能算是一种独特的艺术形式，毕竟和戏曲艺术不同。

杂剧演出的情形，可由灌园耐得翁《都城纪胜》“瓦舍众伎”条一窥端倪：

> 杂剧先做寻常熟事一段，名曰“艳段”，次做“正杂剧”，通名为两段。……“杂扮”或“杂旺”，又名“纽元子”，又名“技和”，乃杂剧之“散段”。

艳段又称焰段，可称“等客戏”，散段可称“送客戏”，最重要的还是正杂剧两段。艳段与正杂剧两段与散段，形成一完整的结构，然四者本身各为小戏，无连贯之故事情节，结构松散。杂剧的上演，亦往往夹在队舞演出的间隙中。宋时的队舞，宫廷间分成小儿队及女童队两种，唯其小儿及女童不过为清歌妙舞而设，与正杂剧之以滑稽讽戒者异趣，所以把杂剧夹入队舞之中演出，可避免单调。

宋代歌舞在艺术形式上已有相当的完整性，从歌舞艺术的特征上，可以明显地看出它与戏曲的密切关系。不同于戏曲的，是尚未以塑造人物形象为目的，而仍以表演歌舞技巧为核心。不过在歌舞的表演上，已逐渐开始形成了运用程式的舞蹈动作。如《渔父舞》的打渔，《剑器

1

图一　南京出土南唐李昪陵男女戏弄俑，采自沈从文编著,《中国古代服饰研究》(台北，龙田，1981年)。唐戏弄是指除纯粹的歌舞、杂伎之外，在唐代颇为流行的一种戏剧性表演。围绕简单的情节，通过音乐、舞蹈、演唱和科白来表达出剧中人物的感情和意志。南京出土的南唐李昪陵的十件戏弄俑，由人物的姿态、排列，提示了唐戏弄可能的演出情形。

图二 《清明上河图》所画的戏台演出情形及观众形象，显示宋杂剧绝不是十分简单的戏剧形式。

舞》的舞剑器。同时，这些动作都是经由装扮一定的人物来进行，并结合音乐伴奏和有韵律的歌唱诗词，角色本身甚至也唱出一点自己的心情，表现一定的故事情节。在整个演出形式上，已采用了上下场的形式。另外，在某些歌舞中，如《献仙桃》，还有仪仗出队的程式。这些，对戏曲艺术都有直接的影响。

当然，歌舞戏和务在滑稽的科白戏，在某种程度上已经有所结合，宋代散乐即其融合后的新面貌。隋唐所谓散乐，原指乐、舞、百戏（伎艺）三部分的民间演出，包括鼓乐乐器、歌舞戏、寻橦、跳丸等伎艺。而根据《东京梦华录》的“瓦舍众伎”条，北宋末期的散乐已独列为一门，它和筋骨、上索、杂手伎、球杖踢弄等伎艺已各自独立，也就是说北宋时的散乐，已和百戏分家，而且成为不入勾栏的路岐表演，在繁华宽阔之处作场，如《都城纪胜》云：

> 今街市有乐人，三五为队，专赶春场、看潮、赏芙蓉及酒座只应，与钱亦不多。

到了南宋，散乐和杂扮、杂剧的关系更密切，遂成为优伶的代称。如宋代南戏《宦门子弟错立身》：

> 老身幼习伶伦，生居“散乐”，曲按宫商知格调，词通大道入禅机。老身赵茜梅，如今年纪老大，只靠一女王金榜，作场为活，本是东平府人氏，如今将孩儿到河南府作场多日，今日挂了招子，不免叫出孩儿来商量明日杂剧。

在《错立身》南剧中，“散乐”王金榜一家能演唱的，有北曲杂剧、传奇（南戏）、院本及清唱应场。而元代泰定年间山西洪赵县广胜寺明应王殿壁画所绘《大行散乐忠都秀在此作场》，更有盛大的演出状况（图三）。

我们可以清楚地看到，尽管在戏曲成型之前，宋杂剧、歌舞等也存在着各种艺术表现的手法，甚至在某种程度上也有了一定的结合，但它们主要是依仗表演技术的惊人、伎艺舞姿的可观、歌喉的动听来取胜的，穿插故事主要并不是为了表现生活、描写人物，而是借故事表现技术或伎艺，使它的伎艺表演增加一些吸引力而已。直到大曲、法曲、诸宫调、词调被宋金杂剧院本所采纳，说唱艺术兴盛，表现和塑造人物形象的手法也被引进，真正的戏曲艺术就形成了，此一以歌舞表演为中心的综合艺术形式，基于戏剧内容的要求，日渐趋向完整和谐。

有了戏曲表演的一套程式，就有富于韵律节奏的念白、戏曲唱腔的套数或板别、剧本结构的特殊表现方法，以及服装扮相的规制等等。这些程式、规制与戏曲所要表现的内容，存在着既矛盾又统一的关系。没有无内容的形式，而戏曲所要表现的内容，又必须依这种形式而存在。从表面上看起来，内容似乎受到这种表现形式的约束，但是当它能做到完满表现内容的时候，却又会丰富内容，达到艺术化、典型化的要求，这就是以歌舞表演为中心的戏曲艺术形式的产生，及它能充分发展的原因。

- 体制结构

（一）南戏

南戏的形式出现于南宋初叶，又称戏文、温州杂剧或永嘉杂剧，最初原是温州一地的民间戏曲，逐渐流传至杭州等地。南渡前后，落拓的文人参与书会，编撰剧本，遂以宋词和里巷歌谣相配合，慢慢变成较繁复的戏剧形式。而宋室仓促南迁，内廷供奉的乐曲丧失殆尽，南戏一变而为贵族的宠物，在民间与官场双方面的赞赏、宣扬下，于焉大盛。

1. 出数：一场戏称为一出[12]，在《景德传灯

12. 戏的段落，或用“齣”字，谓自“齣”字衍成；或用“出”字，谓角色一出一进为一段落。按戏曲本起自民间，优伶识字不多，谓其自繁复的牛反刍之齣讹为齣，于理未当，今均以“出”为本字。

录》中，可以看到唐人已有这种说法[13]。但留传至今的宋金元剧本，都没有分折或分出，而是一出接一出地牵连下去。没有写明折出，并不就是没有折出，折出还是有的，只是没有分写的习惯而已。南戏出数长短非常自由，并没有严格的限制，传世的三本南戏全本中，《张协状元》四十出，《错立身》十出，《小孙屠》二十出。

13.《景德传灯录》卷十四：药山乃又问："闻汝解弄狮子，是否？"师（云岩）曰："是"，曰："弄得几出？"师曰："弄得六出"，曰："我亦弄得"，师曰："和尚弄得几出？"曰："我弄得一出。"

2. 题目正名：南戏开头即有题目四句，如"冲州撞府妆旦色，走南投北俏郎君。戾家行院学踏爨，宦门子弟错立身"（《错立身》）。宋金时，各种伎艺的演出，必先张贴"招子"，使观众知道表演内容的概况，一如现在的宣传海报。戏剧的招子可见于《太平乐府》卷九金杜仁杰《庄家不识勾阑》套"耍孩儿"："正打街头过，见吊个花碌碌纸榜"，《古今杂剧》录无名氏《蓝采和》一折白："昨日贴出花招儿去"，南戏《错立身》第四出："今早挂了招子"。到了明改本的戏文中，既分出又加出目，题目遂失去效用，转化为第一出副末的下场诗，明改本《琵琶记》可为例证。

3. 家门：为剧本开演以前，作者对剧情的简单介绍，有时也把作者自己的观念、抱负介绍出来，是说唱艺术的遗迹。有的剧本列为第一出，有的则标明家门大意。所用的皆是词牌，如《小孙屠》，末念两阕《满庭芳》，第一阕虚笼大意，一般多为发抒作者抱负或牢骚，第二阕则隐括剧情。

4. 曲文宾白：所用曲类不论是词牌或流行小曲，均以南曲为主，元初作品如《琵琶记》、《白兔记》则偶而用北曲只曲。没有严整的宫调，各曲的相联，仅以声调谐和为准则，用韵也没有限制，取其顺口可歌可已。各门角色均可唱，有独唱、轮唱、分唱、同唱、接唱、合唱等多种演唱方式。韵白以诗、词为主，散白则兼用骈文、散文。

（二）杂剧

杂剧之名，在宋指"务在滑稽"的科白戏，在元指以北曲构成的戏剧形式，到了明代传奇盛行之后，则专指短剧而言。本节所介绍的，是我国戏剧史上最动人心魄的元杂剧。正如南戏是由宋杂剧演化的，元杂剧是金院本的嫡派。

1. 折：演出一段落、一场戏或一段歌舞，均称为折。元刊本在一段话或一段歌舞之后，均谓“一折了”或“一折歌舞了”。目前剧本标出“第某折”的情形，不但是元刊本所无，甚至在明嘉靖时编的《杂剧十段锦》中，也尚未分折；分折的观念，可能产生在嘉靖中叶以后。

元杂剧每本必为四折，四折不足以申其意时，则加一楔子。倘若一折勉强相当于西洋戏剧的一幕，则一本四幕，倒与欧洲近代名剧作家易卜生的观点暗合。同时，交响乐的结构也以四个乐章为常例，大概是四段的结构比较紧凑，时间也较为经济。元杂剧一本四折，当然是受了宋官本杂剧的影响，虽将内容连贯，但第一折情节平淡，仅为引头，二、三折为高潮，第四折通常很短，且草草终篇，为强弩之末，在每折演完后暂停，插入杂伎表演，可以说都是官本杂剧段数留下的痕迹。

楔子放在剧首，有作为发端提头的引场作用，用在折与折间，则有过场的性质。所用的曲子只是单曲，不成套数，多为“仙吕赏花时”，或“仙吕端正好”[14]。

2. 题目正名：元剧题目正名的作用和南戏相同，便于张贴宣传“招子”，但在剧本上则移至全剧之末，由众人分念或合念，类似说唱艺术在散场时，由叙说者将故事大纲再点明一番的“打散”。

3. 曲文宾白：元杂剧每折采用同一个宫调的一套曲子，曲牌与曲牌的联结有固定的次序，不可颠倒。一套曲只押一个韵脚，不能换韵或转韵。由主角一人独唱，末唱的称为“末本”，旦唱的称为“旦本”，其余角色只能以宾白问答，这种方式，恐怕是受了大曲和诸宫调的影响，造成主角的过分劳累，并使其他角色无从表现。所用韵白为诗，散白为散文，负起推动“关目”（情节）的功能，形成“曲白相生”的特色。

14.“端正好”入仙吕，与入正宫不同，专作楔儿用。

元剧的结构，明显地影响了剧本的内容和剧情的安排，其中最特殊的一点，当然是一人主唱的规律。所谓一人主唱，是指在同一剧本中，演唱者或为正旦、或为正末，不过正旦或正末在一剧中，可扮饰不同的人物。如《薛仁贵》为末本，正末在楔子、第二折、第四折扮饰孛老薛父，第一折扮饰杜如诲，第三折扮饰伴哥。剧中人物可以不同，担任这些人物的演员正末，必须以不同面貌出现，主唱全剧。在这种情形下，居元剧大宗的“公案剧”，安排角色时受到掣肘，关目情节不得不作适度的调节，如正末往往在前一、二折扮演被冤屈的苦主，到第三、四折，则扮演替苦主伸冤的清官或好人。例：

盆儿鬼：正末（一）扬国用，（二）窑神，（三）张懒古。

神奴儿：正末（一）李德仁，（楔）（二）（三）院公，（四）包待制。

勘头巾：正末（一）（楔）刘平，（二）（三）（四）张鼎。

魔合罗：正末（楔）（一）（二）李德昌，（三）（四）张鼎。

全剧的前半，若不将剧力集中在苦主身上，则造成的冤狱势必无法动人；而清官的戏份如果不够重，又无法有效地呈现平反冤情的曲折过程，只好由正末分饰两个或三个人物。但当正末去扮演仗义的好人或清官时，苦主既不再由正末担任，又不能以其他演员扮演（一个演员可以扮演几个人物，一个人物却没有以两个演员相继扮饰的例子），换句话说，苦主无法再度出现在舞台上，只好安排他在剧中前半场被杀害的情节。

再以《窦娥冤》为例，窦娥在第四折以“魂旦”的方式出现，诉冤平反，不论认定这是削弱剧力的补偿作用，或是人心渴望的圆满，都应该考虑这种结局，其实是受结构限制的必然结果。正旦扮演的窦娥在第三折法场被杀后，全剧找不出另一个可以由正旦扮饰的角色，第四折又必须唱完，只好让窦娥以鬼魂的姿态，充当第四折的主角。如果考虑到这一点，就可了解本剧的结局作如此的安排，也是不得不然的。

在此，我们不妨重新审视《汉宫秋》、《梧桐雨》两剧。王昭君和杨贵妃在剧情发展中必须身亡，而这两个故事里，又没有地位相当的女子，可以在她们死后权充主角。让她们化为鬼魂出现，在剧情上又太过牵强，因此剧作家只好放弃以正旦为主角的构想，改作末本。虽使王、杨二人形同木偶，聊充点缀，却可借汉元帝、唐明皇贯串全剧，待第三折王、杨身死之后，正末于第四折毫无剧情的情况下，仍能经由歌唱，咏叹内心的凄寂和两位帝王对刻骨铭心的深情，那一种无可奈何的依恋和执着。就场面而言，或许略嫌冷清，可是借雁、借雨抒情，正是作者极力铺写的得意之笔。而且这两折的声腔音调，想必婉约动听，观众到剧场去，恐怕正为欣赏演员的歌唱技巧，这种情形，由皮黄戏的《捉放曹》、《文昭关》、《白蛇传·祭塔》、《孙尚香祭江》等戏，尚可窥见一斑。在剧情结束之后，安排大段的唱腔，对观众而言，是最高的听觉享受，绝不是单看剧本所显示的冗长拖沓。

此外，像雄姿英发的吕布、粗犷豪迈的李逵，由于一人主唱规律的限制，都由带着三绺黑髯的正末扮演，不得不增添些许稳健、儒雅的气度，这或许是熟悉目前的吕布、李逵造型的人们，所难以想象的吧。

从戏曲艺术的原则来看，不可否认元杂剧仍存在着不少缺陷，特别是在以歌舞表演为中心的综合性上，有相当大的缺点。元杂剧一人主唱，在主唱与说白中，还保留很多剧中人以第三人称的地位来介绍、描绘人物的形式。用歌唱来表现人物，也有不足之处。同时，从剧本的编写方法上看，它偏重的只是歌唱，此外，动作表演与歌唱也未能达到相辅相成的功效，因此，戏曲艺术形式在走向更加完整的过程中，元杂剧也就日趋没落了。

北杂剧是北曲戏剧，南戏则为南曲戏剧，二者交流之后，仍以南曲为主的，即是传奇。介于传奇与北杂剧之间的，则为南杂剧。

南杂剧篇幅长短近于北杂剧，搬演规律与舞台艺术，则近于传奇。明万历年间，王骥德在《曲律》一书中提到他自己的作品，多为四折，且为南曲，其友吕天成认为这就是南杂剧的发端。

南杂剧若纯用北曲，均在四折以下，多半为一二折，因较北杂剧的四折短，又称“短剧”。若纯用南曲，或南北曲混用，则均不超过十一折。明祁彪佳《远山堂剧品》，就将十二折以上的作品，归入传奇。

短剧的产生，是为了应付酒筵歌席的清酌小唱。明代以后戏剧流入文人手中，内容趋向典雅，离开了庶民舞台，成为陶写性灵、寄托怀抱之作，演出场地多为华堂盛筵之前。而中国戏剧篇幅太长，并非出出可观，故或摘取一段搬演，或另觅新途，创作场面小、文字典雅、曲文繁多的短剧，以欣赏音乐舞蹈之美。

（三）传奇

明传奇为宋元南戏的嫡派，体制结构、表演艺术，均与南戏相似，虽然不免接受北杂剧的影响，如参用北曲、南北合套，采取北剧排场等，不过，整个戏剧形式是南戏系统的。当然，二者之间也略有差异：

1. 分出：南戏原不分出，也没有出目，至传奇则分出标目，出目除《东郭记》摘用《孟子》语句，字数不一外，其余则或四字或两字，为一出内容纲领。

2. 题目正名：传奇将题目正名略去，转为第一出家门副末（或末）之下场诗，或新创、或集句。偶然也有省略的情形出现，并不一定每出都有。

3. 家门：由末或副末主持开场，和南戏一样以两支曲子虚笼大意、发抒怀抱，而念完下场诗后，则照例与场面（伴奏人员）或幕后演员“问答”：“请问后房子弟，今日搬演那本传奇”“某某记”“话犹未了，看某某（剧中男主角）已远远来了”。

真正开场为第二出，第一个出场的必是正生，以正生冲场（第一位出场）的规律，除了李笠翁曾以丑冲场特意创新外，一直被遵循着。

4. 曲文宾白：虽说“生旦有生旦之曲，净丑有净丑之腔”，但传奇经文人铺叙，典雅华丽，连院公丫头，出口亦为骈四俪六之文，失去南戏起于民间，朴实自然的特色。传奇唱法与南戏相同，所唱之曲长套、细曲、集曲增多，用韵亦较谨严。

由于唱腔流丽悠远、清柔婉折，每剧又必须以一生一旦为主角，题材遂被局限在才子佳人的深情蜜意中。即使要写兴亡悲感之事，也只能以生旦为主纲，而将历史事迹强为铺叙。以《浣纱记》、《长生殿》、《桃花扇》三剧为例，写的是吴越争霸、唐朝兴衰、明室覆亡的大事，却不得不以范蠡西施、唐明皇杨贵妃、侯朝宗李香君之间的“情”，作为主题所在。一般剧论家都解释为梁辰渔等三位作者，着眼处与众不同，超越流俗。话虽不错，事实上，又何尝不是受到角色安排的限制，不得不尔的结果。假如剧作家不甘受此限制，而想由其他角度来观照全剧的话，则往往产生头绪纷繁，主配角轻重失次的现象。如《浣纱记》，就因伍子胥的分量过重，导致全剧枝节过多，而备受批评。此外像《千金记》、《金印记》、《宝剑记》，不得不为韩信、苏秦、林冲的妻子安排较多剧幅，也是受传奇必须以一生一旦担纲的限制。

戏曲表演艺术

我国戏曲艺术的基本表现形式是歌舞，亦即综合了各种艺术因素，通过歌、舞来刻画人物，表达人物的思想。所谓歌，包括唱腔和说白。舞则包括演员的全部肢体动作，通常称为“做”，由于我国戏曲演员的表演，即使是一个细微的、接近生活的动作，也多是经过夸张、富有节奏感的舞蹈化动作，因而也可统称为舞。构成歌舞，必须配合情感和时、空的条件。不具有一定的情感内容，是唱不起来、舞不起来的；同时，唱和舞也需要一定的时、空，才能表演和发挥。因此，戏里就将要表现的重点放在歌舞的表演上，使之尽量发挥。而那些次要的部分就力求简洁，以便歌舞的表演能凸显出来，这就使得戏曲艺术在结构上需要高度的集中。

人在情绪激动的时候、最高兴或最痛苦、最愤怒的时候，说话的声音就会增大，动作也较强烈，说话和动作的节奏，自然也更加鲜明，而歌和舞正是在这种基础上产生，经过提炼、夸张而形成。因此歌舞所表现的感情，是更加提炼、集中、激动的感情，而不是一般平静无事，不喜亦不悲的感情，所以说歌、舞应当是诗的感情，而不是散文的感情。

歌和舞的本身，既是从生活中经过高度的提炼、加工而形成的，因而他们必然和生活中自然形态的声音、形象有一定的距离。既然是歌，就不可能和日常的说话一样；既然是舞，也不可能和日常的动作一样。它们既要表现人们的激动情感，表现人们的精神面貌，就需要赋予一定的旋律、声韵、节奏、塑形之美，而且需要有一定的格律、规范，而不能像生活中的语音、动作那般自由。同时，这种经过提炼、集中和夸张而形成的歌和舞，较之生活中自然形态的语言、动作需要占用更多的时间和空间。因而，它一方面要求舞台时空的最少限制，另一方面则要求所表现的人物集中、线索分明、情节精练、矛盾尖锐。要求在最尖锐的矛盾中，在人物思想感情最激动的时候，去表现人物和生活，而不适于表现那些过分繁琐的生活细节和繁冗反复的说理。

（一）歌唱

戏曲的唱腔，从表演的形式来说，最主要的、应用得最多的是演员的独唱。独唱又可因其表达的性质分为独白形式和旁白形式两类，此外还有对唱、齐唱和衬托演员的齐唱帮腔。

由于戏曲中常以独唱来刻画人物、表现主题，所以一出戏里角色大段的独唱，往往就成为戏中最感人的精华或高潮部分。当一个人将自己思想深处的东西毫无顾忌地倾吐出来，就能更自由地诉说自己的衷情，深刻而直接地表露内心的世界、人间的纠葛。而这种自我表白的特殊手法和虚拟的动作表演、舞台的分场形式、时间、空间的自由处理相结合，遂能在戏剧的布局上，将重要的戏剧冲突场面，在舞台上直接表现出来。

各种戏曲唱腔，由于旋律和节奏的不同，形成了各种不同的表现方法。有些唱腔，我们称它为“抒情体”唱腔，腔多字少，节奏较严谨，音乐要素强于语言要素，多半用在角色自思自叹、触景生情时，以抒发人物内心深刻的情感。两个人对唱，通常不用抒情体的唱腔，但有时对话并非叙述一般事物，而是情感的交流时，也用抒情体的唱腔，偶尔也将民歌借用为抒情体唱腔。另一些唱腔，我们称它为“叙事体”唱腔，字多腔少，突出语言因素，旋律和节奏比较灵活自由，配合着唱词的自然音调，并根据唱词和情绪作种种变化，多半用于角色个人或彼此之间叙述事物之时。

不过，应用抒情体唱腔或叙事体唱腔，并不是以独唱或对唱来分别，而是以内容为依据。有时长段的独唱，由于前后表达的内容不一样，有的地方用叙事体，有的地方用抒情体。尤其我国各剧种都是以一些固定的腔调，来表现各种不同的戏剧情节和不同的人物情感。由于需要各异，唱腔的变化很大。除了少数唱腔只固定地表现一种情感内容外，大部分的唱腔，既用来抒发情感，又用来叙事。传统戏曲的歌唱多属抒情，叙事的成分较少。当演员作抒情演唱时，事实上也掌握了抒情传统的特色，时间和空间在某一定点凝结，剧情的发展完全停顿，演唱者从时间之流里跳出，明显地打破时间的界限，造成空间性的艺术。剧中人物只抓住当下的一瞬，将之变成永恒，因此往往不易理解。如汤显祖《牡丹亭》“惊梦”一出，当杜丽娘唱出很抒情的“皂罗袍”:“原来姹紫嫣红开遍，似这般都付与断井颓垣。良辰美景奈何天，赏心乐事谁家院……”，以至“尾声”:“……倒不如兴尽回家闲过遣”，观众实在无法明白，她的哀怨之情究竟从何而起？直到她唱出：

没乱里春情难遣，蓦地里怀人幽怨。则为俺生小婵娟，拣名门一例一例里神仙眷。甚良缘，把青春抛的远！俺的睡情谁见？则索因循腼腆。想幽梦谁边？和春光暗流转。迁延，这衷怀那处言！淹煎，泼残生除问天。(《山坡羊》)

这支曲子，才说出她藏在内心最深处的伤感。

戏曲的唱腔，是语言与音乐的结合。作为唱腔的唱词，已不是普通的语言，也不是散文，而已提升到“诗”的层次。所谓诗，不仅只是有韵的文字，不仅在内容和形式上要集中简练，而且还应该表达深邃的情感内容。音乐也一样，平凡琐碎的东西，是不能激发音乐的感情的。硬要把没有深刻感情的普通对话，改成有韵脚的文字来唱，也是唱不出感情来的。这也就是戏曲表演中有些地方唱，有些地方说白的主要原因。

唱多半用于表现人物内心充满激情之时，或者用来渲染动人的情景，是故事情节中感情的关键，而不是作为普通事物的交代。所以戏曲要适当地发挥、运用唱，并不是多唱就算好，而是要根据表达情感的需要来安排。

（二）说白

戏曲的表演既以歌舞为主，为了要突出歌和舞的部分，为了要达到更完美的音乐布局，在戏剧结构上，便根据情节运用了唱与说白相间的处理方式。有些地方唱，有些地方说白，而那些说白就和唱形成了对比，使唱的场面能集中地、完整地发挥效用。当然，韵白和散白（或称本白、便白）都要符合集中简练的原则，过于冗长的对话，往往会破坏整出戏音乐结构的完整。

说白和唱，不但表达的情感深度不一样，节奏也不同。有时在歌唱中间出现夹白，这些夹白每每比唱腔还突出，这种突出的效果，正是由于唱、白语言节奏不同的对比所产生的。说白比较接近日常语言，运用起来也较自由，格律不像唱词那么严格，更便于表达各种深邃的思想和复杂的事物。因而它更适于论辩、说理、交代细致的情节和思想。当戏剧冲突处于很尖锐的场面，或人物情绪十分激动的时候，往往弃唱不用，反而以有力的说白来表现。

说白的语言比较自由，句子可长可短，字数可多可少，甚至在某种特定的情境下，角色只用一两个字，或“哼”、“唉”一声，就可表现当时的心情，并影响其他角色，引起其他角色的反应。因而念白便于通过细致的情节，简短的对话，迅速表现角色思想感情的变化，及角色与角色间思想的交流。

歌唱唱词本身，格律较严，且须有乐队伴奏，而急速发展着的思想变化，往往未能形成集中的、较稳定的情感，不适于用歌唱来表现，所以戏曲中的对话问答，交代情节，多半采用说白表达。

（三）舞蹈

我国戏曲的表演艺术，是在“空”的舞台上发展形成的，借重于观众想象力的配合，把舞蹈发展成不只是抒发情感、表现性格，而且还表现人在各种不同地势、气候、室内环境、交通工具上的特殊动作，经由这些动作呈现剧中人物的心情、性格、思想，完成舞台形象的塑造。这种表演方式经过长久的发展，已经形成一套丰富而完整的表演艺术体系。

舞蹈的基本动作源自生活，却不仅只从生活来创造，还大量继承了古代民间和宫廷舞蹈的表演传统。譬如戏服的水袖，似乎是没有多少生活根据的，但从汉唐舞俑形象中，可以看出所有的舞者，都必定是长袖的。以马鞭代马来自“竹马”，以桨代船来自“跑旱船”，蚌形来自民间歌舞《渔翁戏海蚌》，《小放牛》、《打花鼓》等戏，更接收了全套的民间舞蹈。传统舞蹈被用来塑造人物的外部形象后，原为独立艺术的歌舞表演技术，遂逐渐戏剧化了。此外，戏剧表演也从武术杂技中吸收把子、毯子功和一些特殊技术，或直接采用生活中的动作，加工改造，如开门关门、上楼下楼等。

舞蹈是造型艺术，除了长于表现激动的情感外，还适于表现行进着、操作着、活动着的人物，而比较不适于表现静止在一个固定环境的人物。皮黄戏《萧何月下追韩信》和《徐策跑城》，都有大段舞蹈，一个是急于追赶已经逃走的良才贤士，一个是听说忠臣有后，报仇有望而急于上朝面君，都是情绪激动，又是处于急速的行路中。如果把这两出戏中“追”和“跑”的情节去掉，舞蹈就无能为力，也无法突出而深刻地表现出角色当时的情绪。再如昆曲《林冲夜奔》，林冲在全剧中都是且歌且舞的，上场即唱“点绛唇”，然后念诗。在行路时，曾唱“新水令”、“驻马听”、“折桂令”、“雁儿落”、“得胜令”、“沽美酒”、“太平令”、“收江南”、“煞尾”等曲牌。这些曲牌都是在匆忙赶路时所唱，每一字每一句都有身段，而这些歌唱和舞蹈，正是表现林冲被逼，奔赴梁山时的满腔愤怒和思念父母妻儿的复杂心情的。

至于戏曲中的武打戏，由于战争本身就是剧烈的冲突，人的情绪处于最紧张的状态，加上你一枪我一刀的连续动作，正适合以舞蹈表现。这种舞蹈多是从古代战争的实际形象及民间武术、技艺的基础上，提炼加工而成的。

当然，舞蹈也并不是只用在行路或作战中，就算在室内固定环境里，只要人物思想、感情处在急烈的冲突中，不论进行着什么操作，或未进行操作，都可以手舞足蹈起来。同时，将更多的日常生活的动作经过提炼、夸张，使之成为舞蹈化的戏曲动作，以提高其表现力，并和那些抒情的舞蹈动作相结合，不仅可以表现人们激动的情绪和行进（如骑马、乘船、步行）、操作（如砍柴、备马）等活动，而且可以表现人们较平静的心情，和较细微的生活情节。如出门进门、上马下马、上轿下轿、跪、拜、饮酒、喝茶、看信、看书等等，都能加以舞蹈化。特别是角色一些连续的操作、活动和那些容易由外在形象传达的心理活动，都可以用舞蹈化的动作加以表现，甚至可提炼成整套的舞蹈动作。

（四）伴奏

我国戏曲中的乐队，负有特殊的任务，它可以根据剧情的发展，创造戏剧气氛，也可以运用音乐使全剧的情绪贯串下去，特别在演员歌唱、说白和动作的伴奏上，发挥的作用更大。

我国戏曲舞台艺术各部分的结合，是以演员为核心而形成的。也只有演员，才能把视觉艺术和听觉艺术综合在一起。西洋歌剧中，指挥和乐队人员都看着固定的曲谱演奏，演员也依一定的曲谱歌唱。我国戏曲演出时，鼓师（俗称打鼓佬）却必须时刻注意演员，以控制伴奏乐曲的节奏。虽然大家也都有固定的路子，但演员的机动性较大，他歌唱和动作的快慢，有相当的伸缩性，根据演出的需要和演员当时的具体条件，随时可能有细微的变动，鼓师必须跟着他走。有时演员嗓子不好，可以少唱两句。甚至在什么地方开什么板，在什么地方打住，有时也由演员决定，这种自由，实际上也形成了规矩。

各种乐器的声音不同，性能也不同，各有其适用的范围。不同角色不同情绪，需用不同的乐器、不同的曲牌，如旦角多用小锣伴奏，武生花脸则多用大锣。戏曲中的管弦乐，节奏非常鲜明，常和打击乐结合使用，共同为演员的表演伴奏。打击乐没有旋律，但音响效果强烈，节奏性很强，因而和演员富有节奏感的舞蹈化动作，很容易结合。演员的一举一动都和乐队有密切关联，这种音乐和形象的结合，最能突出人物的情绪，通过人们的视觉听觉，同时影响观众，给人强烈、统一的感染。如一名武将在比较紧急的情况下出场，如果不用“急急风”或“快长锤”，而改打小锣，角色就无法显示其英雄气慨和紧张情绪。同样的，天真活泼的小姑娘愉快的上场，若以“乱锤”伴奏，她也就没法表演了。再如《拾玉镯》一戏，孙玉姣做针线时，弦乐伴奏“海青歌”来烘托当时悠闲、轻松的心情；等她用手搓线时，音乐转成“花梆子”，音乐的节奏和演员的动作紧密结合，特别是孙玉姣以牙齿咬线，胡琴发出“嘣、嘣”的声音来配合，孙玉姣以手挪线，又配上“嗤嗤”的声音。本来演员手中并没有拿线，而乐队的适当音效，却给了观众真实感。《霸王别姬》的舞剑，也是借着胡琴和堂鼓的合奏，达到视听俱佳之妙境。管弦乐和打击乐的结合使用，是乐队伴奏性能的提高和发展。

（五）乐制

戏曲的文辞和实际歌唱，可分为诗赞（攒）系和词曲系两大类。诗赞系一类源出唐代俗讲的偈赞词，在讲唱文学中应用较广。以七言或十言的整齐句式攒聚而成，故又称“诗攒”。起于民间的地方小戏，多采诗赞系唱法，两句为一组，逐句押韵，上句仄韵，下句平韵。如皮黄戏《坐宫》：“杨延辉坐宫院自思自叹，想起了当年事好不惨然”，《珠帘寨》：“一见珠宝帐前摆，不由克用笑颜开。上有蟒袍和玉带，凤冠头上插金钗”。

词曲系则由一连串乐曲连贯而成，每首乐曲有不同乐调，句式由乐调（曲牌）决定，通常是长短句。词曲系一类是我国古典戏曲音乐的主流。最早的源头，应该是乐府诗，分为：

1. 艳：华丽而短暂。

2. 解：若干段。

3. 趋（乱）。

其次则为唐宋大曲，乃首尾完备而变化繁复的舞曲。计分：

1. 散序：散板，可至六段。

2. 排遍：开始有拍。又分：

a 歌头（引歌）：慢板。

b 中序：可反复多遍。一至八遍，音乐互不衔接，各自独立，为编排式，又称拍序或叠遍。其形式为一个主题在曲调和节奏方面，作不同的变化，也就是我国古代所产生的“主题与变奏曲”形式。第九遍又称延遍、带花遍，音乐有大幅度的变化。第十遍又称擷遍、花十八遍，由名称就可了解其变化之多样性。

3. 入破：此时舞者入场，节奏由慢板转中板、快板。分为 a 入破第一。b 虚催。c 前衮（衮遍）。d 实催（催拍）。e 中衮（衮遍）。f 歇拍。g 煞衮（彻）。

套曲则采用大曲“歌头”“中序”“入破”三个部分，形成：

1. 首曲。

2. 正曲：多寡不定。

3. 尾曲：一至九支。

曲子的连接，采取“联缀式”，每一套曲押同一韵部，且属同一宫调。

宫调是十二律吕和七音，以“旋宫”之法配合而成。十二律吕为：

六律：黄钟、太簇、姑冼、蕤宾、夷则、无射。

六吕：林钟、南吕、应钟、大吕、夹钟、中吕。

七音为：

宫、商、角、变徵、徵、羽、变宫。

旋宫之后，共得八十四宫调，淘汰散佚，至唐存二十八宫调，元杂剧仅用十九宫调，南曲复减为十七宫调，而实际常用的，不过九宫而已。每一宫调，亦各有其“声情”。目前所存，讨论宫调声情的最早资料，为元代芝庵《唱论》，其中所论各调声情如下：

仙吕宫：清新绵邈。

南吕宫：感叹悲伤。

中吕宫：高下闪赚。

黄钟宫：富贵缠绵。

正宫：惆怅雄壮。

道宫：飘逸清幽。

大石调：风流蕴藉。

小石调：旖旎妩媚。

高平调：条畅滉漾。

般涉调：拾掇坑堑。

歇指调：急并虚歇。

商角调：悲伤婉转。

双调：健捷激袅。

商调：凄怆怨慕。

角调：呜咽悠扬。

宫调：典雅沉重。

越调：陶写冷笑。

在戏曲音乐的运用上，最重要的原则，是“声情”与“辞情”相配合，避免以悲痛哀伤之曲，写潇洒玩乐之词。若能运用得宜，紧密配合，曲调自然产生烘托剧情、渲染气氛的效果。

剧场与服饰

- 戏场

我国戏曲源自歌舞百戏，最早的表演场所，即百戏之场，以表演者为中心，演出场所居中，四周设置观众座位，如张衡《西京赋》所谓：

> 临迥望之广场，程角抵之妙戏。

而由《隋书·柳彧传》所载炀帝大业二年盛陈百戏之场面：

> 于端午门外，建国门内，绵亘八里，列为戏场。百官起棚夹路，从昏至旦以纵观，至晦而罢。

及隋薛道衡《戏场转韵诗》：

> ……万方皆集会，百戏尽来前；临衢车不绝，夹道阁相连……佳丽俨成行，相携入戏场……。

可以推知当时剧场的形式已逐渐成型。

唐代歌舞，故事情节较明显，崔令钦《教坊记》论“踏谣娘”有“徐步入场”句，剧场或已初具规模。宋元则已有固定演出场所，或称“勾栏”，或称“瓦肆”，或称“行院”，观众须出钱买座，逐渐形成正式的剧场。将表演的场子设于一面，观众的座位与场子相对而设。

戏剧本起于祀神仪式，所以神庙可以说是最普遍的剧场了。神庙的建筑，照例会在正殿的对面设有一座戏台，戏台与正殿之间，必有一大片容纳看戏观众的广场。此外尚有私人建造以备家宴，或内廷专造的舞台，形制都和神庙舞台相同。

神庙舞台就是我国剧场形式的典型，共分为舞台、客座、戏房（今称后台）。舞台为方形，前、左、右三面面对观众，后方以墙壁或帷幕（梨园行称此帷幕为“守旧”），与后台分开，舞台左右两侧各留一门，作为剧中角色出入的门户，称为上下场门，上场门又称出将，或白虎，下场门又称入相，或青龙。舞台形式约可分为以下四种：

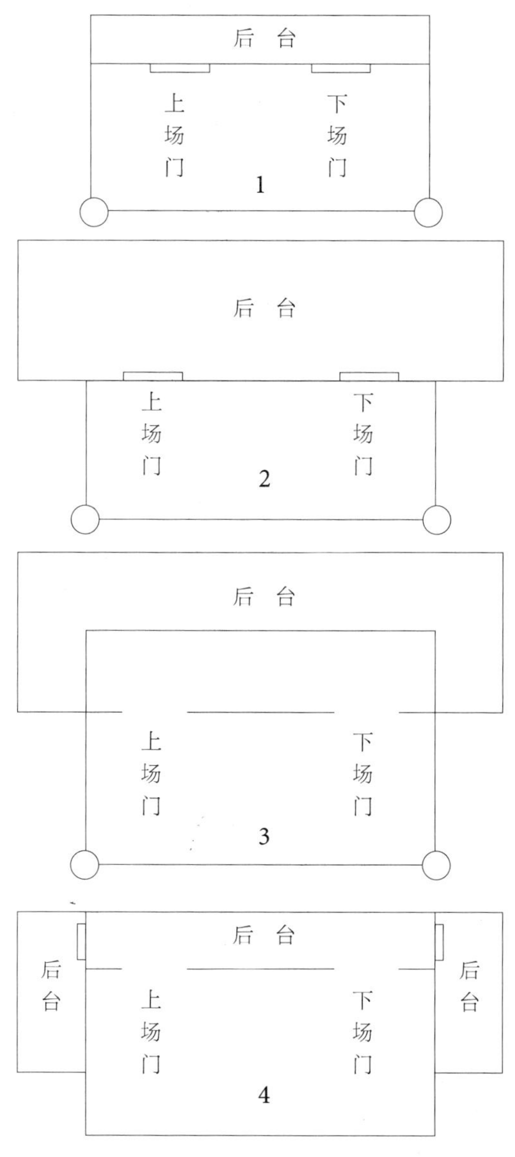

一般人最熟悉的古代戏台，是宋人张择端在《清明上河图》所绘临时搭建的戏棚。事实上，就目前所知，还有许多古代戏台遗址。兹按时代先后，摘述如下：

1. 目前所知最早的一个戏台，是山西万泉桥上村后土庙的戏台遗址。有些学者认为该庙山门过漏处，就是遗址所在。从该庙献殿大宋天禧（真宗）四年五月十五日所立碑阴第三层刻有“修舞亭都维那头李廷训”等字样来看，至迟在1020年，我国已有戏台了。

2. 陕西东部朝邑县西原东岳庙，有座古老的戏台。若与该庙同时建立的话，则是徽宗政和年间，也就是1117年。徽宗政和五年（1115年）金国称号，至徽宗宣和七年（1125年）辽国灭亡间，辽金时代的戏台，在北京琉璃渠附近也发现过一个，这两座戏台的图，均见于当时的北平国剧陈列馆。

3. 山西《洪洞志》提到该县伊壁村东岳庙，有“金泰定八年（1163年）重修露台碑”。露台即上无顶盖的露天台子，既可演戏，也可表演任何杂伎。

4. 山西平阳（临汾）东亢村圣母祠，有金代戏台。碑阴有“大金兴定二年（1218年）……”字样，元至治二年（1322年）曾重修过一次。

5.《中州金石目》上，载《昭济侯献殿舞亭记》，有至正二年（1266年）题记，至大三年（1310年）曾重修。

6. 山西万泉太赵村后土庙，有“至元八年”（1272年）舞台一座。

以上所谈的，是元朝建号（即至元八年忽必烈宣布大元国号）以前的戏台。已经发现的元代戏台，当然也很多。若以这些戏台遗址为基础，再参照在山西侯马市西郊发现的金代（金卫绍王大安二年，1210年）董氏兄弟墓葬中，砖砌舞台及五件泥塑彩绘戏俑[15]和山西洪赵县广胜寺明应王殿，元代泰定元年（1324年）《大行散乐忠都秀在此作场》的戏剧壁画，可以看出戏曲

15. 见刘念兹，《中国戏曲舞台艺术在13世纪初叶已经形成——金代侯马董墓舞台调查报告》。

舞台艺术在13世纪初叶已经形成，并已深入民间，广泛流传了。

- 服饰

戏曲演出时，观众通过角色的装扮，来认识剧中人物，因此人物形象的塑造，不仅表明剧中人物的身份、性别和年龄，而且有助于人物性格的刻画，冠服的穿戴，遂有其一定规制。

我国戏曲是在歌舞伎艺的基础上发展形成的，在戏剧正式形成之前，有一段漫长的歌舞百戏时期，这段时期扮演人的服饰化装，可以从信阳长台关战国大墓出土的锦瑟漆画古代歌舞人形（图四）、洛阳金村韩墓出土的战国长袖曲裾衣舞女玉雕（图五），及汉代石刻壁画、铜镜、汉墓牙玉舞俑（图六、图七），找到具体的形象。而“长袖善舞”正是当时歌舞服装的特点。

随着歌舞百戏的发展，倡优穿上日常服装，扮演人物故事。隋代四方散乐，大集东都：

> 伎人皆衣锦绣缯彩，其歌舞者多为妇人服，鸣环佩，饰以花毦者殆三万人。（《隋书·音乐志》）

唐代的歌舞中，《兰陵王》的装扮是戴面具、衣紫、腰金、执鞭。《拨头》是被发、素衣、面作啼。《苏中郎》是着绯、戴帽，面正赤（以上见《乐府杂录》）。《秦王破阵乐》是披银甲、执戟（《唐书·礼乐志》）。而女优扮假官穿绿衣、秉简（《因话录》）。优人李可及演滑稽戏时，是儒服险巾、褒衣博带（《唐阙史》）。此外，从敦煌壁画《张义潮出行图》（图八），可以看出舞者衣服颜色不一，头上缠锦带、袖筒窄长，裤子或白或花。《宋国夫人出行图》中，女性舞者挽高髻，穿着各种颜色的长袖窄衣，系锦裙，肩上披着彩绸。这些人物的装扮模仿当时的日常服饰，并配合表演的需要，加以美化。

另外还有一些不属于日常生活服饰的，如《光圣舞》，舞者八十

图三 元代杂剧人和奏乐人戏装，采自沈从文编著，《中国古代服饰研究》。元代泰定年间山西洪赵县广胜寺明应王殿壁画所绘《大行散乐忠都秀在此作场》，展示了盛大的演出情形。

图四 战国大墓出土锦瑟漆画古代歌舞人形，采自沈从文编著，《中国古代服饰研究》。我国戏曲是在歌舞伎艺的基础上发展形成的，在戏剧正式形成之前，有一段漫长的歌舞百戏时期，这段时期扮演人的服饰化妆，便可在此图中找到具体的形象。

图五 洛阳金村韩墓出土的战国长袖曲裾衣舞女玉雕。

图六 上左及上中，汉代长袖衣舞女彩绘陶俑；上右及下，汉代铜镜上舞女纹饰。采自沈从文编著，《中国古代服饰研究》。从中可以看出“长袖善舞”正是当时歌舞服装的特点。

人，戴鸟冠，着五彩画衣。《景云舞》，舞者八人，戴绿云冠，花锦为袍，五绫为袴，着黑皮靴(《文献通考》)。《柘枝舞》舞者穿红罗衣，戴花帽，系长裙(王建《宫词》)。《霓裳羽衣舞》舞者穿戴着虹裳，霞帔、步摇冠，装饰着钿瓔、玉佩(白居易《霓裳羽衣舞歌》)。这些装扮与舞蹈动作结合，形象和姿态极其绮丽动人。

宋代歌舞杂戏的服装，更是绚丽多彩。柘枝舞、采莲舞、花舞、剑舞、渔父舞，及小儿队舞、女童队舞等，都继承了唐代大曲的装扮，并且在式样、色彩、花纹上极力翻新。如王珪《宫词》：

> 内库从头赐舞衣，一番时样一番宜。才人特地新妆束，五彩春衫画折枝。
>
> 翠钿帖压轻如笑，玉凤雕钗袅欲飞。拂晓贺春皇帝阁，彩衣金胜近龙衣。

宋徽宗《宫词》：

> 对御分排紫锦班，内家新样挽云鬟，中官宣试霓裳舞，红袖翩翩飞燕般。

都是具体的描写，而当时的队舞服装，在《宋史·乐志》中，也有详细的记载，如：

> 队舞之制……一曰柘枝队，衣五色绣罗宽袍，戴胡帽，系银带……五曰诨臣万岁乐队，衣紫绯绿罗宽衫，诨裹，簇花帽头……

流传韩国的《乐学轨范》和《进馔仪轨》中，收有剑器舞、佳人剪牡丹、菩萨献香花、抛球乐等图像，提供了研究唐宋时代歌舞表演、音乐、服装、砌末的珍贵形象资料。

至于宋代民间歌舞小戏的服装，像《扑蝴蝶》、男女《竹马》、《跑旱船》等，虽无图像可查，但从《武林旧事》所载："首饰衣服，相矜侈靡，珠翠锦绮，眩耀华丽"的描述，也可想见其一斑。而百戏杂爨，装神扮鬼，颇多奇异服饰，如假面被发、着青、帖金花、短后之衣、帖金皂袴、跣足，谓之"抱锣"。面涂青碌、戴面具金睛、饰以豹皮、锦绣看带之类，谓之"硬鬼"（《东京梦华录》）。这些化装，自应直接影响到杂剧十二科中的"神头鬼面"一类。

此外，《鄮峰真隐大曲》剑舞一曲，扮演两个不同朝代的故事。前一段表演鸿门赴宴，有两人汉装出场，后段表演公孙大娘舞剑器，有两人唐装出场。古代歌舞剧扮演历史故事，其服装是否都配合朝代，因史料不足，难以稽考，但院本杂剧扮演前朝人物，自必穿着前朝衣冠，这是可以想象的。同时，当时的诸杂剧大小院本，很多是属于民间的生活小戏，服装穿戴也必模仿当时的服色。不过勾栏作场，在服装化妆上，必须加以夸张和美化，以别于日常生活的服饰。宋代画家苏汉臣《五瑞图》中五个角色的衣装服饰，都具有相当的夸张意味，而宋人《演剧图》（图九）中两个角色的装扮，衣装服饰的夸张意味，更是明显。

元杂剧继承了宋金杂剧院本的成就，角色的冠服穿戴，也经过不断的补充。什么样的人物该穿什么戴什么，已有详细的规定。明王骥德《曲律》云：

> 尝见元剧本，有于卷前列所用部色名目，并署其冠服器械曰：某人冠某冠、服某衣、执某器最详。然其所谓冠服器械各色，今皆不可复识矣。

附有"穿关"（角色扎扮）的元杂剧演出本，目前仅存《也是园古今杂剧》（脉望馆抄校本），由其中记载的穿关，和元剧曲白所描述的人物穿戴相印证，可以略窥四五百年以前戏曲角色的衣冠服饰。此外，从元代乐舞

7

图七 1，南昌东郊西汉墓象牙饰舞人；2，北京大葆台西汉墓玉舞人；3、4、5，铜山西汉崖墓玉片舞人；6、7，玉舞人；8，武威磨咀子汉墓漆樽图案舞蹈部分。采自沈从文编著，《中国古代服饰研究》。

图八 敦煌一五六窟晚唐壁画中的甲士、团衫骑士和舞乐仪仗队，采自沈从文编著，《中国古代服饰研究》。此敦煌壁画名为《张义潮出行图》，从中可以看出，舞者衣服颜色不一，头上缠锦带、袖筒窄长，裤子或白或花。

图九 宋人《杂剧人物图》中卖药郎中及市民角色的装扮，采自沈从文编著，《中国古代服饰研究》。勾栏作场，在服装与化妆上，必须加以夸张和美化，以别于日常生活的服饰。图中两个角色的衣装服饰，夸张意味更是明显。

的扎扮，也可寻得元剧角色扎扮的线索。金董墓戏台和元代明应王殿元剧壁画的发现，更使我们可以具体看到金元戏曲的演出面貌。

戏曲服装是在历代演出剧目不断丰富的情况下，累积起来的。其中有些属于古代的歌舞服装（如舞衣、采莲衣、采莲裙等），但绝大部分是根据历代服装仿制，不断地加以夸张和美化。明代戏曲服装有了更完备的规律，据《孤本元明杂剧》（商务排印脉望馆抄校本及藏本）八十种穿关中，人物扎扮已不是依每朝每代的服装穿戴的，而是综合唐宋元明的服饰，依人物身份，加以类型化的装扮，如一般高级官员，不论秦汉唐宋，一律

兔儿角幞头，补子圆领。

高级将帅一律

毡檐帽，蟒衣曳撒。

年轻妇女则是

花箍袄儿、裙儿。

而且由于扮演角色的不同，末外和净的装扮也有分别，末外所扮武将是“凤翅盔，膝襴曳撒”，净扮武将则多戴皮盔，穿贴里衣，掩心甲。

从明末至清，随着表演艺术的要求，戏曲服装不仅从人物的身份上区别穿戴，更进一步趋向人物品行的刻画，如李渔《闲情偶寄》论戏衣穿戴：

方巾与有带飘巾，同为儒者之服，飘巾儒雅风流，方巾老成持重。……凡遇秀才赴考及谒见当途贵人，……凡以正生小生及外末

> 脚色而为君子者，照旧衣青圆领，惟以净丑脚色而为小人者，则著蓝衫。……

清代衣箱可分衣、靠、盔、杂（包括各式砌末、把子）四大类。一般民间剧团则用五蟒、五靠、五开氅，较大的戏班或增为十套，内廷则达数百，甚或千余。

古典戏曲服装经历宋元明清四代，随着戏曲艺术的不断发展，几经演变，才形成今日的规制。戏曲服装虽由历代服饰而来，但并不是依照每一历史时期加以穿戴，而是根据剧中人物的身份、年龄、品格，予以类型化的装扮。因此，在古典戏曲不断创造、不断发展的过程中，演员所扮演的剧中人物，逐渐被观众所熟知。什么样的人物应该如何穿戴、如何化装，演员与观众均有共同的认识。

- 戏曲衣箱的构成：

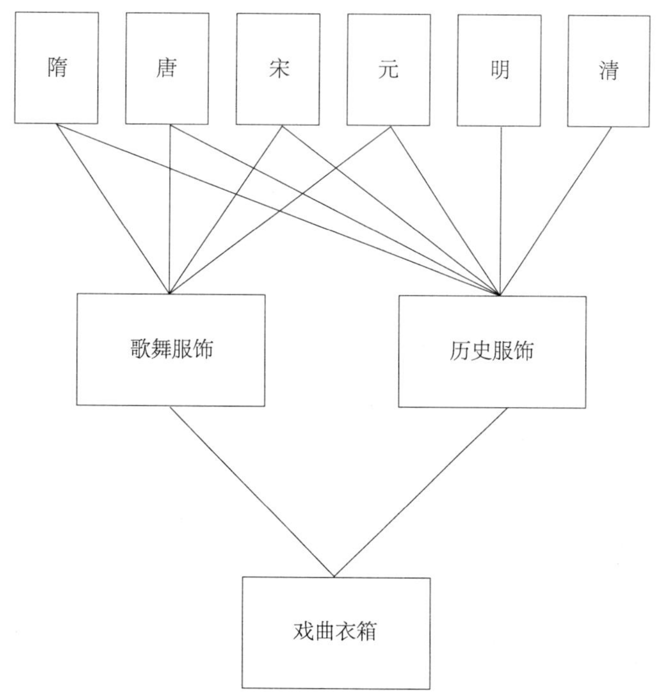

• 古代戏曲服装物变图示：

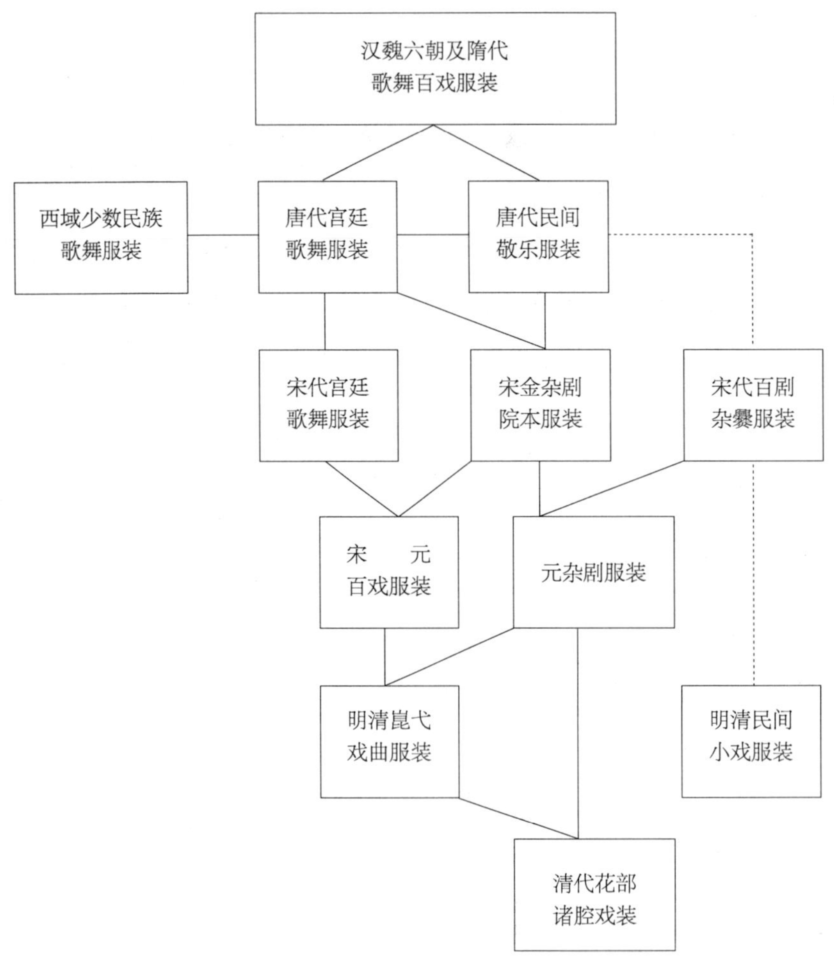

结语：永恒的生命情境

演员，恰似雪地的雕塑家，当他们演出好戏时，就像天上一夜好月，案前一盏好茶，“只可供一刻受用，其实珍惜不尽”，虽然瞬间弹指，一座舞台便是无边的宇宙，掌握了美的惊悸，这一刹那便是永恒。因此，以演员为主的我国戏曲演出，正如晴朗夜空，群星灿烂；春天园林，繁花明灭，风行于社会的各个层面，从广大的民间，到士大夫的府邸，乃至皇室宫廷，成为文化生活中重要的环节。当然，也贯串了宋金以后的每一阶段，甚或在风雨飘摇的年代，面临着深重的民族危难，也还是管弦不辍，歌舞方酣，一再缔造了戏曲发展的巅峰。

“剧场只在演员面对观众表演的时刻，才真正存在”[16]。戏剧的生命，原是这般短暂，一如倥偬的人生！可是，正由于它搬演着人生的悲欢离合，让观众深刻地品味人间的富贵、忧伤、温婉和敦厚的情意，在震撼之余，往往是情难以堪，低回不已。更由于文人借戏曲发抒理想，讨论生命价值，在瞬间即逝的演出里，揭示的却是永恒的生命情境。

16. 布罗凯特著，胡耀恒译，《世界戏剧艺术欣赏》（台北，志文，1974年），页25。

作者简介

蔡英俊

台湾云林人，1954 年生。英国华威克大学比较文学理论博士。曾任台湾清华大学中国文学系主任，现任台湾清华大学中国文学系教授兼人文社会学系系主任。研究对象为当代文学理论及古典诗学研究，著作有《比兴物色与情景交融》(1986)、《中国古典诗论中“语言”与“意义”的论题——“意在言外”的用言方式与“含蓄”的美典》(2001)、《中国古典诗的抒情特质》(2006)等。

王文进

台湾大学文学博士，曾任淡江大学副教授兼中文系主任，现任台湾东华大学中文系教授。研究范围包括魏晋南北朝文学、陶谢诗、杜诗、三国学、现代文学等各方面，著作有《净土上的烽烟——洛阳伽蓝记》、《仕隐与中国文学——六朝篇》、《南朝山水与长城想象》等。

吕兴昌

台湾彰化人，1945 年生。台湾大学中文研究所硕士，曾任教台湾成功大学中文系十五年，从事中国古典诗之教研；1989 年转任台湾清华大学中国语文系教授，专攻台湾文学之教研，积极进行文学史料之田野工作。著作有《台湾诗人研究论文集》，编著有《林亨泰研究资料汇编》、《水荫萍作品集》、《许丙丁作品集》上下二册、《吴新荣选集》一二集、《狱中幻思录：曹开诗作品选集》、《林亨泰全集》十册等。

李丰楙

台湾政治大学中国文学研究所博士，中央研究院中国文哲所研究员。拥有正式的道士牌照，专门研究道教文学、道教文化、中国古典文学、中国现代文学，著有《误入与谪降：六朝隋唐道教文学论集》、《六朝隋唐仙道类小说研究》、《李丰楙道教文学系列》等。

龚鹏程

台湾台北人，1956 年生。台湾师范大学国文研究所博士。台湾教育家、作家。台湾佛光大学与南华大学的创校校长、中华武侠文学学会会长。现任卢森堡欧亚大学马来西亚校区校长，游历中国大陆，任北京大学、南京大学客座教授，北京师范大学特聘教授，四川大学讲座教授。著作有《国学入门》(2007)、《中国诗歌史论》

(2008)、《六经皆文：经学史/文学史》(2008)、《中国文学批评史论》(2008)等七十余种。

吴璧雍

台湾学者，1952年生。台湾师范大学国文系毕业，国文研究所硕士，曾赴日本东京大学研究中国文学，任教台湾清华大学中国语文系。著作有《西游记研究》(1980)、《皇城聚珍：清代殿本图书特展》(2007)。译作有《水路指标》，并有作品散见于《中外文学》、《文星》、《国文天地》等杂志。

张火庆

台湾学者。东海大学中文所硕士、东吴大学中文所博士，现任台湾中兴大学教授。研究范围包括中国思想史、传统小说、佛学，著作有《中国小说史论丛》(1984)、《不入流的智慧》(1990)、《达摩与梁武帝——相关小说研究》(2006)、《小说中的达摩及相关人物研究》(2006)、《古典小说的人物形象》(2006)等。

陈芳英

台湾大学中国文学博士，现任台北艺术大学戏剧学系副教授。研究范围包括中国戏曲、戏曲理论、中国诗词及当代文学，论文有《明代剧学研究》，著作有《戏曲论集：抒情与叙事的对话》。《清代秘密会党史研究》(1994)、《清史讲义》(2002)、《咸丰事典》(2008)等。

杨宿珍、吴炎塗　资料欠奉

本书为台湾联经出版公司授权出版发行简体字版

图书在版编目（CIP）数据

中国文学巅峰之境 / 蔡英俊主编. -- 合肥 : 黄山书社, 2011.12 （文化中国丛书）
ISBN 978-7-5461-2477-3

Ⅰ. ①中… Ⅱ. ①蔡… Ⅲ. ①文学史－中国 Ⅳ. ①I209

中国版本图书馆CIP数据核字(2011)第275232号

中国文学巅峰之境 **蔡英俊 主编**

出版人：左克诚 **责任编辑：**郑实 肖小困

责任印制：李磊 赵彬 **装帧设计：**范晔文

出版：时代出版传媒股份有限公司（http://www.press-mart.com）
黄山书社（http://www.hsbook.cn）
合肥市翡翠路1118号出版传媒广场7层 邮编：230071

策划：香港三联书店北京工作室

发行：北京时代联合图书有限公司 **电话：**010-65513628

经销：全国新华书店

印制：环球印刷（北京）有限公司 **电话：**010-61202350

开本：710×1050 1/16 **印张：**26 **字数：**332 千字

版次：2012年5月第1版 2012年5月第1次印刷

书号：ISBN 978-7-5461-2477-3 **定价：**54.00 元